Du monde entier

CARLOS FUENTES

LA VOLONTÉ
ET LA FORTUNE

roman

*Traduit de l'espagnol (Mexique)
par Vanessa Capieu*

GALLIMARD

Titre original :
LA VOLUNTAD Y LA FORTUNA

© *Carlos Fuentes, 2008.*
© *Éditions Gallimard, 2012, pour la traduction française.*

À mes enfants
Cecilia
Natacha
Carlos

Prélude

TÊTE COUPÉE

La nuit, la mer et le ciel ne font qu'un et la terre elle-même se confond avec la sombre immensité qui recouvre tout. Ni brèches, ni ruptures, ni séparations. La nuit est la meilleure représentation de l'infinitude de l'univers. Elle nous donne à croire que rien ne commence, ni ne finit. Surtout si (comme c'est le cas cette nuit) il n'y a pas d'étoiles.

Les premières lueurs surgissent et la séparation s'amorce. L'océan se retire à sa propre géographie, un voile d'eau dissimulant montagnes, vallées, canyons marins. Le fond de la mer est une chambre d'échos qui jamais ne nous parviennent, et encore moins à moi, cette nuit.

Je sais que le jour va détruire cette illusion. Et si le jour ne se levait plus jamais, hein? Alors je penserais que la mer m'a volé mon image.

Le Pacifique est maintenant un océan véritablement calme, blanc comme un grand bol de lait. C'est que les vagues l'ont averti que la terre approche. Moi je cherche à calculer la distance entre deux vagues. Ou serait-ce le temps qui les sépare, et non la distance? Répondre à cette question résoudrait mon propre mystère. L'océan est imbuvable, mais il nous boit. Sa douceur est mille fois plus grande que celle de la terre. Mais nous n'entendons que l'écho, et non la voix de la mer. Si la mer criait, nous serions tous sourds. Et si la mer s'arrêtait, nous mourrions tous. Il n'y a pas de mer immobile. Son mouvement perpétuel donne son oxygène au monde. Si la mer ne bouge pas, nous étouffons tous. Pas d'une mort par noyade, mais par asphyxie.

Le jour se lève et sa lumière définit la couleur de la mer. Le bleu des eaux n'est autre qu'une dispersion de cette lumière. La couleur bleue indique que l'astre solaire a vaincu la clarté des eaux, les dotant d'une parure autre que la leur, qui n'est pas leur peau, si tant est que la mer aussi ait une peau... Que le jour naissant va-t-il illuminer ? Je voudrais donner une réponse très vite, car je suis sur le point de me retrouver sans mots pour m'adresser à vous, les survivants.

Si le soleil levant et la nuit moribonde ne parlent pas pour moi, je n'aurai pas d'histoire. L'histoire que je veux raconter à ceux qui vivent encore. Je pense que la mer est vivante et que chaque vague qui me lave la tête sent la terre, palpe ma chair, cherche mon regard et le trouve, stupide. Ou plutôt effaré. Incrédule.

Je regarde sans voir. J'ai peur d'être vu. Je ne suis pas franchement « agréable » à voir. Je suis la millième tête coupée depuis le début de l'année au Mexique. Je suis l'un des cinquante décapités de la semaine, le septième de la journée et le seul en trois heures et quart.

Le soleil levant se reflète dans mes yeux grands ouverts. Ma tête a cessé de saigner. Un liquide épais court de sa masse encéphalique jusqu'au sable. Mes paupières ne se fermeront plus jamais, comme si mes pensées continuaient d'imprégner la terre.

Voici ma tête coupée, perdue comme une noix de coco au bord de l'océan Pacifique sur la côte mexicaine du Guerrero.

Ma tête arrachée comme celle d'un fœtus mort qui doit la perdre pour que son corps acéphale naisse malgré tout, palpite quelques instants puis meure aussi, noyé dans le sang, afin que sa mère puisse avoir la vie sauve et pleurer. Après tout, la guillotine a d'abord testé son efficacité en coupant la tête non des rois mais des cadavres.

Ma tête, on me l'a coupée à la machette. Mon cou est un tissu qui s'effiloche et part en lambeaux. Mes yeux, deux phares de stupeur grands ouverts jusqu'à ce que la prochaine marée les emporte, que les poissons se faufilent dans ma tête par l'orifice sacrificiel et que la matière grise se déverse, tout entière, dans le sable, comme une soupe répandue se perdant dans la terre, à jamais invisible sauf comme engrais pour les touristes nationaux et étrangers.

On est dans les tropiques, bordel! Vous n'êtes pas au courant, vous qui vivez encore, ou croyez vivre?

Mon cerveau a cessé de contrôler les mouvements d'un corps qu'il ne trouve plus. Ma tête a quitté son corps. À quoi bon, sans corps, respirer, me déplacer, dormir? Et si ce sont là les plus anciennes régions de ma tête, de nouvelles zones m'attendent-elles dans la partie du cerveau que je n'ai pas utilisée de mon vivant? Je n'ai plus à contrôler mon équilibre, ma position, ma respiration, le rythme de mon cœur. Est-ce que j'entre dans une réalité inconnue, celle que la partie inutilisée de mon cerveau va me révéler d'ici peu?

Les guillotinés ne perdent pas leur tête tout de suite. Il leur reste quelques minutes — quelques minutes, peut-être — pour rouler des yeux exorbités, se demander qu'est-ce qu'il s'est passé où suis-je qu'est-ce qui m'attend, avec une langue qui, séparée du corps, s'agite sans cesse, loquace, idiote, prête à se perdre à jamais dans le mystère de comprendre où est passé mon corps amputé, au lieu de se concentrer en vitesse sur le plus grand devoir d'une tête coupée, qui consiste à recréer son corps en pensée et dire : Voici la tête de Josué, fils de parents inconnus, à la recherche de son corps vivant, celui qu'il eut quand il vivait, celui qui palpita nuit et jour, celui qui tous les matins s'éveilla avec un projet de vie nié, tu parles!, par cette image dans le premier miroir de la journée.

Moi, Josué, dont la seule préoccupation en cet instant est de ne pas me mordre la langue. Car même si la tête est coupée, la langue cherche à parler, libérée enfin, et ne parvient qu'à se mordre elle-même, se mordre comme on croque dans une saucisse ou un hamburger. Chair nous sommes et à la chair nous retournons. C'est comme ça qu'on dit? C'est comme ça qu'on prie? Mes yeux sans orbite cherchent le monde.

Je fus corps. J'eus un corps. Serai-je âme?

Première partie

CASTOR ET POLLUX

Permettez-moi de me présenter. Ou plutôt de présenter mon corps, violemment séparé (ça, vous le savez déjà) de ma tête. Je parle de mon corps parce que je l'ai perdu et que je n'aurai pas d'autre occasion de le présenter, à Vos Grandeurs ou à moi-même. Je précise ainsi, une bonne fois pour toutes, que le récit qui suit c'est ma tête qui le rapporte et juste ma tête, étant donné que mon corps, séparé d'elle, n'est plus qu'un souvenir : celui que je serai ici capable de consigner et de laisser entre les mains du lecteur averti.

Et bien averti : le corps est au moins la moitié de ce que nous sommes. Pourtant nous le gardons caché dans un placard verbal. Par pudeur, nous ne parlons pas de ses inestimables et indispensables fonctions. Veuillez me pardonner : je parlerai avec moult détails de mon corps. Car si je ne le fais pas, très bientôt mon corps ne sera plus qu'un cadavre sans sépulture, volaille à l'étal du boucher, anonyme viandaille. Et si vous ne voulez rien savoir de mes intimités corporelles sautez ce chapitre et commencez la lecture, tout convenables que vous êtes, au suivant.

Je suis un homme de vingt-sept ans et d'un mètre soixante-dix-huit. Tous les matins je me regarde nu devant la glace de ma salle de bains et je me passe la main sur les joues, anticipant la cérémonie quotidienne : me raser le menton et la lèvre supérieure, me frictionner énergiquement le visage à l'eau de Cologne Jean-Marie Farina, me résigner à coiffer une masse de cheveux noirs, épais et en bataille. Fermer les yeux. Refuser de concéder à mon visage et à ma tête le rôle central que ma mort se chargera de leur offrir. Me concentrer, plutôt, sur mon corps. Le tronc qui va être séparé de la tête. Le corps qui m'occupe du cou à ses extrémités. Revêtu d'une peau couleur cannelle claire et prolongé dans des ongles qui continuent à pousser des heures et des jours après la mort, comme s'ils voulaient lacérer les parois du cercueil et crier je suis là, je suis toujours vivant, vous vous êtes trompés en m'enterrant.

Voilà une considération purement métaphysique, comme l'est la terreur dans ses modalités passagères et permanentes. Je dois me concentrer sur ma peau ici et maintenant : je dois retrouver mon physique, dans toute son intégrité, avant qu'il ne soit trop tard. C'est là l'organe du toucher qui recouvre tout mon corps et se prolonge en son intérieur dans des facéties anales, minimes et tolérables si on les compare aux farces féminines, plus imposantes avec leurs continuelles entrées et sorties de corps étrangers (la verge du mâle, c'est bien connu, et le corps de l'enfant, miracle absolu, tandis que de mon enveloppe masculine ne sortent que le sperme et l'urine par-devant et par-derrière, comme *chez la femme*[1], la merde, ou, en cas de constipation, l'hostie bien enfoncée du suppositoire).

Je chantonne maintenant : « Le bœuf chie, la vache chie, et même la fille la plus jolie fait sa crotte aussi. » Larges, généreuses entrées et sorties de la femme. Étroites, avares, celles de l'homme : l'urètre, l'anus, l'urine, la merde. Clairs et brusques les noms. Obscures et risibles les appellations : tubes de Bellini, anse de Henle, capsule de Bowman, glomérule de

---

1. Les mots ou expressions en italique et suivis d'un astérisque sont en français dans le texte. (*N. d. T.*)

Malpighi. Dangers : anurie et urémie. Absence d'urine, urine dans le sang. Je les ai évités. Tout est finalement évitable dans la vie, sauf la mort.

J'ai sué. Vivant, tout mon corps a sué, sauf mes paupières et le bord de mes lèvres. J'ai sué propre, salé, sans mauvaises odeurs, car si suer et uriner sont des produits humains on les distingue par leur qualité d'odeur différente. Je n'ai jamais eu besoin de déodorants. J'ai eu de belles et propres aisselles. Mon urine, elle, sentait mauvais, odeur de taudis oublié et de tanière sans lumière. Mon caca a changé selon les circonstances, surtout en fonction de mon alimentation. La nourriture mexicaine nous fait frôler dangereusement la diarrhée, l'américaine les crampes d'estomac, la britannique la constipation. Seule la cuisine méditerranéenne assure un équilibre sain entre ce qui entre par la bouche et ce qui sort par le cul, comme si l'huile d'olive et le vinaigre de Modène, les produits des vergers du Sud, les pêches et les figues, les melons et les poivrons, savaient par avance que le plaisir de manger doit être accompagné du plaisir de chier, en parfait accord avec la prose de Quevedo : « Je t'aime plus qu'une bonne envie de chier. »

En tout cas — dans mon cas —, une merde presque toujours dure et marronnasse, parfois enroulée esthétiquement comme les crottes en céramique qu'on vend sur les marchés, parfois diluée et martyrisée par les épices de la cuisine nationale : ma merde à moi. Et, rarement (surtout en voyage), réticente et mal lunée.

Je sais qu'avec ces diversions, mes chers survivants, je retarde le plus important. En arriver à ma tête. Vous raconter quel était mon visage après avoir sous-entendu que les fesses sont, on le sait bien, l'autre visage de l'homme. Ou serait-ce le véritable ? J'ai déjà signalé, en me coiffant, que j'ai une vraie tignasse noire d'Indien, plus solidement plantée qu'un agave. Il me reste à dire que mes yeux noirs sont incrustés dans les orbites d'un squelette facial qui serait presque transparent, sans le fard d'une peau foncée. (Les peaux foncées cachent mieux les sentiments que les peaux blanches. C'est pourquoi lorsqu'elles se manifestent, elles sont plus brutales mais aussi moins hypocrites.) Pour résumer : j'ai des sourcils invisibles, une bouche aimable, mince, presque toujours, et ce sans autre raison que la courtoisie, souriante. Des oreilles ni grandes ni petites, plus ou moins adaptées à mon visage maigre à l'extrême, la peau sur les os, les cheveux affleurant à la racine tels des arbustes nocturnes qui poussent sans lumière.

Et j'ai un nez. Pas un nez quelconque, mais un grand appendice de proboscidien, heureusement mince, mais long et fin, comme un périscope de l'âme qui devance la vue pour explorer le paysage et déterminer si mieux vaut débarquer ou rester en retrait sous la mer de l'existence.

La grande sargasse de la mort anticipée.

La mer qui monte en courtes vaguelettes, m'obligeant à l'avaler avant qu'elle n'atteigne les orifices de mon grand nez, saillant entre la plage et la marée au lever du jour.

Je suis corps. Je serai âme.

Gros Pif. Le Blaze. Le Tarin. Les Naseaux. Pinocchio. Tapir. Dumbo (malgré des oreilles normales). Le chahut de la cour de récréation n'avait pas de préférence quant aux épithètes dont me bombardait la foule de morveux, tous identiques dans leurs uniformes, chemise blanche et cravate bleue toujours mal nouée, comme si ne pas fermer le dernier bouton du col était la marque universelle d'une rébellion finalement dominée par la double discipline du maître et de la religion. Pull bleu, pantalon gris. Ce n'était que dans ses extrémités que cette meute scolaire exhibait son laisser-aller et sa brutalité. Les chaussures en cuir trouées par l'habitude de donner des coups de pied, coups de pied dans les ballons, dans la cour, coups de pied dans les pupitres, en classe, coups de pied dans les arbres, dans la rue, se servir des gambettes pour montrer que, même sans mots, ils protestaient, ils étaient nés pour protester, ils n'étaient pas d'accord. Aurais-je dû m'estimer heureux parce que moi, ils ne m'agressaient qu'avec des mots, et non avec des coups ?

Je l'ignore. La férocité moqueuse de leurs visages était telle que, malgré mon intention esthétique de distinguer, parmi les plus laids, non pas les plus beaux — il n'y en avait pas — mais les moins « féroces », lorsqu'ils s'en prenaient à moi je voyais une seule bête sauvage avec une seule face aux babines retroussées et des yeux aux paupières métalliques, comme s'ils protégeaient un coffre-fort de sentiments inavouables derrière une grille pénitentiaire, car jamais je ne perdis de vue que ces mêmes petits cons qui m'agressaient au sujet de mon grand nez prieraient plus tard tête baissée en chantant l'hymne national, le menton tremblant d'orgueil.

Nous étions au lycée Jalisco, ainsi nommé depuis que le libéralisme révolutionnaire avait interdit l'enseignement religieux et que le conservatisme révolutionnaire en fermant les yeux l'avait permis, à la seule condition que les écoles ne proclamassent pas leur foi mais le patriotisme historique ou géographique : Colomb, Bolívar, Patrie, Mexique étaient devenus le pseudonyme d'établissements jésuites, maristes, lasalliens ; quant au lycée où l'on m'avait envoyé, il était tenu par des ecclésiastiques catholiques, et pour cette raison connu de nous sous le nom de Presbytère et non comme Jalisco. C'était une façon de contourner l'hypocrisie partagée du gouvernement et de l'Église. Jalisco à l'extérieur, Presbytère à l'intérieur.

Gros Pif, Pinocchio, le Tarin, les insultes pleuvaient sur moi, m'obligeant à battre en retraite tandis qu'ils avançaient en colonne militaire avec à sa tête un affreux petit gars au crâne rasé, les yeux en fente de tirelire et une bouche couleur betterave, les oreilles collées au crâne et une prestance de bandit des grands chemins, un air frimeur, une attitude de défi pas seulement vis-à-vis de moi mais du monde : c'était le plus contestataire des contestataires ; il nouait sa cravate sur sa poitrine, il se l'attachait autour du cou, accentuant son air de hors-la-loi. C'est drôle comment sont les choses. Alors qu'il était l'apparent meneur de la bande d'élèves, un sentiment dont je ne pus identifier l'origine me disait que le chef de la guérilla n'en avait pas après moi et mon nez, mais après quelque chose d'autre, plus proche de lui, quelque chose que ma présence dissipait dès que la cloche de fin de récré sonnait — ou dès qu'intervenait un des maîtres qui, jusque-là, ne prêtaient aucune attention à ce qui m'arrivait, comme si agresser ne serait-ce que verbalement un élève était à peu près la même chose que jouer au basket, raconter des blagues ou manger des gâteaux.

Je me raisonnais : « Tiens le coup, Josué. Ne cède pas. Ne réponds pas aux insultes. Arme-toi de patience. Tu les auras par ta sérénité. Ne frappe personne, surtout. C'est celui qui se met en colère qui perd. Reste imperturbable et serein. Ils finiront par te respecter, tu verras. »

Jusqu'au jour où mes bonnes résolutions furent trahies par mes mauvaises impulsions et que je mis une beigne au crâne d'œuf le plus crâneur. Ce qui déclencha une nouvelle Saint-Quentin (chers étudiants en histoire : dans cette bataille Philippe II battit la France et se couvrit de gloire) dans une confusion colossale qui se transforma finalement en défaite, et on pourrait également évoquer le Rosaire d'Amozoc, au moment où l'empoignade devint générale, les doutes se dissipant dans une échauffourée digne des bagarres de saloon dans les westerns. Ou dans un Donnybrook, version britannique de l'échauffourée, *fracas**, *mêlée**, brouhaha, vacarme, tumulte, tohu-bohu, pandémonium, charivari, imbroglio, logomachie, bref, une pagaille pure et simple. En effet, le tondu s'effondra en arrière sur ses camarades qui le renvoyèrent sur moi mais le guérillero glissa et tomba la tête la première sur le carrelage de la cour, ce qui provoqua une dispute entre deux, puis quatre, puis sept de ses camarades pour savoir qui était coupable de la chute du champion, quand un autre garçon, l'air décidé, se planta à mes côtés et, tenant tête à la masse d'élèves, cria que le prochain coup ne serait pas pour moi mais pour lui.

La confiance en lui de mon défenseur se transforma en autorité sur un troupeau dont la véritable force reposait sur le nombre et non sur le courage. Le coup de sifflet du corps professoral retentit enfin cette après-midi-là, par ailleurs orageuse puisque le soleil du matin venait baigner les torrents d'une pluie vespérale et ponctuelle.

« C'est la saison des pluies », dit mon souriant défenseur en posant une main sur mon épaule.

Je le remerciai. Il dit qu'il ne supportait pas les lâches qui s'y mettent à plusieurs. Par distraction, il tendit la main au tondu pour qu'il se relève.

« Ne sois pas en retard en classe, vieux », lui dit-il.

Le tondu essuya de la main le sang qui coulait de son nez, nous tourna le dos et détala.

Mon nouvel ami et moi traversâmes ensemble la grande cour de récréation, un espace entouré de deux étages de salles de classe ou de conférence et avec un terrain de pelote basque au fond.

« S'ils étaient un petit peu plus cultivés, ils t'auraient appelé Cyrano.

— Ce sont des enfoirés. Ne leur donne pas des idées. Ils m'appelleraient Sir Anus.

— Et si tu étais boiteux, Noureïev. »

23

Mon sauveur s'arrêta pour me regarder avec attention.

« Il n'est pas gros, ton nez. Il est juste long. Laisse tomber cette bande de cancres. Comment tu t'appelles ?

— Josué. »

J'allais ajouter le traditionnel « pour vous servir » de la courtoisie coloniale mexicaine, quand mon protecteur, rejetant la tête en arrière, partit d'un grand éclat de rire.

C'est ainsi que je veux me le rappeler toujours, tel qu'en cet instant. La même stature que la mienne mais le revers de la médaille. Un visage tendant à l'embonpoint, dont les joues enfantines n'en finissaient pas de se détacher du sein maternel. Oui, une bouche encore au biberon et des yeux si tendres et clairs qu'ils réclamaient presque la tétine. Le corps, en revanche, était vigoureux, la démarche décidée, peut-être presque trop sûre de son pas ferme et déterminé, là où mes mouvements avaient tendance à être glissants, d'une subtilité frisant parfois l'indécision, semblant ignorer si sous mes pieds se trouvaient le sol ou le vide, la terre ou les marais, la lumière ou la fange...

Ce fut la première chose que je remarquai. Mon pas incertain et court. La démarche martiale et même autoritaire de mon ami.

Je me rendis compte que lui ne s'était pas présenté. Je répétai mon nom.

« Josué », lui dis-je, sans cesser de marcher.

Il s'arrêta, faisant mine d'être pétrifié. Je le regardai avec un certain étonnement.

« Josué, répétai-je, un brin mal à l'aise. Josué Nadal. »

Mon ami eut un soubresaut. Le rire l'emporta, le plia en deux, le forçant finalement à relever la tête, à regarder le ciel plus nuageux de seconde en seconde, puis juste après ma tête stupéfaite, ce qui le fit repartir d'un grand rire, éveillant en moi une certaine irritation devant une blague non partagée, une plaisanterie pour moi pas très drôle.

« Et toi ? parvins-je à lui demander en dissimulant mon irritation.

— Je... je... », réussit-il à dire à son tour entre deux éclats de rire.

Je m'énervai un poil : « Eh, je ne vois vraiment pas ce qui... »

Il me prit par l'épaule : « Je ne me moque pas, mon vieux..., c'est la surprise...

— Alors, te fous pas de moi.

— Jéricho. Je m'appelle Jéricho, dit-il, soudain sérieux.

— Jéricho comment ? insistai-je.

— Jéricho, c'est tout. Sans nom de famille », répondit mon nouvel ami d'un air abrupt et définitif, comme si en faisant le geste d'ouvrir un livre tout le texte disparaissait, laissant juste le prénom de l'auteur, mais pas son nom.

« Jéricho... En avant, toute ! »

Le fleuve déborde à l'époque des récoltes. À présent, il est sec et les tribus peuvent passer. Mais il faut d'abord envoyer des espions reconnaître le terrain. Josué traverse le Jourdain déguisé en marchand et se cache dans un bordel de la ville. La prostituée y vit avec sa famille. C'est une femme candide et généreuse. De son corps, de son affection, de sa protection. Elle est habituée à cacher des hommes fugitifs, des maris ennemis, des ivrognes qui ont besoin de temps pour retrouver leurs esprits. Des impuissants qui s'attardent aussi et veulent prouver leur virilité retrouvée avec la tendresse et la patience que seule une putain peut donner quand c'est sa vocation et pas seulement sa profession. La prostituée sait-elle que Josué et ses hommes sont les membres d'une tribu errante, arrêtée sur les rives du Jourdain et en quête de la terre promise ? La putain, nommée Hétara, pense que ni les terres promises ni les paradis perdus n'existent. Elle connaît la folie d'Israël et de ses prophètes. Tous veulent quitter la terre qui leur donne l'hospitalité pour suivre la prochaine nation de la promesse. Mais en arrivant là-bas, ils se mettront tout de suite à rêver de la terre promise suivante et ainsi de suite jusqu'à s'épuiser dans le désert et y mourir de soif et de faim. La grande putain de Jéricho ne veut pas que sa ville soit le dernier port des tribus d'Israël. Non parce qu'elle les déteste. Au contraire, elle les aime, car elle aime la vocation vagabonde d'Israël et ne souhaite pas qu'ils restent, juste pour qu'ils continuent leur chemin, accomplissant leur interminable destin.

Parce qu'elle sait ces choses, les clients du bordel la consultent et elle leur raconte des légendes. Certaines, elle les a rêvées. D'autres, elle s'en est souvenue. Mais la plupart elle les improvise dans l'intimité des visites qu'elle reçoit. C'est une magicienne, disent les habitués qui ont recours tels des chiens abandonnés à sa charité sensuelle, qui admire son interlocuteur et raconte leur avenir aux clients en se fondant uniquement sur ce qu'ils sont. Elle est réaliste. Jamais elle ne donnerait à un homme un destin qui ne se trouve déjà dans le futur de cet homme. Car il lui suffit d'avoir une indication du passé de chaque client pour imaginer avec certitude son avenir. Ce n'est pas une femme cruelle. C'est une femme pondérée. Lorsqu'un futur heureux se présente, elle en atténue l'allégresse parce qu'elle sait que n'importe quel revirement de la vie peut, de façon inattendue, l'assombrir. Lorsque, au contraire, l'avenir est malheureux, elle y met une petite dose d'optimisme, y glisse une petite blague, hausse les épaules et passe de la prédiction à la distraction : sa peau, sa bouche, ses jambes, le voilà l'avenir...

Josué arriva à Jéricho dans une intention pure : explorer la ville pour ensuite la faire sienne et ainsi continuer la reconquête de la terre d'Israël initiée par Moïse, que Josué servit comme un fils et auquel il promit, à l'heure de sa mort, de poursuivre assidûment leur chemin depuis les plaines de Moab jusqu'au mont Nébo et au sommet du Pisgah. De conquérir toute la terre visible, de Vilead à Dan, terres d'Éphraïm et Manassé, ainsi que la terre de Judée jusqu'à la mer. Mais d'abord il fallait vaincre et occuper la ville qu'il avait sous les yeux, la première ville, la ville des palmiers : Jéricho. C'est pourquoi Josué était là, dans le but de reconnaître la terre pour la conquérir le lendemain. Il se sentait à l'abri dans le généreux lupanar, avec ses fortes odeurs de sueur et tumescence, vin renversé, fritures diverses, poil de bête brûlé, fumée de feux assoupis, toits rouges. Il se rappelait néanmoins l'admonition de Moïse, son protecteur et guide, contre les plaisirs du sexe et le culte orgiaque de Balaam. Les caresses de la grande putain du désert lui disaient, en revanche, que grâce à elle, à son infidélité, à sa protection, la ville de Jéricho tomberait et que le peuple juif pourrait continuer sa route de force avec justice et de justice avec force. Josué demanda à la prostituée ce qui était en jeu cette nuit entre l'amour et la guerre. Et elle lui dit qu'à chaque coït du monde la vie et la mort étaient en jeu, le plaisir pur et gratuit face au devoir de donner naissance au produit de ce coït, la suspension temporaire du devoir au nom du plaisir et sa fatale reprise au moment où le couple d'amants se sépare et que s'impose la loi du monde. Mais encore ? demanda dans un souffle laborieux Josué, déjà pris au piège entre les jambes d'Hétara, comme il avait décidé de l'appeler, dans un plaisir enflammé et dans la conscience que là, sur la couche de cette femme, il se préparait autant pour la victoire que pour la défaite.

Attribuerait-il l'une ou l'autre à cette heure de joie ? La victime lui pardonnerait-elle sa fugace concupiscence ? La lui ferait-elle payer cher à l'heure de la défaite ? Josué se hâta de finir et Hétara se sentit autorisée, assise en tailleur sur sa paillasse, à lui dire Josué, tu gagneras la bataille mais tu ne viendras pas à bout du destin. Ton peuple se débattra à jamais entre la permanence en un endroit unique et la promesse de l'endroit suivant à conquérir, un endroit mieux que le précédent, et ainsi de suite. L'exode sera interminable. Et il sera nouveau. Dans leurs exils successifs, tes descendants enrichiront la terre qu'ils fouleront. Docteurs, ils soigneront. Artistes, ils créeront. Avocats, ils défendront. Ils auront du succès et seront enviés. Ils seront enviés et seront persécutés. Ils seront persécutés et souffriront les pires tortures. La grande plainte de ton peuple dans laquelle se reconnaîtront, l'espace d'un tragique et heureux instant, tous les hommes, femmes et enfants du monde. Voilà ce que je vois, Josué. Je vois aussi ton peuple immobile, sûr d'avoir trouvé une patrie et de ne plus être obligé de s'en aller. Ce sera une erreur. Israël est condamnée à migrer, à s'en aller, à occuper des terres comme toi, demain, tu occuperas la mienne. Nos corps se sont unis comme demain s'uniront ma terre et la tienne.

Réfléchis, Josué : comment me rendras-tu ma terre ? Comment éviteras-tu que mon destin demain soit le tien pour toujours ? Occuperas-tu ma terre seulement pour oublier que personne ne t'a donné la tienne ?

Josué écouta attentivement Hétara et se dit que cette nuit de plaisir interdit était le prix de la victoire permise. Hétara savait tout et ne pardonnait rien. Josué le lut dans son regard sombre, lui ôta le ruban rouge qui retenait sa chevelure noire et lui dit :

« Rends-moi un dernier service. Accroche ce ruban écarlate au toit de ta maison.

— Ma famille et mes clients seront sauvés ?

— Oui, et toi-même tu seras sauve. Je te le jure. »

Josué justifia de cette manière sa nuit avec la putain de Jéricho, retourna à la montagne et dit aux juifs : En vérité, Jéhovah nous a remis la terre entre nos mains. Et tous le suivirent jusqu'aux rives du Jourdain dans de grandes clameurs, convaincus que Dieu leur avait promis la victoire et que les prêtres feraient sonner les trompettes. Alors les murailles de

Jéricho s'écroulèrent dans un grand fracas, comme si les voix et les trompettes étaient les bras mêmes de Dieu, et les juifs entrèrent dans Jéricho et détruisirent la ville, tuèrent par le fer hommes, femmes et enfants, vieux, brebis, bœufs et ânes, en respectant seulement l'ordre de Josué :

« Ne touchez pas à Hétara la prostituée. »

Et Hétara s'en fut vivre parmi les juifs et sut qu'on ne reverrait jamais sa ville, car Josué décréta que quiconque la reconstruirait serait maudit aux yeux du Seigneur.

C'est ainsi que nous devînmes amis, Jéricho et moi. Nous découvrîmes tout ce que nous avions en commun. L'âge : seize, dix-sept ans. Des lectures, non seulement précoces, mais partagées, bien qu'il eût l'avantage d'un an sur moi, ce qui compte beaucoup à l'adolescence. Il me prêtait, annotés, les livres qu'il avait déjà lus ; nous les commentions ensemble. Et une attitude commune à l'école et au-dehors : l'indépendance. Nous découvrîmes que nous ne nous laissions pas inculquer des opinions qui n'étaient pas les nôtres ou qui ne passaient pas, au moins, au crible de notre critique. De plus, nous pensions que nous, nous avions non seulement des opinions mais des doutes. Ce fut le terrain le plus solide de notre amitié. De façon presque instinctive, Jéricho et moi comprîmes que chaque ligne que nous lisions, chaque idée que nous acceptions, chaque vérité que nous affirmions, avait son contraire, comme le jour, la nuit. Nous ne laissions passer, en cette dernière année du secondaire, une seule ligne, idée ou vérité sans la soumettre à notre jugement. Nous ne mesurions pas encore combien nous servirait — ou nous porterait préjudice — cette attitude, quand nous sortirions au monde, hors du nid protecteur du lycée. Pour le moment, être dissidents en son sein nous distinguait, par notre conduite encore adolescente, pédante et supérieure, de la populace scolaire qui nous entourait et qui, après que Jéricho m'eut défendu et au vu du nez sanglant de mon agresseur, cessa de s'en prendre à moi ou à mon nez, et chercha de nouveaux souffre-douleur contre lesquels se battre, pourvu qu'il leur fût possible d'isoler leur victime et d'apparaître comme une masse non identifiable et donc non punissable.

Même le fameux tondu finit par se rapprocher de nous pour nous donner une nouvelle amusante mais fausse.

« Ils racontent tous que vous êtes toujours ensemble parce que vous êtes pédés. Je veux être votre ami pour voir s'ils osent dire ça de moi aussi. »

Il accompagna ces mots de terribles et féroces mimiques, avec les gesticulations maladroites d'un champion en herbe.

Nous lui demandâmes, dans un étonnement feint, s'il était lui à l'abri de toute agression et il acquiesça. Nous insistâmes : pour quelle raison ? Parce que je suis riche et que je ne m'en vante pas. Il fit un geste, de son poing toujours ensanglanté et couvert de croûtes, vers la rue :

« Vous voyez la Cadillac noire stationnée là-dehors à la sortie des cours ? »

Évidemment qu'on la voyait. Elle faisait même partie du paysage.

« Vous m'avez déjà vu y monter ? »

Non, nous l'avions vu attendre le bus au coin de la rue.

« Eh bien, c'est la voiture de mon père. Elle vient me chercher tous les jours. Quand le chauffeur me voit sortir, il descend et m'ouvre la portière. Mais moi, je passe tout droit et je vais à l'arrêt du bus, et la Cadillac rentre seule. »

Je pensai à cette essence dépensée inutilement mais je me tus, considérant que pour le moment ce garçon méritait toute notre curiosité. Il mit les poings sur les hanches et nous regarda avec un sympathique — ou peut-être pathétique — besoin d'approbation. En l'absence d'applaudissements de notre part, il céda et se présenta :

« Je m'appelle Errol. »

Ce qui, là oui, nous arracha à Jéricho et à moi un sourire aimable qui n'était autre qu'une requête : « Explique-nous ça.

— Ma mère est une fan d'Errol Flynn depuis toujours. Plus personne ne sait qui est Errol Flynn. C'était un acteur très célèbre quand la mère de ma mère était jeune. Elle lui racontait qu'elle ne ratait aucun film d'Errol Flynn. Elle trouvait qu'il était très beau et *nonchalant**, c'est comme ça qu'ils disaient dans les revues de cinéma. Il était Robin des Bois et il se balançait d'arbre en arbre, habillé en vert pour passer inaperçu, toujours prêt à voler les riches pour aider les pauvres : l'ennemi de la tyrannie. Et ma mère a hérité de cette passion. »

Un air rêveur passa dans les yeux du tondu agressif qui se présentait maintenant sous le nom d'Errol Esparza et nous offrait son amitié en même temps qu'un résumé de sa vie, alors que nous étions tous trois assis dans l'escalier de la cour en cette dernière année d'études secondaires, sur le point d'assumer les devoirs (et les grands airs) de l'année préparatoire, dans ce même établissement, avec les mêmes professeurs et camarades, non plus identiques à nous-mêmes mais au miroir changeant de la fin de l'adolescence, quand les mille signes de l'enfance, insistants, persistent à barrer le passage à ce visage qui lutte pour se frayer un chemin et nous permettre de dire : Nous avons grandi. Maintenant, nous sommes des hommes.

C'est pourquoi cette dernière année du secondaire traînait en longueur, tandis que semblait si incertain et si lointain le début de la préparatoire. Non à cause de réalités inhérentes à l'une ou l'autre des années scolaires, mais en raison de faits accidentels, à savoir nous-mêmes : Jéricho le joufflu, Errol le tondu et moi-même, Josué le maigre, tous les trois surpris des changements que vivaient nos corps et nos âmes, même si nous feignions tous les trois, chacun à notre manière, d'accueillir ces transformations sans étonnement, avec une naturelle froideur et même une certaine indifférence, comme si nous savions à l'avance ce que nous serions en début d'année et dédaignions, magistralement, ce que nous étions encore.

La véritable croisade, c'est Errol qui nous la proposait. Il nous invita chez lui. Ce fut une invitation faite sur un ton où une étrange ironie se mêlait à de l'indulgence et l'indulgence masquait une honte mal camouflée. De façon implicite, il espérait être invité dans nos maisons, avec l'idée que notre amitié ne durerait que si nous connaissions le pire secret d'un adolescent de dix-sept ans : sa famille. Une fois ce traumatisme dépassé, nous pourrions avancer à l'étape suivante. Être des adultes et des amis.

La bonne foi — pour ne pas dire la naïveté — du bon Errol ne faisait aucun doute. Je savais que tout ce que taisait ce garçon au crâne rasé ne résidait pas dans les sous-sols de la mauvaise foi. Errol agissait avec droiture. Ceux qui suivaient un chemin tordu, en tout état de cause, c'étaient Jéricho et moi.

« Errol Esparza.
— Josué Nadal.
— Jéricho. »

Vous qui me survivez devez bien vous douter qu'en devenant l'ami de Jéricho je lui avais demandé quel était son nom de famille, mais il m'avait répondu Jéricho tout court, sans nom de famille. Je ne m'étais pas contenté de cette réponse, et, par curiosité, m'étais rendu au secrétariat d'admission du lycée où j'avais posé directement la question :

« Quel est le nom de famille de Jéricho ? »

Le secrétaire, un jeune homme charmant qui semblait hors de propos dans ce petit bureau des inscriptions, posté derrière la paroi en verre dépoli, à l'entrée du lycée, d'où surgissaient la moitié de son visage et une main entière lorsqu'il devait s'occuper du public, retira précipitamment son poing et son visage. Sa voix s'efforça de prendre un ton neutre :

« Jéricho s'appelle comme ça : Jéricho. »
Bien qu'on fût encore en heures de bureau, le secrétaire ferma son guichet. Peu après, je perçus chez mon ami Jéricho une attitude offensée et défensive. Je la mis sur le compte d'une indiscrétion du secrétaire, même si je n'en avais pas la preuve. En tout cas, Jéricho, après avoir laissé passer quelques jours au tamis d'une réserve inhabituelle entre nous et que j'attribuai à mon indiscrétion et à celle du secrétaire (un poste généralement occupé par des femmes quadragénaires aigries et sans espoir de trouver un mari), me demanda de l'accompagner au café au coin du lycée et, une fois assis devant deux tasses d'un jus tiède et fadasse, sans caféine, planta ses yeux dans les miens et me dit que durant le dernier semestre lui et moi avions cimenté très naturellement une amitié dont il voulait s'assurer qu'elle était solide et durable.

« Tu es d'accord, Josué ? »

J'acquiesçai, plutôt enthousiaste. Rien dans mon passé — mon court passé, dis-je en riant — ne m'avait fait entrevoir une amitié aussi étroite que celle que nous avions établie Jéricho et moi ces derniers mois. Sa préoccupation me sembla superflue, mais bienvenue. Nous étions en train de faire un pacte d'amitié. J'éprouvai le désir, en lieu et place de Nescafé, d'une coupe de champagne. Je ressentis cette bouffée de satisfaction que procure, à l'adolescence, la découverte dans l'amitié d'un esprit analogue, qui nous sauve de la solitude réservée, sans compassion, à l'incompréhensible ado qui a cessé d'être un enfant du jour au lendemain et qui n'a plus sa place dans le petit monde obligeant que ses parents lui avaient préparé dans l'illusion qu'un enfant si choyé ne grandirait jamais.

Ce n'était pas mon cas. Jéricho dit alors qu'entre nos dix-sept ans révolus et nos vingt et un an à venir, lui et moi devions établir un projet de vie et d'étude qui nous rapprochât pour toujours. Il y aurait peut-être des séparations, des voyages, des filles, par exemple. L'important était de sceller, ici même, une alliance pour toute la vie. Savoir que lui serait toujours là pour moi, et moi pour lui. Savoir les valeurs que nous partagions, les choses que nous refusions.

« C'est important de faire une liste d'obligations.

— Sacrées ? »

Jéricho affirma énergiquement : « Oui. Pour nous. »

Par quoi allions-nous commencer ?

D'abord, par une décision commune de refuser la frivolité. Mon copain sortit de son sac à dos un magazine people et le feuilleta avec dédain et affliction.

« Regarde ces niaiseries les unes à la suite des autres, en couleurs et sur papier glacé. Ça t'intéresse de savoir que la chanteuse Tarcisia et le millionnaire russe Oulianov se sont mariés pieds nus, des leis hawaïens autour du cou, à Playa del Carmen, que les invités ont dansé toute la nuit le hip-hop sur la plage, et qu'ils ont avalé un bon plat de tripaille à sept heures du matin en l'honneur du père de la mariée, originaire de Sonora ? Tu aurais aimé être invité ? Tu aurais refusé l'invitation ? Réponds-moi. »

Je lui répondis non, Jéricho, même pas en rêve, aucune envie d'être...

Il m'interrompit. « Même si c'était ton propre mariage ? »

Non, et là je souris, en pensant que le mieux était de prendre le sujet à la plaisanterie ; j'admirai la grande faculté qu'avait Jéricho de prendre la vie très, mais alors très au sérieux.

« Tu promets de ne jamais aller à un bal pour les quinze ans d'une jeune fille, à un thé dansant, à un baptême, à l'inauguration de restaurants, fleuristes, supermarchés ou succursales de banques, à des réunions d'anciens élèves, des concours de beauté ou des meetings sur le Zócalo ? Tu promets de toujours mépriser le couple qui se fait photographier pour une photo en couleurs dans le journal, elle enceinte de huit mois, en bikini, son fier mari lui caressant le ventre et annonçant naissance prochaine, baptême et consécration de Raulito sous une pluie de flashs (c'était pas pour rien qu'on annonçait déjà cet émouvant événement) ? »

Je commis l'erreur de rire. Jéricho tapa du poing sur la table. Les tasses de café tremblèrent. La serveuse s'approcha pour voir ce qu'il se passait. Le regard hostile de mon ami la fit déguerpir. Le café commença à se remplir de clients expulsés par leur journée de travail, sans doute très différentes les unes des autres, mais qui infligeaient à chacun d'eux la même fatigue. Bureaux d'organismes publics, privés, commerces petits ou grands, l'impitoyable circulation de la ville de Mexico, l'espoir nul de trouver le bonheur en rentrant à la maison, la tristesse de ce qui n'a pu être. Tout cela commença à entrer dans le café. Il était sept heures du soir. Nous avions commencé à discuter, dans un endroit vide alors, à cinq heures et demie.

Et nous avions adopté, ensemble, un plan de vie partagé. Avions-nous seulement parlé d'éviter les fêtes et autres célébrations sociales et politiques imbéciles ? Pas du tout. Avant que n'entre ce que Jéricho avait appelé avec dédain le « troupeau de bœufs ».

« Des bœufs, répéta Jéricho. Au fait, ne dis jamais "mecs".
— Bêtes ?
— Non, mecs. Ne dis jamais "un mec", "des mecs".
— Pourquoi ?
— Pour ne pas céder à la vulgarité, à la stupidité et à la dissimulation de la pauvreté mentale sous les grosses vannes du commun des mortels. »

Nous établîmes un plan de lectures, de dépassement intellectuel, sélectif et rigoureux que vous, survivants, ne connaîtrez pas encore aujourd'hui, car c'est alors qu'entra dans le café Errol Esparza et qu'il nous rappela, les gars, aujourd'hui vous venez chez moi. On y va ?

« En avant, toute », ajouta, comme toujours, Jéricho.

La famille Esparza vivait au Pedregal de San Ángel, un ancien lit volcanique, reste des exaltations du Xitle, sur le sombre et vaste soubassement duquel l'architecte Luis Barragán avait tenté de créer un quartier résidentiel moderne à partir de règles strictes. D'abord, que la pierre volcanique serve à la construction des maisons. Ensuite, que celles-ci adoptent l'apparence monacale du style Barragán. Des lignes droites, sans éléments décoratifs, des murs nets, sans autre variante que les couleurs associées au Mexique lorsqu'on évoque son folklore : bleu indigo, rouge cerise et jaune solaire. Des toits plats. Pas de réservoirs visibles comme dans le reste d'une ville chaotique où cohabitent tant de styles qu'il n'en reste finalement plus aucun, au-delà de la triomphante répétition de maisons basses, boutiques à un seul étage, quincailleries, ateliers de réparation de voitures, vendeurs de pneus, garages, parkings, petits bazars, échoppes de bonbons, *cantinas* et autres fournisseurs répondant à tous les besoins quotidiens de cette étrange société qui est la nôtre, toujours dominée d'en haut par quelques-uns mais aussi toujours capable de s'organiser et de vivre avec indépendance d'en bas, les plus nombreux.

J'ai raconté ce qui précède, car l'ordre de la pureté désirée par l'architecte ne dura pas plus qu'une boule de neige en enfer. Barragán avait fermé El Pedregal avec des postes de surveillance et des grilles d'entrée symboliques, comme pour édicter un anathème citadin : *Vade retro*, Partagás, ici tu n'entreras pas.

Le désordre de l'impureté au nom de la fausse liberté des propriétaires et de leurs accommodants architectes — tous soumis à une autre tyrannie, celle du mauvais goût et de l'assimilation du pire au nom de l'autonomie robotique — mit fin à l'éphémère tentative de donner au moins à un quartier résidentiel de la métropole l'unité et la beauté d'un quartier de Paris, Londres ou Rome. De telle sorte qu'au milieu de la beauté dénudée du corps d'origine poussèrent comme des chancres malins les fausses résidences coloniales, bretonnes, provençales, écossaises ou style Tudor, outre l'improbable ranch californien et l'« hasienda » prétendument tropicale.

Pourtant, la famille Esparza n'avait pas rapporté au Pedregal l'architecture de quartiers précédemment habités. Elle s'était accommodée de la sévérité du dessin monacal originel. À l'extérieur au moins, Barragán triomphait. Parce qu'une fois entrés au domicile de notre nouvel ami Errol Esparza, Jéricho et moi découvrîmes un désordre baroque inclus dans un chaos néobaroque inclus dans un amoncellement postbaroque. Autrement dit, une seule horreur, ce n'était pas suffisant chez les Esparza. La nudité des murs était une incitation impérieuse à les emplir des croûtes qu'on trouve dans les calendriers, avec une prépondérance pour les natures mortes, chaque tableau voisinant avec l'autre dans une proximité incestueuse, comme si laisser un centimètre de mur vide eût été la preuve d'une radinerie inhospitalière ou le refus malotru d'une invitation. De même, les meubles se disputaient le prix de l'incongruité. Les lourds fauteuils des magasins spécialisés bas de gamme, dessinés pour meubler de grands vides : six serres de griffon, trois coussins en velours avec appui pour le dos, des tables à pattes de dragon dont le moindre espace était recouvert de cendriers subtilisés dans divers hôtels et restaurants, des tapis aux prétentions perses mais à l'utilisation bien de chez nous, contrastaient avec les salons à la disposition versaillaise, chaises Louis XV à dossier de brocart et pattes de cerf, vitrines aux intouchables *souvenirs** de visites esparziennes à Versailles et gobelins de récente facture. Tout indiquait que le premier salon, avec son écran télé gigantesque, était celui où les Esparza vivaient, et le salon « français » celui où, de temps en temps, ils *recevaient*.

« Mettez-vous à l'aise, dit sans la moindre ironie ce bon Errol. Je vais prévenir ma mère. »

Nous regardions l'épais tapis de couleur pourpre dont l'évidente intention était de pousser, à l'image d'une pelouse intérieure et crépusculaire, lorsque Errol réapparut suivi d'une femme *toute simple*, une simplicité annoncée tant par sa coiffure passée de mode — une « permanente », je crois qu'on appelait ça — que par ses chaussures à petit talon et boucle noire, en passant — pour remonter cette fois — par ses bas épais, sa robe fleurie, d'une seule pièce, et son court tablier, sur lequel la dame essuyait mollement des mains rougies, comme si elle les séchait d'un déluge domestique, jusqu'à son pâle visage à demi maquillé, la toile blanche d'un artiste hésitant à la terminer ou à la laisser, dans un soulagement mal résigné, inachevée.

La dame nous regarda avec un mélange de candeur et de suspicion, sans cesser de sécher ses mains tel un Ponce Pilate domestique, et dit, d'une voix éteinte, Estrella Rosales de Esparza, pour vous servir...

« Raconte-leur, maman, lui lança brutalement Errol.

— Quoi ? s'enquit doña Estrellita sans faire mine de s'étonner.

— Comment nous sommes devenus riches.

— Riches ? dit la dame, véritablement déconcertée.

— Oui, mère, poursuivit le tondu. Mes amis doivent être surpris par tant de luxe. D'où vient toute cette... camelote ?

— Ah, mon fils... » La dame baissa la tête. « Ton père a toujours été très travailleur.

— Qu'est-ce que tu penses de la fortune de papa ?

— Je trouve ça très bien.

— Non, de son origine, je veux dire...

— Ah, mon fils, comment tu es !

— Je suis comment ?

— Ingrat. Nous devons tout aux efforts de ton père.

— Des efforts ? C'est comme ça qu'on appelle les crimes maintenant ? »

Sa mère le regarda avec un air de défi.

« Quels crimes ? Qu'est-ce que tu veux dire ?

— Que c'est un voleur. »

Au lieu de se fâcher, doña Estrellita conserva un admirable sang-froid. Elle nous regarda patiemment, Jéricho et moi.

« Je ne vous ai pas souhaité la bienvenue. Mon fils est un garçon toujours très pressé. »

Nous la remerciâmes. Elle sourit et regarda son fils.

« Il m'insulte parce que je ne suis pas Marlène Ditrich. Qu'est-ce que je peux y faire ? Lui non plus n'est pas Errol Flynn ! »

Elle nous tourna le dos en baissant la tête, retournant à l'endroit mystérieux d'où elle était sortie.

Errol éclata de rire.

Il nous raconta que son père avait été menuisier, d'abord dans l'un des quartiers les plus pauvres de la ville. Ensuite, il avait commencé à construire des meubles. Très vite, il réussit à vendre des lits, des tables et des chaises à différents hôtels. Ce qui lui permit d'ouvrir un magasin de meubles dans le centre, avenue du 20-Novembre. Aux prises avec tant de meubles, il n'eut d'autre choix que de monter un hôtel, puis un autre et encore un autre, et comme les clients réclamaient de la diversion à portée de main — la télévision en était à ses premiers balbutiements, c'est-à-dire au noir et blanc —, il reprit un vieux cinéma de San Juan de Letrán et le transforma en flambante salle de cinéma, décorée dans le style d'une pagode chinoise comme à Los Angeles et, comme l'homme ne vit pas que d'art, il implanta un magasin de meubles, puis un autre, un autre et encore un autre jusqu'à constituer une chaîne d'hôtels, et voilà de quoi nous vivons.

Errol soupira tandis que Jéricho et moi — et sûrement vous

qui m'écoutez — prenions un air bien élevé et écoutions sans sourciller ce décompte éclair d'une carrière qui culminait dans cette aberration de maison faite de bric et de broc au Pedregal de San Ángel avec un fils qui refusait de monter dans la Cadillac conduite par un chauffeur en uniforme et prenait grand plaisir à humilier une mère sans défense et à attaquer un père absent.

« Il a engagé des équipes de vagabonds pour mettre des rats dans les salles de cinéma rivales, conduire ses ennemis à la faillite et pouvoir récupérer leurs théâtres. »

J'osai un « Ça, c'est sympa », mais Errol, enveloppé dans les brumes de sa rhétorique personnelle, ne m'entendit pas.

« Il a envoyé des vendeurs pour tourner la tête des employés de ses rivaux.

— Très malin, dit Jéricho en souriant.

— Il a envoyé des évangélistes pour les convertir au protestantisme...

— La religion du capitalisme, Errol, dis-je, pour dire quelque chose.

— Tu as lu *Protestantisme et modernité* d'Ernst Troeltsch ? renchérit Jéricho, détournant encore plus la conversation de son sujet. Sans protestantisme, il n'y a pas de capitalisme. Pour saint Thomas, le capitaliste allait directement en enfer. Tout capitaliste est par conséquent protestant. »

Je jure que le désarroi d'Errol m'a fait de la peine lorsque tout de suite après Jéricho et moi nous regardâmes, le remerciâmes et quittâmes cette maison, fortifiée par un jardin sans arbres où des travailleurs dressaient une sorte de statue sur un piédestal.

« Le chauffeur vous ramènera chez vous. »

Nous acceptâmes et partîmes. Soulagés, mais sans dire un mot, échangeant un regard complice qui disait : « C'est notre ami. Et nous continuerons quand même à lui parler. »

Mais nous-mêmes, nous sommes-nous parlé, Jéricho ?

N'avions-nous pas quitté la maison des Esparza en pensant secrètement, toute cette horreur, ce ridicule, cette insatisfaction, cette tristesse arrive *en famille*, a lieu parce qu'il y a *une famille* — comme une corbeille de fruits viciés, un verre de poison, un cloaque capable de recevoir n'importe quoi, de le digérer, le purifier, le rendre à la vie dans une offense finale voisine de la mort?

Nous évitâmes, Jéricho, de nous regarder toi et moi lorsque nous abandonnâmes la résidence du Pedregal. Ni toi ni moi n'avions de famille. Nous étions ce que nous sommes, car nous fûmes, nous sommes et nous serons orphelins. Qu'est-ce qu'être orphelin? Incontestablement, ce n'est pas juste l'absence d'un père, d'une mère ou d'une famille, mais aussi l'intempérie, la carence d'un toit protecteur pour des raisons parfois clairement attribuables à l'abandon, à la mort, à la simple indifférence. Sauf que toi et moi nous n'avions connaissance d'aucune de ces causes. Mais je me trompe. Tu les connaissais peut-être, toi, mais tu n'en parlais pas. Et ma situation était équivoque, comme je le relaterai plus loin.

« C'est notre ami. Nous continuerons à lui parler. »

Même si sans doute, secrètement, nous enviions Errol et sa situation familiale, pour violente ou pathétique qu'elle fût.

« Il n'avait pas besoin de dire ce qu'il a dit. » Jéricho m'envoya ce message secret lorsque je descendis, rue de Berlin.

« C'est vrai, oui », confirmai-je, plus pour ratifier notre amitié qu'autre chose.

Par contre, quelques mois plus tard, en passant du secondaire à l'école préparatoire, nous trouvâmes, plus qu'un prétexte une opportunité pour parler des heures entières avec un nouveau professeur qui avait alors intégré les classes préparatoires. Jusqu'ici, nous n'avions ressenti ni admiration ni mépris envers l'ensemble des professeurs qui, avec une discrétion excessive pour nos esprits exigeants, donnaient des cours peu imaginatifs, fondés sur des actes de mémoire en série (comme le crime) en histoire, géographie et sciences naturelles. Le professeur de biologie était amusant de par les subterfuges qu'il invoquait et les chemins scabreux qu'il empruntait pour sublimer les réalités de la nature dans une explicite référence finale, couronnement de son discours réitéré, à l'acte de la création divine, origine et destin de nos réalités physiques et de notre mortalité transcendante.

Il y avait sans aucun doute d'autres excès qui rompaient la grise neutralité des cours. Le directeur, un Français colérique à l'imprononçable nom de famille breton et que les élèves appelaient « Don Vercingétorix », avait pour habitude de commencer l'année debout sur une estrade un glaïeul à la main. Après avoir parcouru l'assistance scolaire réunie d'un regard à la sévérité torquemadienne, il proclamait : « Voici un jeune chrétien avant d'aller à son premier bal et d'embrasser une jeune fille. » À la suite de quoi il jetait la fleur à terre et la piétinait dans une sorte de french cancan sacré jusqu'à pulvériser l'innocente fleur qu'il ramassait alors et, nous montrant le végétal en loque qu'il tenait, il concluait : « Et voici un jeune homme catholique après être allé à son premier bal et avoir embrassé une jeune fille. » Du glaïeul moribond, seul survivait, dans un symbolisme qui n'était sûrement pas celui voulu par ce Vercingétorix furibond, la tige dressée. Un fécond silence suivait puis un avertissement final : « Pensez-y. Confessez vos péchés. Vous pouvez disposer. » Il ne lui restait qu'à ajouter : « Ce qui ne veut pas dire vous disposer à ricaner », bien que la sévérité formelle de l'école se prêtât peu aux blagues, mais à une sorte de résignation chrétienne lorsque nous nous préparions dans les vestiaires avant de jouer au basket tout en sachant qu'au moment opportun notre professeur Soler entrerait et dirait : « Voyons, voyons, êtes-vous tous prêts ? », son prétexte pour venir se rincer l'œil avant que nous ayons mis nos slips et s'approcher de nous, « Voyons, voyons », afin d'ajuster les protecteurs servant à protéger le sexe des coups sur le terrain, soupesant, à genoux ou penché sur lui, dans une touchante révérence, les testicules de chaque élève pour vérifier que nous étions tous bien parés pour les batailles sportives et, avec un peu de chance, pour les affrontements sexuels.

Nous, élèves, nous pardonnions son innocent penchant au père Soler, dont le visage cramoisi n'était le produit d'aucune honte, mais d'un héritage qui peut donner au métissage entre Indien et blond un aspect empourpré dissimulant parfaitement l'érubescence d'un sentiment coupable. En fait, nous les élèves, collectivement, nous consentions à excuser le tonitruant Vercingétorix comme le silencieux Soler, considérant que l'un et l'autre avaient bien peu d'occasions de s'exprimer en public, soumis qu'ils étaient à de longues heures de prières et rosaires, aux dîners de bonne heure et aux fugaces collations matinales... Ils auraient éteint le soleil avec les fumées de l'encens.

Tout changea lorsque apparut le tout nouveau professeur de philosophie.

Le père Philopater (car c'est ainsi qu'il fut annoncé et ainsi qu'il se présenta) était un petit homme alerte. Il se déplaçait avec une sorte de juvénilité sportive et de vivacité spirituelle, comme si pour démontrer celle-ci il devait célébrer celle-là. Il marchait à différents rythmes. Très rapidement quand il allait d'une tâche à l'autre. Très posément quand il faisait le tour de la cour accompagné d'un ou deux élèves qu'il écoutait dans une intense concentration, offrant une idée contradictoire de petit homme qui grandissait à mesure qu'il réfléchissait, comme si ses idées — car il semblait *penser* plus que *parler* — voletaient au-dessus de lui, créant un halo insolite, non pas sphérique mais allongé, et toujours lumineux.

Inutile de vous dire, à vous qui vivez toujours et pouvez sans danger démentir mes propos ou vérifier mes dires par curiosité, que Jéricho et moi nous remarquâmes tout de suite le nouveau venu et imaginâmes une façon de nous rapprocher de lui et de nous faire une idée de l'homme — au-delà du professeur de philosophie — d'après ce qu'il pensait et disait. Mais il nous devança.

« Inséparables, hein ? nous dit-il en s'approchant de son pas le plus léger. Comme Castor et Pollux. »

L'allusion mythologique ne nous échappa pas, et aussi bien Jéricho que moi, nous sûmes sur l'instant, en échangeant un regard, qu'il parlait des jumeaux nés du même œuf car leur père était un dieu déguisé en cygne. Inséparables, les jumeaux participaient à de grandes expéditions comme la geste des Argonautes sous le commandement de Jason en quête du trésor non encore découvert, qu'ils nommèrent la « toison d'or ».

Philopater vit dans nos yeux que nous connaissions déjà la légende, même si ni lui ni nous n'osâmes, en cette après-midi d'octobre ensoleillée, aborder la conclusion de l'histoire de ces jeunes jumeaux. Une légende peut mal terminer, mais la conclusion ne doit pas devancer les débuts de la vie (Jéricho et Josué) ou ce qui très vite devint une amitié (avec le père Philopater). Pourtant, cette chute, pour tacite qu'elle fût, pouvait-elle ne pas m'instruire sur la suspicion d'une fin, bien que non souhaitée, finalement fatale ? Sans doute la sympathie qui surgit immédiatement entre le professeur et nous fut-elle motivée par une sorte de respect mutuel grâce auquel, même si nous en connaissions les issues, nous les retardions par l'amitié, les idées, la vie en somme, étant donné que le dénouement est toujours, pour l'amitié, les idées et la vie, la mort des interlocuteurs *réels*. Si Socrate survit grâce à Platon, saint Augustin et Rousseau parce qu'ils se sont confessés et le docteur Johnson parce qu'il eut Boswell pour secrétaire et transcripteur, nous trois, le père Philopater, Jéricho et moi, quelle occasion aurions-nous de survivre au-delà d'une lumineuse après-midi d'automne dans la vallée de Mexico ? Serions-nous capables, comme les poètes et les romanciers, de survivre grâce à des œuvres qui, bien qu'elles nous appartiennent, nous échappent et finissent par être à tout le monde, surtout au lecteur qui n'est pas encore né ? Voilà le défi qui commença à s'infiltrer, tel un air pur nous séparant des pollutions asservissantes de la circulation, du smog, du mouvement de corps inhospitaliers dans les rues, du contact même, ici dans la cour, des bruyants élèves à l'heure de la récréation. Non, l'air n'était pas pur. C'était une illusion de la sympathie.

Jéricho et moi n'étions pas (je dois le signaler) des êtres à part dans la communauté scolaire. Au contraire, nous sachant (comme nous nous savions) supérieurs à la collectivité grégaire du vivier, compagnons fortuits de lectures antérieures assurément bien pensées et digérées, notre rencontre devait beaucoup au hasard, qui est accidentel, mais aussi au destin, qui est volonté déguisée. Dans les cafés, en cours, lors de longues promenades dans le parc de Chapultepec ou les pépinières de Coyoacán, lui et moi avions comparé nos idées, évoqué des lectures, chacun suppléant aux carences de l'autre, rappelant un livre, condamnant un auteur, mais en fin de compte assumant un héritage que nous en vînmes à partager avec l'incomparable plaisir de l'éveil intellectuel présent dans toute société mais encore plus dans la nôtre, où la véritable créativité est de moins en moins récompensée et de plus en plus la réussite économique, la célébrité publicitaire, les apparitions télévisuelles, les scandales amoureux et les clowneries politiques.

La différence entre nous, je le reconnais dès maintenant, était de l'ordre de l'exigence et de la rigueur. Je reconnais également, pour les registres de l'éternité, que dans notre relation j'étais le plus mou et le plus passif, Jéricho le plus vigilant et exigeant.

« Exige davantage de toi, Josué. Jusqu'ici nous avons avancé ensemble. Ne me laisse pas te distancer.
— Toi non plus, lui répondais-je en souriant.
— Aucune chance », rétorquait-il.

Après le sport, comme c'était la règle, nous nous douchions tous dans les immenses, froides et solitaires douches du lycée. Contrairement aux écoles de bonnes sœurs, où les élèves devaient se laver vêtues de camisoles qui les transformaient en statues de carton, dans les collèges de garçons il était normal de se doucher nus et cela ne choquait personne. Un code non écrit voulait que dans les douches nous gardions les yeux à hauteur des visages, aucun de nous ne lorgnant, sous peine d'être suspecté de curiosité malsaine ou simplement vulgaire, le sexe d'un camarade. Naturellement l'application de cette règle était surveillée par celui qui l'observait le moins, l'effronté timide, le père Soler, qui parcourait généralement les douches de son regard mixte d'aigle et de serpent — très national —, une menaçante et symbolique trique à la main que jamais, à notre connaissance, il n'utilisa contre les dos humides et les fesses lustrées des élèves.

Ceux qui vivent toujours et me lisent souffriront que je leur narre quelque chose d'aussi insolite pour eux que ce le fut pour nous. Jéricho décida que la tentation de se voir nus était là et que le meilleur moyen de la surmonter n'était pas d'y résister physiquement mais de s'exprimer intellectuellement. Pour cela, dit-il, nous allons choisir deux postulats opposés et en cela complémentaires et les exposer, sous le jet d'une eau qui était gelée, je le signale à ceux qui jouissent encore de tous leurs sens, comme l'exigeait le code de rigueur physique et d'aspiration à la sainteté de nos supérieurs.

Cela me produit encore un certain étonnement, mêlé d'une délicieuse sensualité, de nous revoir, les deux amis, à l'heure de la douche, debout côte à côte sans nous regarder par un commun accord, dégoulinants et avec l'incessant goutte-à-goutte du torrent savoureux qui s'abattait sur nos têtes, nus tous les deux, répétant à haute voix, comme s'il s'agissait à la fois de dogmes et d'anathèmes respectifs, l'un les idées constitutives, formelles, de la philosophie catholique et l'autre celles du discours de la négation absolue. Jéricho soutenait que la philosophie chrétienne de saint Augustin et saint Thomas d'Aquin était la base du système autoritaire et oppressif des nations ibériques. La très ancienne dispute de saint Augustin avec l'hérétique britannique Pélage au IVe ou Ve siècle donnait le ton. L'hérétique revendiquait la liberté de se rapprocher de Dieu au moyen de notre propre sensibilité et intelligence ; saint Augustin affirmait qu'il n'y a pas de liberté personnelle sans le filtre de l'institution ecclésiastique, l'Église étant l'intermédiaire indispensable entre la foi individuelle et la grâce divine. La grâce, disait à son tour l'hérétique, est à la portée de tous. La grâce, lui rétorquait le saint, requiert le pouvoir de l'institution qui la concède. De cette très ancienne dispute entre les oracles vétustes d'un enfant de l'Afrique romaine et un obscur moine du Nord provenaient, selon Jéricho, sous le jet continu de la douche, d'abord la division entre catholiques et protestants, puis la différence entre Latino-Américains et Nord-Américains : nous avons eu le Moyen Âge, augustin et tomiste, pas eux ; ils ont eu le pélagianisme dépoussiéré par Luther et les impératifs capitalistes, pas nous. Pour les Nord-Américains, l'histoire commence avec eux et, le passé, c'est Cecil B. De Mille qui l'a inventé avec l'aide de Charlton Heston. Pour nous, le passé est si ancien qu'il faut le revivre.

Si endosser cette plaidoirie médiévale et catholique sous la douche était déjà un acte singulier mais unificateur pour deux garçons de dix-huit ans nus comme des vers, il n'était pas moins exigeant d'assumer l'argumentaire nihiliste sous sa parure (ou en l'occurrence la nudité) nietzschéenne, car je devais soutenir qu'il n'est de liberté si nous ne nous émancipons pas de la foi et de tout principe ou raison acquise, en soulevant le voile des apparences et en donnant l'impulsion vers la vérité, dont la première étape...

« C'est de reconnaître que rien n'est vérité. »

Il prononçait ces mots « sous la pluie » et j'avoue que je me sentais affligé, que dans ces moments-là j'aurais voulu posséder les certitudes énoncées par Jéricho, que non seulement les cataractes sur ma tête m'aveuglaient, mais aussi une tristesse due à la perte de toute certitude. Cependant, mon rôle dans ce dialogue fraternel, qui nous éloignait de la fausse pudeur ou de la curiosité malsaine, était celui d'un transformateur de valeurs par de fausses valeurs, en sauvant mon cher, mon très aimé ami Jéricho de la culture chrétienne, qui est la culture du renoncement.

« Et tu as déjà vu un catholique renoncer au plaisir, si au bout du compte il suffit de se confesser avec un curé pour se laver de toute faute ?

— Ou à l'argent, chose qui auparavant était l'affaire des juifs ou des protestants ?

— Ou à la célébrité, comme si la sainteté moderne c'était la revue *Hola!* qui la conférait ? »

Nous sortîmes des douches en riant aux éclats, contents d'avoir surmonté la tentation sexuelle, fiers de notre discipline intellectuelle, prêts à échanger les rôles à la prochaine occasion, moi catholique, lui nihiliste, et ainsi aiguiser nos armes pour l'inévitable rencontre — ce serait le plus grand débat de nos jeunes années — avec un homme — le seul homme — capable de nous défier : le nouveau venu, le père Philopater.

Nous retournâmes chez Errol. À cause de la curiosité permanente de Jéricho, et, dans mon cas, non seulement pour cette raison mais aussi pour quelque chose que je n'ai pas mentionné et qui a profondément affecté ma vie.

Le fait est que cette nuit-là les Esparza recevaient. Don Nazario, qui avait acquis une chaîne d'hôtels dans le Yucatán, fêtait l'événement avec des agapes et notre camarade le tondu (ou plutôt l'ex-tondu, devrais-je dire, Errol portant maintenant les cheveux longs, car, nous informa-t-il, dans les années soixante-dix c'était la marque de la jeunesse rebelle) nous invita, selon ses propres mots, à venir observer la faune et la flore. Conformément à des façons qu'ils jugeaient « distinguées », les parents d'Errol recevaient leurs invités à l'entrée du salon Versailles. Don Nazario, que nous n'avions jamais vu, était un homme adipeux, grand, rougeaud, avec le regard ailleurs. Il feignait une grande bonhomie, distribuait accolades et sourires, mais il regardait dans une direction lointaine, comme s'il redoutait que surgisse devant lui quelque chose d'oublié, de menaçant ou de ridicule. Il portait un costume de gabardine vert avec une grande cravate hawaïenne couverte de palmiers, de vagues et de danseuses de hula. On aurait dit qu'il était déguisé. Il s'habillait en rapport avec ses origines (menuiserie, meubles, hôtels, cinémas) et non selon sa position actuelle (propriété au Pedregal et compte en banque solide comme un roc). Se montrer tel qu'il avait été, était-ce un acte de sincérité et d'orgueil envers son passé humble ou l'artifice le plus habile de tous, presque un défi : regardez-moi, je suis arrivé au plus haut mais je reste l'homme humble et bon enfant que j'ai toujours été ?

Nous, il nous salua comme si nous étions ses plus vieux amis, avec de grandes accolades et des sous-entendus erronés, puisque, la main sur le cœur, il nous remercia de notre « geste », c'est-à-dire de la faveur ou des faveurs que nous lui avions faites, lesquelles, évidemment, n'existaient pas, nous amenant à la conclusion que, de deux choses l'une, ou don Nazario se fourrait le doigt dans l'œil ou il se conduisait envers nous d'une manière qui ne pouvait pas être blessante et qui le délivrait lui d'une erreur possible, au cas où il nous fût redevable de quelque chose et l'eût oublié.

En tout cas, cette confusion passa aussi rapidement que le señor Esparza lui-même, qui, dans sa cordialité expéditive, nous poussa en avant, réitérant la cérémonie de la joyeuse et reconnaissante accolade avec les invités suivants et nous dispensant de saluer madame son épouse, doña Estrellita, qui était là, c'était un fait, nous pouvions la voir et la saluer, tout en étant absente, cachée derrière l'imposante présence de son mari mais aussi par un désir d'invisibilité qui redoublait, en quelque sorte, son envie de disparaître complètement.

La tenue de la maîtresse de maison était-elle le fait de son propre goût ou imposée par son mari ? Dans la seconde hypothèse, on frisait l'uxoricide. La dame semblait vêtue, sinon pour aller au paradis ou en enfer, pour demeurer dans des limbes gris, aussi gris que l'était son tailleur couleur souris, ses sempiternels bas grossiers ayant été remplacés par une paire en nylon d'une époque révolue et ses souliers plats par des chaussures vernies retenues par une bride à la cheville. La gêne qu'elle éprouvait à recevoir en public debout derrière son mari était si flagrante que cela en rendait sur-le-champ son mari suspect de sadisme, qui, lui jetant un regard de temps en temps, lui soufflait, d'un air féroce, en tout point opposé à son affabilité d'hôte :

« Souris, idiote, ne me fais pas perdre la face ! »

Un fait palpable, car la señora Estrella arborait un sourire forcé et cherchait l'approbation dans les yeux d'un mari qui n'avait pas besoin de la regarder : il la dominait, nous le comprîmes, par simple anticipation de l'habituel. Doña Estrellita savait que si elle ne faisait pas telle ou telle chose, elle le paierait cher lorsque les « invités » seraient partis.

J'avoue que mon explicable fascination pour le couple me sépara du reste de l'assistance, qui s'était peu à peu dissous derrière un voile de brouhaha, conversations inaudibles, bruits de verres et passage de petits canapés offerts par un serveur basané et trapu, affublé d'un plastron à rayures. Je ne me privai pas d'admirer l'art de la mère d'Errol dans le rôle de la présente absente. Dans son regard absolument fixe et mort apparaissait de temps à autre un éclair qui lui ordonnait :

« Obéis. »

Je pense que ça ne lui coûtait rien de le faire. Elle savait qu'elle passait facilement inaperçu et j'imagine que depuis toute jeune ses commentaires, timides par nature, s'étaient éteints peu à peu sous le coup des ordres brutaux de son mari : tais-toi, ne sois pas ridicule, tu es toujours à côté de la plaque. Pourquoi s'en inquiéter ?

« Sortez du zoo, les gars. Allons au *den*, nous dit Errol. Ma tanière. »

Le *den* était la pièce en désordre que nous connaissions déjà. Errol enleva sa veste et nous invita à l'imiter.

« Après ce que vous avez vu, vous vous sentez capables de tout miser sur l'art et la philosophie ? »

Nous rîmes, je crois. Errol ne nous laissa pas l'occasion de répondre. Affalé en manches de chemise sur le fauteuil le plus confortable, les jambes écartées, il se débarrassa de ses mocassins à pampilles et attrapa une guitare comme si c'était la taille engageante d'une femme obéissante.

« Mettez-vous plutôt à la politique. Voir si vous trouvez un chemin entre ce que vous voulez être et ce que la société vous laissera être. »

J'allais répondre. Mais Errol ne se laissait pas interrompre.

« Ou peut-être que vous misez sur le destin ? »

De la main, il nous fit taire.

« Moi, en tout cas, j'ai déjà parié sur un destin. »

Il nous observa, courtois et intéressés que nous étions.

Il nous raconta sans que nous le lui ayons demandé que,

même si c'était dur à croire, un jour — lointain — Nazario et Estrellita s'étaient sûrement aimés. À quel moment cet amour avait-il pris fin? Quelle fut la nuit où lui ne la désira plus, où il cessa de la voir jeune et où elle sut qu'il la regardait vieillir? Au début, tout était très différent, extrapola Errol, parce que ma mère Estrella avait été élevée au couvent et mon père voulait une épouse immaculée — c'est comme ça qu'on dit — parce que dans la vie il avait connu de vraies catins et les putains savent tromper leur monde. Avec Estrella, il n'y avait pas de doute à avoir. Elle voyagea du couvent au lit de son seigneur et maître, qui l'épuisa en une nuit, lui démontrant que lui, les couvents, il s'en fichait comme d'une guigne — c'était son expression démodée —, et que sa femme avait intérêt, toute chaste qu'elle était, à savoir se comporter en putain pour le bon plaisir d'un mâle tel que Nazario Esparza.

La famille d'Estrellita la remit à son mari, reçut un chèque et quelques propriétés, et ne se préoccupa plus jamais d'elle. Qui étaient-ils? Qui sait. Ils furent grassement payés pour avoir su la donner chaste et pure à un mari vorace et ambitieux. La passion s'était éteinte, même s'il la regardait parfois dans une intense absence. Ce qui était insuffisant pour éviter la même dispute qui se répétait toutes les nuits, quand Estrella conservait encore un reste de caractère et de dignité qui ne faisait que mettre Nazario plus en colère. La même dispute toutes les nuits jusqu'à la découverte de la raison du litige : le devoir sexuel, toujours repoussé, qu'elle réclamait non seulement pour sa nouveauté mais aussi en tant que chaste obligation du sacrement matrimonial et que lui voulait différer peut-être avec ce sentiment étrange d'honorer ainsi la virginité de sa femme, même s'il avait pu constater qu'Estrella était arrivée intacte à la nuit de noce et que, si elle était impure, c'était lui le responsable. Rien de cela ne dura ni ne présenta grande importance. Il s'enfonça peu à peu dans une grossière vulgarité, celle que Jéricho et moi avions observée cette nuit. Et qu'Errol amplifiait encore devant nous.

« Je l'ai aimée il y a dix mille années-lumière », c'était l'oraison du mari.

Elle se réfugia dans le renoncement au sexe au nom de la religion et organisa un dévot petit autel dans la chambre matrimoniale que Nazario ne tarda pas à balayer d'un revers de main, laissant Estrellita résignée à se voir telle que son mari avait fini par la voir une nuit. Elle cessa de se voir jeune alors que lui la voyait sûrement déjà vieille.

« C'était il y a dix mille années-lumière, alors qu'elle priait à genoux : "Ce n'est ni par fornication ni par vice, mais pour donner un enfant à ton saint service." »

Elle remplaça les saints par les portraits d'Errol Flynn, dont les dispositions amoureuses étaient méconnues par Estrellita et Nazario.

« Vous savez quoi? continua Errol. Je parie que mon destin peut être de renverser mon père. Le mot vous plaît? Est-ce qu'on ne l'entend pas tous les jours en cours d'histoire? Machin a pris les armes et a renversé truc jusqu'à ce que bidule renverse machin et ainsi de suite. Est-ce que c'est ça l'histoire, hein, les gars? Une série de renversements? Peut-être. »

Il sembla prendre une inspiration pour dire : « Peut-être, peut-être pas... »

Sans lâcher la guitare, il leva son verre : « Je parie que mon destin peut être de renverser celui de mon père. Renverser un destin, comme si c'était un trône. Peut-être! C'est possible! Ou peut-être pas! »

Il allongea le bras et se mit à jouer de la guitare, en commençant à fredonner, très à propos, le *corrido* du fils désobéissant :

« Partez d'ici, mon père, car je suis plus brave qu'un lion, il ne faudrait pas qu'une balle m'échappe et vous traverse le cœur... »

Des éclats de voix, âpres et ardents, s'élevèrent dans le couloir entre le salon Versailles et le refuge où nous nous trouvions.

« Tu es cinglée ? Donne-moi tout de suite cet appareil photo.

— Nazario, je voulais juste...

— Je me fiche de ce que tu voulais, tu m'as ridiculisé en prenant des photos de mes invités... Manquait plus que ça...

— *Nos* invités, c'est aussi ma fête...

— C'est ta rien du tout, vieille idiote.

— C'est ta faute. Je n'aime pas recevoir. Je n'aime pas être là debout derrière toi. Tu fais ça pour...

— Si tu le faisais bien, tu ne me ferais pas honte ! C'est toi qui me tournes en ridicule. Prendre en photo mes invités !

— Et alors ?

— Avec une photo tu peux faire chanter. Tu piges ?

— Mais puisqu'ils sont tous en photo dans les pages people des magazines !

— Oui, petite gourde, mais pas dans ma maison, pas associés à moi...

— Je ne comprends pas...

— Eh bien tu devrais, abrutie... »

Errol se leva et courut dans le couloir. Il s'interposa entre Nazario et Estrella.

« Maman, ton mari est une brute.

— Tais-toi, petit saligaud, ne te mêle pas de ce qui ne te...

— Laisse, mon grand, tu sais comment...

— Je le sais et je sens le vomi dans la bouche de ce vieux con. Et ça pue...

— Tais-toi, retourne avec tes merdeux d'amis, continuez à boire mon champagne gratis... Bande de fainéants. Empotés !

— Laisse-nous. C'est entre ton père et moi. »

Les yeux de Nazario Esparza étaient aussi vitreux que le cul d'une bouteille. Il mit la main dans sa poche et sortit (pour quoi faire ?) un trousseau avec des dizaines de clés.

« Fiche le camp. Maudit gamin ! dit-il à Errol.

— Je voudrais te voir mort, papa. Mais pas cadavre encore, ça non, bouffé petit à petit par les vers. »

Non seulement ces mots clouèrent le bec à don Nazario, mais ils semblèrent l'effrayer, comme si la malédiction du fils résonnait d'une voix très ancienne, prophétique et finalement lénifiante. Doña Estrella se serra contre son mari comme si elle voulait le protéger de la menace de son fils.

Errol revint dans la pièce et ses parents s'éteignirent peu à peu comme un théâtre désert. Jéricho et moi gardions un visage de pierre.

« Vous voyez, dit Errol. J'ai grandi comme une plante. J'ai vécu dans les intempéries, comme un nopal. »

C'était évident : cette nuit était la sienne et il ne nous laisserait pas en placer une.

Il persista, telle une averse.

« Vous savez quel est le secret ? Mon père veut se débarrasser de lui-même. C'est pour ça que j'ai réagi comme ça. Je vois clair dans son jeu et il ne peut pas le supporter. Il voudrait être le produit de son propre passé, en niant ce qui est arrivé alors mais en profitant des résultats. Vous comprenez ? »

Je répondis que non. Jéricho haussa les épaules.

« Qui étaient ces gens ? demandai-je.

— Ah ! s'exclama Errol. La voilà, la question à un million. Vous savez pourquoi mon père interdit les photos dans les fêtes à la maison ?

— Aucune idée, dit Jéricho.

— Vous l'imaginez même pas. Pourquoi vous croyez qu'il réunit tous ces gens, qu'il leur offre du champagne mais interdit les photos ? Je peux vous le raconter parce que je fouille dans ses papiers en cachette et je fais des recoupements. Le fait est que don Nazario déduit, oui vous entendez bien, déduit ces "fêtes", entre guillemets, de ses impôts. Il les fait entrer dans les dépenses de représentation et "faux frais", des réunions d'affaires sous couvert de "cocktails".

— Qui peut se trouver "déduit" de ces cocktails? insistai-je, soucieux que mon éducation sentimentale ne reste pas incomplète.

— Tous le sont, ricana Errol. Mais papa est le seul assez futé pour interdire la publicité et c'est comme ça qu'il fait son affaire. »

Il éclata d'un rire vide et triste.

« Tu parles si je l'ai pigé, le vieux! Le gros enfoiré! »

Je réussis à placer une question : « Tu crois que tu vas être le redresseur des torts de ton père? »

— Non. » Il haussa les épaules. « Je veux juste aller jusqu'au bout de mes différends avec lui. Vous comprenez? Je suis riche, vous êtes pauvres, mais j'ai plus de malheurs à surmonter. »

Il avala son verre d'un trait.

« Sachez qu'on naît avec des privilèges. Mais on ne se fait pas avec eux. »

Et il nous regarda avec une intensité que nous ne lui connaissions pas.

« Le reste, c'est du racket. »

Je vous racontais, mes chers survivants, que j'étais allé cette nuit-là chez les Esparza pour fuir mon propre foyer, si on peut l'appeler ainsi. Même dysfonctionnelle, la famille d'Errol se trouvait encore dans la colonne des bénéfices, si Cervantès avait raison (et il l'a) quand il citait sa grand-mère : il n'y a que deux familles dans le monde; celle qui a des biens et celle qui n'en a pas. Oui, mais comment quantifier les possessions ou dépossessions familiales? Chacun voit midi à sa porte. Moi je dois expliquer — je le dois à ceux qui vivent encore et s'entassent dans des villes, des quartiers, des familles — que j'ai grandi dans une lugubre maison de la rue de Berlin à Mexico. Vers la fin du XIXe siècle, alors que le pays semblait se pacifier après des décennies de convulsion (en fait, il troquait l'anarchie contre la dictature, presque sans s'en rendre compte), la capitale commença à s'étendre au-delà du périmètre original Zócalo-Plateros-Alameda. Les *colonias*, comme on appela les nouveaux quartiers, choisirent d'afficher des styles européens variés, le parisien en particulier et aussi un autre plus septentrional, qui trouvait son origine en un point situé entre Londres et Berlin et sa destination dans un quartier très patriotiquement nommé Juárez mais qui s'employa à adopter des noms de villes européennes.

Mon premier souvenir est la rue de Berlin et une maison de trois étages dont les créneaux et clochetons proclamaient l'ascendance, avec un patio en pierre exigu et dépourvu de plantes et seulement deux habitants : la femme qui s'occupait de moi depuis mon enfance et moi-même. Mon nom est Josué Nadal, ce que les lecteurs savent déjà depuis que ma tête coupée a commencé à divaguer, posée telle une noix de coco léchée par les vagues sur une plage du Guerrero. Le nom de la femme qui s'occupait de moi depuis mon enfance était María Egipciaca del Río, un nom aux consonances coptes qui n'a rien d'étonnant dans un pays où les baptêmes sont une part féconde de l'imagination populaire : au Mexique, les Hermenegildos, Eulalios, Pancracios, Pánfilos, Natividades et les Pástoras, Hilarias et Orfelinas abondent.

Que nous nous appelions elle Marie l'Égyptienne et moi Josué ne devrait pas non plus attirer particulièrement l'attention si l'on se souvient des noms bibliques que les Nord-Américains se sont attribués dès l'origine : Natanael, Ezra, Hepziba, Jediah, Zabadiel, sans parler de Lanzarote, Marmaduke et Increase.

Attribuez ce répertoire, si cela vous chante, à la vocation nominative du Nouveau Monde, baptisé une fois, à l'aube des temps, de noms indigènes, et rebaptisé de noms chrétiens et africains au fil de l'histoire.

Je dis tout ceci pour situer María Egipciaca sur un terrain souverain de termes spécifiques, au-delà des appellations telles que « mère », « belle-mère », « nounou », « tata », « gouvernante » ou « marraine », dont je n'osais pas affubler la femme auprès de qui j'ai grandi mais qui m'a toujours dissimulé son identité, m'interdisant tacitement de l'appeler « mère », « marraine » ou « belle-mère », car le mélange d'attention et de distance chez María Egipciaca était une sorte de courant alternatif qui, lorsque je manifestais de la méfiance, déferlait en gâteries de sa part, et lorsque je me montrais affectueux se bridait en une réponse hostile. Je précise que ce jeu, puisque il y a quelque chose de ludique dans toute relation étroite et solitaire qui à chaque pas doit choisir entre l'amitié et l'inimitié, ne s'est établi clairement qu'à mesure où je grandissais et situais dans mon environnement cette petite femme sévère, éternellement vêtue de noir, portant ceinture et col montant, blanc et amidonné, mais aussi coquettement coiffée de boucles courtes et cuivrées en une coiffure qu'on appelait il y a longtemps « permanente » (et que l'on retrouvait comme un oracle de ces temps sur la tête de la mère d'Errol). Le sévère costume convenait mal aux chaussures à talons hauts que María Egipciaca portait pour dissimuler sa petite stature, bien que celle-ci fût compensée largement par l'énergie qu'elle déployait dans la grande bâtisse de la rue de Berlin, qui était comme une cage à éléphants occupée par deux souris, car des trois étages nous n'occupions elle et moi qu'un espace délimité par le vestibule, le salon, la cuisine ainsi que deux chambres au deuxième étage, dans une sorte de mystérieuse condamnation du dernier étage, où personne ne montait jamais, ni elle ni moi, comme si là-haut résidait la folle du logis et non le fourbis que des habitants précédents y avaient laissé au cours du siècle.

De plus, la maison de Berlin avait beaucoup souffert du grand tremblement de terre de 1985 et personne ne s'était occupé de réparer les murs fissurés ou de restaurer les combles, superbes, qui faisaient office de mirador et couronnaient la demeure. De sorte que lorsque j'arrivai pour vivre, encore enfant, oublié, oublieux et oubliable (je suppose), dans cette maison, celle-ci se trouvait déjà dans un état, plus que d'abandon ou d'oubli, de dérive, comme si une maison était un ruisseau perdu dans la grande marée d'une ville ravagée depuis toujours par la destruction militaire, la misère, l'inégalité, la faim et la rébellion mais, malgré ou grâce à tant de catastrophes, acharnée à ressusciter de plus en plus chaotique, fougueuse et impertinente : la ville de Mexico faisait un gigantesque et insolent pied de nez au reste du pays, attiré par elle comme la proverbiale mouche par la toile d'araignée qui la retiendra à jamais captive.

Y avait-il deux María Egipciaca ? Je ne me souviens plus à quel moment a commencé ma vie dans cette demeure glauque de la rue de Berlin, car nul ne se souvient du moment de ma naissance et, à défaut d'autres références, on se situe dans l'univers dans lequel on grandit. À moins que, dans un accès de sincérité ou de salubrité imaginaire, la personne qui nous accueille ne nous dise : « Tu sais, ce n'est pas moi ta mère, je t'ai adopté quand tu venais de naître... »

María Egipciaca ne me fit jamais une telle faveur. Je me souviens d'elle, pourtant, avec la tendresse passagère qu'impose la gratitude. C'est une chose d'être reconnaissant pour un fait précis, c'en est une autre d'être reconnaissant pour toujours. Dans le premier cas, c'est une vertu, dans le deuxième, une bêtise ; les faveurs se renouvellent mais la reconnaissance se perd si elle ne débouche pas sur autre

chose : l'amour, oiseau de haut vol, ou l'amitié, non pas
« oiseau sans ailes » (Byron) mais volatile moins fugitif que
l'amour, dans son haut vol passionnel et sa faible passion
charnelle. María Egipciaca appartenait au paysage de mon
enfance. Elle me faisait manger et avait la particularité de
m'offrir avec la cuillère des maximes coupées en deux,
comme si elle s'attendait à ce que descendît le Saint Esprit
des Proverbes pour éclairer mon esprit d'enfant :
« Rien ne sert de courir... »
« L'appétit vient... »
« Il pleut, il mouille... »
« En bouche close... »
« C'est pas à un vieux singe... »
Je crois que, quelle que fût l'identité réelle de María Egipciaca, la mienne, pour elle, était celle d'une enfance perpétuelle. Je n'osai pas, petit, lui demander qui es-tu?, me
contentant, dans la morne solitude de cette maison verdâtre,
de me trouver là alors que j'ignorais qui j'étais. La vérité c'est
que jamais elle ne m'appela « mon fils », et si elle le fit par
accident ce fut comme quand on dit « eh, toi », « mon grand »
ou « petit coquin ». J'étais un astérisque dans le vocabulaire
quotidien de cette femme qui s'occupait de moi sans donner
d'explications et sans jamais clarifier son statut par rapport à
moi. Je n'en fus pas perturbé, je m'habituai à cette relation,
j'étouffai toute question concernant l'identité de María Egipciaca et fus envoyé à l'école publique de la Calzada de la
Piedad où je me fis quelques amis — pas beaucoup — que je
n'ai jamais invités chez moi et chez qui je ne fus jamais invité.
J'imagine qu'une aura de prohibition flottait autour de moi ;
j'étais « bizarre », il n'y avait pas derrière moi ce quelque
chose que les autres connaissent intuitivement : une famille,
un foyer. J'étais en fait l'orphelin qui, comme le facteur,
arrive et s'en va ponctuellement, sans même provoquer par
ce qui, plus tard, dans le secondaire, serait ma marque de

fabrique : mon grand nez, ou plutôt, comme le dira l'ami qui vint combler toutes les solitudes de mon enfance, Jéricho : « Tu n'as pas un gros nez. Il est long et fin, c'est tout. Ne te laisse pas baver dessus par cette bande de petits cons. »

Comme le nez est l'avant-garde du visage, qui précède le corps et annonce les autres traits, je commençai à subodorer que quelque chose changeait dans ma relation avec María Egipciaca quand, fatalement, elle découvrit mon caleçon raidi de sperme dans le panier à linge sale. Mon alarmante première éjaculation avait été involontaire, après avoir vu par hasard une revue américaine dans le kiosque au coin de la rue, l'avoir achetée avec honte et feuilletée avec excitation. Je crus que j'étais malade (après quoi, au cours d'interventions subséquentes, l'inquiétude se transforma en plaisir) et je ne sus que faire de mon caleçon taché sinon le mettre dans le panier aussi naturellement que je le faisais avec mes chemises et mes chaussettes, certain que la blanchisseuse qui venait à la maison une fois par semaine se préoccupait assez peu de trouver des traces d'une saleté ou d'une autre dans les sous-vêtements, ce n'était pas pour rien qu'on les portait « sous » les autres.

Ce que j'ignorais, c'est qu'avant de le remettre à la blanchisseuse, María Egipciaca examinait soigneusement tout le linge. Elle n'eut besoin de rien me dire. Son attitude changea et je ne pus attribuer ce changement à autre chose qu'à mon caleçon souillé. Je supposai qu'une mère, sans nécessité aucune de faire allusion au fait, serait venue tendrement dire quelque chose comme : « Mon bébé est un vrai petit homme maintenant » ou une niaiserie de ce genre, elle n'aurait jamais fait référence à l'incident en soi et encore moins dans un but de sanction. C'est pourquoi je sus que María Egipciaca n'était pas ma mère.

« Espèce de porc. Petit cochon, me dit-elle avec son visage le plus acerbe. Tu me fais honte. »

À partir de ce moment-là, ma geôlière, car je ne pouvais plus la voir autrement, n'eut de cesse de m'agresser, de m'isoler, de m'acculer, m'armant finalement d'une totale indifférence face au feu nourri de sa censure.

« Qu'est-ce que tu vas faire de ta vie ? »

« À quoi vont te servir tes études ? »

« Quels sont tes buts ? »

« Si seulement tu avais plus de sens pratique ! »

« Tu crois que je vais toujours subvenir à tes besoins ? »

« Tous ces livres, c'est pour quoi ? »

Ce qui culmina dans une maladie nerveuse qui était en réalité la manifestation de l'effondrement de mes défenses corporelles devant une réalité qui m'assiégeait sans m'offrir de porte de sortie, un grand mur d'énigmes autour de ma personne, mes buts, ma sexualité, mes origines familiales, l'identité de mon père et de ma mère, l'utilité de lire tous les livres que me conseillaient les libraires d'occasion avec lesquels je sympathisais temporairement et, plus tard, le professeur Philopater.

Le médecin décréta une crise nerveuse en rapport avec la puberté et me prescrivit de garder la chambre pendant quinze jours, aux bons soins d'une infirmière.

« Je sais m'occuper de lui, s'interposa María Egipciaca avec tant d'amertume que le médecin la coupa sans égards, annonçant que dès le lendemain une infirmière viendrait s'occuper de moi.

— Bien, fut la réponse résignée de María Egipciaca. Si Monsieur paie...

— Vous savez bien que Monsieur paie tout, paie bien et paie ponctuellement », lui dit sévèrement le médecin.

C'est ainsi qu'apparut dans ma vie Elvira Ríos, ma petite infirmière brunette, jeunette et tendrette, et immédiatement l'objet d'une haine concentrée de la part de doña María Egipciaca del Río, pour des raisons qui n'étaient pas étrangères à la similitude de leurs noms de famille fluviaux, même si ma geôlière était singulière et mon infirmière un véritable delta.

« Regardez-moi ça, toute noiraude et toute de blanc vêtue. On dirait une mouche tombée dans un verre de lait.

— C'est fou comme les naines pullulent par ici », répliqua avec une inconséquente rapidité la petite infirmière.

Mais je dois maintenant, pour me montrer plus gré qu'ingrat, revenir au père Philopater et à ses enseignements.

Philopater dixit :

Le philosophe Baruch (Benoît, Benito, Benedetto) Spinoza (Amsterdam, 1632-La Haye, 1677) observe attentivement la toile d'araignée qui se déplie comme un voile envahissant un coin du mur. Une seule araignée domine en maître l'espace de la toile qui, si Spinoza se souvient bien, n'existait pas il y a quelques mois, n'existe que depuis très récemment, passant d'abord inaperçue, et s'imposant maintenant comme élément principal d'une chambre monacale, nue, sûrement inhospitalière pour qui n'a pas vocation, comme Spinoza, au renoncement suprême.

Rien d'autre qu'un grabat, un secrétaire avec des papiers, des plumes et de l'encre, une aiguière et une chaise. Pas de miroir, non par manque de moyens ou absence de vanité. Ou peut-être pour ces deux raisons. Des livres jetés par terre. Une fenêtre donne sur un patio en pierre. Et la toile d'araignée où règne l'insecte patient, lent, persévérant, qui crée son univers sans l'aide de personne, dans une solitude presque sidérale que le philosophe décide de rompre.

Il rapporte de la rue une araignée (elles abondent en Hollande) identique à celle de la chambre. Identique mais ennemie. Il suffit à Spinoza de placer délicatement l'araignée de la rue dans la toile de l'araignée domestique pour que celle-ci lui déclare la guerre, que l'étrangère fasse savoir que sa présence n'est pas pacifique non plus, et que commence un combat entre araignées que le philosophe, absorbé, observe, sans savoir avec certitude laquelle des deux triomphera de cette guerre pour un espace vital et une survie durable : la vie d'un arachnide est aussi fragile que la soie que sa bave produit au contact de l'air, aussi longue que sa probable patience. Mais il a suffi l'introduction sur son territoire d'un insecte identique pour transformer l'intruse en Némésis de la première araignée et déclencher la guerre qui culminera en une victoire qui n'intéresse personne, après une guerre qui ne concerne personne.

Mais voici que, non dépourvu d'imagination (qui dit le contraire?), le philosophe ajoute un conflit au conflit en lançant une mouche sur la toile d'araignée. Immédiatement, les araignées cessent de se battre entre elles et se dirigent d'un pas patient et menaçant vers le point où la mouche immobile gît, captive d'un territoire qu'elle ne connaît pas, qui lui emprisonne les ailes et embrase son regard glauque (verdâtre comme les murs de la rue de Berlin) comme si elle voulait envoyer un SOS à toutes les mouches du monde afin qu'elles la sauvent de l'inexorable fin : être dévorée par les araignées qui, une fois satisfait leur appétit de tuer l'intruse de leur vénéneux labeur, se dévoreront entre elles. C'est cela, la mort : une mauvaise rencontre. C'est cela, une araignée : un insectivore utile au jardinier.

Spinoza rit et retourne à son travail alimentaire. Polir le verre. Le tailler pour des lunettes et pour la magie de ce microscope inventé il y a peu par le Hollandais Zacharias Janssen, détenteur de la brillante idée de réunir deux lentilles convergentes, l'une pour voir l'image réelle de l'objet, l'autre l'image agrandie. On dispose ainsi de l'image immédiate des choses, et en même temps de son image déformée, grossie ou simplement imaginée. Le philosophe pense que, comme il existe un monde immédiatement accessible aux sens, il en existe un autre, imaginaire, où toutes les fantaisies sont accessibles à condition de ne pas le confondre avec le réel. Et qu'est-ce que Dieu ?

Spinoza est très conscient de l'époque à laquelle il vit. Il sait qu'Uriel a été condamné par les autorités ecclésiastiques en 1647. Sa faute : nier l'immortalité de l'âme et la révélation du monde, puisque tout est nature et que ce que *natura non da* ni le pape ni Luther ne le prêtent. Il sait qu'en 1656 Juan de Prado a été excommunié pour avoir affirmé que les âmes meurent en même temps que les corps, que Dieu n'existe que d'un point de vue philosophique et que la foi est un frein majeur à une vie pleine sur terre.

Baruch lui-même, descendant juif de Portugais chassés au nom d'une folie politique, l'unité de l'Ibérie, israélite de naissance et de confession, ne fut-il pas rejeté de la Synagogue parce qu'il ne s'était pas repenti de ses hérésies philosophiques qui — les rabbins avaient raison — conduisaient à nier la dogmatique des docteurs et ouvraient la voie à ce qui est le plus dangereux pour l'orthodoxie : la pensée libre, sans attaches doctrinaires ?

Non : Spinoza fut chassé, car il voulait être chassé. Les rabbins lui demandèrent de se repentir. Le philosophe refusa. Les rabbins voulurent le retenir. Ils lui offrirent une pension de mille florins mais Spinoza répondit qu'il n'était ni corrompu ni hypocrite, juste un homme qui cherchait la vérité. C'est un fait que Spinoza s'est senti dangereusement séduit par Israël, s'est senti menacé par cette séduction et a tourné le dos à la Synagogue. C'est ainsi que le grand rabbin a déclaré Spinoza *Nidui*, *Cherem* et *Chamata*, éloigné, chassé, extirpé d'entre nous.

Ce que voulait le philosophe afin de prôner une indépendance qui ne se laisserait pas séduire, en revanche, par le libéralisme rationnel de la nouvelle bourgeoisie protestante européenne. Rebelle face à Israël, Spinoza serait aussi rebelle devant Calvin, Luther, la maison d'Orange et les principautés protestantes. En tout cas, il avisa ses amis : « Gardez secrètes mes idées. » Ce qui n'empêcha pas un fanatique de tenter de l'assassiner une nuit d'un traître coup de poignard. Le philosophe conserva dans un coin de sa chambre la cape fendue par l'arme blanche.

« Tout le monde ne m'aime pas. »

Il n'accepta ni postes, ni chaires, ni sinécures. Il vécut dans des meublés, sans *biens*, sans *liens*. Il n'accepta jamais un seul compromis. Ses idées dépendaient d'une vie de dénuement. Sa survie, d'un travail manuel modeste, mal payé, solitaire. La pensée doit être libre. Si elle ne l'est pas, toute oppression devient possible, toute action coupable.

Dans cette solitude isolée, donc, à polir le verre et à représenter le drame historique de l'araignée qui tue l'araignée, des araignées qui se rassemblent pour dévorer la mouche, du grand poisson qui mange le petit, du crocodile qui les mange tous les deux, du chasseur qui tue le crocodile, des chasseurs qui se tuent entre eux pour la peau qui ornera les casques des militaires sur le champ de bataille et la mort de milliers d'hommes dans les guerres, l'extension du crime aux femmes, aux enfants et aux vieux, la sélection du crime appliqué aux juifs, mahométans, chrétiens, rebelles, libertins, ceux qui, finalement hérétiques, choisissent. *Eso theiros*, je choisis : hérésie, liberté...

Tout n'est-il pas, en fin de compte, un effet d'optique ? se demande Baruch (Benoît, Benito, Benedetto) penché sur ses verres, convaincu que seul est philosophe celui qui, comme lui, s'adonne à l'ascétisme, l'humilité, la pauvreté et la chasteté.

Seulement, n'est-ce pas celui-ci le plus grand de tous les péchés ? La rébellion de Lucifer dans sa très haute humilité n'est-elle pas la faute la plus épouvantable : être meilleur que Dieu ?

Baruch Spinoza hausse les épaules. L'araignée dévore la mouche. La mort n'est autre qu'une mauvaise rencontre. Ainsi parla Philopater.

Peu après cette terrible scène de famille à la résidence du Pedregal, Errol quitta la maison de ses parents. Nous en fûmes informés parce qu'en même temps il laissa tomber l'école durant cette première année de prépa, et nous décidâmes d'appeler chez lui, aussi curieux qu'inquiets pour un garçon dont le destin semblait si différent du nôtre qu'il représentait finalement ce que Jéricho et moi aurions pu être.

La maison du Pedregal, ce soir-là, nous parut sombre, comme si l'extrême nudité de ses lignes austères avait été renforcée par l'amoncellement intérieur que j'ai décrit plus haut. Comme si, dans le contraste dépouillé entre soleil et ombre — architecture taurine, en fin de compte, essentielle réduction de cette cérémonie —, la lumière avait cédé devant un sombre crépuscule que l'intérieur de la maison transmettait, malgré sa résistance, à l'extérieur.

Nous n'eûmes pas à attendre : la porte d'entrée s'ouvrit et sur le seuil apparut une jeune femme corpulente accompagnée du serveur basané et chétif que nous avions connu lors de la réception. Chacun avait une valise à la main, la femme portant aussi, pressée contre sa poitrine, une petite statue en porcelaine de la Vierge de Guadalupe. Ils n'étaient pas seuls. Derrière elle apparut la mère d'Errol, la señora Estrellita, se séchant les mains sur son tablier et fusillant du regard les domestiques avec une fièvre que nous ne lui connaissions pas, tout en supportant la pluie d'injures que déversait sur elle son mari don Nazario, vêtu d'un tee-shirt, d'un short et de chaussures de tennis en cuir.

C'était comme un déluge de haines et de récriminations qui se rétro-alimentaient, des eaux troubles infectées d'urgences et d'excroissances qui prenaient leur source fangeuse dans les cris du père, s'apaisaient dans ceux de la mère et finalement trouvaient un étrange havre de silence dans ceux qui auraient dû être les plus furieux, les deux serviteurs renvoyés par la señora Estrella qui vociférait incapables, crapules, vous avez abusé de ma confiance, fichez le camp, je n'ai pas besoin de vous, je sais ranger ma maison et faire la cuisine mieux que vous, saleté d'Indiens, espèces de sauvages, retournez dans vos montagnes, inconsciente de notre présence, dans une fureur domestique mal dirigée, décochée contre le couple de domestiques mais qui retombait sur nous Jéricho et moi, spectateurs invisibles, et son mari don Nazario, sorte de Jupiter lointain mais omnipotent, habillé comme pour aller faire son jogging et en effet galopant derrière sa femme, elle-même sur les talons de ses employés, dont le silence obstiné, les regards fixes et l'attitude impassible étaient le témoignage d'une résistance passive et l'annonce de colères accumulées qui, sans un soulagement quotidien au compte-gouttes, finiraient par déborder dans une de ces explosions collectives que le couple Esparza n'imaginait peut-être même pas, pensait peut-être conjurer pour longtemps grâce aux règles d'obéissance et de soumission au patron ou, qui sait, désirait comme on désire une expiation émotionnelle qui balaie les indécisions, les culpabilités secrètes, les omissions et les fautes de ceux qui détiennent le pouvoir sur les faibles.

Doña Estrellita poussait devant elle les domestiques renvoyés. Don Nazario insultait doña Estrellita. Les domestiques, au lieu de prendre leurs valises et de s'en aller — elle, s'en remettant à la Vierge —, restaient stoïques, comme s'ils méritaient cette pluie d'injures qui s'abattait sur eux ou qu'ils jouissaient, sans un sourire, des insultes que le patron adressait à la patronne dans une sorte de chaîne de récriminations, qui était ce qu'il y a de plus proche de l'éternité en termes de condamnation.

« Où est passé le vase chinois ?
— Les bêtises, on les accepte et même on les excuse chez une jeune fille...
— Avouez que vous l'avez cassé !
— Pas chez une vieille...
— Et le canari ?
— Jeune, tu étais bêtasse...
— Pourquoi il était mort ce matin ?
— Mais tu avais un certain charme...
— Pourquoi vous l'avez laissé mort dans sa cage ?
— Tu étais jolie, petite idiote !
— Pourquoi la porte de sa cage était-elle ouverte ?
— Qu'est-ce qui t'est arrivé ?
— Vous voulez me rendre folle ?
— C'est quoi qui te fait le plus peur ?
— Ne restez pas plantés là.
— Vivre seule ou rester avec moi ?
— Du balai, je vous dis !
— Ne sois pas stupide, dis-leur de revenir. Tu crois que tu vas... ? »

Doña Estrella fit volte-face pour se retrouver, la bouche ouverte et les yeux fermés, nez à nez avec son mari. Elle se rangea sur le côté. Don Nazario lui tourna le dos. Les domestiques rentrèrent dans la maison, comme s'ils connaissaient cette comédie par cœur. Ils revenaient armés du poignard des insultes dont le patron avait abreuvé la patronne. Ils accrocheraient les injures, comme des trophées, dans la pièce humide et sombre, à l'écart, qu'on réserve toujours au personnel, avec un mur, ça oui, pour qu'ils puissent y punaiser l'image de la Vierge et, pour la maudire, la photo des Esparza.

Ça fait si longtemps ! s'exclamerait Errol lorsque le lendemain nous nous rendîmes à son petit appartement pour le voir : deux pièces à peine dans la rue du Général-Terán, à l'ombre du monument à la Révolution. Le serviteur basané nous avait donné la nouvelle adresse de notre ami en nous faisant jurer de nous taire, car les parents du petit Errol ne la connaissaient pas.

« Quand est-il parti ?
— Il y a dix jours.
— Comment ?
— Comme s'il avait le diable au corps.
— Pourquoi ?
— Vous lui demanderez à lui, si vous voulez bien... »

Nous n'étions pas surpris de ce départ. C'étaient ses raisons qui nous intéressaient. Le petit appartement dans l'ombre de la grande pompe à essence révolutionnaire était nu, dépourvu de tout mobilier, à peine un matelas au sol, une table, deux chaises, une salle de bains la porte entrouverte, notre ami Errol, que nous enviions parfois et que parfois nous plaignions. La guitare que nous connaissions déjà. Une batterie neuve, un saxophone dans un coin.

Était-ce la colère qui l'avait chassé ? fut sa question rhétorique, assis par terre, les bras croisés, avec ses cheveux longs et ses idées courtes. Non, c'était la peur, même si sa colère envers ses parents était plus que justifiée. Peur de devenir, auprès de sa famille, ce que son père et sa mère étaient déjà : deux êtres acariâtres, spectraux, mesquins. Deux fantômes ennemis qui laissaient sur leur passage un parfum de mort. Estrellita avec son immuable tête de qui assiste à un mariage et ne renonce pas à l'idée d'une fin heureuse, malgré toutes les évidences qui vont à l'encontre. Sa béatitude absurde. Ses plaintes par habitude pure et simple. Son cercueil imaginaire qui l'attend dans le couloir de sa chambre. Ben oui, à quoi elle sert, ma mère ? À se méfier de son personnel ? C'est ça, sa seule façon de s'affirmer ? À pleurer en imaginant la mort des autres, un *les autres* vague, dans le but de repousser la mienne ?

« Mais je suis là, ma petite maman ! »

Il tira quelques notes de sa guitare.

« Quand mon père l'enguirlande, elle s'enferme dans la salle de bains et chante. »

Les seuls objets de sa dévotion sont la mort, la seule chose de sûr dans la vie, et la Vierge. Elle ne se rend pas compte que sa foi la rapproche de cette bonne qu'elle déteste. Comment est-il possible d'être chrétien, d'avoir la même foi et de mépriser les croyants qui vous sont socialement inférieurs ? Comment concilier ces deux extrêmes, la foi partagée et la position sociale opposée ? Qui est le plus chrétien ? Qui entrera au ciel par l'œil du chameau ? Et qui, par la serrure de la porte étroite ?

Jéricho et moi nous regardâmes. Nous comprenions qu'Errol avait besoin de nous pour mettre des mots extérieurs sur sa tourmente intérieure et que celle-ci transcendait la relation avec ses parents, venant se loger finalement dans la relation d'Errol avec Errol, de l'enfant avec l'homme, du gamin protégé avec le jeune livré à lui-même, de l'artiste qu'il voulait être et du rebelle qui, peut-être, ne pouvait être que cela : rebelle, jamais artiste, car l'insurrection personnelle n'est pas le signe d'une imagination esthétique. Puis il se mit à parler de son père.

Que penser d'un homme qui voyage à l'étranger avec une aumônière pleine de pesos en argent à la ceinture pour être sûr qu'on ne le vole pas ? Ou avec une mallette spéciale pleine de piments destinés à assaisonner l'insipide cuisine française ?

Il se tut quelques instants. Ne nous invita pas à faire de commentaire. Il était clair que sa diatribe n'était pas encore terminée.

« Vous vous souvenez quand je vous ai raconté l'ascension de mon père ? L'homme d'action, le fidèle mari, le courageux chef de famille ? D'abord menuisier dans un quartier pauvre de la ville, à construire lits, tables et chaises pour les vendre à différents hôtels. Puis les magasins de meubles, les hôtels, les cinémas. Vous vous souvenez ? Le saint Joseph moderne, sauf que sa Vierge Marie n'a pas donné naissance à un sauveur mais à un délateur. Je ne vous ai pas tout dit ce jour-là. J'ai sauté le maillon qui complète la chaîne de mon cher père, comme le porte-clés qu'il adore faire sonner avec autorité dans sa poche. Entre les magasins de meubles et les hôtels, il y a les bordels. Le premier chaînon de ma fortune, ce sont les maisons de passe. C'est là qu'ont atterri les matelas, c'est là que les lits étaient utilisés, c'est là que s'est constituée la fortune catholique, bourgeoise et respectable d'un couple qui insulte ses domestiques et ignore son fils. Dans un bordel. »

Que pouvions-nous dire ? Il n'attendait rien. Sa confession ne nous affectait pas. C'était son problème. Pour lui, à l'évidence, c'était devenu une blessure à vif et nous sûmes en cet instant même que notre désintérêt pour cette histoire, l'importance que Jéricho et moi nous nous accordions à donner aux géographies des familles ou aux hypothétiques « fautes » des individus, faisaient que nous nous en fichions complètement. Là-bas, nous corroborâmes Jéricho et moi quelque chose que nous savions déjà et qui était le produit nécessaire de nos lectures confrontées au bond philosophique et moral qu'avait représenté l'instructive amitié du père Philopater. Leçon pour nous, pour lui reconnaissance de pertes et de gains dans la partie du jeu ancestral joué entre parents et enfants, ascendance et descendance. De qui pouvais-je parler, moi, sinon de femmes qui n'étaient pas des parentes, María Egipciaca, ma Némésis, et Elvira Ríos, mon infirmière ? De qui Jéricho le pouvait-il, qui gardait le silence sur des antécédents familiaux dont, peut-être, il ignorait tout ? Et de quel lien, sinon du nôtre, lui et moi, Jéricho et Josué, pouvions-nous parler, la relation familiale étant en fin de compte dans nos vies identique à la relation amicale ? Cette solitude apparente était la condition de notre solidarité véritable. La petite saga d'Errol et sa famille nous confirmait Jéricho et moi dans la fraternité comme signe d'une juste orientation de nos vies. Frères, non de sang mais d'intelligence, nous nous rendîmes compte (en tout cas, moi, je le sus) que le savoir nous unissait très tôt mais aussi nous mettait sans doute à l'épreuve pour le restant de nos vies. Serions-nous toujours les amis intimes que nous étions à cette heure ? Que nous réservaient les douze coups de midi ? Et la prière murmurée au déclin du jour ?

Peut-être était-ce injuste de nous affirmer tels que nous dénommait Philopater — Castor et Pollux — juste par contraste avec le véritable statut d'orphelin de notre ami Errol Esparza, volontairement éloigné de ses parents et pourtant peut-être plus que nous livré à l'éternel conflit du talent et de la solitude.

Alors sortit de la salle de bains, nu, les cheveux mouillés, un jeune homme qui nous salua et s'assit devant la batterie tandis qu'Errol prenait sa guitare, les deux entamant leur version rock de *Las golondrinas*.

À bon entendeur, peu de mariachis.

J'ai toujours su qu'elle nous espionnerait. La présence d'Elvira Ríos était une véritable offense pour María Egipciaca, avant même que l'infirmière eût mis le pied dans la maison à la dérive de la rue de Berlin. Dans la tête de ma geôlière, il n'y avait de place en cette immense résidence que pour deux personnes, elle et moi, dans cette relation de chaste promiscuité que j'ai décrite. C'était comme si deux animaux ennemis occupaient, sans autre compagnie, une forêt tout entière et qu'un beau jour un troisième animal entrait et semait la pagaille dans un couple qui, par ailleurs, ne s'aimait pas. Y eut-il de la haine entre ma gardienne et moi ? Je le présume, dans la mesure où la continuelle dissension des affects et des sympathies suppose une adversité qui pousse les personnages en lice à faire ce qu'il faut juste pour que l'autre, à peine s'aperçoit-il de la chose, prenne le parti opposé. Si je me plaignais, ou me levais du mauvais pied, María Egipciaca se hâtait de me demander, qu'est-ce que tu as, qu'est-ce qui t'arrive, je peux faire quelque chose ? Si au contraire je me réveillais plus radieux que le soleil, elle ne tardait pas à brandir un fleuret empoisonné, on voit bien que tu ne sais pas ce que cette journée te réserve, tu as pensé à tes devoirs pour aujourd'hui, pourquoi ne les as-tu pas faits hier?, du coup tu as plus à faire maintenant, et comme tu manques non seulement de temps mais de talent, tu n'arriveras jamais à rien comme ça : tu seras toujours un *raté*... La présence de ce mot français dans le vocabulaire de María Egipciaca me portait à imaginer le type d'éducation qu'avait reçu ma geôlière, étant donné que je ne l'avais jamais vue lire un livre, pas même un journal. Elle n'allait ni au cinéma ni au théâtre, mais sa radio était allumée jour et nuit, ce qui faisait de sa journée une sorte d'annexe de la programmation de la XEW, La Voix de l'Amérique latine depuis Mexico. Que la pauvre femme retenait quelque chose, j'en eus la confirmation le jour où se présenta, dans sa lumineuse blancheur, l'infirmière Elvira Ríos, et où María Egipciaca déclara :

« Quel manque de sérieux. C'est le nom d'un chanteur de boléros.

— Ce n'est pas plutôt que tu t'appelles Del Río et elle Ríos, et que ça t'agace ?

— D'un fleuve à l'autre, on verra bien qui se noie la première. »

Les jours précédant l'arrivée de l'infirmière furent peut-être les pires d'une réclusion qui, auparavant, avaient au moins les portes ouvertes sur la rue et le lycée. Mais là, alors que j'étais enfermé sur ordre du médecin et dans l'attente de l'arrivée imminente de l'infirmière, les manies de ma « belle-mère » s'exacerbèrent jusqu'à la cruauté. Elle trouva mille façons de me faire sentir que je n'étais bon à rien. Elle préparait les repas dans un remue-ménage qui envahissait toute la maison, elle montait jusqu'à ma chambre avec le plateau qui tintait comme un orchestre de marimba, poussait des soupirs dignes d'un cyclone tropical, déposait mon repas au pied de ma porte dans un gémissement d'effort cardiaque, le reprenait, entrait sans frapper comme si elle voulait me surprendre en train de me livrer au vice solitaire qui, depuis l'incident du caleçon, avait définitivement forgé l'opinion qu'elle avait de mon impure personne. Si elle ne lâchait pas le plateau sur mon giron c'était parce que son sens du service, une vocation chez elle, l'aurait obligée à tout ramasser et nettoyer sans pouvoir me demander de le faire moi-même, puisque cela aurait été à l'encontre de la fonction sacrificielle de María Egipciaca dans cette maison où par ailleurs tous les déchets s'accumulaient pendant sept jours, jusqu'à celui, une fois par semaine, où l'efficace bonne apparaissait, ouvrait les rideaux et les fenêtres pour aérer et laisser entrer le soleil, lavait et repassait, remplissait les placards pour les jours suivants et s'en allait comme elle était venue, sans dire un mot, comme si son travail ne dépendait en rien de l'apparente maîtresse de maison, María Egipciaca. Une fois seulement, l'employée s'adressa à ma geôlière pour lui dire :

« Je sais qu'une infirmière vient s'occuper du petit. Si vous voulez, je peux rapporter des fleurs.

— Inutile, répondit sévèrement María Egipciaca. Personne n'est mort.

— C'était pour égayer un peu cette tombe », rétorqua, mauvaise, la servante. Et elle s'en alla.

Je dois admettre devant ceux qui me survivent que mon état de malade alité me réjouit plutôt. Je le vis comme une occasion, d'abord, de me consacrer en toute impunité au « vice de la lecture » ; ensuite d'obliger María Egipciaca à me servir, à contrecœur, en ronchonnant, en causant un vacarme superflu, mais obligée, au-delà de toute autre considération, de s'occuper de moi, pour des raisons qui n'avaient rien à voir avec l'affection ou l'obligation d'une mère envers son fils, mais pour se faire bien voir par Monsieur, ce mystérieux patron auquel avait fait allusion le médecin avec une sévérité ponctuelle et des paroles péremptoires.

Je dois avouer que l'allusion au Monsieur, dont j'entendis parler pour la première fois en cette occasion, produisit en moi un sentiment conflictuel. Je compris que María Egipciaca n'était pas la source de mon existence matérielle ou de mon confort physique, mais qu'elle ne faisait qu'exécuter les ordres d'un personnage encore jamais mentionné dans cette maison. L'indiscrétion du médecin en était-elle vraiment une ? Ou le bon docteur avait-il exprès remis à sa place doña María Egipciaca, en révélant que, loin d'être la maîtresse de maison, elle était elle aussi, comme la bonne au passage hebdomadaire, une employée ? Je voulus mesurer les effets de cette révélation dans l'attitude de ma gardienne. Elle prit bien garde de ne pas modifier en quoi que ce soit la conduite que je lui connaissais. Si j'étais malade et condamné au repos, elle exacerberait, sans changements essentiels, sa conduite irréprochable de dame chargée de me loger, de me nourrir, de me vêtir et de m'envoyer à l'école.

Mais comme en même temps le médecin avait annoncé que l'infirmière viendrait s'occuper de moi sur les instructions du monsieur qui « paie tout, paie bien, et paie ponctuellement », la défiance de María Egipciaca avait pour horizon une nouvelle et plus faible victime propitiatoire. L'infirmière et moi. Moi et l'infirmière. L'ordre des facteurs et cetera. Le produit prévu par María Egipciaca était une relation qui l'excluait de sa bonne gouvernance de la maison et du soin porté à ma personne. Comment réaffirmer celle-là et prolonger celui-ci ? Parfois, les interrogations qui traversent notre esprit nous échappent par les yeux, de même que ma masse encéphalique se répand hors de mon crâne en cette aube où j'apparais mort sur une plage du Pacifique.

Il y a quatorze ans, Elvira, si elle n'a pas empêché ma mort, m'a bien rendu la vie. Ma routine de jeune adolescent du secondaire promettait, dans ma précoce mais mince imagination, de se répéter à l'infini. Il est étrange qu'en une période de changements physiques si grands, l'esprit s'escrime à prolonger l'enfance, puisque la foi dans le fait que l'adolescence elle-même sera éternelle n'est autre que le reflet de la conviction (et convention) tacite de l'enfance : je serai toujours une petite fille, un petit garçon, même si je sais que je ne le serai plus. Mais je serai adolescent avec une mentalité d'enfant, c'est-à-dire de survivant. Après tout, quel âge nous appartient-il plus que l'enfance, pendant laquelle, véritablement, nous dépendons d'autrui ? Tout est plus long pendant l'enfance. Les vacances nous semblent délicieusement éternelles. Les heures de cours aussi. Bien qu'assujettis à l'école et surtout à la famille, nous avons à cette époque de la vie plus de liberté face à ce qui nous enchaîne qu'à aucune autre. Cela est dû, me semble-t-il, au fait que la liberté dans l'enfance est identique à l'imagination, et comme dans cette dernière tout est possible, la liberté d'être quelque chose d'autre, au-delà de la famille et au-delà de l'école, s'envole plus haut et nous permet de vivre avec plus de distance qu'aux âges où nous devons nous résigner pour survivre, nous adapter aux rythmes de la vie professionnelle et nous soumettre à des règles héritées et acceptées par une sorte de conformisme général. Nous étions, enfants, des magiciens singuliers. Nous serons, adultes, du bétail.

Ne pouvons-nous pas nous rebeller contre la grise tristesse de cette fatalité ? J'évoque ce sentiment, car je crois que c'est ce qui nous a unis comme des frères Jéricho et moi. Je le pense aussi car ce fut l'infirmière Elvira Ríos qui vint rompre, avant quiconque, les configurations coutumières qui me tenaient enfermé dans la maison de la rue de Berlin et sous la tutelle de María Egipciaca. Non que l'infirmière se fût proposée de me « libérer » ou quoi que ce soit de ce genre. Il s'agissait juste d'une présence différente de tout ce que j'avais connu jusque-là. María Egipciaca faisait continuellement les louanges de la race blanche, des *güeros* à la peau claire, leur confiant presque le destin du monde ou, en tout cas, le monopole de l'intelligence, de la beauté et de la force. Une malheureuse confusion mentale la portait à dire des choses comme : « Si les Blancs nous gouvernaient, nous serions un grand pays », « Les Indiens sont notre fardeau », « Tu vois, les Américains ont tué les Indiens et c'est pour ça qu'ils ont pu devenir un grand pays », « Les Noirs ne sont bons qu'à danser ». Lorsqu'elle feuilletait mes livres d'histoire, elle soupirait après le blond empereur Maximilien de Habsbourg et déplorait le triomphe de l'« Indien » Juárez. Elle ne savait pas grand-chose de la guerre de 1847 avec les États-Unis, même si ses préjugés étaient suffisants pour souhaiter qu'une bonne fois pour toutes les Nord-Américains en viennent à occuper la totalité du territoire mexicain. Lorsque je me permettais de lui signaler qu'alors nous serions un pays protestant, elle se troublait un moment et ne me livrait sa réponse que le lendemain, « La Vierge de Guadalupe les aurait convertis à la religion », car pour elle le protestantisme était, au mieux, « une hérésie ».

L'arrivée de l'infirmière Elvira Ríos, très brune et vêtue de blanc, avec une mallette noire à la main et une disposition professionnelle active qui ne tolérait ni insolences, ni interruptions, ni blagues, vint défier doña María Egipciaca. Je le sentis dès l'instant où l'infirmière interdit à ma geôlière l'entrée de ma chambre.

« Et le plateau-repas ? dit, hautaine, María Egipciaca.
— Laissez-le dehors.
— Montez-le donc, vous, plutôt.

— Avec plaisir.
— Et si vous voulez, vous pouvez faire la cuisine aussi.
— Aucun problème, madame. »

Chaque réponse d'Elvira semblait pousser un peu plus dans ses retranchements María Egipciaca qui, finalement, préparait les repas et les apportait à la porte de ma chambre, tentant d'en franchir le seuil en passant outre la volonté de l'infirmière.

« Le malade a besoin de repos.
— Écoutez, mademoiselle, je ne vais pas...
— On ne discute pas.
— Mais on vit ensemble depuis toujours !
— C'est pour ça qu'il est malade des nerfs.
— Petite arrogante !
— Professionnelle, juste. Je suis là pour protéger ce jeune homme de toute agitation nerveuse et qu'il retrouve son calme.
— Ici, c'est chez moi !
— Non, madame. Ici, vous n'êtes qu'une employée, comme moi. Merci de fermer la porte derrière vous.
— Arrogante ! Sale Indienne vaniteuse ! »

De ce savoureux échange (qui me vengeait de toutes les années de tension dans cette maison de Berlin) naquit mon admiration envers la petite infirmière, agile et svelte. Je tentai de discuter avec elle de manière moins professionnelle. Elle ne le permit pas. Elle était là pour s'occuper de moi et pour me faire retrouver la santé, pas pour faire causette. Je la regardai d'un regard que je ne me connaissais pas moi-même et que le miroir me confirma être des « yeux de merlan frit ».

Et qui eut pour seule réponse un thermomètre introduit par Elvira dans ma bouche d'un geste galant.

En fait, cette présence adroite et opportune dans un joli petit corps juvénile m'excita plus que si Elvira s'était montrée nue. J'appris sur-le-champ, dès les premiers jours de ma guérison nerveuse, à deviner d'abord et désirer ensuite la chair dissimulée sous l'uniforme immaculé de l'infirmière. Comment était-elle, nue ? Quel genre de sous-vêtements pouvait bien porter une telle demoiselle ? Était-elle toujours une jeune fille ? Avait-elle un fiancé ? Était-elle mariée ? Peut-être même, malgré sa jeunesse, avait-elle des enfants ? Toutes ces questions se fondaient finalement en une seule image : Elvira nue. Je la déshabillais du regard et elle ne ressemblait pas aux poupées de papier glacé des revues qui m'avaient d'abord excité. Je compris une chose : la voir toute vêtue de blanc m'émouvait plus que de la voir sans vêtements, car l'uniforme excitait mon imagination plus que la nudité.

La routine d'autrefois disparut. Lui succéda une nouvelle routine alliée à la présence de l'infirmière, mon imagination voletant entre ses hanches sveltes et la kyrielle de thermomètres, pilules, prises de tension et conversations qui mettaient à découvert mon juvénile manque d'expérience et mes envies confuses de prolonger l'enfance sans avoir l'air de craindre l'âge adulte.

Elle semblait tout observer de ce regard intelligent que María Egipciaca, s'immisçant de temps en temps (derrière la porte, tel un fantôme qui ne me faisait plus peur), comparait à celui d'un « écureuil noiraud » ou à des « petits yeux de souris », appellations qui ne perturbaient pas la jeune professionnelle, sans nul doute habituée à de pires choses qu'une vieille femme médisante et ronchonne, détrônée par les aléas de la vie de son habituelle position dominante. J'étais reconnaissant à Elvira, car de sa présence résulta ma libération. La maison ne redeviendrait jamais ce qu'elle avait été. La tyrannie de mon enfance perdait ses pouvoirs à chaque heure qui passait.

« Il faut partir à point. »

« En mangeant. »

« N'entre mouche. »
« Qu'on apprend à faire la grimace. »
Elvira compléta les proverbes inachevés de María Egipciaca. Celle-ci les entendit, cachée derrière la porte, trahie par ses soupirs miteux. Elle était vaincue.
Une semaine passa, donc. Puis dix jours. Le temps de ma convalescence se réduisait et une nuit, tandis que régnait cette fameuse paix sépulcrale, Elvira me dit :
« Jeune homme, il ne vous manque plus qu'une chose pour être tout à fait bien dans votre tête. »
Ensuite, elle se déshabilla face à moi, et je pus être témoin de ma propre imagination. Ce qu'on pense peut être supérieur ou inférieur à la réalité. Je craignais, lorsque Elvira dégrafa sa chemise, que ses seins ne fussent pas comme je les avais imaginés. Que son ventre, son pubis, ses fesses contredissent mes chimères. Il n'en fut rien. La réalité dépassa la fiction. Le silence d'Elvira durant nos quinze minutes d'amour fut à peine rompu par un mince soupir terrestre de sa part et un long « Ah ! » de la mienne qu'elle étouffa, avec délice, en me couvrant la bouche de sa main.
Meilleur que mon propre plaisir fut le sentiment de lui en avoir donné à elle. Elvira avait beau avoir immédiatement repris non seulement ses vêtements mais aussi ses attitudes d'infirmière, je savais dès lors que je pouvais donner du plaisir à une femme et je crus à ce moment que c'était là la sagesse suprême et que tout ce que j'apprendrais, dorénavant, ne pouvait être plus important et plus sage que cela, même si, je le savais aussi, ce ne serait plus jamais exactement pareil. Il y aurait dans ma vie des amours plus longues, plus courtes, plus ou moins importantes, mais aucunes ne supplanteraient cet éveil sexuel dans les bras d'Elvira l'infirmière, guérisseuse de ma jeunesse et quadrant de ma maturité.
Et il arriva que, le jour même où je quittai le lit et où Elvira prit congé avec grand sérieux, j'entrai dans la chambre de ma

geôlière presque oubliée doña María Egipciaca et y trouvai un lit défait et un matelas désert.

Le père Philopater nous distingua par son amitié. Entre tous les sales mômes livrés à eux-mêmes dans la cour, il nous choisit Jéricho et moi pour parler, débattre et penser. Nous sûmes que c'était un privilège. Mais nous ne voulions pas, pour autant, être vus comme phénomène exceptionnel, enviable, ou, pour cela même, risible ou ridiculisable par la masse d'élèves plus intéressés à somnoler ou à shooter dans un ballon qu'à démontrer que l'homme est un être qui pense quand il marche. Car nos conversations avec Philopater furent toutes péripatéticiennes. Sans aucunement prétendre évoquer Aristote, Philopater donnait à entendre que dans l'acte de marcher s'établit une amitié active, sans les hiérarchies implicites qui existent lorsque nous sommes assis à une table ou quand, du haut de sa chaire — civile ou religieuse —, nous dispense son savoir l'enseignant ecclésiastique (ou, comme dirait, non sans une certaine pédanterie, Philopater lui-même, le *magister sacerdos*).

J'imagine que parler en marchant était la manière intuitive dont notre maître se mettait à notre hauteur et nous invitait à parler sans nous prendre de haut. Parfois, nous restions après la classe dans la cour du lycée. D'autres, nous marchions dans les rues de la Colonia Roma. Nous arrivions rarement jusqu'au parc de Chapultepec. Le fait est que, dans l'acte de dialoguer, la ville tendait à disparaître, devenant une sorte d'agora ou d'académie partagée par la parole. Et la parole, c'était quoi ? Raison ou intuition ? Conviction ou foi ? Foi vérifiable ? Intuition raisonnable ?

La première chose que nous exposa le père Philopater fut ce qu'il considérait comme un danger. Il connaissait nos lectures et nos penchants intellectuels. D'emblée, il nous avertit :
« Gardez-vous des extrêmes. »

L'invitation au débat était formulée depuis le moment où le père nous avait proposé de discuter avec lui. Nous le respections suffisamment — et je suppose que nous nous respections nous-mêmes — pour ne pas douter de son droit à penser, du nôtre à le réfuter et du sien à répliquer à son tour. J'avoue, en outre, que c'est ce que nous désirions et ce dont nous avions besoin Jéricho et moi, moi avec mes dix-huit ans, lui avec ses dix-neuf, et tous deux prêts à recevoir le grain d'autrui pour le fertiliser dans des champs de réflexion que nous avions cultivés, au moins depuis nos seize et dix-sept ans, par des lectures passionnées, des débats entre nous et un sentiment d'immense vide : pour quoi pensions-nous ? pour qui pensions-nous ? qui discuterait notre orgueilleuse et juvénile faculté de jugement ? qui la mettrait à l'épreuve ?

Car rien n'inspire plus d'orgueil que l'éveil intellectuel d'un jeune. Les ombres se dissipent. Le jour se lève. La nuit est distancée. Non parce que la Terre tourne autour du Soleil mais parce que *nous* sommes le Soleil et que la Terre est *à nous*. Nous en étions sûrs.

« Nous pouvons nous dessécher, Josué, en buvant à la même source, nous pouvons devenir des individus intolérants, sans personne pour nous mettre le dos au mur et nous faire douter de nous-mêmes... »

Je transcris et fixe ces mots de Jéricho, car j'aurai l'occasion de les évoquer souvent à l'avenir.

Là, comme s'il lisait dans nos pensées et déchiffrait nos inquiétudes, Philopater nous abordait dans la cour du lycée, nous invitait tacitement à nous joindre à lui dans sa marche posée entre les arcades du bâtiment, sans attirer l'attention, pour faire des remarques pénétrées sur le temps, la lumière changeante de la ville, la spécificité de la journée, la capacité et le plaisir d'écouter les musiques urbaines. Et sur la pensée.

« Je ne crois pas me tromper en affirmant que vous êtes plongés dans deux auteurs en ce moment. »

Il voyait nos livres, dissimulés parfois dans nos cartables d'école, parfois crânement exposés sur nos pupitres ou lus avec une juvénile ostentation à l'heure de la récréation, lorsque la présence de mon ami Jéricho me défendait des assauts d'antan contre mon nez innocent et que tous les deux étions relégués à quelque chose comme des limbes scolaires. Nous étions « bizarres » et nous étions incapables de faire passer un ballon à travers un cercle.

Les deux auteurs étaient saint Augustin et Nietzsche. De façon intuitive et raisonnée, Jéricho et moi nous dirigions, tel le fer libre de toute attache vers l'aimant, vers des penseurs opposés. Nous voulions, avec précision, apprendre à penser à partir des extrêmes. Notre dessein était limpide pour quelqu'un comme le père Philopater et sa rapide attraction vers un centre resté inoccupé : par nous et, contrairement à ce que nous pouvions imaginer, par lui-même.

« Il est fondamental pour vous de penser à votre guise, n'est-ce pas ?

— Et aussi de pouvoir exprimer librement ce que nous pensons, mon père.

— L'autorité n'a pas le droit de s'immiscer ?

— Bien sûr que non.

— Bien sûr que non quand il s'agit de l'institution religieuse ? Ou toujours ?

— Elle ne devra jamais interférer s'il s'agit d'un État laïc.

— Pourquoi ?

— Parce que l'État est laïc pour rendre la justice et que la justice n'est pas une affaire de foi.

— Et la charité ?

— Elle commence par soi-même », me permis-je, par jeu, et Philopater rit avec moi.

Il commença par situer nos positions respectives. Je précise que Jéricho et moi avions choisi deux auteurs qui nous apprendraient à penser, et non deux filiations qui nous obligeraient à croire et à défendre ce que nous croyions. En cela nous étions d'accord. Ce fut la base de nos dialogues. Nous n'étions pas mariés à nos philosophes si ce n'est dans la mesure où nous les lisions et les discutions. Philopater était-il attelé aux dogmes de son Église ? Cette idée était notre avantage initial. Nous faisions erreur. En tout état de cause, notre pensée s'opposait à la foi et pariait sur la confrontation des idées. Notre décision était que celles-ci fussent diamétralement opposées et Philopater les situa de façon limpide.

Nous lisions saint Augustin : Dieu crée toutes les choses et Lui seul les soutient. Le mal n'est que la privation d'un bien que nous pourrions avoir. Avec sa chute, l'humanité a perdu ses valeurs d'origine. Pour les récupérer la Grâce divine est indispensable. La Grâce est inaccessible à l'être humain tombé en disgrâce par lui-même. L'Église est l'intermédiaire de la grâce. Sans l'Église nous restons unis dans la dis-grâce de la masse humaine, la *massa peccati*.

Saint Augustin défendit ces idées et combattit sans relâche Pélage l'hérétique, pour lequel le salut était possible sans l'Église : on se sauve tout seul.

À l'extrême opposé de ces jeunes idées, Nietzsche nous proposait de nous libérer des croyances métaphysiques, d'abandonner toute vérité acquise et d'accepter avec amertume un nihilisme qui rejette la culture chrétienne appauvrie par l'obligation du renoncement, mais masquée, pourtant, par de fausses valeurs qui consacrent les apparences et nous interdisent l'élan vers la vérité.

« Quelle vérité ?

— La reconnaissance de l'absence de toute vérité. »

Le père Philopater ne manquait pas de sagacité et je ne crois pas qu'il ait soupçonné, au-delà d'une « péripétie » ou deux, que son investiture religieuse le conduirait à nous faire la leçon sur les vertus de la foi et le fourvoiement de nos embardées. À cette seule pensée aujourd'hui, j'ai honte et je laisse un tel doute se déverser, inutile, sur le sable où gît ma tête coupée. Philopater ne condamna pas Nietzsche et ne loua pas saint Augustin. Et il ne chercha pas non plus à dégoter un autre théologien catholique. Nous ne devions pas nous étonner, en somme, que la leçon qu'il nous avait réservée portât le nom et l'empreinte d'un penseur condamné pour « hérésie » aussi bien par sa communauté d'origine, hébraïque, que par sa communauté d'accueil, chrétienne.

C'est pourquoi, avant d'exposer la philosophie de Baruch (Benedetto, Benito, Benoît) Spinoza, Philopater, tout en se couvrant la tête non d'une toque ou d'un bonnet mais d'une petite calotte noire, nous rappelait l'origine du mot « hérétique », qui était grecque : *eso theiros*, qui signifie « *je choisis* ». L'hérétique, c'est celui qui choisit. L'hérésie, c'est le fait de choisir.

« Alors l'hérésie c'est la liberté, dit Jéricho un peu rapidement.

— Et ceci nous oblige à nous demander : qu'est-ce que la liberté ? rebondit le religieux.

— Très bien. Qu'est-ce que c'est ? » dis-je pour soutenir mon ami.

Afin d'obtenir une réponse approximative, Philopater nous demanda de refaire le cheminement de Spinoza l'hérétique.

« Vous venez de me dire que vous croyez en la liberté de penser.

— En effet, mon père.

— Est-ce une pensée libre que de croire en Dieu ? »

Nous acquiesçâmes.

« Alors, la foi peut être libre ?

— Si elle ne s'épuise pas dans l'obéissance, dit Jéricho.

— Si elle s'affirme dans la justice », ajoutai-je.

Philopater réajusta son couvre-chef noir.

« Ne pas ceci, ne pas cela... Ne soyez pas si négatifs. Croyez-vous en la volonté ? Croyez-vous en l'intelligence ? »

De nouveau, nous répondîmes par l'affirmative.

« Croyez-vous en Dieu ?

— Prouvez-le, mon père, dit, avec insolence, un Jéricho arrogant.

— Non, sérieusement, les garçons. Si Dieu existe, ce n'est pas un Dieu qui exige l'obéissance et offre la justice, c'est un Dieu positivement intelligent et doué de volonté.

— Au-delà de nos divergences, je dirais que je suis d'accord », affirmai-je.

Le père Philopater, taquin, me tira l'oreille et me mit sa calotte sur la tête.

« Eh bien, tu te trompes ! Dieu n'est pas intelligent. Dieu n'a aucune volonté. »

Je ris. « Et vous, vous êtes plus hérétique que nous ! »

Il récupéra sa calotte.

« Je suis l'orthodoxe le plus sérieux qui soit.

— Expliquez-vous, dit le très présomptueux Jéricho.

— Croire que Dieu possède intelligence et volonté, c'est croire que Dieu est humain. Et Dieu n'est pas humain. Je ne veux pas dire vulgairement qu'Il est divin. Il est juste autre. Et nous ne gagnons rien à en faire le reflet de nos vertus ou la négation de nos vices. Dieu est Dieu parce qu'il n'est pas nous.

— Pourquoi ?

— Parce que Dieu est infiniment créatif.

— Et nous ne le sommes pas, nous les hommes, individuellement, collectivement ou traditionnellement ?

— Non, car notre créativité est libre. Celle de Dieu est nécessaire.

— Que voulez-vous dire ?

— Que Dieu est à l'origine de lui-même et des êtres finis, vous, moi, tout ce qui existe, qui sont issus de lui. Dieu est actif non parce qu'il est libre mais parce que tout provient nécessairement de lui.

— Alors, ce n'est pas ce vieux monsieur à barbe tout là-haut?

— Non, comme la lumière n'est pas celle d'une bougie ou d'une lampe.

— Et Jésus, son fils?

— C'est une forme humaine parmi les infinies formes de Dieu. Une forme. L'une d'elles. Il aurait pu en choisir d'autres.

— Pourquoi?

— Pour se laisser voir par nous.

— Et ensuite retourner au néant?

— Ou au tout, Jéricho.

— Que voulez-vous dire?

— Que Dieu est immensité, il n'est pas intelligent. Dieu est infini, il n'est pas divisible.

— Mais il peut être humain, matériel..., l'apostrophai-je.

— Oui, car c'est une chose que le corps et une autre que la matière. Nous, nous ne sommes que corps, la pierre n'est que matière. Mais Dieu, qui peut être corps, Jésus, peut être aussi matière : la création, les mers, les montagnes, les animaux, les plantes, et cetera, et aussi tout ce que nous ne connaissons ou ne percevons même pas. Ce que nous parvenons à voir et savoir, toucher et respirer, imaginer ou désirer, n'est pour Dieu que des formes de son immensité infinie. »

Je crois qu'il nous vit un peu perplexes, car il sourit et nous demanda :

« Adhérez-vous à une théorie de la création de l'univers? Il n'y en a que trois, en fait. Celle du *fiat* divin. Celle de l'explosion originelle, qui débouche sur celle de l'évolution. Ou celle de l'univers infini, sans début ni fin, sans acte de création ni apocalypse. La vaste nuit sidérale de Pascal. Le silence infini du cosmos. La Terre en tant qu'accident passager dont l'origine et l'extinction sont l'une comme l'autre dépourvues d'importance. »

Je ne sais si Philopater nous proposait là une sorte de menu sur l'origine de l'univers ; s'il espérait notre adhésion à l'une ou l'autre de ses trois théories, il se trompait et ne l'ignorait pas. Mais il voulait juste nous inciter à penser par nous-mêmes et, au cours de nos discussions, nous nous rendîmes compte de notre erreur initiale. Philopater ne désirait nous convertir à aucune orthodoxie, pas même la sienne. Et je reconnais que je finis par me demander quelle pouvait être, sinon la foi religieuse, en tout cas la raison philosophique de notre professeur.

Qu'était-il en train de nous dire ?

« Si vous ne croyez pas en Dieu, croyez en l'univers. Sauf que l'univers est identique à Dieu. Il n'a ni commencement ni fin. C'est pourquoi seul Dieu peut voir pousser un arbre millénaire. »

Dans l'exemple de Spinoza, néanmoins, nous trouvâmes une résonance personnelle que Philopater pouvait, ou pas, nous laisser entendre. Spinoza n'avait pas été chassé du judaïsme par la persécution. Il s'était chassé lui-même par amour de la solitude et il aimait la solitude — nous expliqua Philopater — pour pouvoir penser. Il avait voulu être chassé de la communauté hébraïque afin de démontrer que, pour les croyants, l'autorité est plus importante que la vérité.

« Qu'en pensez-vous ? »

Après nous être consultés, Jéricho et moi rétorquâmes au père que c'était à lui d'y répondre, à cette question. C'était irrespectueux.

« Si ce que vous voulez, mon père, c'est nous tendre un piège pour que nous nous engagions aujourd'hui à quelque chose que nous ne ferons pas demain, nous pensons que celui qui est piégé, c'est vous.

— Pourquoi ? » dit avec une grande, une véritable humilité, le religieux.

Comment lui dire que, quoi qu'il arrivât, quoi qu'il pensât, Philopater ne renoncerait jamais à sa fidélité religieuse ? Il aurait beau penser *hérétiquement* — il aurait beau *choisir* —, il lui serait fidèle.

Sans doute devina-t-il la réponse que n'avions pas donnée à ce « Pourquoi ? » lourd de responsabilités pour deux jeunes étudiants vifs mais immatures.

« Pourquoi ? »

Il nous regarda avec la gratitude, la confiance et l'affection que nous lui porterions toujours.

« Écoutez, ne vous contentez pas de me dire ce que je voudrais entendre. Ne me contredisez pas non plus par simple négativisme. Soyez sérieux. Cool, quoi ! »

C'était une autre façon de nous dire que lui avait choisi un chemin mais que nous, c'était à nous de choisir le nôtre. Il nous le dit de cette manière détournée que je vous rapporte aujourd'hui. Il nous laissa à jamais le sens des difficultés indispensables pour vivre la vie avec sérieux. Spinoza avait pratiqué la rébellion et le scandale à dessein, afin d'être chassé et d'être indépendant. Philopater n'en avait pas fait autant. À la lumière de son expérience, le vénéré Baruch (Benoît, Benito, Benedetto) était-il un lâche qui, au lieu de rompre avec son Église, avait trouvé le moyen que ce soit à son Église de rompre avec lui ? Et Philopater était-il un autre lâche qui connaissait toute une multitude d'options intellectuelles en dehors de l'Église et qui se contentait de la coupole protectrice du dôme ecclésiastique ?

« Moi j'évite la rébellion et le scandale », nous dit-il la dernière fois que nous le vîmes, alors que Jéricho et moi-même savions qu'au sortir du lycée nous ne fréquenterions plus Philopater, les élèves, le professeur Soler et ses mains baladeuses, le directeur Vercingétorix et ses glaïeuls piétinés.

Pourquoi ? Simplement parce que tout naturellement les attaches de l'adolescence devaient se perdre pour que nous puissions devenir adultes, sans mesurer la perte de valeur que cela peut impliquer. Philopater finirait par être l'objet de notre vaniteux mépris, car son enseignement avait consisté à nous initier à la pensée des autres, sans aucun apport personnel.

Mais ce questionnement même, cette capacité à poser des questions et à *nous* les poser, n'étaient-ils pas un aspect essentiel de cette éducation qui nous permit d'être « Jéricho » et « Josué » ? C'est seulement plus tard, bien plus tard, que nous sûmes que Philopater ressemblait plus à Baruch que ce que nous avions imaginé au lycée.

« Il refusa l'héritage de sa famille. Il mourut dans la pauvreté parce qu'il le voulut ainsi. Il partit sans rien. »

La nature se contente de peu. Moi aussi.

La cire des bougies dégoutte dans un baril plein de sang.

Le lit vide de María Egipciaca devint le symbole de mon propre abandon au sein de la grande bâtisse de la rue de Berlin. Elvira l'infirmière disparut, pour toujours j'imagine. L'impérieux docteur n'eut pas à revenir. C'était maintenant un avocat, don Antonio Sanginés, qui était présent. Je voulais résoudre les mystères qui m'entouraient. Où était ma geôlière María Egipciaca ? Que signifiaient le lit vide et le matelas roulé dans un coin ? Où étaient passés les vêtements de cette femme, ses produits de beauté (si elle en avait), ses effets élémentaires : brosse à dents et dentifrice, épingles et brosse à cheveux, peigne ? La salle de bains était aussi vide que sa chambre. Pas de serviettes, ni de papier hygiénique. C'était comme si un fantôme avait habité la chambre d'une dame dont il m'avait été donné de constater la réalité physique.

Le mystère de l'absence n'était pas supérieur au sentiment de cette dernière, sauf que celle, énigmatique, de la femme était juste cela, une énigme, tandis que, dans mon cas personnel, l'absence était synonyme de solitude. C'était étrange. La présence familière de la señora María Egipciaca emplissait en quelque sorte les vides de cette demeure jamais touchée par la contrariété ou la nouveauté. Cette maison n'était ni belle, ni historique, ni évocatrice. Elle était trop grande et je devais bien admettre que la présence parfois aimable bien que presque toujours détestable de ma geôlière emplissait tous les espaces qui désormais apparaissaient non seulement vides mais solitaires, car on ne peut comparer une vacuité aussi sidérale que l'univers qu'évoquait le père Philopater et la disparition de ce qui est concret et familier, pour odieux qu'il ait pu nous sembler. J'imagine la pire des injustices, l'univers concentrationnaire mis en place par le régime nazi, et je tente d'imaginer une habitude pouvant servir de consolation. Souffrir avec d'autres. Le prisonnier d'Auschwitz, Terezín ou Buchenwald pouvait voir sa mort dans les yeux des autres prisonniers. Peut-être était-ce là la pitié que personne ne réussit à soustraire à ces victimes.

Comment allais-je, pauvre de moi, comparer mon insignifiant abandon dans la grande maison de Berlin au destin d'une victime du racisme nazi ? Ma vanité était-elle si grande que je plaçais mon minuscule abandon au-dessus de celui, gigantesque, de millions d'hommes et de femmes que personne ne put ou ne voulut aider ?

Eh bien oui. Attribuez-le, maintenant que je ne suis plus, victime moi-même, qu'une tête coupée léchée par les vagues de cette mer du Sud, aux défauts d'une compassion envers moi-même, d'une rupture de l'habitude, et même d'une certaine nostalgie pour la compagnie, odieuse ou aimable mais familière et constante, de ma vieille gardienne, pour prendre la mesure de la solitude qui m'envahit ces jours-là, dans un sentiment d'abandon qui me faisait dangereusement frôler le péché de croire que le monde était ma perception du monde et que, dans ma représentation personnelle des choses, mon cas était aussi grave que l'injustice commise contre tout un peuple, une religion ou une race.

Je suis sincère avec vous et je ne fais pas l'apologie de mon angoisse absurde mais la critique de ma perception étriquée et de ma présomption arrogante qui me portaient à croire que, solitaire devenu, j'étais persécuté pour être ainsi au monde venu. Mais qui, dans une situation comparable à la mienne, ne projette pas son infortune personnelle sur une scène à plus grande échelle, une expérience collective qui nous sauve de la tristesse de l'infime et de l'insignifiant ? En regardant en arrière, je me rends compte que sans doute ce que je percevais était en moi-même et que ce qui était en dehors de moi était si petit que pour le supporter je devais le redessiner sur le grand écran collectif de la douleur, de l'abandon et de la désespérance des temps.

Pardonnez mes propos antérieurs, vous qui vivez toujours et conférez une valeur sûre à vos existences. Si je les rapporte, c'est pour me punir moi-même et situer mes petites crises de jeunesse dans leurs limites réelles, qui ne sont que limitrophes, même si on les a d'abord étendues à l'univers tout entier, transformant nos petits problèmes en affaires à la transcendance universelle et nous comparant, de façon grotesque, à Anne Frank ou, plus modestement, à David Copperfield. Tout cela pour dire que la disparition de María Egipciaca, précédée de ma maladie, l'incident avec Elvira l'infirmière, et la suspicion que je n'étais pas qui je croyais être, créèrent la confusion dans mon existence et me laissèrent, tel un naufragé, errant dans la solitude de la grande bâtisse de Berlin. Dans l'attente d'une solution à cette nouvelle étape de ma vie et craignant que ce ne fût pas une étape mais un état de fait insurmontable. Qu'allais-je devenir ? Après ma gardienne, allais-je disparaître moi aussi ? Serais-je chassé ? Combien de temps se prolongerait une attente qui était une torture et qui me portait à l'extrémité risible de me comparer à une petite fille juive assassinée ou à un petit garçon anglais abandonné?

Le *licenciado* Antonio Sanginés se présenta un samedi matin pour m'expliquer la situation. Qui était toujours la même. Sauf que la señora María Egipciaca ne s'occuperait plus de moi.

« Pourquoi ? » osai-je demander devant l'impassible présence de l'avocat, un grand homme imperturbable qui me regardait sans me voir, tant étaient lourdes ses paupières et chiche la lumière qui filtrait au travers de ces rideaux.

« C'est ainsi, se borna-t-il à répondre.

— Elle est morte ? Elle a déménagé ? On l'a renvoyée ? Elle en a eu assez ?

— C'est ainsi », répéta le *licenciado* Sanginés et il procéda à la lecture des modalités de ma nouvelle situation, comme si de rien n'était.

Je continuerais à vivre dans la maison de la rue de Berlin jusqu'à la fin de ma préparatoire. Je pourrais ensuite choisir les études supérieures que je ferais et rester dans cette maison jusqu'à ce que je les aie terminées. Alors, on me donnerait de nouvelles instructions. Je recevrais des émoluments à hauteur de mes nécessités. Des dispositions seraient prises pour tout ce qui les concernerait.

L'avocat lut le document qui promulguait ces instructions, le replia, le rangea dans la poche de sa veste bleue à rayures et se leva.

« Mais qui est-ce qui va s'occuper de moi ? » dis-je, paniqué à l'idée que je n'avais personne pour me préparer mes repas, faire mon lit ou faire couler mon bain, honteux de devoir admettre ce catalogue de mes carences.

« C'est ainsi », répondit Sanginés, et il s'en alla sans prendre congé.

Je me demandai si je pouvais vivre avec tant de questions

sans réponse. Je me vis perdu dans cette grande demeure, livré à mes pensées et à la question que Sanginés avait laissée en suspens : quelles étaient mes nécessités ?

À peine l'avocat était-il sorti que la bonne de toujours entra et, sans prononcer un mot, se mit à ses tâches. Je crois que cette reprise de l'habitude au sein d'une situation inhabituelle fut ce qui me déconcerta plus que toute autre chose. La volonté de m'apaiser, en m'assurant que tout serait pareil qu'avant, ne résolvait pas les mystères qui m'assaillaient. Qui était María Egipciaca ? Où était-elle ? Était-elle morte ? L'avait-on chassée ? Reverrais-je Elvira l'infirmière ? Qui étais-je ? Qui subvenait à mes besoins ? Qui était le propriétaire de la maison où j'habitais ? Comment les proverbes finissaient-ils ?

« ... il faut partir à point »

« ... en mangeant »

« ... c'est la fête à la grenouille »

« ... n'entre mouche »

« ... qu'on apprend à faire la grimace »

Jéricho termina les proverbes que María Egipciaca avait laissés inachevés, et m'ordonna :

« Viens vivre chez moi.

— Mais l'avocat...

— Laisse tomber. Je vais arranger ça.

— Et si tu n'y arrives pas ?

— Impossible. Tu dois apprendre à te rebeller.

— Et me retrouver sans... ?

— Tu ne manqueras de rien. Tu verras.

— Tu es drôlement audacieux, Jéricho.

— Parfois il faut parier, se demander : qui a besoin de qui ? moi d'eux ou eux de moi ?

— Nous ? »

Il regarda avec répulsion les salons vides de la maison de Berlin.

« Tu vas devenir dingue ici. En avant, toute. »

Jéricho vivait au dernier étage d'un immeuble pelé de la rue de Prague. La verdeur houleuse du Paseo de la Reforma s'y percevait, en conflit perpétuel avec la grisaille du trafic de l'avenue Chapultepec. En tout cas, vivre au septième étage d'un édifice sans ascenseur avait quelque chose qui nous éloignait de la ville, et, comme aux autres étages il n'y avait que des bureaux, à partir de sept heures du soir l'immeuble était à nous, comme pour compenser l'exiguïté d'une salle de séjour avec cuisine intégrée — cuisinière, réfrigérateur, placards —, juste séparée par le grand comptoir qui nous servait de table, avec deux grands tabourets eux aussi intégrés, semblables aux chevalets où on exhibait, pour être humiliés par le peuple, les hérétiques, et pour être moqués par les maîtres, les suppliciés.

Quoi d'autre encore ? Deux pièces — l'une plus petite que l'autre — et une salle de bains. Jéricho voulut me céder la chambre principale. Je refusai de le déplacer. Il m'offrit de prendre le lit chacun à notre tour tous les sept jours. J'acceptai, sans comprendre le raisonnement caché derrière cette offre.

Nous partageâmes également la penderie, bien que j'eusse rapporté de Berlin à Prague (de Döblin à Kafka, comme qui dirait) plus de vêtements que la maigre garde-robe de mon ami.

Et nous partageâmes les femmes. Plus exactement une seule femme, dans une seule maison de la rue de Durango, le bordel de la Hétara, nom transmis par lignage, comme me le relata mon ami, car à l'aube des temps mexicains deux mères maquerelles se disputaient le contrôle de la ville : la Brigande, célèbre proxénète et spécialiste consacrée en boléros et corridos, et, beaucoup plus discrète, la Hétara, auprès de laquelle me conduisit Jéricho une nuit.

« Tu as des yeux de merlan frit et je sais pourquoi. Tu es

tombé amoureux de l'infirmière, Elvira Ríos. Tu ne t'es pas rendu compte que l'infirmière, le médecin, la maison de Berlin tout entière et bien sûr ta geôlière doña María Egipciaca étaient des illusions passagères, des mirages de ton enfance et de ces jeunes années destinées à s'évanouir dès que tu aurais atteint l'"âge de raison".

— Comment tu sais ça ? lui demandai-je sans trop d'étonnement car la rapidité d'associations et de déduction de mon ami m'était déjà légendaire.

— Ah là là ! C'est parce qu'on est dans le même cas..., je pense... »

Avec une croissante perplexité je lui demandai des explications. J'avais grandi dans une grande maison aux bons soins d'une gouvernante stricte et lui, apparemment, avait été plus libre que l'air, donnant l'impression — accentuée par son appartement, son aisance vitale pour parler, exister, aller aux putes, déambuler entre la Zona Rosa et la Colonia Roma comme s'il n'y avait pas (y en avait-il ?) de frontières citadines — qu'il avait surgi au monde totalement armé, sans nécessité aucune de famille, d'ascendants... ou de patronyme.

Tous les interphones de l'immeuble de Prague étaient aux noms de personnes, de compagnies, de cabinets. Le dernier étage disait juste P.H., *penthouse*. Depuis l'école déjà, et surtout depuis l'incident avec le jeune administrateur auquel j'avais demandé le nom de famille de Jéricho, je ne m'étais plus risqué à faire des recherches sur le sujet. L'administrateur en avait perdu son boulot. Après ma question, nous ne le revîmes plus jamais, même pas embusqué derrière son diligent guichet. J'en déduisis que, tout comme le secrétaire du lycée qui s'était volatilisé, je pouvais moi-même disparaître si je faisais des recherches sur le patronyme et donc l'origine de mon humble et néanmoins mystérieux ami Jéricho.

Et pourtant, nous étions là ensemble au dernier étage, dans un *penthouse* de la rue de Prague, entre Reforma et Chapultepec, à partager toit, salle de bains, repas, lectures et même les femmes. Ou plutôt une femme. Une seule.

Jéricho écarta le rideau de perles et se déplaça très à l'aise parmi la vingtaine de jeunes filles réunies dans le salon de la Hétara. Il m'ordonna — remarquant mes regards — de fermer les yeux. Pourquoi? Parce que nous allions directement à la chambre où nous attendait notre amie. Une amie? À nous? Notre putain, Josué. Notre? Ce qui est à moi est à toi. Je t'interdis de choisir. J'ai déjà choisi pour toi, poursuivit-il, en ouvrant la porte d'une chambre envahie d'une lourde touffeur d'arômes combinés (parfum, sueur, amidon) qui enduisait les murs et que rien ni personne, sauf si la maison s'était écroulée, n'aurait pu éliminer.

C'était une chambre surchargée avec de lourds rideaux pendus aux murs, tentative d'un luxe oriental comme celui que plus tard j'apprécierais dans les tableaux de Delacroix, dans une surabondance de soieries, tentures, tapis, brûle-parfums, éventails, odalisques et eunuques... sauf que dans cette pièce tout était sensuellement olfactif et à peine visible, tel était l'amoncellement de coussins, tapis, tabourets et miroirs sans reflet, odeurs de pisse de chat et de nourriture de passage, comme si, une fois l'acte terminé, la solitude de la prostituée n'était compensée que par un appétit ennemi de cette faim insatiable, la règle de la femme moderne modelée sur des mannequins pareils à des manches à balai, et qui conduit les filles d'Ève à rebondir de la boulimie à l'anorexie.

Qu'est-ce qui nous attendait? Une grosse ou une maigre? Car dans la pénombre de la chambre, qui n'atteignait même pas le demi-jour, il était difficile de trouver l'objet précis du désir de Jéricho devenu, dans une fraternelle tyrannie, le mien propre.

Je me laissais guider. J'acceptai ma position d'élève avec à peine une fleur à sa boutonnière, la déflorée et regrettée

Elvira, tandis que Jéricho se promenait dans ce bordel comme un cheik dans son harem, avec une assurance déplaisante qui reposait largement sur ses dix-neuf ans. Il était le sultan, le caïd, le chef, le boss. L'âge lui rabaisserait-il le caquet, l'exalterait-il encore plus qu'en cette nuit, ma première nuit d'adolescent de dix-huit ans dans un lupanar ?

Dans un geste dramatique, Jéricho attrapa un dessus-de-lit en lourde soie et, l'écartant brusquement, dévoila la femme qui se protégeait sous et derrière les plis de ce grand appareil scénique.

Qu'est-ce qui me fut révélé ? Bien peu. La femme était toujours couverte de la taille aux pieds, seul son dos nu luisait, au milieu des ténèbres, telle une lune oubliée, et son visage était couvert d'un voile qui le dissimulait du nez à l'épaule. Seuls restaient visibles ses yeux de fauve ailé, noirs, grands, cruels, idiots et indifférents, aussi insondables que la moitié cachée de son visage, un peu comme si, du nez jusqu'en bas, l'apparence de cette femme eût démenti le grand mystère de son regard, dans une vulgarité, une simplicité ou une stupidité indignes de l'énigme présente dans ses yeux.

Je ne vis pas grand-chose de plus, je dois dire, car, à peine nous étions-nous déshabillés, la femme disparut sous les baisers de Jéricho et mes timides caresses, nus tous les deux sans aucun ordre ni concertation préalables, nous retrouvant naturellement débarrassés de tout sauf de notre peau avide d'embrasser cette femme, de la toucher, et enfin de la posséder.

Nullement de parler avec elle. Le voile qui lui couvrait la bouche la lui scellait aussi. Aucun soupir, aucune plainte, aucune réplique ne lui échappait. C'était un objet-femme, une chose volontairement faite pour le seul plaisir — cette première nuit — de Jéricho et de Josué, de Castor et Pollux, de nouveau ici et maintenant les fils de Léda la putain du cygne, nés en cet instant du même œuf, les Dioscures, et dans l'acte même de naître faisant voler en éclats les fleurs et les herbes, brisant les œufs du cygne pour que d'elle naissent l'amour et la bataille, le pouvoir et l'intelligence, le tremblement des cuisses, l'incendie des toits, le sang de l'air.

Nous nous succédâmes dans l'amour.

C'est seulement plus tard que je tentai de recomposer dans ma mémoire ce qui existait hors de mon corps, comme si, dans l'acte lui-même, toute impression en dehors du plaisir l'eût éteint. La femme voilée était inerte, habitée d'une indolence pénible. Elle adoptait des postures mécaniques qui nous laissaient l'initiative à tous deux. Pourtant mon amour était abrupt, spasmodique, me forçant à imaginer la lenteur d'Elvira.

« Tu saurais lui dire quelque chose qui la fasse vibrer ? » me glissa Jéricho à l'oreille, tandis que lui et moi nous faisions face dans notre nudité, avec la femme entre nous, les deux amis front contre front, haletant, tentant vainement de sourire, mis à nus dans l'aveuglement charnel, nos mains sur la taille de la femme, nos doigts se touchant, moi regardant du coin de l'œil l'abeille tatouée sur une fesse de la putain, nos bouches unies dans un souffle partagé, avide, équivoque, pudique, enflammé.

« Tu imagines tous les hommes qui l'ont possédée ? Ça t'excite pas de savoir que ce chemin de son corps des milliers de verges l'ont parcouru ? Ça t'embête, ça t'intéresse, ça te dégoûte ? On est les seuls toi et moi à être troublés ? On va jouir chacun à notre tour ou en même temps ? »

Je voudrais croire, avec la distance, que ces nuits chez la Hétara, rue de Durango, scellèrent pour toujours une complice fraternité (qui existait déjà depuis le lycée, depuis les lectures, depuis les conversations avec Philopater) entre Jéricho et moi.

Cependant, il y eut aussi autre chose. Pas seulement la tristesse postcoïtale que je n'avais pas ressentie avec Elvira et là si, mais une laideur, une vulgarité que Jéricho lui-même se chargea de me faire remarquer.

« Tu crois vraiment..., s'étrangla-t-il avec un humour caricatural et pompeux, tandis que la femme s'allongeait sur le ventre. Tu crois vraiment que le sexe est comme un grand poème baroque dont l'extérieur est le décor insidieux d'une limpide profondeur ? »

Il fit une grimace désagréable pour me faire rire.

« Alors, regarde Hétara au lever du jour, sans les fards de la nuit. Tu verras quoi ? Elle te fera quelle impression ? Aussi appétissante qu'une brioche trempée dans du parfum. Et tu trouveras quoi, si tu lui arraches son voile ? Une tête répugnante. »

Il montra le bas du dos de la femme. Elle avait une abeille tatouée sur la fesse gauche. Il ne s'était pas aperçu que je l'avais vue et c'est pourquoi il me la fit remarquer.

« Tout n'est que vernis, mon cher Josué. Perds tes illusions et dis bien gentiment au revoir à la femme voilée. »

Ce n'est que plus tard que je me rappelai avoir fermé les yeux pour aimer l'inconnue masquée, car je savais que lui, mon ami Jéricho, l'aimait les yeux ouverts et jouissait sans un bruit. Mais il jouissait. Elle non.

« En avant, toute. »

Une fois la préparatoire réussie, nous entrerions à la fac de droit. Pour nous, cela tombait sous le sens.

Nos premières armes philosophiques antérieures — la lecture de saint Augustin et de Nietzsche, les discussions avec le père Philopater, l'attirance pour Spinoza — nous avaient convaincus que l'armature des idées était semblable aux os d'un corps qui requérait maintenant la chair de l'expérience. Et l'expérience, un conducteur d'autobus ou une cuisinière pouvaient l'avoir, sans avoir lu Spinoza. Nous — Jéricho et moi —, nous courions le risque de croire que les idées se suffisaient à elles-mêmes : splendides, éloquentes, astrales et stériles. Pour donner de la réalité à notre pensée, nous décidâmes d'étudier le droit, l'option qui se rapprochait le plus de notre vocation intellectuelle partagée.

Car nous pouvions partager une femme ou un appartement. C'était du gâteau face à une gémellité de la pensée — Castor et Pollux, les fils du cygne, les Dioscures nés du même ovaire — livrant au monde une explosion de fleurs, d'herbes, assistant à la naissance de l'amour et de la bataille, du pouvoir et de l'intelligence. Qui, parce qu'ils étaient si unis, décidaient de notre prochaine étape : être avocats afin de donner une réalité aux idées.

J'étais sûr que nous partagions ce projet. Cependant, je remarquai chez mon ami, durant les mois de vacances, entre la fin de la prépa et l'entrée à l'université, une inquiétude croissante qui se manifestait dans de petites phrases qu'il lâchait alors que nous mangions, prenions une douche, nous promenions dans le quartier, entrions dans une des librairies, de plus en plus rares, de la ville et envahissions, ou nous laissions envahir par des lieux où régnaient la musique populaire, les vidéos et les gadgets de toute sorte. La vie de la rue n'avait pas manqué pendant cette prépa qui venait de s'achever. Vaste, grouillante, agitée comme une armée de fourmis indisciplinées, la rue rendait compte des différences de classe de plus en plus fortes. Il y avait un fossé entre le monde motorisé et le monde piéton, ou même entre ceux qui se déplaçaient en voiture et ceux qui le faisaient en autobus. Les contrastes mexicains, loin de s'atténuer, augmentaient, comme si le « progrès » du pays était une illusion opiacée, comptabilisée en nombre d'habitants mais pas en somme de conforts matériels.

La ville populaire augmentait en chiffres. La ville privilégiée s'isolait comme une perle dans l'huître (la croûte) urbaine. Jéricho et moi vîmes dans un ciné-club *Metropolis* de

Fritz Lang, avec ses deux univers rigoureusement séparés. En haut, un grand penthouse avec jeux et jardins. En bas, un immense sous-sol de travailleurs automatisés. Gris en apparence, noir au fond. Ou plutôt sans lumière.

Dans notre ville, les jeunes qui n'étaient ni pauvres ni riches côtoyaient ces derniers dans les discothèques et, solitaires, déambulaient sans joie dans les centres commerciaux des grands ensembles où étaient réunis magasins, cinés et cafés sous le toit commun d'une protection provisoire. Dehors, ces jeunes, tous habillés à la même mode du jeans, étaient exposés à cette alternative : s'élever, déchoir ou rester coincés à tout jamais.

Voilà pourquoi, Jéricho et celui même qui vous raconte cette histoire, chers survivants, nous nous sentions privilégiés. J'avais vécu dans un confort sous surveillance dans la maison de Berlin. À présent, je partageais avec mon ami l'appartement de Prague. J'ignorais toujours la source des revenus de Jéricho. J'eus alors un soupçon que je n'osai partager avec mon camarade. Tous les quinze jours apparaissait dans la boîte aux lettres une enveloppe avec un chèque à mon nom. J'avoue que je l'encaissais discrètement sans en parler à Jéricho. Mais j'imaginai que lui recevait périodiquement un soutien similaire et j'en arrivai à penser, sans preuve aucune, que la source de ces revenus nôtres, si disciplinés, pouvait bien être la même. En tout état de cause, la somme dont je disposais était suffisante pour mes besoins immédiats, pas plus.

Comme mon ami et moi menions des vies jumelles, je supposai que ses revenus n'étaient pas très différents des miens. Nous en partageâmes, certes, le mystère.

Je disais que durant les mois de vacances Jéricho avait commencé à lâcher des phrases quelque peu décousues. Elles semblaient m'être adressées, même si je les considérais parfois comme la simple expression à haute voix des pensées et doléances de mon ami.

Sous la douche : « De quoi avons-nous peur, Josué ? »

À l'heure du petit déjeuner : « Ne donne jamais prise à l'embuscade. »

Pendant le repas, à trois heures de l'après-midi : « Ne nous laissons pas inculquer nos opinions. Soyons indépendants. »

Au cours d'une promenade dans le quartier : « Ne te sens ni supérieur ni inférieur aux autres. Sens-toi leur égal. »

De retour à l'appartement : « Nous devons devenir pareils à tout ce qui nous entoure.

— Non, répliquai-je. Nous devons devenir meilleurs. Ce qui nous rend meilleurs est aussi un défi. »

Nous tombions alors dans un récurrent débat, les coudes sur la table, mes mains soutenant ma tête et les siennes ouvertes devant moi, ou parfois lui et moi dans la même position, tous les deux unis dans une fraternité qui, pour moi, était notre force... à descendre des bières.

« Qu'est-ce qui invalide un homme ? La réputation, l'argent, le sexe, le pouvoir ?

— Ou au contraire l'échec, l'anonymat, la pauvreté, l'impuissance ? » me hâtai-je d'ajouter entre deux gorgées de bibine.

Il dit que nous devions éviter les extrêmes, même si au besoin — il sourit, cynique — le premier cas de figure était préférable au second.

« Même au prix de la corruption, de la malhonnêteté, du mensonge ? Laisse tomber !

— Là est le défi, mon pote. »

Je saisis amicalement son poing.

« Pourquoi sommes-nous devenus amis ? Qu'est-ce que tu as vu en moi ? Qu'est-ce que j'ai vu en toi ? » demandai-je, remontant, avec une certaine mélancolie rêveuse, à notre première rencontre, alors que nous étions encore presque des enfants, au lycée qui portait le nom officiel de Jalisco mais s'appelait en fait Presbytère.

Jéricho ne répondit pas. Il garda le silence pendant plusieurs jours, un peu comme si me parler eût été une forme de traîtrise.

« Comment éviter ça... ? murmurait-il parfois. Laisse tomber ! »

Je souris en lui disant, pour que la conversation ne dérive pas une fois de plus à cent lieux du sujet : ou tu apprends un métier ou tu finis gangster.

Lui ne sourit pas, mais dit avec une indifférence passagère (c'était tout lui) qu'au moins le criminel avait un destin exceptionnel. Le plus terrible était sans doute de s'en remettre à la fatalité des faux-fuyants, au conformisme du commun et de l'ordinaire.

Il déclara que la vaste *massa paupertatis* de Mexico n'avait d'autre choix que la pauvreté ou le crime. Que préférait-il ? Sans l'ombre d'un doute la criminalité. Il me regarda fixement, comme lorsque nous faisions l'amour avec la femme tatouée. La pauvreté pouvait être une consolation. Le pire lieu commun du sentimentalisme, ajoutait-il, en éloignant ses mains des miennes, c'était de croire que les pauvres sont des gens biens. C'était faux : la pauvreté, c'est l'horreur, les pauvres sont exécrables, exécrables dans leur soumission à la fatalité, et ne sont défendables que s'ils se révoltent contre leur misère et deviennent des criminels. Le crime, c'est la vertu des pauvres, me déclara cette fois-là, je ne peux l'oublier, Jéricho, en baissant les yeux et en reprenant mes mains dans les siennes, puis il hocha la tête, me regardant maintenant avec une certaine gaieté :

« Je pense que la jeunesse, c'est oser, tu ne crois pas ? La maturité, par contre, c'est dissimuler.

— Mais toi, tu oserais tuer, par exemple ? Tuer, Jéricho ! »

Je simulai l'épouvante avant de sourire. Il garda son air sombre. Et dit qu'il redoutait le besoin, car être constamment en quête du nécessaire revenait à sacrifier petit à petit ce qui est extraordinaire. Je lui répondis que toute vie, en tant que telle, était déjà extraordinaire et digne de respect. Il me regarda, pour la première fois, avec un mépris blessant, qui me rabaissait au rang du lieu commun et du manque d'imagination.

« Tu sais ce que j'admire, Josué ? J'admire par-dessus tout l'assassin qui tue ce qu'il aime, le voleur qui vole ce qui lui plaît. Cela ne relève pas du besoin. C'est un art. C'est le libre arbitre, supposément libre. C'est le contraire de cette tripotée de gens plaintifs, stupides, bovins, sans but, que tu te farcis tous les jours dans la rue. L'immonde troupeau de bœufs, l'aveugle troupeau de taupes, l'épaisse nuée de mouches vertes, *capici* ?

— Tu es en train de me dire qu'il vaut mieux avoir le destin extraordinaire d'un criminel que le destin ordinaire de n'importe quel clampin ? dis-je, sans grande emphase.

— Non, répliqua-t-il, ce à quoi je rends hommage, c'est à l'aptitude à tromper, au déguisement, à la dissimulation du clampin qui secrètement assassine et transforme ses victimes en confiture de fraises ! »

Et en riant il me dit que nous n'irions pas ensemble à la fac de droit. Jéricho partait la semaine suivante comme boursier en France.

Il me l'annonça ainsi, sans préambule, aimable mais incisif, sans égards ni justifications. Jéricho était ainsi et dès cet instant j'aurais dû rester sur mes gardes devant sa nature surprenante. Mais comme notre amitié était déjà ancienne et profonde, je supposai que la réapparition des « brutalités » nietzschéennes de mon ami, confrontant le monde avec la perception du monde, était seulement un retour à l'époque des choix qui marquent la jeunesse, pareille à une place circulaire d'où partent six avenues différentes : il faut en prendre une seule, en sachant parfaitement qu'on sacrifie les cinq autres. Saurons-nous un jour ce que nous réservait la deuxième, la troisième, la quatrième ou la cinquième route ? Nous en accommodons-nous en pensant que peu importe celle que nous avons choisie puisque le véritable chemin nous le portons en nous et que les différentes avenues sont seulement des accidents, des paysages, des circonstances et non l'essence de nous-mêmes ?

Mon ami Jéricho comprit-il ceci en m'abandonnant de façon si soudaine en quête d'un destin qui pouvait le séparer de moi, mais, plus encore, de lui-même ?

Ou faisait-il le pas indispensable afin que Jéricho rencontre Jéricho, sans se préoccuper — et, après tout, moi non plus — de savoir si son voyage en Europe l'éloignerait pour toujours ou le rapprocherait plus que jamais de moi ? Je ne connaissais pas la réponse, alors. Ce n'est que maintenant, anéanti, sur une lointaine plage du Pacifique, que je reviens à ce moment de notre jeunesse partagée, dans une tentative de résumer la vie même, au-delà de nos personnalités, comme une prémonition de l'horreur à venir : une jeunesse de violence extérieure et de désolation intérieure. Un âge disparu, fragile mais beau sans doute.

Ma préoccupation absurde était autre, alors, tout autre.

Sous quel nom Jéricho voyageait-il ?

Quel patronyme pouvait bien révéler, c'était forcé, son passeport ?

Le professeur Antonio Sanginés ne passait pas inaperçu, dans tous les sens du terme, à la fac de droit. Grand, distingué, doté d'un profil d'aigle, de sourcils mélancoliques et d'yeux tout à la fois sérieux, cyniques, moqueurs et tolérants sous de lourdes paupières, il se présentait en cours impeccablement habillé, toujours en complets parfaitement coordonnés (jamais je ne l'ai vu avec un blazer et un pantalon dépareillés), avec des vestes croisées, boutonnées de façon à faire ressortir le col haut et dur, la cravate unie et, seules concessions à la fantaisie, des chaussures marron clair et des boutons de manchettes acquis dans une tombola ou sur un coup de cœur, car il n'était pas impossible d'imaginer le *licenciado* Sanginés acheter des boutons de manchettes à l'effigie de Mickey Mouse.

Inutile d'ajouter qu'une figure comme celle-là contrastait diaboliquement avec la mode qui est de plus en plus répandue à notre époque. Les jeunes s'habillent comme le faisaient autrefois les mendiants ou les travailleurs du rail : jeans déchirés, vieilles godasses, blousons en jeans, tee-shirts publicitaires ou à slogans (Kiss me, Insane, Cœur à prendre, La Perte du Texas, J'aime baiser, *Soy el Abandonado*, Vive Moi, Mérida Métropole), tee-shirts sans manches et casquettes de base-ball portées à l'envers et partout, même en classe. Plus pitoyable était le spectacle des hommes et femmes d'âge mûr, pour ne pas dire vieux, s'arrogeant une jeunesse d'emprunt grâce aux mêmes casquettes de sport, shorts et chaussures Nike.

La mise soignée du professeur Sanginés était, pour toutes ces raisons, vue comme une excentricité anachronique, compliment qu'il rendait bien en considérant comme une décadence qui s'ignore la mode juvénile elle-même. Il se plaisait à citer le poète italien Giacomo Leopardi et son fameux dialogue entre la Mort et la Mode :

La Mode : Madame la Mort, Madame la Mort.

La Mort : Attends ton heure et tu me verras sans avoir besoin de m'appeler.

La Mode : Madame la Mort !

La Mort : Va au Diable. Je voudrai de toi quand tu ne le voudras pas.

La Mode : Tu ne me reconnais pas ? Je suis la Mode, ta sœur.

Voilà ce qui, un peu macabre et décadent, m'attira vers ce professeur qui donnait le cours de droit public international avec un soin qui le faisait dépasser de beaucoup les capacités des étudiants, car, loin de nous bourrer d'informations, il exposait deux ou trois idées qu'il étayait avec des références à un ou deux textes fondamentaux, nous invitant à les lire sérieusement même s'il était convaincu — il suffisait de jeter un coup d'œil au troupeau assemblé — que personne ne suivrait son conseil. En effet, il n'ordonnait pas, il suggérait. Il ne tarda pas à se rendre compte que non seulement je l'écoutais mais qu'au cours du mois suivant je répondais aux questions qu'il posait en classe — jusque-là simple clameur dans le désert — avec une respectueuse alacrité. Sanginés recommandait *Le Prince*. Je lisais Machiavel. Sanginés mentionnait le *Contrat social*. Je me plongeais dans Rousseau.

D'abord il m'invita à marcher avec lui dans les allées du campus, puis à l'accompagner à sa maison de Coyoacán, une vieille résidence de l'époque coloniale, sur un seul étage mais très vaste, où, d'un salon à l'autre, les livres supportaient, pour ainsi dire, la sagesse, sinon des siècles, en définitive du monde. Il perçut ma délectation et aussi ma nostalgie. La rencontre avec le professeur Sanginés me remémorait les conversations d'autrefois avec le père Philopater. Elle me rappelait aussi l'absence de mon ami Jéricho et ce besoin solitaire, que l'on ressent parfois, de partager ce que l'on voit ou fait avec un être fraternel. Je ne sais pas si Jéricho ressentait, en Europe, ce que je ressentais à Mexico. Le plaisir aurait été redoublé avec sa présence. Nous aurions pu commenter, entre nous, les leçons d'Antonio Sanginés, les confronter à celles du père Philopater et poursuivre, comme nous l'avions fait depuis lors, notre formation intellectuelle, dans les ciments solides de l'amitié.

La résidence du professeur Sanginés exhalait une atmosphère partagée entre l'homme et ses livres, unis en une éthique internationaliste très à contrepoil du nouveau *laissez-faire** global. La globalisation était un fait et balayait dans son élan vieilles frontières, lois et discours, habitudes désuètes et défenses des souverainetés. L'enseignement d'Antonio Sanginés ne niait pas cette réalité. Il faisait juste remarquer, avec une élégante emphase, les dangers (pour tous) d'un monde dans lequel les décisions internationales étaient prises sans autorité compétente, sans juste cause, sans intention juridique, sans proportionnalité, et avec la guerre comme premier et non dernier recours. La catastrophique intervention nord-américaine en Irak était l'exemple probant des théories de Sanginés : l'autorité avait été inexistante, fragile et usurpée. La cause, un véritable pot-pourri de mensonges : il n'y avait pas en Irak d'armes de destruction massive et renverser le dictateur n'était pas le motif de cette résolution. Le dictateur avait chuté et l'horreur s'était installée, la région était passée de l'ordre suprême (la tyrannie) au chaos suprême (l'anarchie) et cette catastrophe n'avait réussi ni à assurer l'accès au pétrole ni à confirmer la baisse des prix. De l'étincelle du Potomac, on était passé au brasier de la Mésopotamie.

« Les seuls qui y gagnent, conclut Sanginés, ce sont les mercenaires qui profitent du début et de la fin des guerres. »

Si telle était la leçon pratique d'Antonio Sanginés en classe, en privé je découvris que sa condamnation des crimes internationaux n'était que le reflet de son intérêt pour le crime *tout court**. J'eus le loisir de découvrir que la moitié de sa bibliothèque ne traitait pas des nobles pensées de Vitoria et Suárez, de Grocio et Pufendorf, mais des investigations sombres et néanmoins fouillées de Beccaria et Dostoïevski à propos du crime et des criminels et, plus noirs encore, les livres de Buttleworth sur la police et celui de Livingstone et Owen sur les prisons.

Lorsqu'il expliqua le régime carcéral, Sanginés s'attarda en détail sur des sujets comme la sécurité et les conditions de vie, les privilèges tolérés, la santé et l'accès au monde extérieur, le courrier, les contacts légaux, les visites familiales et conjugales, les rapatriements, la discipline interne, les punitions, la ségrégation et les cellules, la condamnation à perpétuité et la mesure discrétionnaire...

« La prison est comme une momie emmaillotée de la tête aux pieds dans des lois et des institutions. Les autorités carcérales, dans leur grande majorité, agissent, pour le meilleur et pour le pire, en accord avec les "règles". Mais ces "règles" sont si nombreuses qu'elles tolèrent une grande latitude dans la façon de les appliquer et même de les ignorer ou de les violer, ce qui débouche sur un ensemble de lois non écrites qui, surtout dans le cas du Mexique, finissent par se substituer à la loi écrite. »

Peut-être soupira-t-il : « Dans toute l'Amérique latine, on ne rend hommage à la loi que pour mieux la violer. Les prisons du Mexique ne sont pas pires que celles du Brésil. En Colombie, la guérilla impose sa propre loi pénitentiaire, en contournant la législation nationale. En Amérique centrale, les désastres de la guerre ont créé tant de situations *de facto* que le droit est lettre morte. »

C'est alors qu'entrèrent, en costumes de pirate, les trois petits garçons du professeur qui, avec des cris d'abordage sanguinaires, se mirent à le prendre d'assaut et à l'escalader de toutes parts, qui par la tête, qui par les épaules, qui par l'avant, provoquant ses rires et, à peine s'était-il débarrassé d'eux avec tendresse, un commentaire final, alors qu'il réajustait sa veste et sa cravate :

« Tout ce que je vous dirai, Josué, sur la théorie et les lois ne sera rien si vous n'observez pas vous-même de près la vie telle qu'elle est dans nos prisons. »

Il me regarda comme s'il avait une idée derrière la tête, d'une façon que je ne lui avais encore jamais vue, car notre relation avait toujours été aussi directe que peut l'être celle d'un élève envers son maître. Je crois que Sanginés tenta d'étouffer l'éclat de son regard pour ne pas embraser la lueur de mes soupçons, en fermant les yeux — chose naturelle chez lui lorsqu'il réfléchissait — alors qu'il m'indiquait que, parmi les matières des études juridiques, il y en avait une obligatoire en tant que cours mais optionnelle quant au sujet : le stage pratique en situation. C'était à moi de choisir sur quel terrain je voulais exécuter ce stage : contentieux commerciaux ou civils, divorces, expulsions, séquestres, faillites, fusions-acquisitions, expertises, le maître énuméra tout ceci, sans mentionner le domaine internationaliste de son cours, pour finalement s'arrêter sur le droit pénitentiaire.

Avait-il soupiré ? Ordonné ?

Le fait est que sous l'impulsion de don Antonio Sanginés je demandai et obtins de faire mon stage en situation dans les prisons.

Et pas dans n'importe laquelle, dans la plus redoutée, la plus célèbre mais aussi la plus méconnue, visible de par son nom étrange mais invisible de cet intérieur encore plus lugubre (supposais-je) qui était le sien. Le tombeau des vivants. La maison des morts, oui. La Sibérie mexicaine, un désert en plein désert, une grotte au sein d'une autre grotte, un labyrinthe plein d'entrées mais sans aucune sortie, un autel de blasphèmes et de profanations consacrés. Le trou noir. La métaphore de notre vie, captive d'un ventre au début, d'un linceul à la fin, des secrets suprêmes de cette prison devenue foyer entre mambo et tombeau. La prison construite avec les pierres de la loi. L'espérance, prison de Zacharie. La libération, espérance d'Ésaïe.

Ainsi, avec ces pensées, j'entrai pour terminer mes études d'avocat au Palais noir de San Juan de Aragón, construit en sous-sol sur le lit de l'ancien Río del Consulado, sous les piétinements de l'effervescence urbaine qui, mais je ne le soupçonnais pas, serait perceptible comme une torture supplémentaire du fond de cette prison des prisons.

La Chuchita s'approcha pour me donner la main, les larmes aux yeux. Dans l'autre main, elle tenait un petit miroir dans lequel elle se regardait de temps en temps avec un mélange de sérénité et d'affolement. Habille-moi, me dit-elle. Je lui répondis qu'elle était déjà habillée. La petite fille se mit à pousser des cris et à arracher ses vêtements, enfin, la camisole semblable à une grossière robe de bure que portaient toutes les petites filles emprisonnées dans les profondeurs de San Juan de Aragón. Ça me choque, hurla-t-elle, secouant en tous sens sa tignasse croulant sous la crasse, ça me choque de me voir nue. Tu es habillée, lui dis-je innocemment. Elle me sauta dessus toutes griffes dehors. Je veux qu'on m'habille, cria-t-elle, je veux qu'on m'habille. Puis elle baissa la tête et s'en alla, tandis qu'un garçon tout bleu, à ses côtés, se penchait vers le sol en ciment pour ramasser quelque chose d'invisible et qu'un peu plus loin, un autre adolescent se grattait inlassablement le dos, en se plaignant des boutons qui le démangeaient, qui le brûlaient, qui ne guérissaient jamais malgré ses ongles ensanglantés qui raclaient sa peau brune.

La petite Isaura avait une idée fixe : le volcan Popocatépetl. Je m'assis à côté d'elle. Elle ne parlait de rien d'autre. Elle répétait encore et encore le nom de la montagne, souriante, en savourant les syllabes : Po-po-ca-té-pel. Je la corrigeai. Po-po-ca-té-petl. C'était un mot nahuatl... Je rectifiai, pour être sûr qu'elle me comprenne : aztèque. Elle répéta : Po-po-ca-té-pel. J'insistai : té-petl. Elle me regarda avec une colère affirmée, inexplicable, comme si j'avais violé une chambre secrète, une alcôve sacrée de son existence. J'aurais voulu que la petite fille m'attaquât physiquement. Elle m'observa juste avec cette distance qui visait à me blesser moi et le monde entier, le monde qui l'avait envoyée ici, à la piscine vide des enfants emprisonnés de San Juan de Aragón. Que pouvais-je lui dire ? Il n'y avait aucune avenue s'ouvrant entre ma présence et sa séparation. Lorsqu'elle s'éloigna en répétant Po-po-ca-té-pel elle ne me regardait déjà plus.

On ne me dit pas le nom de l'être que j'abordai ensuite. Il était de sexe indéchiffrable. Il ne devait pas avoir plus de six ou sept ans mais quelque chose était gravé sur son visage. L'indéfinition, ou plutôt un étonnement doux et indéfini. Qui était-il ? Alberto. Un garçon. Non : Albertina. Une fille. Il me regarda, les yeux pleins de larmes.

Un autre jeune d'environ quinze ans présentait une cicatrice à la taille. Je dis présentait, car il la montrait avec une fierté où se mêlaient affliction et courage, la désignant de son index, regardez-moi, touchez-moi, osez-le...

Je fus distrait par un enfant au visage empreint d'une grande tristesse. Je n'osai pas lui demander son nom. Il devait avoir dans les onze ans, pas plus, mais son regard portait la trace d'une faute ancienne, révélée dans de petits plis entre les sourcils, le rictus de la bouche, le défi que suggéraient des dents très blanches au milieu d'une bouche crasseuse d'où pendaient des restes de tortilla et d'œufs brouillés. En un éclair, la tristesse se transforma en agressivité quand il se rendit compte que je l'observais.

« Félix ! cria-t-il. Félicité. »

Il se jeta sur moi. Seule l'intervention d'un gardien empêcha qu'il m'assaillît.

D'autres étaient plus éloquents. Ceferino me dit que lui, il n'était coupable de rien. C'était la faute de l'abandon. On l'avait abandonné dans un quartier perdu où même les chiens ne trouvaient rien à manger dans les décharges. Ça lui avait donné envie d'en bouffer un, de chien, pour voir quel goût ça avait. Il aurait mieux fait de bouffer ses parents qui l'avaient abandonné dans ce quartier dominé par les détritus. Il les avait recherchés. C'était difficile ! Où étaient-ils passés ? La ville est énorme. Qu'avaient-ils laissé ? L'étiquette sur sa salopette. Le nom du magasin où ils lui avaient acheté la salopette. C'est là qu'on lui apprit où étaient partis son père et sa mère. Il marcha une journée entière d'un quartier à l'autre, à les chercher, jusqu'à ce qu'il les retrouve dans une petite boutique sur la route de Xalostoc, du côté de l'autoroute en direction de Pachuca, vraiment le trou du cul du monde. Il allait leur dire papa, maman, c'est moi votre fils, Pérez. Mais il s'aperçut, à peine il les vit, qu'ils l'avaient abandonné parce qu'il était une charge, ce petit, une bouche de plus à nourrir, quel embarras, et que maintenant, dans leur petit commerce, son père et sa mère l'avaient totalement oublié. Ils pensaient — pensa-t-il — que s'ils avaient si bien prospéré c'était parce qu'ils n'avaient pas eu à nourrir un enfant appelé Pérez. Il les regarda, sinon souriants, placides, complaisants. Non pas libérés d'une faute. Juste oublieux de tout ce qui était arrivé avant d'émigrer dans ce quartier et de trouver un moyen suffisant pour survivre. Ils ne savaient pas qu'il existait. Ils ignorèrent qu'il était là, avec ses onze ans, prêt à les attaquer avec un pic à glace, à leur arracher les yeux, à les laisser là à hurler et saigner pour terminer à la prison pour mineurs de San Juan de Aragón.

Avaient-ils survécu ?

Si seulement ! Pour qu'ils ne puissent plus voir le monde et se retrouvent à chercher une autre façon d'exister tout en se sentant méprisés, foutus, niqués de chez niqués, ces trous du cul de fils de pute.

Merlin était un enfant arriéré. Pas complètement, mais pas mal. La boule à zéro, le regard espiègle de l'imbécile heureux, la bouche entrouverte et la morve au nez. Le gardien de prison qui m'accompagnait m'expliqua que ce garçon faisait partie des bandes de demeurés que les gangs utilisaient pour leurs attentats. Ils plaçaient des bombes sur les voitures. Ils faisaient diversion dans les actes criminels. Ils servaient de leurre. Ils jouaient les faux otages. Les plus dégourdis espionnaient. Presque tous étaient livrés à ces bandes par leur famille contre de l'argent, et parfois simplement pour se débarrasser de ces foutus mioches.

D'autres, l'aimable gardien qui m'aidait dans mon stage pratique fit un geste vague autour de lui, étaient plus doués mais étaient nés dans la marginalité la plus absolue, avec des vies qui s'apparentaient plus à celles des chiens ou des porcs. Leur seule issue — son bras décrivit un grand arc de cercle, la main ouverte — était le crime ou la prostitution. Il sous-entendait, ce qui me scandalisa, que ce lac ténébreux était d'une certaine manière un endroit attrayant. Au lieu d'un destin funeste, les mômes qui pullulaient ici, tels des fantômes, seuls ou enlacés, tous vêtus de leur triste tunique de bure, nu-pieds, grattant leur tête rasée comme si les lentes étaient leur seule consolation, fouillant du doigt dans le nombril de leur voisin, se grattant les couilles et les aisselles, essuyant leur morve de la main, chiant et urinant à loisir, tous réunis dans la grande piscine souterraine en ciment dans les obscènes entrailles du District fédéral, tous avaient un destin carcéral.

Voilà ce que donnait à entendre le regard à la fois indifférent et sombre du gardien. Albertina disait qu'elle avait été enlevée dans un restaurant de Las Lomas, rien que ça, en allant aux toilettes elle avait disparu et tandis que ses parents la cherchaient, elle, droguée, quittait l'endroit dans les bras de ses ravisseurs mais habillée en garçon, ses boucles coupées, ses cheveux teints en noir et une pâleur qui ne la quitta plus jamais dans l'effarement de ne plus savoir qui elle était ni qui elle avait été, désormais juste dressée à voler, à se glisser entre les barreaux de sécurité pour finir entre ceux de la prison, totalement désorientée pour toujours.

Qu'est-ce que vous voulez qu'on y fasse ?

Je sais pas m'habiller seule ! hurlait la Chuchita.

Le garçon à la cicatrice dans le dos avait été enlevé pour lui extirper un rein et le vendre aux gringos qui ont besoin d'organes de rechange. Estime-toi heureux qu'ils ne t'aient pas pris les deux, morveux. Il était parti à la recherche de ceux qui l'avaient enlevé, drogué et opéré. Comme il ne les avait pas retrouvés, il avait décidé de passer la frontière pour aller d'hôpital en hôpital détruire avec une splendide canne d'Apizaco les vasques où somnolaient les reins d'autrui. Verre brisé, liquides répandus, reins que le garçon ramassa, cuisina et mangea enroulés dans des tortillas, de grands *tacos* de gringo dévorés par Mexicain vengeur. Il fut expulsé de Californie, contrairement à la politique des États-Unis qui retient prisonniers les Mexicains, surtout ceux qu'on suspecte de ne pas parler anglais. Mais Catarino — c'était son nom — était décidément trop dangereux, même derrière les barreaux d'Alcatraz : il était capable de les bouffer, comme Hannibal Lecter.

Et la justice triompha.

« V'savez nager ? » me demanda le gardien dont je regardai le visage pour la première fois, attentif comme je l'étais à ce petit enfer de la jeunesse qu'était cette piscine en ciment.

Je n'eus pas le temps de répondre.

Quatre torrents déboulèrent du haut des parois du bassin-prison, renversant dans un chamboulement de corps et de têtes les enfants petits et grands pris au piège dans ce trou, dans une clameur qui était sauvage, joyeuse, agonisante, inattendue, sous ce déluge d'eaux troubles, frustes, acheminées jusque-là depuis un fleuve mort qui redevenait vivant pour soumettre ces enfants petits et grands qui très vite se débattaient pour surnager, agitaient les bras, remuaient la tête, criaient, pleuraient. L'agitation de cette petite mer carcérale me força à nager, tout habillé, à mesure que montaient les eaux et, dans la confusion, je remarquai que si certains enfants nageaient, d'autres, les plus petits c'est vrai, s'enfonçaient, se trouvaient pris au piège et se noyaient dans un hurlement tout à la fois personnel et collectif.

« C'est comme ça qu'on les oblige à se laver, dit le gardien.
— Et ceux qui ne savent pas nager ?
— Comme ça on contrôle le trop-plein de la population pénitentiaire.
— Vous dites ?
— Je dis que quand y en a trop c'est pire.
— Vous êtes démographe peut-être, monsieur ? »
Qui offre les prières du Mexique sur l'autel de ses enfants ?

Chers survivants : je vous mentirais si je vous disais que le départ de mon ami Jéricho m'avait condamné à une solitude irrémédiable. J'ai laissé entendre que son absence avait coïncidé avec mes années d'études universitaires, culminant avec l'enseignement de don Antonio Sanginés et mon atroce visite du bassin des enfants de San Juan de Aragón, à l'occasion dudit « stage en situation ».

Je n'ai pas menti, j'ai omis. Je dois réparer mon erreur. Dans mon esprit, j'ai voulu associer l'absence de Jéricho à une solitude intentionnelle, idéale, que la réalité se chargea de démentir à peine eus-je pris congé de mon ami à l'aéroport. Je peux tromper les vivants. Qui, parmi vous tous (ou vous quelques), peut démentir ce que je raconte ici ? Tout ce que j'ai dit peut être pure invention de ma part. À vous, monsieur, madame, mademoiselle, qui me lisez, rien ne vous prouve que je vous dis la vérité. Rien ne vous prouve même que j'existe en dehors de ces pages. Vous pouvez me croire quand j'affirme que ma vie sexuelle sans la compagnie familière de Jéricho fut un désert sans sel ni même sable : un vide comparable à celui du bassin des enfants, aussi profond, désolé et cruel, un Sahara de ciment... Imaginez, si c'est ce que vous souhaitez, que j'ai cherché et retrouvé mon infirmière, Elvira Ríos, que je suis devenu son amant même si elle était mariée, que je ne suis pas devenu son amant parce qu'elle était mariée, qu'elle m'a rejeté car elle ne pratiquait le sexe qu'avec les malades afin de les consoler et que j'avais l'air aussi sain qu'une affiche du réalisme socialiste stalinien, dont les œuvres pop étaient à cette époque exposées au palais des Beaux-Arts. Vous pouvez démentir si je vous raconte que je suis retourné au bordel de l'avenue Durango pour baiser, encore et encore, la putain au visage voilé et à l'abeille sur la fesse. Vrai ? Faux ? Je ne sus pas son nom. Elle était partie, s'était tirée, « retirée », selon la pudique expression de la maquerelle et magistrate doña Evarista Almonte alias la Hétara.

Je pourrais donc tromper le discret lecteur et néanmoins lui demander, comme acte de foi en moi, en ma vie, en mon livre, de croire qu'au moment même où je prenais congé de Jéricho au terminal 1 de l'aéroport de Mexico, au milieu du grouillement infernal qui caractérise cet édifice éléphantiasique qui se prolonge dans toutes les directions avec sorties, entrées, cafés, restaurants, boutiques vendant alcools, *sarapes*, babioles, chapeaux de mariachis, livres et revues, pharmacies, bijouteries, confiseries, magasins de chaussures de sport, de vêtements pour bébés, une vie au jour le jour, comme à la loterie, ma patrie à moi accueillant, expulsant des milliers de touristes locaux et étrangers, curieux, voleurs, taxis, bagagistes, policiers, fonctionnaires des douanes, employés de compagnies aériennes, en uniformes, désinformés, jusqu'à constituer en un immense plat d'avoine une seconde ville à la fois d'ici et étrangère, je fus confronté à un accident qui changea ma vie.

Au grouillement dont je parle vint s'ajouter soudain le scandale que je vais raconter tout de suite. C'est ce qui arrive dans les aéroports, villes de tous : on croit qu'on est là pour une chose et en fait on y était pour une autre, toute différente. On croit qu'on connaît le sens, le chemin de son destin dans le gros ventre de cet ogre aérien, et soudain l'inattendu fait irruption sans demander la permission. On croit qu'on a tout bien en main et en une seconde la folie prend la place réservée à la raison.

Le fait est que je retournais tranquille mais mélancolique vers le métro qui me ramènerait dans mon quartier lorsqu'une personne me tomba dans les bras. Je ne parle pas d'un homme, ou d'une femme, car l'individu était tout de cuir vêtu — c'est en tout cas ce que je sentis en l'étreignant malgré moi — et son visage était dissimulé derrière des goggles ou lunettes d'aviateur, elles-mêmes plaquées sur le bonnet en cuir qui lui couvrait la tête. Le type balançait des coups de pied, s'accrochait à moi pour échapper aux policiers qui voulaient l'embarquer avec des hurlements qui indiquaient son identité sexuelle : une voix aiguë de femme s'en prenait à leurs mères, traitant les agents de sales poulets, flicaillons, bleus de mes deux, ripoux de condés, bâtards d'oppresseurs, fils de la grande pute originelle, la première de toutes, la mère Evarista, la Matildona en personne (le nom me disait quelque chose), salauds entre tous les salauds de la saloperie salopée, pour le dire vite.

Je la serrai dans mes bras. Les agents avaient déjà saisi la femme par l'épaule.

« Laissez-la, s'il vous plaît, dis-je, sous l'impulsion d'une sympathie instinctive.

— Vous la connaissez ?

— C'est ma femme.

— Alors surveillez-la mieux, mon vieux.

— Enferme-la à La Castañeda, dit le policier le plus vieux jeu et taillé à l'ancienne.

— Mon collègue veut dire qu'elle est folle.

— Qu'est-ce qu'elle a fait ? entrepris-je de demander tandis que la femme s'agrippait à moi comme à un poteau en pleine tempête.

— Elle a voulu décoller avec son propre avion sur la piste réservée au vol d'Er Franz. »

Qui était le vol pour Paris de mon ami Jéricho.
« Que s'est-il passé ?
— Nous l'avons arrêtée à temps.
— Nous avons confisqué l'appareil.
— Vous n'allez pas l'inculper ?
— Je viens de vous dire que nous avons confisqué l'appareil. »

Je ne sais plus si le policier avait grommelé en prononçant ces mots. Ses yeux sans cornée, des yeux d'idole, ne remuaient pas ; sur ses lèvres errait l'ébauche d'une complicité déplaisante. Je n'avais pas suffisamment d'argent pour un bakchich et le pot-de-vin me répugnait moralement, sinon philosophiquement. Ils me facilitèrent les choses. Ils voulaient juste se débarrasser de cette femme et moi, c'était les dieux du Métro Aztèque qui m'avaient envoyé, station Aéroport. Je ne pouvais pas imaginer, tandis que ces incorruptibles me tournaient le dos, le destin du petit avion de tourisme saisi, la répartition tribale des gains.

« Je m'appelle Lucha Zapata. »

Je l'enlaçai et m'éloignai dans la cohue de ce souk aérien. Mon regard croisa celui d'une autre femme qui marchait derrière un fringant bagagiste aux gestes distingués, comme si transporter des bagages dans un aéroport comportait une dimension théâtrale on ne peut plus glamour. J'ignorais pourquoi cette femme moderne, jeune, pressée, élégante, aux mouvements félins, de panthère, qui suivait avec angoisse le porteur, me regardait avec un si fugitif et intense intérêt.

« Je m'appelle Lucha Zapata, répéta celle qui m'accompagnait. Emmène-moi avec toi. »

Je cessai de regarder la jeune femme élégante. En moi, une solidarité élémentaire prenait le dessus.

Tout le quartier de San Juan de Aragón, au moins d'Oceanía à Río Consulado, avait été rasé, dans une démarche conjointe de la Ville de Mexico et de la République fédérale, afin de construire ici même, au cœur de la capitale et à quelques rues du quartier sans foi ni loi de Ciudad Neza, le plus grand centre pénitentiaire du pays. Ce fut un acte de défi : la loi ne serait pas reléguée à de lointaines contrées dépeuplées où s'implantent de nouvelles villes carcérales avec leurs propres règlements. Ce fut une provocation : la loi s'installerait au centre du centre, à portée de main, pour que les criminels apprennent une bonne fois pour toutes qu'ils ne sont pas une race à part mais des citoyens en prison, avec des oreilles qui entendent les allées et venues de la circulation, des nez qui sentent les odeurs de friture, des mains qui touchent les murs de l'histoire, la patrie, bla-bla-bla, des pieds à quelques mètres à peine des fleuves taris et de la lagune morte de Mexico-Tenochtitlán.

Je compris, en poursuivant ce pragmatique stage, qu'on maintenait les mineurs entre la vie et la mort dans le grand bassin souterrain, livrés au hasard de la mort par noyade ou à la survie tarzanesque. J'appris également que l'on tenait enfermés les grands criminels à l'étage, avec un système de transmission audio qui captait minutieusement les rumeurs extérieures de la ville, véritable cité des libertés et de la joie comparée à la dantesque ville des douleurs — la *città dolente* — qui m'attendait à l'étage, où il était difficile d'entendre les voix des détenus à cause de l'insidieux brouhaha urbain, klaxons, moteurs, crissements de pneus, jurons, cris des vendeurs, silences des mendiants, offres de sexe tarifé, soupirs amoureux, chansons enfantines, chorales scolaires, prières à genoux, amplifié par les pervers haut-parleurs qui torturaient inlassablement les prisonniers avec le souvenir de la liberté.

Je m'armai de courage non seulement pour mener à bien cette formalité universitaire — ce « stage en situation » — mais aussi pour être digne de la décision prise par mon respecté maître, Antonio Sanginés. La partie supérieure de la prison de San Juan de Aragón, au-dessus du bassin des enfants, était une vaste enceinte de plain-pied. « Ici, on risque pas de se prendre des pots de chambre pleins, balancés des étages », dit sans un sourire le gardien qui était maintenant mon guide et dont les épaules luisaient pourtant d'un astiquage consciencieux au léger parfum de caca.

Siboney Peralta était un mulâtre cubain d'une trentaine d'année aux longs cheveux noués en petites tresses torsadées, nu jusqu'au nombril dans le but évident d'exhiber sa musculature mais aussi d'intimider ou de mettre en garde par l'autorité de ses biceps, les fortes pulsations de ses pectoraux et la faim menaçante que clamait son ventre. Il ne portait pas de chaussures et son pantalon était un haillon ramassé autour d'un sexe flou qui pouvait aussi bien être un braquemart qu'une bistouquette. Son crime n'était pas d'ordre passionnel. C'était, selon Siboney, l'énigme, le mystère, petit.

« Un petit mystère ?

— Non, un très grand, petit. »

Siboney ne savait pas pourquoi il était en prison. Il aimait la musique, tellement que ça lui chamboulait la tête, dit-il en faisant jouer tous ses muscles, à tel point qu'il ne pouvait s'empêcher de faire ce que la musique disait.

« Moi, je suis un enfant du boléro, *compay*. »

Siboney obéissait au boléro. Si les paroles disaient « Regarde-moi » et que la femme ne le regardait pas, Siboney s'emplissait d'une sainte colère et l'étranglait. Si la chanson décrétait « Dis-moi si tu m'aimes autant que moi je t'adore » et que la femme ne se retournait pas pour le regarder, elle se prenait au minimum une raclée siboneyenne. Si elle demandait à l'absence si elle avait pour lui une pensée et que l'absence restait silencieuse, le mulâtre s'en prenait aux chaises, aux fenêtres, aux assiettes, aux vases, à ce qui se trouvait à sa portée dans le monde silencieux de son désir.

« Et maintenant que tu connais ton mal, tu ne peux pas le maîtriser ? » lui demandai-je, pas très sûr de moi.

Siboney éclata d'un rire qui voulait dire ce n'est pas mon mal, c'est mon bon vouloir, c'est mon plaisir. Quoi au juste ? Tout simplement croire en les paroles des chansons, me disje, comme moi en ce moment je crois en ce que j'écris et je te le transmets à toi, curieux lecteur, avec toute l'impunité fatale d'un Siboney Peralta étranglant les femmes innocentes qui ne prennent pas ses chansons au pied de la lettre.

Le Brillantiné et le Gominé avaient été mis dans la même cellule avec l'espoir malsain qu'ils se disputent les flacons de brillantine et les sachets de gomme adragante qui étaient l'obsession criminelle du couple. L'un et l'autre, sans se connaître encore, volaient les pharmacies et les salons de beauté pour s'emparer des brillantines les plus rares et des sachets de gel pour cheveux d'autrefois qui étaient leurs dadas incontrôlés et incontrôlables. Le gardien m'expliqua que la première intention des autorités pénitentiaires avait été de réunir deux rivaux qui se disputeraient l'objet de leurs désirs jusqu'à s'étriper pour un pot de brillantine. Tel était, ajouta-t-il, le principe de la prison de San Juan de Aragón : provoquer les prisonniers pour qu'ils en arrivent à s'entretuer, ce qui diminuait du même coup la population carcérale.

« Chaque fois qu'il y en a un qui meurt, c'est une bouche de moins à nourrir, *licenciado.*

— Je ne suis pas...

— *Licenciado*, bien sûr que si. »

Il me regarda de ses yeux d'égout.

« Tu ne serais pas ici, sinon... »

Mais le Gominé et le Brillantiné s'arrangèrent pour ne rien se disputer du tout, mais plutôt pour vivre dans une coexistence pacifique, s'enduisant les cheveux de répugnants onguents.

« Vous avez une idée pour qu'ils s'entre-tuent ?

— Faites-leur la boule à zéro », lançai-je, de mauvaise humeur.

Le gardien rigola bien. « Ils se mettraient de la brillantine sur les couilles et sous les bras, *mi lic.* »

Concernant les *licenciados*, justement, je fus introduit dans la cellule de l'avocat Jenaro Ruvalcaba, que je connaissais de réputation car ce pénaliste avait un certain renom à la faculté de droit. En me voyant entrer, il se mit debout, en lissant le plus possible son uniforme de prison : une chemise grise à manches courtes et un pantalon trop grand pour sa mince silhouette.

« Il dit qu'il n'a commis aucun délit, déclara le gardien avec un clin d'œil.

— C'est vrai, dit Jenaro calmement.

— Ça, c'est ce que tu dis », rétorqua, moqueur, le cerbère.

Jenaro haussa les épaules. Je sus immédiatement que lui demander pourquoi êtes-vous là, de quelle faute vous accuse-t-on?, c'était entrer dans un labyrinthe sans issue d'excuses et d'injustices. C'est ainsi que dut le comprendre Jenaro lui-même — un homme blond et menu d'une quarantaine d'années — lorsqu'il s'assit sur sa paillasse en tapotant délicatement à côté de lui pour m'inviter à m'asseoir.

Il dit très tranquillement que la prison était pleine de gens idiots qui se plaignent, qui voudraient être libres mais ne sauraient que faire dehors. Résignation? Non, adaptation, dit Jenaro. Le châtiment de la prison, mon jeune ami (c'est moi), consiste à te séparer du monde, et de deux choses l'une : ou tu crèves de désespoir ou tu t'inventes de nouvelles relations au sein de ce que les gringos appellent la grande maison, *the big house*; c'est cela finalement : une maison, un foyer différent mais qui t'appartient autant que celui que tu as abandonné.

« Et vous, vous faites comment? demandai-je, à l'abri derrière mon masque de sage étudiant.

— J'accepte ce que me donne la prison », dit Ruvalcaba, en haussant les épaules.

Il lut la question dans mes yeux.

« Une fois retiré ce que tu dois éviter pour ne pas être humilié », continua-t-il.

Il devança ma question.

« Par exemple, ne pas accepter de visites. Ils viennent par obligation. Ils regardent l'heure tout le temps, la seule chose à laquelle ils pensent c'est à fiche le camp au plus vite.

— Au Mexique, il y a des visites conjugales. »

Il sourit, partagé entre le cynisme et l'amertume.

« Tu peux être sûr que ta femme a déjà trouvé un amant.

— Bon, mais de toute façon elle vient pour... »

Jenaro haussa la voix mais parla entre ses dents.

« Ils te trahiront tous les deux pour que tu restes en prison. »

Hurlant, il se leva, devenu fou, se prenant la tête à deux mains, tirant sur ses oreilles, les yeux fermés.

Il se jeta sur moi les poings levés. Le gardien lui asséna un coup de bâton sur la nuque et le *licenciado* retomba en sanglotant sur sa paillasse.

Le Nègre Espagne et la Perfide Albion étaient deux homosexuels incarcérés à San Juan de Aragón pour délit de proxénétisme avec circonstances aggravantes de vol et assassinat. Les instances dirigeantes du lieu ne les avaient pas obligés à restaurer des virilités qu'ils refusaient. Au contraire, tous deux avaient à leur disposition cosmétiques, pinces, fards à joues, faux cils et crayons à lèvres qui leur permettaient de se sentir bien tout en leur donnant la preuve du caractère vicieux et méprisable des gardiens, tous des...

« De vrais gros hypocrites », dit le Nègre Espagne en ajustant une mouche sur sa pommette, son grand peigne coûteux en équilibre précaire sur sa tête.

Il le désigna du doigt. « C'est de quand je suis allé à la Feria de Séville.

— Ça fait des années », murmura la Perfide Albion, un Anglais, supposai-je, cachet d'aspirine et les cheveux coupés très court, dont la seule marque d'identité était le portrait de la reine Élisabeth sur sa poitrine.

L'élégante Espagnole raconta qu'au début on avait voulu les mettre dans des cellules séparées dans l'espoir que les « normaux » les dressent un peu. Sauf qu'il s'était passé le contraire. Les prisonniers les plus virils avaient succombé aux charmes de la Noire Espagne et de la Perfide Albion sur l'argument du « mieux qu'rien » et même s'ils les appelaient, dans le feu des caresses, Priscila ou Encarnación, cela ne faisait qu'exciter plus encore leur partenaire, raison pour laquelle, intervint l'Anglais, on se résigna à les remettre ensemble, pour qu'ils ne puissent plus « faire de mal » si ce n'est l'un à l'autre.

Tous les deux partirent dans de grands éclats de rire, se caressant sans pudeur et chantant, la Perfide en l'honneur de la Noire des airs de zarzuela madrilène, et la Noire pour complaire à la Perfide, des mélodies de Gilbert et Sullivan.

« Qui nous protège ? chantaient-ils en chœur.

— On se protège tout seuls ! » proclamaient-ils.

Le Monte-en-l'air, ainsi surnommé pour sa propension à voler en passant par les fenêtres, se tordit de rire lorsque je lui demandai le motif de son emprisonnement. Il n'avait plus de dents.

« Je les ai offertes à la charité publique. J'adore la philanthropie. Mais je vais encore plus loin, gamin. Je n'aime pas seulement les hommes. J'aime leurs biens. Pour ça, pas besoin de dents. »

Il se bidonna entre jets de salive et bruyantes quintes de toux. Il devait avoir dans les soixante ans. Il en paraissait cent et ses mains ne tremblaient pas. Ses doigts remuaient sans s'arrêter, avec la dextérité d'un pianiste.

Il surprit mon regard :

« On m'appelait le Chopin. Moi je leur répondais : Chopind'tamère. »

Voici son récit :

« Il y a des voleurs qui ne savent pas sortir des maisons où ils volent. Moi j'ai toujours été très conscient que le problème c'était pas seulement d'entrer, mais aussi de savoir se tailler sans bruit, sans laisser de trace, ni même d'odeur. Pour ça, il faut travailler seul ou avec des enfants de moins de dix ans qui peuvent se glisser entre les grilles et ouvrir les fenêtres. »

Il lâcha un rire désarticulé, comme l'impossible musique d'un piano dépourvu de touches ou avec juste les noires, telle était la profondeur de sa gorge, rendue plus caverneuse encore par l'absence de dents.

« J'ai toujours travaillé seul, pendant des années et des années, sans charges inutiles, léger comme ces oiseaux, là, qu'on appelle Phénis, qui renaissent même quand on les brûle. Sauf que moi, on m'a jamais brûlé. Qu'est-ce que vous en dites, hein ? »

Il soupira dans un souffle de tempête. C'était un cambrioleur solitaire. Jusqu'à ce que les petites misères de la vieillesse l'obligent à engager un jeune de vingt ans pour rendre plus agile son affaire.

« Ça oui, il était agile, jeune et crétin. Il savait entrer. Mais il savait pas sortir, *Señor licenciado*. Il trouvait pas la sortie. Après être entré bien proprement, après avoir tout raflé si efficacement, ce grand couillon s'est perdu, il savait plus où il était, il m'a baladé de-ci de-là jusqu'à ce que les alarmes se mettent à sonner, que les lumières s'allument et qu'on se retrouve là, tous les deux, faits comme des rats, cernés par la gendarmerie du Pedregal de San Ángel, à maudire la famille Esparza et ses fichues mesures de sécurité.

— Et votre jeune complice?
— Je l'ai tué dans le panier à salade sur le chemin de la prison.
— Comment? »

Il leva ses mains et les laissa retomber crispées autour d'un cou imaginaire.

Je rapporte ces faits car ils influèrent de manière décisive sur ma façon de voir la société, le pays et ses habitants.

Lucha Zapata : Zapata lutte. Était-ce une proclamation ou une invite? Un dessein ou une évocation? *Mein Kampf,* Mon combat ou Cette lutte mienne : Lucha? Cette nuit, Lucha Zapata à l'Arena Mexico. Il n'y avait là rien de très combatif, me dis-je comme je recueillais et collais dans un taxi la prétendue aviatrice, toute tremblante, vraiment bien peu de chose, pelotonnée contre moi dans un geste qui n'était pas anodin. C'était une déclaration : protège-moi.

De quoi?

De moi-même.

Les mots ne furent pas nécessaires pour comprendre ce qu'elle voulait. Dans son regard complètement désemparé, son absence totale de défense, elle s'en remettait à moi. Et non à ma charité, car sur la compassion ne peut se construire que le provisoire, auquel s'ajoute le ressentiment. Peut-être aussi la pitié, un peu, la miséricorde, qui aura été l'arme émotionnelle du christianisme et le théâtre de son envoûtant mélodrame du Calvaire. Lucha Zapata portait-elle une croix entre les seins? L'épais et hermétique blouson de cuir interdisait toute certitude et condamnait à la supputation. La teneur de mes propos jusqu'ici doit bien convaincre Vos Seigneuries, mes lecteurs, qu'à aucun moment je n'ai abusé de sentimentalisme. J'ai plutôt cherché à être sobre, direct, me réduisant d'emblée à cette double carte de visite : une tête coupée et une peau nue et sans défense. Ce qui, comme l'a écrit quelqu'un il y a longtemps, n'est pas si grave : la tragédie n'est pas accessible au monde moderne. Pour nous, tout devient mélodrame, *soap opera*, feuilleton, western. Le succès des westerns (la poésie épique moderne, dirait Alfonso Reyes, saga des héros des plaines et non plus des mers) est dû à la simplicité immédiate avec laquelle le spectateur distingue le Gentil du Méchant. Celui-ci est habillé en noir ; celui-là, en blanc. Le scélérat porte la moustache ; le héros se rase. Le gentil se lave les dents ; le méchant pue du bec. Le héros regarde droit devant lui ; le méchant, de biais.

Les lectures des classiques grecs auxquelles nous nous étions livrés étant jeunes Jéricho et moi nous avaient inculqué une certaine idée de la tragédie, conflit de valeurs plutôt qu'opposition de vertus. Antigone et Créon ont tous deux raison. Elle, celle de la famille. Lui, celle de la société. La loi de la famille exige d'enterrer ses morts. La loi de l'État l'interdit.

« Alors, observait Jéricho, l'équilibre tragique n'est pas aussi juste que tu le dis. »

Je lui demandai pourquoi.

« Parce que la loi de la famille va survivre, tandis que la loi de la ville est provisoire, révocable, non ? »

Je me souvenais de tout cela dans un taxi à moitié déglingué qui nous conduisait, la femme que j'avais « sauvée » et moi-même, vers un destin que je ne connaissais pas.

« On va où, chef ? »

Où ? Il me suffisait de regarder hors de la voiture le vaste désert de l'Anneau périphérique, préfiguration de l'inhumation qui nous attend si nous ne choisissons pas d'être d'abord changés en cendres. Immolés en définitive, nous mourons dans le circuit de ciment qui reflète et célèbre une nouvelle ville qui s'est dépouillée de son ancienne peau, sa sensualité lacustre, son ignée sacralité, supplantée d'abord par une autre beauté, baroque, nom de la perle la plus prisée, le bijou difforme de l'huître en gestation que la ville de Mexico arbore en sa seconde fondation de *tezontle*, marbre, anges souriants et démons encore plus joviaux, comme pour compenser les larmes de sang (non, ce n'est pas un boléro) de ses Christs torturés dans les chapelles environnantes, pour que l'autel ce soit les larmes qui l'occupent : les perles de la Vierge sa mère, qui flotte au-dessus des cornes du taureau ibérique, notre animal sacré. Sacré et pour cette raison, par nécessité, par syllogisme, sacrifiable. Sépultures patientes et eaux bannies s'ouvrant en avenues de faux-poivriers et de saules, grimpant en monts de pins et de neige, s'autoproclamant la région la plus limpide. Jusqu'à déboucher ici, sur le périphérique, immonde saucisse de ciment funèbre, échafaud et sépulture de deux millions de taxis délabrés, semi-remorques, Volkswagen d'occasion, Alfa Romeo insultantes se perdant tout au long du grand tunnel urbain, autobus invisibles sous les grappes de passagers-mouches, à la fois stoïques et désespérés, s'agrippant tant bien que mal aux aisselles du tacot.

Comment une telle laideur à l'état brut était-elle enjolivée ? Avec des pubs. La publicité était la seule parure du périphérique. Tout un monde de biens de consommation sinon à la portée, tout du moins à la vue du consommateur. Un déferlement d'images en appelant au désir, car aucune d'elles ne correspondait ni à la réalité physique, ni aux possibilités économiques, ni même au vernis psychique des gens de la capitale. Le périphérique où cette nuit je circulais en taxi, une femme désarmée, et je crois, courageuse, contre ma poitrine, regardant du coin de l'œil un défilé de femmes invariablement blondes et bonnes à tout annoncer : bières, voitures, lingerie, maillots de bain, complexes résidentiels sur la côte, films, appareils audiovisuels. Les pubs. Dans l'attente de cette catastrophe insolite mais fatale : un jour, un petit avion de tourisme s'est écrasé contre un véhicule bourré de chevaux, des pur-sang. Personne ne se souvient des pilotes. C'était uniquement sur les publicités pour des vacances à la mer ou des logements dans de lointains quartiers résidentiels qu'apparaissait la famille mexicaine modèle, dans un heureux ensemble, le père en manches de chemise, sa modeste et proprette petite épouse et un couple d'enfants — garçon et fille —, aux bonnes joues roses, tout souriants et heureux d'avoir trouvé le paradis à Ciudad Satélite, une prison avec gardes d'où jamais, ni sur l'affiche, ni dans la vie, ils ne sortiraient.

Où aller avec ma solitaire accompagnatrice? Là-haut, à l'appartement de Prague? Elle-même, n'avait-elle pas une maison?

Je le lui demandai.

Elle se blottit un peu plus contre ma poitrine, sans mot dire.

Elle sentait le cuir. L'alcool. L'herbe brûlée.

Je lui ôtai ses goggles et tout convergea, le taxi qui nous conduisait, le fulgurant tombeau de ciment, les sourires figés, successifs, de mes concitoyens heureux d'avoir gagné une maison dans la Colonia Lindavista, des vacances à la plage sans eau ni électricité, des céréales crépitantes au petit déjeuner, de la lingerie garantissant l'extase sexuelle, où ça?, où ça?, sur votre matelas, ces matelas qui ont fait la fortune de la famille Esparza et ont bâti la monstrueuse résidence du Pedregal, la pierreuse et vitreuse demeure aux matelas... J'étais, moi, en cet espace de voix ennemies, d'agressions visuelles, de distractions commerciales et de réalités bétonnées, le matelas humain de cette femme qui, à l'instant même où nous sortions enfin du périphérique, me murmura son nom à l'oreille :

« Lucha Zapata. »

Elle me regarda avec des yeux si limpides et si troubles à la fois, si dépourvus d'âge, qui se proclamaient aussi jeunes que je le voulais, aussi vieux que je le désirais, que la fragilité du corps enlacé au mien se transforma, dans un accès de subite tendresse, en mon propre corps de jeune homme (relativement) vigoureux de vingt-quatre ans. Je veux dire que, quelles que fussent ses fragilités à elle et mes forces à moi, à cet instant, dans le taxi, elle se glissa dans ma peau par le sortilège de son regard et je me glissai dans la sienne, je l'avoue, motivé par la peu reluisante tentation de toucher ses seins et d'y trouver une promesse de réponse immédiate, comme si ces tétons que je caressai cette nuit-là dans la pénombre d'un fichu taxi tout déglingué m'avaient attendu longtemps et, dès lors, n'étaient plus que miens, même si bien d'autres mains les avaient caressés auparavant.

Comment connaître le passé de Lucha Zapata ? Devais-je essayer de le faire ? M'était-il interdit ? Ne le réclamait-elle pas elle-même : prends connaissance de mon passé ? Ou m'intimait-elle, dans son extrême désarroi, dans son pieux abandon de petite chienne des rues, occupe-toi de moi, toi, quel que soit ton nom, je suis épuisée, emmène-moi où tu voudras, sauve-moi aujourd'hui et je te promets de te sauver demain.

Comme une poupée de chiffon, je la portai en montant les escaliers. Sa tête enfouie dans le bonnet d'aviateur reposait contre ma poitrine. Son bras d'oiseau défailli s'accrochait mollement à mon cou. Son torse recouvert de cuir sentait l'humidité. Ses jambes lacérées pendaient de mes bras. Ses chaussures tombèrent. Je ne fis rien pour les ramasser. J'étais pressé de l'emmener là-haut, la coucher, m'occuper d'elle, la protéger.

Les chaussures seraient encore là le lendemain. C'était dimanche.

Miguel Aparecido me toisa de haut en bas en dissimulant un sourire qui n'était pas totalement méprisant mais pas indifférent non plus. Le regard par lequel je lui répondis se voulait plus osé que le sien, entre autres parce que moi je sortirais de la prison de San Juan de Aragón et me perdrais dans la cohue de la ville et de mes occupations, tandis que lui — Miguel Aparecido — resterait ici avec ses étranges yeux bleu-noir parsemés de petites taches jaunes qui circonscrivaient un regard d'une violence tempérée par la mélancolie, comme si sa vie antérieure à la prison avait été si turbulente qu'elle pouvait seulement être maintenant compensée par une sorte de tristesse qui se dérobait néanmoins à la compassion. Des sourcils très fournis froncés en une expression qui eût été diabolique si les yeux ne lui avaient prêté quelque lueur. La clarté que je devinai en lui avait un rapport avec la façon dont il se tenait debout, droit, sans la moindre trace de réserve, ou pire encore, de défi pour travestir la rancœur. Il n'y avait en cet homme nuls signes extérieurs d'abattement ou d'impatience. Juste une façon de se tenir debout, serein mais ostensiblement bravache. Le tout encadré par un visage viril, à la mâchoire carrée, rasé de trop près — je ne suis pas prisonnier, proclamait-il — et une peau couleur d'olive clair, celle, aurait dit ma très oubliable gouvernante María Egipciaca, de « quelqu'un comme il faut ». C'était pourtant un criminel avéré. Les apparences, ajouterait Sanginés, mon professeur, sont trompeuses. Surtout si, comme Miguel Aparecido, il ressemblait à l'acteur Gael García Bernal et au chanteur Erwin Schrott.

Le nez de Miguel Aparecido semblait me flairer lorsque je fus admis dans sa cellule. Je veux croire qu'un nez si mince et droit et par conséquent si immobile devait faire preuve de quelque mouvement vif, impatient, provocant, tout ce que le profil presque romain du prisonnier, pareil aux statues d'un manuel d'histoire, ne trahissait pas, peut-être par volonté d'autoprotection, ou simplement parce que c'était dans sa nature. Je jouai, en le rencontrant, avec l'apparence romaine du prisonnier, accentuée par la moue à peine voilée de ses lèvres volontaires désireuses, me sembla-t-il alors, de parachever la distinction quasi impériale d'une tête poivre et sel, bien lissée sur le devant mais bouclée à l'arrière.

Le professeur Sanginés m'avait prévenu : Miguel Aparecido est un homme fort. Ne le sous-estime pas.

Je le sus quand il me serra la main dans le style romain, saisissant mon avant-bras avec force et me révélant une puissance à l'état brut, qui courait de la main à l'épaule, d'où tombait une sorte de toge rouge qui me portait à imaginer que cet homme était un fou reclus dans cette prison depuis très, très longtemps. Dans son aliénation personnelle, il était peut-être l'empereur Auguste. Il me restait à savoir si dans notre aliénation nationale, il se comporterait comme César ou comme Caligula.

« Vingt ans, m'avait averti Sanginés.
— Pour quel motif, maître ?
— Assassinat.
— Perpétuité ?
— En principe, oui. Mais Miguel Aparecido a été libéré par deux fois ; pour bonne conduite la première, par amnistie la seconde. Dans les deux cas, il a refusé de quitter sa cellule.
— Pour quelle raison ? Comment a-t-il fait ?
— La première fois, il a organisé une émeute. La seconde, de son propre chef.
— J'insiste : pour quelle raison ?
— Voilà pourquoi le personnage est intéressant. Demande-le-lui. »

Demande-le-lui. Comme s'il était si facile d'opposer ma petite humanité d'étudiant des lois, petit fornicateur de bordel, petit camarade de jeunes garçons peut-être encore plus petits que moi, petit disciple de religieux un peu pervers, petit parasite d'une maison au mystère qui n'était pas le mien, petit esclave d'une gouvernante tyrannique, ce petit « moi » était confronté à toute la force concentrée, inébranlable, impénétrable (corps intouchable, regard d'une sérénité si sauvage qu'il m'obligeait à baisser le mien et éviter tout contact avec lui) de cet homme emprisonné qui à présent me disait :

« Comment sais-tu qui est coupable ? »

Je ne sus que répondre. Il me regarda sans compassion ni goguenardise. Il était impénétrable.

« Ce sont les codes juridiques qui te le disent ?

— Nous vivons sous une loi écrite, répondis-je, troublé dans ma pédanterie.

— Et nous mourons par la loi de l'habitude », ajouta, sans cesser de m'observer, le prisonnier.

« Une chose est sûre : ce qui est chiant, c'est qu'on te met ici et qu'on te sépare du monde. Alors tu dois t'inventer un monde et le monde exige des liens avec les autres, poursuivit-il. C'est ça qui est chiant », et il sourit pour la première fois.

Il était en train de me faire un petit cours. Il m'invita à prendre place à côté de lui sur sa paillasse. Je craignais de perdre de vue la terrible impression que me causait son regard. Je l'observai du coin de l'œil. Je pense qu'il savait pourquoi Sanginés m'avait envoyé ici. Il devait quelque chose au professeur. Il ne voulait pas le décevoir. Il ne voulait pas que je reparte les mains aussi vides que ma pauvre petite tête creuse, méprisée d'emblée par le criminel.

« Tu dois t'inventer de nouveaux liens. Ça, ça fait chier, répéta-t-il sans me regarder.

— Est-ce que quelqu'un te protège ? » Je me risquai à le tutoyer, profitant de ce que nous ne nous regardions pas dans les yeux.

Ce qu'il me répondit me surprit :

« La première chose que tu apprends ici c'est à te protéger seul. Il y a des gens en prison qui ne sauraient pas quoi faire hors d'ici. »

Je manifestai mon incompréhension. Si les détenus ne savaient pas quoi faire hors de prison, pourquoi lui était-il toujours ici, puisque à l'évidence lui savait quoi faire dehors ?

Il sourit. « Ce sont des geignards, stupides, sans but.
— Qui ?
— Devine, murmura-t-il sévèrement.
— Tes camarades de prison. » Je m'enhardissais sur le terrain de l'audace. « Les autres. »

Il se retourna pour me regarder et ses yeux me dirent qu'il n'avait pas d'amis ici, pas de camarades. Alors ? Son arrogance ne lui permit pas d'en arriver à l'éloge de lui-même. Qu'il était différent, cela me paraissait évident. Qu'il était supérieur, peut-être était-ce son secret. Il fut ouvert avec moi, franc. Je suis sûr que sa relation avec Sanginés comportait un traité imprescriptible : si je t'envoie quelqu'un, Miguel Aparecido, raconte, parle, ne le laisse pas sur sa faim. Rappelle-toi. Tu me dois quelque chose.

Pourquoi réitérait-il les crimes afin de rester en prison ? Pourquoi refusait-il l'amnistie ?

Il ne me répondit pas vraiment, dans une paraphrase qui me révélait les tenants de sa vaste conspiration pour rester en prison, malgré ses amitiés et sa bonne conduite, sans me permettre de comprendre le fond du problème : pourquoi Miguel Aparecido voulait-il rester en prison ? jusqu'à quand ? y avait-il une raison qui l'empêchât de souhaiter la liberté ?

Il raconta que la première fois qu'on vous met en prison (et non, remarquera le distrait lecteur, « qu'on m'a mis en prison ») vous avez le cœur qui éclate dans votre poitrine. Vous êtes aveuglé par la soif de vous venger de celui qui vous a foutu ici (qui l'y avait foutu ? ce n'était pas la justice, c'était quelqu'un ?). Puis la fureur cède devant l'ébahissement de se retrouver ici, de se savoir ici en se sachant (ou en se croyant, en voulant se croire ?) innocent. C'est le moment, m'expliqua-t-il, où soit tu jettes l'éponge soit tu grandis. Tu apprends à te créer une carapace, à recouvrir la plaie ouverte d'une carapace mentale ou physique. Sinon, tu pars en couille, c'est la cata, environné comme tu l'es de la grande complainte de la prison, tu sais ? — il me regarda bien en face, une infernale vision de désir au fond des yeux —, les gémissements des types qui se branlent, les cris des bêtes féroces, le silence des torturés. Et l'exaspérante rumeur de la ville, là-dehors.

« Il y avait un journaliste ici. Une grande gueule, très rebelle. Il les menaçait : "Quand je sortirai d'ici je vais porter plainte contre vous, bande d'enfoirés. Vous verrez. Dès que je sortirai." Ils lui ont cassé les mains. "Fais-nous voir ce que tu écris maintenant, p'tit con." Ils n'ont pas pensé qu'en sortant le type pourrait dicter même avec ses mains cassés. Les gardiens sont des prisonniers, tu sais ? Ils n'imaginent pas qu'il y a une vie en dehors de ces murs. Ils croient vraiment que le monde se termine ici. Et c'est vrai. Ils ne lisent pas ce que peut écrire un ex-détenu. Ils s'en fichent. Eux, ils continuent leur routine. Peut-être que le directeur lit ou reçoit des plaintes. Je te parie, Josué, c'est ça ? (Josué, c'est bien ça), que s'il ne les archive pas, même quand il accuse réception il ne fait rien, ce qui s'appelle rien, tu piges, mon gars ? Rien du tout. »

Il partit dans un éclat de rire inattendu, comme s'il se libérait d'un engagement envers lui-même de ne pas exprimer d'émotions extrêmes. Sinon une statue, c'était un stoïque, pensai-je alors, comme j'ignorais encore le mystère des crimes de Miguel Aparecido.

Il fut d'avis que, en tant que jeune avocat, je devais comprendre la loi de la justice : tous se vendent, tous sont achetables. On peut toujours faire la chasse au tortionnaire, au voleur. Aussi propre qu'il arrive, le suivant volera aussi, torturera aussi.

« Rappelle cela au prof, voir ce qu'il te dit. »

Il respira profondément, comme pour conclure. Mais il n'en fut rien. Il prit son inspiration pour continuer. Il remboursait, j'en fus convaincu, une dette au professeur. Je tarderais à savoir ce qu'avait fait Sanginés pour cet homme incarcéré, étrange dans sa sérénité, vigoureux dans sa détermination de rester ici, de ne pas obtenir sa liberté. Pourquoi ?

« Un type a été torturé ici et ce couillon a menacé de dénoncer son bourreau quand il sortirait de prison. »

Il fit une pause pour que je le regarde et peut-être (je commençais à m'en rendre compte) pour que je l'admire. Il semblait oublier que je savais déjà ce qu'il me racontait. (Quel effet produit la prison sur la mémoire ?)

« Son tortionnaire lui a juste dit : "Tu sortiras jamais, p'tit con". »

Il me regarda avec ces yeux que j'ai dits, bleu-noir avec des éclats de plumage de canari emprisonné dans une cage liquide.

« Il est jamais sorti. »

Je sortis, moi, et je ne sais plus si j'entendis vraiment ou si je l'imaginai, tout au long de l'éternel couloir qui m'éloignait de Miguel Aparecido, le chœur atroce des imprécations, malédictions et fulminations qui descendaient du ciel prohibé de San Juan de Aragón et s'abattait sur le bassin des enfants maudits. Je sentis dans mes os quelque chose que je ne souhaitais pas : la fureur de l'échec, le ressentiment comme une maladie, le courage comme un salut probable et les derniers mots que m'avait adressés Miguel Aparecido.

« Comment sais-tu qui est coupable ? Et surtout, comment sais-tu que tu es innocent ? »

Je laissai cette question en suspens. Miguel Aparecido avait-il interprété une comédie à l'intention d'un seul spectateur : moi-même ? Si c'était le cas, l'avait-il fait avec la complicité d'Antonio Sanginés ? Qu'est-ce qui unissait le prisonnier et l'enseignant au-delà de la relation condamné-défenseur ? Ma visite dans les cellules de cette prison n'était-elle qu'une formalité d'un stage, que le professeur parachevait avec un exemple, d'un dramatisme confinant à l'opéra lyrique, de criminalité perverse ? Car, au bout du compte, qu'est-ce qui maintenait Miguel Aparecido en prison ? Juste sa volonté de rester prisonnier ? Ou une manipulation secrète, au sein d'un réseau d'intérêts que je n'osais imaginer car je manquais d'éléments et d'expériences ?

Je ne pouvais permettre que ces circonstances m'éloignent d'une obligation immédiate, celle de m'occuper de la femme qui, de façon si accidentelle, m'était tombée dans les bras à l'aéroport.

Je m'en occupai du mieux que je pus. C'était une poupée de chiffon sans volonté, dépendante de moi. L'incident sur le terrain d'aviation l'avait anéantie, comme si elle avait laissé dans sa décision de détourner ce petit avion et de disputer sa piste au jet d'Air France cette part de volonté que nous emmagasinons tous pour la redistribuer par petites quantités, au fil du temps, ici-bas. Lucha Zapata était épuisée parce qu'elle avait laissé sur la piste toute l'énergie que son âme conservait jusque-là. Maintenant, juste parce que j'étais passé par là, c'était à moi de la déshabiller, la laver, la coucher dans le lit de Jéricho, lui présenter un repas qu'elle toucha à peine et qu'elle vomit avant que la nourriture n'atteigne son estomac.

Comment la décrire ?

C'était un oiseau. Un oisillon blessé qui était arrivé par hasard pour nicher sous mon toit. Quel genre d'oiseau ? Nous vivons dans un pays de volatiles. Deux cent soixante espèces rien que dans les lagunes yucatèques de Río Lagartos. Presque sept cents espèces embaumées au musée de Saltillo. Ils appartiennent aux grandes côtes tropicales du pays et s'élèvent tels des aigles vers les plus hautes cimes. Ils survivent, qui sait comment, à la mortelle fumée de la ville. C'est dire si j'avais l'embarras du choix pour attribuer une ressemblance à Lucha Zapata. Elle était comme un flamant rose (tirant sur le rouge) d'un hameau de pêcheurs du Yucatán, un oiseau replié sur lui-même, sur son silence sacré et presque sépulcral. Il faut éviter le bruit : un moteur, par exemple, est une catastrophe sonore qui l'oblige à s'envoler. Pour le voir, le silence est nécessaire. Et si je n'ai retenu qu'un spécimen, c'est malgré l'apparence physique de la femme qui gisait sur le lit de Jéricho.

Lucha Zapata était un flamant. Un oiseau, dit le dictionnaire, « avec un bec, un cou et des pattes très longues, un plumage, blanc sur le cou, la poitrine et l'abdomen, et d'un rouge intense au niveau de la tête, la queue, les pieds, le dos et le bec ». Mais cette femme était petite, ramassée sur elle-même, reposant sur le lit en position fœtale, et ses bras étaient couverts de plaies, picorés comme si des congénères, des rapaces, l'avaient agressée sans relâche sa vie durant. Il y avait malgré tout quelque chose de vibrant dans ce petit corps que j'avais vu en pleine action, bataillant contre la police après une tentative de vol audacieuse et avortée. Savait-elle seulement piloter un avion ? Était-elle juste parvenue à monter dans l'appareil et à le conduire sur la piste comme une automobile ? Ou peut-être ne l'avait-elle même pas sorti du hangar ?

Je n'osai rien lui demander car entre nous deux s'interposait une invisible barrière, nullement odieuse. C'était une frontière bienheureuse où, implicitement, je lui offrais ma protection et où elle l'acceptait avec reconnaissance. Sa nudité était pathétique et tout à la fois naturelle et clémente. Je veux dire par là que Lucha Zapata n'avait pas de pudeur à se montrer nue, car elle n'avait pas de péché à se faire pardonner. Elle gisait sur le lit de Jéricho comme un nouveau-né réclamant des soins et de l'affection, totalement étrangère à une lasciveté qu'elle ne m'offrait pas et n'espérait pas de moi, ni moi d'elle.

Pourquoi la comparé-je à un flamant? Elle n'était pas de couleur rose. Elle n'avait pas de longs membres. Elle avait bien par contre des teintes cuivrées, car sa chevelure comme son pubis brillaient, tel le plumage d'un oiseau. Et si le corps est notre plumage charnel, le sien était aussi pâle qu'une aube matinale et aussi blessé qu'une nuit mouvementée. La peau livide de Lucha Zapata était picorée de haut en bas. De petites blessures rouges luisaient sur ses bras et ses jambes, en particulier sur les poignets et les chevilles.

Elle ouvrit les yeux et me vit la regarder.

Je sus et elle me dit dans son silence que ses blessures elle ne les devait à personne d'autre qu'à elle-même.

Pourquoi, malgré tout, la comparé-je avec ce qu'elle n'était pas : un flamant perdu sur une lointaine lagune maya? À cause de la frayeur qu'il y avait en elle. Pas une peur courante, ordinaire, mais une inclination à la solitude qui préserve du contact, même visuel, du regard d'autrui, trop souvent coupable de curiosité malsaine et de préjugé blessant.

Lucha Zapata me regarda et ne vit aucun mal dans mes yeux.

Elle tendit juste la main pour prendre la mienne et me dit rhabille-moi, Saviour, porte-moi et ramène-moi chez moi. Là-bas, j'ai mes affaires. Mes médicaments. Dépêche-toi. C'est pressé.

Que pouvais-je donc faire, lecteurs bienveillants, sinon satisfaire les désirs de cette femme désemparée qui, dorénavant — c'est ma tête qui me le disait, mon cœur, ma respiration même, mon souffle, involontairement haletant lorsque je pris dans mes bras le corps abandonné, enveloppé dans un *sarape* —, serait de ma responsabilité? Je la descendis dans la rue de Prague, arrêtai un taxi et lui répétai l'adresse qu'elle venait de me donner dans un soupir :

« Impasse de Chimalpopoca, à côté du métro dans la Colonia de los Doctores. »

Je pris l'habitude d'avoir deux adresses. L'une, rue de Prague, où, mensuellement et ponctuellement, je recevais le chèque qui me permettait de vivre sans chercher à savoir qui me l'envoyait ni m'enquérir à la banque d'un nom qui de toute évidence ne souhaitait pas être connu et que la banque n'aurait pas révélé. Et une autre, impasse de Chimalpopoca : la petite maison de mon amie Lucha Zapata, modeste et dépouillée. Une vieille entrée, un patio avec des fleurs fanées, au fond une pièce en retrait, sans meubles, avec des nattes sur le sol, une table à manger japonaise, un coussin ou deux et une tringle d'où pendaient une demi-douzaine de jupes et de pantalons. Derrière cette penderie improvisée, une petite salle d'eau arborant douche et baignoire. Tout un tas de produits pharmaceutiques. Je connaissais certains noms, j'en ignorais la majorité. Les serviettes étaient très vieilles.

« Reste. Ne me laisse pas. »

Comment aurais-je pu la laisser, moi qui rêvais de veiller sur quelqu'un, comme je n'avais pas pu m'occuper de parents inconnus (qui eux s'étaient occupés de manière humiliante, généreuse et honteuse pour moi, de moi), ni de professeurs occasionnels quoique respectés (Philopater, Sanginés), ni d'amis ponctuels (Errol Esparza), ni de guérisseuses à la fois généreuses et fuyantes (Elvira Ríos) et encore moins de geôlières aussi détestables que María Egipciaca. Que me restait-il ? L'amitié de Jéricho, solide et constante celle-là. Mais Jéricho était absent.

Et à présent cette femme fragile, un jour inerte dans son lit, le lendemain vibrante comme un fil électrique dénudé.

Les premiers temps dans la petite maison de la Colonia de los Doctores (symbole d'une ville perdue, généreuse, et agencée, au nom de la science médicale, en constructions de plain-pied aux façades discrètes, avec un ou deux édifices gris, en pierre), Lucha Zapata les vécut avec moi, à reprendre des forces. Je craignais qu'en recouvrant sa vigueur, elle repartît dans des aventures pour lesquelles je ne me sentais pas préparé, comme la bataille de l'aéroport. Pour le moment, délicate et douce, avec parfois une certaine brusquerie dans ses gestes, allongée sur une natte, un coussin bleu sous la tête, Lucha Zapata me racontait, remémorant notre rencontre, que, si elle allait prendre des risques à l'aéroport, c'était parce que l'aviation nous apprend à être fatalistes, et c'est ce qui me donne une raison d'exister malgré la fatalité qui nous entoure.

Je discutais avec elle en partageant le *mate* que Lucha avait toujours à la main, échafaudant à partir des brèches ou des perches qu'elle me tendait constamment, des idées sur les oppositions entre ce qui est fatidique et ce qui est volontaire, ce qui est libre et ce qui est vertueux, une distinction qui l'amusait beaucoup et qu'elle me demandait de lui expliquer : Ce que je veux peut être bien ou mal, lui disais-je, c'est en tout cas l'expression de ma volonté. Donc, bien ou mal, ce que je fais est libre ? Comment faire pour que ma liberté soit, en plus de libre, vertueuse ? Est-ce que la liberté arrête le mal ? Ou peut-être que le mal, du fait de ce qu'il est, n'est pas libre ?

« Te bile pas, riait Lucha. Quoi que tu fasses, les choses vont arriver, avec ou sans toi.

— Donc ?

— Te bile pas. Laisse la vie faire, Saviour. »

Elle me parlait comme ça, avec tendresse et une tendance à la simplification qui, loin de parvenir à démolir mes constructions théoriques, les cimentait plus encore. Je veux dire, lecteur, que le « bon sens » de Lucha était nécessaire à mon « sens théorique » et que les deux s'unissaient, peut-être, en un « sens esthétique » qui n'était rien d'autre que l'art de vivre : comment vit-on, pour quelles raisons et dans quels buts vit-on. Grandes questions. Petites réalités. Elle, avec un certain mystère, faisait face à mes abstractions et moi, avec moins d'opacité, à ses mystères à elle.

Car il ne faisait aucun doute pour moi qu'il y avait en Lucha Zapata un mystère qu'elle ne gardait pas avec un soin jaloux par-devers soi. Elle ne le gardait pas : elle l'abolissait. Il était impossible de pénétrer, en conversant avec Lucha, le voile d'un passé qui à l'évidence se révélait dans les cicatrices de son corps de plaisir et de souffrance, mais jamais dans la souvenance. Lucha ne faisait pas allusion à son passé. Et je me demandais si ce n'était pas la façon la plus éloquente de le dévoiler. Je veux dire par là que sur tout ce qu'elle ne disait pas, je pouvais imaginer ce que je voulais et inventer à Lucha Zapata une biographie à mon propre usage. Une broutille qui, au vu du silence qui drapait la nudité de cette femme, la révélait à mon entier plaisir.

Je crois qu'elle devinait mes stratagèmes, car, de temps en temps, me voyant songeur, elle me disait :

« Avec les femmes, on sait jamais. »

On sait jamais... J'étais jeune et je comprenais que la jeunesse consiste à choisir l'immédiat ou à le différer en faveur de l'avenir. Cette réflexion n'avait aucun sens pour Lucha pour la simple raison qu'en effaçant de sa vie le passé elle éliminait aussi le futur et s'installait, comme sur sa natte, dans un éternel présent. Je sus que c'était ainsi qu'elle vivait désormais : en se laissant porter par la trotteuse de la vie, chaque chose prise dans son déroulement actuel, avec quelques allusions possibles au passé immédiat (l'incident sur le champ d'aviation, sa relation avec moi, si importante qu'elle me donna le surnom immérité et un tant soit peu absurde de Saviour, « Sauveur ») et de timides incursions dans le futur (« Tu veux manger quoi, mon Saviour ? »).

J'aimais, couchés sur la natte au lever du jour, lui poser des questions quelque peu insidieuses, voir si je la faisais tomber dans le souvenir ou dans l'anticipation. Quels autres aéroports as-tu pris d'assaut, Lucha? Toluca, Querétaro, Guanajuato, Aguascalientes? L'aéroport du soleil, Saviour, me répondait-elle. Tu n'as jamais eu un travail, Lucha? Je suis une sans-emploi. Je n'ai pas besoin de travailler. Mais du coup tu ne te sens pas comme exclue de la société? Je peux envahir la société avant que la société ne m'envahisse, moi. Tu as un conflit intérieur, Lucha? Je suis fâchée avec le monde. Qu'est-ce que tu reproches à la société? Je ne veux pas être un perpétuel débiteur. C'est ce que tu es dans la société. Un éternel débiteur.

Mon affection envers Lucha Zapata, qui à ce stade doit sembler évidente au lecteur le moins averti, ne m'aveuglait pas. Cette femme s'adonnait à tout ce que moi, je n'aimais pas. C'était, pour le dire comme ça, une polytoxicomane. Tabac, héroïne, cocaïne, alcool. Quand je l'avais rencontrée, elle gardait cachées des petites réserves de chaque produit, de sorte qu'il n'était pas nécessaire de sortir acheter quoi que ce soit. Comment avait-elle accumulé ce trésor? Le pacte abrogatoire du passé m'interdisait de lui demander ce qu'elle ne me dirait pas. En revanche, je finis par apprécier véritablement sa simplicité domestique, son dénuement physique et le mystère de sa complexité spirituelle.

Ainsi passèrent deux ans...

Deuxième partie

MIGUEL APARECIDO

On raconte qu'un homme, arrivant en enfer, fut reçu par une hôtesse blonde en minijupe et petit bonnet bleu avec le slogan *Welcome to Hell*. L'hôtesse conduisit le nouveau venu à une suite de luxe avec lit king-size, salle de bains en marbre, jacuzzi et une garde-robe d'été complète pour le jour et la nuit, aux marques de Madison Avenue, de la Calle Serrano et la Via Condotti, ainsi que des chaussures vernies, des sandales et des mocassins de luxe. De là, elle l'emmena à un espace de détente avec open bar et restaurants cinq étoiles, près d'une plage tropicale couverte de palmiers, débordante de cocotiers et disposant d'un service de plage.

« Je m'attendais à autre chose », dit le nouveau venu.

L'hôtesse sourit et le conduisit vers un endroit dissimulé dans les fourrés, où se trouvait une lourde porte en fer que la jeune fille ouvrit, laissant place à un atroce brasier et à la vision d'un lac de feu où se contorsionnaient des milliers d'êtres tout nus, martyrisés par de rouges diablotins à queue pointue, qui se moquaient des condamnés, en les piquant de leurs tridents et en leur rappelant que cette prison était éternelle, sans rémission possible : ce lac, cette obscurité, ce lieu de « douleur et de grincements de dents » (Matthieu, 25, 30), cet espace de « feu insatiable » (Marc, 9, 43). Celui qui entre là n'en ressort pas, malgré les théories hérétiques d'une rédemption finale des âmes grâce à la miséricorde universelle de Dieu. Car si Dieu est charité infinie, il devra finalement pardonner à Lucifer et libérer les âmes condamnées à l'enfer. Que l'anathème reste anathème. Au diable celui qui croira en la miséricorde divine.

Voici l'enfer réservé aux catholiques, dit l'hôtesse en refermant la porte métallique.

C'est faux.

Moi, qui suis mort, je l'affirme.

Qu'est-ce qui arrive, alors ? Vous, lecteurs capturés dans les filets de mon intrigue romanesque, devrez attendre jusqu'à la dernière page pour le savoir. Moi, Josué, qui vis dans une autre dimension, je peux continuer cette histoire restée en suspens et demander son aide à l'un de mes nouveaux amis, Ézéchiel, que j'ai trouvé en train de jouer à la baraja espagnole en un lieu dont j'ai oublié le nom et qui à l'évidence n'est pas de ce monde. Je lui suggérai de troquer sa réussite pour un *tute*, il accepta, perdit et je réclamai en paiement (puisque ni dollars, ni euros, ni livres ne circulent là-bas) qu'il me prête une paire d'ailes pour survoler le monde et ainsi poursuivre mon récit interrompu.

Ézéchiel, qui est un pote de première (un type bien, c'est sûr, mais emmailloté dans une toge, c'est-à-dire un drap bordé de frises grecques comme celui que portait James Purefoy dans la série de télévision *Rome*), me demanda s'il pouvait m'accompagner, car, me dit-il, son territoire avait été l'ancienne Jérusalem et jamais il n'avait dépassé les frontières de Moab, Philistie, Tivia et Sidon, toutes terres ennemies d'Israël, et les déserts qui mènent à Ribla, ville que Yahvé promit d'exterminer pour montrer qui était le big boss de l'Ancien Testament (dans le Nouveau, c'est Jésus-Christ la superstar).

Bien sûr, il avait envie de connaître Mexico, un lieu que les chroniques les plus anciennes ne mentionnent pas, même si en matière de légendes toutes finissent par se ressembler : les villes s'établissent, s'étendent, croissent, culminent et déclinent parce qu'elles n'ont pas été fidèles à la promesse de leur création, parce qu'elles s'épuisent en batailles perdues d'avance, parce qu'un cheval n'a pas été ferré à temps, parce que la reine des abeilles est morte et qu'avec elle a péri toute son équipe de faux bourdons cossards... Parce qu'une mouche est passée.

Oui, répondis-je à mon nouvel ami le prophète Ézéchiel, je vais t'emmener dans une ville qui s'escrime à vouloir se détruire elle-même et n'y parvient pas. Elle change beaucoup mais ne meurt jamais. Ses fondations sont singulières : une lagune (qui a séché depuis), un rocher (qui est devenu un quartier résidentiel), un nopal (qui sert en cuisine comme garniture et farce), un aigle (espèce en voie d'extinction) et un serpent (la seule chose qui survit).

J'aurais dû m'abstenir. Ézéchiel s'exclama que le serpent était le personnage central du Paradis, l'étoile de l'Éden, le reptile le plus historique de l'histoire, il y a deux mille sept cents espèces de serpents, regroupées, pour simplifier les choses, en dix familles, ils rampent mais, écoute, Josué, tu m'entends ?, le serpent est un animal qui entend, il possède orifices auriculaires, tambours, tympans, limaçons qui chantent et recueillent la vibration de la terre : ils savent quand elle va trembler, ils comptent les pelletées aux enterrements, ils supportent qu'on les recouvre de super-routes goudronnées, ils survivent à tout et nous attendent scintillants, les yeux vitreux. Avec leur langue, les petits salauds, ils ne goûtent pas : ils détectent les odeurs. Ces reptiles, Josué, ont l'odorat sur la langue, ils avalent tout parce qu'ils peuvent distendre leur mâchoire inférieure et attraper un aigle, oui, se venger de l'animal volant par la ruse criminelle de l'animal rampant.

Ézéchiel me regarda, partagé entre amusement et effroi.

« Ils ont deux sexes. Des hémipénis, ça s'appelle. »
Je n'eus pas un sourire. Il s'impatienta.
« Je suis bon à quoi ?
— À voler, prophète. »

Je lui montrai — comme ça, avec la main levée et les cartes dépliées — mon jeu gagnant : poker d'anges, quatre anges, quatre têtes, quatre ailes, faces d'homme, de lion, de taureau, d'aigle, les quatre ailes avec leurs quatre têtes réunies entre elles, tel un nerveux éventail prêt à m'échapper des mains, prenant mon envol avec Ézéchiel accroché à mes talons, découvrant que les merveilleuses ailes de mon jeu n'avaient pas seulement des têtes mais aussi des mains d'homme pour ouvrir le ciel (qui est une constellation d'yeux, des fois que vous ne le sauriez pas) et nous laissant emporter par un vent tempétueux jusqu'à survoler une vallée noyée dans les brumes d'un gaz roussi, entourée de montagnes érodées. Un endroit difficile à distinguer bien que je le connusse parfaitement. Un bruyant réceptacle de flèches enflammées appelant du ciel couvert que nous perforâmes de nos ailes. Ézéchiel et moi, le prophète de plus en plus excité, dans son élément, un démon biblique boiteux capable, je le devinai, de faire sauter les toits de cette grosse pièce montée pourrie, Mexico District Fédéral Titlán de Tenoch Palais Ville des City assiégée das Kapital de la Pública Res, taureau emprisonné, écoutant la voix tonitruante du peu optimiste prophète Ézéchiel, éloigne-toi de l'apparence de ta ville,

va au-delà du visage, Josué,
fouille la terre, mon fils,
arrive au lieu perdu,
fouille jusqu'à trouver le répugnant sanctuaire,
assieds-toi sur les scorpions,
cuisine le pain impur sur les excréments,
entre dans le sanctuaire profané par l'homme,
la pauvreté, la peste et la violence,

observe la désolation des temples,
vois les cadavres jetés aux pieds des idoles,
prends, Josué, prends le rouleau de papier,
mange le papier
pour raconter les histoires des maisons rebelles
supporte leurs fautes
prophétise avec moi contre les tribus courroucées du Mexique
cesse d'être l'ennemi de ta propre personne
un instant, arrête-toi
ils mettront des obstacles devant toi
attends
ton esprit se soulève
eux sont sur leurs gardes
toi, résiste, Josué
clos la mémoire du bordel de la Hétara
(Durango entre Sonora et Plaza Miravalle)
ferme les yeux devant la misère de la maison d'Esparza
(*somewhere* entre Coapa et Culhuacán)
oublie pour toujours la maison de María Egipciaca
(Berlin entre Hambourg et Marseille)
oublie la solitude de la maison de Lucha Zapata
(Chimalpopoca au sud de Río de la Loza)
oublie les fautes de la grande maison d'Aragón
(sous le Río Consulado)
prévois les fautes de la maison de Monroy
(Santa Fe de los Remedios)
et surtout Josué, absous les fautes de jeunesse de Jéricho...
(Prague entre Reforma et Hambourg).

Porté par sa passion prophétique (en lui professionnelle et innée) Ézéchiel s'exclama, ce sont des maisons rebelles, assises sur des scorpions, ce sont des trônes de poudre, ils mettront des obstacles devant toi, toi, sois sur tes gardes, toi, supporte la faute de la ville, toi, n'anticipe pas la ruine et l'opprobre, vis d'abord et laisse vivre, mais un jour fais-leur connaître les abominations de leurs pères, les noms de cette tourbe, sors ton rouleau de papier et écris, Josué...

Ézéchiel m'attrapa par la peau du cou puis me lâcha dans le vide.

Je tombai face contre terre.

J'entendis sa voix : Enferme-toi dans ta maison.

Je pensai : Je vais te désobéir, prophète.

Je ne pus le dire, car ma langue était clouée à mon palais.

Puis j'entendis le bruit des ailes, ce grand bruissement qui s'éloignait derrière moi, et bien que je fusse prostré, je sentis que quelque chose qui s'autodénommait esprit me pénétrait, tandis qu'Ézéchiel s'en retournait au ciel où les prophètes écrivent, comme les romanciers, l'histoire de ce qui aurait pu être.

J'avais du papier dans la bouche. Et je ne me rappelais pas le visage du prophète.

Du papier, et de la terre. J'étais tombé à plat ventre, là où Ézéchiel m'avait jeté : sur une pierre tombale. Mon sang courut de mes lèvres à la tombe et clarifia l'écriture. Si le prophète m'avait ordonné : « Écris », le moment présent m'intimait cette fois : « Lis ».

Je ne compris pas tout de suite. La nuit était un feu obscur comme le traditionnel enfer des catholiques, bien que la lumière qui tombait autour de moi augurât de l'aurore suivante et que ce soleil imminent m'enjoignît d'être, pour quelques minutes, le voleur de nuit que le grand poème du monde, écrit par les vivants pour les morts mais aussi par les morts pour les vivants, confond avec le sommeil.

Contemplez-moi, lecteurs, lisez avec moi, tandis que l'aurore de ses doigts aux ongles longs déchire le voile nocturne et que le vent de la plaine emporte la poussière qui recouvre la tombe où je gis, en pleine déconfiture, grattant pour lire péniblement l'inscription que, finalement, je déchiffre

ANCIENNE
CONCEPTION

et au-dessous, en plus petits caractères,

NAISSANCE ET MORT EN DATES INCONNUES

Le mystère de cette pierre tombale se suffisait à lui-même. Si c'était là les instructions de la défunte, je les contestai sur-le-champ. Cette inscription succincte sur la tombe de la dénommée « Ancienne Conception » (était-ce un nom, un titre, un attribut, une promesse, un rappel?) éveilla en mon esprit, agité par l'aventure avec Ézéchiel, l'impression d'un mystère qui se poursuivait. Le prophète y avait glissé la graine... L'« Ancienne Conception » faisait croître un arbre dans ma poitrine. Qui était-elle?

« Qui es-tu? demandai-je, affalé là, sans force aucune.

— C'est sympa de me le demander, répondit la voix de la tombe. Je suis l'Ancienne Conception. »

Mes yeux ne révélèrent nulle peur, mais une interrogation étonnée qu'elle, l'« Ancienne Conception », dut apprécier, car elle continua à parler depuis les entrailles de la terre.

Je suis l'Ancienne Conception.

J'ai attendu en vain que quelqu'un vienne visiter ma tombe.

Personne ne vient jusqu'ici.

Tu sais où tu es?

Non, répondis-je, quelque part dans la ville.

Alors je ne te dirai pas où tu es. Promets.

Je promets.

Garde pour toi mon histoire. La voici. Je m'appelle l'Ancienne Conception parce que quand je suis née on m'a baptisée du nom d'Immaculée Conception de María, mais on a fini par m'appeler Concha et, ce qui est pire, Conchita. Conchita, un nom de pseudo-danseuse de flamenco, Conception, un nom de vierge éplorée, qui ignore par qui et comment elle s'est fait engrosser : et nous arrivons à Pénjamo... avec sa belle collection de p'tits oiseaux !, Immaculée, un vrai nom de cul-bénit à la con, bah, *concepcionero*, c'est encore pire, un Paraguayen qu'a jamais vu la mer, ouais !, conceptionniste, une foutue bonne sœur au service des panchos (les saints François, pas le trio de chanteurs), conceptualiser, ou se prendre la tête avec des conneries ingénieuses. M'emmerder avec des dogmes, jeune homme !, moi qui suis étymologiquement hé-ré-tique : pas héré-nique, ni héré-niquée et encore moins maintenant, à un mètre là-d'sous-bien-pro-fond.

Elle soupira et la terre sembla trembler quelque peu.

Depuis mon enfance je me suis rebellée contre les diminutifs.

« Les diminutifs diminuent », je criais, scandalisée, et à un Julio, vous allez pas lui dire Julito ni à un Rafael Falito, ni à moi Conception Conchita. *Concha de su madre!* s'exclamat-elle dans un bizarre ricanement.

Et « Ancienne » ?

À vingt ans, je savais déjà ce que je voulais être. Je n'avais pas d'autre compétence que le mystère et d'autre mystère que la grandeur.

Je me suis mariée et j'ai adopté ma forme éternelle.

J'ai cessé d'être Conchita.

J'ai cessé d'être Conception Martínez, petite fille de bonne famille et célibataire. Je suis devenue Conception Martínez de Monroy, femme mariée.

J'ai commencé à porter une coiffe de religieuse, les cheveux sévèrement tirés en arrière.

J'ai revêtu une robe de carmélite.
J'ai rangé mes trousseaux de clés dans les profondes poches de cet habit.
Je n'ai plus jamais eu à utiliser de sous-vêtements.
Je me suis assise sur du coton.
Personne n'a plus eu l'occasion de voir mes formes et celui qui les a imaginées s'est trompé du tout au tout.
J'ai occupé un trône sans bannières.
Je n'ai eu besoin que d'un trou dans mon siège pour que mes besoins naturels tombent dans un bassin de porcelaine avec, au fond, le portrait du président de service.
Ne demande pas qui. Celui que tu peux le moins sentir.
Je suis née en 1904, sept ans avant qu'arrive à la présidence don Francisco Madero, Apôtre de la Révolution, mort trahi par son usurpateur Victoriano Huerta en 1913. De même qu'Allende avec son traître de pacotille, Pinochet et sa voix de pédale. J'avais treize ans quand la Constitution a été promulguée ; dix-huit, quand le général Álvaro Obregón était président, ce manchot qui avait perdu un bras à Celaya, en foutant sur la gueule à Pancho Villa ; dix-neuf, quand ils ont tué en traître Villa ; seulement quinze, quand ils ont tué en traître Emiliano Zapata, et j'avais fêté mes vingt-quatre ans quand un fanatique catho a liquidé Obregón d'une balle dans la tête pendant que le général mangeait des *totopos* dans un restaurant au sud de la capitale. Encore des *totopos* ! Ce furent ses mémorables derniers mots. J'ai épousé mon mari le général Maximiliano Monroy parce que je savais que lui, on n'allait pas me le tuer, car il était justement de ces hommes qui avaient inventé la révolution, de ceux qui avaient tiré d'abord et cherché à comprendre ensuite.
Mon mari Maximiliano était un vrai don Juan, étant jeune. Moi j'ai profité de ses frasques pour devenir forte, indépendante et ne pas avoir besoin de lui. Je l'ai à peine connu le temps qu'il me fasse un enfant. Il avait trente ans de plus que

moi. Tu sais quoi ? Il a commencé coureur de jupons et fini pathétique. Et moi, pas même un battement de cils. Je vais te dire : d'une révolution, on sort très malin ou très con, mais on ne sort jamais indemne. Mon mari en est sorti tout ce qu'il y a de plus con. Il a été protagoniste dans l'avant-dernier soulèvement militaire en 1936, je pense que c'était juste par simple habitude d'être toujours en rébellion. Tout ce qu'il y a de plus imbécile, je te dis. Il ne s'était pas rendu compte que les temps avaient changé, que la révolution allait devenir une institution, que les guerriers allaient descendre de leur cheval pour monter dans une Cadillac, qu'il n'y avait plus d'autre réforme agraire que la vente de parcelles résidentielles à Las Lomas, que la liberté du travail viendrait à bout des ouvriers syndicalisés dirigés par des crapules de leaders, que la liberté de la presse serait gérée par un monopole du papier centralisé par notre *compadre* Artemio Cruz, des époques héroïques, gamin !, celui qui ne transige pas n'avance pas, vivre en dehors de ce présupposé c'est vivre dans l'erreur, et s'il n'y a pas de photo de toi au moins à un cocktail, même si c'est chez cette canaille, ce brigand de Nazario Esparza, c'est que tu n'es rien du tout, et si tu ne maries pas ta fille en gaspillant des millions en fleurs, curés, banquetables, photographiables et fiotographiables, c'est que la petite est une pute et que son père est pauvre, et un homme politique pauvre est un pauvre homme politique, dixit quelqu'un...

Elle poussa un soupir comme un tremblement de terre.

Les années d'avant furent un vaste, très vaste déplacement de fortunes, mon garçon, avec le vieux monde patriarcal des haciendas et des *peones*, l'usurpation de la victoire libérale de Benito Juárez par la dictature personnelle de Porfirio Díaz et l'exploitation du marché libre pour que la terre passe des mains du clergé aux mains des propriétaires terriens, quant aux propriétaires originels, les paysans, camembert, et allez vous faire foutre, mon p'tit gars : la voici votre réforme agraire.

Je vis, horrifié, un doigt obscène surgir de la terre.

Je te raconte ça pour que tu saches ce qui est enterré ici avec moi : l'histoire du pays, notre passé qu'a incarné mon mari le général Maximiliano Monroy, acteur de toutes les étapes de cette tragi-comédie nationale, une guerre civile qui a duré vingt ans et nous a coûté un million de vies, non pas tant sur le champ de bataille que dans les fusillades dans les *cantinas*, comme j'ai su que l'avait dit ce p'tit gouverneur mignon comme tout, González Pedrero, ouais !

Un immense éclat de rire retentit, surgissant des entrailles de la terre, et le doigt retourna à sa place.

Un million de morts dans un pays de quatorze millions d'habitants. On est combien maintenant ?

Cent vingt millions, susurrai-je à la tombe, comme à l'oreille de la femme qu'on aime. (Est-ce que je m'imaginais disant à Elvira Ríos, mon infirmière, écoute, aime-moi fort parce que, tu vois, je suis l'un des cent vingt millions de Mexicains ? Ou à la pute à l'abeille sur la fesse, laisse-toi baiser par cent vingt millions de spécimens Nahuas ? Ou à Lucha Zapata, cette femme sans défense, pense que tu n'es pas seule, cent vingt millions d'habitants t'entourent, mon amour ?)

Cent vingt millions ! s'exclama la voix de la tombe. Mais qu'est-ce qui s'est passé ?

Santé. Alimentation. Sport. Éducation. C'était ce que j'allais dire. Il me parut sacrilège d'introduire des statistiques dans une conversation avec la Mort, même si peu après elle me donna le démenti de la vie : La Mort est la Reine des Statistiques, malgré les guerres qui perturbent un peu sa comptabilité...

C'est le pays de la trahison, une somme de trahisons, voilà ce qu'est le Mexique, insista doña l'Ancienne. En 1910, Madero a trahi don Porfirio qui se croyait président à vie. En 1913, Huerta a fait tuer Madero. En 1919, Carranza a fait tuer Zapata. En 1920, Obregón a fait tuer Carranza. En 1928,

Calles a joué les distraits tandis qu'on assassinait Obregón. C'est seulement le général Lázaro Cárdenas qui a mis fin à ces bains de sang.

Mais il a tué votre mari, madame.

Il l'a exécuté parce qu'il était trop con, affirma-t-elle, délicieuse. Faut dire aussi... Il l'a pas volé...

Mais...

Mais rien, mon chou, ne te fais pas d'illusions. Tout n'a été que trahison, mensonge, cruauté et vengeance. Toi, essaie juste de devancer les choses. Suis mon exemple. Il faut créer des pouvoirs économiques qui précèdent les décisions du gouvernement. Et il faut se méfier des lèche-bottes. Ce sont les deux règles de l'Ancienne Conception. J'ai dit. Deviens puissant par toi-même et envoie les flatteurs se faire mettre. J'ai dit.

Mais non, Conception, Conchita, l'Ancienne Conception n'avait pas dit. Elle continuait maintenant à parler, me racontant que son mari le général était un véritable équilibriste révolutionnaire, qui avait aussi bien servi Villa qu'Obregón, Obregón que Carranza, Calles que Cárdenas, et lorsque don Lázaro avait mis fin aux insurrections par la force des institutions, le général Maximiliano ne s'était pas avoué vaincu, il s'était « dressé » sur la frontière pour proclamer le plan de Matamoros mais de mort le seul maure ce fut lui, noyé dans l'ivresse et sans le moindre impact de balle, dans une *cantina* texane de Brownsville, où il trouvait refuge, ce gros trouillard...

Je ne savais pas si je devais la plaindre de ses déboires conjugaux. Elle ne m'en laissa pas le temps. Elle était déjà partie sur une autre voie.

Mon mari le général avait trente ans de plus que moi. Mais c'était un bébé à côté de moi. Je n'eus qu'à jeter un coup d'œil (jeunot que vous êtes, jeunette que j'étais) à ce qui se passait pour prendre une décision : anticiper l'avenir. Être la première à faire ce qui arriverait ensuite : tu piges, mon poussin ? J'avais hérité d'haciendas dans le Michoacán et le Jalisco. Je les ai partagées entre les paysans avant que la loi agraire ne le décrète, et surtout avant qu'elle ne le mette en application. J'ai pensé que tout le pays allait quitter les provinces désabusées et appauvries par deux décennies de révolution pour émigrer à la capitale, au centre. J'ai acheté opportunément des terrains dans des coins inhabités du District fédéral, de Morelos et de l'État de Mexico, dont la valeur s'est multipliée par milliers. Je me suis demandé, gamin, où allaient passer les routes qui manquaient. J'ai acheté des terrains, des plaines broussailleuses de *huizache* épineux, des montagnes de pins, des murs de basalte, tout ce que tu voudras, parce qu'il fallait maintenant arriver rapidement à la mer, aux frontières, au cœur des sierras, avec des camions répartissant comestibles et combustibles que j'ai organisés en petites flottes nationales de carburant, pour un pétrole dont j'ai devancé la nationalisation en 1938, à trente ans, en faisant l'acquisition de bandes de terrain potentiellement riches dans le Golfe, qui, mexicaines, m'appartenaient déjà depuis 1932 et que j'ai ensuite cédées, petit, prends note et aiguise ta quenotte, au gouvernement et à Petróleos Mexicanos, en même temps que mon foutu anneau de mariage, pour contribuer au paiement de l'expropriation, alliance que j'aurais aussi bien fait, c'est la vérité vraie, d'enterrer dans la tombe de mon alors défunt et décrépit mari, le général don Maximiliano Monroy — R.I.P.

Je crois bien que la dame me fit un clin d'œil du fond de sa sépulture.

Ne crois pas que je sois cynique ou profiteuse, dit-elle. Tout ce que je viens de te raconter a été possible parce que des milliers et des milliers de gens se sont déplacés, mettant fin à la démarcation imposée par une géographie de volcans et de déserts, de montagnes et de marais, de côtes inondées de mangroves, de cordillères infranchissables : c'était fini, enfants, femmes et vaches, trains, chevaux et guérilleros, se déplacèrent, mon garçon, dans toutes les directions, du Sonora au Yucatán, du Río Santiago au Río Usumacinta, de Nogales à Tapachula, de Gringoland à Guatastrophe, entre les champs desséchés et les récoltes perdues, essaimant veuves et orphelins tout au long du chemin, créant de nouvelles richesses en marge de l'éternelle misère, parce que, tu sais, mon poussin, c'est seulement quand les fortunes changent, c'est seulement là que nous nous reconnaissons, que nous savons qui nous sommes...

Je ne sais plus si son regard enseveli m'a réellement demandé : Et aujourd'hui, alors ?

Aujourd'hui on est bien parti pour devenir citoyen de la Narconation, dis-je, pour donner mon avis. Mais elle s'était arrêtée en un point du passé. Elle ne me comprenait plus.

Avez-vous entendu, lecteurs et lectrices, un soupir provenant de la tombe ? Écoutez-le maintenant. Il se trouve qu'il n'est pas grave, mais amusant, peut-être. Il se trouve qu'il n'est pas profond, mais, parvenant à la croûte terrestre, superficiel.

L'Ancienne Conception continua :

J'ai devancé l'industrialisation qui a pu se faire grâce au pétrole nationalisé et à la main-d'œuvre paysanne libérée par la réforme agraire. Mais je n'ai plus précédé personne d'autre parce que, quand en 1958 don Adolfo Ruiz Cortines a abandonné la présidence, je me suis dit : c'est le meilleur président que nous ayons eu, un homme mûr, strict mais avec le sens de l'humour, plus malin qu'une araignée derrière un masque sévère, austère, aux yeux cernés et pénétrants, déguisant une ironie qui est la voie de la véritable intelligence, et surtout une tête de sage gréco-romain étranglée par un nœud papillon à pois blancs, ce président qui savait avaler des couleuvres sans broncher, cet estropié apparent qui marcha pendant six ans au-dessus du vide sur la corde présidentielle et donna l'exemple du bon sens, de la sérénité, de l'ironie et de la tolérance dont ce pays a grand besoin : on regorge d'idéologues illuminés, de fermiers ignorants, de mâles châtrés par leur harem de pies jacasseuses, d'acrobates du cirque politique, de machiavels en espadrilles, de don Juans gominés en Maserati, de véritables épouvantails incapables de se regarder dans une glace sans se battre avec le monde entier et se mettre à tuer, et surtout de malfrats, ceux qui volent sa légitimité à notre révolution et nous livrent, mon choupinet, aux cinglés de la démocratie, *ay!*

Je supposai que ce *ay!* ponctuait sa désapprobation de la démocratie et sa nostalgie de l'autoritarisme illustré, mais je ne dis rien. Ça la regardait. C'est vrai qu'elle était « ancienne ».

Elle continua : Toi, rappelle-toi juste, mon chou, qu'autrefois c'était le président qui rendait la justice, qui écoutait les plaintes, qui recevait les requêtes. L'Ancien Roi !

Cette fois-ci l'exclamation se prolongea, plaintive, dans l'air, pendant un laps de temps que l'Ancienne Conception interrompit par ces mots :

Tu vois, c'est alors que je me suis retirée à un poste d'arrière-garde et que j'ai refilé le bébé à mon fils unique, Max Monroy.

Elle fit une pause, satisfaite.

Je suis contente de lui. Il est comme moi, tu verras, en moins folklorique. Il anticipe les événements. Il sait ce qu'il faut faire avant tout le monde. Il sait quand acheter et comment vendre. Il est discret. Sa vie ne fait pas l'objet de papiers dans la presse ou de ragots. On ne l'a jamais vu dans *Hola!*. Il n'a jamais parrainé de mariages de stars. Il n'a jamais pris le soleil (sans jeu de mots!). Il a beaucoup en commun avec la nuit. Il vit dans une tour de Santa Fe à l'ouest de la ville. Va le trouver. Tu as tout intérêt.

Je crois qu'elle conclut :
Ne te fais pas d'illusions. Essaie juste d'anticiper plus ou moins les catastrophes...
Plus tard je me rappellerais ces mots de l'Ancienne Conception :
L'État est une œuvre d'art jalouse, ennemie de l'individu libre et du pouvoir économique. Souviens-toi bien de ma leçon : il faut créer des pouvoirs économiques qui précèdent les actes du gouvernement.

J'ai signalé, oublieux lecteur, qu'une fois par mois arrivait dans ma boîte aux lettres une enveloppe avec le traditionnel chèque de ma pension. J'étais si habitué à cette ponctualité que cette grâce accordée ne m'émouvait plus. Qui que fût mon obséquieux et invisible patron, le temps résolvait deux choses : la gratitude, dans sa réitération, eût été désagréable ; et le donateur, dans son anonymat, s'avérait aimable, pratique et oubliable.

Seulement, ce jour-là, quand je passai rue de Prague pour changer de vêtements, jeter un coup d'œil et récupérer le chèque à la date habituelle, celui-ci n'était pas dans la boîte. Comme c'était un recommandé, je ne m'alarmai pas. Sauf que je ne savais pas où ni à qui m'adresser pour le réclamer. L'idée me vint que je pourrais, en cas de gêne, en parler au professeur Sanginés.

C'est à tout cela que je pensais tandis que je montais les trente-neuf (ou était-ce quarante ?) premières marches menant à notre perchoir et que je trouvai la porte ouverte et l'enveloppe avec son chèque qui me regardait droit dans les yeux, soutenue par deux mains que je reconnus immédiatement.

Il était rentré !

Illuminé ou assombri par l'expérience, le frère prodigue était là. L'autre Dioscure, mon jumeau, l'autre fils du cygne, le compagnon de la grande expédition de l'Argo vers le Pont-Euxin pour récupérer la Toison d'or, signe et destin de nos vies, symbole de l'âme en quête d'elle-même : de la vérité.

Il lâcha le chèque et m'étreignit, je ne sais si avec émotion mais en tout cas avec force. Nous étreignîmes notre passé commun, oui. Et aussi l'avenir qui nous unissait toujours, même si parfois nous séparaient le temps et la distance. Paris, Londres, Florence, Rome, Naples, Vienne, Prague, Berlin, les cartes postales me permettaient de suivre les itinéraires de ses voyages, bien que sa résidence fixe se trouvât toujours rue Poissonnière dans le deuxième arrondissement de Paris.

Rapportait-il toutes ces villes, toutes ces destinations dans son jeune regard de vingt-cinq ans ?

Il avait maigri. Les bonnes joues persistantes d'une enfance qui ne se résout pas totalement à quitter nos traits avaient cédé, vaincues, laissant la physionomie à une mince fiction de l'adolescence, comme si le temps avait un ciseau qui progressivement sculpte le visage que nous finirons par avoir et dont, à un moment donné, nous assumerons la responsabilité. Il ne portait ni barbe ni moustache. Et il avait la boule à zéro comme une recrue de l'armée. Peut-être du fait de cette nudité faciale, ses yeux clairs brillaient plus que jamais, occupant la place centrale d'un faciès dont la distinction première n'était pas un nez petit ou des lèvres fines. Un crâne rasé. Des yeux brillants, les mêmes mais différents, gardiens à la fois d'un passé juvénile et d'un avenir mature.

Il m'étreignit et je sentis l'effluve d'une transpiration connue.

Jéricho était rentré.

« Tu as l'air de sortir de l'orphelinat, tondu comme ça, lui dis-je.

— *Punched in* », répondit-il, puis, tout de suite, comme s'il se souvenait et corrigeait : « En avant, toute. »

J'avoue que le retour de Jéricho suscita en moi des sentiments contrastés. Après cette absence, nous abordions tous les deux la deuxième moitié de la vingtaine avec cette séparation qui mettait à l'épreuve notre amitié juvénile. Celle-ci primait, en principe, sur toute autre considération, même si nous n'étions ni l'un ni l'autre — imaginais-je — étrangers à l'usure du temps. La seconde considération, toutefois, était liée à ma proximité avec Lucha Zapata et à la question quotidienne et vitale de savoir où je me laverais les dents : dans l'appartement de Prague, avec lui, ou dans la petite maison de Chimalpopoca, avec elle ?

Je ne permis pas, au début, que cette nécessité de choisir entre une chose ou une autre fût une entrave à ma joie. Revoir Jéricho signifiait non seulement renouer avec ma propre jeunesse mais, surtout, la recouvrer et la prolonger, malgré le pressentiment doux-amer que je commencerais, du même coup, à la perdre. Jusqu'au moment de son départ, mon ami était tel que vous le savez pour l'avoir lu ici : ce garçon indépendant, audacieux, qui m'avait permis de trouver ma place au lycée, me sauvant de ce rôle de « souffre-douleur » auprès de la bande de petits cons qui s'en donnaient à cœur joie avec moi et mon nez proéminent, comme ils auraient jeté leur dévolu, pour s'en moquer, sur un bigleux ou un estropié. Jéricho s'était planté « au beau milieu de l'assemblée », et avaient obligé ces « fainéants », comme les aurait appelés doña María Egipciaca, à me respecter. Nous avions entamé une camaraderie que, maintenant, après avoir été séparés, son retour mettrait à l'épreuve.

Je reconnais également que toute une série d'impressions contradictoires défilèrent dans mon esprit le jour où je trouvai mon ami de retour dans l'appartement de Prague. Son apparence physique était nouvelle. En mieux ? Je ne sais. Certes, son visage avait perdu un peu de sa persistante *baby fat*. Il semblait un peu plus effilé, plus tendu, plus réservé.

J'ignore si le crâne rasé lui allait bien ou mal. Je pouvais pencher du côté de la mode et l'accepter comme l'une des multiples déclarations capillaires de l'époque : cheveux longs, crânes rasés, chevelures multicolores, afros, crêtes, coiffures type consul romain, dreadlocks rebelles, sauf que l'association du crâne rasé et du visage mince faisait ressortir l'étrangeté du regard dénudé. Les yeux bleus, ronds, fixes, agrandis de manière incommensurable par la nudité du crâne tout entier, éveillaient en moi des sensations divergentes. Je voyais dans ces yeux comme des billes une innocence inhabituelle qui par un simple clignement se transformait en un regard cynique, menaçant et acéré. J'avoue que je m'émerveillai de ce changement instantané de profil psychologique, non seulement parce qu'il était autre, mais radicalement opposé.

Ce qui était étrange (ou était-ce simplement logique ?) c'est que ses mots en revenant au Mexique se mettaient à cligner aussi, passant d'une ingénuité qui me semblait déplacée chez l'homme particulièrement cynique et audacieux que je connaissais à une gravité que je tardai à identifier comme de l'ambition. Pourrions-nous renouer avec notre intimité ?

Il raconta des anecdotes parfaitement simplistes, comme la façon dont il s'était agenouillé, en arrivant sur la place de la Concorde, pour embrasser le sol. Je ris : en signe de liberté ? Pas seulement, me répondit-il : en signe de fidélité envers ce que le Vieux Monde a de meilleur (je réprimai une crispation nerveuse de désapprobation : quelle idée d'appeler l'Europe « le Vieux Monde » !) et surtout, continua-t-il, envers la France et sa propension à tout s'approprier, en rachetant par la culture le crime.

« Il existe même un brandy Napoléon. Tu imagines un brandy Hitler ? »

Je n'allais pas discuter l'énorme différence entre le « bon » tyran bonapartiste et le « mauvais » tyran nazi car, dans sa tirade, Jéricho était déjà plongé dans une cocasse comparaison des profils nationaux européens et des clichés correspondants (les Français ont une vie sexuelle, les Anglais ont des bouillottes), débouchant sur l'émerveillement enfiévré d'avoir connu « toutes les langues qu'on voit au cinéma », sur l'énumération des rue Lepic, Abbey Road, Via Frattina, Puerta del Sol et surtout des places et ruelles napolitaines où, dit-il, il s'était identifié à l'éventualité d'être corrompu, immoral, assassin, voleur et poète sans propos, comme simple élément d'une habitude et même peut-être d'un paysage d'une liberté si ordinaire qu'elle ne laisse aucune trace de mortalité, en perdurant, dit-il, dans la tradition.

« Pourquoi ne pourrions-nous pas être napolitains ? » s'exclama-t-il avec une certaine grandiloquence, propre à l'ami qui me faisait face avec l'arrogance d'un Byron, ce qui me semblait d'une affectation antipoétique et, ce qui est pire, simpliste, naïf, indigne. « Pourquoi nous voit-on en Europe juste comme des Comanches, des mariachis ou des toreros ? »

Il rit, se rachetant à mes yeux. « Nous devons nous défendre d'être pris comme élément du folklore national. »

Ça, c'était Jéricho, mon vieux copain, passé par le crible d'une expérience qu'il voulait, compris-je, partager avec moi à un niveau d'exaltation et de camaraderie qui le portait à arracher sa chemise, à gesticuler et à assumer la caricature d'un éblouissement qui devait conclure — je connaissais Jéricho — par un acte démesuré, ironique, qui en quelque sorte flagellerait son propre égo.

« À genoux sur la place de la Concorde », répéta-t-il, mimant la scène au milieu de la pièce, les bras grands ouverts dans une manifestation à la fois grotesque, tendre, et que je comprenais, sans la comprendre, comme un adieu à la jeunesse, une façon de se défaire du costume de touriste, de la peau de paysan mal dégrossi qui est celle du voyageur de passage, de l'âme de « l'Argentin qui sommeille en chacun de nous » : le super-ego.

Connaissant Jéricho, ce déballage ne laissa pas de m'étonner, comme faisant partie de ses faiblesses. Sans doute voulait-il me faire savoir que, sous l'apparence du retour, il y avait un camarade qui n'était jamais parti. Ou au contraire, il me demandait mon aide pour se débarrasser de l'éloignement et de ses expériences et revenir au point où nous étions séparés, en sachant que cela était impossible. Nous étions les mêmes mais nous étions autres. J'avais l'expérience de mes études à l'université de Mexico, de l'enseignement de Sanginés, de ma visite à San Juan de Aragón, de ma rencontre mystérieuse avec Miguel Aparecido et de ma relation, étrange et engagée, avec Lucha Zapata. Que Jéricho avait-il à m'offrir, à part la carte postale qu'il venait de m'infliger ?

« La liberté, dit-il, comme s'il lisait dans mes pensées.

— La liberté, c'est de te mettre à genoux pour remercier la place de la Concorde ? » répliquai-je, sans grande amabilité.

Il acquiesça, les yeux baissés.

« Qu'allons-nous faire ? » dit-il alors, et notre vie changea.

Ce fut Jéricho qui la changea comme il avait changé lui-même, comme avaient changé son attitude corporelle, les traits de son visage, à ce moment précis, quand il me bombarda des questions qu'il voulait me soumettre après son prologue sur la scène de la minimisation touristique et de l'abandon mental.

Qu'allons-nous faire ? répéta-t-il. Il y a beaucoup de possibilités pour réussir. Quelles sont les nôtres ? Ou plutôt, Josué, quelle réussite est digne de nous deux ?

Je n'allais pas lui répondre par les raisons que je viens de vous donner à vous et qui peuvent être rassemblées sous le mot « expérience », car c'est seulement à partir de celle-ci que mes expectatives commençaient, bien qu'encore nébuleuses, à se dessiner. Je savais que Jéricho ne serait pas prolixe dans le récit de ses expériences européennes que (je commençais à m'en rendre compte) jamais il ne me révélerait, au-delà de la carte postale qu'il venait de me servir. Ses années d'absence allaient être un mystère, et Jéricho ne me défiait même pas à le pénétrer. Il y avait, dans cette attitude byronienne dont je parle, un pari : le passé est mort et le futur commence aujourd'hui. Devine ce qu'il te plaira.

En conséquence, je changeai d'attitude. Au lieu de lui poser des questions sur son passé, je lui proposai de partager notre avenir.

« Que voulons-nous ? » répéta-t-il, et il ajouta : « De quoi avons-nous peur ? »

Il continua en disant que lui et moi savions — ou devions savoir — ce que nous n'avions pu être ou faire. Il remémora une conversation antérieure concernant le fait de ne « jamais aller à un bal pour les quinze ans d'une jeune fille, à un thé dansant, à un baptême, à l'inauguration de restaurants, fleuristes, supermarchés ou succursales de banques, à des réunions d'anciens élèves, des concours de beauté ou des meetings sur le Zócalo », de ne jamais s'intéresser à la chanteuse Tarcisia et au millionnaire russe Oulianov qui s'étaient mariés pieds nus, des leis hawaïens autour du cou, avec des invités qui avaient dansé toute la nuit le hip-hop sur la plage jusqu'à sept heures du matin.

« Heure, Jéricho, à laquelle ils ont mangé un plat de tripaille en l'honneur du père de la mariée...

— Qui est originaire du Sonora. Tu aurais refusé l'invitation ?

— Non, Jéricho, même pas en rêve, aucune envie d'être...

— Même pas si c'était ton propre mariage ? »

Je souris ou j'essayai. Je me rappelai mon admiration pour la propension de Jéricho à prendre la vie très au sérieux.

Je lui dis que pour moi ces épreuves avaient déjà été passées avec succès, pas pour lui? Je m'abstins de mentionner pour l'instant Lucha Zapata, Miguel Aparecido, les enfants du sinistre bassin de San Juan de Aragón. Peut-être Jéricho me répondit-il indirectement lorsqu'il décréta qu'il ne suffisait pas de ne pas faire ce que nous n'avions pas fait. À présent, nous devions décider de ce que nous allions faire. Il se mit debout et m'attrapa fermement par les épaules. Il me fixait de ses grands yeux ronds comme des assiettes hollandaises. Nous n'avions pas, c'était manifeste, de talent pour la musique, la littérature, le tennis, le ski alpin ou aquatique, les courses automobiles ou la direction de films, nous n'étions pas taillés pour être assureurs, comptables, agents immobiliers, portiers, tous ces gens tristes qui se contentent de leur petit destin..., dit-il.

« Il nous reste quoi ? »

Qu'il me le dise, lui dis-je. Moi, je l'ignorais.

« La politique, Josué. Clair comme de l'eau de roche, frangin. Quand tu n'es pas bon à être balayeur ou compositeur, quand tu ne peux pas écrire un livre, diriger un film, ouvrir une porte ou vendre des chaussettes, eh bien tu te consacres à la politique. En avant, toute.

— C'est ça qu'on va faire? » lui dis-je avec un étonnement feint.

Jéricho rit et me lâcha les épaules.

« La politique est l'ultime recours de l'intelligence. »

Il me fit un clin d'œil. En Europe, il avait appris, me raconta-t-il, que la mission de l'intellectuel était de tourmenter par les mots le pouvoir.

« Tu veux faire quoi alors? lui demandai-je.

— Je ne sais pas encore. Quelque chose d'énorme. Laisse-moi le temps. »

Je pensai sans le lui dire que la liberté, c'était l'incertitude. Voilà ce que moi j'avais appris.

Il ne lut pas dans mes pensées :

« Il peut y avoir beaucoup de tentatives de réussite. Laquelle est digne de toi et de moi ? »

Je ne sus que lui répondre. Un autre sentiment m'envahissait. Par-dessus tout, au-delà des mots et des attitudes, ce matin de nos retrouvailles dans notre perchoir de la rue de Prague reste dans mon esprit, surtout depuis que je suis mort, comme un moment terrifiant. Pouvions-nous renouer avec l'intimité, avec la respiration commune qui nous avait unis, étant jeunes ? Pouvions-nous de nouveau ressentir l'émotion primaire de la jeunesse ? Tout ce que nous avions vécu, était-ce juste un prologue, un préparatif pour un but que nous ne savions pas encore vraiment définir ? Notre amitié était-elle le seul et pauvre manteau de notre avenir ?

Jéricho m'étreignit et me dit en anglais comme si cela répondait à toutes mes questions, *let's hug it out, bitch.*

Étourdi par les excursions aériennes sur les ailes du prophète Ézéchiel et par les atterrissages sur ce sol sous lequel gisait doña Ancienne Conception, épuisé de tant de ciel et de tant de péripéties, abattu par les grandes promesses, je m'en fus en marchant tout doucement vers la Colonia Juárez et l'appartement de la rue de Prague, sans savoir d'où je venais, où se situait le caveau secret que j'avais laissé et qui se dissipa vite parmi les bruits de moteur, les souffles haletants, les dring-dring de bicyclettes et les coups de tonnerre dans le ciel couvert, dans une tentative de laisser derrière moi les expériences acquises et de me concentrer sur les accidents individuels, les carences personnelles et les petits vices et vertus des hommes et des femmes possédant un nom propre quoique sans appellatif historique.

Soûlé par la narration chronologique de l'Ancienne Conception, enivré par l'apocalypse non datée du prophète Ézéchiel, avec quelle patience et quelle humilité montai-je les escaliers de la maison de Prague, prêt à concentrer de nouveau mon humanité sur l'amitié de Jéricho et sur l'attention portée à Lucha. Telles étaient mes priorités, rapidement dissoutes par la moue pressante avec laquelle Jéricho me reçut.

« On va au Pedregal. La mère d'Errol est morte. »

Des années étaient passées sans que nous soyons retournés dans cette demeure ultramoderne transformée en aberration néobaroque par le dictatorial mauvais goût de don Nazario Esparza. « Faites comme si vous n'aviez rien vu », nous avait recommandé Errol, sans que je sache s'il faisait allusion aux disputes de ses parents ou à l'horreur transylvanienne de sa maison. Je me rappelai l'absence de toute initiative de la part de notre ami alors même qu'il était à l'origine d'une altercation entre ses parents. Ou peut-être que je me souvenais mal. Cela faisait six, sept ans que je ne voyais pas mon vieux camarade de classe et que je n'avais pas mis les pieds chez lui.

Cette fois, dès le portail, les crépons noirs annonçaient le deuil de la famille. Je me fis la réflexion que la maison était en deuil depuis toujours, enfermée à double tour dans l'avarice, le manque de compassion, la méfiance, l'amour inexistant, l'absence de sérénité. Sauf qu'en m'approchant, avec Jéricho qui me précédait, du cercueil de doña Estrellita de Esparza, je sentis qu'en fait, la compassion et la sérénité au moins avaient bien habité cette lugubre demeure, mais que c'étaient des vertus qui vivaient dans l'attente de la mort et seulement dans la présence soumise, absente, de doña Estrellita.

Je regardai la morte. Son visage de cire avait été rendu plus blême encore par la main froide de la Mort, cette Face de Farine, et caricatural par le blush et le crayon à lèvres dont l'employé des pompes funèbres (ou l'exécrable don Nazario) avait tartiné la face grisâtre. Doña Estrellita arborait une coiffure qui semblait postiche, très années quarante, très Joan Crawford, haute et gonflée. Ses mains de fantôme reposaient sur sa poitrine. Dans un sursaut, je m'aperçus que la dame portait son tablier de femme au foyer, bonne et cuisinière, et ça, aurais-je voulu dire à Jéricho, ça c'était bien l'ultime moquerie du sinistre don Nazario, prêt à faire faire à son épouse le grand voyage en qualité de bonne de l'Éternité et femme au foyer céleste. Don Nazario recevait sans émotion ni même ciller les condoléances de sa traditionnelle clientèle, qui venait l'assurer de sa sympathie puis s'évanouissait derrière un voile de brouhaha, conversations inaudibles et passage de petits canapés, avec l'obséquiosité collective d'un débiteur et une singularité dans des manières et modes dissemblables, car entre ceux qui le connaissaient à ses humbles débuts et ceux qui le reconnaissaient dans ses sommets actuels, il y avait aussi bien des tenanciers de meublés loués à l'heure que des gérants de chaînes d'hôtels.

Je regardai doña Estrellita pour ne pas regarder l'assistance.

Malgré tout, le cadavre continuait à afficher une béatitude simulée et le sourire éternel de qui assiste au mariage de gens qui lui importent peu mais qui méritent une certaine courtoisie. Dans la mort, doña Estrellita s'ennuyait avec confiance et, si elle avait perdu l'habitude de pleurer, ce n'était pas sa faute. Seul un détail détonnait, puisque le tablier était une sorte d'uniforme : la dame avait un grand foulard noué autour du cou.

Rougeaud, grand, adipeux, don Nazario recevait les condoléances d'usage. J'aurais voulu l'éviter. Je ne pus échapper à la file des visiteurs endeuillés. Jéricho me précéda, dont le visage était la retenue même malgré un pli de sarcasme sur la lèvre supérieure. Don Nazario me tendit la main sans me regarder. Je la lui serrai sans le regarder, lui. Je cherchais Errol.

« Il n'est pas là, me murmura Jéricho.
— Qu'est-ce que tu en dis ? lui demandai-je.
— Tu t'attendais à ce qu'il vienne ?

— Pour tout dire, oui. » Plus que moi-même, ce furent mes sentiments qui répondirent. « C'était sa mère...

— Moi pas », asséna Jéricho, en dépit de mon opinion.

Nous nous frayâmes un passage parmi la foule endeuillée. On pouvait le lire sur les visages : personne n'aimait cette famille. Ni don Nazario, ni doña Estrella, et encore moins cette très accessoire pédale de musicos, Errol. Ils étaient tous là par obligation et par nécessité. Tous devaient quelque chose à Nazario Esparza. Don Nazario les tenait tous à sa merci. Il n'y avait pas d'amour, pas de deuil, pas d'espoir. À quoi nous attendions-nous ? demandai-je à Jéricho du regard, tandis que nous nous frayions un chemin au milieu de la cohue, encerclés que nous étions tous de cette jungle de couronnes mortuaires qui font des enterrements mexicains la consécration des fleuristes. Deviens fleuriste et fais ta fortune : nous sommes tous en transit.

Au milieu de cette jungle funèbre, je bousculai une femme et m'en excusai. Hors de propos, elle tenait une cigarette d'une main et une coupe de champagne de l'autre. Elle trébucha sur moi, la cendre tomba sur le revers de ma veste et un jet de La Viuda arrosa ma cravate. La femme s'arrêta et me sourit. Je fis un effort vain pour la reconnaître, me demandant en moi-même : où est-ce que je l'ai déjà vue ?, au lieu de m'adresser à elle : « où est-ce qu'on s'est vus ? », en une sorte d'injonction tacite que je ne m'expliquais pas moi-même et qui ne répondait pas à l'amabilité de la belle femme qui s'approchait avec des mouvements de panthère, d'animal de proie. Une fausse blonde, avec des cheveux châtains aux mèches balayées de soleil et des lèvres artificiellement humides.

« Eh, toi, ordonna-t-elle à un serveur, apporte une coupe à Monsieur.

— Excusez-moi, ce n'est pas le moment, dis-je.

— Une coupe », réclama-t-elle de nouveau, et le serveur demanda comme s'il avait mal entendu :

« Pardon, madame ?
— Une coupe, je te dis. Tout de suite. »
Le serveur ne répondit pas. Il nous regarda moi et Jéricho, qui à présent me suivait encore plus perdu que moi sur la nouvelle scène de la demeure des Esparza.
Le garçon nous dit : « Soyez les bienvenus, don Jéricho, don Josué. Vous êtes toujours ici chez vous. »
Et il partit chercher les coupes que lui avait commandées la dame qui avait déjà du champagne dans la sienne, une cigarette à la bouche et la petite robe noire de l'uniforme Chanel. Elle nous regardait avec autant d'amusement que d'ironie.
« Vous cherchez Errol ? » dit la fine mouche.
Nous acquiesçâmes.
« Vous le trouverez dans un cabaret tout pourri du côté de Santísima. Il joue du piano là-bas. Roule ma poule ! »
Elle nous gratifia d'un rire artificiel et, nous tournant le dos, s'en alla en fredonnant parmi les visiteurs qui instinctivement s'écartaient sur son passage, comme s'ils la connaissaient, et même plus, la respectaient, et même pire, la craignaient...
Mon ami et moi nous regardâmes, des questions non formulées plein les yeux. Au loin, don Nazario recevait des condoléances avec ses yeux en cul de bouteille. De loin, il sentait le vomi. De loin, on entendait tinter son trousseau de clés.
Nous franchîmes le mur des gorilles qui gardaient les entrées et les sorties, nous remémorant doña Estrella en une évocation tacite : personne, sauf son fils et le serveur peut-être, ne se souvenait d'elle par ces nombreux détails que nous nous rappelions à présent, en hommage à elle (et à nous), comme si nous les partagions avec notre pote Errol, le tondu du lycée.
Comment elle ne riait jamais d'une blague parce qu'elle ne les comprenait pas.

Comment elle pensait que les gens la prenaient de haut.

Comment son mari avait dit un jour que jeune elle était idiote mais mignonne.

Comment elle avait conservé cette phrase comme un trésor.

Comment sinon elle avait toujours l'impression qu'elle était toujours de trop.

Comment elle ne comprenait pas le sens du mot « superflue ».

Comment elle ne savait même pas se méfier de son personnel (nous avions la preuve du contraire).

Comment elle chantonnait quand elle se faisait gronder comme si elle était occupée à autre chose.

« Qu'est-ce que tu penses de la fortune de papa ? — C'est très bien. — Non, de son origine. — Ah, mon fils, comment tu es. — Je suis comment ? — Ingrat. C'est grâce à ça que nous mangeons. — De la merde. — Ne sois pas grossier. Nous devons tout aux efforts de ton père. — Des efforts ? C'est comme ça qu'on appelle les crimes, maintenant ? — Quels crimes, mon fils ? — Papa est un lénon. — Un lion ? — Non, un musicien, John Lennon. — Je ne te comprends pas. — Ou un révolutionnaire : Lénine. — Mon fils, tu vas me rendre zinzin avec tes histoires. »

Dans la rue enfin, froide et déserte cette nuit-là, Jéricho me demanda :

« Dis, qu'est-ce que ça voulait dire ce grand foulard rouge qu'on avait attaché autour du cou de la doña ? »

Je l'ignorais et dans la rue du Pedregal il n'y avait que des longues files de voitures luxueuses et des chauffeurs qui s'ennuyaient.

Je ne savais pas, au retour de Jéricho, si je devais lui révéler ma relation avec Lucha Zapata ou la garder secrète. Je choisis la discrétion. Depuis le lycée, mon ami et moi avions tout partagé, les idées comme les putains, nous concentrant sur une vie plutôt ascétique d'études intensives et de projets encore informes que nous n'osions nommer « ambitions ». Castor et Pollux, les Dioscures, fils d'un dieu et d'un oiseau, deux mortels adorés comme des divinités (sans l'être). Célèbres pour leur courage et leur adresse. Condamnés par Zeus à vivre alternativement au ciel et en enfer.

Le lecteur sait à quel point l'union fraternelle de Castor et Pollux, de Josué et Jéricho, excluait beaucoup de relations courantes chez des garçons de notre âge. Ni famille, ni petites amies, ni autres copains qu'Errol et les enseignements de Philopater que nous avions partagés. À présent, néanmoins, des années nous séparaient durant lesquelles j'avais agi sans lui et j'avais ainsi pu me laisser guider par Antonio Sanginés, pénétrer dans la prison de San Juan de Aragón, m'entretenir avec les prisonniers, me laisser impressionner par la personnalité diabolique de Miguel Aparecido et, surtout, veiller sur Lucha Zapata.

Je décidai de garder pour moi l'existence de la rouquine qui vivait près du métro.

La révéler à Jéricho m'aurait placé dans la position désavantageuse de lui faire connaître tout de moi sans que je connaisse, pour ma part, presque rien de lui. Car l'humour superficiel avec lequel mon ami relatait son expérience européenne ne correspondait pas à sa personnalité conflictuelle et pénétrante, audacieuse et ironique. J'en vins à penser que Jéricho me mentait, qu'il n'avait peut-être pas passé ces années en Europe, que les cartes postales quelqu'un les envoyait en son nom... Comme c'est étrange. Tout ceci me vint à l'esprit, car à son retour, vous vous en souviendrez, Jéricho m'avait sorti une phrase en anglais qui m'avait paru bizarre,

Let's hug it out, bitch,

une phrase que je n'avais pas comprise, que je n'avais pas

su traduire mais qui ne cadrait pas avec la culture européenne, ni avec la latino-américaine. Par exclusion — avais-je déduit en pensant comme Philopater —, elle ne pouvait qu'être nord-américaine.

Je n'y attachai pas plus d'importance que ça, bien que l'affaire restât en suspens dans mon esprit dans l'attente d'une clarification qui viendrait ou pas, car ce que Don Quichotte dit à Sancho sur les miracles — ils arrivent rarement — peut s'appliquer aux mystères — lorsqu'ils sont révélés, ils n'en sont plus — et j'avoue ici et maintenant que je souhaitais que Jéricho m'occultât une vérité, puisque moi je lui en occultais une, qui s'appelait Lucha Zapata.

Je n'oublie pas non plus le caractère de la Zapata, cette femme qui me mettait à l'épreuve, me donnant parfois envie de l'abandonner ou au moins de partager cette charge, mais avec qui d'autre que Jéricho ? Je veux dire que je gardai le secret parce que ma propre dignité vis-à-vis de mon ami le réclamait mais aussi l'essence même de ma relation avec cette femme. Une autre façon de dire qu'au cours de ces mois Lucha Zapata en était venue à dépendre de plus en plus de moi, ce qui ne m'était jamais arrivé. Auparavant, c'était moi qui dépendais des autres. Là, une femme désemparée, cantonnée à elle-même et sortie de ce cantonnement juste par ma présence (pensais-je alors), dépendait de moi pour s'en sortir.

Je la pressais d'abandonner la drogue. Elle continua à consommer des stupéfiants jusqu'à ce que sa réserve cachée fût épuisée. Alors elle se mit à boire plus que de raison. Sauf que l'alcool ne remplaçait pas complètement les amphétamines nécessaires. Je sentis qu'elle se rapprochait du stade de la crise et je décidai de m'endurcir vis-à-vis d'elle et de tout supporter de sa part — ses cris, ses insultes, ses dépressions, ses effondrements — au nom de son aléatoire santé. Bref, je pris sur moi. Et si je résume maintenant les choses qu'elle a dites à l'époque dont je parle, c'est peut-être pour introduire les choses qu'elle a faites. Sauf que ces dernières, finalement, refusent de rester sous le tapis (sous la natte, dans le cas de Lucha Zapata) et prennent le pas sur les mots, les réduisant aux cendres du verbiage.

« Je veux le bonheur pour moi et pour tous », disait-elle souvent dans ses moments d'exaltation, comme si elle allait recommencer à voler un avion dans un hangar de l'aéroport international et qu'elle se préparait à inonder la ville de tracts lancés depuis les airs, nous condamnant tous à être heureux.

« Je ne supporte pas la misère ! s'exclamait-elle juste après. Ça me choque que la moitié de mon peuple vive dans la pauvreté, à mendier, à voler, sans espoir, saigné à blanc par les puissants, mené en bateau par les hommes politiques, abandonné à la fatalité d'avoir toujours été, et pourquoi, dis-le-moi Josué, pourquoi ne pas l'être toujours, misérables, à jamais, dis-le-moi ou je meurs ici même... »

C'est avec cette passion que Lucha Zapata évoquait un passé — celui de notre peuple continuellement laminé — qui renvoyait rarement au sien propre. Parfois je lui tendais des pièges pour qu'elle parle de sa vie antérieure à notre rencontre. Je ne la sortis jamais — ou rarement, à dire vrai — de l'évocation de ce moment commun à l'aéroport et de sa vision aérienne d'un malheur collectif qui, pour elle, était éternel, en dehors du temps : le Mexique était broyé depuis toujours et pour toujours, irrémédiablement...

« Je veux le bonheur pour moi et pour tous. Je ne supporte pas la misère. Qu'est-ce que j'y peux, Saviour ? »

Parfois elle devenait très violente envers elle-même et se cognait la tête contre les murs, comme si elle voulait extraire de son crâne un cerveau, séquestré disait-elle. Pour quoi ? Par qui ? lui demandais-je sans recevoir d'autre réponse qu'un lourd gémissement qui était comme d'entendre protester ses poumons noircis par le tabac et la drogue.

Alors elle se serrait contre moi sans rempart, comme un vieil oreiller, comme un fantôme vaincu qui sait qu'il a divorcé pour toujours d'un corps visible, et elle disait : « On me rejette parce que je me drogue et que c'est un vice, si j'avais le cancer on ne me rejetterait pas, on s'occuperait de moi, c'est pas vrai, Saviour ? » Elle me regardait avec des yeux si décontenancés que je ne faisais que la serrer encore plus fort, comme si je craignais que dans ces moments de tendresse extrême elle ne me quitte pour toujours, s'affranchissant de la vie avec un soupir qui l'instant d'après devenait une fournaise qui me brûlait le cou. Je l'écartais de moi. Elle me regardait avec une haine intense, elle m'accusait de la tenir enfermée, je lui ouvrais la porte du patio et je l'invitais à sortir, elle me traitait de type atroce, autoritaire, façonné à l'image du pouvoir, un persécuteur, un ennemi, pas un sauveur comme elle le croyait.

« Laissez-moi vivre ma vie ! » criait-elle, désespérée, en arrachant sa courte chevelure et en se griffant les joues.

J'usais de la force pour la stopper, agrippant ses poings, les approchant de mon propre visage.

« Vas-y, Lucha, si tu veux griffer, griffe-moi, moi, vas-y... »

Elle me disait alors Saviour, ne fais pas le petit chef, elle me caressait les joues et chantait sa classique chansonnette : je suis un pauvre petit cerf qui vit dans les montagnes boisées et comme je suis un peu farouche je ne descends pas boire en journée, mais de nuit petit à petit et dans tes bras, toi, ma vie.

Moi, j'avais appris que cette chanson du « pauvre petit cerf » était le code de l'amour. C'est ainsi que Lucha m'invitait à couronner les péripéties du jour, quelles qu'elles fussent, par un épisode érotique qui pouvait être le calmant d'une tempête passée ou l'annonce de l'orage à venir, doux pendant de la paix retrouvée l'espace d'un instant ou prélude de la tranquillité que, soyons sincères, elle et moi voulions trouver et partager sans savoir très bien comment.

Tout cela arrivait au milieu des efforts déployés pour qu'elle abandonne la drogue en la remplaçant par l'alcool, jusqu'à ce que je me rende compte que la tequila ne donnait pas le même *high* que les amphétamines, qu'elle revienne à ces dernières, que je constate, aïe aïe aïe, que la drogue cachée continuait à être consommée, que ni le tabac ni l'alcool ne la remplaçaient et que c'était moi le coupable de tout.

Je savais très bien que n'importe quelle personne qui accompagnerait Lucha Zapata serait le « coupable » d'une situation qui était de sa responsabilité à elle. Demander qu'elle l'assume, c'était demander la lune, comme aurait dit l'indomptable et sentencieuse María Egipciaca. Lucha Zapata avait besoin de quelqu'un d'autre qu'elle puisse accuser. Moi, n'importe qui, cela n'avait pas d'importance. Jamais elle-même. Elle-même, jamais. Et moi je me trouvais au centre de ses accusations et de ses actes de violence par le simple fait de ce que j'ai déjà dit : je voulais pouvoir veiller sur quelqu'un.

Jusqu'au jour où elle ne put plus le supporter.

Mais auparavant, elle chanta : « Je voudrais être perle fine de tes brillants anneaux pour mordiller ton oreille et embrasser ta peau. »

Je dois dire que Jéricho ne montra jamais de curiosité au sujet de mes absences prolongées de l'appartement que nous partagions rue de Prague. Je n'en fus ni étonné ni reconnaissant. Moi non plus, je ne fourrais pas mon nez dans sa vie à lui.

J'avais des doutes.

Comment Jéricho voyageait-il ? Quel type de passeport possédait-il ? Comment s'appelait-il, en fin de compte ?

Jéricho comment ? Je m'aperçus qu'une gratitude bien enracinée envers le champion de la cour de récré et la protection qu'il avait donnée à son Gros Pif démuni m'empêchait de voir mon ami sous un autre jour que celui qu'en droit romain on appelle *amicus curiae*.

L'une des grandes tentations, lorsque deux personnes vivent ensemble, consiste à fouiller dans les affaires de l'autre : tentation d'ouvrir des tiroirs, de lire des journaux intimes et la correspondance de l'autre, de renifler les penderies, de se traîner sous les lits tel le cafard pour voir ce que cache l'autre sous son matelas, dans les housses de ses costumes...

Inutile de vous dire, à vous qui me lisez et êtes tous, sans exception, des gens bien, que votre auteur qui a bonne mémoire, Josué Nadal — moi —, ne s'est jamais abaissé à jouer les curieux. Cela ne m'empêchait pas de cultiver certains doutes, tous si peu vérifiables qu'ils mouraient avant même de naître.

Quel était le patronyme de Jéricho?

Avait-il réellement passé quatre ans en Europe, domicilié à Paris?

Son évocation européenne, si théâtrale et primaire, était-elle une comédie? S'agenouiller sur la place de la Concorde, tu parles, ça, même Gene Kelly ne le faisait pas sur la musique de George Gershwin, et si Jean Gabin ou Jean-Paul Belmondo passaient par là, ils ne cillaient même pas.

Pourquoi Jéricho n'employait-il jamais ces expressions courantes dans le parler français quotidien et que je ne connaissais que par les vieux films de la Nouvelle Vague? *Ça alors. À merveille. Quand même. Raison d'être. Savoir faire. Laissez faire. Franglais**.

Pourquoi, en revanche, des expressions nord-américaines lui échappaient-elles? *Shove it. Amazing. Let's hug it out, bitch.*

Et surtout ces références à de jeunes musiciens — Justin Timberlake — qui m'étaient inconnus ou à des programmes de télévision très localisés — *Entourage. Let's hug it out, bitch.*

Je dis que je ne cherchai pas à savoir, mais j'eus des soupçons sans preuve aucune et sans l'envie non plus de rompre le pacte de discrétion, même si je consultai la rubrique « Spectacles » de *Reforma* pour savoir qui était Justin Timberlake et ce qu'était *Entourage*.

C'était d'autres préoccupations, beaucoup plus importantes, qu'exposait Jéricho avec son habituelle vivacité mentale et une certaine audace infantile, en les décochant, parfois, lorsque je rentrais sans explication d'une nuit avec Lucha Zapata : qui sommes-nous, Josué ? comment sommes-nous ? pourquoi sommes-nous ? pour quoi sommes-nous ? sans obtenir de moi plus qu'un sourire mi-figue mi-raisin, pressé que j'étais de me laver, de me raser, de me rendre présentable après l'épuisante séance de garde à vue à l'impasse de Chimalpopoca. Je suspectai que Jéricho me recevait avec cette salve d'interrogations abstraites afin de ne pas me poser de questions concrètes : d'où viens-tu ? Où as-tu passé la nuit ? Tu sens bizarre, c'est quoi ?

Les questions en restèrent là, à cause d'une nouveauté.

Le fait est que notre grenier, si dénudé au début, s'était progressivement empli de gadgets qui arrivaient à notre porte en camion de livraison et étaient montés jusqu'à notre perchoir par des hommes bruns au dos puissant et à la barbe clairsemée.

Qui donc nous envoyait un fax laser, une télévision grand écran de 46 (ou 52 ou 70) pouces ? Qui remplaçait notre vieux téléphone noir et inutilisable par un téléphone blanc de film italien, puis nous faisait parvenir deux portables Sony Walkman et peu de temps après — Creative Zen, Samsung YP-T9 — d'autres appareils encore plus modernes avec musique, films, agenda et répertoire ? Ce dernier point m'intéressait surtout. Quelles adresses avais-je moi, à part la mienne et celle de Lucha Zapata ? Le projecteur ne tarda pas à s'allumer. Ou plutôt, le Sony Walkman avec, s'affichant sur le petit écran, le nom du professeur Antonio Sanginés, les téléphones de son domicile, le numéro de sa maison à Coyoacán et de ses bureaux, Paseo de la Reforma.

Suivi d'un message qui disait :

> JE VOUS ATTENDS LE DEUX JUILLET
> À SIX HEURES DU SOIR CHEZ MOI.
> LIC. ANTONIO SANGINÉS.

Je vous attends. Pas je t'attends. Vous. Au pluriel.

Pour le moment, moi, j'attendais Jéricho. Il entra la tête haute, en riant.

Tous les deux, de nouveau, donc.

Le maître nous reçut dans sa grande maison de Coyoacán, entouré comme toujours de sa progéniture tapageuse, des petits enfants qui couraient en tricycle, volaient les bras écartés en faisant des bruits de moteur et finissaient par grimper dans le fauteuil à oreilles du professeur, pour se blottir pacifiquement dans ses bras ou menacer d'une catastrophe imminente du haut de son dossier.

« Dehors, jeunes gens », ordonna en riant Sanginés et nous nous regardâmes Jéricho et moi lorsque, dans le même souffle, il nous intima : « Entrez, jeunes gens. »

Il voulait nous positionner tout de suite dans ce que le droit romain appelle *capitis diminutio*, une sorte de réduction de la personnalité, due à la perte — Rudolph Sohm dixit — du statut d'homme libre, de citoyen, ou à la dégradation moindre que suppose être chassé de sa famille.

Pour moi, c'était superflu. J'étais élève de la faculté de droit et il était le conducteur de mes lectures et mon guide dans la profession. C'était lui qui m'avait envoyé faire ce fameux « stage pratique » à la prison de San Juan de Aragón, lui qui dirigeait ma thèse professionnelle. Mais Jéricho ? Quelle relation pouvait-il avoir avec Sanginés ? Je tentai de le découvrir dans leur manière de se saluer, toujours si révélatrice dans un pays où abondent accolades, tapes sur l'épaule, diminutifs et augmentatifs, suspicions écartées, jubilations sournoises : l'Amérique ibérique est aussi l'Amérique italique, terre des élégances apparentes, culte de la belle allure et mémoire de machiavélismes en chaîne modulés dans le but de rappeler les dettes ou d'oublier les offenses.

Ce qui est sûr, c'est que Sanginés nous dit seulement : « Entrez, jeunes gens », avec un implicite « Prenez place » sur les deux chaises en cuir face au fauteuil à oreilles de notre hôte. Nous étions deux étudiants ordinaires soumis au régime des examens en contrôle final.

Les enfants sortirent. Les élèves s'assirent. J'abrégerai le message : Sanginés avait le sentiment que nous avions mené à bien notre apprentissage. Ce qui fit que je me sentis comme élevé à un échelon d'une corporation médiévale, me demandant si cette relation n'était pas en effet une transposition, universitaire, certes, du médiévalisme, marque emblématique et sans doute orgueil de l'Amérique latine, un continent qui, contrairement aux États-Unis d'Amérique, nation sans précédent plus puissant qu'elle-même, a bien connu lui un Moyen Âge et par conséquent possède — nous possédons —, du Mexique au Pérou, des catégories mentales qui excluent un libre arbitre non dirigé par l'Église ou par l'État. Les gringos sont pélagiens sans le savoir, descendants de cet hérétique qui préconisait la liberté individuelle sans nécessité de cribles institutionnels, face à son vainqueur, Augustin d'Hippone, pour lequel la grâce n'était pas individuellement accessible sans l'intervention de l'Église. Les Nord-Américains, qui n'ont ni Pélage ni le Moyen Âge, ont par contre Luther, la Réforme, le puritanisme, le calvinisme et toute l'hérésie (je répète : choi-sir) nécessaire pour se dicter avec une certaine amplitude des règles de conduite en marge des institutions. Nous, non. Même si le lecteur remarquera le profit permanent tiré des leçons du père Philopater en préparatoire.

Je crois que Sanginés lisait dans mes pensées, car immédiatement il décida de mon destin. Je finirais mes études (il me restait juste une année à faire et deux matières que je pouvais avoir par examen final) et conclurait mon stage en situation à la prison de San Juan de Aragón.

« Commence à préparer ta thèse. Le sujet en est Machiavel et la création de l'État », décréta-t-il, et il ajouta : « Il va falloir que tu mettes fin à tes entretiens avec Miguel Aparecido », avant de se retourner vers Jéricho pour lui dire : « Tu as refusé de faire des études. Tu penses que l'expérience est la meilleure des universités. Je vais te mettre à l'épreuve. Présente-toi dès demain dans les bureaux de la présidence de la République à Los Pinos. Ils sont au courant. » Puis, se retournant vers moi : « Toi, Josué, on t'attend au bureau de Max Monroy dans son immeuble de la Colonia — je devrais plutôt dire la nouvelle ville — de Santa Fe. »

Il soupira, comme s'il regrettait une ville modeste qui ne serait jamais plus et, se levant de son siège, mit abruptement fin à notre entrevue, me laissant une impression un peu amère dont j'ignorais si je devais l'attribuer au comportement du professeur Sanginés peu conforme à son attitude généralement aimable envers moi ou, chose plus grave, à une mélancolie très semblable à celle des adieux, comme si s'achevait là une étape de ma vie.

Nous marchâmes Jéricho et moi en quête d'un taxi vers l'avenue de l'Université, traversant la pépinière de Coyoacán pour nous distraire et profitant de l'occasion pour respirer à fond, puisque nous étions dans l'un des rares poumons d'une métropole asphyxiée.

« Qu'est-ce que tu en penses ? me demanda-t-il.

— Bof. » Je haussai les épaules. « Pour moi, c'est la même chose.

— Non, celui qui change c'est toi. Max Monroy est un homme très puissant.

— Bah. Je ne le rencontrerai probablement jamais. »
J'ajoutai : « Te connaissant, toi Jéricho, je pense que tu ne feras pas que rencontrer le président... »

Il m'interrompit : « Il entendra parler de moi, même s'il ne me voit jamais » et il ajouta : « Écoute, dépêche-toi d'avoir ton diplôme. Nous avons vingt-cinq ans. Nous ne pouvons pas continuer à attendre. Il nous faut un poste. Nous ne pouvons pas donner comme profession "je pense" ou "je suis". Nous devons être et faire. »

Je souris à mon tour. « Il reste toujours la possibilité de devenir un vieux éternellement jeune, comme Jelly Roll Morton, Compay Segundo ou Mick Jagger. »

Le lecteur remarquera que je voulais éprouver chez Jéricho une alliance que j'avais soupçonnée avec la culture pop nord-américaine par-delà une prétendue filiation française qui, je l'ai déjà dit, me semblait suspecte. Le problème, c'est que quand on parle de jazz et de rock, on atterrit forcément en territoire anglo-américain. La France aime le jazz, mais elle ne lui apporte rien d'autre que de l'amour.

Jéricho ne m'écoutait pas. Qui sommes-nous ? Que possédons-nous ? Nom, profession, état civil ? Sommes-nous un terrain en friche ?

« Un *terrain vague** », dis-je, dans ma suspicion comique.

Jéricho resta impassible : « Un dépotoir de ce qui aurait pu être ? Un catalogue de pertes et profits ? Le fond de la marmite, peut-être ? Ça me tue !

— Un panier rauque où s'amoncellent les choses ? » ajoutai-je, en citant Neruda mais en pensant aux obligations qui m'attendaient, non seulement les études juridiques, non seulement le mystérieux prisonnier Miguel Aparecido, mais surtout l'inavouable engagement envers une femme qui réclamait de la protection, que je ne pouvais laisser seule, livrée à elle-même, désemparée...

Lucha Zapata était le nom qui demeurait sur le bout de ma

langue, comme un oiseau dont la cage est ouverte et qui ne sait pas vraiment si mieux vaut pour sa santé qu'il s'envole ou qu'il reste enfermé, à dépendre de sa mangeoire.

Jéricho n'alla pas plus loin. Il y avait en lui, lorsque nous sortîmes du grand parc de Los Coyotes, une réserve nouvelle, inhabituelle, qui à l'évidence avait à voir avec la position que Sanginés venait de lui offrir et qui occupait désormais nos esprits. Même si, rétrospectivement, je m'étais demandé si l'inhabituelle froideur du professeur était due à la présence nouvelle de Jéricho, entraînant une modification de son attitude qui n'éveillait en mon cœur qu'un sentiment duel de nostalgie pour l'attention que me portait autrefois mon maître et de rancœur face à sa présente conduite.

Sans un adieu, Jéricho sauta dans un bus en marche avec une périlleuse agilité et moi je stoppai un taxi pour rentrer chez Lucha Zapata, indécis que j'étais désormais sur mon foyer et mon adresse authentiques.

À moins — pensai-je avec un sourire — que celle-ci ne fût l'établissement pénitentiaire où m'attendait — qui sait dans quel but — Miguel Aparecido.

« En avant, toute ! » cria Jéricho depuis le bus. *Hug it out !*

Je sentis Lucha Zapata nerveuse, bizarre, différente et distante lorsque je rentrai cette nuit-là à la maison de l'impasse Chimalpopoca, près du bruyant métro de la Colonia de los Doctores. Elle était occupée à préparer le dîner avec des gestes mécaniques, évitant de me regarder tandis qu'elle coupait en deux les avocats, qu'elle faisait chauffer les tortillas, les badigeonnait de la pulpe verte du fruit, drupe onctueuse qui atténue l'acidité du maïs mexicain. Elle savait que j'admirais, que je m'émerveillais de ce « professionnalisme » domestique chez elle. Elle avait une sorte de discipline pour l'intendance, opposée au désordre de sa vie d'alcoolique et de droguée. Elle était une excellente cuisinière et je m'arrangeais pour que les placards soient toujours pleins de tous ces présents du marché qui font de la nourriture mexicaine un don des dieux dans un pays de mendiants.

De quoi mettre l'eau à la bouche : piments, secs et frais, safran, tomates, *huitlacoche,* ces savoureuses truffes qui se développent sur les épis de maïs, *epazote* ou fausse ambroisie, hachis de viande séchée, échine de porc, chayotes, couenne soufflée et origan. Je les achetais au marché de La Merced de bon matin, avec l'aide d'une vieille femme pleine de vitalité, à la tresse couleur de foin, doña Medea Batalla. Elle s'était plantée devant moi avec ses petits yeux en raisins de Corinthe pour me dire : « Laissez-moi vous aider, *licenciado*. — Comment savez-vous…? » demanda mon regard interrogateur. Elle désigna son œil. « Je vous connais bien, *licenciado*. Un *licenciado,* on le voit venir de loin… Comme je sens aussi à distance les gens qui sont malades. »

Je me limitais à réunir dans un panier les produits. Lucha les transformerait en sauce aux tomates vertes à réveiller les morts, soupe de maïs et piments, *tamales* de maïs frais, *morelianas* de confiture de lait, tortillas garnies baignant dans leur sauce et courges farcies. Je m'émerveillais d'une concentration et d'une adresse qui contrastaient tant avec le désordre de sa vie, et envisageai de lui demander où elle avait appris à faire la cuisine, prétexte pour lui faire surmonter l'oubli dans lequel elle s'entêtait.

Mais elle se défendait. Sa mémoire était fermée à double tour et sa cuisine, me faisait-elle comprendre, venait d'une sagesse atavique, populaire, qui ne s'apprenait pas. On naissait, au Mexique, en sachant faire la cuisine. C'est pourquoi je m'appliquais à lui rapporter les meilleurs produits, dans l'espoir implicite qu'un jour, en mangeant bien, elle se souvienne de quelque chose et vive mieux.

C'était un espoir mince, pour ne pas dire vain.

« Tu as rapporté de la bière ? me demanda-t-elle, debout et chancelante.

— J'ai oublié, dis-je, rentrant à peine de l'entrevue avec Sanginés et Jéricho.

— Pauvre type », dit-elle avec un sourire méprisant. Elle rit. « La bière, ça fait tout froid à l'intérieur », ajouta-t-elle sans aucune logique.

Je la priai de se calmer, de s'allonger, de quoi avait-elle envie ?, tout en sachant parfaitement que demander qu'elle « se calme » à une personne de ce genre était pareil que de lui dire : « Tu es dingue. »

Elle déclara avec une soudaine douceur qu'elle avait un faible pour les avocats. Je lui assurai que je sortirais tout de suite lui en acheter une bonne quantité. Je le regrettai. Lucha avait besoin de ma présence. Elle était démunie, à un pas de la mort...

« Qu'est-ce que tu veux de moi ? » Sa voix semblait venir de loin, caverneuse.

Je ne répondis rien.

« Mon passé. Tu as faim de mon passé. Tu es un fouineur, dit-elle, me reprochant quelque chose qui était faux, comme l'attestait ma vie avec Jéricho. Un sale fouineur, qui fourre son nez partout. Gros Pif ! »

Elle s'en prit violemment à mon nez. Je n'eus aucun mal à l'esquiver. Elle s'affala sur la natte, et me regarda avec une immense douleur et un ressentiment plus grand encore, non dénué de ce qui est le grand prétexte de l'échec mexicain : se sentir vaincu, être toujours le perdant et, éventuellement, obtenir son salut par la bénédiction de la défaite. Nous ne célébrons pas le succès, si ce n'est comme l'annonce temporaire d'une défaite potentielle en tout.

« Tu vois, murmura-t-elle. C'est toi le puissant. C'est toi l'arbitraire. Tu me bouscules. Tu me flanques par terre. Tu vois pourquoi je vis comme je vis ? Parce que le pouvoir est arbitraire, arbitraire, arbitraire...

— Capricieux, dis-je avec le stupide désir de trouver des synonymes à la défaite.

— Un caprice ? répliqua Lucha Zapata. Tu crois que vivre et mourir, c'est juste un caprice ?

— Je n'ai pas dit ça, tentai-je maladroitement de m'excuser, moi debout, elle clouée sur sa natte, me regardant depuis le sol.

— Ben quoi alors ? » demanda-t-elle avec une voix de défaite et de victoire mêlées, ardente et sèche.

Je ne dis rien et elle entoura mes genoux de ses bras en murmurant aime-moi, Saviour, je n'ai que toi, ne me laisse pas, qu'est-ce qu'il faut pour que tu m'aimes plus ? qu'est-ce que je dois faire pour que tu saches que j'ai besoin de toi ?

Elle me regarda comme je pense qu'on regarde vraiment, à genoux, le « Sauveur », comme elle m'appelait.

Si je voulais connaître son passé ? Comme dans la chanson, seulement si je lui obtenais ce dont elle avait besoin, Saviour, je dépends de toi, je ne veux pas sortir dans la rue, je suis ici avec toi mais tu dois me donner ce qu'il me faut, s'il te plaît mon petit Saviour, aide-moi à retrouver les bonnes choses et laisser derrière les mauvaises, mais j'ai besoin d'être soulagée d'abord, ensuite je te jure que je me reprends, je deviens une gentille fille, je ne me ferai plus de mal, Saviour, mon Sauveur, sors me chercher ce dont j'ai besoin et je te jure que je change, figure-toi qu'il y a deux personnes en moi comme le señor Merengue, et l'autre moi commande plus que moi-même, je laisse quoi derrière ?, aide-moi à récupérer mon âme, Saviour, toi tu sais que je suis une gentille fille, ne crois pas que j'ai le goût de ce qui est mal, ne crois pas que j'aime ce qui est laid, c'est malgré moi, je veux être une bonne fille, tiens, je veux un enfant de toi, Saviour, fais-moi un enfant là tout d'suite, pour ma rédemption...

Elle tomba endormie. Moi, je savais déjà que ce sommeil était une mort anticipée. Je sortis chercher ce qu'elle voulait. Je rentrai et la surveillai durant toute la nuit. À six heures du matin, Lucha Zapata se réveilla, me regarda anxieusement de sa pauvre natte et j'apaisai aussitôt la supplique de son regard en lui donnant produit et seringue, en l'aidant à garrotter son bras, en la regardant voyager de l'enfer au ciel et retomber de nouveau endormie.

Je revins cette nuit-là. Elle était assise sur une petite chaise mexicaine, de celles dont l'assise est en paille et le dossier de couleurs vives, comme une petite fille punie. Je lui souris. Elle leva les yeux. Un ciel vénéneux luttait sous ses paupières. Elle entourait son corps de ses bras dans une violence contenue.

« Tu veux que je regrette, juste parce que ça te fait plaisir, me cracha-t-elle. Tu es comme tout le monde. »

Je lui caressai la tête. Elle s'écarta avec dédain.

« Tu crois que tu peux me faire plier ? ricana-t-elle. Moi, même l'amour ne me fait pas plier. Tomber amoureux, c'est se soumettre. Moi, je suis indépendante.

— Non, lui répondis-je sans tristesse. Tu dépends de la drogue. Tu es une pauvre esclave, Lucha, ne joue pas les indépendantes. Ne me fais pas rigoler. Tu me fais pitié. »

Elle poussa un cri animal, un véritable hurlement de fauve blessé, arbitraires, arbitraires, se mit-elle à crier, vous croyez qu'une habitude peut être dominée mais moi, rien ne me domine, où tu as mis mon casque d'aviateur ?, je ne trouve la paix qu'en volant, emmène-moi à l'aéroport, donne-moi un avion, laisse-moi voler comme l'oiseau libre...

Elle se leva et se serra contre moi.

« Fais-le pour ta petite maman.

— Je ne la connais pas.

— Alors par charité.

— Je n'en ai pas.

— Tu as quoi ?

— De l'amour et de la compassion.
— Ta compassion, tu peux te la garder, connard. »
Et le Démon des conséquences, alors ?

Mes distingués lecteurs diront qu'aller de la maison de Lucha Zapata à la prison de Miguel Aparecido c'était passer d'un enfer à l'autre. Mais non. Comparée à la maison de l'impasse Chimalpopoca, la maison d'arrêt de San Juan de Aragón était à peine un purgatoire.

J'avais le laissez-passer octroyé par le professeur Sanginés. J'allai de grille en grille jusqu'à la cellule de Miguel Aparecido. Le prisonnier se leva en me voyant. Il ne me sourit pas, mais je vis sur son visage une amabilité inhabituelle. Nous nous regardâmes avant que je n'entre dans la cellule. Il était évident que nous voulions nous montrer aimables l'un envers l'autre. Lui, que voulait-il de moi ? Moi, de lui je n'attendais que des informations complémentaires pour ma thèse, même si, maintenant que Sanginés en avait défini le thème — Machiavel et la création de l'État —, je me demandais quel rapport avait le penseur florentin avec la prison mexicaine.

Je ne tardai pas à le découvrir.

L'attitude de Miguel Aparecido envers moi consistait en fait en une série de préambules, peut-être dans l'intention de m'éduquer. Il y avait dans sa silhouette forte, virile, une aura de fatalité sous des dehors volontaires. Il me recevait debout, les bras croisés et les manches retroussées, dévoilant des bras au duvet presque blond dans la lumière incertaine de la cellule, qui contrastaient avec l'aspect gitan, la peau olivâtre et les yeux du criminel : bleu-noir avec des taches jaunes.

« Il ne veut pas sortir de prison, m'avait prévenu Sanginés. Le jour où il a eu accompli sa première condamnation et qu'il est sorti, il a tout de suite commis un crime pour pouvoir y retourner.

— Pourquoi ?

— Aucune idée. Un vrai mystère...
— Vous le défendez, maître? lui demandai-je avec une certaine audace.
— Il m'a donné des instructions pour que je le sauve de la liberté.
— Pourquoi?
— Demande-le-lui. »
C'est ce que je fis, et Miguel Aparecido me gratifia d'un sourire louche.

« Pourquoi j'aime la prison, gamin? Je pourrais te dire des choses comme celle-ci : parce que je suis libéré des apparences. Ici, je n'ai pas à faire comme si j'étais ce que je ne suis pas ou ce que les autres veulent que je sois. Ici, je peux me foutre de toutes les conventions de la politesse, des comment allez-vous, tout le plaisir est pour moi, à vos ordres, pour vous servir, convenons donc d'un rendez-vous, comment va votre famille? que faites-vous pour les vacances? combien vous a coûté cette montre si élégante? je vous dérange peut-être?... »

J'eus un petit rire involontaire et lui devint sérieux.

« Parce que j'échappe à toute classe sociale et surtout à la classe moyenne à laquelle nous aspirons tant. Ils veulent être libres, figure-toi. Moi, je veux être prisonnier.

— La classe moyenne est diverse, m'enhardis-je de nouveau. De qui voulez-vous vous libérer? »

Il sourit. « Tutoie-moi ou je te dérouille, là, tout de suite. »

Il avait dit cela d'un ton sauvage. Je ne me laissai pas impressionner. J'ignore ce que j'avais pour moi : les ordres du professeur Sanginés; ma différence avec Jéricho; l'épreuve quotidienne, fortifiante, de m'occuper de Lucha Zapata. Ou une récente confiance en ma supériorité personnelle d'étudiant, d'homme libre, de citoyen capable de faire face à un criminel récidiviste retranché sur le terrain de la grandeur par sa décision de rester en prison. Pour toujours? Jusqu'à quand?

Miguel Aparecido ne tarda pas à renverser la vapeur, avant même que je puisse retourner la première carte. Il me dit que j'étais très jeune et que peut-être je n'avais pas bien compris une chose. Laquelle ? Que la jeunesse consiste à prendre des risques. Vieillir, c'est perdre son audace, ajouta-t-il.

« Quel risque tu as pris, toi ? lui demandai-je en m'adaptant au tutoiement, chose difficile face à un être aussi impressionnant.

— Celui de tuer », dit-il avec simplicité, aplomb et résolution.

Je n'osai pas poursuivre d'un « pourquoi ? » ou « qui ? », pour lequel l'absence de réponse était courue d'avance. J'en conclus aussitôt que Miguel Aparecido laissait en suspens cette question car lui donner une réponse c'était découvrir la fatalité de la trame, et moi — qui passais à peine du « vous » au « tu » — je n'avais droit qu'aux prolégomènes.

« Tu sais ce qui fait chier, en prison ? reprit le prisonnier. Ici t'es plus rien. Tu commences par être personne. Tu te retrouves séparé du monde. Tu dois t'inventer un autre monde, puis créer une nouvelle relation avec un monde qui te concerne seulement si tu te le fabriques toi-même, tu sais, mouflet ?

— *Licenciado* », corrigeai-je dignement.

Il rit. « C'est bonnard, *mi lic*. On arrive ici et on se demande d'abord : qui va me protéger ? Au bout d'un certain temps, après les humiliations, les coups, les mensonges, les promesses non tenues, les solitudes, les tortures, les branlettes, les gémissements, les mêmes quand tu chies ou que tu te masturbes, l'arrogance des gardiens, le sadisme des autres prisonniers, tu apprends à te protéger toi-même. Comment ? »

Il m'attrapa par les épaules. Je fus pris de peur. Mais il voulait juste m'écarter de lui et me fixer droit dans les yeux, refusant toute fuite de mon regard. Si j'ai fini ma vie fouetté par le ressac sur une plage du Guerrero, je dois préciser que c'est lors de cette scène avec le terrible Miguel Aparecido que j'ai vraiment commencé à me noyer au-delà de toute circonstance antérieure dans ma vie.

« Tu es injustement enfermé ? » demanda mon classique petit cœur tendre.

Il répondit que dans une certaine mesure oui, mais en fin de compte non.

Il lut l'interrogation grave que reflétait mon visage.

« Je suis ici à cause d'une grande injustice, dit-il.

— Mais tu restes ici par plaisir », ajoutai-je, sans ambages.

Il nia en hochant légèrement la tête. « Non, par volonté.

— Je ne comprends pas. »

Il fit quelques pas en cercle. « D'abord tu es furax. De te retrouver en taule. »

Il mesurait ses paroles à l'aune de ses pas autour de sa cellule et ces mouvements m'effrayèrent plus que ses mots. Il serra les dents. Son nez fin trembla.

« Puis tu n'en reviens pas d'être ici et de survivre à l'horreur initiale et à l'impuissance permanente, mon vieux... je veux dire, *licenciado*. » Il sourit en me regardant. « Et juste après tu te sens abattu, foutu de chez foutu. » Il s'arrêta et me lança un très sale regard. « Finalement tu reviens à la colère, mais cette fois c'est pour te venger.

— De qui ? Ils sont plusieurs ? dis-je, prêt à tomber dans les pièges du comte de Monte-Cristo.

— Un seul, mon vieux, il n'y en a qu'un seul. Juste un. »

Je le regardai dans l'expectative. Tous les deux nous savions qu'il n'y avait pas de réponses prématurées et que tel serait le code d'« honneur » entre nous : rien avant l'heure.

De même que j'avais songé un peu plus tôt à Edmond Dantès, mes pensées dérivaient à présent vers le Docteur Mabuse, le prisonnier qui commandait ses crimes depuis une cellule berlinoise. Y avait-il quelque nouveauté dans ces histoires carcérales ? En regardant Miguel Aparecido je me dis que oui. Les histoires se ressemblent, car elles font partie du même destin : la liberté perdue. En prison, plus que dans n'importe quel autre espace, nous nous rendons compte que la liberté n'existe pas parce que nous vivons au jour le jour, parce que nos buts sont vains, fragiles et finalement inatteignables, parce que la mort se charge d'annuler notre contrat et que, morts, nous n'avons pas connaissance de ce qui nous a survécu ou de ce qui a péri avec nous et, parfois, avant nous. Il suffit de parcourir une rue animée et de tenter, en vain, de donner une transcendance aux vies qui passent, en route vers la mort, l'anticipant et tentant de la nier, toutes vouées à disparaître dans un vaste anonymat collectif. Sauf le musicien, l'écrivain, l'artiste, le philosophe, l'architecte ? Même eux, combien de temps perdureront-ils ? Qui, aujourd'hui reconnu, sera demain inconnu ? Qui, aujourd'hui ignoré, sera demain découvert ? Peu de figures politiques et militaires survivent. Qui était le chambellan d'Élisabeth Ire lorsque Shakespeare écrivait, qui était le secrétaire d'État nord-américain à l'époque de l'obscur marin et écrivain Herman Melville, ou le secrétaire général de la Confédération nationale paysanne lorsque Juan Rulfo a écrit *Pedro Páramo* ? « Eheu, eheu : fugaces... », avais-je appris dans ces fameux cours de droit romain : la fugacité est notre destin mais la liberté est notre ambition et nous mettrons longtemps — je le perçus en un éclair en regardant le prisonnier devant moi — à comprendre qu'il n'est d'autre liberté que la lutte pour la liberté.

Alors pourquoi cet homme se refusait-il à être libre, pourquoi perpétuait-il sa peine et se vantait-il presque d'être prisonnier ? Il m'avait suffi de le regarder pour comprendre que Miguel Aparecido ne livrait pas ses vérités comme ça. Il me suffisait de voir comment il me regardait pour savoir que c'était à moi de répondre par ma patience à son mystère, ce qui rattachait une bribe de mon futur et de ma propre liberté à la vie de cet étrange individu qui, enfin, une fois assimilés les délais imposés par l'éternel incarcéré, me dit quelque chose de concret et me demanda quelque chose d'explicite.

« D'ici, tu ne sors que pour trois motifs : parce que tu es mort ; parce que tu as fait ta peine ; ou parce que tu t'es enfui. »

Si mon regard lui parut interrogateur, ce fut involontaire.

« Et, de même, tu ne t'enfuis que si tu ne meurs pas, parce que tu es un as de l'évasion ou parce que tu as de puissantes influences, poursuivit-il. Hier, un prisonnier est sorti d'ici juste grâce à ses petites relations personnelles. Et ça, ça me fout vraiment la rage. »

Je pense que si le Diable existe, il m'apparut en cet instant sous les traits de Miguel Aparecido, tel Luzbel, Satanas, Méphisto, le Prince des Ténèbres, enveloppé dans les ombres d'une immense histoire de vengeances accumulées, de désirs volés, de volontés contrariées, de destins arbitraires et de nuits sans lumière.

« Il faut punir l'homme et la femme qui l'ont injustement libéré. »

Je ne sais toujours pas comment j'ai survécu ce matin-là à la présence diabolique de Miguel Aparecido.

« Va chercher ton ami Errol Esparza. Dis-lui qu'il doit se venger. »

L'ordre résonna dans la profonde vacuité des silences carcéraux.

« Il doit se venger.
— De qui ?
— L'homme, c'est Nazario Esparza. La femme, c'est Sara Pérez, la Sarapé, la vieille putain de la maison de la Hétara. »

La vendetta ordonnée par Miguel Aparecido se trouva remise pour cause d'autres urgences. Sanginés envoya Jéricho à Los Pinos comme jeune assistant du bureau présidentiel.

Moi, il me dépêcha pour y collaborer à la direction des entreprises du puissant Max Monroy du côté de Santa Fe, nouveaux confins de cette ville troglodyte qu'est Mexico.

Les distances d'un quartier à l'autre, à l'extrême opposé, peuvent impliquer jusqu'à deux heures de voyage. L'appartement de Prague, l'impasse de Chimalpopoca et Santa Fe, où m'envoyait à présent cette affectation inattendue, étaient aussi éloignés que Rotterdam de La Haye et La Haye d'Amsterdam, et ce sans tenir compte de mes passages à la prison de San Juan de Aragón.

Que me restait-il à faire ? Mon désarroi m'imposa une échappatoire : rendre une nouvelle visite à la dame enterrée dans ce caveau sans nom dont j'ignorais l'emplacement, et lui demander conseil. Les morts n'ont pas d'horaires. À moins que l'éternité ne soit l'horloge sans aiguille où se confondent les temps.

J'en vins à ces conclusions tandis que je marchais sur le Paseo de la Reforma, indécis quant à mon, ou mes, au pluriel, destins, lorsque le ciel s'obscurcit et que l'Ange qui surplombait la colonne de l'Indépendance s'en détacha, vola jusqu'à moi, et, me saisissant au collet, m'emporta vers le ciel dans un hululement, un sanglot ou un soupir — ou tout cela à la fois — qui se moquait de moi tout en me posant cette question qui me déconcertra :

« Tu connais le sexe des anges ? »

Je voulais répondre : ils n'en ont pas, c'est pourquoi ils peuvent être des anges, sauf que l'être qui me transportait dans les airs, couvrant mes mots, me parla d'une voix d'homme et je reconnus cette voix : c'était mon vieil ami Ézéchiel, le prophète, enveloppé dans un vent tempétueux, qui me faisait survoler châteaux et gratte-ciel, collines somptueuses et monts pelés, quartiers couverts de boue et jardins couverts de roses, énonçant au vol ses recommandations, sois sur tes gardes, ne les crains pas, parle-leur même s'ils ne t'écoutent pas, jeûne, préviens-les qu'un prophète arrivera parmi eux, dis-leur d'écouter les voix de la multitude, puis j'entendis un grand éclat de rire lorsque le prophète Ézéchiel, qui était aussi, dans ses moments de liberté et quand l'envie de se travestir le prenait, l'Ange de l'Indépendance, me lâcha, et je vis alors qu'une de ses pattes brillait mais que c'était une patte de veau.

La tempête faisait naviguer ma chute. Un sol soudain l'aveuglait. Une frondaison verte l'apaisait.

Je tombai à plat ventre.

Devant moi, à nouveau, la tombe de l'

ANCIENNE
CONCEPTION

Et la voix que je reconnus :

Fais trois tours autour de ma tombe, Josué. Merci d'être venu seul. On vit dans un monde de gardes du corps. Personne ne fait un pas sans escorte. Soi-disant par sécurité. De vraies *potatoes*. La trouille, un point c'est tout. On vit dans la trouille. On se fait dessus, pour parler poliment.

Son soupir fit trembler la terre.

Toi non, poursuivit-elle. Toi, tu ne l'as pas, la trouille. C'est pour ça que tu viens me voir seul. Ça fait plaisir. Juste toi et ton âme. Parce que, tu le croiras ou pas, tu as une âme, mon p'tit gars. Prends-en soin. Ne la cède pas contre un plat de lentilles ou une soupe de haricots.

« Madame, lui dis-je, je vais travailler au bureau de Max Monroy. De votre fils, madame... »

Je sais.

« Qui vous l'a dit ? »

La terre tremble. C'est sa façon de parler. Des messages me parviennent à chaque fois qu'elle tremble.

« Ah ! »

Je dominai mon propre étonnement et ajoutai rapidement :

« Quel genre de messages, madame ? »

Que tu vas entrer dans un monde nouveau, mon choupinet. Autrefois, dans le monde que j'ai connu, c'était le président de la République qui rendait la justice, écoutait les plaintes et recevait les requêtes, l'ancien roi ! Une fois je suis arrivée avec mes plaintes et mes requêtes devant le président Adolfo Ruiz Cortines, le dernier président. Il ne m'a même pas regardée. Il a juste dit : Ne me dérange pas. Alors, je lui ai répondu, ne sois pas président. Il a levé les yeux et dans son regard ivre de soleil j'ai vu ce que c'était que le pouvoir : un regard de tigre qui te faisait baisser les yeux et ressentir de la peur et de la honte.

Je crois bien qu'à ce moment-là la terre où reposait la dame était un énorme œil de cyclone.

Elle dut lire dans mes pensées.

Ne fais pas le trouduc', dit-elle avec la grossièreté fanfaronne que je lui connaissais. Si tu vas travailler avec mon fils, fais bien gaffe. Max Monroy est mon héritier. C'est un être d'une lignée différente. La mienne. Les millionnaires d'antan étaient de vrais mendiants à côté de Max Monroy. Imagine, je les ai tous connus. Ils sont devenus riches grâce à la révolution, qui les a tirés du néant en leur ouvrant des opportunités qui étaient auparavant refusées à ceux d'en bas. Federico Robles s'est battu à Celaya avec Obregón contre Villa et le Manchot l'a gâté ensuite, il l'a lancé dans la politique et quand la politique est devenue trop dangereuse ou a cessé d'être rentable, il l'a dirigé dans les affaires, dans ce qui était alors une terre vierge, comme disait Robles lui-même, un homme fort mais sentimental, qui s'est décidé à construire sur les champs dévastés de la bataille, même si cela tachait sa conscience, il fallait sacrifier les idéaux pour construire un pays ; il se sentait tous les droits parce qu'il avait fait la révolution, établi les bases du capitalisme, créé une classe moyenne stable et inventé le véritable pouvoir mexicain, qui « ne consiste pas », disait Federico Robles, en un déploiement de force, mais « à choper le pays par la peau du cou » et à être « *los grandes chingones* », les supercaïds, et ce même homme, j'en ai été témoin, était capable de décrire la femme qu'il aimait, de la respecter, de l'aimer sans la mettre en avant ni l'enfoncer, dans une douce brutalité, la force dont une femme — elle, Hortensia Chacón — avait besoin pour aimer et mériter sa vie. Je le sais bien, moi. Ou encore Artemio Cruz, un autre rupin sorti de nulle part, d'une vulgaire cahute, qui a fait fortune en retournant sa veste, en passant très opportunément d'un camp à l'autre, trahissant les trois quarts du monde pour s'emparer d'un journal et se consacrer à faire fortune en servant le puissant du moment... qui était, en fin de compte, lui-même, Artemio Cruz en personne...

Autre soupir sismique.

Ay ! Et pourtant c'était un homme, il a eu des amours, il les a perdues, Artemio Cruz avait une blessure, gamin, tu en as, toi ? Je ne vois pas de cicatrices sur ton corps...

« Et vous voyez quoi alors, madame ? »

Ay, je vois l'ignorance de toi-même. Tu ne sais pas qui tu es. Tu ne le sais pas encore. Artemio Cruz avait une blessure d'amour à vif et il a passé sa vie à essayer de la guérir. Il a échoué. Et il a échoué par sa propre faute. C'est tout. Il a eu un fils courageux. Il l'a perdu. Par contre, ce calife de la frontière nord, Leonardo Barroso, lui, il n'a aucune excuse. C'était une petite frappe qui n'a jamais eu un seul jour de compassion, pas même envers son avorton de fils auquel il piqua son épouse, qu'il prostitua, tu m'entends ?, je parle de ladite Michelina Laborde, une de ces petites putes de la bonne société qui se vendent au plus offrant, sans la moindre honte, parce que pour avoir honte il faut avoir un peu de jugeote, un tant soit peu de cervelle, c'est tout, et ces petites connes de la haute quand elles bougent un peu la tête c'est une bille que tu entends rouler, même si leurs paupières battent au rythme des calculatrices. Leonardo Barroso était un pauvre lèche-cul de gringos, père d'un autre fils cruel et misogyne, fils et petit-fils d'un inceste avec la susdite Michelina mais grand-père d'une femme courageuse, astucieuse et perverse, María del Rosario Galván, que tu rencontreras peut-être dans ta nouvelle vie. De génération en génération, dégénération !

Je la questionnai en silence. Elle savait le lire.

Tu sais, mon p'tit gars ? Parfois, je ressens... eh bien, de la nostalgie, pour les temps qui ne sont plus. Sauf que nous n'avons plus de pièces d'or, comme dans l'Antiquité, pour commémorer ce que nous avons vécu. Nous avons les photos, le cinéma, la télé. Voilà la mémoire que nous avions : photographiable, filmable, archivable. Maintenant tout a changé et c'est là qu'arrive l'histoire de mon fils Max Monroy. On dit qu'un fils est fait du même bois que son père. Sauf que Max n'est pas une brindille. C'est un tronc. Il est comme l'Arbre de Tule de Oaxaca, ce gigantesque cyprès mexicain de quarante mètres de hauteur, quarante-deux mètres de largeur et deux mille ans de vie. Et même si Max Monroy n'a que quatre-vingts ans et quelques, c'est comme s'il incarnait deux millénaires tant il est sage et futé, même si c'est mon fils et il l'est, parce que de son père il n'a par chance rien hérité si ce n'est la vague mémoire d'un pays détruit par sa propre tradition épique, gamin, de ça on ne peut vivre pour toujours, je veux dire de l'épique, et au Mexique la dimension épique de la révolution a tout justifié, le progrès et le retard, la construction et la corruption, la paix et la politique. Tout au nom de la révolution. Jusqu'à ce que le bain de sang de Tlatelolco la laisse à poil, la révolution. À poil mais chiant du sang, ouais !

Comment rivaliser avec la poésie épique ? dit la dame d'une voix tremblante, qui ne cherchait pas à dissimuler une certaine satisfaction envers elle-même, d'elle-même...

En devançant les choses, affirma-t-elle depuis sa tombe, comme moi. Je te l'ai déjà raconté. J'ai tout devancé et c'est pourquoi j'ai pu transmettre à mon fils Max Monroy une fortune indépendante, et non pas soumise à la faveur présidentielle ou aux va-et-vient politiques. C'est ce qui a épuisé mon lamentable époux. Le général a vécu dans un monde de tempêtes, tourmenté par les insultes, les défis physiques, les éloges démesurés, les lèche-bottes, les éventuels délits, en solitaire, tu crois que tous les innombrables fils de pute qu'il y a eu au Mexique ne se sentaient jamais coupables, tu crois vraiment ?

Max Monroy ! s'exclama depuis sa sépulture son invisible mais infatigable mère. Max Monroy !

Puis, à voix très basse, brassant les époques, les morts, les champs desséchés, les récoltes perdues, les enfants orphelins, tous dans la montagne, à fuir toujours, les enfants, les femmes, les vaches, dans la montagne, dans la montagne...
Il fallait bien qu'un jour on finisse par être calmes, résignés, obéissants... Le peuple s'est épuisé. Ou c'est le mariage de la misère avec l'injustice qui l'a épuisé. Qui sait ?

La voix s'éteignait peu à peu.

La dame se perdait dans les souvenirs de ce qu'elle voulait oublier.

Rien n'était prévisible...

« Ça ne l'est toujours pas, madame », osai-je, en contribution.

La mort, les récoltes, la descendance...

« Vous voulez que je dise quelque chose à votre fils ? Une commission ? »

Le silence sépulcral fut suivi d'un immense éclat de rire.
Nos âmes volettent tels des vampires...

En traversant le fleuve, les chiens se retrouvent derrière les soldats...
Les soldats écorchant des chevreaux, faisant rôtir des porcs, fini !
Mes seins se sont gonflés durant toute une année.
Pour allaiter mon fils.
Allez, fais trois tours autour de ma tombe.

Je m'éveillai sur la natte de la maison de Lucha Zapata et je regardai déconcerté la lumière de l'aube. Dans ma mémoire immédiate ne se trouvaient ni le cimetière ni l'adresse ou le code postal de l'endroit d'où je venais, mais un cours d'eau inexistant sur ce plateau désolé, sec et suffocant. Une rivière comme un doigt amputé me signalant le chemin de la mer.

Vous, qui connaissez déjà mon devenir, pouvez penser que j'invente a posteriori ces événements du passé. Je vous jure qu'il n'en est rien. Preuve en est la suite de récurrences surprenantes qui eut lieu cette nuit-là entre les heures passées sur la tombe de l'Ancienne Conception et mon réveil dans la petite maison de Lucha Zapata.

Car, comme si la voix de la mère morte de Max Monroy se prolongeait dans celle de la maîtresse vivante de Josué Nadal, c'est-à-dire moi-même, le narrateur de cette histoire, Lucha Zapata, vêtue d'une chemise de nuit blanche, marchait pieds nus de sa natte à la cuisine et de la cuisine à sa natte, en décrivant, en évoquant, hallucinée, telle une somnambule, une rencontre dans une rue vieille et oubliée, sordide et perdue. Lucha rencontre dans un recoin de la nuit (tels sont ses mots, cette fois ce sont ses mots et non les miens) un homme en haillons et recouvert de journaux. Une grande obscurité règne. Les yeux de l'homme sont noirs et brillent. Tout en lui est usé, sauf son regard.

Ils se regardent. Il tend la main à Lucha, se lève sans dire un mot et guide la femme à travers les rues de la nuit. Ils s'arrêtent devant une fenêtre pleine de lumière. À l'intérieur, on célèbre une fête. Sûrement un événement familial. Une petite fille de huit ou neuf ans amuse tout le monde en faisant des cabrioles, en racontant des blagues et en chantant des chansons. Lucha en est enchantée, ouvre la porte (qui était déjà ouverte) et entre, s'avançant vers la petite qui est le centre de l'attention. Lucha s'approche. La petite la regarde et recule, de plus en plus, vers un coin sombre de la pièce.

Se trouvant acculée par Lucha, la petite s'assied sur une chaise raide. On dirait qu'elle est punie. Lucha me dit que la petite est là mais qu'en réalité elle est très loin. Elle serre contre elle un ours en peluche. Elle s'enveloppe dans la couverture qui la rassure.

« Tu es qui ? demande la petite fille à Lucha. Qu'est-ce que tu fais ici ? On ne veut pas de toi. Va-t'en d'ici. »

Lucha veut lui dire quelque chose mais les mots ne sortent pas. Lucha ne comprend pas pourquoi la petite la rejette. Elle se sent humiliée. Elle part en courant. Elle trébuche sur un tricycle blanc orné d'une corbeille de fleurs. Elle se relève et dans la rue se jette dans les bras de l'homme brun qui l'emmène loin de cet endroit.

Le chemin descend abruptement. Une nuit gigantesque les environne, irrésistible comme un carnaval : Lucha se laisse emporter par ses pensées, ses pensées l'emportent très loin de là où elle se trouve. La nuit la transforme peu à peu, dit-elle, me dit-elle ce matin, la conduisant vers un monde où les sentiments ont un goût de satisfaction et d'apaisement tout en s'agitant cruellement, réclamant plus, toujours plus...

« Tu sais, Saviour ? » Elle s'adresse tout à coup à moi. « Le plaisir, c'est un peu d'orgueil et aussi un peu de haine envers toi-même. Un sentiment de désespoir. Doublé d'une sensation juvénile de vie éternelle... »

Elle dit qu'elle était membre d'un gang qui la protégeait

et lui donnait ce dont elle avait besoin. Elle fit la comparaison avec sa solitude antérieure et oublia la chaleur familiale. À présent, elle faisait partie d'un gang.

Elle donna des noms : Maxi Batalla. Le Beau Gosse. Le Balafré. Le Raton laveur. Le Rossignol du Mexique.

Ils ne me disaient rien. Elle le savait et continua.

« Tu deviens partie intégrante d'une clique d'*outsiders*, étranges ou étrangers, comme tu voudras. Ta vie ne t'appartient plus. Le jour, tu dors. »

Une nuit, poursuivit-elle, de ce groupe anonyme, sans visage, émerge un individu. C'est un garçon brun, grand, svelte. Elle dit qu'entre eux naît un sentiment d'amour, de tendresse et de reconnaissance mutuelle. Une attirance.

« Je ne suis plus un simple visage dans la masse nocturne, Josué. »

Je ne dis rien. Pour la première fois, elle se souvient. Je ne veux l'interrompre pour rien au monde. Je laisse pour plus tard l'assemblage des pièces de ce casse-tête. Je ne lui dis pas qu'elle a rencontré deux fois un homme pour la première fois. Le rêve a sa propre logique que nous ne comprenons pas. Elle se trompe aussi en qualifiant d'« anonyme » un groupe dont elle « se rappelle » les noms.

« Oui. »

Elle dit qu'avec lui elle s'était sentie complètement libre et ouverte. Lui, il lui offrait une issue. Pas un retour aux valeurs conventionnelles mais une évolution vers des valeurs propres, pensantes, créatives.

« Je voulais être sincère avec lui. Je voulais retourner avec lui à la fenêtre pleine de lumière de la maison. »

Lucha Zapata ouvrit les yeux et je me rendis compte que tout ce qu'elle m'avait dit elle l'avait dit les yeux fermés.

« Il a compris. Il a compris d'où je venais. Il a compris tout ce que je laissais derrière moi et tout ce que je devais à cela même que je refusais avec tant de véhémence rebelle… Une nuit, alors que nous dormions l'un à côté de l'autre, il s'est réveillé et m'a attirée contre son corps. Je ne sais plus si c'était à l'aube ou alors que le soleil s'enfuyait. J'ai compris, en tout cas, qu'après être allé avec moi à la maison pleine de lumière, il se disposait à être comme moi, tu comprends, du mieux possible. Il m'a fait l'amour et en jouissant j'ai compris qu'avec lui je pouvais trouver un compromis. Nous ne retournerions ni au monde que j'avais laissé ni à celui où il m'avait trouvée. Nous créerions ensemble notre monde. »

Elle dit que c'était là sa concession. Ensemble tous deux sortiraient de la ville des douleurs. C'était là la concession de Lucha. La sienne à lui, c'était de partager avec elle une dernière nuit dans ce paradis artificiel, à évoquer Baudelaire « brûlé par l'amour du beau, je ne pourrai pas donner mon nom à l'abîme qui me servira de tombeau », car ce que tous deux ignoraient c'était que son corps à lui, qui sexuellement était à elle, n'était déjà plus à elle organiquement.

« J'ai essayé de le réveiller, hurla Lucha ce matin. Je l'ai secoué, Saviour. Je l'ai touché. C'était la statue glacée de la mort... Et qu'est-ce que j'ai fait alors, Saviour? Je l'ai abandonné. J'ai abandonné son cadavre dans la chambre d'hôtel. Je suis sortie dans la rue. Je me suis laissée tomber au cœur de la nuit avec le désir de mourir si par cela je le ressuscitais, lui. »

Je voulus me lever de la natte pour retenir ses bras qui s'agitaient, ses mains qui griffaient ses yeux, mais elle me cria de la laisser, qu'elle devait arracher sa propre peau, son identité propre, sauvage, aveugle, violente, recherchant la mort — je la serrai fort dans mes bras —, courtisant la mort — je pris ses mains dans les miennes —, tirant le rideau du néant sur toute intention créative qui pût dériver d'une vie de plus en plus, à jamais, si téméraire.

Elle se pendit à mon cou.

« Saviour, je suis la fiancée morte d'une mémoire vivante.

Demain n'existe pas pour demain. On perd toute notion du temps. Chaque jour est identique au précédent et au suivant. Quelle merde, Saviour !

— Si tu veux, lui dis-je, ne retarde plus ta mort, Lucha Zapata.

— Je ne retarde pas, me répondit-elle. Je précipite. »

Nul ne contestera, frère Angelo, mes bonnes intentions. Je voulais être architecte. Je voulais être créateur. Je suis vénitien. Je regarde la lumière vacillante de Tiepolo. Je l'incarne dans l'architecture lumineuse de Palladio. Entre cette lumière et cette architecture se peuple le nord de l'Italie : nous avons la lumière et nous avons la forme. Être architecte après Palladio. Illuminer après Tiepolo. Frère Angelo : les deux choses me furent refusées. J'ai voyagé de Venise à Rome — j'avais vingt ans — avec la suite de Francesco Venier, ambassadeur de la ville de Venise auprès du pape. J'ai vu l'éternité de ses ruines. J'ai vu la fugacité de Rome dans son pontificat. Le pape meurt. La cour change. Rome s'emplit de nouvelles familles sollicitant postes, faveurs, commissions. Ville éternelle ? Ville fugace, transitoire. Ville éternelle ? Seule la pierre muette demeure.

Voilà pourquoi je voulais être architecte, frère. Je voyais le monde inerte et je voulais l'animer par l'architecture. Je voulais créer. L'inertie du monde m'a dit : non. Il y a déjà suffisamment d'œuvres d'hier et d'aujourd'hui. Personne n'a besoin d'un architecte de plus. Ne pense pas aux œuvres que tu ne pourras pas faire. Ah non ? Eh bien alors je penserai aux œuvres que je ne pourrai pas faire.

Je n'ai pas trouvé de mécène. Sans mécène on ne fait rien. Ainsi, j'ai trouvé un mécène. Le peuple de Rome, me priant, Piranèse, Giovanni Battista Piranesi, je serai ton mécène, moi Rome avec mes ruines, mes recoins inconnus, mes fouilleurs de poubelles, mes sarcophages dévastés, je m'offre à toi, Piranèse, à condition que tu ne révèles pas mes secrets, que tu ne m'exposes pas à la lueur du jour, mais dans les profondeurs les plus obscures du mystère...

On te reproche : pourquoi n'étudies-tu pas plutôt le nu ? Pourquoi t'obstines-tu à faire le portrait des bossus, des gens abîmés, *cuadroni magagnazi, sponcherati storpi* ? Pourquoi ne montres-tu pas la vérité esthétique ? Pourquoi ?

Parce que je parie sur l'infidélité esthétique. Malgré sa laideur ? Non. Parce qu'elle possède une autre beauté. La beauté de l'horrible ? Si l'horreur est la condition pour accéder à une beauté inconnue, latente, à naître, oui... Tu méprises ainsi la beauté antique ? Non, je trouve le point qui se refuse à être antique. Et quel est-il ? Y a-t-il un point qui ne vieillisse pas ?

Je réunis mes gardiens. Convoque mes témoins, frère Angelo. Lions de pierre, regards. Ponts de pierre, soupirs. Murs de pierre, enfermement. Blocs de pierre, prisons.

J'introduirai dans l'espace de la prison machines et chaînes, cordes et escaliers, tours et bannières, traverses pourries et palmiers malades : une mise en scène. Fumée invisible. Ciel trompeur. Que respirons-nous, frère ? Quel ciel nous illumine ? Des voiles. Ils sont là dans le ciel et la fumée. Mais ils sont incertains, insaisissables, faisant partie de la scène, distractions passagères, illuminations théâtrales : fumée et lumière pour une prison sans entrées ni sorties, la geôle parfaite, une prison dans une prison dans une prison. Des issues à profusion, qui ne mènent nulle part. Ce qui entre reste là pour toujours. Ce qui est vivant meurt. Devient excroissance. Et l'excroissance, ruine.

Est-ce que le monde est une prison ? Est-ce que la prison est un monde ?

La prison se libère-t-elle d'elle-même dans le dessin préalable qui est de mon fait ? — c'est moi qui parle, Giovanni Battista Piranesi. Ou est-ce ma propre image qui emprisonne la prison ?

Il n'y a pas d'êtres humains ici. Mais il y a l'humaine question sur l'origine de la lumière. Et s'il n'y a pas d'autre lumière que la question, la question devient négation du destin, aussi ténébreux que ces prisons, chambres sépulcrales d'un ciel en éternel conflit. Il n'y a pas d'êtres humains dans ce ciel perdu. Il y a des prisonniers. Le prisonnier, c'est toi.

On m'a empoisonné, *fray* Angelo, avec les acides dont je me sers pour graver. Mon art m'a tué. Mes prisons survivront-elles ? Je le pense. Pourquoi ? Parce que ce sont les œuvres que je n'ai pu faire : ce sont les ruines des bâtiments que je n'ai pu construire.

Toutefois, je suis mort avec l'ambition de dessiner un nouvel univers. Sauf que personne ne me l'avait demandé et que j'ai dû partir avec une seule, angoissante question. Comment emprisonner la vie afin de mettre en échec la mort ?

C'est à toi que je pose la question, mon frère Angelo Piranesi, parce que tu es moine trappiste et que tu ne peux pas parler.

Ni père, ni mère, ni chien pour te pleurer, c'est ainsi que la geôlière de mon enfance et de mon adolescence, doña María Egipciaca, avait coutume de décliner sa légendaire tendresse et de me signifier mon insignifiance dans le vaste ordre des relations humaines, à commencer par la famille. La fortune, sinon la vertu, m'avait réservé ensuite des relations fugaces (avec mon infirmière Elvira Ríos), plus ou moins permanentes (avec la tourmentée Lucha Zapata) ou très vulgaires et mystérieuses à la fois (comme avec la putain à l'abeille tatouée sur la fesse).

À présent, la décision (apparemment sans appel) de mon professeur Antonio Sanginés me conduisait aux portes de l'immeuble Vasco de Quiroga dans le secteur tout neuf et florissant de Santa Fe, un vieux terrain vague abandonné sur la route de Toluca, couvert de précipices sablonneux et de déblais de gypse blanc, sur lequel, du jour au lendemain, le grand cœur de la capitale mexicaine avait éclaté, s'y déversant seulement d'abord, pour très vite s'élever en une immense vallée de ciment et de verre, de gratte-ciel verticaux, de supermarchés horizontaux, de parkings souterrains, le tout constamment surveillé par les sentinelles de ciment et de verre semblables aux lunettes relevées d'un imposant soleil, bien décidé à se venger de la provocation d'une architecture scandinave faite pour laisser le champ libre à cet astre, alors que dans un pays comme le nôtre la sagesse ancestrale requiert murs épais, ombres larges, clapotis d'eau et café chaud pour combattre les méfaits d'un excès de lumière solaire.

Ce qui est étrange, pensai-je en m'approchant de l'immeuble Vasco de Quiroga, c'est qu'à Santa Fe le prélat espagnol de ce nom avait fondé une utopie dont le but était de protéger la population indigène récemment conquise et de lui offrir une société — une autre société — inspirée par les idées de Thomas More : l'utopie de l'égalité et de la fraternité mais pas de la liberté, étant donné que ses règles étaient aussi strictes et limitatives que celles de n'importe quel projet qui se propose de nous rendre tous égaux.

En face de l'immeuble, la statue blanche du prélat, debout, caressant la tête inclinée d'un enfant indigène. Dans l'immeuble, une entrée surveillée par de classiques gardes du corps, têtes rasées, chemises blanches et minces cravates d'un goût douteux, costumes et chaussures noirs, vestes gonflées par les difficilement camouflables instruments de leur métier. Les gorilles regardaient avec indifférence la statue du protecteur des Indiens sans rien comprendre ou, peut-être, certains qu'être *pistolero* et protéger hommes politiques, puissants et même prélats dans un Mexique plongé dans l'immense insécurité du XXIe siècle était une forme rémunérée de l'utopie. En réalité, derrière les grosses lunettes noires des gorilles et aux pieds de leurs statures d'armoires à glace, il n'y avait ni reflet ni fondement pour aucune utopie.

Je me pliai aux mesures de sécurité et passai les arcs de triomphe de la suspicion universelle. Je me dirigeai vers l'ascenseur et en descendis au douzième étage de l'immeuble.

Une petite jeune femme brune, parée de grandes lunettes à monture noir et blanc telle une publicité pour les amours de Pierrot et Colombine, sur lesquelles tombait la fine pluie d'une de ces coiffures uniformes que portent secrétaires, infirmières et autres vendeuses et qui dansent au-dessus des sourcils comme si elles fuyaient le crâne, me pria du classique « Par ici, monsieur » et je suivis ses pas dont le claquement de talon triomphant (qui annonçait son salut de qui sait quel destin pire que la mort : je la devinai négligée, violée, fouettée, affamée, pourquoi pas ? il suffisait d'un pile ou face du destin) affirmait la certitude fatale qu'elle marchait derrière un triomphe autorisé. Un centimètre plus loin et la demoiselle...

« Ensenada, pour vous servir.

— Nom ou prénom ?

— Les deux et même plus : c'est aussi la ville où je suis née, monsieur, dit avec aplomb la jeune femme qui me guidait dans les couloirs du pouvoir de ce monde de l'entreprise.

— Ensenada Ensenada, d'Ensenada... », dis-je, feignant la surprise.

Elle, cela ne l'amusa pas du tout. Elle ouvrit une porte et me planta là, entre les mains de l'employée suivante, sans un mot d'adieu. À la femme numéro deux, une matrone affable pleine d'importantes préoccupations, je donnai mon nom. Elle se leva, ouvrit une porte en cèdre et m'invita à entrer dans un aquarium.

C'était bien ça. Les lumières du bureau où je me trouvais nageaient, sans trahir leur origine, à la rencontre de celle qui entrait, tamisée par des verres d'aigue-marine et, en s'embrassant, les deux sources lumineuses, l'une, invisible de l'intérieur, et l'autre, filtrée, de l'extérieur, créaient une atmosphère de pouvoir soumis. J'ignore si l'expression est plus forte et moins heureuse que la réalité. Ce que je veux dire c'est que l'éclairage de ce bureau, exploitant à la fois la lumière naturelle et artificielle, avait été conçu pour créer un espace visuel qui ne pouvait pas être exclusivement décoratif, ni même le symbole d'une fonction ou d'un pouvoir sans affectation.

Je ne tardai pas à comprendre que l'espace dans lequel j'étais reçu n'avait pas été inventé pour moi, ni pour personne d'autre que pour la femme qui se leva d'un fauteuil placé derrière une table de travail désordonnée, et qu'elle passait là presque autant d'heures qu'un poisson dans un aquarium. Ce bureau était le sien, pas le mien. Je me sentis intrus. Elle s'était mise debout. J'avais une vague *paideia* de la politesse hispano-mexicaine : les femmes n'ont pas à se mettre debout lorsque entre un homme.

Il se trouve que Asunta Jordán — c'est ainsi qu'elle se présenta à moi — n'avait rien de banal ; elle était ce que les lumières et leur symbologie me laissaient entendre : pas une femme à pouvoir ou de pouvoir, mais bien une femme puissante.

Je savais déjà que je marchais sur les terres du grand Max Monroy, un homme octogénaire, fort, immensément riche et fils de ma fantomatique amie l'Ancienne Conception qui reposait dans un mystérieux caveau. Mais si un temps j'avais abrité le fantasme que ma relation avec la mère m'assurerait l'accès immédiat au fils, Asunta Jordán, qui apparaissait maintenant, semblait s'interposer sur mon chemin, tandis qu'elle m'offrait poliment de prendre place et commençait aussitôt et vainement un monologue instructif, comme si moi, immergé dans cette caverne platonicienne où les lumières de la ville réelle étaient de vagues et ondulantes ombres sur le ciel lisse du bureau, je disposais d'une attention autre que celle que je prêtais à cette femme de taille moyenne à grande, dotée d'un corps vigoureux, précis, professionnel, que je me disposai à pressentir de bas en haut, en commençant par les chaussures noires, à talon assez haut, un ample décolleté où je pus deviner le début (l'origine, la naissance) de ses seins avant de grimper le long des jambes croisées qu'elle décroisa quand (je crois qu') elle me vit en train de les regarder, ses bas couleur chair conduisant à la jupe (qu'elle tira instinctivement vers le bas, la main s'approchant dans une pulsion, impulsion, palpitation silencieuse des cuisses) et à la petite veste de tailleur bleu marine à rayures sur un chemisier lie de vin. Elle arborait des perles autour du cou, un seul brillant à l'oreille et plus bas la pointe du menton relevée comme si dans cette attitude était annoncé le défi tranquille exprimé par les lèvres entrouvertes, les yeux voilés, le nez vif, le front sans questions ni réponses et la courte chevelure chatoyante, soigneusement *casual*.

Je sondai la réalité et le mystère de cette femme, réalisant immédiatement que la réalité était un mystère et qu'elle le gardait jalousement comme si quelqu'un, en la regardant, pouvait croire que la réalité n'était rien d'autre que cela : la réalité. En regardant pour la première fois Asunta Jordán, je récapitulai mon expérience passée en matière féminine, me faisant la réflexion que, lorsqu'on parle — et on en parle beaucoup — du « mystère » d'une femme, en réalité on transpose sur le sexe féminin une série de vices pour faire ressortir les vertus du sexe masculin ou, à l'inverse, on donne à la femme des vertus qui dévoilent tacitement nos vices masculins. Qui, par exemple, garde le mieux un secret, elles ou nous ? Qui est plus stoïque, dans le sens originel (Philopater *dixit*) de « vivre en harmonie avec la nature », formule qui se prête à toutes les interprétations, car elle contient tous les vices et toutes les vertus qui sont en accord avec elle ? Et y a-t-il quoi que ce soit que la nature bannisse de son règne, des hauteurs mystiques aux bassesses morales, de la sainteté au sexe ?

J'admets que tout ceci me venait à l'esprit en présence d'Asunta Jordán, de façon instantanée et non préméditée, mon double questionnement se diluant en une seule affirmation unitaire : la façade d'Asunta Jordán était celle du devoir, d'où la tenue qu'elle portait, sa voix, son environnement — malgré son bureau aux marées aquatiques, plus propice à une sirène qu'à une assistante de direction. Tout cela n'était-ce pas plus qu'une simple concession aux sens : une invitation plus qu'un caprice ?

Je m'arrêtai sur son regard dissimulé (comme celui des gorilles) derrière des lunettes noires qu'elle ôta soudain, dévoilant des yeux qui auraient été beaux s'ils n'avaient été si durs, inquisiteurs, autoritaires, et qui l'étaient — beaux — malgré tout ce que je viens de dire.

« Vous ne m'écoutez pas, monsieur.

— Non, lui répondis-je, je vous regardais.

— Un peu de discipline.

— Je pense que bien vous regarder est la première discipline à avoir en ce lieu. »

Je ne sais si elle sourit ou se fâcha. Sa bouche admettait un grand nombre de lectures. Ses yeux très noirs trahissaient l'artificialité de la chevelure aux rayons solaires et sollicitaient — pensai-je alors — de plus intimes investigations.

Personne ne pourra vous dire que je suis un moulin à paroles ou que je n'écoute pas les conseils. Cherchez un équilibre. Apportez un peu d'harmonie au pays. Donnez au Mexique un air triomphant. Et surtout, ne passez pas tout votre temps, Señor Presidente, à diaboliser votre prédécesseur ou à rétribuer en faveurs ceux qui vous ont soutenu.

Jéricho me raconta que le président de la République, don Valentin Pedro Carrera, l'avait reçu dans son bureau officiel de Los Pinos avec ces considérations et lui avait demandé de prendre place sur une chaise indéniablement plus basse que celle du chef de l'exécutif, tandis que celui-ci parcourait de ses longs doigts les bustes des héros — Hidalgo, Juárez, Madero — qui ornaient sa table de travail, large et dépouillée. En plus des héros, de nombreux téléphones et, derrière le siège de Jéricho, trois postes de télévision silencieux mais qui retransmettaient des images en continu.

Il expliqua à Jéricho qu'il était toujours à la recherche de sang neuf pour des idées neuves. Le *licenciado* Sanginés avait recommandé Jéricho comme étant un jeune homme très intelligent et cultivé, formé à l'étranger et sans aucune expérience politique.

« Heureusement, avait ri le président. Corrige-moi à temps, Jéricho », dit-il avec la joviale spontanéité du tutoiement immédiat autorisé, en outre, par la différence d'âges. Valentin Pedro Carrera frisait la cinquantaine mais il disait pour blaguer qu'après l'âge de quarante ans il faut éviter de se mouiller les flancs.

« Alors comme ça, on est super-cultivé, hein ? Eh bien, fais attention avec moi parce que moi je ne le suis pas. N'hésite pas, corrige-moi à temps, que je ne me retrouve pas à parler de la romancière brésilienne Doña Sara Mago ou de la philosophe arabe Rabinah Tagore. »

Il eut un autre éclat de rire, comme s'il voulait détendre l'atmosphère et mettre Jéricho à l'aise, le rendre réceptif pour ce que monsieur le président Carrera avait l'intention de lui dire.

« Ma philosophie, jeune homme, c'est qu'il doit y avoir ici rotation d'individus, mais pas rotation de classes sociales. Et il faut faire tourner les individus parce que sinon ce sont ces mêmes classes qui s'affolent de voir toujours les mêmes têtes. Ceux d'en bas s'affolent parce que la permanence de ceux d'en haut leur rappelle l'absence de ceux d'en bas.

Ceux d'en haut s'affolent parce qu'ils craignent qu'une gérontocratie se perpétue et que les jeunes ne dépassent jamais le poste de secrétaire d'État, chef de bureau, ou même simple sous-fifre... »

Il plissa les yeux, ce qui le fit ressembler à un Chinois aryen, car sa peau cuivrée était métissée par ses traits espagnols et l'ensemble par son regard oriental.

« J'ai fait appel à toi après avoir parlé avec mon vieux conseiller Sanginés pour que tu me files un coup de main sur un projet que j'ai sous le coude. »

Il lissa sa moustache rousse entremêlée de poils blancs.

« Je t'explique ma philosophie. La Meseta centrale mexicaine n'est pas juste un fait géographique. C'est un fait historique. C'est une plaine en hauteur ou des hauteurs planes qui nous permettent de contempler le temps dans sa stature. »

Jéricho cligna des yeux pour ne pas bâiller. Il s'attendait à tout un exercice oratoire. Il n'en fut rien.

« Mais ne tournons pas autour du pot, Jéro... Je peux t'appeler comme ça ? »

Que pouvait répondre « Jéro », en dehors d'un hochement de tête de consentement ? Lui dit qu'il ne fut pas intimidé et qu'il ne s'abaissa pas à un « Comme il vous plaira, Señor Presidente ».

Lequel poursuivit en expliquant que l'homme ne vit pas que de pain, mais aussi de festivités et d'illusions.

« Il faut s'inventer des héros et des héritages, dit Carrera en caressant les innocentes têtes des autorités bronzées de la Nation. Il faut inventer l'année de quelque chose qui puisse distraire les gens.

— C'est clair, intervint un Jéricho audacieux. Les gens ont besoin de distractions.

— Voilà ! continua le président. Vous voyez », il caressa les trois têtes, l'une après l'autre, « moi, l'Indépendance, la Réforme agraire et la Révolution, je m'en contre-fiche. Moi, je suis un enfant de la démocratie, j'ai été élu et je ne rends des comptes qu'à mes électeurs. Mais, je vous répète, la démocratie ne vit pas que d'urnes et, ici comme en Chine, il faut inventer des dates mémorables qui procurent fierté aux gens, mémoire aux amnésiques et avenir aux insatisfaits. »

Il n'ajouta pas « J'ai dit » mais c'était tout comme. Jéricho raconte qu'il lança au chef de l'exécutif un placide regard interrogateur.

« Les dates commémoratives naissent de dates sans importance », se risqua mon ami, mais il se rendit compte — il commençait à le percer à jour — que le président n'aimait pas qu'on le voie déconcerté.

« En fait, poursuivit Carrera, un président doit avoir un hédonomètre. »

Jéricho prit un air idiot. La vanité présidentielle fut restaurée.

« Il faut mesurer le plaisir, le bonheur, le contentement des gens. Toi qui es si cultivé », l'ironie pointait son nez, « tu crois qu'il existe une science du bonheur? De combien de bonheur a besoin le Mexicain moyen? Beaucoup, pas beaucoup, pas du tout? Écoute-moi bien. C'est la voix de l'expérience qui te parle, rien d'autre! »

Mais le regard était empreint de la cruauté la plus perverse.

« Ce pays a toujours vécu dans la misère. Depuis toujours, une masse de baisés et par-dessus, nous, une minorité de baiseurs. Et crois-moi, Jéro, si nous voulons que ça continue il faut leur faire croire, à ceux qui sont dans la merde, que même s'ils y sont, ils sont plus heureux que toi et moi. »

Son visage s'apaisa.

« Donc, mon bon Jéro, moi je ne veux pas que les Mexicains soient riches; je veux qu'ils soient heureux. Il suffit de regarder les gringos. Les têtes que ça leur donne la prospérité! Ils bossent sans repos, mangent mal, baisent sûrement trop vite, le typique *quickie* des faubourgs, ils n'ont pas de vacances, pas de sécurité sociale, prennent leur retraite à cinquante ans et meurent auprès de leur tondeuse à gazon. Beaucoup de travail, beaucoup d'argent et presque pas de satisfaction... Tu parles d'un bonheur! Au Mexique, au moins, il y a toujours eu un certain bien-être, comment dire, pastoral, tu vois? tu es là, heureux, avec ta tortilla d'un côté et tes tequilas de l'autre... »

Puis l'ogre, de nouveau :

« C'est fini, jeune homme. Trop d'informations, trop d'appétits, trop de jalousies. Max Monroy avec ses petits appareils à touches a apporté l'information dans les coins les plus reculés. Avant, on pouvait gouverner presque en secret, les gens croyaient le rapport annuel du 1er septembre, ils croyaient que plus il y avait de statistiques, plus ils étaient heureux, bordel de merde, Jéro, ça, c'est fini! Les gens s'informent et ne se conforment plus, et c'est moi qui dois remplir les vides qui s'installent dans les fêtes patriotiques, les défilés commémoratifs, les cérémonies qui prennent la place de l'imagination, apaisent les esprits, la faim et la soif. »

Il donna une petite tape amicale à Jéricho.

« J'ai besoin de sang jeune. De gens nouveaux, avec des idées, bien préparés. Comme toi. Sanginés se porte garant de toi. Ça me suffit amplement. Ce bon vieux *lic.* ne m'a jamais fait faux bond et si je suis là je le dois en grande partie à don Antonio Sanginés. Ah là là! soupira-t-il, ce pays se divise entre la crème, le bon lait, le yaourt et le vieux lait caillé. C'est à toi de voir. »

Il regarda Jéricho comme on regarde un condamné à mort qui vient d'être gracié...

« Pense positif, cher jeune collaborateur. Pense à l'efficacité des défilés et de la fête. La cérémonie et la cape de dignité dont tous peuvent se couvrir les épaules, cachant ainsi leurs haillons. Apporte-moi des idées. Mettons-nous à célébrer les sports et les sportifs, les chansons et les chanteurs, les marques de bière et les friandises nationales, et même les ex-gouverneurs. Invente des notoriétés, mon garçon. Crée des musées et encore des musées. Des défilés et encore des défilés. Plein de musique, plein de flonflons. Plein de *Marcha Zacatecas* et autres hymnes nationaux. Et ne sous-estime pas la transcendance politique du poste que j'occupe. Demande-toi : est-ce que les gens savent où sont leurs intérêts propres ? Max Monroy veut qu'ils le sachent. Moi je suis d'avis qu'ils ne l'ignorent pas, qu'ils le remplacent juste par les commémorations. Monroy veut transformer le luxe en nécessité, à la longue. Il veut que les gens voient comme une évidence qu'ils méritent ce qui avant leur coûtait. Si ça marche, Jéro, le pouvoir est fini, débordé par l'exigence critique. Si la richesse se transforme en nécessité, le pouvoir cesse de l'être, nécessaire, car les gens se satisfont seulement de ce que les autres n'ont pas et le pouvoir ne se satisfait que de ce que les autres ont déjà. Sinon, dis-moi, qu'est-ce qu'il nous reste à promettre, bordel ? »

Il se leva. Tendit une main robuste dont les bagues blessèrent Jéricho. Le président le regarda droit dans les yeux. Comme un tigre sa proie.

« N'allez pas croire que je parle trop.

— Non, Señor Presidente.

— Ce que vous répéterez, personne ne le croira, mais je vous le ferai payer.

— Bien sûr, Señor Presidente.

— N'imaginez même pas que vous pourriez inaugurer votre carrière politique sur mon dos.

— Si c'est ce que vous croyez, renvoyez-moi. »

Le président eut un grand rire, revenant au « tu » familier.

« Ne t'inquiète pas. Je te donnerai une pension. Encore une chose.

— Oui, monsieur ?

— Ne me décevez pas. »

Le téléphone sonna. Le président s'en approcha pour répondre. Il écouta. Fit quelques réponses entrecoupées de silences :

« Je n'oublierai pas ce que vous me dites... N'hésitez pas à appeler mon secrétaire... J'espère que nous nous reverrons... dès que possible... »

« Je ne sais pas pourquoi, me dit Jéricho, mais chacune de ces phrases anodines me semblait menaçante. »

Surtout lorsque le président prit congé de Jéricho en lui demandant d'être discret, de ne pas faire de bourde et de ne pas se faire remarquer.

« Sois discret, ne fais pas de bourde, ne te fais pas remarquer. »

Et Jéricho pensa juste : il faudrait savoir !

Je suis un homme loyal, me dit Miguel Aparecido le jour où je retournai à la prison de San Juan de Aragón, poussé par les circonstances.

« Je suis ici parce que je le veux », ajouta-t-il et j'opinai de la tête, car je le savais déjà.

Il resta imperturbable. S'il répétait cette litanie, c'est qu'il le jugeait nécessaire. Peut-être n'était-ce qu'un préambule.

« Je suis ici pour effectuer une peine à laquelle la vie, et non la loi, m'a condamné. »

Je lui fis comprendre que je l'écoutais avec attention.

« Si je suis toujours ici, c'est par loyauté, je veux que tu comprennes bien ça, l'ami. Je reste ici parce que c'est mon bon plaisir. Parce que si je sortais d'ici je tuerais la personne que je devrais le plus aimer.

— Tu devrais ? » osai-je.

Il dit que personne ne l'obligeait à rester là, à part lui-même. Il dit que s'il sortait il commettrait un crime impardonnable. Il parlait comme si cet établissement pénitentiaire était pour lui salutaire. Je le crus. Miguel Aparecido était un homme sincère. Un tigre en cage, ses manches de chemise éternellement retroussées, pétrissant avec à-propos ses avant-bras aux poils presque blonds, comme s'ils étaient les armes d'un guerrier solitaire qui redoute de gagner la bataille.

« Je te dis ceci, Josué, pour que tu comprennes mon dilemme. Je suis ici parce que je le veux. J'aime la prison parce qu'elle me protège de moi-même. J'aime la prison parce qu'ici j'ai un monde que je comprends et qui me comprend. »

Il me fit un sourire de caïd mais il ne m'impressionna pas (si telle était son intention) parce que moi, je n'étais pas prisonnier ni sous l'emprise de la mafia. Parce que moi, messieurs, j'étais libre — ou je croyais l'être.

Il rit, simplement. « Demande à n'importe quel prisonnier. Parle avec le Nègre Espagne ou la Perfide Albion. Demande à Siboney Peralta. T'as pas essayé, mon colon ? Ce sont des tombes. Pas la peine de te fatiguer. Et pourtant, si tu leur parles de ma part, ils te diront eux-mêmes ce que je te dis. À San Juan de Aragón il existe un empire intérieur et c'est moi qui suis à sa tête. Ici, mon garçon, rien n'arrive sans que je le sache, sans que je le veuille ou que j'en aie le contrôle. Sache-le : même les éventuelles émeutes sont le produit de ma volonté personnelle. »

Il se frotta le visage des deux mains, dans un bruit de papier de verre. Il me mentait.

Il dit qu'il savait prendre la température de l'air et que quand l'atmosphère devenait trop lourde une grande bagarre était nécessaire à l'intérieur, pour assainir l'ambiance. Il y a ici, quand il le faut, dit-il, de sérieuses émeutes, un chaos de chaises brisées contre les murs, de tables de cantine en miettes, de portes en fer éraflées, de flics blessés et même tués. Viols, abus, satisfactions sexuelles déguisés en punitions, tu vois ? Ici, ce sont les bakchichs qui font sauter les cadenas.

Pourquoi me mentait-il ?

« Ensuite la fumée retombe. Il reste quelques cendres, mais la paix revient. La paix est nécessaire en prison. Beaucoup d'innocents passent par ici. » Il me regarda dans une sorte de passion religieuse qui me troubla. « Il faut les respecter. Tu as vu les enfants de la piscine. Tu crois qu'ils doivent être condamnés pour toujours ? Eh bien moi je te dis que si cette prison était ce qu'elles sont presque toutes, à savoir des camps de concentration où les gardiens sont les pires criminels, où la police trafique avec la drogue et le sexe et est plus coupable que le pire des criminels, alors je me suiciderais, gamin, parce que si c'était le chaos ici, ce serait parce que je suis impuissant à établir l'ordre nécessaire. Nécessaire, Josué, juste ça, ni plus, ni moins ; l'ordre indispensable pour que la prison de San Juan de Aragón ne soit ni paradis ni enfer, non, mais seulement, et c'est déjà beaucoup, un foutu purgatoire. »

Il parut hors d'haleine et j'en fus surpris. Miguel Aparecido était pour moi un homme de fer. Peut-être parce qu'en réalité je ne savais pas qui il était. Me mentait-il ?

Il me saisit par les épaules et me regarda comme un tigre doit regarder la proie qu'il va tuer.

« Quand il se passe ici quelque chose qui m'échappe, ça me fout en rogne. »

Il le répéta, en détachant les syllabes.

« Ça-me-fout-en-rogne. »

Il prit son inspiration et me raconta qu'un jour était arrivé un individu auquel Miguel n'avait d'abord pas prêté une grande attention. Il en avait plutôt rigolé. C'était un mariachi qui avait ensuite été policier ou l'inverse, peu importe, mais surtout un escroc dans l'âme. Et donc ce mariachi ou flicard, ou qui que ce fût, avait participé à une escarmouche de quartier quelques années plus tôt quand la police, celle-là même qui était chargée de l'ordre, avait été cause de désordre là où il n'y en avait pas, parce que les gens du coin se gouvernaient eux-mêmes et géraient leurs propres crimes sans faire de mal à personne. Le flic ou mariachi en question reçut une splendide raclée lorsque les habitants et les « gardiens de l'ordre » s'affrontèrent au cours d'une nuit tragique durant laquelle les gendarmes furent sacrifiés par la masse populaire, et se retrouvèrent brûlés, à poil, pendus par les pattes, en guise de leçon : ne revenez plus dans le quartier, ici nous nous gouvernons seuls. Toujours est-il que le mariachi, flicard ou moins que rien, du nom de Maximiliano Batalla, s'est défilé et qu'il a fait semblant d'être muet et paralytique juste pour que sa mère, une vieille dame très calme mais très sentimentale du nom de Medea Batalla, s'occupe de lui, le nourrisse et l'emmène en chaise roulante prier pour son rétablissement la Vierge de la Purísima Concepción.

« Allez, Maxi, chante, tu ne vois pas que même la Sainte Vierge te le demande ? »

« Et Maxi a chanté, poursuivit Miguel Aparecido. Il a si bien chanté les *rancheras* qu'il a réussi à tromper sa chère petite maman, se faisant passer pour muet et infirme tandis que lui rendaient visite ses compagnons d'armes — mariachis, flics, motards, malfrats —, et Maxi organisait tous les crimes urbains qu'ils commettaient, du méfait anodin consistant à voler le courrier en provenance des États-Unis, car les travailleurs sont parfois si ignorants qu'ils envoient les dollars dans leurs lettres, aux agressions de femmes enceintes aux carrefours des grandes artères pour les détrousser, dans la confusion régnante des feux rouges, des agents de circulation et des pots d'échappement. »

La Bande du Mariachi — comme on finit par l'appeler — envahit les centres commerciaux juste pour le plaisir de semer la panique, sans rien voler. Elle infiltra la ville à l'aide d'une armée de mendiants, vérifiant la double assertion suivante : un criminel déguisé en mendiant n'a rien à craindre, mais tout le monde prend pour un criminel un véritable mendiant.

« C'est un pari, dit avec grand sérieux Miguel Aparecido. C'est le hasard, ajouta-t-il comme s'il priait. La vérité vraie, c'est que la Bande du Mariachi faisait alterner ses crimes sérieux avec de simples baroufs, semant, et c'était son but, la confusion dans la ville. »

La bande de Maxi s'organisa pour escroquer les immigrés au-delà du simple vol de billets dans le courrier. C'était très pervers. Ils poussèrent les habitants des quartiers que quittent les travailleurs émigrants à lapider ceux qui revenaient, parce que sans eux le quartier ne recevait plus de dollars et au Mexique — je regardais Miguel quand lui ne me regardait pas — les communes meurent sans les dollars de leurs immigrés, les communes ne produisent rien...

« Sauf des travailleurs, dis-je.

— Et une inconsolable douleur, ajouta Miguel.

— Alors », je voulus précipiter le récit, « c'est quoi, ce qu'a fait Maximiliano Batalla et que tu ne lui as pas pardonné ?

— Tuer, dit Miguel Aparecido avec une grande sérénité.

— Qui ?

— La señora Estrella Rosales de Esparza. La mère d'Errol Esparza. La femme de Nazario Esparza. »

Puis Miguel Aparecido, comme si de rien n'était, passa à d'autres sujets ou revint à ceux du début. J'étais stupéfait. Je me rappelai le cadavre de doña Estrellita exposé dans la maison du Pedregal le jour de la veillée funèbre. Je me rappelai le sinistre don Nazario et je le sus capable de tout. J'évoquai la nouvelle dame de la maison et je ne sus pas de quoi elle était capable. Mon souvenir le plus sûr et le plus tendre fut pour Errol, notre vieux pote du lycée, le crâne d'œuf. Je réprimai mes sentiments. Je voulais écouter le prisonnier de San Juan de Aragón.

« Tu sais ce que c'est que l'espoir ? » me demanda-t-il.

Je répondis que non.

« Tu as raison. L'espoir n'apporte que des tracas, des misères et des désillusions. »

Je crus que j'allais voir cet homme devenir sentimental pour la première fois. Je n'aurais pas dû me faire d'illusions.

« Qu'arriverait-il si tu t'échappais ? me risquai-je.

— Ici, le chaos. Dehors, qui sait. Ici, les gens dépérissent. Mais si je n'étais pas là, les rues seraient pleines de cadavres.

— Encore plus ? Je ne te suis plus.

— Pas la peine de chercher les fesses de la lune, mon vieux. »

Je finissais mes études de droit. J'étais le jeune employé des entreprises de Max Monroy. J'étais audacieux.

« Je voudrais te libérer.

— La liberté, ce n'est que l'envie qu'on a d'être libre.

— Libre de quoi, Miguel ? » lui demandai-je, je l'admets, avec un sentiment de tendresse croissante envers cet homme qui sans que nous le voulions ni lui ni moi devenait un ami.

« De la furie. »

Furie de la réussite, furie de l'échec, furie du sexe, furie du ressentiment, furie de la colère, furie de l'amour. Tout cela traversa ma petite caboche.

« Libre, oui, libre. »

Dans une impulsion que je dirais fraternelle, le prisonnier et moi nous étreignîmes avec force.

« Le Mariachi est sorti d'ici libre. C'est grâce aux influences de Nazario Esparza qu'il a été libéré. Maximiliano Batalla est un dangereux criminel. Il ne doit pas courir les rues. »

Il éternua.

« Tu sais quoi, Josué ? Parmi les criminels de San Juan de Aragón, il n'y a pas que des voleurs, pas que des enfants qu'il faut sauver, pas que des vieux qui meurent ici ou tués par la violence que je n'arrive pas toujours à contrôler. Ils remplissent le bassin sans me prévenir. Certains enfants se noient. Ma force a ses limites, mon mignon. »

Le tigre me regarda.

« Il y a aussi des assassins. »

Il tenta de baisser les yeux, sans y parvenir.

« Certains, parce qu'ils n'ont pas d'autre recours. Je veux dire que si tu examines les circonstances, tu comprends qu'ils ont été obligés de tuer. Ils n'avaient pas d'autre issue. Le crime était leur fatalité. Ça, je l'accepte. D'autres tuent parce qu'ils n'en peuvent plus de supporter. Je suis franc avec toi. Ils supportent un chef, une femme, un bébé brailleur, putain, écoute, c'est horrible ce que je te dis, je sais, il faut en rire, Josué, tu supportes une fille de pute de belle-mère mais un jour tu explodes, stop, la mort presse, elle les frappe, et ta propre mort est là juste derrière. Moi je comprends l'attirance et l'horreur du crime. Je vis tous les jours avec le crime. Je n'ose pas condamner celui qui tue parce qu'il n'a pas d'autre recours. Il y en a qui tuent par faim, ne l'oublie pas... »

La pause qu'il fit m'épouvanta. Son corps tout entier frémit sans la moindre trace de faiblesse. C'est ce qui m'effraya.

« Mais le crime gratuit, ça non. Le crime qui ne t'implique pas. Le crime pour lequel on te donne de l'argent. Le crime de Judas. Ça non. Ça, c'est vraiment pas possible. »

Il me regarda de nouveau.

« Maximiliano Batalla est arrivé ici et moi je n'ai pas su lire sur son visage. Son visage de criminel à la solde d'un lâche millionnaire. Voilà ce que je me reproche, gamin. À toi de t'en occuper.

— Comment l'as-tu su?

— Un prisonnier qui le connaissait est entré ici. Il me l'a raconté. Au bout du compte c'est moi qui contrôle tout. Le Mariachi ne contrôle même pas son trombone. C'est un idiot. Mais un idiot dangereux. Il faut en finir avec lui. »

Alors Miguel Aparecido se dépouilla de tout semblant de tendresse ou de sérénité et m'apparut comme un véritable ange exterminateur, plein d'une sainte colère, comme s'il voyait un abîme dans lequel il ne se reconnaissait pas, comme si l'obéissance manquait dans le cosmos, comme si en lui naissait un démon qui exigeait une forme, juste ça, la forme qui lui permettrait d'agir.

« Ce criminel est sorti sans mon autorisation. »

Puis, changeant subitement, il me regarda, implorant.

« Aide-moi. Toi et tes amis. »

Exaspéré, je répliquai :

« Si tu sortais d'ici, tu te vengerais toi-même, Miguel. Je ne sais pas de quoi. Tu pourrais agir. »

Et ses derniers mots ce jour-là furent à la fois ceux d'une défaite et d'une victoire.

« Je ne suis un homme fidèle qu'en restant ici. À jamais. »

Le secret de Max Monroy — Asunta me donnait un cours, assise à contre-jour dans son bureau-aquarium de façon telle que ses super-jambes distraient mon attention, et c'était là la véritable épreuve —, c'est de savoir anticiper les choses.

« Pareil que sa mère, dis-je, pour faire l'intéressant.

— Qu'est-ce que tu en sais, toi ?

— Ce que tout le monde sait, ne jouez pas les mystérieuses. » Je lui souris en retour. « L'histoire existe, vous savez ?

— Max a devancé tout le monde. »

Asunta se mit à me donner un cours que je connaissais déjà de la bouche de l'Ancienne Conception. Sauf que ce qui chez la mère de Max Monroy était spontané et amusant, dans la bouche d'Asunta, jeune cadre chez Max Monroy, était lourd et fabriqué, comme si Asunta répétait une leçon adressée à un débutant : moi.

Je décidai cependant d'être bon élève face à cette femme, la plus attirante (je l'admets) que j'aie jamais connue. Elvira Ríos, la putain à l'abeille, mon actuel pis-aller Lucha Zapata, palissaient face à cette femme-objet, cette jolie chose, belle, attirante, sophistiquée, élégante et suprêmement désirable qui m'infligeait à présent un petit cours sur le génie de l'homme d'affaires. Je me rendais compte qu'elle recrachait une leçon apprise sur le bout des doigts. Belle comme elle était, j'étais disposé à lui pardonner.

Qu'a fait Max Monroy ? me dit une Asunta à l'esprit, je vous préviens, enflammé dès qu'elle mentionnait le super-patron.

« Quel a été le secret de Max Monroy ? »

D'après Asunta, il n'y a pas qu'un seul secret, mais une sorte de constellation de vérités. Ce n'est pas le premier, me raconte-t-elle, à avoir mis la téléphonie moderne à la portée de tous. C'est le premier à avoir prévu un potentiel engorgement des lignes par manque d'offre et excès de demande et à offrir la possibilité d'acheter tout de suite et de payer plus tard, à condition de passer chez nous, dans les compagnies de Max Monroy.

« Pourquoi ? Non seulement parce que Max Monroy a offert en un seul pack téléphone fixe et mobile, accès Internet, O2, tout le package, Josué, mais sans contrats trompeurs, sans clauses hors de prix. Max n'a pas cherché à dissimuler des frais supplémentaires, il n'a pas voulu exploiter, ajouter des clauses en lettres illisibles. Tout est en gros caractères, tu vois ? Au lieu de prix élevés pour des services élevés, il a proposé des prix bas et des services fixes dans une optique de liberté, tu comprends ? Max Monroy est qui il est parce qu'il respecte la liberté du consommateur, voilà la différence. Quand Max Monroy a demandé au consommateur d'abandonner les réseaux auxquels il avait souscrits antérieurement, il lui a offert la liberté. Max a dit à chaque consommateur : "Choisissez votre propre pack mensuel de base. Je vous le donne à prix fixe. Je vous laisse utiliser tout ce que vous voudrez de notre réseau, films, téléphonie, informations, tout ce que vous voudrez et comme vous le voudrez." Max s'est adressé à des groupes spécifiques en leur offrant pour un prix unique toute une constellation de services, en assumant les coûts opérationnels et en subventionnant les opérations quand il le fallait. »

Asunta ajusta sa veste bleu marine à rayures qui était son uniforme, ce qui dut l'inciter à dire que Max Monroy était un grand couturier.

Cela me fit rire.

Pas elle : « Un grand couturier. Écoute-moi bien. Max Monroy n'a jamais offert un service de communication qui soit le même pour tous. À chaque client il a promis : "Ça, c'est juste pour vous. Ça vous appartient. Votre costume rien que pour vous." Et il l'a fait. À chaque client nous offrons un service de haute couture, sur mesure. »

Je crois qu'elle détailla avec une nonchalance critique ma tenue, classique, costume et cravate gris. Elle me regarda comme on regarde une souris. Ses yeux m'intimèrent, sans qu'elle le formule : « Plus de contraste, Josué, une cravate rouge ou jaune, une ceinture plus large ou des bretelles qui attirent l'œil, tu dois te sentir beau, Josué, quand tu enlèves ta veste pour travailler ou pour faire l'amour, ne t'habille pas comme un bureaucrate des impôts quand tu viens au bureau, comment t'habilles-tu chez toi d'habitude ? Cherche un mélange moderne d'élégance et de confort. Allez ! »

« *Sans façon,* dit-elle à voix très basse. *Charmcasual.*

— Pardon ? dis-je, devinant le talent mimétique d'Asunta Jordán.

— Rien. Max Monroy a inventé la couture sur mesure pour chaque consommateur et chaque consommateur a pu se sentir spécial, privilégié, en utilisant nos services.

— Nos ? » Je me permis de hausser un sourcil.

« Nous sommes une grande famille », se vit obligée de répondre la femme, me décevant par ce lieu commun et me faisant remonter, l'espace d'un instant, à la nostalgie originelle des discussions philosophiques avec le père Philopater.

« Les autres compagnies exercent des pressions. La compétition est intense. Jusqu'à maintenant nous les dépassons tous parce que toute notre activité s'adresse toujours à autant de secteurs qu'il nous est possible, à autant de consommateurs qu'il nous est imaginable. Notre stratégie est multisegmentaire. Une croissance utile. Tu n'as qu'à imaginer. Qu'est-ce que tu en dis ? »

Le discours d'Asunta se perd petit à petit jusqu'à se transformer en un écho lointain. Elle continuait à parler de Monroy, ses entreprises, nos compagnies. Moi je me perdais de plus en plus dans la contemplation de cette femme. Les mots se perdaient. La vie aussi. J'ignore pourquoi, en cet instant, devant cette femme, j'eus pour la première fois la sensation que jusqu'à présent l'enfance, l'adolescence, mes premières années d'adulte, avaient été pour moi comme un fleuve long et lent qui se dirigeait en toute certitude vers la mer.

Là, en regardant cette femme, embarqué dans cette nouvelle charge édictée par l'avocat Sanginés — et je ne sus pas en cet instant si je devais lui en être reconnaissant ou lui reprocher ses attentions, son zèle envers moi et envers Jéricho —, je sentis que, loin de voguer paisiblement vers la mer, je remontais le cours du fleuve, à l'encontre de la nature, par des mouvements courts, abrupts, en cascade, violant les lois qui avaient jusqu'alors régi mon existence pour me délivrer d'une célérité vitale — ou était-elle mortelle ? — qui allait en reculant mais en réalité se déversait vers des lendemains malheureux, vers une brièveté croissante qui, en se rapprochant physiquement, violemment de l'origine, m'annonçait en fait la brièveté de mes jours dès à présent. Nous en arrivons tous à savoir cela. Moi, je le sus à ce moment-là.

Asunta était-elle la personne qui, touchant la mienne, donnerait au moins sens et tranquillité au « grand événement », à la chose « importante » de Henry James, la mort ? Je ne sais pas pourquoi j'avais ces pensées, assis face à Asunta ce matin-là dans un bureau de Santa Fe. Ce sentiment de fatalité en autorisait-il un autre, apparemment tout opposé : le désir que sa présence commençait à susciter en moi ?

Cette matinée sous un soleil de plomb prolongeait-elle ma conversation de la veille avec Miguel Aparecido ? Était-ce la mission que m'avait confiée le prisonnier qui m'assombrissait malgré moi : venger la mère de notre copain le Tondu Errol Esparza ?

Je me tus. Impossible d'en parler ici, au motif que cela ne présentait aucun intérêt pour la grande machine qu'était l'entreprise de Max Monroy, car si j'avais une intuition certaine, c'était que le monde de l'entreprise dans lequel m'avait soudain plongé le *licenciado* Sanginés, me tirant d'une semi-retraite infantile, estudiantine et crépusculaire de petit branleur de maison close au sein de cette classe moyenne ayant abandonné toutes les valeurs pour se laisser porter par le courant — je pensais à Lucha —, ce « nouveau monde » excluait tout ce qui n'était pas autoréférentiel : l'entreprise comme origine et fin de toutes choses.

Et l'Ancienne Conception ? me demandai-je alors. Était-elle cinglée ou une super-magnate ? Ou les deux ?

Asunta, je l'ai dit, était assise de sorte que je ne pouvais éviter un coup d'œil occasionnel, discret, sur ses jambes. Je commençai à croire que c'était à partir de ces splendides et longues extrémités, épilées, gainées de bas couleur chair, soyeuses aux yeux du simple mortel, que naissait mon sentiment passionné.

Je parle bien de passion. Pas de tendresse, ni d'amour, de gratitude, ou de responsabilité, mais de passion, la plus libre, la moins rattachée à des obligations, la plus gratuite. Un sentiment qui découlait des jambes d'Asunta jusqu'à mon regard faussement distrait, trompeusement discret...

Le monde est transformé par le désir. Tandis qu'elle continuait à énumérer les compagnies de Max Monroy pour lesquelles je commencerais à travailler immédiatement, tous mes temps — mon passé, mon présent, mon avenir, sous les noms prestigieux de l'émotion : souvenir et désir, mémoire et prémonition — se donnaient rendez-vous en cet instant et en la personne de cette femme.

Je pensai que la vie passe vite. Jamais avant je n'y avais pensé. Mais là si, et j'associai la fugacité à la peur et la peur à l'attirance. Jamais, je le reconnaissais, je n'avais été autant attiré par une bonne femme que par Asunta Jordán alors. Et le danger c'était que la passion et la femme qui la provoquait commençaient, s'affranchissant de toute permission, à transformer mon propre désir, qui en quelque sorte cessait d'être le mien mais n'était pas encore — le serait-il un jour ? — le sien.

Dans cette question serait désormais niché — je le compris — mon avenir tout entier. Asunta me transformait, sans le vouloir, en un homme enflammé. Attention, attention ! me dis-je sans le moindre résultat. Je me sentis vaincu par mon attirance envers cette femme et à ce moment même, sans le vouloir, sans le savoir, je sus que ma vie avec Lucha Zapata, la femme sans défense, arrivait à son terme.

Mon attirance pour Asunta Jordán fut inexplicable. Elle fut instantanée. Mea culpa ? Parce que tout en la trouvant désirable, je la trouvais également assommante.

Lucha Zapata était-elle devineresse ? Je ne lui dis rien en rentrant cette nuit-là à l'impasse de Chimalpopoca. Je la trouvai de nouveau habillée en aviatrice. Je remarquai sa ressemblance avec la célèbre Amelia Earhart, la courageuse gringa qui a disparu lors d'un vol sans boussole dans le Pacifique sud. Je ne m'en étais pas rendu compte. Elles avaient quelque chose en commun. Amelia Earhart était une femme souriante pleine de taches de rousseur, comme ces champs de blés nord-américains qui sourient au soleil. Elle portait les cheveux très courts, par commodité j'imagine, pour que son bonnet d'aviateur tienne mieux. Elle portait un pantalon et un blouson en cuir.

Comme Lucha Zapata maintenant.

« Emmène-moi à l'aéroport. »

J'appelai un taxi et nous montâmes tous deux.

Je la laissai parler.

« Ne me pose pas de question.

— OK.

— Rappelle-toi ce que je t'ai dit un jour. Dans cette société tu es un perpétuel débiteur. Quoi que tu fasses, tu finis toujours par perdre. La société se charge de te faire sentir coupable. »

Je ne dis pas ce que je pensais. Je ne la corrigeai pas, ne lui soutins pas que selon moi les gens étaient ce qu'ils faisaient, pas ce qu'on les obligeait à faire. Elle était qui elle était, pensai-je alors, par volonté propre et non parce qu'une société cruelle, maudite, infâme, l'avait acculée à l'être.

« Toi, tu choisiras quoi, Saviour ? » me demanda-t-elle soudain, comme pour exorciser la laideur implacable de la ville qui dégoulinait le long de ses falaises de ciment.

« Ça dépend. Entre quoi et quoi ?

— Entre ce qui est immédiat et ce que tu laisses pour un autre jour.

— Je ne comprends pas.

— Ne regarde pas dehors. Regarde-moi, moi. »

Je la regardai.

« Tu vois quoi ? »

Je ressentis une envie inattendue de pleurer. Je me contins.

« Je vois une femme qui veut de nouveau s'envoler. »

Elle me serra le bras.

« Merci, Saviour. Tu sais ce que je vais faire ?

— Non.

— Je suis libre et je peux choisir. Chanteuse de *rancheras* ? Poète ?

— À toi de voir.

— Tu sais qu'on m'a invitée à un reality show ?

— Non. C'est quoi ?

— Il faut montrer l'aspect le plus humiliant de ta personne. Tu dois supplier à genoux pour qu'on te donne à manger, te soûler à rouler par terre. »

Salto del Agua. Arcos de Belén. José María Izazaga. Coupoles anciennes. Ruines modernes. Nezahualcóyotl. La Candelaria.

« Tu fais semblant, continua Lucha Zapata. Ne fais pas semblant. C'est comme de vivre dans un camp de concentration nazi. C'est ça, la télévision. Un Auschwitz pour masochistes. Tu es privé de tout, animalisé. La nourriture qu'on te donne est rassise. Tes serviettes sont pleines de caca, les blouses bourrées de bestioles. On t'empêche de dormir. Des sirènes d'ambulance retentissent jour et nuit. »

Puis, dans un cri : « On transforme tes jours en nuits ! »

Le chauffeur de taxi, sans cesser de conduire, se retourna pour me regarder.

« Qu'est-ce qui se passe ? La petite dame se sent pas bien ?

— C'est rien. Elle est triste, c'est tout.

— Ah, soupira le chauffeur. C'est parce qu'elle part en voyage. »

Il siffla un morceau de *Mexico lindo y querido, si muero lejos de ti*.

Je la calmais, la caressais.

« Tu sais quoi ? Aux États-Unis ils appellent les femmes des numéros. *Number*. Ce sera quoi mon numéro ?

— Je ne sais pas, Lucha. »

Il me parut inutile de parler. Elle, dans son costume d'aviateur, semblait épuisée, totalement désabusée, comme Dorothy Malone dans les films des années cinquante.

« Je n'arrive plus à réfléchir, murmura-t-elle.

— Ça va aller, Lucha, ça va aller. »

Nous entrâmes par la Calzada Ignacio Zaragoza dans la longue avenue qui mène à l'aéroport.

« Je ne veux pas finir en mouche de bar.

— Quoi ?

— *Barfly*, Saviour. »

Le chauffeur sifflait *que digan que estoy dormido y que me traigan aquí...*

Nous arrivâmes. Les files de taxis et de voitures me donnèrent à penser que le ciel était trop petit pour un si grand nombre de passagers.

Je l'aidai à descendre.

Elle enfila son bonnet et ses goggles.

« Je t'emmène où ?

— Avec les femmes, on sait jamais, dit-elle en souriant.

— Est-ce que je t'attends ? demandai-je, comme si je ne l'avais pas entendue.

— L'aviation t'apprend à être fataliste », conclut-elle, et elle s'en alla seule, agrippée à elle-même. Elle chancela un peu. Je fis un geste pour la secourir. Elle se retourna, me regarda, refusant d'un geste, et remua les doigts avec tendresse, en signe d'adieu.

Elle se perdit dans la cohue de l'aéroport.

Et de nouveau, comme dans l'un de ces rêves qui se répètent et se dissolvent dans l'oubli juste pour qu'on s'en souvienne la fois d'après, mon regard croisa celui d'une femme qui marchait derrière un fringant bagagiste aux gestes distingués, comme si transporter des bagages dans un aéroport comportait une dimension théâtrale on ne peut plus glamour. Cette femme moderne, jeune, pressée, élégante, aux mouvements félins, de panthère, suivait avec angoisse le porteur.

Je la regardai de la même façon qu'avant. Sauf que cette fois-ci je la reconnus.

C'était la nouvelle señora Esparza. La Sarapé. Celle qui avait joué le rôle de maîtresse de maison lors de la veillée funèbre de la précédente épouse de Nazario Esparza. Celle qui avait succédé à la mère de notre grand pote Errol. Sauf que là, en la revoyant, je savais quelque chose, grâce au prisonnier de San Juan de Aragón, Miguel Aparecido.

Cette femme était une meurtrière.

Il est possible que j'aie hésité un instant. Il est possible que tout en « hésitant » je me sois attardé un peu trop longtemps sur ce mot, *vacilar*, qui prend chez les Mexicains un sens de fête, d'anarchie, de rigolade, de désordre : déconner, le déconneur, la déconnade, avenue verbale qui mène tout droit à la place du *relajo*, avec ses ruelles adjacentes correspondant à l'acte et à l'adepte, cette bringue qui poussée à ses extrêmes réduit le monde au chaos, au ridicule et à l'absurde, semant sur son passage une autre paraphrase, l'*albur*, qui est au sens propre un hasard ou un risque, mais qui dans le parler mexicain revient de façon récurrente comme un jeu de mots à double ou triple sens, perso j'suis Verseau ascendant recto, ascendant rectum j'dirais plutôt, tant va la cruche à l'eau qu'à la fin tu m'les brises, passe-moi le pain, celui que j'vais te mettre ?, t'as pas cent balles à me prêter ? non mais j'peux t'enfiler quinze, quand je vois ta sœur Satan m'habite, qui met à l'épreuve l'ingéniosité de la rue mais qui dans les salons présente un certain danger et peut conduire à de violents litiges, des duels et même des assassinats.

« Tu vois la femme qui vient d'entrer dans ce bar ? Eh bien, avant, je la sautais quand je voulais.

— Eh, c'est ma femme !

— Ça alors, elle a sacrément grossi !... »

Si je raconte tout ça, c'est pour que vous les survivants compreniez pourquoi j'ai perdu de si précieuses minutes après avoir aperçu la deuxième femme de Nazario Esparza qui suivait un bagagiste, alors que je savais qu'elle avait assassiné la mère d'Errol, d'après la plus que fiable version de Miguel Aparecido pensionnaire à San Juan de Aragón et que j'aurais dû, immédiatement, l'arrêter par la force, évacuer toute crainte que le bagagiste ne défendît sa cliente (pourquoi une éventualité aussi peu probable me vint-elle à l'esprit?), la confronter, sinon aux faits, du moins à ma simple force physique (serait-elle supérieure à la sienne?) et la conduire au poste de sécurité de l'aéroport, la dénoncer, rendre justice à mon copain le Tondu Errol et à sa chère maman défunte, tout cela traversa mon esprit en même temps qu'une bande de mariachis s'interposait entre mon hésitation et ma hâte, six personnages revêtus du costume traditionnel, pantalon rayé et veste noire, avec des boutons en argent, et six chapeaux taille XXL festonnés de broderies or, dissimulant des visages que je n'avais pas le moindre désir de voir, craignant sans doute de reconnaître le fameux Maximiliano Batalla enfui ou injustement libéré de la prison ci-dessus mentionnée et assassin présumé de la tout autant renommée doña Estrella de Esparza...

La criminelle Sara P. disparut parmi les mariachis qui avançaient (comme si le costume et les chapeaux ne suffisaient pas) dans l'outrage sonore de leurs instruments, étrangers à l'origine historique d'un orchestre initialement créé pour jouer dans les noces, *musique pour le mariage** des troupes d'occupation de l'empire français, austro-hongrois, tchèque, belge, morave, lombard et triestin qui prenaient pour épouses de jolies Mexicaines au son du mariage-mariachi, et qui en passant interrompaient ma volonté justicière d'appréhender la criminelle présumée ou avérée, empêché que j'étais par les strophes braillées par le groupe qui avançait en chantant

> D'un habit jaune et argent
> Était vêtu le torero
> Béni, beau et courageux
> Et, dans sa mise, élégant.

pour recevoir l'homme maigre, souriant mais mélancolique, une cicatrice toute fraîche sur la joue, le cheveu poisseux de gomina, soulevé dans les airs par la foule de ses admirateurs qui le portaient en triomphe aux cris de « torero, torero », tandis que le *diestro* en question semblait douter de sa propre célébrité, la dissipant d'un geste gracieux de la main, comme prêt à mourir la prochaine fois, comme riant tristement de la gloire que lui conféraient les aficionados qui le portaient et les mariachis qui maintenant tentaient de jouer un paso-doble dissonant pendant que la « star » saluait sans entrain, avec l'air, plus que de célébrer une victoire, de prendre congé du monde juste à temps, devant l'incompréhension étonnée de troupeaux de touristes — gringos, canadiens, allemands, scandinaves ? — cramoisis, immunisés aux changements climatiques, des groupes de jeunes et de vieux voulant l'être, portant sandales de plage, tee-shirts à l'estampille d'hôtels, de clubs, de localités d'origine, de collèges, les premier, deuxième, troisième et sans âges, tous confondus dans l'allégresse obligée d'avoir joui de vacances dans un pays, les États-Unis, avare à les accorder, fatiguant ses travailleurs dans le défi de traverser un continent interminable qui s'étend d'un océan lumineux à l'autre, tandis que les Européens se rangeaient en file comme qui reçoit un prix bien mérité et un estival réconfort conquis, sans qu'ils le sachent, par le gouvernement français du Front populaire et de Léon Blum (qui était Léon Blum ?) en 1936, avant que les vacances ne prennent fin.

Je me frayai un chemin entre les mariachis, les touristes, les aficionados et leur idole, à la recherche intuitive d'un havre de paix, puisque l'objet de ma poursuite avait disparu à jamais dans la touffeur de nourriture rance et boissons tièdes qui émanait des espaces de restauration sur le pouce, tel un air vicié n'ayant jamais connu le soleil : cet immense tunnel, aéroport identique à tous les autres aéroports du globe, exhalait sueurs, graisses, flatulences, évacuations de W.-C. stratégiquement situés, rendues hygiéniques grâce à de grandes et intermittentes bouffées d'un air élaboré avec de subtiles senteurs de menthe, camomille et violette pour pouvoir recevoir et supporter la prochaine débandade de fillettes de collège en partance pour des vacances collectives, que l'on n'identifiait pas encore par leurs minuscules bikinis mais bien par leurs tabliers bleu marine, leurs chaussures plates, leurs socquettes, leurs chapeaux de paille à ruban et l'emblème de leur école sur leur gilet. Elles dégageaient un arôme de douce sueur enfantine, de bouches irriguées à la soupe de fèves et de dents rafraîchies aux chewing-gums Adams. Elles faisaient un bruit infernal dans l'obligation manifeste de se montrer joyeuses devant la perspective de vacances européennes, car sur tous les visages était écrit « Paris » et sur aucun « Cacahuamilpa ».

À cette vague succéda celle de garçons à tee-shirt de football qui beuglaient des slogans incompréhensibles, des refrains de supporters plus vieux qu'eux, atchik atchik atchik, On-né-lé-cham-pions, ohéohéohéhoééé, me rappelant le lycée où avait débuté ma vie sociale avec le père Philopater, le Tondu Errol Esparza et mon frère de cœur Jéricho-sans-nom-de-famille : le boucan que faisaient ces jeunes me renvoyait au passé tout en m'ancrant dans le plus présent des présents, lorsque quelques-uns d'entre eux m'attrapèrent par les épaules, m'arrachèrent ma veste et m'enfilèrent un des tee-shirts écarlates de leur équipe, école, secte, ligue, union, alliance, fédération, bande, clan, fraternité, ordre, confrérie, corporation, club, escouade, firme, division, branche, chapitre et marché commun de la plus forte et fugace des nations : le Club Juventud, qui est coup de pied au cul et délire de l'âme, se croire immortel et se savoir *chingón*, le roi de la jungle, détenteur de tout et maître de rien, inconséquence du passage, célébration du moment, puissance séminale, occasions perdues, fleuves dans le sable, océan de l'avenir, sirènes qui pleurent : je les vis et je me vis, tandis que me revenaient tous les jours d'une jeunesse qui se mourait, bousculée entre une bande de mariachis, un torero mélancolique, des gamines en vacances, des ados en tee-shirt de foot et une femme que j'avais perdue mais dont je connaissais néanmoins le domicile. Il suffisait de débarquer à la maison du Pedregal avec un ordre de détention réclamé par l'avocat Sanginés pour faire chier de la pierre volcanique à cette crapule de Nazario Esparza et à sa concubine consacrée.

Par contre, j'étais moi pris au piège au milieu de la foule qui entrait et sortait d'un aéroport comptant seulement deux pistes pour vingt millions d'habitants et qui sait combien d'étrangers. Je cessai de compter. L'anarchie inutile eut raison de moi. La secousse secrète de l'autodestruction. Le chaos qui se présentait sans issue, me noyant dans sa simple existence.

Je fus pris d'une envie de pisser.

J'entrai dans les toilettes stratégiquement situées, me demandant : comment en suis-je arrivé là ?

Je tirai mon bock habituel.

Je me lavai les mains.

Je me regardai dans le miroir.

C'était moi ?

Derrière moi, une personne était assise sur une cuvette.

Elle n'avait pas fermé la porte.

Son pantalon tire-bouchonnait sur ses chevilles.

Sa chemise couvrait ses parties intimes.

Je vis son visage reflété dans le miroir.

Il me regardait avec une grande mélancolie.

C'était le visage d'un clown triste.

Il me fixait avec cette question tacite : comment répondre à un monde qui n'a pas de sens ?

C'était la voix d'un clown malade.

Une lumière vacillante tombait sur sa tête.

Je me sentis mal.

J'allais vomir.

Je me trompai.

J'ouvris la porte d'un placard au lieu de la porte du water.

J'étais étourdi.

À l'intérieur du placard, un homme brun, jeune et pimpant, le pantalon aux chevilles comme pour chier, baisait une femme dont la jupe était retroussée jusqu'à la taille, le slip coincé entre les talons de ses chaussures.

Elle me regarda et sursauta bizarrement, comme si elle espérait être découverte et jouissait de l'idée que quelqu'un puisse la surprendre en pleine fornication.

C'était une femme moderne, jeune, à l'allure féline, mais elle n'avait plus l'élégance que je lui avais autrefois octroyée.

Je regardai sa fesse. Une abeille y était tatouée.

Moi, j'ôtai le tee-shirt écarlate des footeux.

Lorsque nous entrâmes ensemble — Errol, Jéricho et moi — à la maison du Pedregal de San Ángel, nous ne savions pas ce qui nous attendait.

Sara y était détenue. J'avais l'avantage sur Jéricho d'avoir vu l'abeille sur sa fesse. Je ne lui dis rien, car il y avait à cette époque une certaine tension entre nous. De plus, les « circonstances » nous poussent à garder certains secrets sans pour autant se méfier de l'autre. J'avais abandonné la maison de l'impasse de Chimalpopoca, inhabitable sans la vie que j'y avais partagée avec Lucha Zapata. J'avais pris la liberté de déguerpir en laissant la porte ouverte, comme si le hasard devait être le prochain habitant de la modeste petite maison de cette femme qui avait suscité chez moi tant de passion. Mais la passion devient morbide si elle ne dispose que d'une maison inhabitée pour être commémorée, comme si l'amour passé était devenu un fantôme. Je décidai que l'intensité de ma relation avec Lucha réclamait un acte final qui ne fût pas comme le tomber d'un rideau de théâtre. Elle était partie. Je m'apprêtais à partir. La maison resterait ouverte comme pour convoquer un nouveau couple. Comme si le destin de notre « nid » avait été d'appeler des oiseaux à venir.

C'est bizarre, mais c'est seulement après son départ que je me rendis compte combien j'avais besoin d'elle, combien je l'aimais. Il y avait une certaine déloyauté cynique dans ce sentiment, étant donné que, avec une ingénuité assumée, j'avais déjà décidé de tomber amoureux de la svelte et élégante Asunta Jordán. Ce que je n'avais pu prévoir, c'est que le trio des femmes qui m'entouraient finirait par intégrer un autre spectre du passé, lointain, dans un certains sens, car la distance qui sépare les âges de dix-huit et vingt-cinq ans chez un homme est galactique.

L'« opération Sara » — car ce fut une véritable opération — consista à commencer par décider si je devais retourner à la prison parler avec Miguel Aparecido afin qu'il m'éclaire ; consulter l'avocat Sanginés afin qu'il m'oriente ; chercher Errol dans quelque cabaret du centre-ville ; ou consulter Jéricho, étant donné que, au cours de notre vie érotique, nous avions partagé la putain à l'abeille tatouée sur la fesse.

Cette dernière était la proposition la plus difficile. J'ai déjà raconté que ma vie avec Lucha Zapata m'éloignait de Jéricho et de l'appartement de la rue de Prague. La situation semblait nous convenir à tous deux à partir de cette prémisse : Jéricho ne me posait pas de questions sur mes absences constantes et moi je ne cherchais pas à découvrir quoi que ce soit sur ses activités depuis son retour à Mexico. Sauf que maintenant mes absences devenaient présences. Sans la maison de l'impasse (sans Lucha) je retournais à ma vie habituelle (dans l'appartement de Prague). Sauf que maintenant je revenais cohabiter avec un Jéricho qui avait profité de mon absence pour envelopper sa présence à lui dans un mystère que la vie quotidienne menaçait de dissiper.

À ce qui précède, il faut ajouter que mon activité était démultipliée maintenant que j'étais employé dans la compagnie Max Monroy à Santa Fe et étudiant de dernière année de droit forcé d'écrire une thèse sur Machiavel, tandis que Jéricho avait intégré la maison présidentielle de Los Pinos, où Monsieur le Président lui-même, en un acte qui pouvait me paraître insolite ou insignifiant, avait confié à mon ami — il me le raconta sans qu'un muscle de son visage ne tressaillît — la mission d'organiser quelque chose comme des festivals, des commémorations et des distractions nationales pour une jeunesse « dépolitisée ». Était-ce important ? Était-ce anodin ? Comme Jéricho ne posait pas de questions sur mes activités, je ne cherchais pas non plus à en savoir plus sur les siennes. Toujours est-il que la détention de la seconde femme de Nazario Esparza nous avait engagés, lui et moi, à retrouver l'ex-tondu Errol qui, selon la présumée criminelle, jouait de la batterie dans un bouge en plein centre-ville.

Le fait qu'il m'ait raconté qu'il avait été reçu dans le bureau du président et chargé d'une mission me plaçait cependant dans une posture déloyale. Jéricho avait confiance en moi. Moi, qu'allais-je lui dire, à lui ? Ma relation avec Lucha n'appartenait qu'à moi, c'était quelque chose de presque sacré, elle ne pouvait être mentionnée par moi ni tomber entre les pattes de tierces personnes, pas même de mon fraternel ami Jéricho. Le trahissais-je avec mon secret ? Aurais-je dû m'ouvrir à lui ? Était-ce l'inviter à me trahir, à son tour ? Toujours est-il que Jéricho me racontait qu'il était collaborateur à Los Pinos, chose que je savais déjà car c'est ce que nous avait annoncé Sanginés, comme lui savait aussi que je travaillais moi avec Max Monroy. Jéricho ignorait l'existence de Lucha Zapata. À présent, il ignorait celle d'Asunta Jordán. J'avais deux avantages sur lui en la personne de deux femmes. Étais-je le membre déloyal de notre vieille amitié? Ou lui ne me racontait-il pas plus que ce que je savais ou que ce que je cachais?

Avec ce genre de suspicion, je me rendis compte, grâce à de petits indices (attitudes, façons de se saluer ou de se quitter, retenues qui pointaient la tête et disparaissaient tels de petits serpents dans cette vie quotidienne partagée), que notre amitié ternissait et je le regrettais sincèrement : Jéricho était la moitié de ma vie et sa camaraderie était une manière de m'effacer moi-même de mon propre passé...

L'incident de l'aéroport, ma décision de dénoncer la femme et le bagagiste qui forniquaient si joyeusement dans les toilettes pour hommes, m'offrait en réalité une occasion de me réconcilier avec Jéricho, d'éviter une rupture et de recommencer, les deux ensemble, une enquête qui signifiait, en fin de compte, renouer un lien, attacher un fil avant qu'il ne casse et reprendre l'histoire là où nous l'avions laissée : à l'enterrement de la señora Esparza, au destin tronqué d'Errol.

« Où est Nazario Esparza ? » fut la première et logique question de don Antonio Sanginés lorsque nous lui exposâmes un cas dont il connaissait les précédents mieux que nous, et, très certainement, les conséquences aussi.

Sans se répondre à lui-même, il nous fournit en tout cas quelques antécédents. Sanginés avait mené une ou deux affaires pour Esparza, en particulier la situation testamentaire laissée par le décès de doña Estrellita, qui avait apporté sa fortune personnelle à un mariage sous le régime de la séparation des biens avec part réservataire pour le conjoint survivant, tandis que le contrat de mariage avec la señorita Sara Pérez Ubico était sous le régime de la communauté de biens, c'est-à-dire que lorsque don Nazario mourrait, sa seconde épouse entrerait en possession de deux fortunes : celle de son mari et celle de doña Estrellita.

« Don Nazario a intérêt à prendre bien soin de lui, soupira Sanginés, joignant les doigts devant son menton.

— Le mariachi Batalla est un assassin, me dit Miguel Aparecido en prison. Je ne sais pas qui l'a envoyé ici et pourquoi je n'ai pas été capable de l'arrêter. »

Lui porta ses deux mains également à ses lèvres, puis à son nez.

« Presque toujours, je repère les types comme lui grâce à mon réseau d'informateurs et je m'arrange pour qu'ils soient envoyés ailleurs. Je ne sais pas comment cet individu a pu m'échapper. Quelque chose n'a pas marché correctement. » Miguel Aparecido fronça les sourcils. « Quoi ? Qui ? Comment ?

— Envoyés ailleurs ? relevai-je comme si je suspectais un élan naturel chez celui que j'étudiais pour ma thèse sur Machiavel.

— Tu m'as compris, dit dans un sinistre sous-entendu Miguel Aparecido. En tout cas, en liberté, Maximiliano Batalla peut commettre n'importe quel excès. Je t'ai déjà raconté ses antécédents.

— Qu'est-ce qui te fait penser qu'il a agi de concert avec Sara P. ?

— Qui est le bagagiste avec lequel elle forniquait ? »

Qui était le bagagiste ?

Ceci fut le moindre des mystères. Sanginés ne tarda pas à découvrir que le faux bagagiste de l'aéroport était Maximiliano Batalla : un déguisement opportun que ma découverte reliait à la femme perfide de don Nazario Esparza, et qui l'impliquait pour cette raison même dans les crimes de Maxi.

Comme à l'ouverture d'une boîte de Pandore, les évènements dans leur ensemble apparaissaient, révélant un mystère après l'autre. Qui avait tiré de prison Maximiliano Batalla ? Qu'est-ce qui, en dehors du sexe, unissait la femme de Nazario au mariachi Batalla ? Étaient-ils complices ? *If so*, en quoi, pourquoi, dans quel but ?

Telles furent les hypothèses que l'esprit légaliste d'Antonio Sanginés avait étalées devant moi, poursuivant de manière inespérée mon éducation juridique, accompagnée d'une dimension pratique qui consistait d'abord à récupérer notre pote Errol Esparza, puis à se rendre ensemble, comme je l'ai annoncé au début de ce chapitre, à la maison familiale, au Pedregal de San Ángel.

Entre-temps, mû par une présomption d'importance qui est aussi celle de la jeunesse et une aspiration naturelle à en savoir plus, je suggérai à ma chef avérée et mon secret amour, Asunta Jordán, de me parler du big boss, Max Monroy, sans jamais révéler — c'était la preuve tacite de ma discrétion et de ma conviction croissante que certaines choses ne doivent pas se savoir — que je parlais avec la mère du *tycoon* au cimetière où la sainte femme était enterrée.

« C'est bon, j'ai compris en quoi consistaient ses affaires, lui dis-je un matin. Pas la peine de t'étendre là-dessus. »

Elle rit. « Tu n'as aucune idée de la façon dont se développe Max Monroy.

— Raconte-moi.
— Depuis le début ?
— Pourquoi pas ? »

Je savais qu'Asunta allait me déballer ce que je savais déjà, et m'ennuyer à mourir. Mais qu'est-ce que l'amour envers une femme sinon une obsession, indépendamment des bêtises qu'elle répète comme un disque rayé ? Je me résignai.

Asunta me raconta que Max Monroy n'était pas un *self-made man* (je me fis la réflexion que l'on ne peut parler de notre monde des affaires moderne sans introduire d'anglicismes) mais l'héritier d'une fortune volatile et d'une autre, constante. Son père, le général, avait « carranzé », comme on appelait, à l'époque de la corruption officielle, le combat révolutionnaire sous les ordres du premier chef Venustiano Carranza, c'est-à-dire volé. Mais c'était comme de voler des poulets dans un poulailler sans toucher au coq ni lui disputer son empire. Une petite ferme par-ci, une petite baraque par-là, douces brebis par-ci, chevaux sauvages par-là, les choses étaient comme qui dirait faciles à obtenir et tout aussi faciles à perdre. Par contre, la mère de Max avait une boule de cristal et devançait les événements. Toujours un ou deux pas devant la loi et le gouvernement, elle restait en bons termes avec celui-ci et consolidait celle-là : communications, immobilier, industrie, banque, crédit, bâtiment, jusqu'à épuiser les possibilités de la petite révolution industrielle mexicaine et le rôle concomitant d'intermédiaire qui invente des compagnies à partir de rien, reçoit des fonds en utilisant des noms différents et fuit les solutions définitives. La carrière de Max Monroy a été un exemple de fluidité, ajouta Asunta. Il n'épouse jamais rien pour toujours. Il voit venir ce qui est sur le point d'arriver. Il devance tout le monde. Il n'exclut personne. Il n'est pas monopoliste. Bien au contraire, il pense que le monopole est une maladie qui tue le développement capitaliste. C'est, selon Max, ce que les capitalistes débutants ne comprennent pas, ceux qui croient qu'ils ont inventé l'eau tiède, alors qu'ils sont parfois la seconde génération et que l'eau, c'est leurs parents qui l'ont fait bouillir.

« Regarde le registre des sociétés de Max Monroy. Tu verras qu'il n'a rien monopolisé. Mais qu'il a tout devancé. »

Il pense que les solutions définitives sont presque toujours mauvaises. Elles ne font que remettre les choses à plus tard et fourvoyer. Au contraire, les solutions partielles sont bien meilleures. Entre autres, parce qu'elles n'ont pas la prétention d'être définitives.

« Il n'a jamais pris parti ?

— Non, il m'a dit : "Asunta, la vie n'est pas une affaire de partis ou de chronologie. C'est une question de savoir quelles forces agissent à un moment donné. Bonnes ou mauvaises. Savoir comment y résister, les accepter, les canaliser."

— Les canaliser, Max ?

— En conclusion, c'est souhaitable. Mais tu auras beau t'efforcer de tout prévoir sur une question, ma chère enfant, le hasard jouera toujours sa carte. Être préparé à l'inattendu, accueillir la fortune — bonne ou mauvaise — et l'inviter à dîner, comme Don Juan avec le Commandeur, voilà...

— Don Juan est allé en enfer, Max...

— Qui te dit que quand il est arrivé en enfer il ne l'a pas transformé à son image ?

— Peut-être qu'il vivait déjà son propre enfer dans le monde.

— C'est possible. Chacun vit, ou s'invente, son ciel ou son enfer sur terre.

— "Les portes de ton ciel sont les grilles de mon enfer", a écrit William Blake », citai-je, et j'ajoutai, prétentieux : « C'est de la poésie. »

Je fis un clin d'œil à Asunta. Je le regrettai immédiatement. Elle me regarda gravement. Comment toréer cette femme ? Car elle était un taureau et non une vachette. Ou était-elle un agneau habile, en fait agnelle ?

« Je ne crois pas que Max Monroy lise de la poésie. Par contre, il connaît très bien les portes du ciel et les enceintes de l'enfer du monde des affaires. »

J'étais, moi, disposé à apprendre, donnai-je à entendre à Asunta.

« "La position des étoiles est relative", c'est ce que me dit

Max tout le temps; je crois que c'est pour ça qu'il ne m'a jamais dit : "Fais ça" mais "Ce serait mieux si...".

— Alors tu ne te sens pas inférieure ou soumise à lui, une simple employée de Max Monroy ? »

Si Asunta fut offensée par mes mots, elle ne le montra pas. Si elle pensa en être offensée, elle me rendit mon sourire.

« Je dois tout à Max Monroy. »

Elle me regarda dans une intention prohibitive. Je veux dire que ses yeux me signifièrent : « N'avance pas plus. Arrête-toi là. » Pourtant, je devinai en eux quelque chose qui me demandait de différer, et seulement différer, le sujet. Aux mouvements de son corps, je compris que son esprit était disposé à répondre à mes questions, qu'elle me demandait juste du temps, du temps pour nous connaître plus, pour être un peu plus intimes...

C'est ce que je voulus croire.

Ou plutôt, voilà ce que je lus dans la posture de cette femme, dans sa manière de bouger, de me tourner le dos, de me regarder en coin, d'ébaucher un sourire triste qui apportait promesse et grâce à un récit révolu et grave.

« Ce qui est intéressant chez Max Monroy c'est que, alors qu'il aurait pu se placer *at the top*, tout en haut dès le début, il a préféré avancer pas à pas, presque comme un apprenti dans ce petit monde de la finance. Il savait que le danger pour lui était de s'asseoir à une table déjà mise où un majordome appelé Destin t'ordonne : "Mange." »

Asunta avait-elle souri ?

« Là, c'est plutôt lui qui est parti chasser le renne, qui l'a dépecé lui-même, l'a vidé, a cuisiné sa viande, l'a servie, l'a mangée et a placé ses bois au-dessus de la cheminée de la salle à manger. Comme si de rien n'était. »

Asunta prononça ces mots avec une sorte de sincérité administrative qui m'irrita pas mal. Comme si son admiration envers un autre homme, bien qu'il soit son chef et qu'elle lui

« doive tout », me privait de la position, sans doute minime, à laquelle je voulais prétendre.

« Il fait jamais d'erreur, Max Monroy ? dis-je de façon assez stupide.

— Je vais te dire. Pour être tout à fait sincère. Ce n'est pas qu'il fasse ou non des erreurs. Max Monroy sait échapper aux exigences du moment et voir plus loin que les autres.

— Il est parfait », commentai-je, assaisonnant de plus en plus de bêtises mon attirance personnelle pour Asunta.

Elle ne s'en offusqua pas. Elle n'eut même pas de doutes sur mes intentions, ce qui m'irrita encore plus. Cette femme me considérait-elle comme incapable d'aucune vacherie ?

« Il échappe aux exigences du moment. Il prend les devants. Tu comprends cela, pas vrai ? » me demanda-t-elle, et je me rendis compte qu'à travers sa question elle me disait qu'elle savait ce que j'essayais de faire et au passage, que ça ne lui faisait ni chaud ni froid. « Max Monroy anticipe. »

Asunta me regarda avec sérieux.

« Il est en avance sur son temps.

— Et qu'est-ce qui se passe si tu changes avec le temps ?

— C'est lui qui triomphe, Josué. Le temps triomphe de toi. »

« Rends-toi compte, Asunta, de la rapidité des choses. Rien qu'au cours de ma vie, le Mexique est passé du pays agricole qu'il était à un pays industriel. Avant il y avait eu des cycles très lents. Un cycle de siècles (Max aime les allitérations, Josué) pour le pays agricole. Une douzaine de décennies pour le pays industriel. Et maintenant, Asunta, maintenant... » Quel geste exceptionnel : Max Monroy tape du poing contre la paume ouverte de son autre main. « Et maintenant, Asunta, une époque véloce, une course globale, sans frontières, sans drapeaux, sans nations, vers le monde de la technique et de l'information. La Chine, le Japon, et même l'Inde, même la Russie — je ne parle pas des États-Unis, ce serait une redondance... Le monde global est un monde techno-informatif et celui qui ne monte pas dans le train à temps va devoir marcher pieds nus et arriver trop tard à destination. »

« Ou ne pas voyager, commentai-je.

— Ou au moins s'acheter des espadrilles », dit-elle avec un sourire.

« Asunta, il y a des choses que je ne dis pas mais que tu sais. Comprends-les et nous nous entendrons bien. Travaillons ensemble. Au Mexique, dans toute l'Amérique latine, nous prenons la rhétorique pour la réalité. Progrès, démocratie, justice. Il nous suffit de prononcer ces mots pour croire qu'ils sont vrais. C'est pour ça que nous allons d'échec en échec. Nous fixons un objectif pour le Mexique, le Brésil, l'Argentine... Nous nous persuadons qu'avec les mots, les lois appropriées, le ruban coupé et l'oubli immédiat nous parviendrons à ce que nous avons déclaré souhaiter... Nous disons des mots qui se moquent de la réalité. Et finalement, c'est la réalité qui se moque des mots. »

« Max Monroy gagne contre la réalité ?

— Non, il anticipe la réalité. Il n'accepte pas les prétextes.

— Juste les textes, déclarai-je sans ambiguïté.

— Ce qu'il n'accepte pas, c'est la folie de ces prévisions qui plaisent tant à nos gouvernements et à certains entrepreneurs. »

Asunta était en train de me raconter que Max Monroy était tout ce dont Max Monroy s'écartait, et ce dont il s'écartait c'était l'illusion et la pratique quotidienne de la politique latino-américaine.

« Lui, il devance son époque, dit avec une irritante admiration la femme que je désirais.

— Son époque ne triomphe jamais de lui ?

— Comment ? dit-elle avec un étonnement feint. Vas-y,

explique-moi. Voyons voir, de quelle manière ? Dis-le-moi, si tu peux. »

Par la vieillesse, dis-je, par la mort, dis-je, rageur, plus aimanté par le désir d'aimer Asunta que par le respect que je devais à l'Ancienne Conception, mon interlocutrice radicale, c'est-à-dire la souche de ma potentielle sagesse, de ma fortune, de mon destin.

"Et de ton esprit, mon choupinet. Tu crois que tu peux visiter ma tombe impunément ?

— Non, madame, ce n'est pas ce que je crois, excusez-moi.

— Alors respecte mon fils et ne va pas plus vite que la musique, gamin."

Étais-je l'émissaire secret de l'Ancienne Conception dans le monde dont avait hérité son fils Max et qu'il avait consolidé ? Je me posais des questions sur mon rôle dans ce feuilleton et ce qui m'inquiétait le plus c'était mon désir charnel pour une femme que je trouvais assommante : Asunta Jordán.

Je vais laisser Sara Pérez, Sara P., la seconde femme de Nazario Esparza, prendre la parole. J'avoue que son vocabulaire me choque, mais moins que les faits que ses mots décrivent avec ostentation. Ostentatoire : Sara P. fait étalage de ses vertus, parmi lesquelles prédominent la vulgarité, le cynisme, l'ignorance, un certain humour noir, et même éventuellement un désir de séduction sous-jacent, que sais-je...

Avant tout, je dois corriger mon affirmation antérieure. Jéricho s'excusa de ne pouvoir nous accompagner chez les Esparza. « Je n'ai pas le temps, nous fit-il dire, à Sanginés et moi. La Présidence est très exigeante. En plus, je ne sais pas en quoi je peux être utile... *Sorry.* »

Quant à Errol, il nous fut impossible de le localiser. Sanginés envoya un véritable corps d'expédition parcourir les vieux bouges de la ville et les neufs des quartiers excentrés, ceux de la haute et ceux de la basse ; notre copain n'apparut nulle part, il s'était volatilisé. La ville était très grande, le pays plus grand encore, les frontières poreuses : Errol pouvait être dans n'importe quelle ville des États-Unis ou du Guatemala. Il fallait être un nouveau Cabeza de Vaca pour partir à sa recherche. Et en ce siècle qui est le nôtre il n'y avait plus d'El Dorado comme au XVIe, si ce n'est comme nom de casino à Las Vegas.

Bref : nous nous présentâmes seuls, Sanginés et moi, escortés par les policiers et les greffiers, pour écouter la déclaration de Sara Pérez de Esparza. La femme était assise sur une sorte de trône placé au centre de la salle de réception dont je me souvenais, autrefois présidée par la timide et chaste première femme d'Esparza, la mère d'Errol, et maintenant par cette bonne femme que je ne parvenais pas à dissocier, rétrospectivement, de l'acte sexuel vulgaire dans le placard des toilettes pour hommes à l'aéroport international Benito-Juárez ; de son pas pressé précédée d'un bagagiste et vêtue comme Judith en route vers Béthulie, déambulant dans les immenses couloirs surpeuplés de ce même lieu ; d'une affligeante journée en mémoire de celle qu'elle avait supplantée, doña Estrellita ; d'une autre visite à l'aéroport le jour où j'étais tombé pour la première fois sur Lucha Zapata ; et finalement de la nuit où Jéricho et moi avions baisé cette même femme au bordel de la Hétara.

Mais elle portait alors un voile et je n'avais pu l'identifier que par l'abeille tatouée sur sa fesse, que j'avais revue dans la grotesque scène des toilettes aéroportuaires.

Cette fois, Sara Pérez de Esparza était assise sur son trône semi-gothique et pseudo-versaillesque, caractéristique de l'étrange mélange de ses goûts omnivores, car je commençais à penser qu'en cette femme il y avait de tout, le pire et le meilleur, le plus vulgaire et le plus raffiné, le plus désirable et le plus répugnant, sans passer par la moindre nuance de bons sens. Assise sur son trône dont elle griffait les accoudoirs de ses ongles argentés aussi longs que des cimeterres, habillée comme une vedette de *La Dolce Vita* d'un palazzo pyjama des années soixante, noir et or, avec des dauphins qui lui nageaient de la poitrine aux genoux et du dos au coccyx : une tenue étrangement démodée dont l'encolure largement échancrée dévoilait généreusement sa poitrine. Un ample pantalon de marin. Ses pieds nus, mais avec des bagues à quatre doigts de chaque pied, un brillant incrusté à chaque petit doigt et plusieurs anneaux d'esclave aux chevilles, assortis à tout l'orchestre métallique qui tintait à ses poignets, rivalisant avec le silence sépulcral des grosses bagues, le tout contrastant avec la nudité du cou, comme si Sara voulait que rien ne puisse distraire l'attention que méritait son décolleté et l'orgueil qu'elle éprouvait pour ses seins, ses lolos, ses nénés, ses nichons, ses roberts, ses doudounes, qui sait comment elle-même pouvait bien appeler ces énormes et inamovibles tubercules qui émergeaient, raides comme une double pierre tombale où était inhumée la sensualité naturelle de cet être superficiel, semblable à une poupée mécanique qu'on doit remonter tous les matins avec une clé en or : Sara P. avait, montée sur cette extravagance de corps, une tête relativement petite, élargie par les boucles de cheveux blonds grimpant telles des cordillères vers un front rasé et lissé, pour finir couronnées de perles noires, ce qui donnait l'effroyable impression que les bijoux mangeaient la chevelure, l'ensemble visant à glorifier un visage rigide, étiré, beau d'une beauté vulgaire et patente, comme un coucher de soleil en toile de fond d'adieux cinématographiques, comme un calendrier de garage, comme un poster pour soldat, chauffeur de taxi, mécanicien ou adolescent anarchiste.

Fixe, le regard, tendue et pleine, la bouche, telle une cerise paralytique. Nerveux, le nez incontrôlable. Enfouies, les oreilles, sous le lourd poids des pendants tricolores : des boucles étranges, déplaisantes et outrancières aux couleurs du drapeau national. Je la vis pour la première fois de près, en détail.

C'était une femme camouflée. Les odeurs. Les rides. Le rire. Tout était sous contrôle, rigide, refait comme dans un sortilège.

Elle parla et dès le premier instant je sentis que ses paroles étaient à la fois les premières et les dernières de sa vie. Un discours baptismal et sépulcral à la fois.

Doña Hétara, la mère maquerelle de la maison close de Durango, administrait les goûts de ses clients et la fortune de ses pupilles. Elle n'était pas une de ces tenancières de bordel qui ne font que gérer un commerce de putains. Drôlement maligne, doña Hétara. Les dents bien longues. Rien d'une idiote. Elle disait toujours : se-di-ver-si-fier. Et figurez-vous qu'elle n'administrait pas seulement un boxon mais aussi une école de bonnes sœurs, où doña Hétara, qui était très charitable, envoyait les vieilles catins s'habiller en religieuses et prétendre qu'elles éduquaient les toutes jeunes catins qui cherchaient un mari. Car, au fond, il n'est pas de pute qui n'aspire au mariage. Ça les fait bouillir que les hommes ne parlent pas d'elles comme des « femmes » mais des « gonzesses ». Être une « gonzesse » c'est être une pute, de la petite ferraille, pas plus qu'un vulgaire *tamal*, un vieux fond de sauce... Être une « femme », c'est être une maîtresse qui a des chances de finir épouse et mère.

Après une période à se faire la main au bordel de la rue de Durango, Sara fut envoyée à l'école de bonnes sœurs, prétendument pour apprendre les bonnes manières, où elle rencontra don Nazario Esparza, toujours en quête de sensations nouvelles et de chair fraîche pour son « insatiable appétit », parce qu'à quoi bon tous les magasins de meubles, les hôtels, les cinémas et les centres commerciaux, à quoi bon ses lits, si ce n'était pas pour y jouir avec une bonne vieille *gonzesse* ?

« Ne vous donnez pas tant de peine, don Nazario. N'allez

pas au plus facile. Soyez pas si pressé. Prenez tout votre temps. Faites-vous à l'idée que vous êtes toujours des plus fringants. Vous êtes encore en pleine forme, ma foi. Tout ce qu'il y a de plus vert. »

Et c'est ainsi que notre richard fut séduit par la monastique Sarita, qui vivait dans un couvent où l'avaient abandonnée ses parents.

« On vous l'a abandonnée, madame ?
— Disons qu'on nous l'a remise.
— Ils ne l'ont jamais revue ?
— Ne vous faites pas de mouron, don Nazario. Nous avons réclamé très cher pour la prendre et nous n'avons jamais permis qu'ils la revoient. Sarita est seule au monde. Elle n'aura que vous, cher monsieur. »

C'est ce que lui-même racontait et ce que son fils Errol nous rapporta.

Vous et une copieuse cohorte de mariachis, voleurs, zonards, fumeurs de hasch, drogués, macs, joueurs de bongos et tous ceux qu'elle n'avait pas connus mais qu'elle imaginait, car dans sa tête passaient plus d'hommes que dans une armée, ceux qui l'avaient baisée et ceux qui auraient pu s'ils avaient su les joliesses qu'abritait le corps si bien disposé de Sara P. Comme un très beau papillon capable de se transformer en chenille à loisir, d'imiter à la perfection les manières de celles d'en haut et de pratiquer jusqu'à l'ignominie les vices de celles d'en bas. Je la vis en maîtresse de maison funèbre le jour des honneurs rendus à doña Estrellita, elle était raffinée mais d'un faux raffinement, quelque chose détonnait dans son expression, sa robe, sa façon de donner des ordres surtout, de traiter le personnel, son mépris hautain, son absence de courtoisie, le manque d'éducation basique de Sara P. exposé dans un dédain qui l'assimilait à ce qu'elle croyait, rustre qu'elle était, mépriser.

Bien sûr, Sara arriva à la demeure du Pedregal avec sa virginité intacte et don Nazario jouit du privilège de la déflorer. C'était un hymen *scotch tape* fabriqué astucieusement par les fausses bonnes sœurs du couvent dissolu, qui savaient aussi bien restaurer des hymens que cuisiner des *moles*. Quant à don Nazario, que pouvait-il savoir ? Il ne s'était jamais tapé de vierge de toute sa foutue vie, sauf la chaste mais pudibonde señora Estrellita, qui avait un cadenas psychique entre les jambes, et comme Sarita lui donna ce plaisir inédit, il devint dès ce moment l'esclave de sa femme, la fausse petite nonne. Lui, Nazario, qui était un empereur romain habitué à jeter des pièces à la populace. Nazario, qui exigeait d'être le centre d'attention. Nazario, au tempérament colérique et à la colère aveugle. Transformé en caniche, en chien-chien à sa mémère, en pantin de cette salope sensuelle, vorace, impassible de Sarita : le pontife vaincu par la luxure inaccoutumée de la fausse prêtresse qui peu à peu dénudait son âme, invitait à la débauche, vomissait des mots orduriers, exigeait des postures animales, fais-moi lionne, Nazario, fais-moi ce qui excite tous les hommes, mon tigre, pas seulement toi, jouis de ma chatte, je veux en jouir, je veux que tous en jouissent, le mariachi, le type des valises, le taxi, le potier : pétris-moi, Nazario, comme si j'étais ton pot en terre.

Est-ce que ça le dégoûtait, don Nazario ? Est-ce qu'il s'en fichait quand elle lui disait qu'elle lui donnait à lui ce qui les excite tous, pas seulement son mari ? Elle se moquait de lui en lui racontant des expériences sexuelles qui, disait-elle, n'étaient qu'imaginaires et qu'elle exigeait maintenant au vieux de plus en plus étourdi, absent, hébété de tant d'excitation, tant de nouveauté, sans se rendre compte qu'elle, même dans la plus grande intimité, le regardait avec distance, avec mépris, comme si elle le lisait, comme s'il était le journal d'avant-hier ou une pub du Périphérique. Mais elle ne se rendait pas compte qu'elle ne l'humiliait pas. Elle ne faisait que l'exciter toujours plus, elle enflammait son imagination.

Esparza voyait Sara dans toutes les positions concevables, il l'imaginait en train de forniquer avec d'autres hommes, il jouissait toujours plus de ce sexe vicariant.

Elle le haïssait, dit-elle, mais il la prenait comme une chienne. Elle en vint à souhaiter que son pénis reste pour toujours en elle. Elle eut envie de le châtrer. Elle lui disait que plus elle aurait d'amants qui jouiraient d'elle, plus elle conserverait de sperme en elle. Imagine, Nazario, imagine-moi en train de baiser avec ceux que tu n'as jamais connus.

« C'est pas compliqué. Les putes, celles que tu prends par-derrière, c'est les moins chères. Celles qui se mettent dessus, c'est les plus chères. »

Sauf qu'en même temps son mariage avec ce vieux lui faisait de plus en plus peur. Elle commença à se voir telle qu'elle n'était pas, mesquine, acariâtre, spectrale. Elle désira avec ferveur la mort de cet homme qui l'aimait, la désirait, et en même temps la tenait recluse par le luxe et l'ambition.

C'est alors que Nazario lui fit la fleur de se retrouver paralytique après un énergique 69. Le vieux s'excita trop et se retrouva à moitié raide avec une hémiplégie qui l'empêchait de parler au-delà d'un miaulement de chaton qui a perdu sa mère. Alors elle eut de nouveau la tentation de le castrer et même de lui fourrer son pénis flasque dans la bouche. Mais elle eut une meilleure idée. Petit à petit elle mit en place une politique d'humiliations croissantes, en commençant par s'exhiber les seins à l'air devant le paralytique. À le désorienter en se baladant devant son regard idiot, déguisée en grand deuil un jour, habillée comme pour assister à un cocktail un autre, en infirmière pour finir, le sortant dans le patio sans ombre du Pedregal dans son fauteuil roulant pour le laisser cuire un peu, des heures et des heures sous les rayon du soleil, des fois qu'il me ferait une bonne insolation et qu'il en crève, et Nazario Esparza, emmitouflé dans un pyjama en laine et une robe de chambre à carreaux écossais, sans chaussures, qui cherchait à éviter le regard du soleil et voyait pousser les ongles jaunis de ses pieds...

Toute seule ? Sara rit un long moment, alternant des manières de jeune demoiselle pudibonde avec des éclats de rire de pensionnaire de maison close, tu parles, j'ai ramené à la maison tous ceux que je n'avais fait que citer avant, mariachis, zonards, hommes à tout faire des bordels, mes potes qui m'apportaient des serviettes chaudes après l'amour, joueurs de bongos qui jouaient de la musique tropicale pendant que je dansais devant le vioc raide, des macs qui lui faisaient tout, cuisinaient et lui servaient à manger. Ils sortaient le croulant au soleil en pleine après-midi dans la foutue Meseta, comme un porc rôti. Mais elle le gâtait aussi, elle se mettait dans son lit et elle faisait mumuse avec lui, lui disait à l'oreille allez fais-moi ce qui est interdit, elle lui susurrait qu'est-ce que c'est doux une momie, et s'il tendait vers elle des doigts tremblants elle lui donnait une tape sur la main et lui disait « pas touche, saleté », puis elle se déshabillait et faisait l'amour avec le Mariachi devant le regard abasourdi, désespéré, absurde de Nazario Esparza qui avec des gestes fous lui faisait signe de venir dans son lit.

« Dans ton lit, Nazario ? Dans ton lit tu ne fais plus que pisser. »

L'apothéose fut, raconte-t-elle, ce qu'elle appelait la « grande partouze populaire ». La totalité des serviteurs et parasites réunis à la maison du Pedregal avait pris part devant Esparza à la mise en scène du viol collectif de Sara P. Elle avait exagéré les poses, les cris de plaisir, les ordres intimés, elle avait exagéré jusqu'aux orgasmes simulés qui se répercutaient sur les traits momifiés de Nazario Esparza comme un mirage de la vie, une oasis perdue du pouvoir, un désert semblable à la mort.

Qui le prit, déclara la femme, au milieu de la dernière orgie mise en scène. C'est le joueur de bongo, lui qui savait

compter à distance les pulsations du monde tropical, qui s'en assura. Le marlou tiré à quatre épingles qui déclarait les morts imprévues dans les maisons de prostitution la certifia. Personne ne le vit mourir. Même si le Mariachi, qui tenait Sara dans ses bras à ce moment-là, dit qu'il avait entendu, comme dans une chanson d'adieux, les paroles de *La Barca de Oro* :
Yo ya me voy... sólo vengo a despedirme.
Adiós mujer... Adiós, para siempre adiós.
Vérité ou poésie ?
Où l'avez-vous enterré ? demanda Sanginés, dont les traits se teintaient d'un dégoût qui contrastait, je dois bien l'admettre, avec ma propre fascination : le récit rocambolesque, surréaliste, inénarrable enfin, de cette femme dépourvue de toute notion de morale, amoureuse de sa propre présence sur terre, possédée par son incalculable vanité, enfermée dans une gloire idiote, sans autre réalité que celle de ses actes dénués de connexions entre eux, et formant juste une chaîne de servitudes qui échappent à la conscience du sujet, tout cela, en cet instant, refermait une étape de ma jeunesse qui commençait dans le bordel de la rue de Durango quand, avec Jéricho, nous jouissions de cette bonne femme à l'abeille tatouée sur la fesse, et terminait à présent, avec celle, assise sur un trône de pacotille, dont le sexe peint sur le visage lui servait de bouche pour parler.

Je réalisai, au cours des jours suivants, que mes relations avec les femmes n'étaient pas vraiment abouties ; elles prenaient fin abruptement et manquaient de ce qui à mon âge commençait à s'imposer comme une nécessité : la durée. Une relation durable.

Avec Jéricho, nous avions lu Bergson en prépa et le sujet de la durée, grâce à cette lecture, ressurgissait parfois dans nos conversations. Bergson fait une distinction très claire entre la durée que l'on peut mesurer et une autre qui ne se laisse pas appréhender par des dates parce qu'elle correspond au flux intime de l'existence. Le vécu est indivisible. Il contient le passé comme mémoire. Il annonce l'avenir comme désir. Mais il n'est ni passé ni futur séparés de l'instant. Chaque instant, en conséquence, est nouveau, bien que chaque instant soit passé du souvenir et ambition d'avenir.

(On comprend pourquoi la philosophie de Bergson fut l'arme des intellectuels de l'Ateneo de la Juventud — José Vasconcelos, Alfonso Reyes, Antonio Caso — contre le positivisme comtien qui était devenu le masque idéologique de la dictature de Porfirio Díaz : tout se justifie s'il y a un progrès à la clé. Une déesse moderne, au palais des Mines de Mexico, se proclame, dans l'éclat et l'opacité de la mosaïque, divinité de l'industrie et du commerce. C'était la courtisane de la dictature.)

Que contient ce mouvement de l'instant qui englobe ce que nous avons été et ce que nous serons ? D'une part, l'instinct. De l'autre, l'intelligence. Les gens, devant l'acte de création, devant Michel-Ange ou Rembrandt, Beethoven ou Bach, Shakespeare ou Cervantès, parlent d'inspiration. Wilde a dit que la création, c'était dix pour cent d'inspiration et quatre-vingt-dix pour cent de transpiration. Autrement dit, créer implique de travailler, et aussi bien Jéricho que moi étions d'avis que la production de talents frustrés en Amérique latine est aussi grande que la production de bananes parce que nos génies sont dans l'attente de l'*inspiration* et usent leurs fonds de culotte à l'attendre dans les *cantinas* et les cafés. Ces dix pour cent attendent pourtant patiemment à côté des quatre-vingt-dix autres et peuvent apparaître, bien sûr, dans un bar ou un café, même si on les reçoit mieux dans une pièce, la plus déserte possible, avec stylo, machine à écrire ou ordinateur à portée de main et un effort de concentration qui par ailleurs peut aussi bien se faire dans un avion, dans un hôtel ou sur une plage. Le texte n'admet pas de prétexte.

Intention et intelligence. Je crois que mon ami et moi, au sein de cette longue relation que nous avions amorcée dans la cour de récréation d'une école religieuse, n'avions pas besoin de prononcer ces mots pour les comprendre et les vivre. Ce n'était pas la seule base de notre accord, entériné le jour où j'étais allé vivre avec lui rue de Prague. Ce soir-là pourtant, deux ou trois jours après avoir entendu cette maudite (ou était-elle bénie dans la compassion ?) Sara Pérez de Esparza, Jéricho rentra à l'appartement que nous partagions et déclara sans crier gare que le moment était venu de vivre séparément.

Je déclarai sans sourciller : « Je pars aujourd'hui même. »

Jéricho eut le goût de baisser la tête. « Non. Celui qui s'en va c'est moi. Reste ici. C'est que... » il leva les yeux « je vais pas mal voyager dans tout le pays.

— Et alors ?

— Je vais recevoir toutes sortes de visites.

— Tu as un bureau.

— Tu sais bien ce que je veux dire. »

Je ne voulus pas m'arrêter à l'évidence et croire que Jéricho avait besoin de déménager pour avoir une plus grande liberté amoureuse. Peut-être qu'il en avait bénéficié tandis que je me consacrais à Lucha Zapata et que, sans elle, maintenant, la promesse de ma présence constante lui gâchait quelque « idylle ».

Je compris qu'il y avait quelque chose d'autre lorsque Jéricho dit abruptement :

« Rien ne m'oblige à vivre contre moi-même.

— Bien sûr que non, acquiesçai-je avec sérieux.

— Contre ma propre nature. »

Il ne me vint même pas à l'idée que mon ami allait me révéler ses penchants homosexuels. Me reviennent en mémoire les images des douches partagées au lycée et, plus excitantes, de l'érotisme avec la femme à l'abeille tatouée. Je me remémorai aussi ce qu'il m'avait dit en revenant de ses années d'études en Europe, un voyage planifié avec autant de mystère que le retour même et un mystère accru par certaines fausses notes que je pressentais — je ne savais pas, je pressentais seulement — dans les allusions parisiennes d'un jeune qui ne connaissait pas l'argot français mais utilisait par contre le slang américain, comme là, justement :

« Écoute, comme le chante Justin Timberlake, *Daddy's on a mission to please*. Ne le prends pas mal.

— Bien sûr que non, Jéricho. Toi et moi avons toujours eu l'intelligence de ne jamais nous contredire et de savoir que chacun a ses idées propres.

— Et sa propre vie », ajouta avec exultation mon ami.

Je lui dis que c'était le cas en effet et le regardai sans un geste, le questionnant de façon rhétorique : « Sa propre nature ? »

Il n'y avait pas trace de piège, mauvaise foi, ou sous-entendus dans mon interrogation, mais un véritable désir qu'il m'explique, lui, quelle était sa « propre nature ».

« Nous ne sommes pas les mêmes, répondit-il à ma question tacite. Le monde change et nous avec lui. Tu te souviens de ce que je t'ai dit, ici même, quand je suis revenu au Mexique ? Je t'ai demandé alors : "Que possédons-nous ? Nom, profession, état civil ? Sommes-nous un terrain en friche ? Un dépotoir de ce qui aurait pu être ? Un catalogue de pertes et profits ? Peut-être même pas le fond de la marmite ?" »

Je l'arrêtai d'un geste. « Respire, pour l'amour du ciel.

— Il nous faut un poste, Josué. Nous ne pouvons pas donner comme profession "Je pense" ou "Je suis".

— On aura toujours la possibilité de devenir de vieux

jeunes, comme certains musiciens, Compay Segundo ou les Rolling Stones, pourquoi pas? Je t'en ai pas parlé?

— Ne rigole pas. Je suis sérieux. Le moment est venu de nous confronter à l'action. Nous devons agir.

— Même s'il faut trahir nos idées? » dis-je, sans mauvaise grâce.

Il ne s'offusqua pas. « En nous adaptant à la réalité. La réalité va exiger des choses en accord avec nos talents quoique en désaccord avec nos idéaux.

— Qu'est-ce que tu vas faire?

— Je vais faire, je vais agir en accord avec la nécessité et en essayant, dans la mesure du possible, de conserver les idéaux. Qu'est-ce que tu en penses?

— Et si les idéaux sont de mauvais idéaux?

— Je serai politique, Josué. J'essaierai de les rendre moins mauvais. »

Je souris et je dis à mon ami qu'en fait nous étions fidèles à notre éducation catholique et à la morale du moindre mal s'il fallait choisir entre deux démons. Étions-nous *jésuites*?

« Et en plus le jésuite va où le pape lui dit d'aller, sans rechigner, sans tarder.

— Mais il s'agissait d'un ordre destiné à sauver des âmes, dis-je pour ma part, plein de l'ironie que ses mots éveillaient en moi.

— Et les âmes ne sont pas sauvées passivement, me répondit-il avec conviction. Il faut avoir une foi absolue en ce qu'on fait. Les finalités doivent être claires, les actions indiscutables. On ne construit pas un pays sans actions implacables. Au Mexique, nous avons vécu trop longtemps du compromis. Le compromis ne fait que différer l'action. Le compromis est *wishy-washy*. »

Il s'exalta et je le regardai avec inquiétude, presque du coin de l'œil.

Il déclara que dans toute société il existe des dominants et des dominés. Ce n'était pas ça qui était insupportable mais que les dominants ne sachent pas exercer leur domination, abandonnant les dominés à une existence fatale et végétative.

« Il faut dominer pour améliorer le sort de tous, Josué. De tous. Pas vrai ? »

Je l'accusai, en souriant, d'élitisme. Il me répondit que les élites étaient indispensables. Mais qu'il était nécessaire de les unir aux masses.

« Élite plus masse », asséna Jéricho, se déplaçant comme un animal en cage dans un espace, jusqu'alors le nôtre, qui apparemment était devenu pour lui une prison à quitter rapidement. « Tu te crois immortel ? » me lança-t-il.

Je ris. « Absolument pas. »

Il brandit son doigt devant mon visage. « Ne mens pas. Nous les jeunes, on se croit tous immortels. C'est pour ça qu'on fait ce qu'on fait. On ne joue pas. On invente. On ne donne pas de conseils et on ne les écoute pas. On fait deux choses. On n'accepte pas ce qui est déjà fait. On rénove. »

Je ris malgré moi.

Moi aussi, me fis-je la réflexion, je pense que je vais vivre toujours, je le ressens dans mon âme bien que ma tête m'affirme le contraire.

« Ça te paraît légitime que ce soit les vieux qui contrôlent tout, le pouvoir, l'argent, l'obéissance ? hein ?

— Pose-moi la question le jour où je serai vieux. » J'essayai de rester aimable avec un ami dont le visage surexcité et passionné au point de changer de couleur l'éloignait de moi de minute en minute.

Jéricho se rendit compte que je le regardais et le jugeais. Il tenta de se calmer et fit une blague sacrilège.

« Si on croit en l'Immaculée Conception, pourquoi ne pas croire en la Maculée Conception ?

— Qu'est-ce que tu veux dire ? lui demandai-je, un peu choqué malgré moi.

— Rien, mon pote. Seulement que la vie nous offre un million de possibilités à chaque coin de rue. Ou plutôt à chaque place. »

Ses yeux brillaient. Il me dit d'imaginer une place circulaire...

« Un *rond-point*? demandai-je, exprès.

— Oui, un cercle d'où partent, mettons, quatre, six avenues...

— Comme la place de l'Étoile à Paris.

— Tout juste, dit-il avec enthousiasme. La question est de savoir laquelle des six avenues tu vas prendre. Parce qu'en en choisissant une, c'est comme si tu sacrifiais les cinq autres. Et comment tu sais que tu as fait le bon choix?

— Tu ne le sais pas, marmonnai-je. Sauf à la fin de l'avenue.

— Et le problème, c'est que tu ne peux plus revenir au point de départ.

— À la place originelle. À la Concorde », dis-je en souriant ironiquement sans le vouloir.

Il me fixa un moment. Avec affection. Avec défi. Avec une prière non formulée : Comprends-moi. Aime-moi. Et si tu m'aimes et me comprends, ne cherche pas à en savoir plus.

Il y eut un silence. Puis Jéricho commença à empaqueter ses affaires et la conversation reprit son tour familier, habituel. Je l'aidai à faire ses bagages. Il me dit de garder les disques. Et les livres? Eux aussi. Il me regarda alors d'une drôle de façon, que je ne compris pas. Les livres, c'était pour moi. Lui, que pourrait-il lire désormais?

« Soyons baroques, déclara-t-il en riant et en haussant les épaules comme si cette définition transformait en pipi de chat l'histoire du Mexique et les Mexicains.

— Ou soyons audacieux, ajoutai-je. Pourquoi pas?

— Pourquoi pas? répéta-t-il avec un petit rire. La vie nous échappe.

— Et au diable les conséquences », déclarai-je, donnant pour terminée cette scène désagréable, en posant la main sur l'épaule de mon ami.

Je lui proposai de l'aider à descendre ses deux valises.

Il refusa.

Je décidai d'être indifférent à la beauté, la santé, la fortune. Je voulus transformer mon indifférence en quelque chose qui fût éloigné du vice et de la vertu. Je craignais de plonger dans la solitude, le suicide ou la justice. Je voulus, en somme, éviter les passions, les considérant comme une maladie de l'âme.

La défaite retentissante de ces nouvelles intentions miennes (mon doute) eut quelque lien avec la simple présence d'Asunta Jordán. De neuf heures à deux heures et de six à neuf, l'après-midi se prolongeant jusque tard dans la nuit, je ne fus jamais loin d'elle pendant la période de mon initiation dans les bureaux de l'immeuble Vasco de Quiroga, quartier de Santa Fe. L'immeuble même était constitué de douze étages consacrés au travail, plus deux pour les habitations du président de l'entreprise, Max Monroy, ainsi qu'un toit en terrasse pour l'hélicoptère.

« Et toi ? demandai-je à Asunta dans un mélange d'audace et de maladresse. Tu habites à quel étage ? »

Elle me regarda de ses yeux de mer brumeuse.

« Répète ce que tu viens de dire, m'ordonna-t-elle.

— Pourquoi ? dis-je, idiot que j'étais.

— Pour que tu te rendes compte de ta stupidité. »

Je l'admis. Cette femme, dont j'étais tombé amoureux, était en train de m'éduquer. Elle me guida à travers les douze étages autorisés, depuis l'entrée sur la place Vasco de Quiroga, saluant les gardiens, le concierge, les grooms, et de là aux deuxième, troisième et quatrième étages, où l'équipe féminine de secrétaires avait délaissé la machine à écrire et la sténo pour le dictaphone et l'ordinateur, où les secrétaires masculins signaient et paraphaient de leurs initiales la correspondance et la dictaient, où les archivistes transféraient la vieille et poussiéreuse correspondance de la compagnie fondée par la mère de Max Monroy (ma secrète interlocutrice du caveau sans nom) presque quatre-vingt-dix ans plus tôt, sur des cassettes, disquettes et maintenant iPods, blogs, cartes mémoire, clés usb, disques externes, et de là au cinquième étage, où une armée de comptables travaillait, au sixième, bureau des avocats au service de l'entreprise, au septième, d'où rayonnaient les préoccupations culturelles de Max Monroy, opéra, ballet, éditions d'art, au huitième, espace dédié à l'invention, et aux neuvième et dixième, les étages où des idées pratiques pour des technologies modernes étaient inventées.

C'est au onzième étage que je travaillais, moi, avec Asunta Jordán et toute une armée de cadres, un étage en dessous des treizième et quatorzième, habités, comme j'en venais à l'imaginer, par Barbe-Bleue et ses conciliantes femmes.

Asunta était-elle l'une d'entre elles ?

« Tu n'es ni séminariste ni tuteur, me dit-elle comme si elle devinait en moi un héros de roman du xixe incarné par Gérard Philipe. Tu n'es pas un employé ordinaire parce que tu es arrivé ici recommandé par le *licenciado* Sanginés, que Max Monroy aime et respecte. Tu n'es pas non plus socialement inférieur, même si tu n'es pas tout à fait socialement supérieur. »

Elle m'examina de haut en bas.

« Il faut que tu t'habilles mieux. Et une chose encore, Josué : il vaut mieux ne pas être né qu'être mal élevé, tu vois ce que je veux dire ? La société récompense la bonne éducation, les apparences, la façon de parler, les bonnes manières. Les bonnes manières sont une part de notre pouvoir, même si nous sommes entourés de sots ou peut-être justement grâce à cela. »

Elle s'attarda longuement — d'étage en étage — sur les civilités mexicaines et leur tradition.

« Nous sommes les Italiens de l'Amérique, plus que les Argentins, me disait-elle dans l'ascenseur, parce que nous avons été une vice-royauté et surtout parce que nous descendons des Aztèques et pas des bateaux.

— Un peu vieux comme blague », osai-je. Asunta semblait répéter une leçon apprise.

Elle rit, comme si elle m'approuvait. « Comme tu n'es rien de tout cela, il te faut apprendre à être ce que tu vas être.

— Et ce que je veux être ?

— À partir de maintenant, cela ne fait pas de différence avec ce que tu vas être. »

À cet effet — je suppose —, Asunta m'emmenait dans les soirées en société qu'elle considérait comme obligatoires, dans d'autres entreprises et des hôtels, parmi des gens puissants, parfois prétentieux, avec des ambitions d'élégance, un sujet qui éveillait dans le regard et la moue d'Asunta toutes sortes de réflexions dont elle me faisait part à voix très basse, entourés que nous étions tous deux du vif bourdonnement de cette ruche sociale, avec à la main une coupe de champagne où elle ne faisait que tremper les lèvres, sans jamais la boire : quand elle déposait ou rendait sa coupe, le niveau de boisson était toujours le même.

« Qu'est-ce que le luxe ? » me demandait-elle en ces occasions.

Environné de vêtements, d'arômes, de poses, de stratégies, d'amuse-gueules créoles et de serviteurs indiens, je ne sus que répondre.

« Le luxe, c'est avoir ce dont on n'a pas besoin, assénat-elle, les yeux dissimulés derrière sa coupe levée. Le luxe, c'est de la poésie : dire ce qu'on ressent et pense, sans se préoccuper des conséquences. Mais le luxe c'est aussi le changement. Les modes changent. Les goûts changent. Le luxe tente de devancer ou au moins de rejoindre la mode. Il la crée, l'invite... »

Elle parlait du luxe non comme si elle l'avait inventé mais parce qu'elle l'inaugurait.

« Le luxe ignore que la mode et la mort sont sœurs », dis-je, citant Leopardi pour la mettre à l'épreuve, elle. Asunta resta imperturbable et je me remémorai de vieilles conversations avec Jéricho et Philopater.

« Et comme la mode est un changement, elle affecte nos affaires. Qu'offrons-nous au consommateur ? Ce qu'il y a de plus moderne, de plus avancé, parfois de plus inutile, parce que, dis-moi franchement, toi, si tu as déjà un téléphone noir, pourquoi en veux-tu un blanc ? Je vais te le dire : parce que choisir entre deux téléphones aujourd'hui, c'est choisir entre cent téléphones demain. Tu vois ? Le luxe crée le besoin, le besoin crée le luxe et nous, nous produisons et nous gagnons. Il n'y a pas de fin ! Et aucune raison que ça finisse ! Aucune ! »

Elle ne prononça pas ces mots comme une exclamation. Sa conduite dans ces circonstances sociales était très différente. Elle se savait observée et même devinée. Par-delà les conversations, les tintement des verres, les effluves de lotions et parfums, la saveur des saucisses et quesadillas, Asunta Jordán circulait dans une sorte de lumière, comme si un projecteur de théâtre la suivait, cherchant toujours le meilleur angle, faisant briller sa chevelure, se posant comme une abeille insolente sur ses grandes lèvres rouges à la Joan Crawford. Brûlantes ou fraîches ? Telle était la question que se posaient, sans doute, les autres en la voyant passer, ses baisers, à Asunta Jordán, ils sont torrides ou glacés ?, alors qu'elle adressait des murmures secrets à Josué, excitant la curiosité des invités, pose-toi la question, Josué, qui te regarde ? d'où on te regarde ?, pose-toi la question mais toi ne regarde personne, agis en public comme si tu avais un secret et comme si tu voulais qu'on le devine.

Elle n'ouvrait aucune brèche. Elle se laissait regarder. Elle imposait le silence sur son passage. Et si elle se pendait à mon bras, c'était comme si j'étais un bâton, un mannequin ambulant, un *prop* théâtral. Elle avait besoin de moi pour évoluer au sein de la réception sans avoir besoin de parler à personne et en excitant la curiosité de tous chaque fois qu'elle me glissait quelque chose à voix basse, en souriant ou très, très sérieuse. J'étais son faire-valoir. Un accessoire utilitaire. Une marionnette.

Dans le monde réel (car pour moi ces excursions en société étaient presque imaginaires), Asunta me mit au courant de mes devoirs avec une efficace rapidité. Il existait un marché national et global de jeunes entre vingt et trente-cinq ans, la génération Y, ainsi nommée car elle succédait à la génération X qui avait déjà dépassé la quarantaine, et même si tous s'accommodent de ce qui est devenu une habitude au point de craindre la nouveauté comme si elle allait les mordre, les jeunes de vingt ans sont la *target*, la cible première de la publicité consumériste. Ils veulent se lancer. Ils veulent se différencier. Ils veulent de nouveaux objets. Ils ont besoin de techniques qu'ils puissent contrôler immédiatement et qui (au moins dans leur imagination juvénile) ne sont pas accessibles aux « croulants ».

Ce qui est remarquable, continua Asunta, c'est que, dans le monde développé, chaque génération de jeunes qui arrive est moins nombreuse que la précédente, à cause de la baisse de la natalité. De nouvelles familles, plus de divorces, plus de couples homosexuels, moins d'enfants. Par contre, dans le monde des pauvres — le nôtre, le mexicain, Josué, ne te fais pas d'illusions —, la population croît mais la misère aussi. Comment allier démographie et consommation ? Voilà le problème que pose Max Monroy et c'est à toi, mon jeune ami, de le décrypter. Comment augmenter la consommation d'une population misérable ?

« En les rendant moins misérables, osai-je intervenir.
— Oui, mais comment ? » insista la reine des abeilles.
J'ouvris les yeux pour penser plus clairement. En en prenant l'initiative ? En leur ouvrant un crédit limité et en leur donnant des cartes à durée limitée aussi ? En éduquant. En soignant. En communiquant.

« En communiquant, devança-t-elle. En leur faisant savoir qu'ils peuvent vivre mieux, qu'ils méritent un crédit, des cartes, la consommation, pareil que ceux d'en haut... »

Mon regard se voulait intelligent. Elle me dépassait comme une Alfa Romeo dépasse une Ford.

« Oui, mais comment ? » répéta-t-elle.

Asunta s'était enthousiasmée ; elle m'éblouissait parce que je la désirais, mais je comprends maintenant que pour l'obtenir il fallait la respecter comme ce qu'elle était, une femme d'affaires, un bras parmi les entreprises de Max Monroy qui, comme la déesse Kali, avait autant de bras que de besoins.

Moi je me contentais de deux, prêt à ce qu'ils m'aiment, me caressent, m'étranglent. Elle me regarda, confondant mon désir avec de l'ambition. Ce n'est pas la même chose.

« Je vais te le dire, comment. » Elle claqua des doigts, offensante. « Devance-les. Donne-leur les moyens de communiquer. Envoie nos employés en bataillons de village en village, de hameau en hameau. Apporte-leur des camions remplis de petits appareils portables. Comme les vendeurs de pneus, quand doña Concha, la mère de Max, a lancé les premières routes et les premières voitures, dans les années vingt. Comme les missionnaires chrétiens, bien avant, ont apporté l'Évangile aux Indiens après leur conquête. Maintenant, Josué, nous allons leur donner les moyens de communiquer, avec ce tout petit appareil, appelle-le zen creative, YP-Tq, LG, comme tu voudras, avec ce jouet, démontre au paysan le plus pauvre, à l'indigène le plus isolé, à l'analphabète et au semi-analphabète qu'il leur suffit d'appuyer sur ce petit bouton pour exprimer leurs désirs et de presser celui-là pour recevoir une réponse concrète, pas des promesses moribondes mais un message bien vivant : demain nous vous installons ce que vous nous avez demandé, nous vous donnons un portable, un iPod pour que vous écoutiez de la musique, déjà programmée, car nous connaissons vos goûts, un iPhone pour que vous puissiez communiquer avec vos semblables, par pitié, oui, Josué, romps l'isolement dans lequel vivent tes, nos compatriotes, et une fois que tu leur auras donné gratuitement le matériel tu verras comment naît la demande, comment on octroie un crédit, comment on crée l'habitude...

— Et on fait des générations d'endettés, dis-je avec un sain scepticisme.

— Et après ? » Elle parvint à sourire, malgré elle. « Toi et moi nous serons morts.

— Et tant qu'on est vivants ? » lançai-je, sans attendre de réponse, puisque le programme d'Asunta Jordán semblait s'achever cette vie et pas dans la suivante.

Pourtant en me faisant cette réflexion l'idée me vint qu'à quatre-vingt-trois ans Max Monroy avait sûrement pensé à l'avenir, rédigé son testament. Qui seraient ses héritiers ? Qu'obtiendrait Asunta dans le testament de Max, si tant est que Max lègue quelque chose ? Et à qui d'autre Max pouvait-il transmettre sa fortune ? Je ris en moi-même. À la charité publique. À la loterie nationale. À un asile de vieux. À sa propre entreprise, pour la recapitaliser. À sa fidèle collaboratrice Asunta Jordán ?

Je divague.

J'aurais dû imaginer, pauvre de moi, que, pendant mon éducation technico-sentimentale dans le fief de Max Monroy aux mains de la belle, crépusculaire Asunta Jordán, mon vieil ami Jéricho était parallèlement en train d'acquérir une formation politique à l'hacienda de notre petit rigolo de président.

Don Antonio Sanginés m'avait informé que Jéricho travaillait toujours dans les bureaux présidentiels de Los Pinos. Il m'invita à dîner un soir dans sa grande maison de San Ángel et, après la traditionnelle ronde des enfants — déjà en pyjama —, il les congédia et moi, m'invita à m'asseoir pour me sustenter non seulement de bons petits plats mais de biographies, comme si, conducteur qu'il était des destins qu'il nous avait assignés à moi et à Jéricho, le moment était à présent venu d'un nouvel acte : la biographie du président.

« Que sais-tu du président Valentín Pedro Carrera ? me demanda-t-il, avant d'attaquer le consommé au xérès.

— Pas grand-chose, répondis-je, la cuillère encore au repos. Ce que je lis dans les journaux.

— Je vais te raconter. Pour que tu saches où et avec qui travaille ton ami Jéricho : Valentín Pedro Carrera a gagné les élections présidentielles avec l'aide inestimable de son épouse, Clara Carranza. Dans les débats pré-électoraux, chaque candidat se vantait de sa merveilleuse vie de famille. Leurs enfants étaient des amours. » Les yeux de Sanginés brillaient et, provenant de l'étage au-dessus, on entendait encore le remue-ménage prénocturne des petits. « Leur épouse était la femme idéale, une mère amoureuse et une collaboratrice désintéressée, première dame puisque déjà première compagne (les autres parents, il fallait les cacher). »

Tous les candidats satisfaisaient parfaitement à ces classiques formalités. Mais Valentín Pedro Carrera fut le seul à pouvoir ravaler ses sanglots, essuyer une grosse larme, sortir un grand mouchoir coloré, se moucher bruyamment et annoncer :

« Mon épouse Clara Carranza est en train de mourir d'un cancer. »

Et à cet instant précis notre actuel chef d'État gagna les élections.

Qui ne voterait pas, peut-être pas pour le candidat mais

sans nul doute pour la santé, l'agonie et la mort probable de doña Clara, élevée au rang de sainte et de martyre, tout à la fois, lors de ce moment télévisuel où son mari avait osé dire ce que personne ne savait ou que ceux qui savaient conservaient remisé dans les vieilles armoires de la discrétion?

Le candidat était marié à une femme héroïque, stoïque et catholique, qui pouvait aussi bien mourir avant les élections — votez pour le veuf Carrera —, après les élections — qu'est-ce qui aura lieu en premier, l'enterrement ou l'investiture? —, durant la cérémonie — comme elle est courageuse, cette doña Clarita qui a quitté son lit pour soutenir son mari quand il a juré solennellement de faire respecter la Constitution et les lois qui en découlent! —, ou pendant les premiers mois du nouveau gouvernement — elle s'accroche à la vie, elle ne meurt pas pour ne pas décourager monsieur le président. Et lorsque finalement la dame rendit l'âme, Valentín Pedro Carrera fit de son deuil personnel un deuil national. Il ne se trouva pas d'église sans requiem, d'avenue sans affiches avec les photos de l'éphémère première dame, d'entreprise sans ruban noir à la fenêtre, de caserne sans drapeau en berne, ou de domicile privé sans crêpe.

Virtuose, intelligente, charitable, dévouée, loyale, quelle vertu ne s'était-elle posée, tel un pigeon sur une statue, sur l'auvent spirituel de doña Clara Carranza de Carrera? Quelle douleur n'avait-elle transparu sur le visage affligé quoique imperturbable du Premier Magistrat de la Nation? Quel Mexicain n'avait-il pleuré en voyant à la télévision les images en boucle d'une vie sainte dédiée à faire le bien et à mourir encore mieux?

Une idiote. Une femme ignorante, bête, laide, dont émanaient des odeurs désagréables. Une étrange femme, insaisissable dans sa manie de toujours parler de profil. Un aiguillon, néanmoins, pour un homme médiocre et complexé comme Valentín Pedro Carrera.

« Après quoi pleures-tu, gros nigaud ? lui disait-elle, lors des dîners auxquels avait assisté, en privé, Sanginés.
— J'ai la nostalgie du temps où je n'étais rien, lui répondait-il.
— Ne te fais pas d'illusions. Tu n'es rien. Rien ! Rien du tout ! s'était mise à piailler la dame.
— Et toi, tu es en train de crever, lui rétorquait-il.
— Rien ! Mais alors rien du tout ! »
Sanginés explicita l'évidence. La soif de pouvoir conduit à cacher ses défauts, feindre ses vertus, exalter une vie idéale, arborer les masques du bonheur, du sérieux, du souci du peuple, et trouver, sinon les phrases, toujours les attitudes appropriées. Le fait est que Valentín Pedro Carrera avait exploité son épouse et qu'elle s'était laissé exploiter parce qu'elle savait qu'elle n'aurait pas d'autre occasion de se sentir célèbre, utile et même aimée.

Ni lui ni elle n'avaient été sincères, ce qui prouve que pour arriver au pouvoir le manque de sincérité est indispensable.

« Valentín Pedro Carrera a été élu sur un cadavre.
— Ce n'est pas nouveau, maître, l'interrompis-je. C'était la règle au Mexique. Huerta tue Madero, Carranza renverse Huerta, Obregón élimine Carranza, Calles se hisse sur le cadavre d'Obregón, et cetera, répétai-je comme un perroquet.
— Un et cetera dépourvu de sang : le principe de non-réélection nous a sauvés des successions assassines, mais pas des successions ingrates d'héritiers qui devaient finalement leur pouvoir à leur prédécesseur. » Sanginés attaquait enfin son consommé glacé.

« L'obligation de liquider le prédécesseur qui a donné le pouvoir au successeur, complétai-je.
— Les Règles de la République héréditaire. »
Sanginés sourit avant de poursuivre, ayant goûté à la petite cuillère mes élémentaires connaissances politiques dues,

279

comme chacun sait, aux secrètes informations que me confiait l'Ancienne Conception du fond de son caveau sans nom.

Beaucoup de plaisanteries circulèrent sur le couple présidentiel. Doña Clara aime le président et le président s'aime lui ; ils ont cela en commun. Et l'humour noir est allé bon train. À La Merced, on vendit des poupées à l'effigie du président le corps transpercé d'aiguilles prétendument plantées par sa femme avec la légende : « Crève toi d'abord. »

Et c'est ce qui arriva en réalité. Sans le talisman de sa femme moribonde et à mesure que se dissipait le souvenir de Clara Carranza, la martyre de Los Pinos, et de la douleur concomitante de Valentín Pedro Carrera, celui-ci se retrouva sans la grâce salvatrice que supposait vivre l'agonie de l'attente. Parfois, on eût dit que le président aurait voulu vivre lui-même l'agonie de doña Clarita, s'assurer qu'elle continue à souffrir, à le servir politiquement et cesse de le menacer continuellement :

« Valentín Pedro, je vais me suicider !

— Pour quoi faire ? ma chère, pour quoi faire ? »...

« Le fait est, continua Sanginés en repoussant son consommé, que les faiblesses de Valentín Pedro ne tardèrent pas à apparaître, comme les fissures dans un mur en sable. Des affaires se présentèrent, qui réclamaient la décision de l'exécutif. Promulguer et faire appliquer des lois. Nommer des fonctionnaires. Nommer des officiers de l'armée. Diriger la politique extérieure. Concéder remises de peine et privilèges, réglementer accès et douanes. Carrera les laissait passer. Au pire, il en chargeait ses ministres. Quand il ne le faisait pas, ceux-ci agissaient de leur propre chef. Parfois ce que faisait un ministre allait à l'encontre de ce que disait un autre, ou vice versa.

— Nous sommes en train de négocier.

— Les négociations, ça suffit. Nous devons être fermes.

— Nous arrivons à un accord avec le syndicat.
— Arrêtons de ménager le syndicat.
— Le pétrole appartient à l'État.
— Il faut ouvrir le pétrole aux initiatives privées.
— L'État est un ogre philanthropique.
— Les initiatives privées manquent d'initiative.
— Il y aura une route de Papasquiaro à Tangamandapio.
— Qu'ils y aillent à dos d'âne.
— Nous allons collaborer avec nos gentils voisins.
— Les voisins, ce sont eux. Nous, nous sommes les bons.
— Entre le Mexique et les États-Unis : le désert. »

La vérité, poursuivit Sanginés, c'est que le président a commis l'erreur de former un cabinet constitué uniquement d'amis ou de gens de sa génération. La recette s'avéra fatale. Les amis devinrent des ennemis, chacun protégeant sa petite parcelle de pouvoir. La dimension générationnelle n'est pas toujours allée de pair avec la dimension fonctionnelle. Être d'une génération n'est pas une vertu : c'est une affaire de dates. Et avec les dates il ne faut pas jouer, car aucune ne possède de vertus intrinsèques au-delà de sa présence — par ailleurs fugace — dans le calendrier.

« Des feuilles mortes ! » s'exclamait Sanginés lorsque le domestique entra, portant un plat de riz aux bananes frites. En me le présentant, il me salua avec respect :

« Bonsoir, señor Josué. »

Je levai les yeux et reconnus l'ancien serveur de la maison Esparza, renvoyé par la seconde épouse, depuis détrônée, Sarita Pérez.

« Hilarión ! m'exclamai-je. Ça me fait plaisir ! »

Lui ne dit rien. Il s'inclina. Je me servis. Je regardai du coin de l'œil Sanginés. Comme si de rien n'était. Le domestique se retira.

« Les ragots ont commencé à circuler, continua mon hôte. Le président ne préside pas. Il inaugure des chantiers. Il profère des généralités. Il sourit, le visage plus empourpré qu'un œillet. Les immanquables médisants commencent à parler d'un sexennat maudit. Ils en arrivent même à insinuer, à la deuxième année de son mandat, que la longévité dans le poste est fatale pour la réputation du dirigeant. »

Pour sa santé, aussi.

Guidé par une folle boussole, Carrera a mis le doigt dans la politique extérieure, refuge traditionnel d'un président du Mexique sans politique intérieure. Il s'en est mal tiré. Les Nord-Américains ont augmenté les gardes armés sur la frontière nord avec de plus en plus de morts du côté des travailleurs immigrés. Les Guatémaltèques ont ouvert la frontière sud pour envahir le Mexique de travailleurs centraméricains. Il ne restait plus au président qu'à se balader au Forum de Davos habillé en esquimau et prononcer un discours à l'assemblée de l'Onu, auquel personne n'a assisté si ce n'est les délégués de l'Afrique noire, qui sont très bien élevés.

« Clarita est vraiment morte au mauvais moment ! s'est exclamé une nuit le président.

— Ce qu'il vous faut, c'est que meure la moitié de votre cabinet ! ai-je osé lui dire. Votre incompétence rejaillit sur vous, Señor Presidente.

— Tu me conseilles quoi, Sanginés ? m'a-t-il demandé avec une expression affligée.

— Du sang neuf, lui ai-je répondu. D'où — il engouffra la dernière banane frite, sans un bruit — la présence de Jéricho au bureau présidentiel.

— Quelle bonne idée », dis-je avec sincérité mais sans conviction, tentant de deviner ce qu'avait derrière la tête don Antonio Sanginés, véritable grand manitou, marionnettiste et monsieur Je-sais-tout, je le compris à ce moment-là, de nos vies. Celle de Jéricho. La mienne.

« Je te raconte maintenant ce qu'a fait ton camarade à Los Pinos. »

Ce n'était pas une question. De toute façon, j'acquiesçai.
« Il a rassemblé les attributions éparpillées entre les ministres à l'instigation du président. Nominations, obligation de rendre des comptes, de consulter le chef de l'exécutif avant d'agir, de se réunir en conseil de ministres présidé par Valentín Pedro Carrera, de faire des rapports périodiquement. Et, du côté du président, devancer ses subalternes dans les contacts avec syndicats, patrons, universités, le quatrième pouvoir, les gouverneurs, le Congrès : Jéricho s'est chargé de tout jour après jour, établissant un réseau de contrôle présidentiel qui a fait comprendre à chaque leader ou segment d'activité que c'était devant le chef de l'État qu'ils devaient assumer leurs responsabilités et que les autres membres du cabinet n'étaient pas des agents autonomes ni des autorités en soi mais de simples employés de confiance du président auxquels celui-ci pouvait retirer à tout moment ce qu'il leur avait octroyé un temps : sa confiance. »

« Señor Presidente, lui disait Jéricho : souvenez-vous que dans l'opposition vous avez pu être un homme pur. Maintenant que vous êtes au pouvoir, vous devez apprendre à être moins pur.

— À me salir les mains ?

— Non, monsieur. À faire des compromis.

— J'ai été élu par les espoirs des citoyens.

— Maintenant il vous faut passer de la lumière électorale à l'ombre de l'expérience.

— Tu parles avec la ferveur d'un curé, jeune homme.

— Je parle pour que vous me compreniez.

— Qu'est-ce que tu veux que je comprenne ?

— Que je suis ici pour vous servir et que je vous sers en vous rendant plus fort.

— Comment ? »

Une fois qu'il eut réglé la marche de l'appareil officiel

immédiat, Jéricho demanda au président l'autorisation de s'occuper d'un sujet absolument central.

« Lequel, mon garçon ?

— La jeunesse, mon vieux », eut l'audace de répondre Jéricho, et il comprit ce qui arriverait, ce qui devenait possible, si le président de la République, dans ce petit détail (« La jeunesse, mon vieux »), admettait le pouvoir de son jeune auxiliaire et se montrait ouvert à l'action que Jéricho lui proposait avec des mots d'un engagement immense : « Je le fais pour vous, Señor Presidente. Je le fais pour le bien de la patrie.

— Quoi donc, mon poussin ?

— Ce que je vous propose, monsieur », dit Jéricho, restaurant le respect.

« Puisqu'on va passer notre temps ensemble, me dit Asunta, lors d'une après-midi indolente, il vaut mieux que je te raconte ma vie. Je veux que tu saches qui je suis parce que je te l'ai raconté, plutôt que par les ragots remontant les dix étages du dessous.

— Et qu'est-ce qui m'oblige à te croire ? » lui dis-je sur un ton ironique, juste pour me défendre de son regard, sombre lame de fond, et de son souffle empli des parfums nocturnes et flous qui commençaient à nous envelopper. Cette femme me fascinait. Elle m'ennuyait, m'effrayait et me fascinait.

En réalité, avant de parler d'elle-même, Asunta me parla de Max Monroy, et moi, empoté que j'étais, je tardai à me rendre compte que c'était sa manière à elle de me dire : Écoute, Josué, voilà qui je suis, la femme qui te parle de Max Monroy est la femme qui te parle d'elle-même. Tu peux avoir la certitude que je ne t'ai parlé que de lui, et tu te tromperas. Je te préviens à temps. Je ne connais pas d'autre manière de te raconter ma vie que de raconter ma vie avec l'homme qui détermine ma vie.

« Max Monroy. Toi qui écris une thèse sur Machiavel sous ma direction, me dit le professeur Sanginés, tu sais que la fin ne justifie pas toujours les moyens. Max Monroy a décidé dès le début que la façon d'obtenir les meilleures fins c'est de les oublier et d'agir comme si les moyens étaient les fins. Grâce à cette philosophie, il a développé au maximum son propre commerce. Homme de moyens, Max leur a donné la valeur de fins, convaincu que celles-ci émanaient de ceux-là comme le jour de la nuit. Il se méfie des solutions définitives : elles sont toujours mauvaises, dit-il, parce qu'elles te caractérisent à jamais et te ferment les portes du renouvellement. Pire encore : si la solution définitive échoue, tu dois recommencer. En revanche, si un moyen ne donne pas de résultats, tu as sous la main une kyrielle d'autres moyens qui ne sont pas définitifs mais partiels, aussi jetables qu'un kleenex. Mais si c'est un succès, elles peuvent être présentées comme des fins. Voilà ce que Max Monroy rejette. Jamais une fin. Il ne célèbre jamais le succès d'une fin mais la viabilité d'un moyen. Prends bien acte de ça, Josué. Tout ce que Max Monroy obtient n'est qu'un moyen pour parvenir au moyen suivant, jamais à une fin. Lui dit que le mot "FIN" ne sert qu'à terminer un film, rallumer les lumières de la salle et demander poliment aux gens de s'en aller sans qu'ils aient à se donner la peine de ramasser les bouteilles de Coca-Cola ou de mettre à la poubelle les pop-corn qui jonchent le sol.

— Le film de Max Monroy, Josué, ne connaît pas le mot "FIN". Ainsi, il ne reconnaît aucun échec, tu vois ? Certaines tentatives ont du succès. D'autres non. Celles-là, il les abandonne à temps. Parfois il se voit obligé de proclamer la victoire après un échec : un programme qui n'a pas eu de succès auprès du public, une de ses innovations qui a été très vite supplantée par la concurrence, Max change de sujet, ne fait pas de commentaires sur ce qui s'est passé, passe à l'affaire suivante. Ainsi, il ne laisse pas de rancune sur son passage.

Personne ne s'avoue vaincu. Personne ne se considère vainqueur. Mais la caisse enregistreuse continue de tinter, ajouta Asunta ce jour-là.

— Monroy est réputé pour avoir dit que grâce à lui nous avons abandonné le boulier. Il a foulé de nouveaux territoires juste pour en ouvrir d'encore plus neufs. Ce que je veux dire c'est qu'il prend bien garde que ses succès ne soient pas des échecs payés en échange du succès. Max est vu comme un entrepreneur invulnérable qu'il faut stopper ou éliminer. Il navigue en silence sur les eaux de la fortune. C'est un maître de la réussite muette, de l'événement discret. On accepte son pouvoir. Il fait en sorte que l'envie reste une simple divagation de la conversation ou un avion sans moteur condamné à rouler d'aéroport en aéroport », ratifia, une autre nuit, Antonio Sanginés.

(Je pensai à ma très chère et tourmentée Lucha Zapata. Ma sincère bien que méfiante Asunta Jordán continuait son discours alors que ses yeux devenaient plus brillants, comme pour éloigner la nuit qui approchait.)

« Max Monroy est comme le serpent. Il s'enroule sur lui-même. C'est un cercle qui se suffit à lui-même. Quand il se penche du dernier étage de cet immeuble, il reconnaît que nous sommes cernés par les dangers de la ville. En même temps, il écoute les bruits de la circulation et dit que le trafic est la musique des affaires.

— La symphonie du capitalisme ? »

Asunta rit. Était-ce elle qui l'avait dit ? Ou Sanginés ? Ou moi, en moi-même ? Le discours sur Monroy est, dans ma tête, un bloc unique, comme un éventail fait d'une seule toile et de nombreuses branches. Parler de capitalisme, c'est croire que quelque chose peut le remplacer. Max le nomme mondialisation, globalisation, internationalisme. Il s'agit d'un phénomène planétaire, si possible corrigé par des lueurs sociales. Max a toujours été en avance sur son temps. Il reconnaît qu'au Mexique il y a des classes et des différences abyssales entre pauvres et riches. Son utopie — nous sommes dans le quartier de Tata Vasco et de Thomas More, tu te souviens ? —, c'est qu'il y ait de moins en moins de différences et que nous devenions un seul fleuve, avec des marées incessantes, un seul flux en direction d'une mer, sinon plus égalitaire, au moins pourvoyeuse de plus d'opportunités. En cela il se distingue des hommes politiques conventionnels. Max veut créer le besoin pour créer l'organe. Les hommes politiques créent l'organe et oublient le besoin. C'est ce qui oppose Max à notre président. »

(Et moi à Jéricho, devenu conseiller de la Présidence ?)

« Parce que c'est ce qui arrive, Josué. » Nous continuâmes, Asunta, Sanginés, moi-même, en un discours identique déroulé sans chapitres, aimantés par la personnalité de Max Monroy. « À ceux qui pensent que le monde est fait, Max leur demande ce qu'il reste à faire et le fait le premier. Sa devise quotidienne est *Ne pense jamais qu'il ne reste rien à faire.* Demandez-vous ce que vous avez fait et ce que vous avez trouvé déjà fait ou avez laissé faire. Ça, Max serre le poing, c'est ce qu'il reste à faire.

— Et les gens, Asunta ? Est-ce que Max Monroy est la machine que tu m'as décrite ? Il ne fréquente pas les êtres humains ? Il vit reclus comme un aigle sans ailes, là-haut dans son nid ? »

Moi-même, Sanginés, Asunta, nous recommençâmes à rire, comme si mes questions nous chatouillaient. « Max Monroy sait utiliser les masques. On dit qu'il a une tête de joueur de poker pour l'éternité. Il sait faire semblant. Il se rapproche, menaçant. Redevient cordial. Mais celui qui l'a vu menacer n'oublie pas cette menace. Il connaît le prix du silence. Il ne blesse personne sans lui faire croire que c'est lui-même qui refermera la plaie. Et donne à entendre, parfois, quand ça l'arrange, que la plaie ne se refermera jamais. Il ne flatte personne. Et ne se laisse pas flatter. Il dit que le flatteur, le lèche-bottes, endort l'intelligence du flatté. Max fait des faveurs quand c'est nécessaire. Mais il me dit tout le temps que pour chaque faveur il aura un ingrat et cent ennemis. Des affaires, il ne dit pas un mot. Que les hommes politiques parlent donc. Qu'ils se mouillent. Qu'ils se trompent. Max Monroy, motus. Max Monroy, bouche cousue.

— Il ne se sent coupable de rien ?

— Il dit que les anges se chargeront de débattre de ses vices et de ses vertus. Pourquoi devancer le ciel ? dit sur Max la voix collective.

— Il ne demande jamais rien ? Des attentions ? Des privilèges ?

— Du respect. C'est ce qu'il m'a donné, répondit Asunta, en écarquillant les yeux et en me regardant bien en face. Tu me posais des questions sur moi ? Je t'ai répondu avec Max ? Tu sais qui je suis grâce à Max ? Tu m'imagines, Josué, mon petit Josué, avant Max ? Tu imagines une gamine née dans la province desséchée, dans le Nord épineux, de parents dont l'objectif était qu'elle devienne une petite fille bien inutile et entretenue, ce que j'aurais pu être ? Tu me vois prise au piège dans une famille régie par trois règles insupportables. "Il ne faut pas parler de ça. On ne peut pas corriger les erreurs. Il ne faut jamais avoir de la peine, petite." Jamais ? D'où mes parents avaient-ils tiré l'idée que tout ce qu'ils faisaient était avouable, sachant qu'ils ne faisaient rien qui valût la peine d'être désavoué ? Le Nord, le désert, le vide, les routes qui ne mènent nulle part, les montagnes au loin, le désert à portée de main, la mer, un mensonge pieux, le climat toujours indécis entre asphyxie et aurore. Un mari dans le désert. Vite, que la petite ne nous reste pas sur les bras. C'est ce qu'il y a de mieux ? Non. C'est ce qu'il y a de pire ? Non plus. Qui c'est ? Il vend des voitures. Des bus. Des pick-up. À Torreón. Il est amoureux ? C'est un calculateur ? Nous possédons plus que lui ? Il possède plus que nous ? D'où vient Tomás González ? D'où vient Asunta López Jordán ? Qui est au-dessus, des González ou des López ? Qui peut se vanter de quoi, au juste ? Qui peut être fier de son cactus, de son désert, de son rocher, de sa rue pavée ou de sa tortilla, dites voir, au juste ? Pourquoi se vante-t-il autant, de quoi se vante-t-il le vantard ? Pourquoi, pendant la nuit de noce, te montre-t-il son sexe en te disant, Ma petite chérie je te présente King Kong, à partir de maintenant il va dormir avec nous ? Pourquoi se vante-t-il de tout, sauf de toi ? Pourquoi parle-t-il de toi, Asunta López Jordán, comme de son « mieux qu'rien » ? Pourquoi se vante-t-il devant ses amis que oui, toi tu t'occupes de la maison, mais que lui c'est un mâle qui a besoin de gonzesses plus marrantes et chaudasses que toi, l'Ernestine et Coquelicot, Malva la Bigleuse et P'tit Cul serré, toutes les putains du Nord plus quelques-unes en Arizona et au Texas quand il prétend qu'il va acheter des pièces détachées, tu parles, mon salaud, c'est comme ça qu'on les appelle maintenant ? Parce que tu commences à le faire chier toi aussi, Asunta López de González, parce que tu lui dis, rase-toi, tu me piques quand tu me fais l'amour, mets du déodorant, joue au golf, fais quelque chose, range King Kong dans sa cage ?

— La cage d'un gorille, me dit Asunta Jordán sans autre commentaire, et moi une poupée gonflable...

— Gonflable, poursuivit Asunta, mais grâce au stress, attentive, vigilante, et en cela dangereuse : attentive, vigilante, grâce à ce mari et cette famille horribles, convaincue que ces vertus qui étaient les miennes, dans la société provinciale, étaient des défauts, j'étais dangereuse, mais que, être violente, inattendue, dans une autre société, était peut-être une vertu. Dans mon village je déclenchais des réactions négatives. Lorsque Max Monroy, il y a quinze ans, est venu pour inaugurer l'usine automobile et que je me suis rendue avec mon mari à la réception qui a suivi, Max Monroy en un coup d'œil a vu un troupeau de femmes satisfaites et une horde d'hommes prétentieux et il a vu une femme insatisfaite, c'était moi, et humiliée, c'était moi, et orgueilleuse, c'était moi, et différente, c'était moi, et cette même nuit je suis partie avec lui, et me voici.

— Tu me disais qu'une femme est un luxe.
— Non. Un trophée.
— Pourquoi?
— Parce que pas pratique. Tu mets où un Oscar? Il m'a emmenée. Parce que je disais ce qui ne se disait pas. Parce que je ne cherchais pas à me faire bien voir.
— C'est ce qu'a vu Max Monroy en toi?
— C'est pour ça qu'il est Max Monroy. »

(Elle s'était arrêtée seule au milieu de la piste de danse. Son mari Tomás était parti sans prévenir. Les couples dansaient. Les familles étaient assises sur trois côtés de la piste. L'orchestre égayait ce petit peuple depuis le quatrième côté. Les couples dansaient. Elle était seule, arrêtée au centre de la piste. Elle ne regardait personne. Elle ne savait pas si on la regardait elle. Elle s'en fichait à présent. Alors Max Monroy s'était approché et l'avait prise par la main et par la taille, sans dire un mot.)

Mon plaisant (quoique inquiétant) travail au bureau de Santa Fe fut interrompu (et ce ne serait pas la dernière fois) par le *licenciado* Antonio Sanginés. Je me demandai en mon for intérieur si ma dette envers le professeur serait éternelle. Les hérétiques cités par un autre professeur, Philopater, disaient que Dieu donnerait la preuve ultime de sa miséricorde en pardonnant à tous les condamnés et en vidant d'un coup l'enfer. Non que ma dette envers Sanginés fût infernale. Bien au contraire. Je suis un homme reconnaissant. J'étais (et je suis) très conscient de tout ce que je lui devais. Cependant, je ne pouvais m'empêcher de me demander : jusqu'à quand devrai-je payer mes dettes — études, direction de thèse, invitations à Coyoacán, droit d'entrée à la maison d'arrêt de San Juan de Aragón, entrevues avec le détenu Miguel Aparecido, et même nouvelles sur la destination de mon camarade Jéricho dans les bureaux présidentiels — au professeur et *licenciado* don Antonio Sanginés ?

Question sans réponse immédiate, qui pourtant m'obligeait, sûrement parce qu'il n'en existait aucune, à suspendre mes activités place Vasco de Quiroga, aux côtés de mon platonique amour, Asunta Jordán, et à me demander : en quoi consistait la stratégie de Sanginés concernant la prison de San Juan de Aragón et le prisonnier Miguel Aparecido ? Que cherchait Sanginés, au fond, en ouvrant pour moi avec son passe les galeries de cette prison ? Car j'allais et venais dans le centre de détention aussi à l'aise que si j'étais chez moi, avec toutes sortes de facilités et même des privilèges comme celui de me retrouver seul avec Miguel Aparecido, dans la cellule d'un homme fort, centré sur une résolution personnelle dont j'ignorais l'origine et la finalité : rester en prison même s'il avait accompli sa peine, et, s'il venait à être libéré, commettre un nouveau crime qui le maintînt incarcéré.

Un nouveau crime. Mais quel était le premier crime, le crime originel, le délit que Miguel Aparecido voulait payer éternellement, énigme dont la solution ultime était sa mort en prison ? Pourtant cette conclusion mienne, si facile et mélodramatique, était-elle juste ? Existait-il un point final qui pût mettre un terme au châtiment de Miguel dans la conscience de Miguel et qui lui permettrait enfin de sortir de sa cellule ? Savoir cela, c'était savoir tout. Depuis le début. L'origine de cette histoire. La résolution des mystères dont je me suis employé ici à construire la trame et la conversion du mystère en destin. Ces vérités, le prisonnier ne semblait pas disposé à les révéler.

Encore moins cette fois. J'entrai dans la cellule. Il me tournait le dos. La haute et lointaine lumière striée dessinait sur son corps des rayures que l'uniforme gris ne possédait pas : c'était comme si seul le soleil avait recours au costume à rayures des prisons d'autrefois.

J'entrai mais Miguel ne se retourna pas pour me regarder. Il eût pourtant mieux valu pour moi. Car, lorsqu'il le fit, je me trouvai face à une bête effroyable. Échevelé, les joues griffées, les yeux rouges tel un coucher de soleil abominable, le nez contusionné, les lèvres et les dents ensanglantées.

« Mon Dieu, Miguel... »

Je m'approchai pour l'étreindre, dans un instinct naturel de réconfort. Mais il ne voulait pas être secouru et me repoussa brutalement. Je détournai les yeux, sachant que son regard était dépourvu d'affection.

Immédiatement, quelque chose en moi me dit : « Ne détourne pas les yeux. Regarde en face cet homme. Regarde-le comme tu l'as vu auparavant. Comme un être humain vulnérable, douloureux, déconcerté, qui repousse ton affection juste parce qu'il en a besoin, parce qu'il n'a d'autre soutien que toi, toi-même, mon pauvre Josué double de lui-même. »

C'est ce que je pensai et je ressentis ce que nous savons tous mais que nous ne disons jamais à voix haute, parce que c'est à la fois un mystère et une évidence. Je regardai Miguel Aparecido et je me vis reflété en lui, non comme dans un miroir, mais seulement dans une question : nous sommes corps, nous sommes âme et nous ne saurons jamais comment s'unissent la chair et l'esprit.

Je regardai les yeux distants de Miguel Aparecido, enfiévré par la peur de ce jour, et en eux l'espace d'un instant je me vis moi-même... Je vis que nous appartenions tous les deux, moi libre, lui prisonnier, à un même dilemme : méritions-nous tous d'être punis pour le délit d'un seul homme ? l'âme pouvait-elle être sauvée si le corps ne l'était pas, lui aussi ?

notre corps pouvait-il commettre des délits sans que l'âme en pâtisse ? l'âme pouvait-elle pécher et le corps rester blanc comme neige ?

Quand je dis que je vis tout ceci dans le regard de Miguel Aparecido, je veux dire que je le voyais dans le reflet qui de ses yeux me renvoyait aux miens. Je me rappelai Philopater et sa lecture de saint Augustin : la misère humaine demande toujours, tôt ou tard, réconfort, soulagement, consolation, que la religion octroie à travers la promesse de la résurrection de la chair et le monde avec la promesse de la liberté dans cette vie. Je pensai, en regardant de nouveau (qui sait, peut-être pour la première fois) Miguel Aparecido cette après-midi-là, que religion et liberté se ressemblent en ceci qu'elles croient en l'incroyable : la résurrection de la chair ou l'autonomie de l'individu. Cette dernière étant sans doute le plus grand mystère. Car comme nous ne pouvons pas savoir si nous allons ressusciter, nous acceptons le secret de la foi. Mais comme nous savons que nous pouvons être libres, l'absence de liberté nous ouvre tout un jeu de possibilités angoissantes : combattre pour la liberté ou renoncer à elle ; agir ou s'abstenir ; se salir les mains ou porter des gants... Si on choisit une carte, on sacrifie les autres. Dans la vie, impossible de changer de cartes. Si tu as quatre as, tu les niques tous. Si tu as un jeu pourri, t'es baisé. Même si, quelquefois, avec une paire de cinq tu gagnes la partie et tu sauves ta peau. Tu joues avec la main qu'on t'a donnée et si tu crois que tu peux en réclamer une autre, tu te plantes. Qui que soit celui qui distribue les cartes, il ne le fait qu'une fois. Il faut jouer avec les cartes pourries ou gagnantes que le destin nous a attribuées.

Voyais-je en cet homme blessé au-dehors et en dedans la fatalité d'une existence dont en vérité j'ignorais tout jusque-là ? Miguel Aparecido apparaissait (pour ainsi dire) devant moi comme un être étrange mais toujours serein, détenteur d'un secret et à l'aise avec son propre mystère, jaloux de ce qu'il conservait par-devers lui, intolérant quand on lui proposait d'être libre, énigmatique quand il décidait d'être prisonnier.

Telle était mon idée de l'homme. Je regardais ce que, à présent, en entrant dans la cellule, je voyais devant moi.

Le Miguel actuel n'était pas celui d'avant et moi je ne pouvais plus faire de pari sur la vérité. Miguel était-il l'homme sévère et fataliste d'hier ? Ou l'animal destructeur et débridé d'aujourd'hui ?

C'est étrange comme, lorsqu'un être humain se détache des habitudes acquises et se débarrasse des masques habituels, font irruption des sentiments barbares, non dans le sens courant de sauvages ou atroces, mais dans l'acception plus complète d'antérieurs aux conventions, aux limites, et surtout à l'idée de la personne. Ce Miguel Aparecido était cela, un homme antérieur à lui-même, comme si tout ce que le monde (et moi) savions de lui avait été une grande méprise, une simple apparence, la peau d'un fantôme dont le corps et l'âme, cachés, étaient autres. Celui-ci.

En le fixant des yeux, je me rappelai ses mots sans équivoque. Il comptait sur la loyauté des autres prisonniers. Le Brillantiné et le Gominé. Le Monte-en-l'air. Siboney Peralta. Le Nègre Espagne et la Perfide Albion. Il m'avait dit alors : ici, mon garçon, rien n'arrive sans que je le sache, sans que je le veuille ou que j'en aie le contrôle.

« Sache-le : même les éventuelles émeutes sont le produit de ma volonté. »

Il m'avait dit une fois qu'il savait prendre la température de l'air et que, quand l'atmosphère de la prison devenait trop lourde, une grande bagarre était nécessaire à l'intérieur pour assainir l'ambiance, que quand il le fallait il y avait ici de sérieuses émeutes et puis la paix revenait. Car la paix, avait-il affirmé, était nécessaire dans une prison.

« Beaucoup d'innocents passent par ici. Il faut les respecter. »

J'avais vu les enfants de la piscine. Ils ne devaient pas être condamnés pour toujours.

« Mais si c'était le chaos ici, ce serait parce que je suis impuissant à assurer l'ordre indispensable pour que la prison de San Juan de Aragón ne soit ni paradis ni enfer mais, et c'est déjà beaucoup, un foutu purgatoire. »

Il m'avait alors saisi par les épaules, avec un regard de tigre.

« Quand il se passe ici quelque chose qui m'échappe, ça me fout en rogne. »

En rogne. Les chaises brisées contre les murs dans l'émeute. Les tables de la cantine en miettes. Des flics blessés, agonisants, morts. Les cadenas forcés à coups de bakchich. Du bakchich bien propre.

Maximiliano Batalla. La bande du Mariachi. Le Brillantiné et le Showkes. Le Monte-en-l'air. Siboney Peralta, l'homme qui étrangle et chante. Même la Perfide Albion et le Nègre Espagne. Et surtout Sara P., la veuve de Nazario Esparza, la meurtrière, avec Maxi Batalla, de doña Estrella de Esparza, la mère d'Errol...

Tous. Tous, ils s'étaient échappés de San Juan de Aragón. Cette fois Miguel Aparecido n'avait ni provoqué ni contrôlé l'émeute. Maxi et Sara avaient appris la leçon, ils avaient déchaîné la fureur à peine contenue de la population criminelle, avaient rassemblé les prisonniers, organisé l'émeute, tout détruit et pris la poudre d'escampette.

« Qui ? » demandai-je, échauffé par lui, comme lui, à Miguel Aparecido.

Il me regarda comme un mort qui ne perd pas l'espoir de ressusciter.

« Toi, Josué. »

Non, je hochai la tête, atterré, pas moi.

« C'est à toi, Josué, de découvrir ce qui s'est passé.

Comment Maxi Batalla et Sara la pute ont pu organiser leur cavale. Pourquoi mes alliés m'ont abandonné. Qui les a organisés, qui les a assistés, qui leur a ouvert les portes ? »

Il me regarda d'un air illuminé et pervers, me transmettant l'obligation que lui, depuis la prison, ne pouvait remplir, la dotant d'une sorte d'auréole vindicative dans le but de me tromper, de me faire croire que, si je découvrais la vérité en dehors de ces murs, je révélerais aussi la vérité qui restait ici, enfermée, non pas tant derrière les remparts de la prison que derrière ceux de la tête de Miguel Aparecido.

Je ne sus pas voir la faiblesse du tigre qui me regardait, insatisfait de ne pas avoir mangé parce qu'il n'avait pas tué. Je ne sus pas voir que la véritable menace de Miguel Aparecido était de dire la vérité.

Je compris juste que ce n'était pas l'évasion de Sara P. et du Mariachi, ni même — et c'était pire — celle du Brillantiné et du Gominé, de Siboney et du Monte-en-l'air, d'Albion et d'Espagne qui me rendaient dingue, mais l'effondrement de mes illusions : Miguel n'était pas, comme il le pensait, le chef de file de la prison, le big boss, le caïd. C'était cela qui le faisait bouillir : l'effondrement de son autorité carcérale. La perte d'un règne créé au prix de la liberté. Être à la tête de l'empire intérieur de cette prison.

« Je suis ici parce que je le veux. »

« Je suis la tête. »

« Quand il se passe ici quelque chose qui m'échappe, ça me fout en rogne. »

« Ça-me-fout-en-rogne. »

Troisième partie

MAX MONROY

Un an s'est écoulé depuis les faits que j'ai relatés jusqu'ici. Il s'est sûrement passé des choses à tous les chapitres de ma vie. Je ne suis pas retourné auprès de l'Ancienne Conception au cimetière sans nom. Je n'ai pas eu de nouvelles d'une Lucha Zapata que j'idéalisais de plus en plus et qui s'était envolée avec la fugacité d'un oiseau aux ailes blessées. J'avais complètement oublié ma sinistre geôlière María Egipciaca. Je savais qu'Elvira Ríos, mon infirmière, n'était rien d'autre qu'un accident de la circulation, décisif bien que passager. Doña Estrellita de Esparza était enterrée, son méprisable mari don Nazario avait grillé vif dans son propre patio, par les soins de l'incarnation même de l'immoralité, l'infâme et ridicule Sara P., la lady Macbeth de Tepetate, incarcérée après une autoconfession macabre et stupide à la prison de San Juan de Aragón avec son *partenaire** de mauvais tours, l'immortel mariachi Maxi, qui s'était évadé avec la même Sarapé et toute une bande de criminels, causant rage et désespoir chez le chef présumé, mon ami Miguel Aparecido, trompé par un gang de petites frappes et livré à une angoisse physique et morale dont je ne mesurais pas bien encore (je le devinai) les dimensions, même si dans ses yeux de tigre en cage affleurait un secret que les paupières bleutées masquaient difficilement. Le *licenciado* don Antonio Sanginés, à l'origine de tant de nouvelles et d'orientations dans ma vie, s'était absenté de celle-ci (pour le moment) et en réalité rien de tout cela ne m'affectait vraiment, et ce pour une raison élémentaire.

J'étais amoureux.

Je pourrais manquer à toute sincérité envers vous, patients lecteurs, absents et présents à la fois (présents si vous me faites la grâce de me lire, absents si vous ne me lisez pas et parfois même quand vous me lisez), et vous raconter ce que bon me chante. Au cours d'un an, douze mois, trois cent soixante-cinq jours, huit mille sept cent soixante heures, cinq cent vingt-cinq mille six cents minutes, trente et un millions cinq cent trente-six mille secondes, de quoi un individu n'est-il capable, à plus forte raison s'il est auteur et protagoniste d'un roman dicté depuis et pour la mort ? Quelle prouesse est-elle interdite à mon récit ? Quel mensonge ne triomphe-t-il pas de ma mémoire ? Quel souvenir du passé, quel désir du futur ? Voyez-vous, je m'obstine, pour mon propre désespoir (et avec de la chance, le vôtre), je suis ici, à écrire tant et plus, désirant le passé tout en me souvenant du futur.

Désirer le passé.

Se souvenir du futur.

Tel est, je vous l'assure, le paradoxe de la mort. Sauf qu'il faut mourir pour le savoir.

Ce que je veux dire ici c'est que, pendant toute une année consacrée à travailler aux bureaux de Max Monroy dans cette noble (mais ressuscitée) région de Santa Fe, ancien siège de l'utopie de *fray* Vasco de Quiroga dans la Nouvelle-Espagne de la Renaissance, moi aussi je renaquis. Je renaquis pour l'amour. Je tombai éperdument amoureux d'Asunta Jordán. Et c'est à cet état de fait qu'est suspendue mon histoire.

J'ai raconté mon expérience de l'entraînement auquel j'avais été soumis pour être de quelque utilité dans l'empire des affaires de Max Monroy. Au début, désireux de prouver mon énergie et ma bonne volonté, je courais (en grimpant les marches quatre à quatre) d'étage en étage. Petit à petit, j'apprenais les leçons de l'entreprise, son phrasé, ses appellations : verbes, adjectifs et surtout adverbes, non seulement interminables mais sans terminaison : le petit appendice « ment », je m'en rendis compte très vite, ne s'utilisait pas dans ces bureaux. On disait « récent » et non « récemment », « patient » sans « ment » et « original » sans plus, « définitive », « occasionnel » ou « formel » sans dimension *ment*al aucune. Mais ne croyez surtout pas que l'élimination de la terminaison impliquait la mort de la sus*ment*ionnée, elle n'était qu'élevée au rang de l'implicite. Éliminer l'adverbe, c'était conférer un rôle central au verbe : définir, occasionner, former, patienter, et, sinon « récenter », tout ramener à un présent portant un lendemain en gestation et stérilisé de jours révolus, inutiles, nostalgiques, de simples commémorations.

« Hier » était un temps qui ne s'inscrivait pas dans les calendriers du bureau. C'était comme si le pouvoir de Monroy s'étendait jusqu'à transformer en cendres les pages du passé, ce qui suscitait chez tous la conviction que tout était *hoy*, aujourd'hui (et jamais le rhétorique *hoy-hoy-hoy* d'un passé incinéré, élevé au rang de slogan par Vicente Fox), juste le *hoy* de *hoy*, moment détenteur de toutes les promesses du futur pour que l'aujourd'hui réussi disparaisse dans une brume plus épaisse qu'un quelconque oubli.

Ainsi, tout était nouveauté dans cette entreprise. Et la nouveauté consiste à étendre constamment ce qui a été fait aujourd'hui à ce qui se fera demain. Le blog miniaturisé finirait caché au fond du sac d'une femme. Les appareils photo personnels nous changeaient tous en impromptus paparazzi. Les pages Myspace, Mysimon et Dealpilot permettent de comparer prix, produits et possibilités sur l'instant et, les acronymes et titres se multipliant — kddi, XAML (le

Facebook entry) ebxml, Oracle, Noveli —, ils finiront par être décodés, comme le nom égyptien de RosettaNet, sous une seule appellation.

L'ensemble, grand paradoxe, était destiné à renforcer la dimension privée de nos vies, tout en nous transformant tous en personnages publics. Une fois entré sur la blogosphère, qui pouvait encore espérer être une énigme ? Si nos vies sont filmées en continu, quels secrets pouvons-nous garder ? Était-ce cela, le grand défi de Max Monroy et de ses industries ? Nous dénuder à tel point que l'essentiel besoin d'intimité ressurgisse et cherche à se protéger ?

S'agissait-il d'une invasion paradoxale de la vie privée destinée à isoler et protéger le point le plus secret de nous-mêmes, ce qui pouvait résister à toute annonce publique ? Notre âme ? Ou toutes ces nouveautés et mystères passeraient-ils à la sphère publique et populaire, garantissant à chaque citoyen un accès direct à l'information auparavant réservée aux gouvernements et maniée par les élites ?

Enfin, Max Monroy était-il l'emblème de l'autoritarisme le plus verrouillé ou de la démocratie la plus expansive ?

Je ne tarderais pas à le savoir.

Tout se sait. Tout se voit. Il n'y aura plus de placards et encore moins de squelettes dans les placards. Nous devrons veiller au maximum sur les restes de notre vie privée, envahie par l'œil de la caméra qui est aujourd'hui — la caméra — le Grand Inquisiteur. Et que fait le Grand Inquisiteur de Dostoïevski ? Sauver la foi avec ce qui l'offense. Utiliser les armes du pouvoir le plus concret pour défendre le pouvoir le plus spirituel : la Foi.

La Foi — je me rappelai les vieilles discussions avec le père Philopater — consiste à dire et à penser : « C'est vrai parce que c'est incroyable. » Peut-il alors y avoir une foi qui se propose d'être croyable grâce à l'existence naturelle d'objets qui la vérifient ? Et cette foi ne s'inscrit-elle pas dans le projet du progrès comme assurance-vie universelle ? Nous allons toujours vers l'avant, rien ne nous arrêtera, le développement humain est inévitable et ascendant. Jusqu'à ce qu'un four crématoire, un camp de concentration, un Auschwitz, un Goulag, un Abou Ghraib, un Guantanamo, nous prouvent le contraire... Comme j'aurais aimé, dans les moments de doute comme celui-ci, pouvoir compter sur la voix du père Philopater et retrouver, dans le dialogue avec lui, la juvénile compagnie de mon frère Jéricho ! Être de nouveau les Dioscures, Castor et Pollux, les frères fondateurs, deux fantômes lumineux qui avaient apporté la victoire, lors de la bataille du lac Régille, à la République romaine.

Un brin léger, le héros : comme je le disais, au début, plein de l'ardeur professionnelle du novice, je montais et descendais les escaliers. À la fin, je décidai de prendre l'ascenseur. Seulement jusqu'au douzième étage car, comme je l'ai raconté, les deux derniers étaient prohibés. C'était là que résidait, comme dans les contes de fées, l'Ogre, peut-être un Barbe-Bleue bienveillant qui, ayant éliminé les femmes précédentes (à combien de « gonzesses » un homme qui avait déjà dépassé les quatre-vingts ans pouvait-il prétendre, par décennie ou en moyenne ? quel est le ratio ? Et la récompense ?), résidait ou demeurait, même si je ne crois pas qu'il fût homme à « s'en contenter », avec une seule femme, celle-ci étant mon aimée et ennemie, Asunta Jordán.

Les relations professionnelles peuvent débuter dans la froideur et finir par être chaleureuses, ou tout du moins sympathiques. Elles peuvent aussi commencer dans la cordialité et terminer dans la haine — ou l'indifférence. En tout cas, voir les bobines des autres tous les jours est quelque chose qui se paie d'une manière ou d'une autre. Ma relation avec Asunta n'avait aucune température. Elle était d'une tiédeur exemplaire. Sans chaleur, ni froideur. Elle avait pour mission manifeste de me montrer et de m'expliquer le fonctionnement de ce grand éléphant corporatif nommé, de façon impersonnelle, « Max Monroy », dans le but, sans nul doute, de me préparer à exercer des fonctions : de simple écrou, factotum à perpète, cadre moyen très moyen, ou enfin de chef, de fonctionnaire, de dirigeant ? Le visage impassible d'Asunta ne me fournissait aucune réponse.

Sauf que sa représentation parfaite de professionnelle, sa façade « officielle » permanente, sans failles ni fenêtres (ne parlons pas de portes), aiguisait ma curiosité. Et comme ma curiosité était pour moi inséparable de mon désir et ce dernier de mon érotique volonté de posséder, de quelque manière que ce fût, Asunta Jordán, je fis le premier pas en direction de ce qui était défendu.

Je pénétrai, aux horaires de bureau, dans la pénombre de la chambre d'Asunta.

Rien ne m'en empêchait, hormis l'injonction de la légende : Ici, on n'entre pas. Mais y a-t-il quoi que ce soit qui enflamme plus la curiosité dans un conte de fées qu'un interdit, ou qui incite plus à violer le secret, à briser l'imaginaire cadenas, que cet avertissement : si tu entres, tu seras puni ? Si tu entres, tu ne ressortiras plus ? Si tu entres, tu finiras froid cadavre si tu as de la chance, prisonnier éternel si tu n'en as pas ?

J'invoquai un prétexte quelconque pour m'absenter à midi. Je montai au treizième étage où Asunta Jordán avait ses appartements. Je passai de la lumière de la salle à la pénombre de sa chambre. Je remarquai qu'il n'y avait aucune fenêtre, comme si la belle au bois dormant de mes chimères ne laissait pas la moindre brèche ouverte à la curiosité d'autrui, pas même celle de l'astre solaire. J'évitai de jeter un coup d'œil au lit. King-size, une taille royale pour une reine, Queen-size. Mon regard, mon flair, mon désir me conduisaient à un espace encore plus sombre où ses vêtements pendaient par ordre de saison — grâce au toucher, je pus caresser cotonnades, soies, cachemires, cuirs et, en levant un peu la main, j'atteignais les chapeaux de feutre et de paille, de vison et de renard, des casquettes de base-ball, des visières, la texture caractéristique du panama, les capelines (pour tous les mariages, sauf le sien avec moi, hélas...). Rien de tout cela ne m'intéressait. Mes doigts guidaient mes yeux et mes yeux mon odorat. Finalement mon nez avide (long, effilé, comme s'en souviendront Vos Grandeurs) dénicha le parfum qu'il cherchait.

J'ouvris le tiroir où était disposée la lingerie d'Asunta Jordán. Ébloui, je fermai les yeux et me livrai tout d'abord à la volupté des senteurs, bien que mes mains avides ne résistassent pas au désir de toucher ce que je respirais, et dans ce combat entre mon nez et mes mains se mêlaient, avec délice, effluves de lavande et dentelles de petites culottes, arômes de pétales et dômes de seins, fragrances de parfums anonymes et slips au nom d'Asunta, petits casiers de soie et soutiens-gorge à balconnet, fil dentaire, bikini, toutes les formes de cette extériorité intérieure qui était ma seule approche possible du corps de la femme aimée, peut-être plus intense qu'une nudité qui ne faisait pas que m'échapper : je n'étais par elle ni invité ni proscrit. Dentelle, nylon, soie. Fond de robe. Fines bretelles.

L'interdit planait ainsi au-dessus de mon approche excitée de ces tiroirs où gisait, en un innocent décès, la lingerie d'Asunta. Je pense que mon exaltation physique et mentale était alors si grande que j'en étais venu à désirer cette consommation érotique et non une autre, physique, qui sans nul doute aurait été moindre en intensité, dans un rapprochement finalement pudique, bien que d'une fougue et d'une indécence mentales qui violaient l'intimité d'Asunta pour la rattacher non à ma propre intimité mais au vaste territoire du désir sans nom.

Je sus en cet instant secret et sacré que le désir nous motive au-delà et en deçà de l'obtention de l'objet de notre désir. Je sus que nous désirons ce que nous n'avons pas et qu'en l'obtenant, en l'ayant rien qu'à nous, nous souhaitons dominer ce que nous avons, le priver de sa liberté propre et le soumettre aux lois de l'ambition qui est la nôtre.

Je fermai les yeux. J'inspirai profondément. Je refermai les tiroirs dans la crainte de posséder Asunta au-delà de cette secrète violation de son intimité. Dans la crainte, surtout, de moi-même, de mon propre désir et des limites ou de leur absence dont seul le désir pourrait m'apporter la preuve, m'invitant, comme en ce moment, à me contenter des objets que je palpais et respirais ou à faire le pas de trop où s'entremêlent et se compliquent les sujets du désir.

La femme de chambre d'Asunta alluma soudain la pièce.
« Mais qu'est-ce que vous faites ici, vous ? »

Qu'ai-je laissé au fond de l'encrier ? Je veux dire, concernant ma relation avec Jéricho. Qu'il m'avait défendu contre les fiers-à-bras du lycée, à commencer par Errol dans sa précédente incarnation. Qu'il m'avait accueilli chez lui quand j'eus perdu le foyer orphelin de María Egipciaca (et bien d'autres choses). Jéricho m'avait appris à conduire. Il m'avait décrassé les oreilles avec les disques de musique classique qu'il collectionnait là-haut rue de Prague. Il m'avait dessillé les yeux devant les reproductions des grands peintres du passé qu'il possédait sous forme de cartes postales. Il m'avait poussé à réviser les graines philosophiques plantées par Philopater dans nos jardinières. Il avait étendu nos lectures conjointes à Dickens et Dostoïevski, à Balzac et Beckett. Il m'avait même appris à danser, tout en y joignant un avertissement où se mêlaient ironie et prohibition.

Il m'invita une nuit dans un cabaret et, au lieu de me conduire dans la salle de danse, il m'emmena dans une sorte de bureau d'où l'on pouvait observer les couples en train de danser, mais sans entendre la musique. Je restai déconcerté une minute. Puis je fus pris d'une crise de fou rire en voyant les poses, les contorsions, la comédie insensée, sans grâce, des couples piégés à l'intérieur d'un aquarium par une danse qui, de toute évidence, leur semblait gracieuse, distinguée, sophistiquée, sensuelle, libre et libertine : têtes tournoyant, yeux clos dans une rêverie ou écarquillés dans un étonnement feint, mains agitées comme pour lancer ou recevoir des ballons invisibles, épaules secouées par des callisthénies grotesques, jambes libres de tout contrôle, à mi-chemin entre l'oraison et la défécation. Et les pieds, cafards chaussés afin d'échapper au pschitt mortel, chaussures d'homme bicolores, bottes de cow-boys, poignards féminins tout pointus, une paire de tennis ou deux, tous se livrant à cette danse silencieuse, au rituel grotesque des corps se trompant eux-mêmes, dans une prétention d'élégances, de sensualités, de facéties, qui, dépourvues d'accompagnement sonore, réduisaient les danseurs à la singerie macabre d'une mort anticipée : la danse.

Je me fis la réflexion que l'amitié est en fin de compte quelque chose d'indéchiffrable. L'orgueil, la générosité, la tendresse, les insuffisances acceptées, les réserves tues, la valeur que prend le souvenir — ou l'amère absolution de sa perte : tout se rejoint comme en un chœur à la fois présent et très lointain, plus éloquent dans son souvenir que dans son actualité, même si dans chaque éclat il apporte l'annonce d'un futur aussi imprévisible qu'un coup de feu en plein concert de piano.

« Soyons indépendants, fut celui tiré par Jéricho. Ne nous laissons pas imposer nos opinions. »

Si les mots me surprirent, c'est parce qu'ils contenaient une vérité tacite dans notre relation. Nous étions indépendants depuis toujours, répondis-je à mon ami. Moi, non, me dit-il : j'avais vécu dans une grande bâtisse, prisonnier d'une nourrice tyrannique, mais j'avais pu en réchapper en venant vivre avec lui.

« Et toi ? lui demandai-je. Toi, tu as toujours été indépendant ? »

Jéricho me regarda avec une sorte de tendresse compatissante.

« Ne me pose pas une question à laquelle tu pourrais répondre toi-même ou que tu pourrais garder pour toi, mon pote. Est-ce que nous sommes indépendants ? D'abord, demande-toi : qui a subvenu à nos besoins du plus loin que remontent nos souvenirs ? »

Je l'interrompis. « Les avocats. Le *licenciado* Sanginés, le... »

Il me coupa : « Est-ce qu'ils ont été envoyés par quelqu'un ? Tous ces gens : des domestiques, envoyés par une tierce personne...

— Physique ou morale ? » Je m'efforçai de rendre plus légère cette discussion insolite : cela faisait plus d'un an que lui et moi ne nous étions vus et cette réunion dans notre vieille baraque de la rue de Prague avait lieu sur son initiative à lui.

Il ne m'écouta pas. « Pour nous, il était acquis que nous n'avions pas de passé, que nous vivions au jour le jour, que les avocats pourvoiraient et que, si nous posions des questions indiscrètes, le charme serait rompu et nous nous retrouverions au petit matin non plus princes en leur palace mais crapauds dans leur mare... Et sans un sou. »

Je lui dis qu'il avait raison. Nous n'avions jamais cherché à aller au-delà de notre situation immédiate. Nous recevions un chèque mensuel. Parfois, Sanginés nous menait jusqu'aux portes d'un mystère mais ne les ouvrait jamais. C'était comme si tous deux — Jéricho, Josué — nous redoutions d'en savoir plus que ce que nous savions déjà : rien. Je fus d'avis, sous le regard ironique de mon ami, que notre incurie avait peut-être été notre salut. Qui ou qu'est-ce qui aurait répondu à nos questions : qui sommes-nous, d'où venons-nous, qui sont nos parents, qui nous entretient ?

« Qui est-ce qui nous entretient, Jéricho ? » Je le regardai, comme devant un miroir. « Serions-nous des macs un peu naïfs ? Est-ce que nous valons mieux que la Hétara de Durango ou la putain à l'abeille sur la fesse ? »

Il garda le silence, évitant de s'étonner de ma soudaine véhémence.

« Tu te souviens du père Philopater quand nous étions au lycée ? »

J'acquiesçai. Bien entendu.

Jéricho dit, après un regard au sol, que nous n'avions jamais vraiment compris — il parlait pour tous les deux — si Philopater jouait les faux hérétiques pour nous donner le goût de la foi, tel un faux impie nous menant sur le chemin qui conduit à la piété.

« Parce que Philopater faisait deux choses, Josué. D'un côté, il nous faisait voir la sottise de la religion à la lumière de la raison. Mais il nous révélait aussi la bêtise de la raison à la lumière de la foi.

— Car la raison compromet la foi et la foi la raison, ajoutai-je, sans trop y penser, presque comme une conclusion fatale et exacte, comme un dogme, en somme.

— Un dogme. » Jéricho avait lu dans mes pensées. Nous étions Castor et Pollux de nouveau, les jumeaux mystiques, les Dioscures. Le couple inséparable.

« Dis donc, qui détermine qu'un dogme est un dogme ? demandai-je, m'écartant de l'abîme de la fraternité.

— L'autorité.

— La force ?

— Si tu veux. »

Je ne voyais pas où il voulait en venir ni de quelle manière. Je lui répondis que la force, ce n'était pas suffisant. La force requiert l'autorité pour être forte.

« Et l'autorité sans force ? demanda Jéricho.
— C'est la morale, aventurai-je.
— Et la morale ?
— Je ne dirais pas que c'est la certitude parce qu'alors morale et foi reviendraient au même.
— Alors la morale peut être incertaine.
— Oui. Je pense que la seule certitude, c'est l'incertitude.
— Et pourquoi ça ?
— Si tu veux bien, Jéricho, je te demande juste de ne te sentir ni supérieur ni inférieur aux autres. Sens-toi leur égal.
— Tu te rappelles que quand nous étions jeunes nous nous demandions ce qui invalidait un homme, ce qui lui ôtait sa valeur ? »

J'acquiesçai.

« Réponds-moi maintenant, dit-il, avec une certaine pugnacité.
— Toi et moi nous nous sommes embarqués dans une tentative de réussite, chacun la sienne. Sincèrement, je pense que nous n'avons pas encore fini de nous définir. Nous sommes toujours autres parce que nous sommes toujours en devenir.
— Moi, si. » Jéricho fit grimper d'un cran l'affrontement.

« Moi, non. » Je haussai les épaules. « Je ne te crois pas, *mano*.
— Tu veux que je te le prouve ? »

Je le regardai avec autant d'ardeur (adverse, perverse, diverse ?) que lui me regardait, moi.

« Vas-y, je t'en prie. Je t'envierai parce que je ne suis pas aussi sûr de moi que toi. Mais bon. »

J'attendis qu'il parle. Nous nous entendions trop bien. Il hésita un instant. Puis il observa, souriant cette fois, que pour être cohérent lui me répondait par des actes, et non par des mots. Je lui rendis son sourire et croisai les bras. C'était un geste spontané mais qui marquait une certaine constance de ma part, en cette heure et en ce lieu que nous avions partagé lui et moi depuis nos dix-neuf ans.

« Ne t'arrête pas à mi-chemin, me jeta-t-il soudain.

— On fait son chemin en marchant, dit la chanson.

— Tu sais bien ce que je veux dire.

— Parce que je suis assis ici et que toi tu es debout là. Il suffit que nous échangions nos places pour que toute la vérité immédiatement antérieure se casse la figure, fiche le camp et se transforme en doute.

— Et aussi en mémoire, insistai-je. Pour nous souvenir où nous étions auparavant.

— Même si nous ne savons pas où nous serons ensuite.

— On peut prévoir.

— Et si on est frappé par la foudre ?

— On vit ou on meurt, dis-je, en souriant.

— On survit. » Il me vit, les yeux mi-clos, puis ouverts comme sous les ordres d'un gendarme intérieur.

« Vivants ou morts ? doutai-je.

— Vivants ou morts, nous ne sommes que des survivants. Toujours. »

Je fis un signe de dénégation de la tête.

« Nous n'avons pas de père, dit Jéricho.

— Et alors ?

— Si nous en avions un, nous grandirions pour lui faire honneur, pour qu'il se sente fier de nous.

— Et comme nous n'en avons pas...

— Nous pouvons exister pour nous-mêmes.

— À condition de nous faire honneur ? dis-je, avec un sourire.

— Ne te perds pas à mi-chemin. »

Je perçus un certain trouble intérieur en mon ami lorsqu'il répéta :

« À mi-chemin. Il y a plus. Quelque chose de plus que toi et moi. La patrie. La nation. »

Je ris ouvertement, en lui disant qu'il n'avait pas besoin de justifier son boulot, son poste à Los Pinos. Je voulais rendre la situation plus joyeuse et plus légère.

« Tout dépend, lui dis-je. Quel est le but?

— Être supérieur à tous ceux qui nous défient. » Il reprit sa respiration.

« Ce ne serait pas suffisant d'être juste leur égal?

— Tu rigoles? Qu'on ne puisse pas dire de nous : ils sont comme tous les autres, ceux de toujours, ceux de d'habitude, le tout-venant... C'est d'accord? »

Je dis que certainement, que si ce que mon ami voulait dire, c'était que le dépassement personnel était nécessaire, oui bien sûr... C'était d'accord...

« Sommes-nous différents toi et moi? dis-je, après la pause obstinée de Jéricho.

— Qu'est-ce que tu veux dire?

— Que toi et moi n'avons pas eu à survivre. Nous n'avons jamais eu qu'à mettre les pieds sous la table.

— Une petite vie bien tranquille? Tu crois que c'est ce que j'ai eu? »

Je fis un pas que j'aurais souhaité ne pas faire : « Je le soupçonne, oui. »

Dans ce soupçon se trouvaient résumés les doutes que vous savez sur le personnage nommé Jéricho tout court, simplement Jéricho, sans nom de famille, ni même le passé que me donnaient, à moi, la maison de Berlin, les soins de María Egipciaca et de l'infirmière Elvira Ríos, avant que mon destin et celui de Jéricho ne confluent tels deux fleuves de feu, Castor et Pollux. Moi, j'étais Josué Nadal.

Jéricho sans nom de famille qui voyageait sans patronyme sur son passeport, qui peut-être voyageait sans passeport, qui peut-être — tout ce que mon affection envers lui cachait se révélait là tout à coup — n'était pas allé en France ni aux États-Unis, ni nulle part, en dehors de l'abri secret de son âme... Et n'était-ce pas assez, m'exclamai-je à part moi, d'avoir une âme où se réfugier ? N'était-ce pas suffisant ?

« Vivants ou morts... Des survivants. »

Je sentis en cet instant, en entendant ces mots, qu'une étape de nos vies (et par conséquent de notre amitié) se clôturait pour toujours. Je compris que, dès lors, lui et moi allions devoir prendre en main nos propres existences, rompant le pacte fraternel qui jusque-là n'avait pas fait que nous unir : il nous avait permis de vivre sans nous poser de questions sur le passé, comme si, étant amis, il nous suffisait de dire, de faire ensemble, pour combler les absences d'une vie antérieure.

C'était comme si la vie avait commencé au moment où, dans la cour du lycée, lui et moi étions devenus amis. C'était comme si, cessant de l'être, une mort nu-pieds s'approchait de nous.

« Max Monroy, me dit ce soir Asunta Jordán, a deux règles de conduite. La première, c'est de ne jamais répondre à une attaque. Parce qu'elles abondent, tu sais ? Tu ne peux pas être quelqu'un d'aussi exposé que lui sans être attaqué, surtout dans un pays où on ne pardonne le succès que difficilement. Tends le cou, Josué, et tout de suite on t'agresse et, si c'est possible, on te décapite.

— C'est que les rancunes du pays sont très anciennes et très profondes », assurai-je et j'ajoutai, socratique, car je ne voulais pas la contredire : « Le Mexique est un pays où tout tourne mal. Ce n'est pas pour rien que nous fêtons les vaincus et détestons les gagnants.

— Mais par contre nous gardons les idoles. Si tu deviens une idole, une idole de la chanson *ranchera*, du boléro, d'un feuilleton de télé ou du sport, là on consent à te laisser la vie sauve, dit Asunta avec son humour populaire.

— Il faut dire que l'idolâtrie est une pratique très ancienne ici, dis-je en souriant, poursuivant ma tactique flatteuse. Nous croyons en Dieu mais nous adorons des idoles. »

Asunta se défit de ce confetti idéologique d'un élégant mouvement de la tête. « Mais ne pas répondre à une attaque est une arme terrible. Ton attaquant n'a plus une heure de repos. Pourquoi Max ne répond-il pas ? Quand Max répondra-t-il ? Que répondra Max — s'il répond ? Quelles armes Max utilisera-t-il pour me répondre ?

— De cette façon, poursuivit Asunta, Max n'a besoin de rien faire pour répondre à ceux qui l'agressent. Le fait de ne rien faire provoque la panique et finalement détruit l'adversaire, qui ne comprend pas pourquoi on ne lui répond pas, puis doute de l'efficacité ou de la férocité de son attaque, se sent très vite le dernier des gros nuls parce qu'il n'a même pas eu droit à une réponse et finalement l'agression et l'agresseur sont oubliés et Max Monroy se retrouve tout ce qu'il y a de plus tranquille.

— Comme Johnny Walker », ajoutai-je alors en riant.

Elle, elle ne trouva pas la blague amusante. Asunta s'était déjà embarquée dans le second exemple qu'elle voulait m'offrir afin de compléter le tableau sur la conduite de Max Monroy. Un nuage rancunier passa au fond de ses yeux, évoquant, sans qu'elle me regarde, ceux qui avaient voulu devenir célèbres en s'en prenant à la réputation de Max Monroy. La leçon était tirée : ils n'avaient réussi qu'à l'accroître. Eux avaient été oubliés.

« Et le deuxième point ? »

Asunta revint comme d'un rêve.

Max Monroy est un homme prudent. Elle sourit avec une certaine nostalgie amère qui n'échappa pas à mon attention. Le second point, c'est que Max, qui est en soi un homme prudent, le devient encore plus quand on lui rend un service indu ou inespéré.

« Indu ? »

Si Asunta hésita, ce ne fut que l'espace d'une seconde. Puis elle dit : Aussi indu que de maintenir en prison un homme dangereux juste pour faire une faveur au grand Max Monroy.

Je cherchai en vain un rictus amusé, une marque d'ironie, un signe de colère dans la voix, le regard, l'attitude d'Asunta. Elle avait parlé comme l'aurait fait — si elle avait parlé — une statue.

« Les faveurs se paient, je pense », continuai-je, pour que la discussion ne meure pas, comme elle aurait pu mourir instantanément, car je cherchais à faire des recoupements et à mettre en relation ce que je savais avec ce que j'ignorais...

« Les faveurs, on vous les fait payer, et c'est là qu'on se rend compte de l'erreur que c'était de les avoir acceptées et on devient fou à essayer de trouver une action qui puisse effacer l'obligation contractée avec celui qui nous a rendu service, poursuivit-elle. Tu vois ce que je veux dire ?

— La mort ? demandai-je avec le visage de l'innocence, celui que j'avais le plus répété devant la glace.

— La mort ? me répondit-elle, dans une affirmation incrédule au point de se changer en question.

— La mort, poursuivit-elle calmement, mais d'un ton légèrement suppliant.

— De qui ? » Je ne lâchai pas prise.

Peut-être douta-t-elle un instant. Puis elle dit : « La mort de celui qui nous a rendu ce service.

— Indu ? »

Ou inespéré. Inespéré ?

« Celui qui lui a rendu service est mort.

— Les avantages d'être vieux », dis-je dans un calcul amoureux raté d'avance, je le savais. Elle fit la sourde oreille. Par contre, elle mit l'accent sur le fait que Max Monroy était un self-made man, mais seulement à moitié. Il avait fait un bel héritage (moi je restai muet sur ma relation, qui n'avait de valeur que si elle demeurait secrète, avec la mère de Max, l'Ancienne Conception).

Si elle avait parlé comme sa mère doña Conchita (elle avait eu bien raison de changer de nom et de refuser ce diminutif au prix d'une vieillesse volontaire), elle aurait dit : La répartition agraire, il en a bénéficié autant que sa mère. Terminé, les vieilles haciendas aussi grandes que tout le Benelux. Il fallait deux jours en train pour parcourir les terres de William Randolph Hearst dans le Chihuahua et le Sonora. « Citizen Kane », intervins-je, mais elle continua, sans comprendre l'allusion. Elle débitait sa leçon : « Trente pour cent du territoire mexicain aux mains des gringos. L'hacienda a fait fiasco, l'organisation en *ejidos* a commencé — tout pour tous, mais bien sûr! —, la loi agraire a été violée, et à présent c'était de petites propriétés qu'on accumulait, des terres agricoles étaient volées pour construire des hôtels sur les plages, les paysans n'ont rien reçu, même pas un merci, ni un petit whisky, ni le droit de se baigner dans les piscines en forme de rein, mais la plupart ont fichu le camp dans les villes, surtout celle, « exsangue et peinturlurée », de Mexico, dans les nouveaux secteurs industriels engendrés par l'expropriation pétrolière. La fortune de Max : premièrement, répartition agraire; deuxièmement, propriété communale; troisièmement, *minifundio*; quatrièmement, propriétaires d'*ejidos* sans crédit ni machine, soumis à la loi du marché, sans protection et, cinquièmement, sans un rond — jamais mauvais, le cinquième, dit-on pourtant —, fuite paysanne vers l'industrie, création d'un marché intérieur, saturation de la demande, inégalité, chômage, fuite de la main-d'œuvre aux États-Unis, argent rendu par le travailleur à ses anciennes communautés, explosion d'une consommation bon marché.

— Et Monroy qui profite de tout?

— Ce n'est pas un voleur. » Asunta me regarda sans sympathie. « Il a l'argent d'aujourd'hui comme il a eu celui d'hier. Il a construit sa fortune sur l'antérieure, celle de sa mère. Il a multiplié les biens de doña Conchita » (l'Ancienne Conception, un peu de respect pour les morts, je vous prie!), « il s'est imposé des règles extrêmement sévères de discipline, de justice, d'indépendance, il connaît l'abîme qui sépare la réputation de la personnalité, il protège celle-ci et dédaigne celle-là, il est implacable quand il s'agit de se débarrasser des incompétents dans les postes haut placés, il est au centre du centre, il se gouverne lui-même pour mieux gouverner les autres, il ne sur-stimule pas son monde...

— Et tout ça pour quoi ? » l'interrompis-je, car son exaltation pour Max commençait non seulement à me fatiguer mais surtout à éveiller ma jalousie. J'avais eu l'occasion de connaître Max Monroy à travers l'affection de sa défunte petite maman. J'étais irrité par l'admiration répétitive comme un disque, débridée comme un orgasme, de cette femme de plus en plus maudite et peut-être pour cette raison de plus en plus désirée. Ou l'inverse...

« Quoi, pourquoi? dit-elle, déconcertée.

— Ou pour qui... » poursuivis-je, sans oser lui jeter à la figure son manque de sincérité : tout ce qu'elle m'avait sorti me semblait avoir été appris comme une leçon mémorisée et répétée par la loyale et dévouée employée de Max Monroy.

Elle continua comme si elle ne m'entendait pas. « Max contrôle la demande avec ce que l'offre peut fournir, dit-elle, comme le disque rayé d'un juke-box.

— Pour quoi, pour qui...? » Je glissai une pièce dans la machine.

« Il lui aurait suffi d'hériter, Josué, sans avoir besoin d'augmenter son héritage...

— Pour qui...? » modulai-je de ma meilleure voix de boléro.

Un frisson de colère lutta dans le corps d'Asunta contre une résignation tourmentée un peu trop satisfaite à mon goût.

« Pour toi ? » Je la saisis violemment par les épaules. « C'est toi qui seras son héritière ?
— Il n'a pas de descendance, gémit la femme, surprise. Il n'a pas eu d'enfants...
— Il a une maîtresse, bordel... »
Asunta se dégagea tandis que la faiblesse m'envahissait. J'avais cru que le désir me rendrait plus fort. Il me minait : il n'y avait que l'envie de l'aimer. L'envie, rien de plus.
« Qu'est-ce qui vous unit ? C'est un vieil homme. Qu'est-ce qui peut vous unir, Asunta ? »
Elle dit, à ma grande surprise, que c'était l'odeur qui les unissait. Quelle odeur ? Beaucoup d'odeurs. À présent, l'odeur bizarre d'un homme vieux, une odeur d'animal dans sa tanière. Avant, l'odeur de la campagne, où nous nous sommes rencontrés. J'ai beaucoup ri. Peut-être que c'est juste l'odeur de vache, de poule, d'âne, de merde qui nous unit, dit-elle, sérieuse mais avec un certain humour.
Son regard fixe sur moi était à mi-chemin entre l'amour et le défi.
« Le Mexique pauvre et provincial, médiocre et envieux, hostile... »
Elle se pendit à mon cou.
« Je ne veux pas y retourner. Pour rien au monde. »
Ce fut dit dans un chuchotement. Je la regardai. Elle ne souriait pas. C'était du sérieux. Elle prit ma main, la regarda, dit que j'avais de belles mains. Je souris. Je n'allais pas moi énumérer les charmes d'Asunta.
« S'il te plaît, comprends-moi, me dit-elle. Je dois tout à Max Monroy. Avant, je vivais pleine de frustration. Maintenant, je suis une force dirigée.
— Comme un missile ? » dis-je avec un humour déplacé, comme si je ne devinais pas quelque chose de plus sérieux dans l'étreinte de cette femme.
Elle me regarda de nouveau.

« S'il te plaît, ne me distrais pas. »
Je m'éveillai avant l'aube. Tout le monde dormait. J'anticipai la surprise de me réveiller aux côtés d'Asunta Jordán. Je sentais déjà les souffrances qui m'attendaient pour avoir obtenu ce que je désirais le plus. Là, tous les autres dormaient. Qu'y avait-il dehors ?

La Seconde Audience de la Ville de Mexico, réunie en 1531, affirmait que l'esclavage des Indiens favorisait les mineurs et les *encomenderos*, maîtres de ces Indiens. Oui, mais aux dépens de ces derniers, réplique Vasco de Quiroga, membre de l'Audience. Le travail des Indiens est le nerf de la terre, juge l'Audience. La prospérité de la terre dépend du respect des traditions indigènes, répond Quiroga, qui passe alors des paroles aux actes : il libère ses esclaves, se fait prêtre, fonde à Santa Fe — ici même, où tu te trouves, Josué — la République de l'Hôpital, dédiée à sauver les enfants indigènes en leur enseignant le castillan en même temps que la langue otomi, à chanter et à célébrer les offices et aussi à prêcher le christianisme auprès de leurs parents, non pas au détriment de leurs croyances d'origine mais en fusionnant le christianisme avec leur religiosité innée, en célébrant, sans voiles, sans consécration, la « messe sèche » comme une invitation cordiale à la spiritualité partagée. Quiroga évoque un temps commun à tous, Espagnols et Indiens : un âge d'or qui renouvelle l'esprit mythique des Otomis et aussi la foi de l'Église chrétienne primitive. Les Indiens, écrit Quiroga, sont simples, doux, humbles, obéissants, ils ne connaissent pas l'orgueil, l'ambition ou la cupidité. Ils ne sont pas nés pour être esclaves. Ce sont des êtres rationnels. Et si certains sont des vagabonds, il faut leur apprendre à travailler. Et si certains sont indolents, c'est parce que les fruits de cette terre sont trop faciles à obtenir. Indiens et chrétiens peuvent être aujourd'hui ce qu'ils furent hier et être de même demain. De

Santa Fe, Vasco de Quiroga se développe vers le Michoacán et fonde l'hôpital de Santa Fe sur les rives du lac de Pátzcuaro. Il respecte la langue tarasque tout en enseignant la langue espagnole. Il s'inspire de l'*Utopie* de Thomas More. Les Indiens doivent s'organiser en communautés, car ils sont à la dérive dans des sociétés brisées en mille morceaux par la féroce conquête qui court tel un éclair du golfe au Pacifique, de la terre des Otomis à la terre des Purépechas, de Oaxaca à Xalisco, l'histoire d'aujourd'hui plus rapide que celle d'hier, l'histoire de demain également brisée si on n'accorde pas aux Indiens langue et toit, soins et doctrine, métiers et dignité. *Tata* Vasco, papa Quiroga, le père Vasco, comme l'appellent les Indiens, tandis que lui leur accorde la propriété collective de la terre, des journées de six heures, la possibilité d'attribuer les fruits de leur travail aux nécessités de la vie. Il interdit le luxe. Il organise les familles en groupes de quatre sous la direction d'un principal. Vasco de Quiroga, à l'ombre duquel tu travailles Josué, démontre que l'organisation sociale requiert une économie pratique, que le monde européen doit apprendre à vivre en harmonie avec les coutumes indiennes. Que naîtra-t-il de cet enseignement et de ce respect mutuel ? Vaut-il la peine de parier que la vie simple, le travail et l'éducation créeront une nouvelle communauté mexicaine, sans conquérants ni conquis, mais protégée par la liberté et la loi ?

« Le bonheur a-t-il un prix ? demandes-tu, Josué, à la statue de *fray* Vasco de Quiroga, *Tata* Vasco, devant laquelle tu passes tous les jours.

— Oui, affirme le frère. Il faut recruter de force les Indiens, pour qu'ils apprennent à être heureux...

— Et la récompense ? demandes-tu à *Tata* Vasco.

— La renaissance chrétienne.

— Et la méthode ?

— Utiliser la tradition pour...

— Pour dominer ? »

Fray Vasco ne t'entend pas. Il y avait pénurie d'eau dans le Michoacán. Quiroga donne un coup sur le rocher avec sa crosse. L'eau jaillit de la pierre au moment où le courbe bâton d'évêque la touche. Ce miracle te suffit-il, Josué ? As-tu besoin d'autre chose que d'un miracle ?

Les barbares soldats de Nuño de Guzmán le conquistador descendent de Xalisco, incendient les villages, font des prisonniers, exigent tributs, épices, travail, s'approprient terres et eaux, étendues et abondantes. L'Utopie n'est pas bonne pour une race de concierges et de vassaux, l'Utopie n'admet pas le recrutement forcé de la *mita* dans les mines, la *tienda de raya* des haciendas. Argent, bétail, terres spoliées, alcool aux mariages et aux enterrements : l'Indien fuit l'Utopie de *Tata* Vasco, asservi par les épées et les chevaux de Nuño de Guzmán, il se réfugie dans les latifundiums : à troquer un grand mal pour un moindre... Qu'est-ce qu'on y peut ?

Josué interroge tous les matins la statue de *fray* Vasco de Quiroga, *Tata* Vasco, dans le quartier de Santa Fe, à Mexico, District fédéral.

« Je suis le père de ta culture », dit un jour *Tata* Vasco à Josué.

Josué se demande si sa mission consiste à la garder telle quelle ou à la transformer.

« *Ándale, ándale, ándale.* »

Ordre, formule pour se saluer et se quitter, interjection familière et expression de surprise, cette forme verbale mexicaine se prête à autant d'interprétations que son insularité nationale le lui permet : personne, en dehors du Mexique, ne dit « *Ándale* » et un Mexicain se révèle en tant que tel en le disant, m'assure l'avocat Antonio Sanginés une nuit d'hiver dans sa maison de Coyoacán.

Cette fois, il n'était pas pris d'assaut par une guirlande de gamins espiègles et sur le visage du professeur j'observai un sérieux tout à la fois habituel et inhabituel. Car en fait il était presque toujours très sérieux. Sauf que cette fois — décryptai-je — il l'était juste pour moi. Et ce *juste pour moi* excluait l'autre personne avec laquelle j'avais rencontré Sanginés en des occasions antérieures. Mon vieux copain Jéricho.

« Depuis quand ne vous voyez-vous plus ?
— Depuis un an.
— *Ándale.* »

Comme à son habitude, Sanginés, professoral, commença par une série d'allusions sur sa relation avec le président Valentín Pedro Carrera. Il s'enorgueillissait de son rôle de conseiller aulique des puissants : au sein de l'État, au sein de l'Entreprise. Il connaissait les deux, l'immeuble du chef d'entreprise à Santa Fe et le campement politique de Los Pinos. C'est ainsi qu'il le définit, lui, en toute simplicité.

Tandis qu'à Santa Fe Max Monroy présidait un empire permanent, à Los Pinos Valentín Pedro Carrera était le contremaître momentané d'une petite propriété sexennale. L'occupant de la présidence se savait éphémère. Le chef d'entreprise aspirait à la permanence. Comment ces deux pouvoirs s'entendaient-ils ?

Sanginés n'eut pas à me le dire. Il se vantait d'être l'intermédiaire entre l'exécutif politique et l'exécutif patronal, entre Valentín Pedro Carrera et Max Monroy. Tout en le démontrant, Sanginés me regardait sans ciller; le menton posé sur ses mains, il énuméra — oui, il énuméra — ses recommandations au président Carrera, tel un Machiavel local (je n'irais pas jusqu'à dire un Florentin des quartiers, non, je n'irais pas jusque-là, parce qu'après tout le professeur Sanginés avait dirigé ma thèse doctorale sur le diabolique Nicolas) :

N'exagérez pas les attentes.

Ne cherchez pas à prolonger votre sexennat ou à être réélu.

La longévité à ce poste est fatale pour la réputation.

Rappelez-vous que les présidents commencent dans la lumière de l'espoir et terminent dans l'ombre de l'expérience.

Dans l'opposition, la pureté.

Au pouvoir, le compromis.

Préparez-vous à temps à abandonner ce poste, Señor Presidente.

Vous ne serez vu comme un bon président que si vous savez être un bon ex-président.

Pause. Jamais je n'avais vu chez Antonio une expression aussi amère qu'en cet instant :

Exagérez.

Prolongez.

Illuminez la nation.

Ne vous engagez à rien.

Gardez votre poste.

Ne partez pas.

Je suis là, moi.

Ándale, Jéricho, *ándale*.

Je soupçonnai que Sanginés donnait libre cours à son ressentiment et que, durant cette dernière année, Jéricho s'était approprié l'oreille présidentielle, ce qui réduisait Sanginés à la plus absolue marginalité.

Pourquoi m'avait-il appelé aujourd'hui ?

Avec ses habituelles circonlocutions d'avocat né en Nouvelle-Espagne, Antonio Sanginés se lança dans une narration qui nous occupa une bonne partie de la nuit. Il évoquait, il répétait, il accélérait, il s'arrêtait.

« Les temps des héros sont loin », disait Jéricho à Carrera (comme l'avait dit Sanginés à Carrera). Un État révolutionnaire se légitime lui-même. Washington, Lincoln, Lénine, Mao, Castro, Madero — Carranza — Obregón — Calles — Cárdenas. Jusqu'à Tlatelolco et la délégitimation par le crime contre le mouvement pur et simple qui doit accompagner l'État révolutionnaire pour l'accréditer en tant que tel. Que le mouvement de l'État s'arrête : le mouvement de la société le remplace. Les États-Unis sont les maîtres de la rénovation discrète : leurs groupes les plus réactionnaires s'approprient la rébellion. Les Filles de la Révolution américaine sont un groupe de vieilles dames ultraconservatrices qui portent encore lorgnons et ras-du-cou et se teignent les cheveux en bleu ciel.

« Les temps des héros sont loin. Gouvernement, État et révolution, tout cela ne revient plus au même. Le vieil État révolutionnaire a perdu toute légitimité. Vous devez donner une nouvelle légalité à la nouvelle réalité, pérora Jéricho.

— Comptez sur moi, affirma Sanginés au président.

— Je m'en charge », assura Jéricho à Carrera, tout en ajoutant : « En votre nom, bien sûr. »

Quelque chose nous rapproche, soupira Sanginés, quelque chose nous rapproche, ton ami Jéricho et moi. Nous avons eu d'autant plus de pouvoir que nous en avons été éloignés. Sauf que ma distance était, comparée à celle de Jéricho, désintéressée.

Il dit qu'il donnait, lui, des conseils pour le bien du pays.

« Et Jéricho ? » lui demandai-je.

Il me regarda tristement mais ne répondit pas. Pourtant, le détail éclaire la vie, sans l'ombre d'un doute : de même qu'un petit chien donne vie au portrait austère d'un aristocrate, un geste de Sanginés me révéla haut et fort sa pensée. Un geste des plus banals : prendre une miette de petit pain et en faire une boulette, qu'enfin, dans un geste insolite chez un homme si bien élevé, il jeta par terre et écrasa d'un coup de talon.

Ce n'est qu'ensuite qu'il reprit.

« Je connais depuis toujours Valentín Pedro Carrera. Je te résume sa carrière. C'était un jeune idéaliste. Il s'est bien tiré de sa campagne électorale grâce à sa femme malade. Cynisme ou compassion ? Il a fait pleurer son électorat. Doña Clarita est morte peu après qu'il a eu gagné les élections. Elle est morte à temps. Carrera a eu droit à un deuxième souffle grâce à son deuil et à sa solitude. Sauf que le deuil se termine un jour et pas la solitude. C'est alors qu'apparaissent les feux de l'arbitraire, l'abus de pouvoir, une façon de se venger contre le destin qui l'a mené si haut juste pour lui ôter ce que le pouvoir lui donne en abondance : l'apparence, l'usage du paraître, l'abus de la présence... Mes conseils, Josué, sont nés d'un désir de dompter ces extrêmes et d'exploiter les deuils du pouvoir au bénéfice du pouvoir... »

Je ne sais ce que Sanginés aspira dans sa tasse vide.

« Je crois que j'ai découvert la grande faille du pouvoir. Le puissant ne veut pas savoir ce qui est fait en son nom. Un grand criminel séculaire, un Al Capone, le sait et l'ordonne. Mais même le tyran le plus redoutable ouvre les vannes d'une violence que lui-même ne sait contrôler. Qui a assassiné Matteotti, le dernier député de l'opposition qui servait d'excuse démocratique à Mussolini, le laissant sans autre option que la dictature ? Himmler a-t-il détaillé l'horreur concentrationnaire au-delà de la volonté démente et abstraite d'Hitler, la concentrant sur des montagnes de valises, de cheveux, de lunettes, de dentiers et de poupées cassées à Auschwitz ? Staline a-t-il fait autre chose que poursuivre la volonté tyrannique de ce révolutionnaire mort à temps, Lénine, le saint laïc, le comprenant mieux que ses partisans démocrates, Boukharine, Kamenev... Pas Trotski, qui était aussi dur que Staline, mais, pour son malheur, un homme cultivé... »

Mon regard attentif n'était qu'une question : et Valentín Pedro Carrera ?

Sanginés prit la tangente avec une anecdote. Carrera est un homme amoureux de ses propres paroles. Il peut parler sans s'arrêter pendant des heures. Il faut absolument l'interrompre de temps en temps. Pour lui. Pour qu'il reprenne sa respiration. Pour qu'il boive une gorgée. Nous savions tous que ce président avait besoin d'interrupteurs officiels. Nous, ses oreilles présidécoutantes, nous relayions pour l'interrompre.

« C'est quoi le problème ? Ils croient que tout ce qu'ils disent est intéressant ? Ou ils ont peur de se taire et de laisser la parole ? Ils ont peur d'être contredits ? C'est quoi le problème ? demandai-je avec une ardente ingénuité.

— Je vais te dire, c'est tout un art de savoir interrompre le président. L'intelligence de Jéricho consiste à ne jamais l'interrompre. Carrera s'en est rendu compte :

"Vous ne m'interrompez jamais, Jéricho. Je vous en remercie. Mais dites-moi pourquoi." »

Sanginés était présent. Jéricho, dit-il, ne dit rien. Pourquoi Sanginés était-il là ? Qu'aurait répondu Jéricho à Carrera en l'absence de témoin ?

« Le président est une vraie commère. Je te le raconte parce qu'il me l'a dit. Il y a aussi en lui une sorte d'indécision pédante. Je veux dire que ce n'est pas un indécis à la Hamlet, qui pèse et soupèse les options. Son indécision est une espèce de comédie. C'est une manière de dire, paradoxalement : j'ai le pouvoir de ne prendre aucune décision et de dire ce qui me chante. »

J'insiste : la tasse de Sanginés était vide.

« Là est l'ingéniosité de Jéricho, je m'en aperçois maintenant. Il a compris que Carrera n'agissait pas par pure vanité et toute-puissance. Jéricho l'a fait à sa place. Carrera ne s'en est pas rendu compte et, s'il s'en rendait compte, il était reconnaissant à Jéricho de le débarrasser d'une responsabilité qui lui pesait : la prise de décision est la reine du bal, dans le pouvoir ; mais elle peut aussi jouer les saintes-nitouches. »

Que souhaitait le président ? L'impossible : « Donnez-moi des solutions faciles à des questions difficiles.

— *Ça n'existe pas**, marmonna Sanginés. La perfidie de Jéricho... »

Je haussai les sourcils. Sanginés soupira. Il me faisait comprendre qu'il savait de quoi il parlait, que ses propos n'étaient pas ceux d'un homme dépité, écarté des faveurs du pouvoir. Il voulait garder sa place de conseiller fidèle. Et même plus : de citoyen responsable. Ses sourcils, sans le vouloir, retombèrent. Je m'accusai de sentimentalisme. Parce que je devais beaucoup à Sanginés. À cause de ma vieille amitié avec Jéricho. Parce que j'étais encore, en comparaison, bien naïf...

« Pensez technique. Parlez agraire. Vive la liberté. À mort l'égalité. Comptez sur moi. Ne donnez pas votre confiance à trop de conseillers. Le *mole*, c'est vous qui le cuisinez, trop de mains gâchent la sauce. Envoyez vos ennemis dans de lointaines ambassades. Et vos amis aussi. »

Avec ces arguments et d'autres du même ordre, Jéricho était parvenu à s'insinuer auprès du président, l'inquiétant parfois (« Vous tenez le loup par les oreilles, vous ne pouvez pas le lâcher, mais pas non plus le retenir toujours »), l'encourageant à d'autres (« Ne vous en faites pas trop, l'égalité est la chose la plus inégale qui soit »), concluant à certains moments (le classique geste symbolique du couteau tranchant la gorge), l'alertant à d'autres (la non moins classique mimique de l'œil tenu ouvert par l'index droit sur la paupière), échafaudant des justifications (« La politique peut être molle, les intérêts sont toujours durs »). Le président lui donna des tâches simples. Lis les journaux, Jéricho. Informe-moi. Moi, je lirai le soir ce qui me paraîtra important.

« Et qu'a fait ton acolyte ? demanda rhétoriquement Sanginés. À ton avis ? »

Il me fusilla du regard. Le mien était bien intentionné.

« Il a sélectionné la presse. Il a découpé ce qui lui convenait quand cela lui convenait. Des nouvelles sur la tranquillité, le bonheur et la prospérité généralisés sous le régime de Valentín Pedro Carrera : un président s'isole de plus en plus et finit par ne croire que ce qu'il a envie de croire et ce que ses laquais lui font croire... »

Je l'interrompis. « Jéricho... Il me semble que... c'est...
— Le parfait courtisan, Josué. Ne t'y trompe pas.
— Et vous, maître ? dis-je pour le titiller.
— Je te le répète : un fidèle conseiller. »
Ándale, ándale, ándale.

« N'ouvre pas la bouche. Ne dis rien. »
Et moi qui tenais toutes prêtes mes envolées romantiques, mes évocations sentimentales émanant d'un pot-pourri de boléros, de réminiscences d'Amado Nervo, de dialogues de films nord-américains (Pourquoi vouloir la lune ? Nous avons les étoiles), tout en finesse, aucune vulgarité, tout en craignant que mes bonnes manières au lit la déçoivent, peut-être désirait-elle être traitée plus brutalement, des mots plus orduriers (ma petite pute à moi, comme j'aime ta petite chatte bien serrée), non, je n'osai pas, juste de jolies phrases, mais à peine avais-je prononcé la première, allongé sur elle, qu'elle me coupa d'un brutal « N'ouvre pas la bouche. Ne dis rien ».

Je m'exécutai en silence. J'atteignis l'apogée de la volupté en censurant ma bouche, cette bouche que je ne devais pas ouvrir, obéissant à l'injonction péremptoire de cette femme. Je ne me plains pas, non. Car elle me donna tout, à part les mots. J'étais en proie au doute. Les mots sont-ils de trop dans l'amour ? Ou est-ce l'amour qui, sans mots, reste non abouti, incomplet dans sa formulation sentimentale ? Je ne devais pas penser de la sorte. Elle m'avait tout donné. Elle m'avait tout permis. C'était comme si en elle, en cet acte, culminaient mes amours tronquées avec mon infirmière Elvira Ríos, tourmentées avec Lucha Zapata, vénales avec la putain à l'abeille qui avait fini mariée avec le père d'Errol Esparza, sous les verrous comme meurtrière présumée de don Nazario, et fugitive, malgré la surveillance (maladive, obsessionnelle, me dis-je alors) de Miguel Aparecido.

Asunta Jordán...

Préambules de l'amour, flèches brisées d'un Cupidon qui enfin me concédait le grand plaisir d'un acte sexuel complet, instinctif et calculé à la fois, exigeant et permissif, naturel et artificiel, pur et pervers : qu'y avait-il dans le corps provincial d'Asunta Jordán qui réunît tout en une seule femme et en un seul acte ? Tout ce que j'en ai dit et rien. Rien, dans le sens où la femme exprimait les mots de cet acte, où celui-ci ne trouvait pas la séparation verbale que je, que tout homme veut lui donner, même si, ensuite, il regrette ou oublie les mots qu'il a proférés, soupirés, clamés dans la plénitude de la jouissance.

Les mots étaient-ils nécessaires ? Asunta voulait-elle me dire que l'acte se suffisait à lui-même, que les mots le dévaluaient parce qu'ils étaient inférieurs au plaisir, des placebos verbaux, des dérivés, oui, du boléro, de la poésie, de l'analogie impossible entre l'acte et le verbe de l'amour... ?

« Ne me touche pas le visage. »

Ne pas ci. Ne pas ça. Toutes ces négations du moment me gâchaient la fête, même si celle-ci avait été mémorable et que moi j'étais un imbécile qui n'avait pas de raisons de se plaindre. Il y avait quelque chose que je faisais mal puisque, satisfait comme un Dieu ayant inventé l'amour, l'interdiction de parler ôtait de la plénitude à cet acte. J'avais tort. J'aurais pu être muet de naissance et jouir de cette femme sans pouvoir prononcer un son. Pourquoi tentais-je de verbaliser, de mettre des mots sur cet acte qui avait culminé sans que soit nécessaire la moindre phrase ? Et pourquoi me l'avait-elle interdit de façon si catégorique et sévère : « N'ouvre pas la bouche. Ne dis rien » ?

Pourquoi, enfin, réduit au silence et confus, avais-je voulu suppléer à la parole interdite par un geste amoureux et tendre ? (Ce sont deux choses différentes : l'amour est passion ; la tendresse, concession...) Ou par de bonnes manières, de la gratitude, et, pourquoi pas, le bref prologue de la séduction...

On sait que nous avions passé de nombreuses heures ensemble, au bureau, parfois dans un café pour nous distraire de nos obligations, souvent en repas d'affaires, rarement en dîners en société, plus souvent en cocktails où elle faisait une apparition en tant que composante du pouvoir de Max Monroy, le pouvoir visible, tangible et désirable de cet homme aussi célèbre que mystérieux : un an que je me trouvais dans ces bureaux de Santa Fe et je n'avais toujours pas vu ne serait-ce que l'ombre du big boss, le chef, le *boss man*, le caïd.

Tout en sachant qu'elle était constamment en rapport avec lui et que tout ce que je savais de lui je le savais par elle (et secrètement, par la voix enterrée et antérieure de l'Ancienne Conception, mais ça, je ne pouvais pas le répéter)... Au bureau, personne, des dix étages inférieurs et des deux supérieurs, n'avait rencontré le patron, Max Monroy. J'en vins à imaginer qu'il était une fiction inventée et entretenue pour faire croire en un pouvoir intouchable et sauvegarder l'autorité de l'entreprise. Je l'aurais cru si, de temps en temps, Asunta n'était redescendue sur la terre des mortels pour partager avec moi quelque chose qu'avait dit ou fait Monroy — son travail, une référence constante ; ses dires, fréquemment ; sa vie actuelle, jamais.

Ma relation avec Asunta avait donc été purement professionnelle. Exception faite de mon aventure dans son *boudoir**, à deviner, toucher et humer sa lingerie, chose que moi et la femme de chambre qui m'avait surpris étions les seuls à savoir. La bonne l'avait-elle raconté à Asunta, ou était-elle si discrète — ou craintive — qu'elle avait gardé le silence ? Je ne pouvais pas le savoir et je ne pouvais pas le demander. Si

Asunta était au courant, elle avait réagi comme si elle l'ignorait et dans les deux cas mon excitation sexuelle augmentait : si elle le savait, comme c'était excitant de partager ce secret. Si elle ne le savait pas, c'était encore plus émoustillant de posséder une sensation qui me rendait maître solitaire de ses sous-vêtements lorsque ceux-ci ne couvraient pas son corps. Et en tout cas — émotion, enthousiasme —, quel enchantement produisait sur moi le souvenir de ces soutiens-gorge, de ces slips, de ces porte-jarretelles, de ces bas, bien rangés telle une petite armée de la libido dans leurs casiers respectifs.

Comment me rapprocher d'elle, au-delà de notre quotidienne relation de travail ? En imaginant sa réalité ou en réalisant son imagination ?

Je tentai de m'en rapprocher en me rapprochant de ceux qui travaillaient dans le bâtiment Vasco de Quiroga, comme si l'indésirable origine de la femme désirée se ravivait dans celle des employés de Monroy à l'immeuble « Utopie ». Comme si, en les connaissant eux, je voyais une Asunta rabaissée, sans pouvoir encore. Comme si, dans ma rancœur malheureuse, je désirais voir la femme expulsée de l'Olympe et rendue à la mini-géhenne du travail anonyme.

J'étais étendu, les bras croisés derrière la tête et les mains en guise d'oreiller, lorsque j'entendis un bruit de pas dans l'escalier, que j'identifiai comme étant ceux de Jéricho. C'était un pas fantomatique qui me renvoyait l'écho de ma plus grande amitié et, sans doute, de mes meilleures années. Un sentiment troublé (car la nostalgie ne doit pas trop durer) par l'impression que Jéricho ne faisait pas qu'arriver à l'appartement que nous partagions autrefois rue de Prague, mais qu'il ouvrait la porte d'entrée avec la clé que nous partagions également.

J'en ressentis une certaine contrariété : c'était moi maintenant qui vivais ici et qui en sortais pour vaquer à mes occupations à la prison de San Juan de Aragón ou dans les bureaux de Santa Fe. J'étais, pour la première fois, le maître de maison. La clé de Jéricho insérée dans la serrure de la porte était comme un viol corporel et spirituel. Il entrait, tranquille comme Baptiste. Il me faisait savoir, dès l'introduction, que cet espace réclamait son bruit, même s'il le partageait avec moi, l'étranger, le convive de pierre, le Tancrède des arènes.

« Réveille-toi, Josué, me lança-t-il de la porte, en portant une main à sa tempe en guise de salut pseudo-militaire.

— Je suis réveillé, dis-je de mauvaise grâce, regardant du coin de l'œil l'ombre qui s'avançait.

— Tu as déjeuné ? » insista-t-il et, sans me laisser le temps de répondre, « Parce que je te le demande, mon poteau, qui digère le mieux : celui qui dort après un banquet ou celui qui s'en va chasser ? »

Je haussai les épaules. Jéricho interrompait un rêve consacré à Asunta : comment elle était, comment je pouvais, moi, la rendre ; m'aimerait-elle de nouveau ou notre rencontre n'avait-elle été qu'un *quickie* passager, informel, sans conséquences ?

Je me remémorais, en le vénérant, le corps d'Asunta, mais Jéricho poursuivait à présent avec une brutalité anatomique : « Tu viens chasser, tu restes dormir ? Comment on peut le savoir ? »

Il me chatouilla le nombril et son doigt glissa le long de mes côtes.

« En t'ouvrant le ventre. »

Il rit.

« C'est là qu'est la preuve. »

Je m'étirai et m'assis au bord du lit. Jéricho préparait du café. Il reprenait possession de quelque chose, que, me dis-je, piqué au vif, il n'avait jamais abandonné. C'était moi l'intrus. C'était moi, presque, le balourd importun.

« Qu'est-ce que tu veux ? » dis-je, volontairement désagréable.

Sans se troubler, il répondit : « Je te veux, toi », et me tendit une tasse brûlante d'un breuvage instantané.

« C'est-à-dire ? »

Il se lança dans un discours qui me parut interminable. Qui étions-nous, lui et moi ? Deux naufragés de l'autorité paternelle. Voilà ce qui nous rend frères. Nous n'avons pas de famille. Nous n'avons pas eu de chef. Nous avons été abandonnés, délivrés, laissés à la dérive.

« Comme tu voudras.

— Et alors ?

— Cela nous oblige à connaître nos limites intérieures. Tu te rends compte que la majorité des êtres humains ne se posent jamais sérieusement cette question : qui suis-je ? quelles sont mes limites ? pourquoi ? Parce que la famille et la société leur ont donné un chemin et des frontières tout tracés. Par ici, petit, ne sors pas de l'ornière, regarde aussi loin que tu voudras, mais ne regarde ni à droite ni à gauche. Les yeux plantés sur l'horizon dont nous te faisons cadeau parce que nous pensons à toi, fiston, et nous voulons ce qu'il y a de mieux pour toi, ne pense à rien, tout est pensé d'avance, gamin, c'est pour ton bien, ne t'égare pas, ne t'aventure pas, ne sors pas du destin que tu ne mérites pas de connaître dans l'indépendance, pourquoi, mon garçon, puisque nous avons déjà tout préparé ? Nous avons préparé ton avenir comme on prépare un lit, ici les oreillers, là les couvertures, entre et dors, mon tout-petit, ne défais pas le lit, ça en a été du travail, tu sais, de l'arranger et le tenir prêt pour que tu puisses y dormir tranquille, dors, dors, l'enfant do, le chérubin, l'enfançon, le minot, le p'tit gars, sans te préoccuper de rien. »

Il prit un air méchant puis éclata de rire.

« Réveille-toi, Josué, lève-toi et marche ! »

Je lui dis que j'étais tout ouïe, mais il n'attendait pas un mot de ma part. Il venait avec son propre discours et mon rôle, c'était de l'écouter sans broncher.

« J'ajoute que toi et moi nous ne sommes pas nés pour subvenir aux besoins d'un foyer. Tu vois ce qu'est ta vie sexuelle. Jusqu'à maintenant, une vagabonde par-ci, une pute par-là, une infirmière, une secrétaire...

— C'est toujours un peu mieux que toi, un cow-boy vraiment solitaire pour le coup, me regimbai-je, furieux qu'il soit au courant de ce que je pensais qu'il ignorait.

— Nous n'avons pas d'amis, dit-il, un brin déconcerté.

— Est-ce qu'on appartiendrait à une civilisation disparue, dis ?

— On est toujours obligé de réparer les fautes de son destin, quel qu'il ait été, Josué. Pour tout dire...

— Un autre destin ? Comment ?

— En s'unissant à des gens. En organisant le peuple. En prenant un bain de foule, comme les douches que nous prenions toi et moi ensemble, mais cette fois avec des millions d'êtres humains qui veulent être émancipés.

— Est-ce qu'ils ne s'émanciperaient pas mieux seuls ?

— Non, cria presque Jéricho. Il faut quelqu'un en tête, un leader...

— Le Duce, le Führer, dis-je, avec un sourire sceptique...

— Le pays est mûr », assura Jéricho. Il se corrigea et revint à lui et moi.

« Oui, toi : Dieu m'est témoin, toi et toi seul, moi et moi seul, nous ne sommes pas nés pour être maris ou pères de famille, même pas pour être des amants fidèles. Toi et moi, Josué, nous sommes nés pour la liberté, sans attaches, avec la voie ouverte pour être et faire sans rendre de comptes à personne, tu m'entends ? Nous sommes libres, mon vieux pote, libres comme l'air, la pluie, la mer, les petits oiseaux !

— Oui, jusqu'à ce qu'un chasseur te tire dessus, alors c'est la dégringolade et tu finis sur la table pour le dîner. Tu parles...

— Les risques, dit Jéricho en riant, et l'air peut être troublé par un cyclone, la pluie devenir orageuse, la mer agitée et l'oiseau, avec un peu de chance, s'en sortir indemne et s'envoler vers la liberté.

— Faire un vieil oiseau, tu veux dire », dis-je pour être en harmonie avec l'allégresse de mon vieil ami. J'allai jusqu'à chanter : « *Petit oiseau blessé dans l'aube du matin...*

— Alors, Josué, tu crois que nous avons toi et moi une mission spéciale, puisque l'amour, la vie familiale, le mariage nous sont interdits?

— L'amitié nous suffirait », murmurai-je, sans vouloir être blessant ni même en savoir plus.

Il cogna sa paume de son poing. Un geste qui symbolisait l'action, la vertu, l'énergie et la volonté pressante de diriger. De me diriger vers lui, de se diriger vers moi, aussi.

Le pays n'avançait pas, dit-il. Pourquoi? Le président est un pusillanime. Il n'a pas gouverné de façon énergique. Nous avons tout fait à moitié. Toi et moi? Non. Ceux qui nous ont gouvernés. Tout fait à moitié, tout médiocrement. Nous nous sommes crus les rois du monde parce que nous avions du pétrole. Nous l'avons vendu cher. Et nous avons gaspillé l'argent en broutilles. Un sexennat de luxe. Nous nous sommes conduits en nouveaux riches. « Demain » n'existait pas. Le prix a baissé. Les dettes sont restées. Un autre horizon. Le commerce. Un traité rapide, pour enjoliver un nouveau sexennat. Les choses sont libres de bouger. Les personnes, non. Que les monnaies, les actions, les objets bougent. Que les travailleurs restent bien à leur place, même s'ils sont nécessaires aux États-Unis. Venez, puisque nous avons besoin de vous. Mais si vous venez, nous vous tuerons. *Okay? Fair enough?* Depuis, nous ne faisons que reboucher un trou avant que le suivant ne s'ouvre. Nous sommes comme le petit Hollandais du conte, le doigt enfoncé dans le trou du polder pour éviter l'inévitable inondation. Mais nous, c'est tout au fond du cul que nous nous le mettons, le doigt. Et ça pue.

Théâtral, mon ami Jéricho tira d'un coup le rideau de la chambre pour révéler, du haut de notre perchoir, le chaos urbain, omniprésent, de la Ville de Mexico, la grande pyramide formée par Cementos Tolteca, Seguros América et l'avenue Cuauhtémoc, pyramide découpée en quartiers, plongée dans une boue primaire et étouffant dans un air secondaire, la circulation engorgée, les autobus bondés, les rues nombreuses et innombrables : les queues des travailleurs à cinq heures du matin pour se rendre sur le chantier puis rentrer à sept heures du soir pour revenir à cinq... Six heures pour travailler. Huit pour aller et revenir. La vie.

« Tu te rends compte ? » explosa Jéricho, et je le vis alors ainsi, en manches de chemise, une chemise ouverte jusqu'au nombril, une poitrine imberbe réclamant une héroïcité de bronze, subtilement débarrassé de la *baby fat*, des bonnes joues enfantines d'un visage consumé par l'expression héroïque et l'éclat intense des yeux clairs.

Est-ce que je me rendais compte ? demanda-t-il rhétoriquement en désignant tout en bas, au loin, un pays de plus de cent millions d'habitants qui ne peut donner ni travail, ni nourriture, ni éducation à la moitié de sa population, un pays qui ne sait pas employer les millions d'ouvriers dont il a besoin pour construire routes, barrages, écoles, logements, hôpitaux, pour préserver les forêts, enrichir les champs, bâtir les usines, un pays où la faim, l'ignorance et le chômage conduisent au crime ; une criminalité qui envahit tout, le policier est criminel, l'ordre se désintègre, Josué, l'homme politique est corrompu, la *trajinera* prend l'eau, nous vivons dans un Xochimilco sans María Candelaria, ni Lorenzo Rafael, ni petits gorets pour nous tirer d'affaire : les canaux s'emplissent d'ordures, noyés sous la crasse, l'abandon, les épines, le cadavre du porcelet, les os de poulet, les débris de fleurs...

Il me rejoignit, mais sans me toucher.

« Josué, cette année j'ai parcouru le pays d'un bout à l'autre. Le président m'avait chargé de constituer des groupes pour les célébrations festives. Je l'ai trahi, Josué. Je suis allé de village en village pour constituer des groupes de choc, pour organiser les immigrants qui ne trouvent pas d'issue, les paysans ruinés par l'Accord de libre-échange, la main-d'œuvre dépitée, pour les inciter tous, mon frère, au *tortuguismo*, ce ralentissement délibéré, au boycott, au vol de pièces, à l'accident autoprovoqué, à l'incendie et à l'assassinat... »

Je l'écoutai dans un mélange de fascination et d'horreur, et si celle-ci me poussait à le tenir éloigné, celle-là m'invitait à le serrer dans mes bras, un mélange idiot mais explicable de ce qui, en moi, refusait et ce qui, en moi, aimait. De village en village, répéta-t-il, à recruter dans les enterrements, les églises, les bals, les barbecues...

« À exécuter les ordres de monsieur le président, tu vois ce que je veux dire?, à préparer les festivités auxquelles il tient tant pour distraire, pour berner, pour fermer les yeux du mâle, Josué, sans se rendre compte que nous avons ici une force gigantesque d'action, de gens excédés, désemparés, désespérés, prêts à tout... »

À tout? demandai-je sans prononcer un mot.

« À la soumission et à l'abandon, parce que telle a été la règle des siècles, continua-t-il en lisant la question au fond de mes yeux. À la duperie festive, qui est ce que souhaite le président.

— Et toi? » Je m'apprêtai, enfin, à en placer une.

Ce que j'allais dire, je n'eus pas besoin de le dire.

Et toi?

« Si tu n'as pas envie d'entendre la réponse, ne pose pas la question », dit Jéricho.

« Ne me touche pas le visage. » « N'ouvre pas la bouche. » « Ne dis rien. » Toutes ces interdictions d'Asunta bousculaient mon imagination et me blâmaient ; fallait-il que je sois abruti pour ne pas me contenter du sexe de cette femme, mais exiger d'elle un verbiage qui eût été à peine complémentaire de mon propre « lyrisme » : les mots qui dans mon imaginaire sentimental correspondaient à l'amour physique. Je sentais en moi une source de galanterie poétique qui aspirait à accompagner la *more bestiarium*, cette habitude animale qu'est le sexe, d'une réduction verbale, quelque chose comme l'accompagnement musical d'un boléro ou la musique d'un film en toile de fond. En tous les cas, *more angelicarum*.

Mais Asunta me réclamait le silence. Elle me coupait la parole et me laissait perplexe. Je ne savais pas si sa requête de silence était la condition d'une promesse : tais-toi et tu me reverras ; ou d'une condamnation : tais-toi parce que tu ne me posséderas plus jamais. Était-ce là la sublime coquetterie de cette femme, ce doute qui, me tenant en haleine, me permettait de deviner le meilleur et le pire, le délice renouvelé ou l'exil du plaisir, le ciel avec Asunta ou l'enfer sans elle ?

Je voulus croire que j'étais le sujet ludique de la belle enchanteresse et que je retrouverais sa couche, sa grâce, sa bénédiction, la nuit où je m'y attendrais le moins. Que, d'une certaine manière, elle me mettait à l'épreuve. Que ma virilité l'avait séduite à jamais. Que secrètement elle se disait, j'en veux plus, Josué, j'en veux plus, mais que sa coquetterie (ou sa discrétion) l'incitait à se dérober pour transformer l'attente en plaisir non seulement renouvelé mais multiplié... Il me suffisait de le croire pour m'armer de patience et, patient, obtenir beaucoup de gratifications. La première, le don de la vertu. Je méritais l'amour de cette femme parce que j'étais fidèle et que je savais, tel un chevalier des temps anciens, espérer sans désespérer, veiller sur les armes du sexe, attendre calmement l'appel de ma dame. Cette idée de l'amour chaste accapara mon esprit durant plusieurs jours. Je me plongeai dans la lecture et relecture de Don Quichotte, lisant avant tout et à voix haute les passages d'amour et de loyauté envers Dulcinée.

Je dois dire que cette toquade dura peu, car ma chair était impatiente et mon cœur moins fort que je ne le pensais, de sorte qu'Asunta cessa d'être Dulcinée-Iseut-Héloïse pour devenir un vulgaire fétiche, au point que sa photo à la tête de mon lit occupait une place quasi virginale, et je dis « quasi » car telle ou telle nuit je ne résistai pas à la tentation de me masturber en regardant le visage de cette femme (à l'envers, c'est vrai, car je me livrais à ma petite branlette allongé sur le lit alors que la photo d'Asunta pendait, verticale, accrochée avec une punaise) et me rendais finalement à cette joie solitaire, oublieux d'Asunta et me reprochant ma faiblesse, même si je me répétais le fameux « Bien des choses sait Onan qu'ignore Don Juan ».

Don Juan ! J'aimais l'opéra de Mozart même si je trouvais inouï que le séducteur n'y séduise personne : ni la farouche doña Ana, ni la paysanne Zerlina, ni l'ancienne maîtresse doña Elvira, déterminée ensuite à se venger.

Privé comme je l'étais de raisons et d'occasions littéraires, oniriques, onanistes, fétichistes, et cetera, que me restait-il, demandé-je au lecteur, sinon retourner à l'attaque, être vaillant, prendre la forteresse d'assaut ? C'est-à-dire avoir l'audace de retourner en pleine nuit au Château de l'Utopie, au palais où habitait Asunta au treizième étage, où je m'étais aventuré un jour pour contempler, toucher, humer les sousvêtements de ma dame, risquer le ridicule en entrant dans sa chambre et en la prenant de force — ou le succès d'être accepté, car, mesdames et messieurs, c'était cela qu'elle espérait de moi en secret : l'audace, le risque, la hardiesse, l'intrépidité, tous les synonymes qu'il vous plaira pour supplanter et étayer le pur et simple désir de goûter la chair, de dominer le corps d'une femme nommée Asunta.

Grâce à mes fonctions administratives dans la compagnie, je détenais un passe. Je pus entrer dans l'appartement d'Asunta et me déplacer, tel un voleur qui a préalablement exploré le terrain, jusqu'à la chambre de ma belle. En chemin, je m'habituai peu à peu à l'obscurité, de sorte qu'en y entrant je m'aperçus de l'absence d'Asunta. Le lit était impeccablement fait. Il n'y avait aucune preuve qu'elle eût dormi là.

Cette constatation déclencha en moi une tempête de jalousie et de suppositions aberrantes. Si elle n'était pas là, où pouvait-elle être passée à une heure et demie du matin ? J'écartai les explications les plus évidentes. Elle était à un dîner. Pourquoi ne m'en avait-elle pas parlé ? Parce qu'elle n'avait aucune obligation de me faire connaître ses occupations sociales. Était-elle partie en vacances ? Impossible. Je connaissais son agenda mieux que le mien propre. Asunta était une « workolique » qui ne ratait pas une minute de ses horaires de travail. Ah, dans la salle de bains... Non plus. J'ouvris la porte et vis un espace sec et propre, dénué d'humanité (je veux dire, de l'humanité à laquelle j'aspirais). J'eus la sensation d'une similitude entre une salle de bains vide et une morgue. Je perdis la raison. Asunta, sans l'ombre d'un doute, se cachait sous le lit pour se moquer de moi. Non plus. Elle était enfermée dans sa penderie car, perverse, elle aimait respirer et se sentir environnée des vêtements qu'autrefois, alors qu'elle était une petite épouse de province, elle ne pouvait posséder. Rien. Derrière un rideau, se cachant d'elle-même ? Perdu.

Que restait-il à explorer ? Mon esprit exalté, ma jalousie en bouffées confuses, mes désirs en une agitation tempétueuse, ma perte de tout bon sens se manifestaient dans le mouvement incontrôlable de mon corps, la sueur qui me coulait le long du cou et des aisselles, les nerfs qui palpitaient dans mes bras et mes jambes, la sourde excitation de mon sexe, tendu en un secret repos, se réservant pour la grande fête de l'amour qui m'attendait, j'en étais sûr, dans quelque recoin de cette fausse utopie de Santa Fe.

« Max Monroy est un homme fort et sûr, Josué. À tel point qu'il ne ferme jamais à clé la porte de son appartement, là-haut au quatorzième. »

Je savais que sur le toit de l'immeuble se trouvait un hélicoptère attendant les ordres de Max et une aile avec les chambres et habitations de ses cuisinières, gardes du corps, domestiques et pilotes. Je savais aussi, je le répète, que son immense confiance en lui (la vanité du puissant) gardait ouvertes les portes de son appartement, où je pénétrai alors, avec l'audace suprême d'un désir qui chassait toute sensation de danger, parcourant à l'aveuglette ce que je supposai être une salle de séjour : les écrans TV brillaient solitaires dans la nuit, comme s'ils ne se résignaient pas à être éteints et continuaient à retransmettre jour et nuit publicités, feuilletons, commentaires politiques, informations, vieux films, avec la velléité innocente, et ratée d'avance, d'en voir le dénouement.

Je laissai de côté la salle à manger et ses douze sièges. La bibliothèque et ses livres aux tranches brillantes. Les tableaux éclairés de Zárraga, Soriano et Zurbarán (je les respectais comme s'ils étaient un trio de chanteurs). J'osai arriver jusqu'à une porte qui annonçait repos et isolement.

Je l'ouvris.

Ils ne me remarquèrent pas.

Ce que j'entendis en ouvrant la porte, les mots d'amour d'Asunta pour Max, les lecteurs peuvent bien les imaginer...

Je montai dans l'hélicoptère à la suite d'Asunta. Elle s'installa au fond de l'appareil, aux côtés d'une ombre nommée Max Monroy. Je n'eus pas le temps de saluer. Je m'assis près du pilote alors que les hélices faisaient un bruit d'ouragan et que la conversation — même la plus élémentaire, un simple bonjour — devenait impossible.

L'appareil prit un inquiétant envol vertical qui sembla viser le ciel et l'éternité pendant un vague instant, avant de poursuivre un vol bas, dangereux et excitant, inégal et contesté, qui nous emmena de Santa Fe à Los Pinos, aux bureaux du président de la République don Pedro Valentín Carrera, à savoir un espace dénudé et goudronné entouré d'immeubles bas et fortifiés, protégés, à la sortie, par une esplanade de molosses qui s'égosillaient à tel point qu'ils éclipsèrent — leur intimant presque le silence — les moteurs de l'hélicoptère.

Je descendis avant tout le monde et vis pour la première fois Max Monroy. Asunta mit pied à terre et tendit la main à l'être spectral au fond de l'appareil, qui apparut devant moi telle une ombre, peut-être parce que c'est ce qu'avait été jusque-là — depuis toujours —, pour moi, Max Monroy, et de ce fait sa présence physique m'impressionna comme si elle me révélait ma propre âme, comme si ce fantôme, en prenant corps, me donnait une réalité physique dont j'ignorais auparavant l'existence chez moi-même.

Asunta lui offrit son bras. Monroy le refusa avec une galanterie énergique frisant la grossièreté. Il avança sur la piste sans un regard pour personne mais en regardant droit devant lui, comme si pour lui les accidents terrestres n'existaient pas. Asunta allait à ses côtés, avec une préoccupation visible et irritante, très en-dessous des soins sérieux — pour ne pas dire sévères — que m'avait offerts mon infirmière Elvira Ríos. Je marchais derrière le couple. Un membre de l'armée — je ne sus pas lire son grade — nous précédait tous, mais je n'avais d'yeux que pour Max Monroy, vêtu de noir et d'une chemise blanche avec un nœud papillon bleu à pois blancs.

Il marchait droit, sans dire un mot. Sa tête reposait sur ses épaules comme une courge sur un potager sombre. Il n'avait pas de cou. Ses vêtements lui étaient à la fois trop courts et trop longs, me faisant douter de sa stature. Il n'était pas grand. Il n'était pas petit. Il était aussi incertain que sa tenue, des vêtements qui auraient pu sembler dépourvus de personnalité s'ils n'avaient été portés, en les personnalisant, par cet être humain précis qui, pour cette raison, me donna alors l'impression d'être un homme déguisé, mais déguisé en lui-même, comme s'il avançait sur la scène du grand théâtre du monde en sachant que c'était du théâtre, tandis que nous autres pensions être dans et vivre avec la réalité.

Savoir que le monde est un théâtre et lui donner l'avantage de se savoir réalité bien que nous sachions qu'il n'en est rien... Je me demande encore aujourd'hui pourquoi, en voyant Max descendre de l'hélicoptère et avancer sur la piste d'atterrissage de ce pas ferme bien que mortel d'un homme de quatre-vingts ans et quelques, je n'ai pas été pris d'une envie de rire devant mon propre accoutrement, celui d'Asunta, celui du pilote qui resta sur la piste à nous regarder avec un sourire que je voulus qualifier de sceptique. Et celui du garde présidentiel qui nous précédait et nous guidait. Car dans le corps de Monroy, dans sa manière d'être et d'avancer, je devinai le paradoxe multiple de nous savoir déguisés non pas lorsque nous allons à un carnaval mais quand nous revêtons tous les jours notre costume pour nous rendre à notre travail, nos amours, nos diversions, nos deuils et nos réjouissances. Et en nous voyant nus ? N'est-ce pas là le déguisement primordial, la toge de peau extérieure qui masque notre dispersion organique : cerveau, os, viscères, muscles éparpillés tel le contenu d'un panier de courses renversé sur le sol, n'était-ce le continent corporel ?

Les molosses aboyaient. Lorsque Max s'approcha, ils gardèrent un silence aux babines baveuses, laissèrent la voie libre, reculèrent. Sans nul doute, le passage préalable du garde présidentiel les avait matés. Ce qui ne laissa pas d'attirer mon attention, en tout état de cause, c'est que pas un instant Monroy n'avait ralenti ou jeté un regard sur les chiens, avançant du même pas comme si n'existaient ni obstacles ni dangers. Est-ce que j'invente ce que je suis en train de dire ? Cela obéit-il à une réalité et non à mon interprétation de la réalité ? Et n'était-ce pas là le dilemme que me mettait entre les mains Max Monroy : l'éternel problème de savoir les limites entre réalité et fantasme ou plutôt entre réalité et perception de la réalité ? Était-ce totalement réalité qu'un fantasme dans lequel un homme comme Max Monroy, investi du rôle central du drame, assume comme véritable son propre fantasme et nous conduit, nous, les autres, à être les fantômes d'un fantôme, distribution secondaire de l'acteur vedette d'un auto sacramental pompeusement intitulé *La Vie* ?

Comment, dans cet état d'esprit, ne pas me souvenir de ma lecture, étant jeune, de Calderón de la Barca et de son *Grand Théâtre du monde* ? L'humanité protagoniste attend impatiemment dans les coulisses que le metteur en scène suprême, Dieu lui-même, l'invente et lui dise : « Action ! Entre en scène ! » Mais comme l'« humanité » est une abstraction, ce que fait Dieu, en réalité, c'est assigner un rôle particulier à chacune de ses créatures — à Max Monroy, à Asunta Jordán, à Jéricho, à moi..., à toute la distribution de ce roman qui pourrait aussi bien être un court-métrage de la superproduction Dieu, SARL.

Une bande-annonce. Un spot publicitaire. Mais avec un avertissement : la vedette, c'est Max Monroy. Les autres sont des rôles secondaires ou même des extras. Nous qui portons les lances. Nous, le chœur. Nous, le tout-venant.

Mais alors qui était cet homme qui avançait entre armes

secrètes, chiens réduits au silence et une escorte minimale : le gradé, Asunta et moi ? Si c'était un homme déguisé, était-ce travestissement que l'immense dignité avec laquelle il montait à présent les escaliers des bureaux présidentiels, serrait les mâchoires, gardait fermée une bouche aux lèvres serrées, invisibles, avançait et entrait dans le bureau du président qui n'était accompagné que de Jéricho, ne regardait pas Jéricho mais plantait ses yeux dans ceux du président, et alors que Pedro Valentín Carrera lui souhaitait la bienvenue et lui tendait la main Max Monroy ne lui rendait pas son salut, et alors que le président nous invitait à nous asseoir et que lui-même le faisait Max Monroy le regardait de ce regard profond plein de souvenirs et d'anticipations ?

« Restez debout, Señor Presidente. »

Si Carrera fut déconcerté, il le cacha fort bien.

« Comme vous voudrez. Vous préférez parler debout ? »

Monroy s'installa sur sa chaise.

« Non. Moi, assis. Vous, debout, señor. »

Nous nous regardâmes les uns les autres, un instant. Jéricho moi et moi, lui. Asunta le président et celui-ci, Monroy. Max, personne. Non comme la marque d'un irréfutable orgueil mais, bien au contraire, comme si voir et être vu le faisaient souffrir, me forçant à comprendre, alors, pourquoi il ne se laissait jamais voir. Les regards le faisaient souffrir. Voir et être vu le meurtrissaient. Son royaume était celui de l'absence. Pourtant, et c'était là le plus grand paradoxe, il faisait commerce de la vision, de la sonorité, du spectacle : il vivait de ce qu'il n'était pas ; de ce qui, peut-être, même, lui répugnait.

Je perdis un bref instant la notion de ce qu'il se passait. Monroy humiliait le président de la République et celui-ci, pour seule réponse, restait debout devant un Monroy assis et ordonnait au gradé qui nous avait menés jusque-là :

« Vous pouvez vous retirer, capitaine. »

Laissant derrière moi ma relation fraternelle avec Jéricho, dans un mouvement double je m'étais vu propulser vers l'avant et vers le passé.

Vers l'avant, mon contact, plutôt fugace, avec les autres travailleurs des bureaux de Max Monroy. Comme j'avais grandi dans l'isolement pourvoyeur de la maison de Berlin, sans autre compagnie que la sévère María Egipciaca et sans autres amitiés que celles du lycée — Errol et Jéricho —, mes rapports avec d'autres jeunes avaient été, pour ne pas dire inexistants, à peine sporadiques. J'ignore, alertes lecteurs, si, en exerçant le droit du narrateur — aimable autoritaire — à sélectionner les scènes clés de ma vie, je n'ai pas laissé dans des limbes romanesques les autres personnes qui m'ont environné en classe, au bureau, dans la rue.

J'ai raconté les tribulations qui m'ont conduit, à un moment donné, de la maison de Berlin à l'appartement de Prague, à la prison de San Juan de Aragón, à l'impasse de Chimalpopoca et aux bureaux de Max Monroy. Mais comme je me trouvais dans ces derniers depuis presque deux ans déjà (et même si ma relation primordiale était celle que j'entretenais avec Asunta Jordán et, à travers elle, avec un Max Monroy qui prenait dans mon imagination les apparences brumeuses d'un fantôme), je ne pouvais faire autrement que d'observer, certes dans une moindre mesure que ce que j'ai raconté jusqu'ici, mes collègues de travail, et cohabiter avec eux.

Je dois signaler ici que mes tracas et préoccupations, énigmes et humiliations cherchèrent une issue à deux niveaux bien distincts. Ou plus exactement : contraires.

Depuis un certain temps, j'étais dans les bonnes grâces de mes collègues. Souvenez-vous je vous prie que Jéricho et moi avions été élevés dans une sorte de serre, sans guère de contacts en dehors de la maison de Berlin et de ma geôlière pour ma part, dans le confinement du perchoir de la rue de

Prague pour la sienne. Et il en avait été ainsi non pas du fait d'un plan prédéterminé, mais de façon naturelle. J'ai raconté comment, au lycée, Jéricho et moi nous étions appuyés l'un sur l'autre, en marge de la « joyeuse marmaille », plus intéressée par les sports, les blagues lourdingues et, en tout état de cause, les lois familiales, que Jéricho et moi, qui avions rapidement fraternisé dans la curiosité intellectuelle et l'enseignement de Philopater. Nous étions plus amis avec Nietzsche et saint Thomas qu'avec le Rouquin ou le Four à pain, et ne fréquentions les autres professeurs qu'aux heures de cours ou lorsque l'innocent et pervers Soler nous soupesait les couilles avant le sport.

Errol Esparza avait été notre seul lien avec une vie familiale qu'il valait mieux, à en juger par la sienne, ne pas avoir. La vie domestique, telle que la vivait Errol avec don Nazario et doña Estrellita, était un hymne aux bienfaits de la condition d'orphelin. Même si être orphelin supposait un sentiment d'abandon, avec l'aspiration de retrouver des parents perdus, ou une habitude résignée de ne jamais les revoir.

J'ignore si ces idées étaient passées par la tête de ces deux-là qui, un jour, s'étaient comparés à Castor et Pollux, rejetons mythiques d'une reine et d'un cygne. Je perdis de vue Jéricho pendant des années et je ne sais toujours pas avec certitude où il a vécu et ce qu'il a fait, puisque ses souvenirs de son passage en France étaient, de toute évidence, fictifs : il n'y avait trace d'aucune Ville lumière dans son récit, sauf par des allusions si littéraires et cinématographiques que le contraste avec les références nord-américaines de sa culture était flagrant. Le Baedeker de Jéricho allait jusqu'aux États-Unis et ne traversait pas l'Atlantique. J'en étais arrivé à cette conclusion, donc, mais jamais je ne voulus l'éprouver directement. Comme je l'ai déjà dit, je n'avais posé aucune question à Jéricho pour que Jéricho ne m'en pose pas à moi.

À moi, en revanche, beaucoup de choses m'étaient arrivées. Lucha Zapata et la petite maison de la Colonia de los Doctores. Miguel Aparecido et la maison d'arrêt de San Juan de Aragón. Je me rendais compte que toute cette expérience était bien peu ordinaire. Lucha était une femme égarée et faible, tandis que Miguel et la population de la prison étaient par définition des êtres marginaux et excentriques. D'où ma décision de fréquenter, étage par étage, bureau par bureau, les employés de l'immeuble de la place Vasco de Quiroga dans le secteur de Santa Fe, siège de l'empire de Max Monroy : qui étaient *les autres* ?

C'était difficile de les classifier. À l'exception des architectes, qui provenaient généralement de familles avec de bons revenus et parfois d'éminentes lignées. Les études étaient le refuge de nombreux rejetons de vieilles familles du XIXe siècle un peu féodales sur les bords, disparues avec la révolution et avides de retrouver leur prestige perdu, se résignant à ce que leurs fils et petits-fils fassent des études « de gens comme il faut », ainsi qu'était vue l'architecture. Remarquez bien que les maisons, en bord de mer, à la campagne ou à la ville, des nouveaux riches furent l'œuvre d'architectes descendant de vieux riches (ou de nouveaux pauvres). Ceux que les bureaux de Monroy hébergeaient ne faisaient pas exception. Leurs tailleurs les avaient agrémentés de coupes élégantes, leurs chemises étaient discrètes, rarement blanches, leurs cravates de marque étrangère, leurs chaussures des mocassins italiens, leur coupe de cheveux effilée au rasoir.

C'était l'exception. Les avocats de la compagnie, les comptables, les secrétaires étaient eux-mêmes enfants d'avocats, de comptables ou de secrétaires, mais leur variété me fascinait : je les fréquentai pour connaître et m'étonner de la mobilité ascendante dont pouvait bénéficier une partie de notre société. En prenant mon café, en demandant un service, en recevant un renseignement, en parcourant tel un bourdon ce rayon alvéolé au sein de la ruche Utopie, je rencontrai le fils de l'épicier, du cordonnier, du mécanicien et du dentiste, la fille de la couturière, de la réceptionniste et de l'employée en salon de coiffure, ou encore la progéniture des employés de Sears, de petits bureaucrates et de vendeurs ambulants. Des rejetons de Ford, de Volkswagen Mexique, des Céranoquistes de Guanajuato, de Millenium Perisur, d'agences de tourisme et d'hôpitaux, armés de montres Nivada et de chaussures Gucci, de chemises Arrow et de cravates Ferragamo, conduisant leur Toyota payée en mensualités de trois mille pesos, emmenant en vacances leurs familles en monospace Odissey, bénéficiant du crédit de Scotiabank, célébrant les grandes occasions avec un panier de produits d'importations de La Europa ; c'étaient des hommes et des femmes de toutes tailles : grands et petits, gros et maigres, blonds, bruns, à la peau basanée ou plus sombre, pas un de moins vingt-cinq ans ou de plus de cinquante ; toute une brochette, jeune, moderne, tirée à quatre épingles, enchâssée dans la vie sociale du capitalisme national (et parfois néocolonial, et souvent globalisé), généralement dotée de bonnes manières, même si parfois les jeunes filles faisaient preuve d'une certaine vulgarité de chewing-gum mâchouillé, bas résille et talons hauts (comme cette chère Ensenada Ensenada de Ensenada, jamais suffisamment encensée), la plupart d'entre elles affichant une allure professionnelle, tailleurs couture et coiffures sévères, comme singeant le modèle de la principale Dame de l'Entreprise, Asunta Jordán. Et eux généralement courtois, parlant bien et même affectés dans leur amabilité innée, même si, à peine se retrouvaient-ils entre hommes, ils retombaient dans ce langage grossier qui fait foi dans l'amitié entre les mâles mexicains (afin, entre autres choses, de dissiper toute suspicion d'homosexualité, en particulier dans un pays où le salut entre hommes consiste à s'étreindre, comportement insolite chez un gringo et carrément répugnant pour un Anglais).

Disons donc que, dans les douze étages de l'immeuble Utopie qui m'étaient autorisés, je tentais d'être un modèle de circonspection : attitude affable, absence de familiarités, ni courbettes, ni petites tapes sur le ventre, ni clins d'œil égrillards. Par contre, mon âme sentimentale, endolorie par le dédain d'Asunta, recherchait le plus vil, le plus faussement compensatoire : le retour au bordel de mon adolescence, mais cette fois juste pour me plonger, me vautrer dans la fange jusqu'aux oreilles ; ce fut pour moi un mouvement de repli vers le passé et la maison d'Hétara où, adolescent, Jéricho m'avait emmené pour la première fois et où j'avais forniqué avec la femme à l'abeille sur la fesse, qui un jour avait réapparu comme seconde épouse d'Esparza, puis comme maîtresse et acolyte du chef de bande Maxi Batalla, pour finir en taule puis en fuite. Où pouvaient-ils se trouver à présent, elle et le Mariachi ? Quelles surprises nous préparaient-ils ?

J'ai gardé pour la fin ma réflexion la plus élogieuse sur Max Monroy et son entreprise. Je le mentionne pour me laver de mes péchés et réapparaître devant vous dans la lumière de la dignité. Beaucoup d'excellents jeunes Mexicains se sont formés dans les universités étrangères. Ils se rendent dans des centres universitaires comme Harvard, le MIT, Oxford et Cambridge, la Sorbonne et Caltech. Ils s'arment de formidables connaissances scientifiques. Ils reviennent au Mexique et ne trouvent pas de travail. Les grandes entreprises nationales importent la technologie. Elles n'en génèrent pas. Les jeunes formés en Europe et aux États-Unis ne trouvent pas d'emploi ou retournent à l'étranger.

Je dois porter au crédit de Max Monroy — pour vous donner une version la plus complète possible de ce que j'ai vu et fait dans son entreprise — le mérite d'avoir retenu au

Mexique les jeunes scientifiques et mathématiciens de formation étrangère. Monroy s'est rendu compte d'une chose : si nous ne générons pas technologie et science, nous serons toujours le wagon de queue de la civilisation. Il a mis à la tête de l'équipe techno-scientifique Salvador Venegas, diplômé d'Oxford, et José Bernardo Rosas, élève de Cambridge, tandis qu'il confiait à Rodrigo Aguilar, qui avait étudié à la London School of Economics, la coordination de l'étage consacré non seulement à réunir et appliquer les technologies mais aussi à les inventer.

L'équipe de l'entreprise se fonda sur une ligne de conduite : donner plus d'importance à la recherche qu'à l'innovation. Venegas, Rosas et Aguilar se proposèrent de faire le grand saut, pour l'informatique et la communication, en appliquant la théorie quantique de Max Planck à l'information. L'unité de toutes choses, c'est l'énergie. La preuve de l'énergie est la lumière. La lumière est émise en quantités discrètes. À partir de cette théorie (la science est une hypothèse non vérifiée ou niée par les faits ; la littérature est un fait qui se vérifie sans avoir à rien prouver, pensai-je), les jeunes scientifiques appliquèrent la pensée à la pratique, en perfectionnant un Simputer de poche capable de transformer immédiatement le texte en mots et ainsi de donner à la population rurale et analphabète du Mexique un accès à l'information, conformément à ce que s'était exclamé Ortega y Gasset en discutant avec un paysan andalou : « Comme il est cultivé, cet analphabète-là ! » Raccourcir les distances entre avant-gardes et arrière-gardes économiques. Attaquer le monopole du savoir par une élite. Moins d'étatisme bureaucratique. Moins de capitalisme antisocial. Plus d'organisation communautaire. Moins de distance entre espace économique, volonté populaire et contrôle politique. Apporter la technologie au monde agraire. Donner des armes aux pauvres. Le livre de Julieta Campos *Que faire des pauvres ?* était en quelque sorte l'évangile des intellectuels qui travaillaient dans l'immeuble Utopie.

« Quel est l'ordre de marche qui nous a été donné ? se demanda Aguilar. Activer les initiatives citoyennes.

— Les communes. Les solutions locales à des problèmes locaux, ajouta Rosas.

— La coopération des universitaires urbains avec les provinces rurales, poursuivit Aguilar.

— Mettre fin au népotisme, au patrimonialisme, au favoritisme qui ont été les fléaux de la vie de notre nation », ajouta Venegas.

Le jeune scientifique brun, concentré, sérieux, brillant, conclut : « Ou nous créons un modèle de croissance ordonné, avec une autonomie locale, ou nous creusons fatalement le fossé entre les deux Mexiques : celui qui croît, s'enrichit et se diversifie, et celui qui reste à la traîne, qui reste égal à lui-même depuis des siècles, résigné parfois, rebelle à d'autres, désillusionné toujours... »

Je regardai les immeubles qui, dans une longue enfilade, près de la place Vasco de Quiroga, prolongeaient le pouvoir de Max Monroy, ce rayon, horizontal et bourdonnant, de laboratoires, usines, ateliers, hôpitaux, garages, bureaux et parkings souterrains.

Je pensai de nouveau qu'ici Vasco de Quiroga avait établi l'Utopie de Thomas More dans la Nouvelle-Espagne de 1532, afin de procurer asile aux Indiens, aux orphelins, aux malades et aux vieux, juste pour laisser place plus tard à une usine de poudre, une décharge municipale et, à présent, à l'Utopie moderne des affaires : le royaume de Max Monroy, ample, haut, vitreux... à l'épreuve des tremblements de terre ? Les volcans voisins semblaient à la fois menacer et protéger.

Le lecteur excusera ma morosité narrative. Si je m'arrête sur ces personnes et ces considérations, c'est parce que nous avons besoin — vous et moi — d'un contraste — positif ? —

avec les drames volontaristes, les fausses affections et les positions inébranlables qui se sont succédé dans les mois suivant cette année : mon année et quelques mois de vertu et fortune au sein de la petite communauté de travailleurs de la place Vasco de Quiroga.

Dont je vais tout de suite rendre compte pour vous.

J'ai voulu interrompre mon récit de la rencontre de Max Monroy avec le président Pedro Valentín Carrera au bureau de Los Pinos non pour des raisons de *suspense* narratif mais pour me situer moi-même dans ce que José Gorostiza nomme le lieu de l'épiderme : « Rempli de moi, assiégé dans mon épiderme par un dieu qui me noie, insaisissable... »

Le dieu qui me noyait était, en fin de compte, moi-même. À présent, pourtant, j'assistais à un duel de divinités, l'être suprême de la politique nationale et la divinité civique de l'entreprise privée. J'ai raconté comment Max Monroy était arrivé au bureau du président et comment il avait ordonné au chef de la nation de rester debout alors que lui-même prenait place sur une chaise rigide, s'y tenant avec plus de rigidité encore. Nous avons vu comment le président était resté debout et avait prié son aide de camp de se retirer.

« Prenez place, dit Carrera à Monroy.
— Moi oui. Pas vous, répliqua Monroy.
— Pardon ?
— Il ne s'agit pas de pardonner.
— Pardon ?
— Il s'agit de m'écouter attentivement. Et debout.
— De quoi ?
— Vous, debout, Señor Presidente. »

J'ignorais les raisons — vieilles dettes, loyautés tout aussi anciennes, différences d'âge, pouvoirs dissemblables, complexes inavouables, que sais-je ? — pour lesquelles le président de la République obéissait à cette injonction de rester debout face à un Max Monroy assis. Nous autres — Asunta, Jéricho et moi — restâmes également debout, tandis que Monroy s'adressait au chef de l'État.

« Il vaut mieux que nous mettions les choses au clair une bonne fois pour toutes, Señor Presidente, histoire de partir du bon pied...

— Mais bien sûr, Monroy. Moi de toute façon je suis déjà debout, dit Carrera avec son humour particulier.

— Eh bien, espérons que vous ne trébucherez pas.

— Cela me mettrait à vos pieds...

— Je ne suis pas une dame, Presidente. Je ne suis même pas un galant homme.

— Alors, vous êtes... ?

— Un rival.

— En amour ? » dit Carrera sur un ton sarcastique voire vindicatif, mais sans un regard pour Asunta, tandis que Jéricho et moi nous observions l'un l'autre, incertain pour ma part quant à ma fonction dans ce feuilleton, Jéricho songeur, voire cynique — ce n'est pas contradictoire —, de son côté.

Témoins tous les deux. De la scène et, possiblement, de nos propres vies.

« Tu sais, Presidente ? Il a fallu des siècles pour passer du bœuf au cheval et encore très longtemps pour délivrer le cheval de son joug et de cette courroie qui enserrait son poitrail et l'étouffait. »

Monroy buvait-il du petit lait, avait-il fermé les yeux ?

« C'est seulement au début du dernier millénaire avant Jésus-Christ, vers l'an 900, qu'on a inventé le collier du cheval, ce qui a délivré l'animal de la douleur et décuplé sa force.

— Et alors ? dit pour mettre son grain de sel un président perplexe, ou qui faisait semblant de l'être derrière un masque de sérieux.

— Et alors nous en sommes au point de savoir si on garde

le bœuf ou si on passe au cheval, et ensuite de décider si on va maltraiter le cheval en l'étouffant avec une courroie passée autour de son poitrail ou si on va le libérer grâce au collier.

— Et alors ?

— Vous devez penser, comme l'ont fait toutes les élites politiques mexicaines, qu'au bout du compte le talent se mesure par le symbole du peso, avec la conclusion que les riches sont riches parce qu'ils ont plus de valeur et que les pauvres sont pauvres parce qu'ils en ont moins.

— Riche ? Vous, peut-être..., Monroy, dit le président en se bidonnant presque.

— Je suis un riche d'antan, l'interrompit Monroy. Toi, tu es un nouveau riche, Presidente.

— Comme l'a été ta famille au début, commença à se défendre Carrera.

— Lis mieux ma biographie. J'ai renoncé à commencer d'en haut alors que j'étais en haut. J'ai commencé d'en bas tout en étant en haut. Tu piges ?

— J'essaie, don Max.

— Je veux dire que le talent ne se mesure pas au compte en banque.

— Et alors ?

— Du bœuf au cheval, je te dis, et du cheval portant le joug au destrier libre de ses mouvements.

— Expliquez-vous, je vous prie.

— Toi, avec tes célébrations, tu veux qu'on en reste à l'âge du bœuf parce que tu nous traites comme des bœufs, Pedro Valentín. Tu crois qu'avec des fêtes de village tu vas tenir à distance le mécontentement et, pis encore, que tu vas nous apporter le bonheur ? Tu le crois vraiment ? Devant Dieu ? »

Le regard glacial de Max Monroy passa en un éclair de Carrera à Jéricho. Celui-ci tenta de soutenir le regard du magnat. Il baissa les yeux tout de suite. Comment regarder un tigre qui lui-même nous regarde ?

« Nous sommes tous responsables du mal-être social, risqua Carrera. Mais nos solutions sont opposées. Quelle est la vôtre, Monroy ?

— Communiquer au peuple.

— Très lyrique, sourit le président, s'appuyant contre le bord de la table presque comme un défi.

— Si tu ne le comprends pas, c'est que tu es non seulement idiot mais pervers. Parce que ta solution, divertir pour gouverner, ne fait que remettre le bien-être à plus tard et perpétuer la pauvreté. La malédiction du Mexique, c'est qu'avec dix, vingt, soixante ou cent millions d'habitants la moitié vit toujours dans la pauvreté.

— Qu'est-ce que tu veux, on est des vrais lapins. » Carrera se complaisait dans son ironie, comme s'il pouvait, à coups de sarcasmes, stopper Max Monroy. « T'as qu'à distribuer des capotes.

— Non, Presidente. Nous ne sommes plus des ruraux depuis à peine un siècle. Nous avons tenté d'être des industriels, perdant notre temps comme si nous pouvions concurrencer les États-Unis, l'Europe ou le Japon. Nous nous sommes laissé distancer dans la révolution technologique et si je suis ici à te parler sur ce ton c'est parce que je ne veux pas, à la fin de ma vie, que nous arrivions en retard aussi à ce banquet-là, à l'heure du dessert, ou jamais... »

Le président soupira avec cynisme. « C'est parti pour emmerder les gens... Mais ils veulent se distraire, mon cher Max !

— Non, répondit énergiquement Monroy. C'est parti pour informer les gens. Tu as choisi les fêtes populaires, le *jaripeo*, les coqs, les mariachis, les guirlandes, les ballons de baudruche et les stands de friture pour distraire et endormir. Moi, j'ai choisi l'information pour rendre libre. C'est ce que je suis venu te dire. Mon but, c'est que chaque citoyen mexicain ait en sa possession un petit appareil, un appareil juste de la taille de la main, qui l'éduque, l'oriente, le mette en communication avec les autres citoyens, l'aide à connaître les problèmes et à les résoudre, seul ou avec de l'aide, mais à les résoudre enfin. Comment on sème le mieux. Comment on récolte. Quels outils il faut. Sur combien de camarades on peut compter. Sur combien de crédit. Où on l'obtient. Quelles sont les places. Paysans. Indigènes. Ouvriers et employés, gratte-papier, bureaucrates, techniciens, professionnels, administrateurs, professeurs, élèves, journalistes, je veux que tous puissent communiquer entre eux, Señor Presidente, je veux que chacun sache quels sont ses intérêts et comment ils coïncident avec les intérêts des autres, comment agir à partir de ces intérêts personnels et ceux de la société, et ne pas rester à jamais enlisés dans la fête ridicule que vous leur proposez, monsieur, ce sempiternel baratin à la sauce folklorique. »

Je crois que Monroy reprit son souffle. Moi, en tout cas, je le fis.

« Je suis venu ici pour vous prévenir, monsieur. C'est pourquoi je suis venu en personne. Je ne veux pas que tu apprennes ce que je fais par de tierces personnes, par les journaux, par les commérages malintentionnés. Je suis ici pour te parler en face, Presidente. Pour que tu ne te fasses pas d'illusions. Nous allons défendre non seulement des intérêts opposés mais des pratiques antagoniques. On verra qui tu as à tes côtés : moi j'ai déjà les miens. Je vais faire en sorte qu'un nombre de plus en plus grand de Mexicains ait à sa disposition ce petit appareil qui le défende et lui permette de communiquer et d'agir librement en son propre bénéfice et non pour celui d'une élite politique...

— Ou économique, dit, railleur et irrité, Valentín Pedro Carrera.

— Aucune élite ne survit si elle ne s'adapte pas au changement, Señor Presidente. Ne soyez pas le chef d'un royaume de momies. »

Si Carrera regarda avec goguenardise l'octogénaire qui venait de le défier et qui, dédaignant la main d'Asunta, s'était levé, incliné devant Carrera et dirigé vers la porte, Monroy ne s'en rendit pas compte, car il avait déjà tourné le dos au président.

Je ne nierai pas que la défiance d'Asunta — son désintérêt, son manque de confiance amoureuse — était pire que son indifférence — ni tendresse ni rejet envers ma personne. Notre relation, après tout ce que j'ai relaté, reprit un cours froid et professionnel, pareil à un fleuve qui se congèle mais ne déborde pas. L'eau court-elle sous la croûte de glace ? Après avoir entendu les mots d'amour triviaux avec lesquels Asunta donnait du plaisir à Max Monroy, non seulement je sus que jamais je ne pourrais moi aspirer à cette « mélodie » mais aussi que le fait de l'avoir entendue me privait pour toujours de ma stupide illusion romantique. Asunta ne serait jamais mienne *for sentimental reasons*, comme disait un vieux fox-trot que Jéricho, sans raisons apparentes, fredonnait parfois en se rasant.

Une fois l'amour avec Asunta exclu, sa vulgarité sexuelle dans le lit de Max attestée, mon esprit s'emplit d'une sorte de contrariété profondément blessée. Je savais ce que je voulais et là, je reconnaissais juste ce que j'aurais voulu. Et l'un et l'autre se résolvaient en une négation absolue de mes illusions. Ni Elvira, ni Lucha, ni finalement Asunta pour me sauver d'amours perdues ou pour m'ouvrir un horizon d'une durée raisonnable, car nous avons beau nous prendre pour des casanovas, n'aspirons-nous pas tous à une relation permanente, fructifère, avec une seule femme ? Que Don Juan recherche-t-il, au fond, si ce n'est une femme stable, le refuge de la tendresse, la paix à long terme ?

Que j'aie pu penser qu'Asunta Jordán était cette femme est la principale preuve de ma candeur. Je sais qu'en moi il y a beaucoup de candide et si le sous-titre de Voltaire est « l'optimisme », je dois, moi, mesurer mes propres grands espoirs à l'aune de l'expérience de mes illusions perdues.

Qu'est-ce qui ce qui nous mène de la perte de l'illusion amoureuse à la récompense charnelle prostibulaire ? Je ne saurais répondre sans auparavant laisser témoignage de ce naufrage mien dans le plaisir sexuel de la fameuse maison de la Hétara où Jéricho et moi-même avions baisé ensemble la putain à l'abeille sur la fesse, devenue par la suite la malveillante veuve de Nazario Esparza, belle-mère d'Errol et meneuse de la bande de criminels du Mariachi Maxi. Vous pouvez, pacifiques lecteurs, imaginer que ce fut ma fréquentation de ces spectres, trop solides, du mal, qui me renvoya au bordel de la rue Durango pour explorer la terre comme dans le commandement biblique, mais aussi pour explorer le corps, en surmontant la lâcheté et les défaillances du cœur, sous le toit de la miséricorde sexuelle qui donne tout sans rien demander.

Je suis la Bebota, visage d'ange, seins de miel, baisers brûlants et sexe anal ardent, je suis la Fimia, spécialiste en massages allongée, petite et effrontée, je te dévore de baisers, mon beau petit cul te plaira, je suis la Imperatriz, tout me va, tu le regretteras pas, le meilleur cul, demande-moi ce que tu voudras, oral sans préso, niveau VIP, je suis la Choli, petite poupée sexy, croupe infernale, petite missionnaire à gorge profonde, je suis la Reina, prête à regonfler ton énergie, ardente et dominatrice, avec moi tout est possible, je suis spectaculaire, ose faire l'affaire, à mort la timidité, je le fais par-derrière, n'aie pas peur laisse-toi aller, je suis la Lesbia, humide et effrontée, cherche pas plus loin, mon beau, j'ai pas de limites une fois couchée, je suis Emérita, rentrée avec tous mes mérites, sexe en groupe et satisfaction garantie, tous les fantasmes, plonge entre mes seins et jouis sans limites, je suis la Faria, réservée aux exigeants, j'embrasse pas sur la bouche je pourrais perdre la boule, je suis la Malavida, déesse totale, avec moi on échange les rôles, double pénétration, et je m'appelle Olalla, poupée blonde, multiorgasmique et chaude de partout, par-derrière je fais tout, je suis la Pancho Villa parce que je suis bien armée, l'amour entre les cactus, je te défie au plaisir infini : fusille-moi, chéri, je suis la Lucyana, authentique collégienne, je baise en uniforme, tu me manques déjà, mon étalon, je suis la Ninon, nouvelle dans la capitale, beau petit cul ferme pour un vrai mâle, libidineuse et folle de toi, je suis la Covadonga, rends-moi ma virginité des fois que tu pourrais, je prends juste les hommes exigeants à souhait, c'est ton cas ?

C'était mon cas ?

Pouvais-je fermer les yeux et voir Asunta ?

Pouvais-je ouvrir les yeux et sentir son absence ?

La Pancho Villa m'avertit :

« Elles viennent toutes du Río de la Plata. L'Argentine exporte toutes les peaux. La seule à dormir sur une natte, c'est moi. Viens m'y retrouver. Ah ! Le sexe nous accompagne et ne nous cède jamais la priorité. »

Quatrième partie

ABEL ET CAÏN

Le déjeuner est une grande cérémonie à Mexico. À croire que c'est la cérémonie de la journée. En Espagne et en Amérique hispanique on l'appelle *almuerzo*. Avec le verbe *almorzar*. Au Mexique, c'est *comer*, manger. On mange avec une verbalité ancestrale qui serait cannibale si elle n'était domestiquée par une variété de mets qui à eux tous constituent la richesse de la pauvreté. Cuisine de la misère, la table mexicaine transforme les ingrédients les plus pauvres en exotiques et luxueuses recettes.

Aucune ne surpassant celles qui tirent parti des vers et des œufs de poisson en de savoureux petits plats. Voilà pourquoi cette après-midi (tout *almuerzo* ou *comida* qui se respecte, au Mexique, ne commence jamais avant 14 h 30 et ne finit pas avant 18 heures, avec parfois des prolongations incluant dîner et cabaret) je partage une table à l'immortel restaurant Bellinghausen de la rue de Londres, entre Gênes et Nice, avec mon vieux professeur don Antonio Sanginés, à savourer des vers de maguey enroulés dans des tortillas toutes chaudes et recouvertes de guacamole, dans l'attente d'une assiette de *huauzontles*, ce légume proche du brocolis, frits et baignés dans une sauce aux piments *guajillo*.

Je vais mettre en regard (parce qu'ils se complètent) ce déjeuner à trois heures de l'après-midi et ce tête-à-tête nocturne au dernier étage de l'hôtel Majestic, sur la terrasse qui donne sur le Zócalo, la place de la Constitution, où les traditionnels amuse-gueules n'atténuent pas les parfums acides de la tequila et du rhum, non plus que la présence de Jéricho l'immensité de la place.

Don Antonio Sanginés arriva ponctuellement au Bellinghausen. Assis à la table, je me levai pour le recevoir. J'essayais d'être encore plus ponctuel que lui dans un pays où *p.m.* prend le sens de « ponctualité mexicaine », donc d'imponctualité assurée, présumée et respectée. Certains — Sanginés en tête, les présidents ensuite ; l'avocat par politesse, le dirigeant parce que l'état-major la lui impose *manu militari* — sont toujours à l'heure, et je m'étais permis de réserver une table pour trois, pensant que Jéricho se joindrait à nous comme le pressait l'invitation que je lui avais laissée à Los Pinos. Les fêtes de fin d'année approchaient et quelque chose dans l'esprit si comme il faut et conventionnellement amical de l'époque me portait à espérer que le professeur et nous, ses deux élèves, nous réunirions pour les célébrer.

Je n'avais pas revu Jéricho depuis cette réunion tendue à Los Pinos avec le président Carrera et mes supérieurs Max Monroy et Asunta Jordán, avec laquelle je me retrouvais alors pour la première fois depuis les petites frasques nocturnes que j'ai relatées et qui m'avaient laissé en si mauvaise posture à mes propres yeux dans ce rôle de Peeping Tom, autrement dit de voyeur immoral et de malchanceux sexuel, sur un air de boléro : « Une fois, rien qu'une », telle la veuve dont le jeune mari meurt en pleine nuit de noce. Je me présentai, donc, affublé de mon visage le plus impassible, à l'image du petit singe qui ne voit, n'entend et ne dit rien. Je savais que cette même nuit Jéricho m'avait donné rendez-vous à l'hôtel Majestic, dans le centre. Mon esprit s'évertuait à l'attendre à l'heure du déjeuner, au nom d'une résurrection des souvenirs et espoirs les plus cordiaux qui, d'année en année, nous précipitent dans les bras de Santa Claus et des Rois mages. « L'Enfant Dieu t'a accordé une étable », a écrit López Velarde dans *Douce Patrie*. Et il a ajouté, illustration de son ironie : « Et des gisements de pétrole le Diable. » Je dois vous avertir que j'arrivai au déjeuner avec la première strophe en tête, me doutant que la seconde s'imposerait plus tard dans la soirée.

« Et Jéricho ? dis-je innocemment, en me rasseyant.

— C'est de lui qu'il faut qu'on parle », répondit Sanginés. Il garda le silence et, après avoir commandé le repas, se lança.

L'avocat avait pris part quelques jours plus tôt à une réunion à la résidence présidentielle avec Jéricho et Valentín Pedro Carrera en personne. Tandis que Sanginés conseillait au président la prudence face aux actions de Max Monroy, Jéricho l'invitait à exercer des représailles contre le chef d'entreprise.

« Je cherchais un point de conciliation. Les fêtes ordonnées par le président servaient un dessein.

— "Du cirque sans pain", a lancé Jéricho en me coupant la parole.

J'ai continué : "La politique est une harmonie de facteurs, une synthèse, l'exploitation par un parti des bonnes idées de l'autre. Nous vivons dans un pays de plus en plus pluraliste. Il faut faire quelque concession pour gagner quelque chose. L'art de la négociation consiste à parvenir à des accords, non par politesse mais en prenant en compte les intérêts légitimes de la partie adverse.

— Si on va par là, la seule chose à laquelle on arrivera c'est que le gouvernement perde de sa légitimité, a dit Jéricho avec suffisance.

— Mais l'État gagne en légitimité, ai-je fait valoir. Et si tu avais assisté à mes cours à la fac, tu saurais que les gouvernements sont transitoires et l'État permanent. Voilà la différence.

— Alors il faut changer l'État, a ajouté Jéricho.
— Dans quel but ? ai-je dit avec une fausse naïveté.
— Pour que tout change, a répondu Jéricho, le rouge aux joues.
— Dans quel but, dans quel sens ?" ai-je insisté.
Jéricho a cessé de s'adresser à moi. Il a fait face au président.
"La question est de savoir quelles forces agissent à un moment précis, bonnes ou mauvaises. Comment y résister, les accepter, les canaliser. Vous vous rendez compte de ces forces, monsieur le président, vous croyez qu'elles se contentent de se distraire sur les manèges et la roue de la fortune que vous leur offrez ?
— Demandez-vous, ai-je demandé à Carrera, poursuivit Sanginés, dans quelle mesure elles sont en outre vraiment disposées, ces forces, au compromis." »
« Les compromis, les compromis ! s'exclama cette nuit-là Jéricho, tandis que nous grignotions des tacos au restaurant de la terrasse de l'hôtel Majestic. Il n'y a plus de compromis possible. Le président Carrera est un timoré, un frivole qui ne sait pas profiter des occasions... »
Je souris. « Et toi tu l'aides, hein, mon pote, avec tes fameuses festivités populaires ?... »
Il me regarda d'un air quelque peu m'as-tu-vu puis éclata de rire.
« Tu y crois vraiment à ces fadaises ? »
Je répondis que moi non, mais qu'apparemment lui si.
Jéricho étendit un bras au-dessus de la table sur la terrasse, vers l'immense Zócalo de la capitale.
« Tu vois cette place ? » fut sa question rhétorique.
Je répondis affirmativement. Il continua : « Elle nous a servi à tout. Pour les sacrifices humains comme pour les défilés militaires, comme piste de patinage et pour les coups d'État. C'est la place à tout faire. N'importe quel guignol peut

la remplir du moment qu'il crie assez haut et fort. Là est la question. »

J'acquiescai de nouveau, sans poser la question tacite :

« Et maintenant ?

— Maintenant..., dit Jéricho d'un ton que je ne lui connaissais pas, maintenant, regarde les rues adjacentes. Regarde la rue Corregidora et celle du 20-Novembre. Et les autres, à côté : regarde Monte de Piedad, regarde Correo Mayor. »

J'essayais de suivre son itinéraire urbain. Non, je ne devais pas cesser de regarder, ne pas me distraire, surtout. Je devais regarder plus à l'arrière maintenant, du côté de Correo Mayor, Academia, Jesús María, Loreto, Leona Vicario. Je voyais quoi ?

« Comme d'habitude, Jéricho. Les rues que tu nommes.

— Et les gens, Josué, les gens ?

— Eh bien, les passants, les piétons...

— Et la circulation, Josué, la circulation ?

— Eh bien, en regardant bien, il y en a peu, quelques voitures, pas mal de camions...

— Maintenant, regroupe tout ça, Josué, regroupe les gens dispersés dans les rues autour du Zócalo, ferme la place avec les camions, fais-en descendre les gardes armés, regroupe les gardes et les gens qui sont mes gens, Josué, tu saisis ? Des gens placés par mes soins aux quatre coins de la place, armés de pistolets, de gourdins cloutés, de poings américains, de massues ; place-les avec les hommes qui descendent des véhicules, armés de magnums, d'Uzis et de carabines. Visualise les mitrailleuses postées au mont-de-piété, à la mairie, ici même à l'hôtel. Essaie d'entendre les cloches de la cathédrale. Tu n'entends rien ? »

Je répondis que non, m'efforçant de pénétrer le délire de son discours mais persistant dans mon désir de faire plaisir à mon ennemi.

« Elles sont muettes : leur battant est attaché pour qu'elles ne puissent plus sonner.

— Plus jamais ? » Je voulus aller dans son sens (comme on fait avec un enfant, avec un fou).

« Si. Elles sonneront de nouveau lorsque nous aurons pris le pouvoir.

— Nous ? Est-ce que ça ne fait pas beaucoup de gens ? dis-je avec un visage de pierre, à la Buster Keaton, jouant l'impartialité sereine face à la croissante et ardente argumentation de mon ami.

— Si, affirma, fébrile, Jéricho. Beaucoup. Énormément de gens. Et toi ? Je peux compter sur toi ? dit-il, exalté.

— Moi quoi, mon pote ?

— Tu es avec ou contre nous ? »

« J'ai averti le président, me confia Sanginés au moment du déjeuner à Bellinghausen, qu'il valait mieux prévenir que guérir.

"On va bien voir, Tonio, qui est le plus fort, de Monroy ou de moi, a dit, en se rengorgeant presque, le président.

— Ne soyez pas si sûr que l'ennemi se trouve uniquement en dehors de ces murs.

— Donc, l'ennemi serait à l'intérieur ?" Carrera a haussé les sourcils. "Comme vous pouvez être méfiant, mon bon *lic*. Ne vous faites pas de bile.

— Oui." Je l'ai regardé bien en face. "Mais ce n'est pas le plus ennuyeux.

— Qu'est-ce qui peut être pire ?" Carrera se montrait impérieux comme au bon vieux temps.

"L'ennemi du dehors. Le mécontentement auquel Monroy a fait allusion, Señor Presidente." »

« Les fêtes, c'est pas suffisant pour les distraire ? demanda Carrera, retombant de nouveau dans la frivolité.

— C'est que ces fêtes sont en train de se transformer en quelque chose de très différent.

— En quoi, Sanginés ? Ne joue pas les petits mystérieux.
— En brigades. En groupes armés. En menaces contre l'ordre établi.
— Et Jéricho, alors, hein ?
— C'est lui qui les a organisées.
— Jéricho ? Où ? Comment ça ?
— D'ici, mon très cher don Valentín Pedro Carrera. De ce bureau. Sous votre nez.
— Qui vous l'a dit ?
— *Cherchez la femme**.
— Arrêtez de me sortir vos salades françaises.
— Monroy est venu avec sa conseillère, Asunta Jordán.
— Bien roulée, la gonzesse. » Carrera semblait s'en pourlécher les babines. « Donnez-lui une augmentation.
— Elle ne travaille pas pour vous.
— Ah, bon. Ça n'empêche, drôlement bien roulée, la gonzesse.
— Je vous ai apporté la vôtre.
— La mienne, quoi ?
— La vôtre, Señor Presidente : votre réponse à Max Monroy et à Asunta Jordán. Une personne jeune, avec des idées toutes fraîches, et diplômée de la Sorbonne.
— Encore des bouffeurs de grenouilles ! *Oh la la !**
— Nous avons besoin d'aide. L'ennemi est entré dans nos murs. Ne restez pas seul avec ce serpent chez vous. Parce que tout cigale que vous êtes, vous devez les craindre, les serpents. »

Sanginés alla jusqu'à la porte et l'ouvrit. Une jeune femme entra, l'air sérieux mais aimable, élégante, belle, avec dans les yeux l'éclat du pouvoir, le balancement de sa chevelure, la sévérité de son tailleur couture, l'élégance de ses chaussures et le scintillement de ses jambes.

« Señor Presidente, je vous présente votre nouvelle assistante, mademoiselle María del Rosario Galván.

— Anechaneté, mamouazél. » Carrera s'inclina pour lui baiser la main sans la quitter des yeux.

Ainsi donc je savais maintenant ce que Sanginés savait sur Jéricho. Mais je me refusai à le croire, car je croyais avant tout en l'amitié qui nous unissait, depuis le lycée, mon ami et moi.

Le centre de Mexico est comme le pays lui-même : une surface ne sert qu'à cacher la précédente, et la suivante, celle-ci. Si le pays est agencé en étages ascendants des côtes tropicales aux zones tempérées, aux vallées hautes, dans une inégale répartition des déserts, plaines et montagnes, la ville dissimule une coupe verticale qui la fait passer des modernités capricieuses de notre temps à ce pastiche de boulevards et mansardes que nous avons hérités de l'impératrice Charlotte de Belgique, « Carlotita » pour les intimes, et d'un baroque colonial flagrant à une ville espagnole construite sur les ruines de la métropole aztèque, Tenochtitlán. La ville de Mexico, comme si elle voulait protéger un mystère connu de tous, se déguise de différentes façons : ses *cantinas*, ses cabarets, ses maisons closes, ses parcs, ses avenues, ses restaurants de luxe, ses gargotes populaires, ses églises, ses demeures protégées par de hauts murs avec clôtures électriques et pics en acier, ses quartiers étendus de baraquements à un étage et aux toits plats, ses quincailleries, ses épiceries, ses garagistes, ses mères enveloppées dans leur *rebozo*, leur bébé dans les bras, ses enfants quémandeurs, ses vendeurs de billets de loterie, son armée de taxis d'un vert criard, ses noires camionnettes blindées, ses camions chargés de baguettes, de briques, de sacs de ciment, de tuiles et de grilles pour une ville en perpétuelle construction et reconstruction, une cité à jamais inachevée, comme si dans cette absence de conclusion résidait la vertu de la permanence... Mexico telle une immense gamelle où le premier plat est toujours le dernier. Potages, soupes sèches, *mole* de poulet, patates douces...

J'allais ainsi ruminant et énumérant, dans un chaos qui renvoyait à celui de la ville, en quête des rues que Jéricho avait citées avec une mystérieuse insistance lors de notre rencontre sur la terrasse de l'hôtel Majestic. Il faisait nuit alors et les lumières embellissaient le vide. C'est à présent la pleine journée et je ne veux pas que le centre historique continue à se cacher de moi. Je veux reconnaître les rues Correo Mayor, Academia, Jesús María et Corona, la Santísima et son clocher semblable à une tiare patriotique, la place de Santo Domingo et son église s'enfonçant dans le placenta de la vieille lagune indigène, probablement nostalgique de ses canoës, canaux et chaussées à jamais disparus : la ville de Mexico est son propre fantasme privé de sépulture, irrévocable.

Il y avait de nobles façades en *tezontle* et en marbre, de grandes portes d'entrée en bois sculpté, des grilles aux fenêtres et des patios de fleurs : je ne pouvais rien en voir. Le commerce débordant des trottoirs en cachait tout rue après rue, vingt mille vendeurs ambulants qui m'offraient postes de radio, vêtements et colifichets, même un téléviseur qu'on me mettait sous le nez sans crier gare pour que j'y découvre mon reflet dans sa surface grisâtre couleur de plomb : je crus, en voyant mon visage à la fois surpris et lointain, que ce dont faisaient ici négoce ces vingt mille *pochtecas*, ces marchands aztèques guidés par le long nez du dieu qui les précède dans une gerbe de douelles et de dollars étaient tous des versions de ma propre vie, des visages que j'aurais pu avoir, des corps qui auraient pu être le mien, des odeurs qui auraient pu émaner de ma bouche, de mes aisselles, de mes fesses, de mes pieds et qui à présent se confondaient, comme partie intégrante et émanations de la multitude qui me bousculait, me proposait, me frôlait, enjôleuse, me touchait, malotrue, me tirait et me poussait, vers où ?, à la recherche de quoi étais-je ?, de la petite bande dont m'avait parlé Jéricho ?, devais-je avoir de moins en moins foi en mon ami — et de plus en plus en ma nouvelle Némésis — qui était selon lui capable de mobiliser tout ce petit monde hugolien du mauvais coup retors, de la survie par débrouillardise, de l'indépendance féroce face aux pouvoirs ici abusés, ici soumis à la simple loi de la survie ? Jéricho pouvait-il en faire une armée organisée pour prendre le pouvoir ? Sanginés avait-il raison ? Était-ce pour découvrir la vérité que je me retrouvais ici ? Pour savoir si oui ou non Jéricho avait raison, quand il croyait pouvoir maîtriser ce bruissant serpent s'insinuant de rue en rue, de marché en marché, de providence en providence ? C'était ça ?

L'hydre aux mille têtes qu'est la ville de Mexico. En tout cas, sinon hydre, elle était poulpe, et Jéricho pensait que le poulpe n'avait qu'un œil. Il suffit de le voir pour savoir que ce n'est pas Méduse, qu'il ne peut nous paralyser de son regard, car le poulpe ne s'occupe pas de regarder. Il veut étreindre. Il a des tentacules.

Comme en quête de répit, je marchai parmi la foule, constatant que Mexico a bien vingt-deux millions d'habitants, plus que toute l'Amérique centrale, plus que la République du Chili, la rue dans laquelle je marchais à présent, en direction de l'église Santo Domingo préservée par le père dominicain Julián Pablo des désastres contrôlables et parfois aussi des incontrôlables. J'esquivai les toreros qui zigzaguaient, leurs marchandises dans les mains telles des armes d'assaut, et à Santo Domingo je tombai sur la profession ressuscitée des « évangélistes », des hommes et des femmes assis sur des chaises basses en bois face à de vieilles machines à écrire Remington, attentifs à la dictée d'hommes et de femmes analphabètes désireux de faire parvenir à leur lointain village, à leurs familles à la campagne, à la montagne et en province, les regrets, les mots d'amour et parfois de haine que ces employés aux écritures couchent sur le papier moyennant finance ; payé double si, comme il est recommandé pour plus de sécurité, ce sont les « évangélistes » eux-mêmes qui s'occupent d'inscrire l'adresse sur l'enveloppe et de timbrer celle-ci, en promettant de déposer la lettre à la poste.

« Tu sais Josué, quelquefois ils nous donnent mal l'adresse ou elle n'existe pas, alors la lettre n'arrive jamais et il peut se passer des choses très tristes, comme l'oubli, ou très violentes, comme la vengeance à l'encontre du rédacteur de la lettre, coupable qu'elle ne soit pas arrivée à destination... même si, en fait, elle n'en avait aucune : une lettre sans destin.

— Et qu'est-ce donc que le destin ? continua la voix que je cherchai à localiser, à reconnaître, dans la file d'écrivains publics assis devant le vieil édifice datant de l'Inquisition. Ce n'est pas la fatalité. Ce n'est que la volonté déguisée. Le désir ultime. »

Je pus faire coïncider voix et regard. Un petit homme fluet, dont les quelques cheveux rabattus cachaient mal la calvitie, doté d'os fragiles et de mains énergiques, d'une peau blanche tirant vers une pâleur jaunâtre, car un ou deux pansements recouvraient d'infimes blessures sur une joue et le cou, vêtu d'un vieux costume noir à rayures grises et d'une chemise à l'encolure trop large, déboutonnée au niveau de la gorge et ornée d'une grande cravate passée de mode, qui avait plus l'aspect d'un rideau sur un torse éreinté, décharné, usé à force de contrition. Des vêtements prêtés. De seconde main.

Nos regards se croisèrent et je reconnus le vieux père Philopater, ce guide à la minutie généreuse durant les jeunes années de Castor et Pollux, de Josué et Jéricho. Je contins mes larmes, pris les mains de Philopater dans les miennes et fus sur le point de les baiser. Je ne sais ce qui me retint. La pudeur ou la réticence devant des ongles qui, bien que coupés très ras, conservaient des traces de crasse sur les bords. Même si cela n'était peut-être dû qu'au travail sur la vieille machine à écrire et à son ruban bicolore, rebelle de toute évidence puisque, quand Philopater appuya par mégarde sur une touche, le ruban se déroula tout entier avec quelque chose de l'ordre de l'infinitude.

« Maître, murmurai-je.

— C'est toi qui dois en être un, maintenant, de maître », me répondit-il tout sourire.

Il accepta mon invitation. Nous nous assîmes à un café de la rue du Brésil, Philopater avec sa lourde machine (aussi grande que sa tête) sous le bras, qui occupa pour finir une chaise à notre table, en machine muette mais invitée.

Il la regarda. « Tu sais ? Chaque mot que tu écris est un coup porté au Diable. »

Je voulus rire, gentiment. Il allongea le bras et me retint.

« Je vous écoute, comme toujours, avec respect, maître. »

Allais-je donc cesser de l'appeler ainsi ? répondit-il, soudainement irrité. Il n'était qu'un petit écrivain public et cela, dit-il, lui suffisait (il voulait en venir à deux choses) pour expliquer son histoire. Tandis qu'on nous servait notre café, il évoquait saint Paul, « Si tu ne peux être pur, sois vigilant », et concluait avec ces mots de saint Thomas : « Seule la virginité peut faire de l'homme l'égal de l'ange. »

« Que voulez-vous dire par là, mon père ? »

Il se résigna à ce que je l'appelle ainsi, du moment que j'oubliais de lui donner du « maître ». Il soupira presque, me regarda comme qui reprend le fil d'une vieille conversation. Comme si entre les mots d'aujourd'hui et ceux d'hier n'avaient défilé aucuns calendriers.

« J'aurais aimé être trappiste, dit-il avec un sourire. Les frères de la Trappe ne peuvent communiquer qu'avec les pieds, les mains, les gestes et les sifflets. Et pourtant, tu vois où j'en suis. Sinon trappiste, en tout cas bel et bien pris au piège des mots...

— Vous nous avez enseigné à ne pas avoir peur des mots, lui rappelai-je, plein de bonne foi.

— Mais il y en a qui ont peur du verbe, Josué, et je le dis

ainsi exprès. Jésus a dit : *"Je suis le Verbe"* et il a voulu dire différentes choses...

— Il a voulu dire qu'Il était partie intégrante de la Trinité », me rappelai-je et répétai-je avec une sorte d'enthousiasme gêné, comme si de ce souvenir dépendaient non seulement ma jeunesse mais aussi les adieux que je lui devais : mes retrouvailles avec notre professeur me signifiaient qu'un cycle se terminait et que le suivant tardait à se manifester.

« Je veux dire que la Trinité c'est Dieu le Père, Dieu le Fils, et Dieu le Saint-Esprit... Et le Verbe c'est l'attribut de l'Esprit, mais que le Père et le Fils partagent... »

Je cherchai de l'admiration dans les yeux de Philopater. Je n'y trouvai que pitié. Parce qu'il savait ce que je voulais dire, il allait le dire, et qu'il nous plaignait tous les deux de le savoir et de le dire, comme si nous avions pu être non seulement préchrétiens mais de véritables païens, absents à la foi en Jésus-Christ parce que nous l'ignorions, mais condamnés à en être absents même si nous l'avions connue.

« La Trinité est un mystère. » Le religieux reprit la parole. « Elle ne peut être connue par la raison. C'est une vérité révélée. Elle met à l'épreuve la foi : ou tu crois, Josué, ou tu ne crois pas... »

Je n'allais pas lui dire que j'avais perdu la foi parce qu'il savait que je ne l'avais jamais eue. C'est pourquoi il ajouta tout de suite après : « Ce qui est étonnant c'est qu'en même temps la Trinité, le Verbe, transcende la raison mais ne va pas à son encontre.

— Le dogme de la Trinité n'est pas incompatible avec la raison ? » demandai-je, car je voulais pousser les paroles de Philopater vers une proposition qui ne fût pas conclusion mais confrontation. Son état actuel attestait clairement que quelque chose de grave s'était produit qui l'avait fait abandonner l'enseignement, une vocation pour lui dès son plus jeune âge, lui qui avait donné des cours aux frères Pizarro

Leongómez à l'Université pontificale Javeriana de Bogotá puis, lorsque les marées agitées de la politique colombienne l'avaient rejeté au Mexique, qui avait atterri dans notre lycée.

« Non, dit-il avec une énergie nouvelle. Il ne l'est pas. Mais c'est là la vérité que l'intolérance cléricale peut employer contre celui qui tente de concilier la vérité de la foi et la raison de la vérité. Ce n'est pas seulement plus facile » (était-ce un dédain inhabituel que je décelai dans la voix du prêtre ?) « c'est plus lâche. Tant que nous soutiendrons que la foi est véritable même si elle n'est pas certaine, tu seras protégé par un dogme qui est un paradoxe que nous devons à Tertullien : "C'est vrai parce que c'est incroyable." La définition de la foi... »

Le café était mauvais, et avec du lait c'était pire. Philopater l'avala presque comme un sacrifice. C'était du colombien.

« Si tu paries, en revanche, pour la rationalité de la foi, tu t'exposes à la censure de ceux qui préfèrent refuser toute raison à la religion, juste parce que eux ne sauraient pas expliquer rationnellement leur foi et optent donc pour une foi aveugle, la foi des ténèbres. »

Philopater s'exalta.

« Non. » Il tapa du poing sur la table et envoya valser le pot de sucre en poudre, dont le contenu se renversa. « Il faut soutenir le mystère par la raison et fortifier la raison par le mystère. La foi n'exclut pas la raison, de même que la raison ne détruit pas la foi. Affirmer cela fragilise le dogmatique, le passif, celui qui veut imposer une vérité, comme les inquisiteurs sous les murs desquels tu m'as trouvé appuyé ce matin, ou se cacher derrière le mur en niant l'œuvre de Dieu...

— Qui est ? m'enquis-je avec une certaine impertinence. L'œuvre de Dieu, c'est quoi ?

— La rédemption du monde par l'éprouvante affirmation de la raison humaine. »

Le sucrier en verre avait roulé de la table par terre où il se brisa en mille morceaux, granulant le sol comme une chute de neige qui se serait égarée sous les tropiques.

La patronne du local accourut, partagée entre l'inquiétude, l'irritation et la complaisance envers la clientèle.

« *Pro vitris fractis*, dit solennellement Philopater. Prenez votre impôt sur le verre brisé, madame. »

Allez tous à pas de loup. Étudiez les lieux. À vous de traîner dans les bureaux ouverts au public. De mener votre enquête : Où se trouvent les installations téléphoniques et télégraphiques ? Quels sont les endroits qui vous semblent les moins résistants ? Le Zócalo ? Le Paseo de la Reforma ? Les quartiers éloignés, Los Remedios, Tulyehualco, San Miguel Tehuizco ? Les ministères, la Poste, les entreprises privées, les immeubles résidentiels ? Étudiez tout. Dites-moi ce que vous en pensez. Recrutez dans les prisons. Moi, Jéricho, je ferai en sorte que soient libérés sur mes ordres Maxi Batalla et Sara Pérez, Siboney Peralta, le Brillantiné, le Gominé et le Monte-en-l'air, un arrêté de la présidence signé de ma main sans que le président le sache suffira. Que les criminels rejoignent les journaliers qui n'arrivent pas à passer la frontière : promettez-leur du boulot en Californie ; aux chômeurs de Mexico, aux travailleurs insatisfaits, promettez-leur qu'ils deviendront riches et n'auront plus à travailler ; promettez, promettez aux immigrants expulsés des États-Unis, à leurs familles qui ne recevront plus leurs dollars chaque mois, à ceux qui ne trouvent pas de travail au Mexique et n'ont plus pour horizon que la faim : promettez. Commencez par l'arrêt du travail, le *tortuguismo*, le vol de pièces, l'accident autoprovoqué, les incendies volontaires, jusqu'à ce que la ville s'embrase et se retrouve paralysée. Toi, Mariachi Maxi, va de commerce en commerce ; toi, le Brillantiné, imprime de faux laissez-passer ; toi, Siboney, rends-toi aux enterrements, voir qui tu peux recruter ; toi, le Gominé, va de barbecue en barbecue et invente des rumeurs : le gouvernement est sur le point de tomber, il y a des répressions, il y a des grèves, où?, là-bas?, allez-y! armez, recrutez les jeunes parmi les humbles, donnez-leur de l'amour, dites-leur que maintenant ils seront respectés grâce à leurs pistolets. La rancœur. La rancœur. C'est la rancœur qui est notre arme. Exaltez la rancœur. Le ressentiment mexicain est le terreau de notre mouvement. Demandez à chacun des jeunes : tu veux anéantir quelqu'un?, tu veux te venger de quelqu'un?, tu veux obtenir ce que tu mérites, ce que te refusent l'injustice, la malveillance, la jalousie, l'inégalité, tes parents, tes chefs, ces jeunes millionnaires, ces politiciens corrompus? La rancœur. Cette maudite tradition de la rancœur. La tradition mexicaine la plus constante. Prends le pistolet que je vais te donner, prends l'Uzi, prends le gourdin, la matraque, le harnais, tout peut servir pour attaquer, faites des listes, les gars, quels sont ceux que vous voulez anéantir, quel est celui à qui vous voulez faire payer ses fautes? Faites des listes!, trouvez les lieux les moins résistants, les plus vulnérables, hôpitaux, pharmacies, centres commerciaux. Vous croyez qu'on peut prendre l'aéroport?, ha! ha! ha!, rendez-vous invisibles, n'échangez pas de regards avant l'heure de l'attaque, coupez les conduits d'eau, de gaz, d'électricité, isolez les quartiers de la ville, isolez le centre, les *colonias* de la classe moyenne, les agglomérations fantômes, sans nom, où meurt la ville : sentez-vous unis et ne vous rendez pas. Les vengeances personnelles sont autorisées.

« Tu crois vraiment que les masses vont te suivre, Jéricho?

— Fais la différence entre la rhétorique et la réalité. Je dois invoquer les masses pour me justifier. J'ai juste besoin d'une équipe de choc pour triompher. Un groupe restreint et décidé. Ce truc de la classe avancée, c'est de la rhétorique marxiste usée jusqu'à la corde. Si tu attends que les masses agissent, Josué, tu peux toujours attendre que les vaches reviennent. »

Une fois de plus, je fus surpris par son univers de dictons et de références nord-américains. Attends que les vaches reviennent. *Wait for the cows to come home.*
« Le peuple tout entier..., dis-je pour introduire une idée (des fois que ça prendrait). La masse ouvrière.
— Le peuple tout entier, c'est *too much*.
— Qui alors ? »
Un petit groupe, dit Jéricho, un petit groupe froid et violent pour une tactique insurrectionnelle.
« La masse ouvrière...
— J'en ai pas besoin ! s'exclama Jéricho. Un petit groupe de choc suffit. Un groupe de choc qui représente la masse des insatisfaits. Tu te rends compte qu'un demi-million de travailleurs sont rentrés des États-Unis au Mexique et ne trouvent rien d'autre que misère et chômage ?
— Des détachements ?
— Des armées. Il suffit que je dise depuis Los Pinos : "Distribuez des armes pour défendre le chef de l'État." »
Je contins un rire, que je transformai en doute. Je parvins à dire : « Ils ne t'écouteront pas. »
Il devint écarlate. De rage. Je vis quelque chose de fou dans son regard. Comme s'il se disait et me disait : Ils vont m'obéir.
« Un petit nombre de gens, dit-il, comme s'il priait. Un terrain limité. Des objectifs clairs, l'avant-garde devant, la masse derrière. »
En attendant, je dois dire que, plus que la tactique insurrectionnelle prévue par Jéricho, c'était Jéricho lui-même qui m'intéressait, son évolution, son ambition. Y avait-il là de quoi me surprendre ? N'avait-il pas été mon premier ami ? N'était-ce pas Jéricho qui m'avait tendu la main au lycée, me défendant de ces petits cons si courageux quand ils étaient à plusieurs ? N'était-ce pas Jéricho qui m'avait emmené à son appartement lorsque s'était écroulée la « maison Usher » de la rue de Berlin ? N'était-ce pas lui qui m'avait fait aborder des

lectures fondamentales ? Ne nous étions-nous pas vus nus comme des vers sous la douche ? N'avions-nous pas baisé à deux la putain à l'abeille sur la fesse ? N'étions-nous pas Castor et Pollux, les Dioscures, fondateurs de villes, argonautes comme Jason et l'archer Phalère, Lyncée le guetteur et Orphée le poète, et le héraut fils d'Hermès et émissaire de Lapitha qui avait été femme et Atalante de Calydon qui l'était toujours : des Argonautes sillonnant les mers en quête — toi Jéricho et moi Josué — de la Toison d'or, accrochée à un olivier lointain et surveillée nuit et jour par un dragon insomniaque ? Je fixai intensément Jéricho, comme si regarder en face était encore et toujours une garantie de la vérité, le phare de la certitude, comme si les hommes les plus roublards du monde n'avaient pas compris — depuis toujours — que regarder en face, une attitude associée à la franchise, à l'humilité, à la compréhension et à l'amitié, était le masque de la fourberie, de l'orgueil, de l'intransigeance et de l'inimitié. J'aurais dû le savoir. Je ne le voulais pas. Jusqu'à ce moment précis où je le raconte, j'ai persisté à évoquer notre jeunesse estudiantine comme le bien le plus précieux de notre passé, cette amitié qui était raison d'être, mot d'ordre, acte de naissance de la relation entre Josué et Jéricho. Il fallait exprimer cette réalité jusqu'au bout, jusqu'à la dernière minute, pensai-je, sous peine d'y perdre son âme.

Ces rappels des idées et images qui nous unissaient n'étaient qu'une façon de me dire et de dire à Jéricho : Toute amitié repose sur un mythe et le représente.

Je demandai : « Qui, à part la Toison d'or, la bête gardait-elle ? » Il me répondit : « Un fantôme. Le spectre d'un roi exilé dont le retour ramènerait la paix au royaume.

— Récupérer un fantôme pour sacrifier une république », marmonnai-je alors, et Jéricho me demanda seulement : « Qu'est-ce qui était le plus intéressant, récupérer la Toison d'or ou ramener le fantôme ?

— Couronner un spectre ? »

Je comprends maintenant que cette question était en suspens au-dessus de nos destins parce que Jéricho et moi étions Castor et Pollux et faisions partie de l'éternelle expédition en quête de la volonté et de la fortune, simple prétexte, cependant, pour retrouver un spectre et le ramener à la maison.

« Tu as vu ? » Je lui tendis le journal par-dessus la table.

« Quoi ?

— Ce qui est arrivé au zoo.

— Non.

— Un tigre est mort déchiqueté par quatre de ses congénères.

— Pourquoi ?

— Ils avaient faim. »

Je lui montrai du doigt.

« Ils lui ont dévoré les entrailles. Regarde. »

Je voulais peut-être seulement lui signifier que lui et moi étions devenus amis grâce à la *dette*. C'est ce qui nous avait unis. Sur cette dette nous avions fondé une alliance à vie.

Valentín Pedro Carrera irait-il aux bureaux et domicile de Max Monroy dans l'immeuble Utopie de la place Vasco de Quiroga ? Ou Max Monroy se rendrait-il, de nouveau, au domicile et bureau du président à Los Pinos ?

« Qu'il vienne, lui, conseilla la toute nouvelle María del Rosario Galván.

— Pourquoi ? demanda Carrera, prêt, pour admirer la beauté de la jeune femme, à lui pardonner ses erreurs et à passer sur ses opinions.

— Eh bien, mais parce que... vous êtes... le président... »

Carrera sourit. « Tu sais ce que faisaient les rois, autrefois, dans l'exercice de leurs fonctions ?

— Non.

— Ils allaient tous les ans de village en village. Ils ne demandaient pas aux villages de venir à eux. C'est eux qui allaient aux villages, tu comprends, ma mignonne ?

— Bien sûr. » Elle tenta de retrouver une contenance. « Si la montagne ne vient pas à Mahomet, Mahomet va à la montagne.

— Tout juste, fillette. »

Le président sourit avec indulgence et se déplaça jusqu'au terrain neutre agréé par ses représentants et ceux de Max Monroy. Le château de Chapultepec, désormais Musée national d'histoire après avoir été le cadre privilégié des Cadets héroïques, des Empires habsbourgeois et des dictatures porfiristes. Monroy fut le premier à arriver et contempla le panorama aux tonalités fauves de la ville qui s'étendait à ses pieds comme s'il voyait l'inexistence même. Pourquoi prétendre n'être maître de rien quand on l'était de tout ? En revanche, le président arriva à l'esplanade de l'Alcazar comme s'il était un Cadet héroïque sur le point de se jeter dans le vide enroulé dans un drapeau. Comme si l'attendait le trône de la dynastie qui a le plus longtemps (deux siècles et quelques) gouverné le Mexique : les Habsbourg. Comme s'il se disposait à gouverner pendant trois décennies parce que, vous voyez, María del Rosario, ici il faut arriver en pensant qu'on est éternel, sinon on perd six ans dès le premier jour...

Voir ou ne pas voir arriver le puissant chef d'entreprise Max Monroy ? Jouer les distraits, prendre l'air surpris, se saluer, se donner l'accolade ?

« Ah ! »

L'accolade des deux hommes fut enregistrée par les caméras et les micros avant que Valentín Pedro Carrera et Max Monroy aient pu avancer de dix pas pour s'éloigner de la publicité et des gorilles. María del Rosario Galván et Asunta Jordán, pratiquement identiques dans leurs tenues professionnelles, tailleur couture, bas foncés et talons hauts, barraient le passage à la presse et occupaient les invités.

« Une trêve, mon cher Max ? » Le sourire du président dissipa le smog de la capitale. La réunion de deux âmes ? *Primus inter pares ?* Ou le show pur et simple, mon estimé collègue ? La même accolade qu'à Acatempan ?

« Non, mon cher président. Une bataille de plus, dit Max sans un sourire.

— Si tu divises, tu ne règnes pas, réfléchit Carrera en cherchant à capter le regard de Monroy.

— Et si tu règnes, tu divises, ça fait pas un pli, mais tu gouvernes les divisions.

— Chacun sa philosophie, soupira presque Carrera. Ce qui est bien, c'est que quand il y a un danger on sait s'unir.

— Comprenez-le en termes d'intérêts respectifs, dit très suavement Monroy.

— Vous voulez dire que je peux compter sur vous, Max ?

— Toujours. » Monroy parvint à sourire. « Ce que tu ne comprends pas, Valentín Pedro, c'est que ma politique fait partie intégrante de ton pouvoir. Sauf que ton pouvoir dure six ans. Ma politique à moi n'est pas sexennale.

— Oui, et ? dit, entre aimable et faussement surpris, le président.

— Alors tout finit par se contracter, comprends-le. Le sexennat se contracte. Une vie se contracte. Une époque se contracte.

— Hein ? s'exclama, surpris (ou feignant de l'être), Carrera. Écoute, je prends du bide et je perds mes cheveux. Te fiche pas de moi.

— Bien sûr, poursuivit Monroy, très serein. Avec ma politique, j'obtiens ce qui te manque à toi. Si on ne gardait que ta politique, on n'irait pas jusqu'au bout. Toi, tu crois au cirque sans pain. Moi, je crois au pain avec le cirque. Moi, je

crois à l'information et j'essaie de la faire arriver à la majorité. Toi, tu crois à la conspiration réservée à une minorité. C'est pourquoi je pense qu'à la longue je peux y arriver sans toi, mais que toi tu ne peux rien sans moi.
— Hé, Monroy...
— Ne m'interromps pas. On ne se voit jamais toi et moi. J'en profite pour te dire qu'il faut mériter mon respect.
— Et l'admiration ?
— À réserver aux starlettes.
— Et la considération ?
— Je suis patient. Ils sont tous partis. Et ceux qui restent me demandent des faveurs. Nos histoires individuelles ne comptent pas. Qui se souvient du président Lagos Cházaro ? Qui était le ministre des Impôts de Santa Anna, le généralissime ? »

Quel étrange regard l'homme politique lança-t-il à l'homme d'affaires.

« Nous faisons partie d'une somme collective. Ne va surtout pas croire autre chose.
— De quoi tu me parles, là, Max ?
— Pourquoi je vous dis ça ? Eh bien, parce que nous nous voyons rarement. »

Asunta — qui me raconte ce qui précède dans la mesure où elle en entendit un peu, en devina plus et lut sur les lèvres — me dit que Carrera avait soupiré comme si les mots de Monroy scellaient une réalité notoire. Le président n'allait pas changer sa politique de distraction nationale juste parce que son opérateur officiel, Jéricho, l'avait trahi en en profitant pour chercher à établir une base de pouvoir personnel qui s'était avérée parfaitement illusoire, de même que Monroy n'allait pas abandonner la sienne qui était de doter les citoyens de moyens d'information. La crise démontrait sans doute que mieux le citoyen serait informé, moins l'illusion démagogique aurait ses chances.

« Ou les carnavals officiels ? demanda Carrera comme s'il lisait (Asunta pense qu'il le faisait) dans les pensées de Monroy.

— Écoute, Presidente : ce que toi et moi avons en commun c'est la maîtrise possible des moyens de communication réels au jour d'aujourd'hui. Les agitateurs ont cru qu'en prenant des centraux téléphoniques ils allaient prendre le pouvoir. Tu sais quoi ? Mes standardistes sont tous aveugles. Aveugles, tu me suis ? Comme ça, ils entendent mieux. Personne n'a l'ouïe plus fine qu'un aveugle. Par contre, les mille yeux sont ceux des milliers d'appareils cellulaires, des portables qui supplantent la télévision, la radio, la presse. Je donne à chaque Mexicain, qu'il sache ou non lire et écrire, un message, une famille, un passé, un héritage. C'est eux qui font le véritable réseau d'information national et international.

— Vous avez peut-être raison, continua Carrera. Mais n'oubliez pas qu'il ne faut chanter qu'une chanson à l'oiseau, pour qu'il la comprenne.

— Tu sous-estimes les gens. » Monroy ne daigna pas lui jeter un regard. « C'est ton éternelle erreur.

— Quand il n'y a pas de papier, tu t'essuies avec ce que tu as sous la main. » Carrera fit un geste vulgaire, comme quelqu'un qui utilise un médiéval *torche-cul**.

Monroy ne le regarda même pas. « Seulement n'ignore pas ce dont tu as besoin pour survivre. »

Carrera haussa les épaules. « Il n'y a même pas eu besoin d'un seul coup de feu, alors tu vois.

— C'est parce qu'en fait la forteresse était vide. » Monroy en rajoutait.

« Non, la vérité c'est que vous êtes un grand manitou. Sauf que vous le cachez. » Carrera laissait percevoir une pointe d'admiration pour Max. Celui-ci le regarda avec une provocation à peine dissimulée.

« Ce pauvre garçon... ton collaborateur... »
— Fais pas chier, Max. » Le président souriait toujours. « On a gagné tous les deux, m'emmerde pas.
— OK, ton employé. Il s'appelle ?...
— Jéricho.
— Jéricho. » Monroy n'eut pas un sourire. « Qui sait quel manuel vieillot il a bien pu lire. »

(*Technique du coup d'État* de Curzio Malaparte, murmura de loin María del Rosario Galván : Napoléon, Trotski, Pilsudski, Primo de Rivera, Mussolini...)

« Inutile de redouter une insurrection de petits délinquants comme celle-ci, Presidente, ou une impossible révolution comme celles d'autrefois. Redoute plutôt le tyran qui arrive au pouvoir par le vote et devient un dictateur en ayant été élu. C'est cela qu'il faut craindre. »

(Je pensai bien sûr à l'Ancienne Conception, la mère de Max Monroy et à sa version épique, révolutionnaire, d'une histoire qui était... enterrée avec elle?)

« Le déshonneur, murmura Max Monroy.
— Hein ? » Le président n'entendait que ce qu'il voulait bien entendre.

« Le déshonneur », répéta Monroy, et, après avoir fait mine d'admirer le paysage : « Ne faisons pas d'intrigues mineures. Pratiquons l'ironie.
— Hein ?
— L'ironie. L'ironie.
— Je ne vous comprends pas.
— Je veux dire que c'est vraiment difficile, en tous les cas, de maintenir la force.
— Je t'en parle même pas.
— C'est ça, ne m'en parlez pas. »

Une minorité intolérante, m'avait dit Jéricho, voilà la clé pour arriver au pouvoir, il faut insuffler de l'énergie à la base avec l'exemple d'une minorité énergique, il faut privilégier les préjudices des aigris, il faut diaboliser la force : les saints ne savent pas gouverner.

À quoi Jéricho s'attendait-il ? Le président, tout simplement, s'était servi de l'armée. Les soldats avaient occupé routes, ponts, bâtisses, dépôts de nourriture, dépôts de munitions, carrefours, banques : l'armée avait cerné les partisans de Jéricho comme des rats pris au piège. Elle les avait acculés, leur avait offert un empire éphémère autour du Zócalo, qui n'avait même pas interrompu l'activité de Philopater et des autres écrivains publics de la place Santo Domingo. Feux d'artifice, fumée, *jarangas* et autres danses populaires, un jour de fête exceptionnel, une alliance obligatoire de Monroy et Carrera, aussi éphémère que la rébellion frustrée de Jéricho.

Les groupes réunis par Jéricho s'étaient retrouvés isolés dans le centre, entre le Zócalo et le palais des Mines, sans que jamais ne se fasse la communication avec la masse supposément rebelle et véritablement injuriée ; Jéricho avait opéré à partir d'une idéologie fantastique et d'un pouvoir révocable : l'idéologie décantée de ses lectures et de sa position entre les mâchoires de l'ogre, le bureau du président.

À présent j'écoutais, je pensais, je voyais, et je ressentais une profonde douleur, comme si la défaite de Jéricho avait été la mienne. Comme si tous les deux nous avions vécu un grand rêve intellectuel qui, pour l'être, ne souffrait pas l'épreuve de la réalité. Mon ami et moi n'étions-nous en fin de compte que de pauvres figurants de l'anarchisme, et certainement pas des artisans de la révolution ? Les idées lues, écoutées, assimilées, perdaient-elles toute valeur si nous les mettions en pratique ? Si grande était notre confusion entre les idées et la vie ? Celles-là ne résistaient-elles pas au souffle de celle-ci, au point qu'elles s'effondraient telles des statues de poussière à peine étaient-elles effleurées par la réalité ? Nous faisions-nous des illusions ?

La bande du Mariachi et de Sara P., Siboney Peralta, le

Brillantiné, le Gominé et le Monte-en-l'air s'en retourna à la prison de San Juan de Aragón. Où les attendait Miguel Aparecido.

Le président fut le premier à quitter le château, en murmurant entre ses dents (Asunta l'entendit) : « Autrefois, le bourreau vendait la viande bouillie de ses victimes », et Max, qui le suivit quelques secondes plus tard, fit cette réflexion à Asunta : « C'est une chose de se baser sur la réalité, c'en est une autre de la créer. »

Puis, à la suite : « Partons, le soleil tape fort et à la lumière du jour on fait beaucoup d'erreurs. »

Le président soupira juste : « Dieu m'est témoin : prendre des décisions, c'est d'un rasoir!... »

Il était sur le départ.

« Misérable fossile. Saloperie de vioque. Momie de merde. »

Miguel Aparecido frappait de ses poings le mur de sa cellule, déblatérant d'un ton à la fois blessé et vindicatif, sonore et étouffé, comme si de sa bouche s'échappaient, plutôt que des mots, des animaux, insectes, rongeurs, dindons, pintades, outardes et mandragores, tant étaient intimes à son ressenti ses paroles et anxieuses ces dernières de trouver des issues, des similitudes, des survivances.

« Enferme un homme qui a les mains attachées avec un chat et dis-lui de se défendre. »

Il me regarda, l'air féroce.

« Il se défendra avec les dents. Pas le choix. »

Qu'est-ce qui le perturbait à ce point? Il avait eu le dessus. Les criminels libérés grâce aux influences de Jéricho étaient de retour derrière les grilles et je ne donnais pas cher de leur avenir. La force passagère de Jéricho — son caprice — avait fait un peu plus que simplement relâcher un escadron de bandits. Elle avait violé la volonté de Miguel Aparecido, le maître de la prison, le big boss, le roi de la jungle entre ces murs. Miguel s'était senti abusé.

Pourtant il y avait quelque chose dans sa colère qui allait bien au-delà de Jéricho, de la fuite et du retour en prison des criminels, de la volonté déjouée de l'homme au teint olivâtre, aux yeux jaunes et aux muscles durs et élastiques, inlassablement entretenus grâce à la discipline de l'enfermement, comme si les jours, les mois, les années de prison se comptaient en nombre de pompes, exercices de flexion, coups de poing portés dans le vide, bras tendus et pliés sans relâche contre les murs de la cellule, imaginaires sauts à la corde, tel un boxeur se préparant pour le grand combat, venant à bout, à force de volonté, de la grande cacophonie citadine qui se glissait à travers les couloirs et les catacombes de la prison.

Il attrapa le journal d'un geste brusque. « Regarde, dit-il en faisant glisser son doigt sur la photo de Max Monroy et au passage sur celle du président. Regarde. »

Je regardai.

« Tu sais qu'il ne s'est jamais laissé photographier ?

— Le président ? Il est partout dans les journaux, à la télévision, sur les affiches... Il ne lui reste plus qu'à annoncer le tirage de la loterie.

— Monroy », dit Miguel comme si dans ce nom se concentrait toute l'amertume du monde. Une salive jaunâtre coula le long des lèvres du détenu. Le tigre dévoré par de sanguinaires congénères au zoo de Chapultepec réapparut, doublement, dans son regard. « Monroy... Putain de sa mère, au moins il avait eu la discrétion de ne pas se retrouver partout en photo, la pudeur de ne pas se laisser voir, ce vieux salaud de fils de pute... »

J'avoue ma discrétion. Ou ma lâcheté : je ne me lançai pas dans la défense de ma vieille connaissance du cimetière, la « pute » et mère de Max Monroy, l'Ancienne Conception.

« Et pire, pire, bien pire encore, scanda Miguel, son connard de fils, le fils de Max Monroy.

— C'est qui ? » dis-je, innocent et... inquiet, peut-être ?

Voici l'histoire que me raconta cette après-midi-là Miguel Aparecido dans sa cellule de San Juan de Aragón, après s'être étendu encore un peu sur sa diatribe, l'explication demandée et aussi celle qui ne l'était pas... Je fus pris d'une étrange émotion : Miguel Aparecido ressemblait à un sablier avide de déverser le contenu d'une heure dans l'autre, mais angoissé par la fuite fatale du temps. La fuite du temps, c'était l'évasion de son récit et si j'étais son oreille privilégiée, je ne savais pas encore, à ce moment-là, à quel point, si intense, si personnel, le récit de Miguel me concernait...

Je pensais au début qu'il oscillait entre le vide et l'incohérence. Je voulais croire qu'à la fin de l'histoire, tous les deux, lui qui parlait et moi qui l'écoutais sans un mot, nous pourrions nous retrouver sur le terrain d'une certaine clémence et de là en venir à nous connaître. À présent, ce n'était qu'un désir (et même un but) mien. Le discours de Miguel Aparecido prenait un autre tour.

Il raconta qu'il était en prison sur les ordres de Max Monroy. Et me coupa immédiatement : bien sûr, la procédure judiciaire requise avait été suivie. Bien sûr, je suis passé par un tribunal. Bien sûr, des témoins ont été entendus et une sentence a été prononcée. *Bien sûr, on m'a condamné à trente ans de prison pour un crime que je n'ai pas commis...*

« Trois fois dix ans de réclusion, depuis l'âge de vingt ans », se remémora-t-il avec la voix de qui, tout en se souvenant, commémore.

Il me regarda d'un air de défi. « Je me suis bien conduit, Josué. Je me suis appliqué, parole d'honneur. J'ai décidé d'être le meilleur élève de cette taule. Ponctuel, travailleur, serviable. Tout le contraire de mon caractère naturel : laver

les chiottes, nettoyer les excréments, récurer le vomi... Tout ça pour sortir d'ici. Sortir, dans un seul but. »
Il faillit baisser les yeux.
Il soutint mon regard.
« Tuer. Je voulais sortir pour assassiner Max Monroy. C'est de ça qu'on m'avait accusé à tort. De tentative d'assassinat. Maintenant, je voulais mériter mon accusation. Je suis sorti. J'ai préparé mon geste, vraiment ce coup-là. J'ai rôdé autour de l'immeuble Utopie. J'ai imaginé mille façons de liquider ce fils de la *chingada*. Mais brusquement il en a eu l'intuition, il ne l'a pas su, il a juste flairé que quelque chose se passait parce qu'il savait que j'avais été relâché. Sûr qu'il a pensé : je m'arrange comment pour flanquer de nouveau ce salaud en cabane ? Parce qu'il a dû se rendre compte que pour ce second round, ou il me tuait lui ou c'est moi qui lui faisais la peau... »
Au prix d'un immense effort, Miguel Aparecido gardait son regard planté dans le mien, les yeux bien ouverts, aussi jaunes que ceux d'une race canine, un Miguel-loup à la mâchoire aussi forte qu'un cadenas, bras et jambes prisonniers mais avides de sortir, de filer droit sur sa proie, mais triste aussi, affligé par l'enfermement que lui-même s'était imposé, il me le révèle maintenant : il cessa de rôder autour des bureaux de Max Monroy, retourna à la prison, demanda de l'aide à Antonio Sanginés, je veux être de nouveau enfermé, *licenciado*, s'il vous plaît, faites qu'on me réadmette en prison, je vous en prie, au nom de votre mère, je vous en supplie, sauvez-moi de ce crime, je ne veux pas tuer mon père, si vraiment vous aimez Max Monroy renvoyez-moi là-bas, *mi lic.*, vous pouvez, vous, vous êtes influent, rendez-moi ce service, sauvez-moi du péché en me flanquant en taule là, tout de suite, accusez-moi de ce que vous voudrez, mais tirez-moi de la liberté, ôtez-moi l'envie de tuer, sauvez-moi de moi-même, mettez aux fers ma liberté...

« Je suis retourné en prison, Josué. Sanginés m'a inventé

n'importe quel délit. Je ne sais pas lequel. Je ne m'en souviens plus. Je crois qu'il a ressuscité la peine précédente pour des raisons qui m'échappent. Sanginés est un baveux magouilleur. Il connaît tous les trucs. Il est capable de ressusciter un mort. Il est capable de tirer de l'eau des pierres. Mais il n'est pas capable d'effacer la mémoire que l'on traîne avec soi, libre ou prisonnier... »

Sibila Sarmiento était âgée de douze ans lorsqu'on décida de la marier. Tout le monde fut d'avis que cette union était très souhaitable mais qu'il valait mieux attendre que la petite fille grandisse. Qu'elle ait ses premières règles, que des poils lui poussent sous les bras, et tout ça. Sibila jouait encore avec ses poupées et chantait des comptines. Cette union était souhaitée. Elle était aussi prématurée, dit la famille de la petite fille.

La mère du fiancé présumé entra dans une rage folle. Une offre de mariage au nom de son fils ne se refusait pas. Un mariage n'était pas une question de poils ou de règles. C'était un arrangement. La famille de Sibila Sarmiento savait parfaitement que seule l'union de leurs enfants, tout de suite, sans délai, unirait les noms et les propriétés des Sarmiento et des Monroy, faisant triompher la grande unité et la grande productivité des terres — Michoacán, Jalisco, Zacatecas — en liquidités sonnantes et trébuchantes, avant que la loi du marché et des successions ne les morcelle, ou qu'elles soient données, en un nouveau geste démagogique, aux paysans, transformées en *ejidos*, nous plongeant tous dans la misère.

« Vous connaissez la chanson ? *Cuatro milpas tan sólo han quedado...* Eh bien, qu'on unisse les enfants pour réunir les terres et pour, quand viendra le moment de l'inévitable division, qu'il nous reste un peu plus que quatre arpents de terre... Après la pluie... »

La pluie n'était autre que le développement des villes,

l'extension urbaine, l'explosion de la population, mais l'Ancienne Conception persista dans son vocabulaire à la fois révolutionnaire et féodal, agrarien et suspicieux face aux villes : complètement folle ! Elle prédisait l'arrivée d'une nouvelle tourmente agraire, récurrente au Mexique. Que seraient déclarées nulles toutes les annexions de terres, points d'eau et montagnes appartenant aux villages, exploitations, congrégations et communautés, décidées par le pouvoir précédent en infraction de la loi et abolies par le nouveau pouvoir en confirmation de celle-ci. Elle se faisait du mouron. C'est l'inconvénient de vivre autant d'années. Et pourtant, elle avait le bon sens de la sorcière : elle pronostiquait avec des métaphores. Les immigrants revenaient au Mexique et ne trouvaient ni terres ni travail. Le maïs gringo anéantissait la culture mexicaine de cette céréale. Les villages mouraient petit à petit. En vivant dans le passé, l'Ancienne Conception prophétisait sur le présent. Comme tous les prophètes, elle se contredisait et se faisait du mouron.

« Selon elle, les terres, aux mains de quelques-uns, allaient se retrouver entre celles de moins de gens encore, après être passées par celles d'un grand nombre, expliqua Sanginés. Exception était faite si la domination exercée couvrait cinquante hectares au maximum et pendant plus de dix ans. C'est cette raison qu'invoquait la señora Conception prise d'une sorte de démence vorace où se mêlaient époques passées et à venir, réforme agraire et explosion urbaine, lieu de l'héritage et volonté de tout recommencer, sexualité mature et infantile : elle s'était imposée à son fils parce qu'au fond elle désirait son fils et voulait le castrer en le mariant à une fillette impubère, incapable de procurer ou d'éprouver aucune satisfaction...

— Pour enquiquiner, quoi... »

En regroupant le patrimoine des Sarmiento et celui des Monroy on rassemblait quarante-neuf hectares, on mettait les hectares qui restaient au nom des communautés agraires, on ménageait Dieu et le Diable, on donnait un exemple de solidarité sociale en sacrifiant d'un côté pour sauver de l'autre et la condition en était la réunion des terres à préserver avec l'alliance d'une gamine de douze ans, Sibila Sarmiento, et d'un homme de quarante-trois, Max Monroy, par un acte de mariage qui pouvait être contesté étant donné l'âge de la jeune mariée mais qui existait en vertu de la malhonnêteté des autorités civiles et ecclésiastiques des terres désolées du centre du Mexique et qui, par-dessus tout et bien que la mariée fût mineure, était la consommation de l'union de ces fortunes et confirmait les prévisions de doña Conception, l'Ancienne Conception : « Je m'en bas l'œil ! Les terres sont à nous et nous pourrons nous les partager ; leur mariage, c'est leur affaire et ils n'auront qu'à se débrouiller comme ils pourront. Qu'ils baisent, donc ! »

« Tu ne sais pas comment était ma grand-mère, dit Miguel, que je n'osai contredire. C'était une vraie sorcière, elle avait un pacte avec le Diable, quand elle avait quelque chose en tête elle l'obtenait, quoi qu'il en coûte, elle était insatiable, sa richesse n'était jamais suffisante, même si elle possédait beaucoup ça n'était pas assez pour elle et elle en voulait plus, elle était capable de toutes les duperies, des ruses les plus sinistres, des pactes les plus corrompus du moment que c'était pour, non seulement préserver, mais augmenter son pouvoir. Et le tout sans se préoccuper de la réalité historique et politique. Elle vivait dans son propre temps, le temps de sa fabrication. Sibila Sarmiento était une pièce indispensable pour déjouer toutes les lois : l'enfance, l'âge du mariage, la loi agraire, et même la personnalité de son fils, afin d'obtenir ce qu'elle voulait : un morceau de terre en plus. Et je dis bien "terre" et non "terrain" parce que chaque terrain acquis par ma maudite grand-mère était pour elle la Terre, le monde entier, un univers incarné dans chaque pouce de terre, la terre était sa chair, elle l'incarnait, et même si je ne sais pas où elle est enterrée, je soupçonne, Josué, que pour elle sa tombe est un domaine de plus dont elle veut devenir la propriétaire. Et pas pour son bénéfice à elle, tu sais, non, mais en faveur de la "révolution", de cette vue de l'esprit qu'elle croyait promouvoir en associant sa volonté à sa fortune. Voilà comment ils étaient, dit Miguel Aparecido, en soupirant je crois bien. Voilà comment ils ont construit notre pays. En se disant : si c'est bon pour moi, c'est bon pour le Mexique. Dis-moi quelle conscience ne se sauve pas si elle répète ce credo jusqu'à croire en son propre mensonge ? Ce n'est pas ça, le grand mensonge mexicain : je vole, je tue, j'emprisonne, j'amasse une fortune et je le fais au nom de la patrie, mon bénéfice est celui de la nation et par conséquent la nation doit me remercier pour ce racket ? »

Miguel Aparecido baissa les yeux après avoir soutenu mon regard, comme moi le sien, tout au long de ce discours.

Il poursuivit : « La voracité de cette femme se concentrait avec acharnement sur cette question : acquérir des propriétés, accumuler du terrain, comme si d'elle seule dépendait la tradition séculaire qui fonde la fortune sur la possession de la terre, comme si elle voyait déjà se profiler le moment où les grandes fortunes ont dépendu non plus de la détention des terres, mais des usines d'abord, puis actuellement des communications ; telle était, dit Miguel pour résumer, la conclusion de Max Monroy. Ne pas être comme sa mère. Changer l'orientation de sa richesse. Abandonner la campagne et l'industrie. Se consacrer à la communication. Construire un empire du futur, loin de la terre et de l'usine, un univers presque impalpable auquel sa mère ne puisse accéder, un monde de portables et d'Internet qui offre, en lieu et place de la boue et de la fumée, vidéos, réseaux, musique, jeux et surtout information, ainsi que le droit à deux cents messages gratuits et une demi-heure d'appels pour chaque détenteur de téléphone portable Monroy. »

— Et Sibila?

Imaginez la nuit s'abattant sur un visage. La nuit s'abattit sur le visage de Miguel Aparecido. Il tenta de renouer le fil de son récit, un récit entrecoupé par toutes sortes d'émotions, balbutiant, ce qui était étrange chez lui, et même étranger à l'homme que je connaissais.

Sibila Sarmiento, mère à quatorze ans. Dépossédée de son fils à quinze. Condamnée à errer tel un fantôme, sans comprendre ce qui lui était arrivé, dans une petite propriété laissée à l'abandon, sans meubles, aux soins de domestiques l'air absent qui ne lui adressaient pas la parole. Son mari, Max Monroy, comprenait-il ce qu'il se passait? Ou lui aussi s'était-il absenté d'une situation qui n'était autre que le caprice rude et puissant de sa mère, la vieille et monstrueuse matriarche amoureuse de sa volonté personnelle, de sa capacité à faire la preuve de sa force personnelle en toute occasion, pour que lui soit favorable la comparaison avec son général de mari, don juan et noceur, pour donner à croire qu'elle devançait les événements, qu'elle était dotée d'une boule de cristal, que la réalité était à sa botte parce qu'elle ne pouvait pas la souffrir, c'est elle qui la créait, la réalité, son caprice faisait loi, le caprice le plus capricieux, la cruauté la plus gratuite, la volonté la moins fiable, la raison la plus irrationnelle : d'abord je m'empare des terres des Sarmiento, puis je marie mon fils célibataire, qui a la quarantaine, à une gamine de douze ans, ensuite je déclare folle la morpionne et je la fais enfermer au Fray Bernardino parce que cette pauvre idiote ne fait pas la différence entre la solitude d'une baraque à la campagne et la désolation d'un asile de fous, pourrissez là, petite crétine, crevez là sans vous en rendre compte, voyons voir qui peut quoi que ce soit contre la volonté, le pouvoir, le caprice d'une femme qui a vaincu toutes les contrariétés par la force de son bon vouloir, une bonne femme qui se débarrasse de toute obligation non nécessaire ; la mère du petit chez les timbrés ; le petit dans la rue, qu'il se démerde tout seul, sans soutien, qu'il se dégrossisse en petit mâle sans la protection de personne, voyons comment il se débrouille, ce foutu mioche ; s'il a ce qu'il faut, il s'en sortira, sinon, eh bien qu'il aille se faire foutre : tout ça pour toi, Max, tout ça pour que tu puisses grandir et t'affirmer sans fardeau, sans obligations de famille, sans enfants à t'occuper, sans épouse qui t'emmerde, t'engueule, te ralentisse, toi, libre, mon fils, toi souverain grâce à la volonté de ta mère magnifique l'Ancienne Conception, et pas Concha, pas Conchita, non, la mère de la volonté, de la lubie, du caprice, de la création même, de la détermination... La maîtresse de la fortune. La patronne du hasard.

« Je me suis fait dans la rue, Josué. J'ai grandi comme j'ai pu. Peut-être même que je suis content de cet abandon. J'en suis content mais je ne pardonne pas. Je me défendrai avec les crocs. »

Je retournai auprès du père Philopater sous les arcades de Santo Domingo. Je me demandai ce que je rapportais avec moi. Je devinais certaines réponses. L'intérêt pour le personnage et ses idées. Le mystère qui entourait son exclusion de l'enseignement et de sa congrégation. Et surtout (parce que Philopater était en quelque sorte le dernier souvenir de ma jeunesse), la mémoire de l'époque où j'avais appris à lire, à penser, à discuter mes idées, à me sentir sinon souverain en tout cas indépendant face aux angoisses de l'enfance, à mon assujettissement à une gouvernante dominatrice et surtout à l'ignorance quant à mes origines. María Egipciaca n'était pas ma mère. Mes os en avaient la certitude. Ma tête le sut lorsque la tyrannique gouvernante de la rue de Berlin perdit ma confiance. Cela ne résolvait évidemment pas l'énigme de mes origines. Mais ce mystère me permit de démarrer ma vie à partir d'un point de départ déterminé par moi, par ma liberté.

Jéricho était le symbole de mon indépendance, de ma promesse d'indépendance personnelle. Mais dans l'équation fraternelle de Castor et Pollux intervenait, trinitaire, le père Philopater. Lui stimulait notre curiosité intellectuelle, donnait un port et un abri à ce qui aurait pu être une navigation sans but, pour solidaires que fussent les jeunes navigateurs. Si je redécouvrais à présent Philopater, l'événement trouva vite son explication : l'éloignement de Jéricho me rendait à la proximité du prêtre. Car si nous avions eu un « père » commun mon ami et moi, c'était bien l'enseignant du lycée Jalisco, le Presbytère, qui nous avait révélé la syntaxe de la dialectique, la dimension ludique (afin de ne pas tomber dans le ridicule) des positions idéologiques et même théoriques. Assumer la philosophie de saint Thomas contre la pensée de Nietzsche était un exercice, oui, car ni moi ni Jéricho n'étions thomistes ou nihilistes. Ce qui était intéressant c'était que Philopater trouvât en Spinoza un équilibre entre dogme et rébellion, nous demandant, avec simplicité, que l'idéologie de la connaissance ne précédât pas la connaissance elle-même, la rendant impossible.

« La vérité se manifeste sans manifestes, comme la lumière lorsqu'elle supplante l'obscurité. La lumière ne s'annonce pas idéologiquement. La pensée non plus. Seules les ténèbres empêchent de voir. »

Était-ce la position de Philopater face au dogme qui l'avait finalement exclu de sa communauté religieuse, comme Spinoza lui-même ? Le père s'était-il trop éloigné des principes de la foi pour s'installer dans les manifestations la justifiant ? Voilà les questions que je me posais moi-même lorsque se concentrèrent les événements, chaotiques ou fatals, que j'ai rappelés ici, rompant les liens qui jusque-là me rattachaient à l'amitié (Jéricho), au désir sexuel (Asunta), à l'ambition

(Max Monroy) et à une charité non consentie (Miguel Aparecido).

Que me restait-il ? L'hasardeuse rencontre avec Philopater à Santo Domingo m'apparut comme un salut, si on entend par salut non pas un jugement favorable au tribunal de l'éternité mais la parfaite réalisation de notre potentiel humain. Être ce que nous sommes parce que nous sommes ce que nous avons été et serons. La question de la transcendance au-delà de la mort reste en suspens durant le temps du salut sur Terre. Est-ce celui-ci qui détermine celle-là ? Est-ce de ce que nous réalisons de notre vivant que dépend ce qui nous arrivera après notre mort ? Ou est-ce que, tout à la fin, indépendamment de nos actes, une rédemption finale prévaut, suscitée par la confession, par le repentir, par la conscience ultime d'une vérité qui nous guettait depuis le début et à laquelle nous ne donnons crédit qu'au moment de mourir ?

La réponse de Philopater (et certainement la raison de son exclusion) était qu'il conférait à chaque être humain une valeur en soi, indépendamment de son appartenance à tout groupe, parti, Église, classe sociale. Cet être individuel et inaliénable pouvait, certes, s'affilier à un groupe, parti, classe ou Église, mais à condition de ne pas perdre sa valeur personnelle radicale. Était-ce ce que sa congrégation n'avait pas pardonné à Philopater : cette affirmation entêtée de sa personne sans que son appartenance au clergé en pâtisse, son refus d'abandonner sa personnalité au groupe pour disparaître avec bonheur dans la masse de la ville, du monastère, du parti ? Il était resté fidèle à ce qu'il nous avait enseigné. Il était le fils favori de Baruch (Benoît, Benedetto, Benito, Béni) Spinoza, excommunié de l'orthodoxie hébraïque, irréductible à l'orthodoxie chrétienne, hérétique pour l'une et l'autre, convaincu que la foi s'épuise dans l'obéissance et s'épanouit dans la justice.

J'attendais, revenu à Santo Domingo et à ma conversation

avec Philopater, ce qu'il me donna tandis que nous marchions de la place à la rue de Donceles en passant par République du Brésil, la suite de notre discussion antérieure, même si une partie de mon attention était occupée à traverser les rues noires de monde et à empêcher que le saint homme ne soit renversé par les bus, autos, bicyclettes ou échoppes ambulantes.

« Je ne veux pas que tu te fasses de bile quant aux raisons de mon exclusion, dit-il alors, tandis que je comprenais que le miracle de son existence était de n'être pas encore mort renversé. Ma faute a été de soutenir que Jésus n'est pas délégué par le Père. Jésus est Dieu dans son incarnation et le Père ne le tolère pas. Anathème ! Anathème ! » Philopater se frappa une poitrine décharnée en faisant voleter sa cravate démodée, tandis que je l'aidais à traverser la rue. « Et ma conclusion, Josué : si ce que je dis est juste, Dieu n'apparaît qu'au plus indigne des hommes.

— Au plus incrédule ? dis-je, porté par les paroles de Philopater.

— Je ne crois pas en un Dieu totalitaire. Je crois au Dieu contradictoire avec lui-même, qui s'est incarné en Jésus. Tu as eu mon âme jusqu'à la mort, a dit Jésus, l'homme, à Gethsémani. Et s'il a dit : "Mon père, pourquoi m'as-tu abandonné ?", que ne nous dirait-il pas, à nous tous ? Hommes, pourquoi m'avez-vous abandonné ? Ne voyez-vous pas que je ne suis qu'un homme démuni, condamné, mortel, sans providence aucune, comme vous-mêmes ? Pourquoi ne vous reconnaissez-vous pas en moi ? Pourquoi m'inventez-vous un Père et un Esprit saint ? Ne voyez-vous pas que, dans la Trinité, moi, l'homme, Jésus-Christ, je disparais divinisé ? »

Lorsque nous franchîmes enfin le porche de la maison au numéro 815 de la rue de Donceles, nous retrouvant dans un passage couvert qui sentait la mousse et la racine en décomposition, Philopater me conduisit à une chambre au fond de la cour luxuriante, évitant d'un regard que je me figurai craintif l'escalier qui conduisait à l'étage résidentiel, comme si un fantôme y demeurait.

Le logement de Philopater était en réalité un atelier avec des tables disposées, compris-je, pour un travail précis : polir des verres. Une table, deux chaises, un grabat, des murs nus sans autre ornement que le crucifix au-dessus du lit. Comme je regardais plus longtemps que nécessaire vers sa couche, Philopater me prit par le bras et me sourit.

« Il n'y a pas de place pour une femme dans mon lit. Imagine : le célibat est obligatoire pour les prêtres depuis le concile du Latran de 1135, sauf que Henri, évêque de Liège au XIIIe siècle, eut soixante et un enfants. Quatorze en vingt-deux mois.

— Une femme, dis-je machinalement, sans en imaginer les conséquences.

— Ta femme », dit, pour mon immense surprise, Philopater.

Il vit l'étonnement suivi d'incompréhension se peindre sur mon visage ; au fond de mes yeux passèrent ceux d'Asunta Jordán, dans mes oreilles la voix de l'infirmière Elvira Ríos, au creux de mon nez l'effluve des putains de la señora Hétara, mais ma bouche close ne formula pas le nom que Philopater se chargea de prononcer :

« Lucha Zapata. »

Puis il murmura : « Peut-être que la voix de Satan a dit à Jésus au Calvaire : "Si tu es Dieu, sauve-toi toi-même et descends de la croix." »

Je grimpai, assailli par la peur, jusqu'à l'appartement de la rue de Prague. À chaque marche, un faux pas me menaçait. À chaque recoin, un ennemi me guettait. Je montai lentement, en compagnie de toute une légion de démons, que ma visite du secret refuge de Philopater au cœur de l'immense ville avait déchaînés. Dans l'ombre, les succubes prenaient des formes intangibles de femme pour me séduire et me damner. Pires étaient les incubes qui s'offraient à moi en diaboliques amants masculins. Et ce qui faisait l'horreur de mon ascension c'était que les incubes étaient des hommes avec le visage d'Asunta et les succubes des femmes sous les traits de Jéricho, comme si j'avais voulu gommer de mes pensées le visage de Lucha Zapata évoqué lors de ma visite à Philopater rue de Donceles. Je sus ensuite que tout n'était que prémonition.

Nerveux, pressé, j'ouvris la porte de l'appartement. Alors que je rangeais les clés dans ma poche et avant que j'aie pu allumer la lumière, la voix de Jéricho me suggéra — elle m'ordonna —, surgie de la pénombre : « Pas de lumière. N'allume pas. Parlons dans le noir. »

J'acceptai l'invitation. Peu à peu, comme c'est généralement le cas, mes yeux s'habituèrent à l'obscurité et l'ombre de Jéricho se dessina plus clairement.

Pas trop non plus. Cet homme, mon ami, gardait pour lui une zone de pénombre propre qui le protégeait d'un monde qui lui était devenu hostile. J'étais bien placé pour le savoir : le mandat d'arrêt était parti de la présidence avec l'acharnement que l'on réserve à un traître.

« Judas », ce serait dès lors l'expression présidentielle pour parler de Jéricho, « le Judas. »

À présent, Jéricho Iscariote se trouvait caché à l'endroit le plus évident et donc le plus sûr : notre appartement de la rue de Prague.

« Tu te souviens de Poe ? On le lisait ensemble. La lettre volée qui est à la vue de tous et que pour cette raison personne ne voit.

— Tu es en danger », lui dis-je dans un relent de tendresse venu du cœur mais sans oser le presser : Fuis donc ! Je ne voulais pas, alors qu'il était poursuivi, qu'il se sente aussi jeté dehors. Que pouvais-je faire sinon respecter la volonté de Jéricho, même si j'étais conscient que je pourrais passer pour son acolyte, son complice.

« Tire-toi. Ne m'implique pas là-dedans. »

Je n'osai pas le dire.

Lui le dit pour moi.

Il m'évita cette douleur.

« Tu vois, *old pal.* Avoir tant d'ambitions dans la vie, lire, étudier, discuter autant pour finir par valoir le prix qu'on paie à un délateur. »

Je me flanquai en rogne : « Je n'ai rien d'un Judas. »

Lui aussi : « C'est comme ça qu'on m'appelle à la présidence.

— Je n'y suis pour rien, balbutiai-je. Je ne suis pas un traître. Je ne travaille pas au gouvernement.

— Tu es mon complice, peut-être ?

— Je suis ton ami. Ni traître, ni complice. »

Je lui demandai tacitement de me comprendre. Je ne voulais pas lui demander de quitter les lieux. Où irait-il ? Il savait que je ne le livrerais pas. Il profitait de notre amitié. La sacrifiait-il ? Je refusais cette idée, voyant Jéricho traqué par les ombres, après l'échec de son illusoire prise de pouvoir, produit d'une fascination fasciste d'un autre temps, impossible de nos jours, et fruit, compris-je alors, d'une imagination exaltée par elle-même, par le passé, par une intelligence fébrile, d'un idéalisme pervers. Mon ami Jéricho sans nom de famille. Comme les rois. Comme les sultans. Comme les dictatures asiatiques.

« Merci, Monroy. Votre système de monitoring nous a permis de suivre tous les préparatifs de Judas. »

Max Monroy ne rétorqua pas au président que ça n'était pas inutile d'avoir à portée de main tous les fils de l'information.

Impossible pour Valentín Pedro Carrera de garder pour lui son bon mot :

« Vous avez gardé bien longtemps cette information pour vous, don Max. Encore un peu et Judas arrivait à ses fins et passait pour le Christ, *caray* ! »

Monroy hocha une tête rentrée dans ses épaules.

« Plus personne n'arrive à ses fins, asséna-t-il. Tout est fiché. Il n'existe aucun mouvement subversif qui ne soit pas connu. Si j'ai tardé à vous avertir, c'est parce que la plupart de ces révolutions avortent instantanément. Elles ne durent pas plus que l'été de la Saint-Martin. Pourquoi ajouter à tes soucis, Señor Presidente ? Tu as déjà assez à faire avec les préparatifs de tes fêtes populaires. »

Le président n'accusa pas le coup. Il était trop redevable à Monroy. Celui-ci se sentit un brin honteux, comme s'il abusait de son propre pouvoir.

« Quand il s'agit de choses sérieuses, je suis à tes ordres, Señor Presidente.

— Je le sais, don Max, je le sais et j'apprécie, croyez-moi. »

Ne savait-il pas, ce Jéricho habillé de ténèbres, ce que j'avais appris moi dans les bureaux de Monroy grâce aux informations d'Asunta ?

« Nous sommes-nous trompés d'époque ? » demandai-je sans ironie.

Il poursuivit, comme s'il ne m'entendait pas. « Sommes-nous nés à temps ou à contretemps ? »

Il dit qu'il avait besoin de le savoir.

Il évoqua notre enfance et nos jeunes années, l'un et l'autre élevés sans famille, sans connaître nos parents, sans même savoir si nous en avions, ignorant toujours l'identité de celui qui subvenait à nos besoins, nous payait nos études, nos vêtements, notre nourriture...

« Car quelqu'un nous entretenait, Josué, et si nous n'avons pas cherché à savoir c'est par confort pur et simple, parce que c'était trop cool de tout recevoir sans rien savoir, nous ne posions pas de questions et personne ne nous en posait, nous n'avions qu'à mettre les pieds sous la table, est-ce que nous le méritions, *champ*? Est-ce que ce n'était pas le moment de te rebeller face à un destin que d'autres t'ont fabriqué, et de te lancer pour t'en créer un bien à toi? »

Je ne savais pas quoi lui répondre, si ce n'est que sa présence en cet instant était pour moi comme un tribut au passé que nous avions partagé lui et moi. C'était une façon de lui dire que je doutais de notre amitié dans l'avenir. C'était, à tout prendre, un moment de mélancolie.

Jéricho n'était pas idiot. Il attrapa au vol mes paroles et les adapta à sa propre situation, il était là et il était l'ami que je fuyais pour ne pas lui faire de mal et que lui, à présent, saisissait par la peau du cou comme le poète rebelle le cygne « au plumage trompeur ». Jéricho voulait se tordre le cou à lui-même, telle était sa vocation dramatique.

« Tu te rappelles notre première rencontre, Josué? Souviens-t'en et fais le compte : tu reconnais que c'est moi, dans notre relation, qui t'ai toujours poussé à agir? Contre l'autorité scolaire, contre la pensée conventionnelle, contre les bonnes manières, tu reconnais que je t'ai toujours poussé sur le chemin que ma vie ouvrait devant nous?

— C'est possible, lui répondis-je, m'engageant avec prudence sur un terrain qui pouvait s'avérer glissant.

— Non, dit-il, féroce. Ce n'est pas *possible*. C'est vrai. C'est comme ça que ça s'est passé. C'était moi qui étais toujours devant, oui ou non?

— Jusqu'à un certain point. » Je tentais de jouer un peu pour repousser l'orage que les yeux de Jéricho projetaient dans ma direction du fond de la pénombre.

« Tu peux le croire, même si tu n'y crois pas... »

Il rit. J'ignore si c'était de la situation, de moi ou de lui-même.

« Tu t'es arrêté, Josué. Tu ne m'as pas suivi jusqu'au bout du chemin.

— C'est qu'au bout du chemin il y avait un précipice », lui dis-je, sans intention de le condamner.

Il le prit autrement. « Tu n'as pas osé aller avec moi jusqu'au bout du chemin. Tu n'as pas franchi la frontière avec moi, Josué. Tu n'as pas osé explorer le mal en toi. Car nous avons toujours su, l'un comme l'autre, que de même que nous faisions le bien nous pouvions faire le mal. Et même plus : que plus nous serions "bons", moins nous serions complets. Chaque action de nos vies suppose de marcher sur le fil de l'abîme. D'un côté, le bien. De l'autre, le mal. Ne te trompe pas, frangin. Toi et moi ne sommes tombés ni dans le bien ni dans le mal. Nous n'avons fait qu'avancer sur l'avenue de l'ambiguïté, peut-être bien que oui, peut-être bien que non... Il fallait se décider. Il y a un moment qui réclame qu'on se définisse. Et qui dépend de là où on se trouve, d'avec qui on est, de ce qui nous influence ? *Sure*, c'est certain, moi je me suis retrouvé au centre du pouvoir politique. Et de là, Josué, je n'avais pas d'autre choix pour être moi-même, pour ne pas devenir la marionnette du pouvoir, que d'opposer un pouvoir au pouvoir, un pouvoir d'une autre tendance, Josué, le pouvoir du mal, parce que, t'as qu'à voir, le pouvoir du bien, où est-ce qu'il nous a amenés ? À une démocratie qui ressemble à la roue du hamster, qui court, qui court sans jamais aller nulle part. J'aurais choisi la mauvaise manière ? Celle qui porterait le stigmate du mal ? Tu peux toujours le dire si ça te fait plaisir. *Ándale.* »

Il respira tel un tigre. « Moi si, je l'ai fait. Explorer le mal en moi-même. Je suis descendu au plus profond du mal en moi et j'ai découvert qu'il est le seul ennemi valable d'un homme courageux... Le mal comme valeur, tu vois ? Le mal comme preuve de ta virilité. »

Je réagis avec une irritation pudique :

« Je ne veux pas que le massacre continue, c'est tout. Je ne veux pas sentir encore l'odeur du sang après le siècle où nous sommes nés, Jéricho, le temps du mal porté à l'extrême de savoir que c'est le mal et de le célébrer comme le bien suprême de la volonté et de la fortune... Ça me dégoûte, pas toi, vieux ? »

(Au fond de mes yeux ouverts défilèrent les corps des tranchées de la Marne et des camps d'Auschwitz, du fleuve ensanglanté de Stalingrad et de la jungle de sang du Vietnam, des cadavres juvéniles de Tlatelolco et des victimes du Chili et d'Argentine, des tortures d'Abou Ghraib et des justifications, tout autant cadavériques, de nazis et de communistes, de militaires imbéciles et de présidents renversés, de gringos rendus fous par l'incompréhensible spécificité de ne pas être comme les autres, et de rationalistes français appliquant la « question » en Algérie : je me dis alors que le résumé de l'histoire, c'était probablement que nous pouvions décortiquer et clarifier les modalités de la culture de notre époque mais que nous ne savions pas en éviter le mal. Quelle valeur cela avait-il, dans la vie de Jéricho et de Josué, d'exalter la connaissance du bien ou de faire obstacle à la prépondérance du mal ? Notre « culture » était-elle la digue contre la marée du Diable ? Sans nous, nous serions-nous tous noyés dans la mer du mal ? Ou bien, avec ou sans nous, le mal de notre époque se serait manifesté dans des mesures qui importaient peu à la lumière d'une seule petite fille hurlant nue, irrémédiablement brûlée, sur un chemin dans la jungle d'Indochine, d'un petit garçon juif conduit de force hors du ghetto de Varsovie, les mains en l'air, l'étoile sur son manteau et le destin au fond des yeux ?)

« Je ne veux pas que le massacre continue », dis-je alors, même si cela peut sembler assez peu logique. À ce moment-là, c'était la seule réponse que me dictait la situation. « Je veux que nous continuions à être Castor et Pollux, les frères amis...

— Allons-nous être Abel et Caïn, les frères ennemis ?

— Ça dépend de toi.

— Tu n'as pas osé... Tu ne m'as pas accompagné. » Il insista d'une façon qui me parut rebutante et lugubre.

« Je crois que tu t'es trompé, Jéricho. Tu as mal évalué la situation et tu as agi en conséquence. Tu as agi de façon erronée.

— Erronée ? Il fallait faire quelque chose, dit-il sur un ton subitement modeste, assez inespéré et irréel chez lui.

— Tu peux faire quelque chose. Tu ne peux pas tout faire. » Je m'entendis répondre avec une humilité croissante et me sentis coupable de traiter un ami, sans le vouloir, avec condescendance. C'était insultant. J'espérai qu'il ne s'en rendît pas compte. Me trompai-je ?

Il n'y eut pas le temps de la réponse. Nous entendîmes clairement le bruit de pas dans l'escalier. C'était le milieu de la nuit et dans cet immeuble, à part notre appartement, il n'y avait que des bureaux qui fermaient à sept heures. L'espace d'un instant, je crus que Jéricho allait se cacher dans la penderie. Il bougea. S'arrêta. Tendit l'oreille. Moi de même. Nous tendions l'oreille. Les pas se rapprochaient. Des pas de femme. Le cliquetis des talons la trahissait. Lui et moi, séparés d'un mètre ou deux, attendions. Il n'y avait rien à faire sinon, incessamment, nous séparer, comme si un seul devait mourir, solitaire.

La porte s'ouvrit. Asunta Jordán nous regarda tous les deux, comme si les deux mètres de séparation n'existaient pas. Elle nous regarda comme si nous n'étions qu'un, Castor et Pollux, les jumeaux fraternels, et non Abel et Caïn, les frères ennemis.

Elle éteignit la torche qu'elle tenait à la main. Elle n'était pas nécessaire. Les lumières étaient allumées maintenant. La lettre volée était à la vue de tous.

Au-dehors, les statues gothiques de l'église Santo Niño de Praga ne nous adressaient pas leur blanc sourire.

« Je n'ai pas fini de te raconter », disait Lucha Zapata dans la lettre qu'elle avait dictée à Philopater et que le religieux me remettait à présent.

Pas fini ? Elle n'avait même pas commencé. Et moi je ne lui avais jamais demandé : « Raconte-moi ton passé. » Non pas par négligence. Par amour. Lucha Zapata me donnait et me réclamait une tendresse qui n'avait que faire de souvenirs. C'est ainsi que s'était établie notre relation, sans mémoire mais pas amnésique, car l'absence de passé était une manière radicale de s'ancrer dans le présent, l'amour comme racine de la passion instantanée qui ne se souvient de rien, ne prévoit rien, car elle se suffit à elle-même.

C'était la caractéristique même de ma relation avec Lucha Zapata, et si là elle m'écrivait elle le faisait, il est vrai, au nom du hasard et de la liberté. Elle ne se trahissait pas elle-même. Elle jetait une bouteille à la mer. Allais-je lire ces pages ? Cela ne dépendrait pas tant de ma volonté que de ma fortune. Si je n'avais parcouru les rues du centre historique en quête d'indices de ce que préparait Jéricho (et n'était-ce pas là, bien que je lui donne des apparences de devoir officiel, une forme maladive de trahison d'un ami ?), je ne serais pas tombé sur le père Philopater, place de Santo Domingo. Qui aurait pu se détourner de moi. Par pudeur. Parce que sa nouvelle vie était une fracture par rapport à sa vie antérieure. Parce que je n'avais pas le droit de ressusciter le passé.

Il n'en fut rien. Il me reçut, me reconnut, se souvint de moi, me conduisit à son misérable logis au fond d'un jardin putride de la rue de Donceles où Philopater rejouait la vie de Spinoza en polissant des verres.

Là aurait pu terminer cette affaire. Si j'avais cessé de voir mon ancien professeur pendant onze ans, pourquoi n'aurais-je pu l'abandonner à jamais après cette brève et fortuite rencontre ? Voilà la question et personne n'y échappe. On se rencontre. On ne se rencontre pas. Si l'on ne se rencontre pas, quels sont les épisodes qui n'ont pas eu lieu? les opportunités ratées? les dangers évités? Mais si l'on se rencontre, quels sont les incidents qui en découlent? les opportunités qui se présentent? les dangers qui se matérialisent?

Jéricho avait raison : peut-être nous trouvons-nous toujours à un grand carrefour, une place circulaire d'où partent des avenues qui elles-mêmes conduisent, chacune, à autant d'autres places d'où partent autant d'autres avenues. Six, trente-six, deux cent seize, des places, des avenues infinies pour une vie finie dont l'orientation n'est garantie que par ce que nous faisons avec les mains, avec les idées, avec les mots, avec les formes, les couleurs ou les sons, et non par ce que nous faisons avec le sexe, les relations sociales, la vie familiale : celles-ci s'évaporent et personne ne se souvient de personne après la troisième ou quatrième génération. Qui était ton arrière-grand-père, comment s'appelait ton trisaïeul, à quoi ressemblait ton ancêtre le plus lointain, celui qui a vécu avant l'invention de la photographie, celui qui n'a pas eu la chance d'être peint par Rubens ou Vélasquez? Nous figurons tous dans la pièce du grand oubli collectif, un répertoire téléphonique sans numéros, un dictionnaire aux pages blanches où même les empreintes digitales de ceux qui l'ont manipulé ne subsistent pas...

Alors pourquoi Lucha Zapata me laissait-elle cette lettre-confession dans laquelle elle détaillait sa vie criminelle aux côtés de personnages que j'avais eu l'occasion de rencontrer au cours des tribulations prostibulaires de mes jeunes années, lors de mes visites chez les Esparza et à la prison San Juan de Aragón... ? Pourquoi Lucha rompait-elle avec son récit criminel le silence qui avait bercé notre relation amoureuse? Lucha Zapata y apparaissait s'exerçant au crime, d'abord parmi des bandes de mendiants, faux aveugles, estropiés, miséreux, incurables, à votre bon cœur, m'sieurs-dames, ce que vous dictera votre volonté, ce que nous accordera la fortune, Lucha mangeant le pain des malheureux au coin des rues passantes, de l'avenue Masaryk à la route de l'aéroport, la main tendue, récitant prières, couplets, Dieu vous le rendra, ce que vous voudrez bien me donner, loué soit le Seigneur, simulant des plaies sanglantes aux portes des églises, des hernies à l'entrée des hôpitaux, des fièvres à celles des restaurants, se liant dans une gradation ascendante avec voleurs, tueurs, truands, petites frappes spécialisées dans l'art de dévaliser les maisons, bigots voleurs d'églises, apôtres crocheteurs de portes, pickpockets détrousseurs de piétons en pleine journée ; malfrats, tueurs à gages, experts de l'arme blanche, entremetteurs, employés de bordel, une jeunesse sans destin mais aussi de vieux criminels sans autre issue que le crime, vieux soldats, retraités ruinés, poursuivis pour faillite, défauts de paiement, hypothèques arrivées à terme, monnaie dévaluée, économies évaporées, emplois supprimés, assurances inexistantes, vois, Josué, comment s'entrelacent la vertu et la fortune, le hasard et la nécessité, l'innocence et la culpabilité au sein de cette légion de ceux qui volent par besoin parce que d'autres, tu sais, ont juste besoin de voler ou volent sans en avoir besoin, comme certains tuent par goût et d'autres sans besoin aucun, et d'autres encore parce qu'ils ont besoin de tuer, es-tu charitable, comprends-tu, as-tu la charité suffisante pour pardonner alors que tu sais, Josué, ou ne peux-tu aimer que si tu ne sais pas ? Ne peux-tu aimer Lucha Zapata que si tu ignores qui est Lucha Zapata ?

Oui, c'était une vision, une aviatrice chassée du champ d'aviation parce qu'elle avait tenté de voler un bimoteur dans un hangar, un spectre avec bonnet, lunettes, blouson de cuir qui m'était tombé par hasard dans les bras, alors que je venais de quitter Jéricho qui partait étudier en France et de voir passer Sara P. précédée d'un faux bagagiste qui s'était avéré être le bandit et mariachi Maxi Batalla. Était-ce là la vérité ?

Est-ce que tout le reste était de la fiction ? Le mariachi n'était-il pas invalide et muet comme le pensait sa gentille petite maman, mais frais comme un gardon ? Et Sara P., faisait-elle partie de la bande criminelle organisée par Jéricho pour prendre d'assaut le pouvoir par la violence parce que la légalité lui semblait inutile et qu'il avait confondu l'action révolutionnaire avec un problème policier, et c'est ce qu'il avait reçu en récompense : le désastre, la fuite, la prison ?

Est-ce que tout se trouvait finalement lié en un faisceau qui rassemblait les fils de la trame et convergeait dans cette rencontre imprévue avec Philopater et dans la lecture, encore plus fortuite, d'une lettre que m'avait écrite Lucha Zapata sans perdre l'espoir que je la lise un jour ? « Tu te souviens mal de moi », telle était la rengaine de la lettre. Et encore : « Tu m'as fait prendre la mesure du bonheur », et plus loin : « Il fallait que je sois angoissée pour t'aimer. »

Une lettre dictée à Philopater par Lucha.

Pourquoi ? Que savait-elle ?

Ne pouvait-elle écrire sans l'aide de quelqu'un ?

Philopater devait-il être l'écrivain de notre destin ?

Où était-ce sa façon de m'avouer ce qu'elle ne m'avait jamais dit en personne, car notre relation, souvenez-vous, éclipsait toute référence au passé ? Mais la dimension du hasard prédominait sur la volonté de Lucha. Peut-être que je ne passerais jamais par la place de Santo Domingo. Peut-être que je ne reverrais jamais Philopater. C'était le point où coïncidaient la volonté et le hasard de Lucha et les miens. Dicter une lettre à un écrivain public dans l'espoir que je le rencontre et qu'il me la donne à lire. Comme je le faisais à présent, accomplissant plus une prophétie que cédant à une coïncidence en la lisant.

Au tout début, y avait-il un jardin d'enfants ?, y avait-il une mère hostile, amère parce que la jeunesse est une séduction qui ne dure pas, parce que sa fille était triste et solitaire et voulait éloigner les ombres, que la mère lui disait ne montre pas tes nénés, que la fille disait à sa mère je déteste comment tu t'habilles, que toutes deux se disaient des choses du genre l'amour c'est quand les choses se passent bien jusqu'à ce que la mère revienne à la charge, est-ce que je ne t'avais pas prévenue, est-ce que je ne t'avais pas dit que tu ne pouvais vivre qu'auprès de ta mère ? Et Lucha voulait garder un moment, un seul, où justement la mère et la fille avaient été admirées ensemble, en même temps, joli couple, on dirait des sœurs !, éloignant les ombres, la menace, la duperie, « Est-ce que je ne t'avais pas dit que tu ne pouvais vivre qu'avec ta maman ? », avant de se lancer dans la rue, dans la mendicité volontaire, le crime, la compagnie de Maxi Batalla et Sara P., Siboney Peralta, le Brillantiné et le Gominé, et cette fripouille violente de *licenciado* Jenaro Ruvalcaba qui m'avait laissé un triste souvenir au cours de ce stage mien sur une criminalité subordonnée à la domination de Miguel Aparecido en prison mais débridée une fois dehors, débridée comme une meute de bêtes affamées, crocs aiguisés, babines baveuses et yeux rougis par une veille forcée, par l'ambition politique de Jéricho.

Je faisais partie de toute cette histoire. J'avais connu la distribution de la volonté et aussi celle de la fortune. J'avais aimé cette femme qui avait échappé au crime et au châtiment grâce à sa rencontre imprévue avec moi à l'aéroport et grâce à notre vie partagée, accidentée, véritable montagne russe des émotions, alcool et drogue, excellente nourriture et sexe meilleur encore : de quoi pouvais-je me plaindre si j'avais su éviter les vices et jouir des vertus ? de quoi ?

Asunta Jordán entra dans l'appartement de la rue de Prague, pleine de l'autorité que lui conféraient son air hautain, le claquement autoritaire de ses talons, son uniforme d'employée haut de gamme, un air hargneux, des yeux capables de nous regarder en même temps mon ami et moi.

Elle fut péremptoire ; il était inutile de discuter. En bas une voiture blindée attendait, suivie de deux autres véhicules emplis d'hommes armés. Je me résignai. Jéricho eut un réflexe nerveux, celui d'un animal pris au piège. Elle joua un instant avec ma résignation et avec sa fatale rébellion.

Ce n'était pas ce que nous craignions. Jéricho était protégé par Max Monroy contre la volonté présidentielle de l'anéantir. Judas. Jéricho était conduit à l'immeuble de Max sur la place Vasco de Quiroga, à Santa Fe. C'était Asunta qui était chargée de l'opération. Jéricho, jusqu'à nouvel ordre, serait caché dans un appartement de l'immeuble Utopie, près de celui qu'occupait Asunta. Moi, le cœur au bord des lèvres, je décidai de me retirer, de rejoindre la maison de Philopater, de passer une semaine dans ce recoin au fond du jardin couvert dans la rue de Donceles pour ensuite revenir, purifié peut-être, à l'immeuble de Santa Fe. Je lus la lettre de Lucha Zapata.

Je trouvai à mon retour une atmosphère irrespirable.

Asunta me reçut dans son bureau sans lever les yeux de son ordinateur qui accaparait son attention.

« Il est au treizième, dans l'appartement à côté du mien. Tiens, les clés. »

Elle me lança un trousseau que je ramassai en essayant de deviner ses intentions. Je n'avais pas besoin de clés. Max Monroy avait la manie de vivre toutes portes ouvertes : « Je n'ai rien à cacher. »

C'était sa meilleure feinte, je l'avais compris. Le fait que la probable présence de Jéricho exige clés et portes fermées m'alarma comme peut alarmer la présence chez soi d'une bête féroce qu'on alimente pour survivre mais qu'on tient enfermée pour qu'elle ne nous tue pas.

Je me rappelai l'anecdote du zoo. Un tigre déchiqueté par ses congénères affamés. Cinq tigres. Pourquoi celui qui était mort dévoré avait-il été attaqué, pourquoi ce tigre plutôt que n'importe lequel des quatre attaquants? Qu'est-ce qui avait uni les agresseurs contre un animal de la même espèce qu'eux? Était-ce un pur hasard, la mauvaise fortune du cinquième tigre? La victime aurait-elle pu être le bourreau d'un autre tigre?

L'image d'un Jéricho en cage éveilla en moi le souvenir d'une figure invisible, d'une mobilité extrême, mon ami, qui allait et venait dans la ville et le monde sans explication, sans papiers d'identité, sans même un nom de famille : Jéricho tout court, la symbiose parfaite de la volonté et de la fortune, libre comme l'air, sans attaches familiales, sans amours connues. Quasiment, n'eût-il été si tangible dans notre familiarité, un fantôme : mon frère spectral, l'autre moitié de Castor et Pollux, la dualité fraternelle inconcevable dans la séparation... Qui avait emprisonné le vent? Qui gardait sous clé l'esprit libre?

La réponse, je la connaissais. Max Monroy. Et cette réponse s'ajoutait à la foule de questions que je m'étais posées pendant tout ce temps. Quel intérêt Max Monroy avait-il à secourir Jéricho et à le ramener ici, au sein de cette grande famille, cette entreprise, ce foyer qu'était l'Utopie? J'imaginai l'espace d'une seconde que tout ceci était une astuce de Monroy pour défier le président et démontrer où se trouvait le véritable pouvoir. Monroy avait-il fait entrer Jéricho dans les bureaux de Los Pinos juste pour que mon ami trompe le président en lui faisant croire à une fausse fidélité tout en profitant du tremplin du pouvoir pour mettre en scène un coup d'État manqué, ridicule, raté d'avance, comme l'espérait Monroy, et qui démontrait au président que lui, Monroy, possédait l'information menant à la crise et que, parce qu'il possédait l'information, il possédait le véritable pouvoir : juger de l'ampleur de la menace, laisser passer les guets-apens sans avenir, tuer dans l'œuf les rébellions et leur couper la tête si elles se dressaient? Tout avait-il été une grande mascarade de Monroy à l'intention de Carrera, une façon de démontrer où se trouvait le pouvoir véritable ?

Ou alors les actions de Jéricho avaient été indépendantes de Monroy ? Mon ami avait agi, sans succès, par lui-même, prisonnier d'une conception de la révolte illusoire et moribonde, impossible dans un monde moderne où l'information et le pouvoir sont omniprésents et omnipuissants, le *1984* d'Orwell mis en scène jour après jour, sans drame, sans symboles superflus, sans cruautés totalitaires, mais sous le masque de la normalité la plus absolue, accoutumé qu'il est à la technique de la castration en gants blancs ?

Asunta Jordán ne me regardait pas. Tout son dévouement elle le mettait à lire l'empreinte digitale, à sauter le password, à s'appuyer sur les deux gigas de mémoire, à se connecter au réseau sans fil, à me démontrer sans même me regarder que le monde idéologique dans lequel vivait le pauvre Jéricho était une illusion du passé, quelque chose d'aussi vieux que les pyramides.

« Plus vieux qu'une forêt... », disait de lui-même Max Monroy...

Mais si Jéricho était un agent tout aussi étranger au pouvoir présidentiel de Carrera qu'au pouvoir patronal de Monroy, qui représentait-il ? Lui-même, c'est tout ? Vous savez la relation de respect mutuel que nous avions l'un envers l'autre mon ami et moi. Ni lui ne se mêlait de ma vie privée ni moi ne cherchais à savoir rien de la sienne. La question qui restait dans l'ombre concernait, bien sûr, la vie de Jéricho durant les obscures années de son absence. J'agissais de bonne foi. J'aimais mon ami. Notre vieille amitié m'était chère. Si lui disait qu'il avait passé cette période en France, je voulais bien le croire, même si sa culture française me paraissait bien artificielle et ses références culturelles, pop, au monde nord-américain, probantes. Jéricho faisait-il exprès de laisser échapper des exclamations gringas — *Let's hug it out, bitch* — et jamais françaises ? Voulait-il me faire entendre qu'il me dupait, était-ce sa vieille habitude qui le regagnait, celle de jouer avec la réalité, de tromper pour divertir, de masquer pour révéler ? Voulait-il m'intriguer, me mettre dans la situation d'enquêter sur lui, de le transformer en mon propre mystère, de transférer sur Jéricho les questions que je ne me posais pas sur moi-même ? Savait-il, peut-être, que mes mystères n'en étaient pas ? Savait-il ce que j'ai ici relaté, tout ce que vous, vous savez : mes amours avec Lucha Zapata, ma relation avec Miguel Aparecido, mon entrée dans l'entreprise de Max Monroy, la récente révélation du lien de parenté de Miguel Aparecido avec Monroy, mes discussions secrètes avec la mère de Monroy, l'Ancienne Conception, et enfin mon amour infatué envers Asunta Jordán, le plaisir la nuit et l'humiliation le lendemain, la fugacité de ma jouissance avec elle et la dévotion insolente, terrible d'Asunta dans sa relation de gratitude avec le vieux chef de tribu : Max Monroy ?

Sans doute, sous ces questions, dissimulais-je mon propre mystère, mes origines antérieures à ma vie avec María Egipciaca dans la grande bâtisse de Berlin.

Je sentis que j'avais effacé volontairement tout souvenir antérieur à mes sept ans, bien que je pense aussi qu'on ne garde aucun souvenir antérieur à cet âge, si ce n'est ce que nous racontent nos parents. Mais moi, je n'avais pas de parents. Jéricho, apparemment, non plus. J'ai raconté comment lui et moi nous nous félicitions de ne pas avoir de famille, si elle devait être comme celle de notre copain le Tondu Errol. C'était un masque de plus, peut-être le plus sophiste de tous. Le fait est que Jéricho n'avait pas de nom de famille parce qu'il y avait renoncé. Son exemple me conduisit à ne mentionner que très rarement celui que je portais au lycée, à l'université, au travail. Josué Nadal. Peut-être le rejetais-je pour imiter Jéricho. Peut-être un patronyme sans ascendance connue me gênait-il. Peut-être, lui et moi, préférionsnous être Castor et Pollux, frères légendaires, sans noms de famille...

Dans ce gigantesque casse-tête, où Jéricho se situait-il ? Qui Jéricho était-il ? J'eus la sensation angoissante, provenant du creux de mon estomac, de ne pas connaître du tout la personne que je croyais connaître mieux que quiconque : mon frère Jéricho, le protecteur de la fraternité entre Castor et Pollux, les Argonautes destinés à la même aventure. Récupérer la Toison d'or...

L'homme nu, la bête qui me reçut à l'appartement secret d'Utopie, était à quatre pattes sur un lit ravagé.

Je me le rappelai au bordel de la Hétara, dans la même position, plein de défi mais souriant, sûr de lui, détenteur d'un futur aussi mystérieux que certain : qui sait ce qui arriverait, mais cela lui arriverait à lui, à Jéricho, par sa volonté et grâce à sa fortune. Et la nécessité ? Mon ami pouvait-il dissocier ce qui était de l'ordre de la nécessité de ce qui relevait de la volonté et de la fortune ? Je me le rappelais alors tel qu'autrefois, le jour où il m'avait annoncé son départ, en se déplaçant comme un animal en cage dans l'espace qui avait été le nôtre, devenu une prison qu'il allait quitter — sans même imaginer qu'il finirait ici, de nouveau à quatre pattes mais cette fois bel et bien en cage, cloîtré, prisonnier finalement comme il l'avait sans doute toujours été de lui-même : un Jéricho reclus, prenant la mesure d'une prison réduite à son lit.

Son corps blanchâtre, hors de lui, n'était plus qu'une tête furibonde, ravagée elle aussi, les yeux injectés de sang, les lèvres sulfureuses et les dents assassines, comme s'il venait de dévorer le tigre du zoo. Son corps étiré, déformé par la perspective, avait une apparence grotesque, derrière la tête blonde qui accaparait alors la personne tout entière de Jéricho, comme si tout ce qui palpitait en lui, intestins et testicules, cœur et carcasse, se concentrait en cette tête monstrueuse et agressive qui était viscère, couille, griffe et sang de l'animal qui avançait à quatre pattes sur le lit, droit sur moi, en donnant libre cours à ses talents de férocité verbale, de dialectique fébrile, il y a des hommes aimés par plein de femmes, mon salaud, et il y a des hommes que n'aime aucune femme, mais moi j'en aime qu'une seule, toi tu les as eues toutes, moi j'en veux qu'une, laisse-la-moi, petit enfoiré, laisse-la-moi ou je te jure que je te fais descendre, si tu crois que tu as droit à tout ce que je n'ai pas eu tu te fourres le doigt dans l'œil, fils de pute!, je te donnerai tout, comme toujours, mais laisse-moi cette femme, une seule femme, pourquoi tu me fais chier comme ça, Josué, petit salopard, pourquoi tu me laisses pas la seule femme que je désire, la seule femme qui m'a fait me sentir un homme, la femme qui m'a capturé, m'a dompté, m'a volé le mystère et le pouvoir de l'interrogation, la femme qui refuse d'être à moi parce qu'elle est à toi, c'est ce qu'elle dit, Asunta me repousse elle dit que c'est à toi qu'elle appartient, qu'elle ne peut être à personne d'autre, enfoiré de fils de ta putain de mère, libère-la, fils de pute, laisse-la libre pour mes balloches, est-ce qu'on n'est pas comme des frères?, est-ce qu'on n'a pas partagé les mêmes putains?, pourquoi tu veux te garder Asunta rien que pour toi, espèce de sale radin, arrête de te la péter, petit merdeux, et partage avec les potes, t'as pigé, hein, t'as pigé?... »

Et il poussa un hurlement sauvage :

« J'vais t'niquer, sale petit merdeux, ou tu me refiles la gonzesse ou j'te jure que je t'envoie bouffer des pissenlits par la racine! »

Il dit cela de manière si horrible, là, à quatre pattes, à poil sur le lit, les testicules dansant la gigue entre ses cuisses, une tête d'animal féroce, comme si tout ce que Jéricho était vraiment se reflétait soudain sur ce visage menaçant qui n'était plus celui du vaillant compagnon Pollux mais celui du frère assassin Caïn.

Jéricho bavait, à poil, en bestiale posture, concentrant sur moi, je m'en rendais compte, les frustrations si à l'opposé d'une vie qui, du lycée jusqu'à aujourd'hui, avait toujours eu la réussite pour toile de fond. Jéricho l'orgueilleux, le plus dégourdi, le vainqueur, le protecteur, le mystérieux, celui qui ne dévoilait pas ses cartes et qui gagnait avec sa tête de champion de poker, il les montrait, ses cartes, à présent, et son jeu était pourri : pas même une pauvre paire de cinq, et pourtant les chiffres les plus bas avaient été éliminés. C'était dans ce sentiment à poil — physiquement, moralement nu — que se concentrait la haine de mon frère Caïn à mon encontre, et lorsque Asunta surgit derrière le lit de Jéricho et que je la regardai, je compris le jeu pervers de cette femme. Quels que fussent les motifs de Max Monroy pour sauver Jéricho de la vengeance présidentielle et le ramener sous la protection d'Utopie, c'était le jeu d'Asunta, bien que parfaitement en marge des intentions de Monroy, qui blessait à mort Jéricho.

Je regardai Asunta au fond de la chambre, ses bras croisés sur sa poitrine, son allure de cadre supérieur qui cachait ses origines de petite épouse provinciale sous le joug du mâle pitoyable, et je la sus victorieuse et maîtresse de l'intrigue. Subordonnée au dessein de Max mais indépendante de lui : Asunta avait fait croire à Jéricho qu'elle était ma maîtresse, que dans cet immeuble la seule Utopie était la satisfaction érotique que nous nous procurions elle et moi, et que j'avais donc vu ma vie sexuelle comblée, outre mes aventures avec l'infirmière Elvira Ríos et une Lucha Zapata délaissée, par des nuits d'extase avec Asunta Jordán. Bordel de merde !

C'est ce qu'avait raconté Asunta à Jéricho. C'est ainsi qu'elle s'était vengée de la trahison de Jéricho, même si Monroy avait été l'auteur de son sauvetage, chose qui était encore à démontrer.

Rien de tout cela n'avait d'importance.

Mon monde s'effondrait avec le regard assassin de Jéricho. Je n'avais pas voulu penser que derrière notre amitié fraternelle, longue et éprouvée, un mépris qui était le masque de la haine pût être le véritable visage de notre relation. Car c'était de la haine concentrée, ce qui luisait au fond de la gueule d'un Jéricho animalisé par la défaite, par le mépris érotique d'Asunta, par le leurre probable de Monroy, par le triomphe politique du président Carrera, par l'humiliation de savoir que, sans l'apparition d'Asunta à l'appartement de la rue de Prague, lui, Jéricho, serait mort, sommairement exécuté sous le prétexte qu'il « s'enfuyait », ou sous les verrous à San Juan de Aragón avec ses pauvres conspirateurs. Exposé à la vengeance implacable de Miguel Aparecido.

J'avais peur pour lui.

J'aurais dû avoir peur pour moi.

Alors comme ça tu vas écrire ta thèse sur moi, Josué ? Tu penses dire quoi ? Tu vas répéter les mêmes lieux communs ? Nicolas Machiavel, ce manipulateur calculateur, hypocrite, glacial, d'un pouvoir qu'il n'a jamais exercé, juste nourri de ses conseils ? Tu vas parler de mes piliers, la nécessité, la vertu et la fortune ? Tu vas écrire que la nécessité est le stimulant de l'action politique, même si on trahit et on ambitionne aussi en son nom ? Tu vas répéter que la vertu est la manifestation du libre arbitre, même si elle peut être aussi le masque de l'hypocrite ? Et, enfin, est-ce que tu vas dire que je compare la fortune à l'inconsistance féminine, capricieuse, inconstante, en tirant la conclusion que moins on dépend d'elle plus on dure longtemps ?

Un misogyne, Machiavel ! N'ai-je pas épousé Marietta Corsini pour obtenir en un seul hymen la virginité et la fortune ? Ah, Josué, ne répète pas les propos rabâchés qui me poursuivent de siècle en siècle. Sois plus téméraire. Aie l'audace, mon jeune ami, de pénétrer ma véritable biographie, pas celle des historiens « sérieux », non, mais celle de mon existence réelle, vulgaire, facétieuse, polissonne : Nicolas Machiavel le dit à voix haute pour que tout le monde le comprenne : « Je ne connais rien qui donne plus de bonheur en le faisant, en y pensant, que forniquer. Un homme peut philosopher tant qu'il voudra, mais la voilà, la vérité. » C'est ce que j'ai écrit et je te le répète ici. Tout le monde le comprend, peu de gens le disent. Tu peux me citer. Je m'en balance qu'on ignore mon goût pour les femmes et le sexe. Qu'ils l'ignorent ! Qu'est-ce que ça peut faire ! Mais si tu veux écrire sur moi avec authenticité, tu répéteras avec moi que, doux, léger, pesant, le sexe crée un réseau de sentiments sans lesquels, je crois, je ne pourrais pas être heureux.

Regarde-les : l'une se nomme Gianna, l'autre Lucrecia, une autre encore la Tafani. Je vais te dire une chose, outre ces noms : le désir ne répond qu'à la nature, pas à la morale. La Riccia était une prostituée connue dans tout Florence ? Cela ne diminuait pas le moins du monde le plaisir qu'elle me donnait. Elle a été ma maîtresse pendant dix ans. Elle s'en fichait que ma fortune change. Elle, elle ne changeait pas. Les amis ont changé. Elle, non. Et la Tafani ? Drôle, raffinée, noble, jamais je ne pourrai faire son éloge comme elle le mérite. L'amour m'a pris dans ses rets. C'était des filets tissés par Vénus, mon jeune ami, des filets doux et sensibles... Jusqu'au jour où ils durcissent et t'emprisonnent, tu ne peux pas défaire les nœuds et tu te fiches de la sanction. N'oublie pas, Josué, que tout amour est pardonné et pardonnable si à toi il te donne du plaisir. J'ai eu des relations avec des femmes et aussi avec des hommes. C'était une autre époque. L'homosexualisme était commun à Florence.

Toutes mes amours ont eu en commun d'être douces, parce que la chair que j'aimais m'a donné de grandes joies et parce qu'en aimant j'ai oublié tous mes chagrins, au point que je préférais la prison de l'amour plutôt que la liberté, si la liberté, hélas !, m'avait été concédée.

Je me souviens et je savoure tout ceci parce que *Le Prince*, l'œuvre que tu étudies à l'instigation de ton professeur, Sanginés, fut reçu en 1513 comme une œuvre du Diable (Nicolas Machiavel, Old Nick, le Démon, le sosie de Belzébuth, Bélial, Azazel, Méphisto, Asmodée, Satan, Lucifer, le Cacodémon, le Malin, le Tentateur, et plus familièrement, le Vieux Nick mais aussi Vieux Harry, Vieux Ned, le Dickens, le Griffu, le Prince des Ténèbres), tout ça parce que j'ai mis en lumière l'activité politique, je n'ai trompé personne, je leur ai dit voilà comment sont les choses, que cela vous plaise ou non, ce n'est pas un jugement moral de ma part, ce sont les réalités politiques qui sont les nôtres, lisez-moi sérieusement, je ne suis pas inspiré par les ténèbres mais par la lumière, apprenez qu'un bon gouvernement ne s'accorde qu'avec les qualités de son temps et qu'un mauvais gouvernement s'oppose à l'esprit de son temps, apprenez que les gouvernements anciens sont sûrs et manipulables et que les nouveaux gouvernements sont dangereux parce qu'ils remplacent les autorités des gouvernements précédents et laissent insatisfaits leurs partisans qui avaient cru qu'avec le pouvoir ils obtiendraient tout ce qu'on ne peut donner qu'au compte-gouttes, dans une tension entre la légitimité des origines et celle de l'exercice qui n'est, en rien, assurée...

Pourquoi je continue ? La politique n'est que la relation publique entre des êtres humains. La liberté est la régularisation du pouvoir. Les hommes sont fous et voudraient voir l'origine du pouvoir dans la révélation sacrée, dans la nature, dans la race, dans un contrat social, dans la révolution et dans la loi. Moi je leur dis que non. Le pouvoir n'est que l'exercice de la nécessité, le masque de la vertu et le hasard de la fortune. Insupportable. Tu sais ? Pour reprendre courage, parfois quand je rentre de la campagne je me change. Je revêts toges et médaillons, sandales d'or et couronnes de laurier et alors, seul, je bavarde avec les Anciens, avec les Grecs et les Romains, mes pairs...

C'est un grand mensonge : une fiction. En vérité j'ai besoin de la ville. J'aime la ville, ses chantiers, ses places, ses pierres, ses marchés, ses corps. La douceur d'un visage me permet d'oublier mes chagrins. La chaleur d'un sexe m'invite à abandonner ma famille, à lui faire croire que je suis mort. Une folie !

Et pourtant, me revoici de nouveau dans les bureaux, à servir le Prince, me souvenant sans doute que l'amour est fripon et s'échappe du foie, des yeux, du cœur. Seule l'administration de la ville — la politique, la *polis* — me sauve, Josué, de la fièvre suicidaire du sexe et de l'imagination douloureuse d'un passé historique, dans l'attente de mon voyage en enfer, un endroit beaucoup plus rigolo que le ciel.

Alors comprends mon sourire. Comprends le portrait qu'a peint de moi Santi di Tito et qui se trouve au Palazzo Vecchio. Tu vois maintenant pourquoi je souris ? Tu te rends compte qu'il n'y a que deux sourires comparables, celui de la Joconde et le mien ? Elle était la Mona Lisa. Serai-je, moi, Machiavel, le *Mono Liso*, le Singe poli, sans jeu de mots. Mais si tu veux, appelle-moi comme le ferait un Mexicain : Machiavel, le Ouistiti enjôleur.

« L'erreur de Jéricho, m'assura Sanginés au cours de ce nouveau déjeuner, au Danubio de la rue de l'Uruguay, cette fois, a été de croire qu'une masse insatisfaite allait suivre une avant-garde révolutionnaire. Il n'a pas vu deux choses essentielles : d'abord, que la masse révolutionnaire est une invention de cette avant-garde révolutionnaire. Ensuite, que cette masse ne commence à bouger que lorsque sa patience est à bout. Ceci n'arrive pas — ou n'est encore jamais arrivé — ici. La plupart des gens pensent qu'ils peuvent améliorer leur sort. Les gens se font des promesses à eux-mêmes. Ou ils se leurrent eux-mêmes, si tu préfères. Partir ? OK. Le travailleur part immigrer en Californie, en Oregon, en Caroline. OK. Mais les gens voient les pubs et ce qu'ils veulent c'est être comme ça, comme dans la pub. Avoir une voiture, une maison à eux, partir en vacances, que sais-je, lever la "superblonde de l'affiche". Tu as vu la tête des gens, Josué, quand ils sortent du cinéma et qu'ils imitent, involontairement, bien sûr, la star qu'ils viennent de voir ?

— Nicole Kidman, intervins-je pour dire quelque chose, quand j'aurais dû m'occuper du plateau de fruits de mer que le Danubio avait posé devant moi. Errol Flynn », ajoutai-je inopinément en mémoire de notre ami le Tondu, mais aussi avec une certaine ironie, comme si Sanginés était là à m'apprendre quelque chose que je savais déjà et que moi, par respect, je faisais mine de continuer à recevoir son enseignement, comme lorsque j'étais son élève à la fac de droit.

« Nous avons créé une société, poursuivit Sanginés tout en faisant, comme à son habitude, des petites boulettes avec la mie de son pain, qui dans sa majorité souhaite progresser socialement, avoir différentes choses, des voitures, des femmes, des vêtements, du soleil, et même, si on va par là, une éducation pour ses enfants, une assurance-vie, une sécurité sociale, un hôpital et une télévision.

— Le pain ne leur suffit pas, tentai-je d'intervenir, tel un monarque français. Ils veulent de la brioche. »

Sanginés caressa la nappe comme pour la débarrasser de plis ou de miettes, et pour éviter de me prêter attention.

« Il y a aussi des issues désespérées, argumenta-t-il pour ne pas lâcher prise. Partir aux États-Unis comme travailleur émigré, braver les balles des gardes, les murs et les fils de fer barbelés, le camion des passeurs qui peuvent t'abandonner ou te laisser crever étouffé... »

La nappe du restaurant, blanche et nue, avait-elle des apparences de désert frontalier ? La salière et la poivrière étaient-elles les phares qui guideraient la position de nos plats, déjà commandés, déjà en chemin, soupe de fèves, *ceviche*, bifteck aux oignons et purée de pommes de terre ?...

Sanginés me regarda, l'air sombre. Il garda un silence qui prolongea l'attente de façon insupportable et accrut sans rédemption immédiate ma faim. Je l'avais rarement vu aussi pessimiste. Il ne voulait pas me regarder. Il osa le faire.

« La frontière va être fermée. Le mur du Nord sera pire que le mur de Berlin. Lui, c'est l'idéologie communiste et la paranoïa soviétique qui l'avaient érigé. Le mur qui va courir du Pacifique au Golfe, de San Diego-Tijuana à Brownsville-Matamoros, c'est le racisme irrationnel qui l'instaure. On a besoin des travailleurs qui font défaut au marché nord-américain... Mais il faut les empêcher d'entrer parce qu'ils sont basanés, qu'ils sont pauvres, qu'ils travaillent bien, qu'ils résolvent des problèmes et mettent en évidence une discrimination qui est à couteaux tirés avec la nécessité... »

J'avais envie de saucer mon assiette avec une tortilla : les paroles de Sanginés, qui auraient dû me couper l'appétit, me donnaient faim.

« Les chefs d'entreprise gringos paient des salaires de misère aux émigrés et refusent de donner des salaires décents aux travailleurs locaux, il faut aussi tenir compte de ça », argumentai-je parce que cela faisait plaisir à Sanginés.

On lui servit sa soupe de fèves. Moi, j'avais commandé un *ceviche* à l'acapulquègne. Il plongea sa cuillère à soupe. Je pris la petite fourchette. Nous mangeâmes.

« Ce n'est pas le problème. Les États-Unis sont en train de se laisser distancer. Ils ont une force ouvrière qui date de la révolution industrielle. Les villes aux cheminées fumantes se meurent. Detroit, Pittsburgh se meurent. Carnegie et Rockefeller sont morts. Gates et Blackberry sont nés. Mais les Nord-Américains ne renoncent pas au grand rêve industriel sur lequel s'est fondée leur puissance. Les Chinois et les Indiens obtiennent leurs diplômes dans les universités nord-américaines. Les chicanos aussi en obtiennent.

— Sauf que les Chinois retournent en Chine et la font croître, tandis que les Mexicains reviennent au Mexique et tout le monde s'en contrefiche, maître... »

Sans le vouloir, je renversai la salière. Sanginés, cordial, la remit à sa place. Moi, sans réfléchir à deux fois, je recueillis le sel renversé dans le creux de ma main et l'y conservai. Je ne savais pas où le mettre.

« Ça, Max Monroy le comprend, dis-je sans y penser. Valentín Pedro Carrera ne le comprend pas. Max cherche des solutions à long terme. Carrera sent que son sexennat se termine et essaie de repousser cette échéance en roulant les gens dans la farine. Avec ses festivités, toutes ses fiestas... »

Sanginés avait-il eu une moue de contrariété ? Ou ses fèves étaient-elles plus amères que prévu ? Je vidai bêtement le sel sur mon *ceviche*. Je mangeai sans y prêter plus d'attention. Si on commence à trier le poisson, on finit par se retrouver sans rien d'autre que les olives.

Je lui rappelai que lui, Antonio Sanginés, était l'avocat des deux, de Carrera et de Monroy. Je lui demandai de m'analyser l'un et l'autre, le président et le magnat, les deux pôles du pouvoir au Mexique (et en Amérique ibérique) en fin de compte. Il me répondit par un regard qui déjà m'annonçait : « Je ne veux pas prononcer les mots du malheur. Je ne serai pas celui qui... »

Bien, lui dis-je en l'interrompant, pour ma part j'étais toujours en pleine préparation de la thèse professionnelle que lui-même m'avait suggérée, *Machiavel et l'État moderne*, et donc nos discussions faisaient, en quelque sorte, partie du cours, pas vrai ?

Je recherchai un sourire complice, approbateur, sans le trouver.

« Nous pouvons tous ressentir de la jalousie, de la haine ou de la méfiance. L'homme de pouvoir doit éliminer la jalousie, qui le porte à vouloir être quelqu'un d'autre pour finir par être moins que lui-même. Il doit éviter la haine, qui trouble le jugement et entraîne des actions trop rapides, irréparables », proclama Sanginés.

Une fève se coinça entre ses dents, dont j'eus le soupçon, à ce moment seulement, qu'elles étaient fausses. Il l'extirpa et la posa avec soin sur l'assiette du pain.

« Mais il doit cultiver la méfiance. Est-ce un défaut ? Non, car sans méfiance on ne gagne de pouvoir ni politique ni économique. Le candide ne dure longtemps ni dans la ville de Périclès ni dans la ville de Mercure.

— Combien de temps dure celui qui ne fait que se méfier ?

— Il voudrait être éternel, dit en souriant Sanginés.

— Même s'il sait qu'il ne l'est pas ? » Je répondis, avec une moue ironique, à son sourire.

« La faculté de se duper soi-même est, chez l'homme politique, in-fi-nie. L'homme politique se croit indispensable et permanent. Arrive un moment où le pouvoir est comme une voiture sans freins sur une route sans fin. Tu ne te soucies plus de mettre le frein. Tu n'as même plus à t'occuper de conduire. Le véhicule a atteint sa vitesse propre, sa vitesse de croisière, et le puissant croit que plus rien ni personne ne va l'arrêter.

— Sauf la loi, maître. Le principe de la non-réélection.

— Le cauchemar de ceux qui auraient voulu être réélus et n'ont pas pu l'être.

— Ils n'ont pas pu ? Ou n'ont pas voulu ?

— On ne les a pas laissés.

— Álvaro Obregón a été assassiné parce qu'il s'était fait réélire.

— D'autres, c'est l'insurrection de leur cabinet qui les en a empêchés. Ou une fausse croyance qui voudrait que, quand ils choisissent leur successeur, ce dernier serait un docile pantin entre les mains de son prédécesseur. C'est tout le contraire qui est arrivé. Le coopté en place aujourd'hui a détruit le monarque d'hier parce que le nouveau roi devait démontrer son indépendance par rapport à celui qui l'avait désigné comme successeur.

— Les aventures de la monarchie sexennale mexicaine », commentai-je en voyant que nos assiettes vides étaient retirées, tels des ex-présidents.

Sanginés dit qu'il lui semblait étonnant que la leçon ne fût pas retenue.

« Dès le premier jour, j'ai conseillé à Carrera : imaginez le dernier jour. Souvenez-vous que nous sommes assujettis aux lois de la contraction. Le président veut ignorer la synérèse politique. Le mot "maintenant", nous le disons tous *a-ho-ra*, lui le prononce *ora*, comme une prière, comme s'il demandait à Dieu : Mon petit Jésus adoré, accorde-moi six années de plus...

— *Now*, dis-je en souriant, dans une intention paléologique, *now now now*.

— C'est la terreur de savoir qu'il y a un après. » Sanginés reçut son bifteck, énorme et succulent, avec une salivation involontaire de la bouche et une gratitude liquide dans le regard, comme si c'était là son dernier repas. Ou le premier ? Car en tout cas nous ne nous étions jamais réunis lui et moi pour discuter d'une façon aussi concluante, comme si un chapitre de notre relation se fermait ici et qu'un autre, peut-être, s'ouvrait. Je n'étais plus le jeune étudiant en droit imberbe. Il n'était plus le *magister* placé au-dessus de la mêlée, mais un gladiateur jaloux, intrigant, influent, un *manager* de boxe avec un champion à chaque coin du ring et, cela m'apparut clairement, un pari imperdable : quel que soit celui qui perd, Sanginés gagne...

« Il ne faut pas le sous-estimer, dit-il, très sérieux, mais avec une pointe d'arrogance. Je l'ai vu agir de près. Il possède un terrible instinct de survie. Et il en a bien besoin, sachant comme il le sait (ou devrait le savoir) qu'un dirigeant arrive avec l'histoire puis s'en va quand l'histoire l'a déjà abandonné ou continue sans lui. Il ne veut pas savoir, pourtant, que les erreurs se paient à la fin. Ou peut-être le sait-il et c'est pourquoi il ne veut pas penser à sa sortie. »

Il me regarda avec une intense mélancolie.

« Ne le juge pas trop sévèrement. Ce n'est pas un homme superficiel. Il a juste une idée différente du destin politique. Il veut appliquer une politique joyeuse, Josué. C'est son honneur. C'est sa perte. Il a dans ses gènes l'omnipotence du monarque mexicain, aztèque, colonial et républicain. Tout ce qui s'est passé avant, si c'est positif, il doit le justifier. Rien de ce qui arrive ensuite, si c'est négatif, ne le concerne. Et si on ne reconnaît pas le bien qu'il a fait, c'est par pure ingratitude. Il préfère évoquer que nommer. Il éternue avec le sourire et il sourit en éternuant, pour tromper les autres... Ce sont ses masques : rire, éternuer.

— Se trompe-t-il lui-même, maître ? » Je ramassai le mélange de jus de viande et de purée de pommes de terre avec un petit morceau de pain.

J'ignore si Sanginés soupira ou s'il ne le fit que dans mon imagination. Il dit que Valentín Pedro Carrera devenait songeur parfois, joignant ses mains noueuses sur son front comme si sa tête lui faisait mal. Il avait l'air vieux dans ces moments-là.

Sanginés me regarda fixement.

« Je crois qu'il dit quelque chose comme "c'est trop tard, trop tard..." mais il réagit en sortant son portable, en pianotant sur les touches et en le consultant, ou en faisant semblant...

— Et Max Monroy ? » Je l'interrompis pour empêcher que Sanginés ne tombât dans une mélancolie totale.

« Max Monroy... » Je ne sais si Sanginés se permit un soupir.

« Voyons, voyons... Ils sont différents. Ils se ressemblent. Je veux dire... »

Il chercha inutilement un plat qui n'arrivait pas parce qu'il ne l'avait pas commandé. Prit un verre vide. Évita mon regard. Il se regardait lui-même. Il poursuivit :

« Le pouvoir fatigue les hommes, mais de façon différente. Carrera s'énerve parfois, ce qui est pour moi le signe de sa fatigue. Il a parfois des réflexions inadmissibles. Il dit des choses d'une violence qui n'a pas lieu d'être. Par exemple, quand il passe devant les murs peints par Diego Rivera au Palais national : "Une fresque, ça se peint pas avec de l'eau tiède, Sanginés", ou, alors que je m'assois pour travailler : "Ouvrons une colonne de crédit pour Jésus-Christ Notre-Seigneur, parce que celle du débit je vais la remplir là tout de suite." Il cherche à éviter la violence mais il peut être méprisant et même grossier quand il parle de la "vérole de la rue". Il préfère que le gouvernement fonctionne en paix. Mais il a du mal à accepter le changement. Il préfère faire ce qu'il a fait : imaginer des festivités populaires pour occuper et distraire les gens. Une fois, il a transformé le Zócalo en piste de patinage. Une autre, il a ouvert des piscines pour enfants dans des coins dépourvus d'eau. Les blessés sur les pistes ? Les noyés dans les piscines ? Aucune importance : du cirque sans pain.

— Amusez-vous bien, les enfants », ajoutai-je, sans que cela rime à grand-chose, me doutant que Sanginés, en parlant du président, évitait de parler de Max Monroy.

Sanginés acquiesça. « Quand je lui dis que tout cela ne résout pas les problèmes, Carrera me répond : "Ce pays est d'une grande complexité. N'essaie pas de comprendre." Face à ça, Josué, je reste sans voix. Injustice, intolérance, résignation ? C'est dans ces circonstances que notre dirigeant prépare son lit et nuit après nuit se couche avec ces mots paradigmatiques : "Prendre des décisions, c'est rasoir".

— Ça vous console de savoir qu'un jour il se retrouvera nu devant tous ?

— Nu ? Sa peau est son habit de gala.

— Je veux dire sans mémoire. »

Sanginés commanda un expresso et me regarda attentivement.

Son attention avait sûrement été attirée par le fait que je mette en parallèle « nudité » et « mémoire ». C'est, je m'en rends compte, que dans mon imagination la mémoire est comme un sceau dont la cire retient l'image, sans qu'il soit besoin d'en verser. La discussion avec Sanginés me plaçait face au dilemme de la mémoire. Mémoire immédiate : commander un café expresso et ne pas s'en souvenir. Mémoire médiate : finalement, la possédait-il ?

« Un homme sans mémoire n'a pour arme que l'action, dit Sanginés.

— Le président a épuisé sa réserve de patience ? insistai-je.

— C'est ton ami Jéricho qui l'a épuisée. »

Il n'allait pas me laisser parler. Et je n'avais pas envie de le faire.

« Jéricho s'est fichu du président. Celui-ci lui a offert de la loyauté et lui, il lui a donné de la trahison en retour. C'est ce que Carrera ne lui a pas pardonné. Tout le reste, dont je t'ai parlé cette après-midi, est passé, s'est écroulé et le président s'est retrouvé seul, sans rien d'autre que, dans la bouche, le noir arrière-goût de l'ingratitude et celui, plus amer encore, de la solitude. »

Le café était moins amer que son récit. Je sentis que l'interrompre serait pire qu'une sottise : un manque de respect.

« Il est malin. Il s'est rendu compte que pour écraser Jéricho la force publique n'était pas suffisante, même s'il l'a utilisée, comme tu le sais. Jéricho a donné au président l'opportunité de démontrer sa force sociale, sa représentativité nationale. Et pour cela il avait besoin de Max Monroy.

— Monroy n'aime pas Carrera. Je le sais, maître, je l'ai vu de mes propres yeux. Monroy a humilié Carrera.

— Quel est l'homme politique sérieux qui n'a pas eu à avaler de la merde, Josué ? Ça fait partie du métier ! Tu ravales ta fierté sans broncher. Bah ! Carrera a eu besoin de Monroy pour faire preuve d'unité face à une amorce de rébellion. Monroy a eu besoin de Carrera pour donner l'impression que sans lui, Monroy, la République n'aurait pas été sauve.

— Un marché de filous », tentai-je d'ironiser.

Sanginés m'ignora. Il me dit que je devais comprendre Max Monroy. Je lui dis que je ne l'avais jamais sous-estimé (non plus que sa vie sexuelle, dont j'avais eu connaissance et que jamais je ne dévoilerais par respect envers moi-même).

« Il est difficile de ne pas estimer un homme qui ne se laisse jamais flatter. Il sait que dans la flatterie les meilleurs hommes se perdent... »

Il me regarda avec une expression empreinte d'une certaine sincérité : « Au Mexique, il existe un mot sans équivoque, savoureux et incomparable : le *lambiscón*, ou lèche-bottes. Celui qui flagorne pour obtenir des faveurs. À mon époque on parlait du Ful, le Front unique des lèche-bottes. Aujourd'hui on parlerait du Fut, le Front unique des traîtres.

— Et Monroy ? dis-je, pour ne pas laisser voir que je ne savais pas de quoi il parlait. Le Ful ! L'âge de pierre, quoi !

— Monroy.

— Il ne supporte pas les flatteurs. C'est sa grande force dans une ambiance nationale pleine de lèche-bottes au niveau politique, professionnel, de l'entreprise.

— Mais... » Je l'interrompis sans oser continuer. Le nom, la personne de Miguel Aparecido m'étaient restés sur le bout de la langue. À la place, cette question m'échappa : « Et Jéricho ?

— Il est en lieu sûr », me répondit Sanginés sans me

regarder. Il prononça ces mots sur un ton cassant, presque désagréable.

Nous sortîmes dans la rue.

Hors du Danubio, il pleuvait. Les vendeurs de la loterie nous harcelaient. Le chauffeur de Sanginés descendit de la Mercedes et, nous offrant l'abri d'un parapluie, nous ouvrit la portière.

« Je t'emmène où, Josué ? »

Je ne sus que répondre.

Où vivais-je donc ?

Je montai comme un automate dans la Mercedes, étranger à l'intense mouvement de la Ville de Mexico. J'habitais la Zona Rosa, transformée de nouveau en un quartier bohème, oasis échappant à la violence qui environnait la ville et devenait de toute façon plus règle qu'exception d'une menace latente. Je tentai de me réconforter avec cette idée...

Ce dont Sanginés et moi nous entretînmes dans la voiture est trop important, et je le laisse pour une autre fois.

Asunta Jordán me reçut de nouveau dans son bureau sans même lever la tête. Elle parcourait des papiers, signait des lettres, paraphait des documents. Elle m'assura que Jéricho était « en lieu sûr ». Et ça voulait dire quoi, ça ? Qu'il ne gênerait plus personne. Il est mort ? demandai-je, devançant les choses. Il est en lieu sûr. Il ne donnerait plus de fil à retordre, c'était ce qu'elle voulait dire ?

Je tentai de dominer des impulsions conflictuelles. En lieu sûr ? Quel sens cette expression, *a buen recaudo,* avait-elle ? Elle me rappelait mes études de droit, en particulier de droit romain. *Recaudar*, c'est toucher de l'argent ; cela signifie aussi veiller ou garder ; enfin, c'est obtenir ce qu'on désire à force de supplications. Tout cela d'après le grand ponte des dictionnaires espagnols. Être en lieu sûr. Miguel Aparecido l'est, délibérément, dans sa cellule de San Juan de Aragón. Maxi

Batalla et cette crapule de Sara P. le sont, malgré eux, dans la même prison. Mais où est Jéricho ? Une impulsion fraternelle qui refusait de mourir jetait le trouble dans ma poitrine. Mon ami Jéricho. Mon frère Jéricho. Castor et Pollux hier. Abel et Caïn aujourd'hui. Et la femme qui savait tout ne me disait rien. Elle parcourait des papiers, non pour tenter de se donner une contenance ou pour s'extraire de la situation, mais comme une des facettes de sa besogne quotidienne dans un bureau qui devait fonctionner. Les bureaux de l'Utopie sur la place Vasco de Quiroga de l'immense quartier de Santa Fe dans la gigantesque Ville de Mexico.

Asunta Jordán.

« Pourquoi tu as fait croire à Jéricho que nous étions amants, toi et moi ?

— On ne l'est pas ? dit-elle sans lever la tête de ses papiers.

— Une seule fois. » Je tentai de cacher mes *bad feelings*.

« Mais intense, non ? Ne me dis pas que c'était un *quickie*, hein ? »

Ce qu'elle voulait dire c'était : contente-t'en, une fois, une seule, mais qui vaut pour une vie entière. C'était vraiment ce qu'elle voulait dire ? Je n'en sais rien. Elle ne voulait pas dire ce qu'elle pensait. Asunta avait dit à Jéricho qu'elle était ma maîtresse parce que ainsi...

« Je lui ai dit que je n'étais qu'à toi et que je ne pouvais pas être à lui.

— En gros, tu m'as utilisé.

— Si c'est ce que tu penses.

— Tu aimes qui ? » lui demandai-je avec insolence.

Elle me regarda enfin, et dans ses yeux je vis comme une sorte de triomphe dans la défaite, un échec victorieux. Dans les yeux d'Asunta défilèrent son enfance provinciale, son mariage avec l'odieux et méprisable propriétaire de King Kong, sa rencontre fortuite avec Max Monroy et la nudité simple et disponible d'Asunta, l'innocence avec laquelle elle s'était plantée au milieu de la piste de danse et avait attendu l'inévitable, certes, mais l'évitable aussi, ce qui avait été possible et ce qui aurait pu ne pas l'être. Que Max Monroy s'approche d'elle, la prenne par la taille et ne la lâche plus jamais.

Je pense qu'aux plus profonds tréfonds de l'intimité d'Asunta cet instant définissait tout. Max la prenait par la taille et le passé devenait cela, un autrefois pétrifié, quelque chose qui n'était jamais arrivé. Max la prenait par la taille et elle se livrait tout entière, sans réserve, à ce qu'elle désirait le plus à ce moment-là : un homme fort, un protecteur qui la mette à l'abri de la misérable médiocrité de son destin. Mais la femme que je connaissais (une seule fois bibliquement, hélas) devait tout à Max Monroy, ce qui d'une certaine façon l'humiliait, la rendait inférieure à elle-même, la plaçait dans une situation de gratitude obligée envers Max mais d'insatisfaction obligée envers elle-même et sa volonté d'indépendance.

Je compris alors l'intelligence de Monroy. L'homme qui l'avait sauvée n'avait pas exigé d'elle une gratitude banale. C'était lui qui avait fait preuve d'une confiance totale en Asunta. Il n'avait pas eu besoin de souligner sa vieillesse. Il n'avait pas eu besoin de demander à Asunta qu'elle lui donne ce dont il avait besoin venant d'elle. Une rigueur professionnelle constante et une rigueur érotique sporadique. J'avais été témoin des deux. Y avait-il autre chose ? Évidemment. Max donnait à Asunta pouvoir et sexe. Il lui donnait aussi de l'indépendance. Il la laissait aimer qui elle voulait, à deux conditions. Il ne devait rien savoir. Elle pouvait en aimer un autre tout en sachant qu'elle avait l'agrément de Max Monroy.

Jéricho était un parmi tant d'autres. Mais elle savait que Jéricho devait être anéanti. Et que son anéantissement consistait à se refuser sexuellement à lui mais aussi à lui assurer que son sexe m'appartenait à moi, à son frère Josué. Ainsi, son obligation envers Max et sa liberté personnelle étaient satisfaites, compris-je, mais au prix d'une inimitié mortelle de Jéricho envers moi. Castor devenait Caïn.

Elle savait qu'il me haïrait. Jéricho l'avait dit là-bas, à poil et à quatre pattes, comme un animal, sur le lit, il m'avait toujours tout donné, il me précédait en tout, depuis notre rencontre, c'était d'abord lui, puis moi. Avec Asunta il était le second, et non le premier. Comment son infinie vanité pouvait-elle tolérer cela? Une vanité, je le savais, identique à l'aveuglement... L'aveuglement moral, politique, humain de Jéricho... Je ne le voyais que maintenant. Je jure que je ne l'avais jamais soupçonné auparavant. Combien de choses l'amitié la plus intime garde-t-elle pour elle?

« Mais ce n'est pas vrai, lui dis-je brutalement. Tu es à Max Monroy. »

Elle ne leva pas les yeux. « Je suis à moi-même. Je n'appartiens qu'à Asunta Jordán. Point barre. »

J'étais exaspéré, déconcerté, furieux qu'elle puisse dire tout ceci sans me regarder, tout en signant encore des papiers, en consultant des mémos, en notant des dates dans son agenda...

« Et Monroy? » demandai-je, aveuglé par la vision de cet amour grossier et bestial, compatissant et sénile, artificiel et pieux, entre Asunta et Max, enfoui au fond de mon silence obligé, sous mon ridicule sens de la discrétion...

Là, par contre, elle fut forcée de lever à nouveau les yeux sur moi un instant, avant de retourner à ses papiers. Son regard me signifia :

« Je suis à Monroy. Je lui dois tout. Plus encore : je suis comme lui. Moi aussi je suis Max Monroy parce que Max Monroy m'a faite ce que je suis. Je suis Asunta Jordán parce qu'ainsi en a décidé et l'a voulu Max Monroy. Max Monroy m'a tirée de ma province et m'a élevée jusque là où j'en suis actuellement. Tu peux penser qu'un poste administratif, aussi privilégié soit-il, dans la grande organisation de Max, est bien peu de chose dans le schéma général des choses, mais apprendre à parler, à m'habiller, à me conduire avec intelligence, froideur, avec le mépris nécessaire... ça, c'est impossible à rembourser. »

Dans ces propos, elle faisait montre de sincérité mais aussi d'une arrogance mal dissimulée. Elle baissa les yeux. Pour elle, en être où elle en était c'était cela l'Utopie, oui, le lieu du bonheur imaginaire, une satisfaction née en fin de compte de la comparaison avec une situation antérieure, qu'on a laissée derrière soi et dans laquelle on ne veut pas retomber. En la regardant assise là, plongée dans son travail, faisant presque comme si je n'étais pas là debout devant elle, j'eus du mal à séparer la personne d'Asunta de la fonction d'Asunta et, entre les deux, avec un rasoir au fil acéré, j'introduisis l'idée du bonheur. Parce que, au bout du compte, pourquoi cette femme travaillait-elle, pourquoi s'habillait-elle, se coiffait-elle, agissait-elle et mentait-elle, sinon pour garder une position, oui, une position qui lui assurait ce bonheur minimal auquel elle avait droit, surtout par comparaison ? Je me rappelai son histoire. L'épouse soumise au machisme vulgaire et intempestif, héréditaire, décousu, d'un pauvre diable inconscient et borné, son mari. Son destin au sein de la classe moyenne des arides terres désertiques du Nord. Le Mexique frontalier, si content d'être ce qu'il y a de plus prospère dans le pays, le Nord industriel sans Indiens, sans la misère extrême du Chiapas ou d'Oaxaca, le Mexique de la classe moyenne, content de lui face à la main tendue du Sud indigent. Le Mexique vaillant et fier de l'être face à la grande ville et capitale dévorante, énorme, exsangue et peinturlurée, le District fédéral, gorille urbain écrabouillant sous ses fesses pelées le reste de la nation...

Mais ce même Nord d'où provenait Asunta était le sud de la frontière délimitant la prospérité yankee, c'était *south of the border, down Mexico way,* la richesse du Nord mexicain était la pauvreté de la frontière nord-américaine. Lieu de passage des travailleurs clandestins vers l'Arizona et le Texas. Les barbelés. Le camion du passeur. Les balles de la police frontalière. Les *maquiladoras* de Ciudad Juárez. Le narcotrafic de Tijuana à Laredo. La gangrène. Le pus. Ce que rappelait toujours Sanginés lorsque nous nous retrouvions.

Et de tout cela cette femme tirait un semblant de bonheur. Mais qu'était-ce que le bonheur, me demandai-je ce matin-là, debout devant le bureau d'Asunta, sa propre frontière face à l'employé subalterne ou à l'amant occasionnel ? Le bonheur était-il une affaire interne, une satisfaction, ou bien une affaire externe, une possession ? Asunta ne me semblait pas le portrait de la béatitude, si par béatitude on entend le bonheur. Le bonheur était-il synonyme de fortune ? Peut-être. Jusqu'à un certain point. Sauf que je voyais en Asunta une fortune trop dépendante de paramètres qui n'étaient pas de son fait. Par exemple la volonté de Max, origine du « bonheur » d'Asunta dans le sens de pouvoir, de bien-être. Et son héritage ? Que pouvait bien stipuler le testament de Max quant au destin d'Asunta ? Et puisqu'on y était, Max s'y souvenait-il de son fils Miguel Aparecido, le prisonnier volontaire de San Juan de Aragón ? S'en souvenait-il ?

Elle m'avait dit une fois : « Tu sais quoi ? Moi, mes nuits sont vigilantes et mes jours oniriques. Dieu m'est témoin. Tu me suis ?...

— Quoi d'autre ? avais-je insisté pour ne pas lui laisser le dernier mot en le lui laissant.

— Avant que je ne rompe mes chaînes moi-même, Max m'en libère. Mais il m'en donne les clés pour que je me fasse des illusions. »

Je regardais Asunta. Cette femme était-elle parvenue à bannir le désir et la peur ? Était-ce là le véritable bonheur, ne rien désirer, ne rien redouter ? Était-ce là la sérénité ? Ou était-ce simplement le masque d'une passivité qui tient pour bonheur l'absence de peur et l'absence de volonté ? Si l'ataraxie signifiait sérénité, sans doute le prix en était-il la passivité. Le calme d'Asunta, je le savais, je le sus, était le résultat d'une volonté obligatoire et obligée. C'était une satisfaction qui la récompensait d'avoir surmonté la médiocrité de son passé conjugal. C'était aussi une insatisfaction qui, au nom de sa gratitude envers Max, l'éloignait d'une libre jouissance de l'amour choisi par elle.

M'avait-elle aimé, moi ?

Elle lut dans mes pensées. « J'espère que tu ne t'étais pas fait des illusions, mon pauvre Josué. »

En mentant, je répondis que non.

« Si j'ai couché avec toi... » Elle ne leva pas les yeux. « ... c'est parce que Max me l'a permis. Max me permet d'avoir du plaisir sexuel avec des hommes jeunes. Il sait les limitations du, disons, troisième âge qui est le sien. Il me laisse jouir. Le pacte que j'ai avec lui est permanent. Avec les autres, il est passager. »

Il me vint à l'esprit qu'elle avait une certitude en tête : Max était au courant de ses amours, il les lui autorisait, il les respectait. Peut-être même en jouissait-il, du moment qu'elles n'interféraient pas dans la vie professionnelle de la femme. La preuve de son amour envers Max consistait sans doute à lui être infidèle avec l'assurance que, pour lui, cela faisait partie de l'amour. Je crois que je compris, en pensant à Max et Asunta, que s'aimer véritablement et bien s'entendre peut conduire à l'indifférence et à la haine. Max Monroy devait tolérer les « trahisons » d'Asunta parce qu'il les souhaitait et en avait besoin.

« *Une fois, rien qu'une*, parvins-je à entonner, comme si les paroles d'un boléro pouvaient sublimer toutes nos émotions.

— Exactement. Comme dans les chansons.

— Et Jéricho ?

— Quoi, Jéricho ? »

Pourquoi Asunta s'était-elle présentée à lui comme ma maîtresse, déclenchant une haine mortelle qui en fin de compte avait été, plus que mon manque de solidarité avec son projet politique, ce qui avait mis fin à notre vieille amitié ?

« Pourquoi ? »

Elle se refusait à me regarder. Cette fois, j'en compris la raison. Auparavant elle ne me regardait pas parce qu'elle était arrogante et puissante. À présent son regard absent était plein d'une gêne embarrassée. Elle eut le courage de relever la tête et de me regarder en face.

« Je suis à Max Monroy. Je lui dois tout. C'est vraiment la merde de tout devoir à une seule personne. Vraiment la merde. »

En l'entendant dire cela, je sus qu'Asunta était à la fois heureuse et malheureuse. Sa passion m'inquiétait plus que son indifférence. Avec moi, elle avait fait l'amour les yeux ouverts.

C'est pourquoi elle n'eut pas besoin de m'en dire plus. Je compris qu'Asunta avait menti à Jéricho en lui disant que j'étais son amant et à moi en me disant qu'elle ne l'avait été qu'une nuit pour gagner, Grand Dieu !, je le compris, et ce fut une souffrance qui me retourna l'âme de le comprendre, pour gagner une seule position de liberté face à Max, sans lui faire de mal à lui mais en mettant à mal, sans réparation possible, la vieille fraternité de Josué et Jéricho, de Castor et Pollux.

Abel et Caïn.

Asunta se rendait-elle compte de ce qu'elle avait déclenché ? Peut-être son égoïsme se confondait-il avec sa véritable satisfaction, cette mince frange de bonheur à laquelle elle pensait avoir droit, même au prix d'une guerre fratricide qui à ses yeux n'était sans doute à peine qu'une guerre en dentelle, de celles qui se font comme pour jouer, sans véritable risque...

Et l'abîme ?

Elle ne se rendait pas compte. Je ressentis une sorte de compassion envers Asunta Jordán et un destin qu'elle n'appréciait sûrement que par comparaison. C'était en fait, me sembla-t-il alors, un destin méprisable, illusoirement libéré, en vérité aliéné.

« Avec qui ton ami Jéricho était-il allé avant tout cela ?
— Avec qui ?
— Comme femmes.
— Des putains. Juste des putains.
— Ce gros bêta est tombé amoureux de moi. »

Je n'en croyais pas mes oreilles et ne l'interrompis pas.

« Il m'a dit que c'était la première fois qu'il était amoureux d'une femme.
— Qu'est-ce que tu as répondu ?
— Ce que tu sais. Que j'étais à toi, Josué. »

Et elle ajouta, plongée de nouveau dans ses papiers.

« Pas la peine de t'inquiéter. Nous l'avons mis en lieu sûr. »

J'ignore si la mémoire est une forme d'incarnation. En tout cas, elle doit être un stimulant pour l'esprit qui parvient à revivre à travers le souvenir. Même si peut-être la mémoire ne consiste qu'à retenir un moment et à lui rendre, sur l'instant, son mouvement. La mémoire est-elle à peine une cicatrice ? Est-ce le passé que je ne reconnais pas moi-même ? Mais, si je ne le connais pas, comment puis-je m'en souvenir ? La mémoire ne fait-elle que simuler que nous nous rappelons ce que nous avons oublié ou, pire, ce que nous n'avons jamais vécu ?

J'aurais voulu donner à la mémoire le surnom d'imagination. Sanginés ne me le permit pas. Durant ce long voyage du Danubio, rue de l'Uruguay, à mon perchoir reclus de la rue de Prague, l'avocat dit ce qu'il dit parce qu'était arrivé ce qui était arrivé. La fraternité de Castor et Pollux s'était transformée en rivalité, en haine d'Abel et Caïn. Les mémoires passagères, un scénario différent, quelle était la différence, la différence profonde, et non celle qui était évidente et racontable ?

Je cherche à reproduire, avec mes propres mots, à partir de cette cicatrice de la mémoire, ce que Sanginés me raconta lors de cette après-midi de pluie qui dissipait tout comme un jet d'eau sur un miroir mobile.

Je connaissais l'histoire de Miguel Aparecido, contée par lui-même derrière les grilles de la prison de San Juan de Aragón, et qui complétait les terribles évocations de sa grand-mère, l'Ancienne Conception, surgies telles des secousses telluriques de la tombe secrète où gisait cette pas si vénérable dame, auteur de la fortune des Monroy malgré la violente frivolité de son mari le général et au profit de son fils chéri Max Monroy que la défunte vieille dame avait manipulé à sa guise jusqu'à le marier à quarante ans avec une fillette à peine adolescente afin de s'approprier les terres de celle-ci, sans considération aucune pour les sentiments et volontés de l'innocente Sibila Sarmiento ou de Max lui-même, encore célibataire par l'opération de la sainte volonté, implacable, de sa mère : la volonté et la fortune associées en une seule figure au-dessus de la tête de l'Ancienne Conception. Elle maniait les deux lorsqu'elle bâtissait la fortune des Monroy pour la léguer à son fils. La condition était que ce dernier, Max, se soumette à la volonté de sa mère pour hériter. Et si entre l'une et l'autre se glissait, intruse, désagréable, punissable, irritante, la nécessité, la vieille matriarche en robe de carmélite s'inclinerait devant elle avec un geste de répugnance, en se bouchant le nez, sûre qu'un jour son fils lui saurait gré de cette nécessité au nom de la fortune.

Sibila Sarmiento délaissée et enfermée à l'asile, le fils de Max et de la folle abandonné et condamné à se battre pour grandir dans les limites confinées des rues homicides de la capitale, je voyage avec Sanginés dans cette ville de la lune, si la lune avait une ville. Ou plus encore, si la lune était une ville, elle ne serait pas seulement comme celle-ci, elle serait celle-ci. La ville des douleurs (la ville des odeurs?) où me promène en Mercedes Antonio Sanginés : le voyage du souvenir laissé de côté, l'expédition de la mémoire en tant que passé non révocable.

C'est un chauffeur qui conduit la Mercedes. Sanginés remonte la vitre qui nous sépare du conducteur et poursuit : « Le moment est venu où la puissante matriarche a décidé que son fils Max pouvait avancer seul, sans que sa mère lui tienne la main, avec un destin propre, libéré de la nécessité qu'elle avait assumée sans y réfléchir à deux fois, même si à la troisième occasion elle s'était dit : "Je laisse à Max, en échange de la nécessité, la volonté et la fortune." »

La volonté et la fortune, marmonna Antonio Sanginés.
Max Monroy.

« Il possède » (Sanginés entama son récit pendant le lent trajet entre le centre historique et la Zona Rosa) « une assurance qui n'a rien d'ostentatoire. Invisible. Tu l'as bien vu quand il a retrouvé le président Carrera au château de Chapultepec. D'où lui vient-elle ? Il ne l'a pas héritée de sa mère, qui était un peu un mélange de Coatlicué la dévoreuse aztèque et de Guadalupe la Vierge nationale. Il a pourtant dû passer par une étape de démarcation. Hériter de la mère mais s'éloigner d'elle. Seule la mort de doña Conchita sa mère le lui a finalement permis. Auparavant, comme elle, pour faire ses preuves devant elle, tu dois le savoir, il a toléré la corruption. Il a dû soumettre les caciques et les chefs politiques, de même que sa mère. Il ne les a pas fait tuer. Il les a achetés. Énergiquement. Astucieusement. Il savait qu'ils étaient achetables. Il les a laissés voler mais au prétexte qu'en le faisant, écoute bien le paradoxe national, ils construisaient, ils créaient. Il avait compris la leçon de sa mère : il fallait devenir des révolutionnaires sans révolution. De quoi devrait-on s'étonner ? La classe moyenne a gagné la révolution comme en France, comme aux États-Unis. Il n'y a pas de révolution sans classe moyenne et le Mexique n'a pas fait exception. La révolution qui exclut la classe moyenne n'est pas une révolution prolétaire. C'est une dictature "du prolétariat". Au Mexique les héros sont morts jeunes. Les survivants sont devenus vieux, et sont devenus riches. Max Monroy a acheté, suggéré, insinué, menacé, il a aussi construit et su quel chemin prendre. Il a deviné l'avenir plus tôt que les autres et les a bernés en leur faisant croire que le présent était l'avenir. »

Comment savoir si Sanginés soupirait alors que la pluie était devenue grêle, martelant le toit et les vitres de l'automobile, tel un tambour de Dieu ?

Caciques. Gouverneurs. Chefs d'entreprise. Comment Monroy avait-il gagné la partie face à eux ? En haïssant ce qu'ils faisaient mais en les gagnant à leur propre jeu. Avant que le supercacique de San Luis agisse de son propre chef, Max lui envoyait un général de l'armée qui se chargeait de la place « pour votre sécurité personnelle, monsieur le gouverneur ». Quand le cacique à la gomme de Tabasco se préparait à acheter quelques bonnes volontés de la capitale pour construire une route *fifty-fifty*, Max le devançait en faisant l'acquisition de l'entreprise de construction qui ne concédait à ce mignon petit gouverneur que vingt-cinq pour cent. Et cetera. J'arrête là. C'est ainsi que Max s'est transformé en un intermédiaire, créateur de coalitions (*non sanctas*, si tu préfères) entre le gouvernement fédéral et les gouvernements locaux, en se gardant la part du lion non seulement financièrement mais politiquement. En devenant indispensable à tous.

Le collège des Biscaïennes était-il ce qu'il avait été, un refuge pour petites filles pauvres et riches veuves qui me forcèrent à me remémorer, pour ne pas me perdre dans le récit méticuleux de Sanginés, les deux femmes d'Esparza, doña Estrellita la sainte et la putassière Sara P., toutes deux sorties de couvents véritables ou apocryphes comme celui-ci, dont les oculus et pinacles devenaient invisibles par cette après-midi pluvieuse ? Voulais-je penser à tout ceci, à elles, car je redoutais, sans raison apparente, ce que me révélaient les paroles du professeur Sanginés ?

Voulais-je ne pas penser à une autre dimension de la prison, l'asile de fous où avait été enfermée Sibila Sarmiento, la mère de Miguel Aparecido ?

Sanginés racontait. Courtier. Agent. Intermédiaire et héritier de sa mère. J'imaginai un Max Monroy jeune, dissimulant le secret de Polichinelle de sa fortune par héritage pour agir comme un ambitieux débutant : n'était-ce pas là ce que désirait la redoutable Conception ? que son fils gagne son héritage d'en bas, par l'effort, en se compromettant, en se salissant si nécessaire, comme tout le monde ?

« Il a inventé des compagnies à partir de rien, poursuivit Sanginés. Pour chacune il recevait un capital, qu'il investissait dans d'autres, dans de nouvelles compagnies. Il a brassé des noms d'entreprises. Il s'est justifié en se disant, en me disant, Josué, qu'il fallait laisser derrière soi le pays de la misère, en finir avec les chasses gardées du Mexique, créer des marchés, communiquer par communiqués, apporter la modernité au pays. »

La modernité contre les chasses gardées. En communiquant. Le parchemin froissé de montagnes et ravins, forêts et déserts, vallées et volcans, que, en le ponctuant d'un coup de poing, Cortés le Conquistador avait décrit à l'empereur Charles : un parchemin froissé, voilà ce qu'est le Mexique. Comment l'aplanir ?

« Il était animé par le rêve et la volonté de fonder un royaume collectif, Josué, en plus d'un empire privé. Est-ce possible ? »

La grêle capricieuse reprit, telle la réalité de ce qui est purement nominal, à la fontaine du Salto del Agua près de la chapelle de l'Immaculée-Conception et j'imaginai un pays gonflé d'une soif qui serait la condition de sa pureté. Un pays parchemin.

« Je ne sais pas, maître... »

Il ne m'écouta pas.

« Un royaume collectif. Un empire privé. Ah! Impossible, mon bon Josué, sans en passer, comme il convient, par une certaine allégeance au pouvoir politique. Sauf que Max a deviné en quoi consisterait le changement au Mexique : passer d'une bourgeoisie qui dépend de l'État à un État qui dépend de la bourgeoisie.

— Sans se rendre compte, osai-je intervenir, que les empires privés se construisent sur des sables mouvants ? »

Je vis sourire Sanginés. « Tu n'as pas tenu compte des facteurs incalculables...

— Et la célébrité ? Comment Monroy administrait-il sa célébrité ? »

Cette fois, Sanginés eut un petit rire. « La grande réputation est plus à craindre que la mauvaise réputation, celle-ci étant pourtant préférable à ne pas en avoir du tout. Tu te rendras compte que Max Monroy a choisi l'imitation divine. Comme Dieu, il est partout et personne ne peut le voir. »

Je saisis le sous-entendu de la phrase. Je m'abstins de faire aucun commentaire. Je luttais contre le confort de la Mercedes, dont les suspensions m'engourdissaient. J'en avais assez dit en émettant des doutes sur le fait que Max puisse ne pas savoir que les ciments de tout pouvoir ne sont qu'illusion. L'empereur est nu. C'est nous qui l'habillons. Et puis, quand nous lui demandons qu'il nous les rende, le monarque se fâche : ces vêtements sont à lui.

« Max Monroy, continua Sanginés, s'est rendu compte d'une chose. Ses pairs, adversaires, complices, sujets, ne lisaient pas et ne s'informaient pas à fond, ils naviguaient dans la totale confiance de l'instinct. Max a fait d'Unamuno une sorte de bible personnelle qui lui conférait, telle une auréole de l'esprit, le sens tragique de la vie. De cette lecture répétée il a tiré quelques conclusions qui le différencient et le guident, Josué. Les pires vices sont la pureté et la présomption. Partager les peines n'est pas une consolation. Le mal est l'envie du bien d'autrui, l'amertume. Et la question est la suivante : comment être maîtres de nos passions sans les sacrifier ? »

Derrière les vitres embuées de la voiture revenaient également embuées les images défendues de Max Monroy et Asunta Jordán accouplés dans une obscurité sexuelle plus noire que celle de la chambre, et, alors que je chassais une fois de plus cette vision de ma tête, Sanginés m'expliquait déjà, comme s'il lisait dans mes malhabiles pensées, que Max Monroy ne laissait pas l'ambition et la luxure l'emporter sur la raison.

« Elles peuvent l'emporter sur la vertu. Pas sur la raison. »

Je déclarai audacieusement que nos désirs sont une chose et nos loyautés en sont une autre, bien différente, dans une évocation parallèle des personnes d'Asunta Jordán et de Lucha Zapata.

« Il n'essaie pas de corriger les erreurs des autres, dit en souriant Sanginés, et il refuse les plaisirs de l'ostentation. Tu sais quoi ? Monroy n'est jamais allé à Aspen, où les riches de chez nous vont pour se sentir du "premier monde" parce qu'il y a de la neige et qu'ils peuvent skier. Il n'est jamais allé à Las Vegas, où nos hommes politiques rendent à la fortune ce qu'ils arrachent à la nécessité.

— Qu'est-ce qui le rend heureux, alors ? » demandai-je comme si je ne le savais pas et enhardi, sans autre raison que la solennité des mots, par le nom d'Arcos de Belén dont les multiples arches me préservaient de l'anonymat de la place du Capitaine-Rodríguez-M. attenante, près des bureaux d'état civil. Cette énigme m'emplit de lassitude : qui était, qui pouvait bien être le capitaine Rodríguez M., qui avait droit à une place à son nom ?

Je ne pense pas que Sanginés ait pu laisser sa propre question sans réponse. Il la devina dans mon ignorance et le savoir provoqua en moi une émotion étrange, plus apaisée. L'avocat prit la tangente. Il me dit que ce *penthouse* habité par Monroy dans l'immeuble Utopie était la propre utopie du chef d'entreprise, ce qui était le plus éloigné possible de ce qu'il appelait les « rues condamnées », ces mêmes artères où nous circulions à présent Sanginés et moi, les rues « maudites » que Monroy voyait d'en haut avec ces yeux qui étaient les siens, de verre brisé.

« "J'oublie les noms des rues", voilà ce que dit avec ses yeux Max Monroy. Et c'est vrai. »

Sanginés me saisit la main et la relâcha tout de suite.

« Il commence à être étourdi. Parfois, je te l'accorde, il devient incohérent... »

Je fus choqué par ses paroles. « Pourquoi me dites-vous ça ?

— Il dit qu'il ne boit plus parce que l'alcool donne des trous de mémoire et qu'il ne veut pas négliger sa vie et ce qu'il lègue. Des choses de ce genre.

— Asunta est son héritière ? demandai-je impertinemment.

— Il dit que la vieillesse est une sorte de contrebandier qui vous met dans la tête des idées qui ne sont pas les vôtres. Il dit que ses organes prennent le pas sur sa mort.

— Asunta est son héritière ? » insistai-je.

Je ne voulus pas voir le sourire crispé de Sanginés.

« Quelquefois il délire. Il dit qu'il s'en va marcher seul, nu, fou, sur une grande place vide... C'est là qu'Asunta le protège de lui-même...

— Vous ne me répondez pas...

— Je l'ai entendu dire à Asunta : "Est-ce que tu pourras vivre sans moi ?"

— Qu'est-ce qu'elle a répondu ? demandai-je avidement, comme si, réellement, à la mort de Max, j'allais avoir Asunta en héritage.

— Elle répond : "Oui, mais je ne pourrai pas aimer à nouveau sans toi." »

La voiture freina devant une lumière verte parce que la lumière contraire était verte elle aussi et que les voitures s'arrêtaient avec force crissements et coups de klaxon impuissants.

« La fin de la vie est subite et inexplicable, parvint à dire Sanginés par-dessus le bruit.

— Du pouvoir ou de la force ? » dis-je d'une voix si basse que lui, peut-être, ne m'entendit pas, puisqu'il continua comme si de rien n'était : « Crois-moi, il vit une fin où sa vie, il la passe à prendre toujours plus de cachets, non pas pour se soulager, ni même pour survivre, Josué, mais rien que pour uriner... Comme un...

— Un animal, l'interrompis-je brutalement.

— Une chose... une chose, murmura Sanginés comme s'il ne savait pas bien ce qu'il allait dire ensuite... Oui, une chose... »

Il ne me regardait pas. Ses yeux me fuyaient. Je cherchai à croiser son regard.

« Miguel Aparecido n'est pas un animal. Ce n'est pas une chose. C'est le fils de Max Monroy. Pourquoi ne me parlez-vous pas de ça, maître ? Cet abandon, cette irresponsabilité, dites-moi seulement, cet abandon ne condamne-t-il pas la vie entière de Max Monroy, ne le disqualifie-t-il pas en tant qu'homme et en tant que père ?... »

Le vacarme exorbitant des klaxons, des coups de sifflet policiers, des voix excédées ne parvint pas à modérer ma propre voix enflammée, comme si, au nom de mon ami

Miguel Aparecido, j'avais pris un ton récriminatoire plus puissant que toute la cacophonie de la ville, ce raffut qui parvenait estompé jusqu'à la cellule de Miguel Aparecido, comme si Mexico ne concédait la paix ni aux prisonniers — ni aux morts.

Il se décida à me regarder. Si seulement j'avais pu l'éviter. Car dans ce regard d'Antonio Sanginés, lui et moi coincés dans une voiture stoppée au croisement des avenues Chapultepec et Bucareli, je lus ma propre vérité différée, mon propre destin détourné et finalement recouvré, les origines égarées d'un petit garçon qui vivait dans la rue de Berlin aux soins d'une gouvernante tyrannique...

Sanginés dit calmement : « Toute une vie à chercher un endroit à soi, une position personnelle. C'est ce que dit Max. Et il ajoute : "Je ne veux en faire cadeau à personne. Qu'ils se battent. Qu'ils se débrouillent."

— Qui donc ?

— Ses fils, dit Sanginés, avec une brutalité quelque peu repentante.

— Son fils, Miguel Aparecido, corrigeai-je spontanément.

— Avec l'espoir que le courage et la volonté dont il a fait preuve, ses fils, tu veux dire, les reproduisent.

— Son fils, insistai-je. C'est ça que je voulais dire...

— Sinon c'est laisser la cuillère en argent dérouler le tapis rouge, insista-t-il, lui.

— J'ai rendu visite à Miguel Aparecido. Vous le savez, maître. C'est vous qui m'avez permis d'entrer à la prison d'Aragón. Je connais l'histoire de Miguel. Je sais que son père l'a traité avec mépris et cruauté. Je sais que Miguel est sorti de prison décidé à tuer Monroy. Je sais qu'il est retourné en prison pour ne pas le faire, pour se tenir éloigné de la tentation du parricide... Je le comprends, don Antonio, je comprends Miguel, je vous en donne ma parole...

— Ou plutôt... » Je ne sais si Sanginés sourit ou si le jeu

des lumières qui s'étaient soudain allumées le long de l'avenue avait donné l'illusion de ce sourire. « ... Que les garçons se débrouillent par eux-mêmes. Qu'ils connaissent des difficultés. Qu'ils atteignent par eux-mêmes le bonheur et le pouvoir. Mais que ne soit pas répété le destin de Miguel Aparecido, l'abandon et le crime sur la décision de ma puissante, mon invincible mère doña Conception. »

Qu'il ne soit pas répété, répéta deux ou trois fois Sanginés. Que mes fils cette fois se forment seuls mais pas sans ressources. Qu'ils puissent disposer de tout, maison, domestiques, pensions mensuelles, mais pas de ce mortel amortisseur qu'est un père riche, pas de la lassitude, de l'abandon, de la frivolité, de l'infortunée assurance de ne rien avoir à faire pour tout avoir. Qu'ils aient, eux, quelque chose à faire pour avoir quelque chose. Je les mets à l'épreuve. Faites-leur parvenir de l'argent tous les mois, *licenciado*. Qu'ils ne manquent de rien. Mais qu'ils n'aient rien de superflu. Je veux pour mes fils une vie à eux, sans culpabilités ni haines...

Il était clair que Sanginés, pour la première fois, se confrontait à son émotion, abandonnait son sérieux rigide d'avocat discret et de conseiller avisé pour se livrer à une sorte de catharsis plus rapide que la voiture qui abandonnait le rond-point d'Insurgentes pour prendre la rue de Florence en direction du Paseo de la Reforma.

Je le regardai avec une certaine perplexité. Il voulait abandonner sa discrétion, son sérieux, pas seulement les freiner.

« Il les a laissés libres, sans les intolérables pressions et les affections déformantes d'une mère, poursuivit Sanginés dans son nouvel état d'âme émotionnel.

— Les a laissés ? Qui ça, les ? tentai-je de clarifier sans succès. Mais qui ça ?

— Il les a laissés libres pour qu'ils soient eux-mêmes, et non une projection de Max Monroy...

— Libres ? Qui ça, maître ? De qui me parlez-vous ? insistai-je calmement.

— Que mes fils ne reproduisent pas ma vie...

— Mes fils ? Mais qui ça, qui ? dites-moi donc !

— Qu'ils fassent leur vie. Qu'ils ne se contentent pas d'en hériter. Qu'ils ne puissent jamais croire qu'il ne reste rien à faire... »

La Mercedes s'arrêta devant l'immeuble de la rue de Prague. Un sentiment de mal-être, de contrariété, accompagné de l'humiliante sensation d'être utilisé, me fit descendre de la voiture...

« Au revoir, maître... »

Sanginés descendit lui aussi. Je sortis ma clé et ouvris la porte. Sanginés me suivit, troublé et nerveux. Je commençai à grimper l'escalier conduisant à l'étage. Sanginés me suivait de près, avec impatience, quelque chose qui frisait la douleur. Je ne le reconnaissais plus. J'imaginai qu'il agissait poussé par un devoir qui n'était peut-être pas le sien propre. Il agissait poussé par quelqu'un. Telle était l'agitation nerveuse de sa conduite.

L'escalier était plongé dans le noir. À mon étage, la lumière ne s'allumait plus. Tout n'était que pénombre et reflet de cette pénombre, comme si l'obscurité totale n'existait pas, mais notre regard ne finit-il pas par s'habituer à la noirceur, refusant en fin de compte qu'elle domine ?

« Il n'a pas voulu les laisser à la dérive du crime, comme Miguel Aparecido », se hâta d'ajouter Sanginés.

Je ne lui répondis pas. Je continuai à monter. Il était juste derrière moi, comme un fantôme soudain, ayant besoin de l'attention que je lui refusais, sans doute parce que je redoutais ce qu'il me disait à présent et pouvait me révéler ensuite. Mais il n'y avait pas d'ensuite, l'avocat voulait me parler maintenant, il me poursuivait de marche en marche, il ne me laissait pas tranquille, il voulait m'ôter ma tranquillité...

« À l'asile, on laissait entrer Max Monroy...

— L'asile? » réussis-je à dire sans m'arrêter, pressé de me retrouver à l'abri de mon perchoir, éberlué par ce manque de continuité logique chez un homme qui enseignait la théorie de l'État avec la précision d'un Kelsen.

« Il entretenait l'asile, leur donnait de l'argent...

— Je vois... » Je voulais, malgré tout, rester courtois.

« On le laissait entrer. On le laissait seul avec sa femme.

— Qui ça? Avec qui?

— Sibila Sarmiento. Max Monroy. »

J'allais m'arrêter. Le nom me freina dans mon mouvement mais accéléra mes pensées. Sibila Sarmiento, la jeune épouse de Max Monroy, enfermée avec les fous à cause de la malveillance de l'Ancienne Conception.

« La mère de Miguel Aparecido... » murmurai-je.

Sanginés m'attrapa par le bras. Je voulus me dégager. Il m'en empêcha.

« La mère, une année, de Jéricho Monroy Sarmiento, puis la suivante de Josué Monroy Sarmiento. »

« Il est en lieu sûr. » La phrase répétée par Sanginés et par Asunta concernant la destination de Jéricho me tourmentait à présent. Elle se rapportait à mon frère. Elle était l'amorce de grandes questions associées aux souvenirs de notre rencontre au lycée Jalisco, au Presbytère... Cette collision avait-elle aussi été préparée à l'avance? Ce n'était donc pas un simple hasard qui nous avait réunis mon frère et moi? Jusqu'à quel point était-ce la volonté de Max Monroy qui avait dirigé nos vies, au-delà des pensions que nous recevions l'un et l'autre sans chercher à en découvrir la provenance? Qui bataille contre la bonne fortune, en deçà des coïncidences que nous n'avions pas voulu questionner car nous les avions considérées comme faisant naturellement partie de l'amitié? Dans ma tête défilaient tous les faits et gestes d'une fraternité qui, maintenant je le savais, était spontanée chez nous, mais surveillée et accompagnée par des tiers. Ce qui était une violation de notre liberté. Nous avions été le jouet des sentiments de culpabilité de Max Monroy...

« Tu peux me croire, Josué, Max se sentait responsable du destin de Miguel Aparecido. Miguel l'avait menacé de mort, Max savait que c'était la faute de doña Conception; il ne voulait pas l'accuser, elle, il voulait en endosser la responsabilité, et la façon d'assumer cette obligation était de vous prendre en charge, toi et Jéricho, en s'assurant qu'il ne vous manquerait pas l'indispensable mais que le superflu ne vous ramollirait pas. C'était son intuition morale : que vous soyez libres, que vous fassiez vos propres vies, que vous ne vous sentiez pas redevables envers lui... »

Voilà ce que me dit Sanginés dans la cage d'escalier.

« Il pensait nous révéler la vérité un jour ? dis-je en me retournant, bouleversé et furieux, vers Sanginés. Ou il allait mourir sans rien nous dire ? »

Je regrettai ces mots. En les prononçant, je compris que je m'associais fraternellement à Jéricho, tout en sachant que si Sanginés révélait les secrets de Max, c'était parce que Max avait déjà banni Jéricho, comme si la vie tout entière nous avait mis à l'épreuve et que maintenant seulement la gigantesque erreur vitale de Jéricho me donnait à moi un droit d'aînesse. Jéricho — la sentence était sans raison ni absolution — avait été mis en lieu sûr... Que cela voulait-il dire ? Mon mal-être, en cet instant, était physique.

Il y avait une véhémence semblable aux battements du cœur dans les paroles de Sanginés. « Max a laissé la volonté et la fortune jouer librement pour former le destin...

— Et la nécessité, maître ? Et cette putain de nécessité ? Est-ce qu'il peut y avoir volonté ou fortune sans nécessité ? »

Je me retournai pour le regarder sans bien le distinguer dans l'obscurité, pensant que mes mots étaient à présent ma seule lumière.

« Vous n'avez manqué de rien...

— Ne me dites pas ça, je vous en prie. Je parle de la nécessité de se savoir aimé, nécessaire, du même sang, de la même chair. Vous comprenez? Ou alors vous ne comprenez plus rien? Je rêve!...

— Vous n'avez manqué de rien », insista Sanginés comme s'il continuait, jusqu'au dernier moment, à remplir ses fonctions administratives, en niant les émotions que sa personne avide, nerveuse, zélée, ou que sais-je encore, éloignée de ce qu'il était mais révélatrice de ce qu'il était aussi, révélait.

« Et Jéricho? » Je m'arrêtai, figé devant l'instantané de moi-même en un être de lumières et d'ombres fugitives.

« Il est en lieu sûr », répéta Sanginés.

La phrase n'apaisait pas le souvenir vivace mais douloureux de ma fraternité avec Jéricho, les moments intenses que nous avions vécus ensemble, à lire et à discuter, à adopter des points de vue philosophiques à la demande du père Philopater. Jéricho saint Augustin, moi Nietzsche, tous deux conduits par le religieux vers l'intelligence de Spinoza, faisant de la volonté de Dieu la nécessité de l'homme. Avions-nous finalement été fidèles à la nécessité au nom de la volonté? Était-ce ce que mon frère et moi avions souhaité comme finalité lorsque nous nous aimions d'un amour fraternel? Notre grande concordance se résumait-elle à ceci : associer la nécessité à la volonté?

Une scène après l'autre me revenait à l'esprit. Nous deux, si unis au lycée. Nous deux, convaincus que ne pas avoir de famille était préférable à en avoir une comme les Esparza. Nous avions fait un pacte d'amitié. Nous avions ressenti la chaleureuse satisfaction adolescente de découvrir dans l'amitié la santé de la solitude. Ensemble, nous avions fait un projet de vie qui nous liait à jamais.

« Il y aura peut-être, va savoir, des séparations, des voyages, des filles. L'important c'est de sceller dès maintenant une alliance pour toute la vie. Tu vas pas dire le contraire... »

Pour toute la vie. Je me rappelle ces après-midi au café après le lycée, et le revers de la médaille brille de feux opaques. Une alliance pour toute la vie, un projet de vie qui nous lie à jamais. Mais n'avait-il pas, lui-même, ce jour-là, posé des obligations qui étaient toutes des contraintes venant de lui ? Fais ci, ne fais pas ça, refuse les invitations frivoles en société. Et aussi : tu mépriseras le « troupeau de bœufs ». Fixons-nous également un plan de lecture, de dépassement intellectuel, « sélectif et rigoureux ».

Il en fut ainsi et je suis heureux à présent de la discipline que lui et moi nous nous imposâmes, autant que je déplore la docilité avec laquelle je le suivis sur d'autres sujets. Même si je me suis félicité de ce que, tout en vivant nos destins, lui et moi avions respecté nos secrets, comme si notre complicité amicale incluait une certaine discrétion quant à notre vie privée. Ni lui ne sut rien de Lucha Zapata ou de Miguel Aparecido, ni moi de la vie de Jéricho pendant les années — combien ? — qu'il avait passées ailleurs. En Europe, en Amérique du Nord, à la frontière ? Désormais je ne saurais le dire. Désormais je ne saurais jamais plus si Jéricho me disait la vérité. Désormais je ne savais même plus rien de l'identité de Jéricho, hormis la vérité aveuglante de mon lien de parenté fraternel avec lui. Je ne pouvais l'accuser de rien. Je lui en avais autant caché de moi que lui. Ce qui était terrible c'était de penser que, « mis en lieu sûr », Jéricho ne pourrait plus jamais me raconter ce que je ne savais pas de lui, ce qu'il oserait peut-être me raconter s'il savait comme moi que nous étions frères.

Le comprendre m'emplissait de rancœur mais aussi de douleur. Une fois, lorsqu'il était revenu à Mexico, je m'étais demandé si nous pourrions renouer l'intimité, la respiration commune qui nous avait unis étant jeunes. Tout ce que nous avions vécu n'avait-il été qu'un prologue qui ne pouvait se reproduire ? Je persistai à penser que notre amitié était le seul refuge de notre avenir.

J'avais peine à croire, et cela me faisait mal de le penser, que toute notre vie pouvait se résoudre en termes de trahison.

Me revinrent aussi, comme pour adoucir la douleur, les moments d'une étrange attraction qui n'avait pas abouti à une rencontre des corps parce qu'un interdit tacite, étrange lui aussi, nous retenait au bord du désir dans les douches du lycée, dans le lit de la putain, dans la cohabitation qui avait été la nôtre rue de Prague...

L'amitié s'était-elle arrêtée à la frontière d'une relation physique sujette à tous les accidents de la passion, la jalousie, l'incompréhension, l'attribution d'intentions non vérifiées qui tourmente mais attire les amants ? Par des voies mystérieuses, le désir qui s'était fait sentir sous la douche ou à la maison close s'était soumis à ce mystérieux interdit, aussi fort que le désir lui-même. Un désir qui, vu à distance, est la première passion, celle de la cohabitation et de la proximité, le désir incestueux étant confondu avec ces vertus et par conséquent prohibé avec une force qui peut nier la fraternité même...

Que pouvions-nous faire alors, lui et moi, sinon nous sentir tels des dieux proscrits ? Nous avions, nous Jéricho et Josué, la possibilité permanente de violer le commandement de l'interdit que seuls les dieux transgressent sans péché. Qui nous en avait préservés ? Comme il me serait facile aujourd'hui, après tout ce qui s'est passé, d'imaginer que c'était le « sang palpitant dans nos veines » qui nous avait freinés. Nous sentant frères au plus profond de nous-mêmes sans jamais le savoir... Ou peut-être que lui et moi n'avions pas de raison de recourir à l'inceste, puisque l'inceste entre frères et sœurs est une rébellion contre les parents (c'est Sigmund qui le dit depuis son divan) et que nous, nous n'avions ni père ni mère.

La vérité, me dis-je maintenant, c'est que le temps et les circonstances nous ont éloignés de toute tentation : lorsque Jéricho est revenu de son escapade (en Europe ? aux États-Unis ? à la frontière ?) les événements eux-mêmes nous ont progressivement séparés, les doutes se sont manifestés, la Naples de Jéricho n'était peut-être pas l'italienne mais simplement celle de Floride, et son Paris celui du Texas... Les affinités électives s'étaient manifestées d'abord par de la cordialité, puis par un antagonisme croissant, dans les espaces de travail, dans mon lent apprentissage au sein de la tour de l'Utopie tandis que lui prenait rapidement du galon au palais de la Topie. J'étais un livre ouvert. Jéricho était un message codé. Là étaient peut-être mes efforts. Ma vie n'était-elle pas un secret pour tous sauf pour moi, et si elle a cessé de l'être c'est parce que je la raconte, je l'écris maintenant ? Peut-être Jéricho, comme moi, est-il l'auteur d'un livre secret comme le mien, ce livre de lui dont j'ignorais l'existence autant que lui celle du mien. La somme des secrets n'abolissait pas néanmoins la soustraction des évidences. Jéricho avait exercé une influence réelle sur le pouvoir présidentiel. Il s'était senti autorisé à aller au-delà du pouvoir qui lui avait été octroyé vers le pouvoir que lui voulait s'octroyer. Il s'était trompé. Il avait cru tromper le pouvoir et c'était le pouvoir qui l'avait trompé lui. Et quand cela s'était su, mon pauvre ami, acculé par la réalité que ses illusions avaient dédaignée, n'avait trouvé d'autre échappatoire pour sauvegarder sa personnalité que de tomber amoureux d'Asunta... Il avait voulu me battre sur cet ultime terrain du succès qu'est l'amour. Et même là, Asunta m'avait donné la victoire. Elle avait terrassé Jéricho en lui disant qu'elle était ma maîtresse.

Pourquoi avait-elle menti ? Qu'est-ce qui l'avait portée à

donner le coup de grâce à ce grand animal, cette matière vivante, palpitante, au-delà de toute logique, charnelle et carnassière, chaude et chaleureuse qu'est l'amitié entre deux hommes ? Deux hommes, frères sans le savoir, qui en viennent à cette inimitié féroce provoquée en toute perversité par Asunta Jordán : pour la première fois, mon frère Jérico désirait une femme et cette femme, pour l'humilier et le paralyser, déclarait être ma maîtresse, me dotant de lauriers sexuels que je ne méritais pas. Asunta avait présenté à son Jéhovah, Max Monroy, le cru d'Abel avec son Josué, celui de Caïn avec Jérico, et comme le Dieu terrestre avait préféré le mien au sien, Jérico le Caïnite s'était préparé à me tuer. Je pense maintenant que l'échec de son insurrection politique, la manière dont il s'est mystifié lui-même quant à la volonté et au nombre de ses partisans, a été identique à l'aveuglement de l'homme : Jérico n'a pas su distinguer entre la réalité de la réalité et la fiction de celle-ci. Je comprends maintenant, enfin, que c'est cela, la fiction, qui a pris le pas sur la réalité, parce que c'était ce qui se rapprochait le plus de la volonté fratricide de mon frère : sa guerre n'était sans doute pas contre le monde, elle était contre moi. Une guerre latente depuis toujours, retardée sûrement parce que la personnalité de Jérico était plus forte que la mienne, ses victoires plus apparentes, sa capacité d'intrigue plus grande et son alliance avec le secret plus dissimulée : personnalité, succès, imagination, mystère.

C'étaient les armes de mon frère, sauf qu'il n'a pu les utiliser contre moi parce que... Pourquoi ? À présent que j'entre dans la prison de San Juan de Aragón, encore grâce aux bons offices du *licenciado* Antonio Sanginés, à présent que je passe près des cellules d'où me regardent tels des animaux en cage le mulâtre cubain Siboney Peralta, les voleurs le Gominé et le Brillantiné, le Mariachi et la Sara P., tous derrière les barreaux, je regarde en bas, vers la piscine des enfants prisonniers, Merlin le tondu arriéré, Albertina le garçon qui avait été une fille, l'éloquent Ceferino accusé d'avoir été abandonné, la Chuchita contemplant ses larmes dans la glace, la petite Isaura rêvant d'un volcan, Félix, si tristement heureux, et c'est là que nous sommes passés tels des fantômes Jéricho et Josué, et je me demande à présent pourquoi, si nous étions si fraternels, si protégés après tout, si loin des destins détruits de ces enfants d'Aragón, nous n'avions pas été Félix, Ceferino ou Merlin, pourquoi?, enfants abandonnés, livrés à eux-mêmes, comme notre frère Miguel Aparecido. Au milieu de cet étrange contrepoint carcéral apparaît soudain, dans ma tête, l'image d'Asunta Jordán telle une révélation subite, Asunta, Asunta, c'est elle qui avait empêché la répétition de la sentence biblique et en même temps l'avait assurée. Jéricho, l'ancien Castor, ne m'avait pas tué, moi, le frère Pollux, parce que cette fois Caïn n'avait pas tué Abel, je le comprenais maintenant, juste à l'instant, grâce à elle, grâce à cette femme, grâce à Asunta Jordán qui avait dévié le destin de cette histoire fatale, antique : Jéricho n'avait pas détruit Josué, Caïn n'avait pas tué Abel grâce à cette femme, la devineresse, la prêtresse, l'ensorceleuse, échappée d'un désert frontalier entre la vie et la mort, arrachée à l'obscurité médiocre par un homme qui avait reconnu en elle, juste en la prenant par la taille dans un bal de province, qu'en elle se trouvait une force tellurique, le pouvoir que lui, soumis au caprice vorace de sa mère, ne possédait pas : était-ce elle, cette femme convoitée, admirée, redoutée, censurée par moi, l'auteur de mon salut? Elle avait condamné mon frère ennemi. Sous prétexte de le sauver de la vengeance de Carrera, elle l'avait emmené aux appartements de l'Utopie et là-bas l'avait exhibé devant moi, l'avait dégradé devant moi, devant moi l'avait flanqué à quatre pattes et à poil, et l'avait privé du destin caïnite de me tuer sous prétexte de jalousie...

Pré-texte. Ah! quel pouvait être le texte, alors?

Si je t'envoie quelqu'un, Miguel Aparecido, raconte, parle, ne le laisse pas sur sa faim. Souviens-toi.

Il était le même. Mais il était différent. Les yeux bleu-noir parsemés de petites taches jaunes. Un regard à la violence tempérée par la mélancolie. Une tristesse qui se dérobait à la compassion. Des sourcils très fournis. Froncés en une expression sombre avec quelque lueur dans les yeux. Un visage viril, à la mâchoire carrée, rasé avec soin. Une peau couleur d'olive claire. Un nez prêt à flairer, mince et droit. Une tête poivre et sel, lissée sur le devant, bouclée à l'arrière.

C'était le même. Mais c'était mon frère.

Le savait-il? Depuis quand? L'ignorait-il? Pourquoi?

Il me serra la main dans le style romain, saisissant mon avant-bras avec force et me révélant de nouveau une puissance à l'état brut, qui courait de la main à l'épaule.

« Vingt ans.
— Pourquoi?
— Demande-le-lui. »

Comment pouvais-je requérir une réponse de sa part à quelque chose qui nous dépassait et nous définissait? Fils du même père et de la même mère. Je vis le visage de Miguel Aparecido, immobile et plein de défi. L'image de notre père Max Monroy et de son abominable droit de cuissage à l'asile me bouleversa. Je l'imaginai de nuit, ou de jour, quelle importance, arrivant à l'asile pour rendre visite à notre mère Sibila Sarmiento. Elle était enfermée. J'ignore si elle attendait l'arrivée de Monroy comme un salut possible ou comme une confirmation de sa condamnation. Peut-être savait-elle juste que cet homme, le père de ses trois fils, la désirait furieusement, la déshabillait sans lui demander son avis, se livrait à la passion qu'elle lui inspirait et que tous deux, Max et Sibila, partageaient, elle parce que même si ce n'était que lors de ces moments fugitifs des visites de Max elle se sentait aimée et chérie, libre de se voir nue et d'y prendre plaisir, asservie par la passion d'un homme qui l'agrippait par les cheveux, l'embrassait sur la bouche, lui titillait les tétons, lui caressait le pubis, le clitoris et les fesses avec une force irrésistible qui la libérait de cette prison à laquelle son propre amant l'avait condamnée, car Sibila Sarmiento était un plaisir en captivité et un danger en liberté. Et Max Monroy, qui aimait physiquement Sibila en toute liberté et non sur ordre de sa mère tyrannique, n'avait d'autre façon de se venger — sans inquiétude filiale — de cette maudite Conception.

Les yeux de tigre de Miguel Aparecido me disaient qu'il comprenait. Il me demandait d'accepter. Sibila notre mère avait obtenu l'amour de Max notre père. Ce fut la compensation suffisante de sa réclusion en clinique. Elle pouvait recevoir l'amour de Max et être satisfaite, peut-être même heureuse d'avoir l'amour du monde sans les embûches du monde. En fin de compte, recevoir Max et aimer avec lui revenait au même que d'être libre sans les dangers de la vie, de la ville, du monde qui l'environnaient telle une gigantesque menace uniquement dissipée par les visites de l'homme puis par l'attente, mois après mois : que naisse un fils, puis beaucoup plus tard un autre, puis tout de suite après un troisième, tous en même temps.

Miguel Aparecido. Jéricho. Josué.

La Très Immaculée Conception était descendue sur le ventre de Sibila Sarmiento dans des intermittences inconnues. Pour elle, imaginai-je maintenant, l'instant était éternel, tout arrivait en même temps, il n'existait pas de temps réel entre les visites de l'homme qui l'avait dépucelée à quatorze ans et l'homme qui l'avait mise enceinte alors, puis une autre fois, puis une troisième : Je pense que pour elle tout arrivait au même moment, l'acte d'amour était toujours le même, la grossesse une seule, l'enfant, unique, pas Miguel, pas Jéricho, pas Josué, un seul petit garçon naissant toujours, prêt à sortir de la réclusion, la prison, l'asile, le ventre, au nom de Sibila Sarmiento. Mis au monde dans une cellule et par conséquent dignes de liberté. Nés dans la misère et par conséquent destinés à la fortune. Engendrés dans l'impuissance et par conséquent héritiers du pouvoir.

Mon frère Miguel me serra le bras dans le style romain et n'eut besoin de rien dire. Le pacte fraternel était scellé. La douleur était l'autre nom de la mémoire. Nous nous regardâmes intensément. Ce que nous avions à dire du passé était dit. Il était temps de parler de l'avenir. L'harmonie, en ce sens, était totale.

Il y eut quelques minutes de silence.

Nous nous regardâmes, les yeux dans les yeux.

Le désaccord ne tarda pas à affleurer.

Il dit qu'il était content que soient de nouveau sous les verrous le Brillantiné et le Gominé, Siboney Peralta et toute cette maudite troupe qui avait accompagné Sara P. et le mariachi Maximiliano Batalla dans leur catastrophique tentative de soulèvement.

Je lui dis que je les avais vus en passant, derrière les grilles, alors que je venais le voir, lui.

« Eh bien, regarde-les bien, frérot, parce que tu n'es pas près de les revoir... »

Lui-même me fixa d'une façon telle que je ne pus éviter d'en avoir froid dans le dos. Je sus à ce moment que la bande de Sara P. et du Mariachi ne sortirait plus de ce trou à rats que les pieds devant.

« Et Jéricho ? osai-je dire, abruptement.

— C'était ses gens à lui, répondit Miguel Aparecido. C'est lui qui les a fait relâcher depuis la présidence. Lui qui les a organisés. C'était ses gens. »

Il me regarda avec ces yeux bleu-noir que j'ai dits et les petits points jaunes acquéraient la vie propre de l'intelligence jamais satisfaite.

« Il n'a pas su calculer. Il ne s'est pas rendu compte. Il avait l'idée un peu barge sur les bords qu'avec une avant-garde en action, les masses le suivraient. Il s'est trompé. Il a cru qu'en pénétrant comme il l'avait fait les bureaux du pouvoir, lui-même pourrait s'en emparer. Tu parles d'une flèche... Roule, ma poule ! »

Je luis dis que c'était une vieille maladie que de croire que le pouvoir se transmet par contagion... Il ne s'était pas rendu compte que le pouvoir ne se fait pas hara-kiri. Le pouvoir se protège lui-même.

« Il faut bien comprendre le sens de la réunion publique entre le président Carrera et le magnat Monroy à Chapultepec, m'avait dit Sanginés. Aucun des deux n'est allé voir l'autre pour le plaisir. Ils sont rivaux. Mais ils comprennent que chacun a son usine de dynamite et que les usines de dynamite, il faut les situer à distance les unes des autres pour qu'elles ne se fassent pas sauter entre elles. Chaque partie — Carrera, Monroy, le pouvoir, l'entreprise — détient une espèce de veto sur l'autre. Elles s'unissent lorsqu'elles se sentent menacées par une troisième force exogène, étrangère à l'endogamie du pouvoir. Le pouvoir trouve son origine dans le pouvoir, et non en dehors de lui, comme une cellule se forme à l'intérieur d'une autre. C'est ce que n'a pas compris Jéricho. Il a cru qu'il pouvait prendre la tête d'une force populaire qui le mènerait au sommet. Il n'a pas compris que le mouvement du peuple, lorsqu'il arrive, survient parce qu'il est nécessaire, et pas artificiel, pas le produit d'une volonté messianique.

— Les révolutions créent aussi des élites, soulignai-je.

— Ou les élites sont à leur tête.

— Même si elles proviennent aussi du peuple.

— Oui, accepta Sanginés. Les classes dominantes doivent se renouveler pour ne pas s'annihiler. Elles peuvent le faire pacifiquement, comme c'est arrivé au Mexique. Elles peuvent le faire avec violence, comme c'est aussi arrivé au Mexique. Le révolutionnaire sait quand c'est possible et quand ça ne l'est pas. C'est en cela que consiste son talent politique : savoir quand il y a moyen ou pas.

— Si ça, vous le saviez, vous, je veux dire aussi bien Carrera que Monroy, pourquoi n'avez-vous pas simplement laissé Jéricho se consumer tout seul comme un grand, sans autres partisans que sa clique de malfrats enfermés ici ? Pourquoi ? »

Sanginés me répondit par le plus sage de ses sourires, celui dont je me souvenais en cours, à la fac, loin de la grimace atroce qui lui avait déformé jusqu'à l'esprit alors qu'il me suivait dans l'obscurité de l'escalier de Prague. Le sourire que j'admirais.

« J'ai la confiance des deux maisons, celle du pouvoir politique et celle du pouvoir d'entreprise », continua-t-il.

Il ferma les yeux béatement. Ça, je le savais déjà.

« Et tu sais pourquoi ils me font confiance ? »

Je ne voulus pas répondre par quelque pique.

« Non.

— Parce qu'ils savent que j'ai en ma possession toute l'information et que je ne m'amuse pas à inquiéter qui que ce soit avec ce que je sais.

— Quoi donc ? » Ma naïveté n'était pas feinte : j'étais naïf.

Il m'expliqua qu'au Mexique, dans chaque pays latino-américain, se tramaient des rébellions jour et nuit, dans l'espoir de clore définitivement un chapitre et d'en ouvrir un nouveau, comme l'avaient fait, disons, Bolívar ou Castro. Il dit qu'il n'entrerait pas dans les raisons pour lesquelles il était difficile que des révolutions « comme celles d'avant » se reproduisent. Le pouvoir actuel est plus sophistiqué, mieux informé, les sociétés ont de meilleures perspectives, la gauche connaît les chemins électoraux mais pour la droite, il faudrait mettre des limites à sa voracité innée en lui faisant des petites frayeurs de temps en temps.

« Il m'a semblé, Josué, que la petite aventure de Jéricho, si secondaire, si minime, si vouée à l'échec, si peu dangereuse en fin de compte, me donnait l'occasion d'alerter le pouvoir sans coût excessif et de flanquer la frousse à la droite. Et au passage, de faire se dégonfler la grotesque vision que ce grand ambitieux de Jéricho avait fini par avoir de lui-même. »
Le sourire de Sanginés était presque insultant.
« Il a lu Malaparte et Lénine. Il s'est senti l'âme d'un petit Mussolini local. Pauvre enfant !
— Mais en fait, il n'y avait aucun danger », insistai-je, mû, malgré moi, par un sentiment à l'égard de Jéricho qui allait au-delà de la fraternité pour se réclamer, simplement, de l'amitié.
Sanginés savait déguiser ses sourires. « Exact. Et parce qu'il n'y en avait pas, nous pouvions prétendre qu'il y en avait.
— Je ne comprends pas, mais bon... »
Sanginés ne se gargarisa pas de son petit triomphe logique. « Les grandes menaces se combattent en secret. Les petites doivent être dénoncées pour avertir les grandes que nous savons ce qu'elles veulent et que nous contrôlons ce qu'elles font. Et pour donner au public l'occasion de se savoir à la fois menacé et en sécurité. »
Je regardai Sanginés avec une rage inhabituelle.
« C'est mon frère, maître, il mérite un peu de respect, de compassion, de... »
Sanginés continua comme si de rien n'était.
« Carrera et Monroy peuvent être rivaux, mais pas victimes l'un de l'autre. En stoppant Jéricho ils le montrent efficacement. Quand il y a danger, les deux pouvoirs s'unissent.
— C'est mon frère », insistai-je.
Et c'était le fils de Monroy.
Sanginés me regarda avec une froideur passionnée.
« C'était Caïn. »
Notre frère était-il Caïn ? aurais-je voulu demander à

Miguel Aparecido dans sa cellule, mais je n'osai pas. Dans son regard bleu-noir flottait un interdit. Si Jéricho était Caïn, lui et moi n'étions pas Abel.

« C'était vraiment Caïn ? insistai-je auprès de Sanginés.

— C'était ton frère », admit avec une cruauté salutaire l'avocat Sanginés, ajoutant qu'il n'y avait pas de meilleur exemple que celui-ci pour donner une leçon probatoire de l'inutilité de la rébellion et de la lâcheté d'une réaction qui manquait de couilles. C'était l'Homme d'État et l'Homme d'affaires, tels quels, majuscules incluses, qui avaient gagné. Abel et Caïn.

Cela, je le lus, brillant d'une ample, innombrable clarté, dans les yeux de mon frère Miguel. Nous n'étions pas Abel. Nous n'avions pas habilement échappé à une malédiction ou à un présage. Nous avions assumé, sans vraiment nous en rendre compte, la responsabilité de nous occuper d'un frère. Car Jéricho n'était-il pas notre frère ?

« C'était Caïn », dit Miguel Aparecido.

Je n'eus pas à réclamer des explications. Je me rappelai la malédiction que Jéricho avait lancée sur moi depuis le lit d'Asunta, avec un regard assassin et un dédain révélé par le masque de la haine. Un Jéricho nu et à quatre pattes, un animal capturé, qui me menaçait, je vais t'niquer, sale petit merdeux, la bave aux lèvres, frustré. La haine concentrée de mon frère Caïn. Et mon doute douloureux : avait-elle toujours été présente en Jéricho cette haine qu'il m'avait manifestée la dernière fois où je l'avais vu ? M'avait-il en quelque sorte « patronizé » lorsque nous étions jeunes, m'avait-il toujours regardé de haut, mon indépendance et mon supposé triomphe amoureux avec Asunta lui avaient-ils été insupportables ?

Était-ce là la fin de l'histoire ? Mais non. Je ne savais pas ce qu'était devenu Jéricho. La question dévorait mon corps tout entier tel un acide sans repos qui se concentrait au niveau du cœur juste pour fuir mon âme et que celle-ci, mon âme, me rappelle qu'elle était prisonnière d'un corps.

Je connaissais d'avance la réponse de Miguel Aparecido. Elle semblait être celle dont tous, Sanginés, Asunta, Miguel, avaient convenu.

« Où est Jéricho ? Qu'est devenu Jéricho ?

— Il a été mis en lieu sûr », me répondit Miguel Aparecido.

Malgré cette déclaration péremptoire, je savais que cette histoire n'en finirait jamais.

Je voulus adoucir mes propres craintes en disant : de même que Sara, le Mariachi, le Gominé, ou Siboney ?, mis en lieu sûr : en prison, tous ?, tous en paix ?

Alors Miguel Aparecido me regarda dans un étrange mélange de mépris et de compassion.

Malgré cette déclaration péremptoire, je savais que l'histoire n'était pas finie.

« Le pire de tous est toujours dehors », m'affirma Miguel Aparecido, mais je refusai de mettre un nom sur qui que ce fût de ma connaissance, car mon esprit ne pouvait tolérer plus de culpabilités, plus de hontes, plus de capitulations.

« Qui ? demandai-je précipitamment. Tout est rég... »

Il me coupa avec un nom oublié : Jenaro Ruvalcaba.

Je dus faire un effort de mémoire pour me souvenir de la fripouille que j'avais rencontrée une fois lors de mes premières visites à la prison de San Juan de Aragón. Le *licenciado* Jenaro Ruvalcaba était un pénaliste sans grand renom. Il m'avait poliment reçu dans sa cellule. C'était un homme blond et menu d'une quarantaine d'années. Il m'avait dit que la population carcérale était faite de gens idiots qui se plaignent, qui n'auraient su que faire de leur liberté.

« Et vous, vous faites comment ?

— J'accepte ce que me donne la prison. » Il avait haussé

les épaules et procédé à une analyse raisonnée de la façon dont il fallait se conduire en prison : ne pas accepter de visites, car les gens venaient par obligation, douter de la fidélité de celle qui se présentait pour la visite conjugale...

« Ils te trahiront tous les deux, avait-il hurlé tout à coup.
— Qui ?
— La femme et son amant. » Il s'était levé, la tête entre les mains. « Les traîtres ! »

Les yeux fermés, tirant sur ses oreilles, il s'était jeté sur moi les poings levés, jusqu'à ce que le garde lui assène un coup de bâton sur la nuque et que Ruvalcaba retombe en sanglotant sur sa paillasse.

« Il est libre ? dis-je à Miguel sans cacher ma terreur, car le *licenciado* en question était une menace avérée.
— Il ne sera jamais libre, déclara Miguel Aparecido. Il est prisonnier de lui-même. »

Il me raconta alors l'histoire suivante.

Ruvalcaba ne manquait pas de talents. C'était le malheur qui l'avait forgé. Une bande de criminels avait séquestré son père et sa mère. Ils tuèrent le père. Elle, ils la relâchèrent, pour la faire souffrir. La mère était une femme courageuse et, au lieu de rester assise à pleurer, elle avait décidé d'éduquer son fils Jenaro et de lui faire faire des études d'avocat pénaliste pour qu'il puisse défendre la société de criminels comme ceux qui avaient tué son père. Jenaro avait étudié le droit et était devenu pénaliste. Sauf qu'en même temps qu'il se préparait à défendre la loi il voulait en être le martyr. Il ressentait la même admiration et la même répulsion tant pour son père que pour ceux qui l'avaient abattu.

« Quel vieux con, comment il a pu se laisser séquestrer et assassiner par ce gang... ? C'est dingue...
— Mon père était un homme courageux qui s'est laissé tuer pour que ma mère soit libérée... C'est dingue... »

Ainsi, entre admiration et mépris, s'était forgé le caractère divisé, schizoïde, de Jenaro Ruvalcaba, à la fois défenseur et violeur du droit : un fruit empoisonné constamment fragmenté en morceaux ennemis.

Miguel raconta que, pour faire court, dans l'esprit de Ruvalcaba s'était créée une division entre ce qui était interdit et ce qui était permis, qui s'était finalement résolue en une situation de comédie. Ruvalcaba sublimait cette scission psychologique en importunant des femmes. Son vice consistait à monter dans les transports publics — métro, autobus, taxis collectifs — et à harceler la gent féminine. Ne me demande pas pour quelle raison c'est dans cette activité qu'il a trouvé la conciliation de ses tendances opposées. Le fait est que son plaisir maniaque était de prendre le bus ou le métro et de regarder d'abord les femmes avec une fixité incommodante, plus intrusive qu'autre chose. Il se collait contre les passagères. Il protestait si elles le regardaient de travers. Il posait ses mains sur leurs hanches. Il leur tripotait les fesses. Ses doigts allaient droit aux tétons. Parfois il le faisait en cachette, d'autres fois de façon agressive. Si on se plaignait ou si on l'accusait, Ruvalcaba se défendait : « C'est une vieille coquette. Elle m'a provoqué. Moi, je suis avocat pénaliste. Je sais de quoi je parle. Ces vieilles chaudasses ! Des vieilles insatisfaites ! Ce serait un service à leur rendre, oui ! »

Ruvalcaba découvrit un délice supplémentaire lorsque les femmes commencèrent à se défendre... Certaines lui balançaient des coups d'épingle de nourrice. D'autres, d'épingle à cheveux. Quelques-unes se servaient de bagues à bord tranchant. Tout cela excitait Ruvalcaba : c'était pour lui comme la contrepartie de ses propres actions, la reconnaissance de son audace, une conspiration involontaire entre la victime et l'agresseur. Elles aimaient qu'il leur touche les fesses, qu'il leur frôle le pubis, qu'il leur caresse les seins. Elles étaient ses complices. Ses complices, répétait-il avec exaltation, mes complices.

D'où son étonnement, continua Miguel, lorsque furent inaugurées lesdites « voitures roses », destinées aux femmes. L'écriteau « Réservé aux dames » l'avait particulièrement excité. Ruvalcaba s'était déguisé en femme pour monter en toute impunité dans le métro, causant un scandale phénoménal lorsque, maquillé et une perruque blonde sur la tête, il avait peloté une grosse passagère, déclenchant un bazar digne du Rosaire d'Amozoc, une échauffourée qui n'avait pris fin que lorsque le métro avait été arrêté et Jenaro Ruvalcaba livré collectivement à la police.

Comme cette fripouille était avocat, il réussit à convaincre le juge que sa présence travestie avait pour objet de s'assurer que la loi était pleinement respectée et que les femmes, si on les menaçait, étaient capables de se défendre. Le juge, par préjugé machiste, acquitta Ruvalcaba, mais, se sentant quelque peu le magistrat d'un film de Cantinflas, inspiré des comédies de Lope de Vega, il le fit exiler à l'ouest du pays, où l'indiscret et fallacieux Ruvalcaba ne tarda pas à s'associer avec le propriétaire d'une plantation d'avocatiers, qui était la façade d'un trafic de drogue conduit par ce même don Aguacate, enchanté de pouvoir compter sur un avocaillon aussi expert en entourloupes que le *lic.* Jenaro.

Dans cette plantation du Michoacán, Ruvalcaba avait rendu de grands services à don Aguacate en supervisant l'embarquement de la drogue, le blanchiment d'argent, les prêts, les investissements en transport et la constante reconstruction de la plantation afin qu'elle continue à être vue comme un débit de fruits et non comme un établissement de forbans... Ruvalcaba s'était occupé de tout pour le compte de don Aguacate : de soudoyer des protecteurs, des relations avec les acheteurs gringos, des embarquements et débarquements sur des canots rapides, d'acquérir des magnums et des fusils d'assaut AR-15. Il apprit à tirer. Il liquida de nombreux rivaux du narcotrafiquant et prenait un plaisir tout spécial à leur couper la tête après les avoir descendus.

Tout ceci jusqu'à ce que don Aguacate lui dise que les choses commençaient à sentir le roussi parce que dans ce milieu les délateurs ne manquaient pas, en particulier les gros enfoirés qui voulaient prendre du galon aux dépens du puissant de service, genre tire-toi de là que je m'y mette...

« Enfin, bref, mon petit Jenaro, nous sommes plus connus qu'une vieille pute en fin de carrière et si nous voulons continuer dans le bizness il y a pas le choix, il va falloir changer de tête, je veux dire se faire charcuter un peu, alors voilà, le chirurgien plastique nous attend.

— Vous avez qu'à changer de tête, vous, don Aguacate, vous qui êtes plus laid que des insultes au p'tit déj', mais pas touche à mon profil de beau gosse. Qu'est-ce qu'elle dirait, ma petite maman ? Dieu ait son âme ! »

Sur ces mots, Jenaro Ruvalcaba s'enfuit du Michoacán et revint traîner ses guêtres dans la ville de Mexico, où son ancien vice — peloter les femmes dans le bus et le métro — refleurit dans une routine des plus dangereuses : faire monter les femmes dans des taxis collectifs pour les pincer, en profitant parfois de la complicité du chauffeur, parfois en se risquant à ce que celui-ci le débarque devant les protestations des usagers, habillé en femme et débusquant des ouvertures dans l'astrakan ou en costume marin de petit garçon dont les culottes courtes laissaient entrevoir des attraits qui n'avaient rien d'enfantin.

Jusqu'au moment où la vengeance de don Aguacate s'étendit du Michoacán à Mexico et où, dénoncé comme assassin, trafiquant et, ce qui est pire, comme travesti et pédophile, Jenaro Ruvalcaba finit par échouer à la prison d'Aragón.

« Où je l'ai rencontré, dis-je, troublé dans ma naïveté.

— Et d'où il est sorti grâce à l'arrogante imprudence de notre... de Jéricho... », ajouta un Miguel Aparecido un peu mal à l'aise, qui ne se résignait à partager une fraternité ni avec Jéricho ni avec moi. C'était comme si sa singularité de fils de Max Monroy avait en quelque sorte été violée par la vérité, et même s'il avait de l'estime pour moi bien avant, il n'était pas disposé à étendre son affection à un homme qui, comme Jéricho, n'avait aucun besoin (c'était l'épitaphe que Miguel Aparecido lui avait collée) de se goinfrer de son propre ego.

« Toi et moi, par contre... » Il me serra dans ses bras. « ... nous allons manger dans la même assiette. »

Et il s'écarta de moi.

« Fais bien attention à toi, frérot. Ils ne sont pas tous en lieu sûr. »

Depuis quand n'étais-je plus allé dîner chez don Antonio Sanginés ?

Maintenant que je revenais à la maison de Coyoacán je le faisais sur l'invitation de mon professeur, bien sûr, et pleinement conscient que cette fois mon frère Jéricho n'assisterait pas à ce dîner, qu'il n'y avait pas été invité. Je n'osai pas demander de ses nouvelles. Je connaissais la réponse formulée d'avance et devenue consigne :

« En lieu sûr... »

L'ambiguïté de l'expression me perturbait. Elle avait un sens de prudence, de soin précautionneux : une « alerte » verbale qui renvoyait à l'idée qu'on était en sécurité, ou bien surveillé. Ce qui était inquiétant, dans ces mots, c'était qu'ils ne disaient pas clairement si quelqu'un « mis en lieu sûr » était certes à l'abri, surveillé aussi, enfermé sans doute, sous la garde de quelqu'un peut-être, mais de qui ?, dans quel but ? J'imaginai, dans un frisson involontaire, mon vieil ami, récent ennemi et toujours frère, Jéricho Monroy Sarmiento, livré à la surveillance parfaite de la mort, à la sécurité du tombeau, à la vigilance de l'éternité.

Si c'était ce qui me ramenait à la maison coloniale de Sanginés débordante de livres, de bons petits plats et de meubles anciens, lui ne semblait pas disposé à tomber dans la répétition — fort banale — du « lieu sûr ». Très vite le motif de son invitation apparut : à peine étais-je arrivé que Sanginés me conduisit à la petite salle à manger décorée de typiques azulejos et entra dans le vif du sujet en déclarant que « le rêve était terminé ».

L'interrogation existentielle de mon expression l'autorisa à poursuivre. Les soixante-dix ans de dictature douce, à partir de 1930, avaient assuré une croissance économique et sociale au Mexique sans démocratie mais dans la sécurité. Sanginés souhaitait la bienvenue à la démocratie. Il regrettait le manque de sécurité, car il assimilait la démocratie au crime...

Il me regarda d'un étrange air rêveur manifestement dû à l'évocation de ses décennies de service comme professeur de droit, comme conseiller aulique de présidents de la République, comme membre des conseils d'administration des entreprises privées de Monroy. Toute une carrière fondée sur une appréciation avisée et une mise en garde opportune, sur un rôle de conseil et d'expertise objectifs et sans intérêt autre que la conciliation des intérêts public et privé au profit de la nation.

Il n'eut pas besoin de le dire. Je le savais. Ses yeux me le signifiaient. Mais l'expression amère du visage ne faisait pas que démentir tout ce qui précède : elle le galvaudait, elle le contestait, elle le désirait envers et contre tout. Malgré ce qui aurait pu être pris pour de l'accommodement, de l'opportunisme, de la flatterie, les vices de l'assesseur se maintenaient à l'orée du courtisan pour assumer les vertus du conseiller, de l'intelligence objective, de la raison indispensable pour la bonne gouvernance de la personne et de l'État, de l'entreprise, de la société en somme. Il n'y avait pas matière à s'excuser. Si je ne connaissais pas les règles du jeu, il était temps de les apprendre. Si je ne voulais pas les apprendre, je resterais dans les intempéries, à la grâce de Dieu. Je me rappelai un Sanginés suppliant, inconnu, m'implorant de faire preuve de compréhension envers Monroy, dans la cage d'escalier de Prague. Ce dîner chez lui, je le compris vite, devait effacer cette scène de l'escalier. Comme si elle n'avait jamais existé.

Tout cela je le perçus alors parce que Sanginés me le signifiait indirectement, par des expressions, des vertus et des sollicitations qui résumaient, sans nul doute, la longue traversée que nous avions réalisée ensemble, confluant en un point de sa longue vie et de la courte mienne.

J'ai grandi, dit-il, dans une société où la société était protégée par la corruption officielle. Aujourd'hui, poursuivit-il, péremptoire, mais sur un ton mi-critique mi-résigné, la société est protégée par les criminels. L'histoire du Mexique est un long processus pour sortir de l'anarchie et de la dictature et arriver à un autoritarisme démocratique... Il me demanda, en faisant une pause, de lui pardonner cette apparente contradiction : ce n'en était pas vraiment une si on appréciait la liberté dont disposaient artistes et écrivains pour critiquer sauvagement les gouvernements révolutionnaires. Diego Rivera, en plein Palais national, décrit une histoire présidée par de hauts dignitaires politiques et religieux corrompus et menteurs. Orozco prend les murs de la Cour suprême pour dépeindre une justice qui se paie la tête de la loi par la bouche hilare et peinturlurée d'une putain. Azuela, en pleine lutte révolutionnaire, met en roman la révolution sous forme de pierre roulant vers l'abîme et dénuée de toute idéologie ou but. Guzmán rend compte d'une révolution au pouvoir qui ne s'intéresse qu'au pouvoir, et non à la révolution : tous se font assassiner les uns les autres pour continuer leur marche en file indienne vers la présidence, cette grande vache laitière, dispensatrice de crème, lait caillé, fromages et beurres variés, et de sécurité sans démocratie : un beuglement réconfortant.

« Aujourd'hui, Josué, le grand drame du Mexique c'est que le crime a remplacé l'État. L'État démantelé par la démocratie cède aujourd'hui le pouvoir au crime sous l'égide de la démocratie. »

Peut-être le savais-je, jusqu'à un certain point. Je ne l'avais jamais admis avec la douloureuse acuité de Sanginés.

« Pas plus tard qu'hier, poursuivit-il, une route de l'État du Guerrero a été bloquée par des criminels en uniforme. Était-ce de faux policiers ? ou des vrais se livrant tout bonnement à des activités criminelles ? Ce qui est arrivé sur cette route arrive partout. Les passagers des bus et des voitures bloqués ont été brutalement interrogés, à coups de crosse. Les voyageurs ont été obligés de descendre, leurs téléphones portables jetés sur un tas d'ordures. Parmi eux, il y avait des types infiltrés au service des criminels. La confusion a régné en maître. En fait, certains policiers ont cru en toute bonne foi qu'ils étaient en train d'intercepter des stupéfiants et des faux billets. Ils ont vite été détrompés par leurs chefs et invités à se joindre à la bande criminelle ou à être abandonnés sur place, à poil, comme les têtes de mule et couillons qu'ils étaient.

— Des flics inexpérimentés. Des flics corrompus. Tu penches pour quoi ? » demanda Sanginés.

Les prisons sont pleines à craquer, dit-il, il n'y a plus de place.

« Tu as vu la prison de San Juan de Aragón. Là-bas un certain accord a été trouvé entre le sadisme carcéral et un ordre minimum assuré par Miguel Aparecido. Ce n'est pas la règle, Josué. Les prisons du Mexique, du Brésil, de Colombie, du Pérou ne sont plus assez grandes pour tous les criminels. Ils les relâchent tout de suite pour que les nouveaux malfaiteurs puissent entrer. C'est une histoire sans fin : des criminels récidivistes. Des détenus sans jugement. Une défense impossible. Des avocats mal payés, incapables de défendre les innocents. Des juges morts de peur. Des juges improvisés. Des tribunaux sans moyens pour travailler. Des faux témoignages. Aucune cohésion. Aucune cohésion... », déplora l'avocat et, criant presque : « Combien de temps crois-tu que durera ainsi la démocratie latino-américaine ? Combien de temps mettront les dictatures pour revenir, acclamées par le peuple ? »

Je ne me rappelais pas avoir vu soupirer Sanginés. Là, je vis émaner de son expression amère un air de fatalité plus que de résignation.

« De la paperasse, tant et plus. » Il fit un grand geste, plutôt gracieux, de la main. « On nage dans le papier...

— Et dans le sang. » J'osai, pour la première fois, intervenir.

« Des papiers qui baignent dans le sang, entonna Sanginés, presque comme un prêtre qui chanterait un éternel requiem.

— Et vous préférez que la loi soit entachée par le gouvernement plutôt que par le crime ?

— Je voudrais un peu plus de pitié, dit le *licenciado*, comme s'il ne m'entendait pas.

— Pour qui ? soulignai-je.

— Pour les pauvres et pour les ambitieux qui ont perdu le nord et la foi en les autres. Surtout pour ces derniers. »

Je pensai à Philopater et à son propre sacerdoce délaissé. À ce moment, les trois garçonnets massés derrière la porte de la petite salle à manger couverte d'azulejos gloussèrent et Sanginés prit l'air tout étonné. Les enfants accoururent vers lui, grimpant qui dans ses bras, qui sur ses épaules, et le décoiffant, ce qui les mit tous en joie.

Je me rendis compte, du fait de mon absence prolongée, que ces trois garçons avaient toujours entre quatre et sept ans. De même que la dernière fois. De même que toutes les fois.

Sanginés surprit mon regard surpris.

Il se mit à rire.

« Tu vois, Josué, tous les deux ans on me renouvelle ma progéniture : trois enfants que je parviens à sauver de la prison d'Aragón. Tu as vu la piscine souterraine où ces pauvres gosses jouent, comment ils sont parfois jetés à l'eau et comment parfois ils s'en tirent en nageant et parfois se noient, ce qui réduit la population carcérale... »

Il vit l'horreur dans mes yeux. Les siens me prièrent de comprendre la pitié qui lui permettait à lui, tous les deux ou trois ans, de sauver deux ou trois gamins de l'horreur.

« Et ensuite ? questionnai-je.

— Une autre destination, dit-il sommairement.

— Et celle de Jéricho ? osai-je, empli de colère.

— En lieu sûr. »

Il me prit la main. « Je ne me suis jamais marié. Merci d'être discret. Et bon voyage...

— Quoi ? dis-je, surpris. Où ça ?

— Tu ne pars pas pour Acapulco ? » Sanginés feignait une surprise peu crédible.

Je rêve. Et dans les rêves, c'est bien connu, les personnages entrent et sortent sans ordre explicable, les voix se superposent et les mots des uns et des autres s'enchaînent dans un flot continu avant d'être repris, sur un ton différent, par une autre, d'autres voix...

L'espace que j'occupe (ou que je ne fais que créer ou rêver) est aussi transparent que l'eau, aussi solide que le diamant. C'est un espace gelé, dans tous les sens du terme : il faut agiter vigoureusement les bras pour avancer, il faut se laisser porter par le courant, il faut toucher le fond pour avoir pied tout en sachant qu'il n'existe pas... Le proche et le lointain se succèdent comme une même réalité, et je ne sais à qui attribuer les voix que je ne parviens pas à bien définir car elles apparaissent et s'évanouissent, aussi fugaces qu'un clin d'œil.

Les voix parlent sur des tons péremptoires, de plaidoirie d'avocat, de juré de tribunal, mais se dissipent lorsque s'avance la silhouette blanchâtre, avec sa grosse tête chauve, rentrée dans ses épaules, semblable à un autoportrait de Max Beckmann où la luminosité du visage est tout juste le reflet de l'ombre extérieure qui l'éclaire : chauve, la paupière lourde et le sourire inexplicable, Beckmann veut que son visage reflète le thème constant de son œuvre : la cruauté, les tranchées et les cadavres de la guerre, le sadisme erratique de l'homme contre l'homme. Et Max Monroy, que reflète-t-il ?

À ce moment de mon rêve, l'autoportrait de Max Beckmann prend la forme de Max Monroy, fugitive, grise, esclave de mouvements incertains, en proie à une douleur physique qui le plaçait entre mouvement et quiétude, détenteur d'une dignité qui contrastait brutalement avec le bavardage de perruches des autres figures fugitives du rêve, était-ce Asunta Jordán, Miguel Aparecido, l'Ancienne Conception?, occupées à affirmer, à m'interroger, des voix braillardes, accusatrices, vulgaires, à l'opposé de la dignité quasi ecclésiastique de la personne grise de Max Monroy, à me poser des questions, rejeter la faute sur cet homme qui s'était révélé être mon père, l'accuser comme pour me dire de ne pas croire en lui, de ne pas m'approcher de lui, bien que la présente dignité de l'homme et ma proximité onirique à son être parussent le cadre de la rencontre que nous recherchions tous les deux, le père et le fils, et interrompue par les voix :

Tu crois que Max Monroy est un type généreux ? Tu crois qu'il rend visite à sa femme Sibila Sarmiento par charité pure et simple ? Ou pour emplir à ras bord la jarre de son sadisme en baisant une prisonnière, une femme sans volonté, la mère de ses trois fils, qui plus est ? À ton avis ? Tu crois vraiment que c'est pour leur bien que Max a tenu éloignés ses deux autres fils, Jéricho et toi, sous prétexte qu'ils devaient se former tout seuls, sans autre aide que l'indispensable, sans le poids d'être la descendance de Max Monroy, des fils de bonne famille avec Jaguar et avion privé, poules et périples, persiflages et magouillages, lui et toi obligés de vous construire par vos propres forces, vos propres talents ? Tu y crois ? Tu parles. Il a fait ça parce qu'il est ignoble, comme un entomologiste qui met à courir ses araignées dans le patio pour voir comment elles se débrouillent pour survivre, pour voir si elles s'en sortiront en se faufilant le long des murs, pour voir si on ne les écrasera pas d'un coup de talon, pour voir, pour voir... Il joue, Max joue avec les destins. Et tu sais pourquoi ? Je vais te dire : parce que c'est ainsi qu'il se venge de sa vieille petite mère l'Ancienne Concha, il se venge de cette salope de vioque qui l'a manipulé, lui a imposé sa volonté, l'a manœuvré tel un pantin de fête foraine, ceux d'autrefois, en bas roses et habit de lumière, qu'on trouve encore dans les fêtes de village. Je tente de voir la vie de Max Monroy comme une longue, une très longue vengeance contre sa mère, la vengeance qu'il n'a pu mettre en œuvre alors que doña Conception vivait et emplissait le monde de son impérieuse volonté, haute, forte, imprévisible telle une vague gigantesque faite de jupes, de scapulaires, d'ongles cassés et de sandales de nonne fébrile, l'Ancienne Conception : qui peut supporter d'être conçu non pas une bonne fois pour toutes mais continuellement, conception après conception, mis au monde matin, midi et soir, avec l'obligation non seulement d'aimer, non seulement de vénérer sa sainte mère mais de lui obéir, tu vois ?, même en ce qu'elle n'exigeait pas. Forcé à imaginer ce que sa très sainte petite maman voulait de lui, même quand elle ne demandait rien. Tu veux penser qu'une fois l'Ancienne Conception morte Max Monroy a pu se libérer de son influence ? Eh bien, ne va pas le croire. Parfois je le surprends en train de marmonner tout seul, comme s'il parlait à un être invisible. Et quand je déchiffre ses mots je sais qu'il parle avec elle, il lui demande pardon de lui avoir désobéi, il reconnaît qu'elle aurait fait mieux ou autrement ou qu'elle n'aurait rien fait, elle aurait su quand agir et quand ne pas bouger, laisser passer le cortège sans écouter la fanfare, aussi inerte que le scorpion juste avant de piquer, quand Max Monroy agit comme si l'insecte l'avait déjà piqué, sauf que, à la différence de sa mère qui était un être haut en couleur, aussi tonitruant qu'une bande de mariachis bigleux, lui par contraste est calme, d'un flegme qui tend à la perversité, astucieux et tranquille, comme si ce n'était qu'ainsi, tel que tu l'as vu, qu'il pouvait agir en se démarquant de sa mère sans offenser la sainte mémoire de sa génitrice, être lui sans la renier... « Avancer doucement. »

« Vous savez où est enterrée la dame ? demandai-je, l'air innocent.

— Nul ne le sait, continua la voix entre les voix. Même pas Max lui-même. Il a confié le corps de la señora Conception à une bande de criminels qu'il a tirés de prison en leur promettant la liberté et les a chargés d'enterrer le cadavre où ils voulaient, mais de ne jamais le lui dire... Ni à personne d'autre. Tu vois le genre.

— Quelle confiance pour...

— Aucune. Au lieu de les laisser en liberté, il les a fait enlever. Personne ne sait où ils se trouvent. On n'a plus jamais eu aucunes nouvelles d'eux. Je te laisse imaginer.

— Mais il y a Miguel, lui il est bien en prison...

— Miguel Aparecido est le seul être dont Max Monroy n'a pu venir à bout. Miguel Aparecido a choisi de rester enfermé dans une cellule de San Juan de Aragón pour se prémunir contre cette volonté qu'il avait de sortir pour assassiner son père et son père a accepté cette porte de sortie, ou cette réclusion, comme un compromis pour deux sécurités : la sienne et celle de Miguel. Ni Max ne devait plus liquider Miguel, ni Miguel, Max. Mais Max purgeait une peine infinie, pire que la mort elle-même, et Miguel vivait sa vie en inventant un empire interne à la prison...

— Il ne contrôlait pas les sadiques qui tuaient les enfants...
— Cela faisait partie de l'arrangement.
— Quel arrangement ?
— Entre Miguel et les autorités. Je te donne ci en échange de ça. Donnant donnant.
— Tu veux dire que les gardiens ont le droit de tuer quelques gamins et Miguel le droit de les sauver ?
— Pile-poil.
— Comment ils choisissent ? » dis-je sans trace d'horreur dans ma voix onirique, perdant le fil de leurs propos, ces mots attribuables à Asunta, Miguel, l'Ancienne Conception, comment savoir...

« Ils choisissent au hasard. Am stram gram. Pile ou face. Celui-ci reste en prison. Celui-là se noie dans le bassin. Quelle chance pour ceux qui n'ont pas à faire le signe de croix !
— Et ceux qui savent nager ? dis-je, avec un certain manque de pertinence.
— Ceux-là aussi s'en sortent. »

La voix du rêve continua : « Les pires criminels lui échappent, avec à leur tête le Mariachi Maxi et la putain à l'abeille, cette maudite Sara P. Tout n'est pas toujours exactement tel qu'on le voudrait, pas vrai ?
— Ils ont été mis en lieu sûr. » Le chœur répéta la phrase sacramentelle.

« En lieu sûr ?
— Ils sont l'affaire de Miguel. Je ne parierais pas sur leur état de santé.
— De même que mon frère ? De même que Jéricho ?
— Il ne faut pas parler de ça.

— En lieu sûr, hein? Comment? Est-ce que personne ne va me le...
— Je peux te le montrer.
— Hein? Pas en...? »

Les voix se dissipaient, lentement, lentement. C'étaient des voix insignifiantes qui véhiculent des rêves pour nous distraire de ce qui voudrait nous convoquer et que nous devinons à peine.

Par contre, la silhouette de Max Monroy avance vers moi, épaules levées, tête rentrée dans le corps, plein de défi, comme s'il me donnait à entendre que les insultes, les abus physiques, les éloges et les culpabilités n'effleuraient même pas un homme d'action qui était aussi un homme solitaire : action et solitude, solitude et action, réunies, elles n'ont pas de fin, disait la voix de Monroy dans le rêve, le répertoire des bonnes raisons d'un homme est très vaste, il y a l'avarice, il y a le désir, il y a la rancœur, il y a rarement une satisfaction pleine, Josué, si tu réalises un désir, le désir engendre un autre désir et ainsi de suite, jusqu'à ce que les peines affleurent parce que le soleil ne s'est pas levé et que nous n'arrivons pas à comprendre que nos désirs sont une chose et nos loyautés en sont une autre bien différente et que pour obtenir ce qu'on désire il faut se défaire de toute loyauté, tout de suite, mon fils, sans faire de mal à personne : voilà ce que ne comprennent pas ceux qui me détestent, m'envient ou m'accusent : je n'ai eu à faire de mal à personne pour être qui je suis...

Il avance vers moi, précédé de cette odeur bizarre d'animal tout juste sorti de sa tanière qu'Asunta avait évoquée un jour.

« Être vieux, ce n'est pas avoir l'impunité, dit l'ombre de Monroy. Ce n'est pas non plus avoir l'immunité. »

Il se mit, dans la logique du rêve, à me faire la liste de ses ennuis de santé et des médicaments qu'il prenait pour les contrôler. Je suis vieux, dit-il, nous les vieux nous nous sentons menacés par les jeunes. Je suis en train de m'ossifier. Tiens, touche mes os, vas-y.

Je n'osai pas. Ou j'expérimentai les transitions sans logique des rêves. Les considérations de Max Monroy étaient séparées par les instincts oniriques qui dissolvent la concrétion des choses, les nouvelles entreprises bouleversent l'ordre ancien, les vieux y résistent, moi je les crée, moi je suis ma propre opposition...

« J'admets que le grand âge génère de plus grandes doses de cynisme, une mesure de scepticisme et un degré de pessimisme. Pour quelle raison ? »

Je lui dis que je l'ignorais.

« Il faut savoir dire non.

— Ah.

— Être vieux ce n'est pas avoir l'impunité, répéta-t-il. Ce n'est pas avoir l'immunité, répéta-t-il. Il faut savoir regarder tout au fond de mes yeux pour savoir qui je suis. Qui j'ai été. »

La voix résonna comme à travers une galerie des glaces.

Il dit que ses articulations lui faisaient mal.

Il dit : « Il y a des choses que je ne veux pas savoir. »

J'ai demandé à Asunta Jordán : « Pourquoi te montres-tu presque nue dans les fêtes et avec moi seulement dans le noir ?

— Pourquoi ton pénis est-il si long ? lui demanda-t-elle, je crois.

— Pour que mon sperme puisse refroidir, répondit Monroy.

— Ça veut dire quoi être mis en lieu sûr... ? Attends un peu...

— Et ça veut dire quoi de coucher avec Max, comme tu le fais, Asunta ?

— Qu'est-ce que tu en sais ?

— Je vous ai entendus.

— Tu nous as vus ?

— Il faisait très sombre. Fais pas chier.
— Il faisait noir. Nuit noire, petit espion à la con...
— Allez, arrête de te la jouer, réponds-moi...
— Occupe-toi de tes affaires, je te dis... Ce gros pif, fallait que tu le fourres partout, hein ? »

Cette semonce, qui semblait venir d'Asunta, était en fait l'œuvre de l'Ancienne Conception : je sentis l'outrage de sa main ridée, chargée de lourdes et grosses bagues, semblant prête, plus qu'à m'attaquer moi, à défendre son fils Max, qui avançait tel un spectre, blanc comme un linge, au milieu de lugubres cloches, déconcerté, avec des yeux qui disaient :

« J'ai envie de dormir... »

Max Monroy avançait vers moi, espérant être interrompu, le souhaitant, l'anticipant.

Le glas avait un son étouffé.

Max me dit : « Il sonne pour qui, hein ? »

J'eus le courage de lui répondre : « À qui était-ce d'arrêter le destin ?

— Toi le mien ou moi le tien ? » dit-il d'une voix désespérée, de défense involontaire, avant que le rêve tout entier ne s'évanouisse...

Ceux qui m'ont accompagné tout au long de cette... Comment la dénommer ? agonie ? angoisse psychique ? douloureuse passion ?... Ceux qui m'accompagnent (toi, mon semblable, frère, hypocrite, et cetera) savent que mes bavardages intérieurs sont tous une ambition de dialogue avec Vos Grandeurs, des tentatives sous une apparence désespérée et une réalité agonisante d'échapper au siège de mon épiderme et vous dire ce que je me dis en moi-même, sans l'assurance de la vérité, dans l'incertitude du doute...

L'image de Jéricho, mis « en lieu sûr », pouvait-elle ne pas constamment me revenir à l'esprit, tandis que je me dirigeais lentement de l'appartement de Prague vers une destination incertaine? Piéton aérien, car, même si mes pieds foulaient les trottoirs des rues de Varsovie, Stockholm et Anvers, ma tête n'avait pas de boussole. Ou plutôt, le nord c'était Jéricho, par bien des côtés. Point cardinal de ma vie, vent la refroidissant, étoile polaire, guide, orientation et surtout frontière, délimitation de territoires mais pas seulement, frontière d'exils, de distances, de séparations que la vie de Jéricho avait rendus irrémédiables...

La vie nous avait-elle quittés avant notre jeunesse?
À quel moment?

J'aimais et j'admirais cet homme, mon frère. Pour moi la vie à ses côtés se résumait désormais à une question : ce qui nous était arrivé, était-ce arrivé librement? Ou n'avions-nous finalement été qu'une somme de fatalités? Nous nous étions rebellés contre des destins particuliers — orphelins, de sexe masculin, aspirant à l'intelligence et de quelle façon!, traduisant le brio intellectuel dans la vie pratique –, nous ne serons ni médecins ni mécaniciens, Josué, nous serons politiques, nous influerons sur la vie de la cité... Une cité que lui me décrivait en la prolongeant d'un geste du bras, depuis la terrasse de l'hôtel Majestic, refusant que nous soyons des marionnettes de la fatalité, juste pour arriver, exténués, à notre destin choisi par engagement propre, par volonté personnelle, juste pour découvrir, au bout du chemin, que tout destin est fatal et nous échappe, qu'il clôt la vie comme on referme une porte en fer et nous dit : « Voilà ce que fut ta vie, tu n'en as pas d'autre et elle n'a pas été telle que tu l'avais voulue ou imaginée. » Combien de temps nous faudra-t-il pour apprendre que, quelle que soit la volonté que nous y mettions, le destin ne peut être prévu et que l'incertitude est le véritable climat de la vie?...

Mais malgré tout, Jéricho, n'y eut-il pas un certain équilibre, une harmonie ultime, une mesure involontaire dans tout ce que toi et moi avons fait ou dit? La nécessité d'un côté, le hasard de l'autre, nous dépassent et nous placent finalement sur la crête d'une vague, au bord de la mort, conscients du fait que, si nous ne connaissons pas notre destin, nous sommes au moins conscients d'en avoir un...

Comment notre destin partagé s'était-il manifesté, dans la mesure où il ne le fut pas, partagé, mais que chacun fit son choix de son côté, en sachant parfaitement que nous étions inséparables : Castor et Pollux, même avant de savoir que nous étions frères : Abel et Caïn ? Et je ne sais si étant jeunes nous n'avions pas lutté l'un contre l'autre mais contre la nécessité qui semblait s'imposer à nous. Comment nous étions-nous perdus ? Juge-moi si tu veux. Je ne te juge pas. Je constate juste que petit à petit, dans l'appartement rue de Prague ou en regardant le Zócalo depuis l'hôtel Majestic, petit à petit ton visage a laissé la place à ton masque juste pour révéler que ton masque était ton véritable visage... Nous avons parlé du tigre du zoo dévoré par ses quatre congénères. Pourquoi ce tigre et non l'un de ceux qui l'avaient attaqué ?

« Utilise la force comme un animal que tu lâcherais pour nuire puis que tu remettrais dans son enclos. »

Tu l'as lâché, Jéricho. Tu n'as pas su le dompter. Le tigre n'est pas retourné au zoo. C'est toi qui es devenu l'animal, mon frère. Tu as cru qu'au sein du pouvoir tu vaincrais le pouvoir pour devenir le pouvoir. Tu m'as dit : sois violent, sois arrogant, les autres finiront par te respecter et même ils en viendront à t'adorer. Tu as cru qu'il suffisait de donner un objectif à la foule pour que tout le monde te suive sans raison propre, juste parce que tu étais toi et que personne ne pouvait te résister. Et lorsque tu as échoué, tu as accusé de trahison les masses qui ne t'avaient pas écouté, Max Monroy parce qu'il ne t'avait pas consulté, Valentín Pedro Carrera parce qu'il t'avait devancé, Antonio Sanginés parce qu'il t'avait deviné à temps, Asunta parce qu'elle m'avait préféré, moi.

Je m'arrêtai dans la rue de Gênes, à l'entrée du tunnel qui mène au rond-point d'Insurgentes. L'obscurité de cette bouche urbaine me procura une sensation d'agonie, ce mot où concurrence et mort s'associent en riant de nous et en se moquant de nos défis, nos inspirations, nos facultés...

Quel fut le péché, Jéricho ? Je pénètre sur la place pleine de jeunes Mexicains déguisés en ce qu'ils ne sont pas pour ne plus être ce qu'ils sont et ce qui me tombe dessus comme une révélation, c'est ton désintérêt pour les autres, ton impuissance à pénétrer l'esprit d'autrui, ton orgueil, Jéricho, ton rejet de ceux qui sont de trop dans le monde, qui sont l'immense majorité du monde. La mobocratie, m'as-tu dit une fois, la masocratie, la démodumbilité, la race, cette race qui à présent prend corps, alors que je pénètre dans l'obscurité du tunnel, dans un choc qui fait tampon, un tamponnement qui unit mes lèvres à d'autres lèvres, un baiser fortuit, inespéré, sec, inconnu, accompagné d'une odeur que je cherche à reconnaître, relent, sueur, quelque chose de poisseux, un encens de marijuana et de suif, une odeur urbaine de tortilla et d'essence...

Rapide, fugace, le baiser qui nous unit nous sépare, le tunnel répand sa lumière propre et nous pouvons voir nos visages, Errol Esparza et moi-même, Josué autrefois Nadal de Rien du tout, à présent Monroy d'un royaume...

Je serrai dans mes bras Errol, le Tondu Esparza, comme j'aurais étreint mon passé, mon adolescence, ma réflexion précoce, tout ce que j'avais été avec Jéricho et qu'Errol me rendait à présent, dans une dimension moindre mais nostalgique, grâce à une rencontre fortuite au rond-point d'Insurgentes.

Que me dit-il ? Que me montra-t-il ? Où m'emmena-t-il ? Dans les bouges des Émos, impossible, m'expliqua-t-il, car seuls pouvaient y entrer les jeunes cools et pas ceux qui avaient un air coincé comme moi, habillés comme pour aller au bureau (ou à un enterrement, un mariage, un bal pour les quinze ans d'une jeune fille, un baptême, tout ce qui était interdit par Jéricho?), tandis que sur le parvis se réunissaient en groupes silencieux des adolescents, filles et garçons, sans regard car tous avaient les yeux cachés derrière une frange et les cheveux crêpés sur la nuque, de noir vêtus, avec chacun des cicatrices sur les bras, des dessins tatoués sur les mains, très maigres, plus ténébreux que simplement bruns, assis sur les jardinières, silencieux, s'embrassant parfois dans une impulsion abrupte, couverts de décorations étoilées, de piercings de la tête au pied ; je me sentis à la fois poussé à les regarder et à éviter leur regard, soupçonnant le danger et attiré par une curiosité malsaine, jusqu'à ce qu'Errol, mon guide dans ce petit para-enfer ou enfer-éden planté tel un nombril au centre de la ville, me dise :

« Ils aiment que tu les regardes. »

Une tribu de corps maigres, ténébreux, étoiles, têtes de mort, piercings, comment ne pas les comparer avec les tribus sur lesquelles comptait Jéricho pour prendre d'assaut le pouvoir au Zócalo, là où Philopater gagnait sa vie en tapant à la machine à Santo Domingo ? Jamais, avec Jéricho, je ne m'étais intéressé à cet univers dans lequel je déambulais à présent, guidé par un Errol transformé en Virgile de cette nouvelle tribu mexicaine que lui, malgré son âge — qui était le mien –, semblait connaître, peut-être parce que, maigre et chevelu, habillé de noir, il ne faisait pas son âge et avait pénétré ce groupe au point de se diriger vers une fille et de l'embrasser à pleine bouche, puis de faire de même avec le compagnon de celle-ci, lequel me demanda :

« T'en es ? »

Je regardai Errol. Il ne croisa pas mon regard. Le garçon ténébreux m'embrassa sur la bouche puis me demanda si j'avais le goût de la souffrance.

Je tentai une réponse. « Je ne sais pas. Je ne suis pas comme toi.

— Ne me stigmatise pas, répondit le jeune.

— Qu'est-ce qu'il a voulu dire ? » demandai-je à Errol.

Que je ne devais pas faire de différence entre la raison et le sentiment. Ils me voyaient comme un type qui pensait et qui contrôlait ses sentiments, me précisa Errol, c'est comme ça qu'ils voient tous les étrangers. Ils auraient voulu que tu libères tes émotions. Mes émotions. Est-ce que je ne les tournais et retournais pas dans ma tête au cours de cette petite balade dans la Zona Rosa ? Quel autre point, quelle extériorisation de mes émotions pouvais-je ajouter à l'intériorisation que j'ai ici relatée ? Un fossé générationnel s'ouvrait devant moi. À ce moment, sur ce parvis d'Insurgentes, en compagnie d'Errol et entouré de la tribu des Émos, peut-être cessai-je d'être jeune, l'éternel jeune Josué, l'apprenti de la vie, alors que je passais mon diplôme et étais renvoyé à un pas de la retraite par cette plèbe adolescente décidée à se dissocier de moi, de nous, de la nation que j'ai ici décrite, analysée, évoquée continuellement, avec Jéricho et Sanginés, avec Philopater et Miguel Aparecido. Une sécession.

Là, sur le parvis d'Insurgentes, en ce mercredi au soir de ma vie, je sentis que le pays ne m'appartenait plus, que ces jeunes d'entre quinze et vingt ans se l'étaient approprié, des millions de jeunes Mexicains qui ne partageaient pas mon histoire et niaient même ma géographie en créant une république à part dans cette Utopie modèle réduit qu'est une place à Mexico, une autre à Guadalajara, une autre à Querétaro : l'autre nation, une nation menaçante et menacée, un pays rejeté et rejetant. Ce n'était plus le mien.

Errol décrypta-t-il mon regard cette après-midi où nous flânions sur l'esplanade en renfoncement du rond-point d'Insurgentes ?

« Ils essaient juste de remplacer une douleur par une autre.

C'est pour ça qu'ils se tailladent les bras. C'est pour ça qu'ils se percent les oreilles. »

Remplacer une douleur par une autre ? J'aurais voulu dire à mon ami que moi aussi j'avais eu une esthétique tribale, j'avais eu envie de me rebeller, j'avais eu des moments de dépression, je n'avais pas pu éviter de tomber amoureux (Lucha Zapata, Asunta Jordán) et de souffrir. Était-ce juste mon esthétique qui était éloignée, et non mes sentiments ? Cette nécessité subite de m'identifier à ces jeunes du rond-point était vouée, je le savais, à l'échec. Elle valait en elle-même, pensai-je, elle valait en tant que tentative d'identification, même si physiquement je ne pourrais jamais faire partie de ce peuple nouveau dont la noirceur, en fin de compte romantique, se montrait désireuse de mourir à temps, d'échapper à la maturité... à la corruption...

C'étaient des romantiques, pensai-je, et je le dis à Errol : « Ce sont des romantiques. »

Je devinai l'exaltation personnelle, le désir de sortir de la grande obscurité que sont la pauvreté et la médiocrité, et de devenir visibles, de libérer les émotions proscrites par la famille, la religion, la politique...

« Ne me stigmatise pas.

— Ils s'appellent comment ? »

Gothiques. Métalleux. Skaters. Rastèques. Dixies. Ils forment des groupes, des *crews*. Ils se soutiennent, se défendent, sont reconnaissants. Ce sont les Émos.

Soudain, la paix — la passivité — du monde émo fut rompue avec une violence à laquelle Errol lui-même ne s'attendait pas, et il me prit par les épaules pour me guider hors du rond-point. Les accès aux rues de Gênes, Puebla, Oaxaca étaient obstrués par des jeunes qui envahissaient les lieux aux cris de petits morveux, pédés, foutez le camp, et qui leur jetaient des pierres, tandis que les Émos se protégeaient le visage en disant — ils ne criaient pas — égalité, tolérance, respect, et offraient leurs bras aux blessures de cette agression, jusqu'à ce que les skaters prennent l'initiative et avec leurs skates mettent en fuite les agresseurs qui s'égaillèrent ; revint alors une sorte de paix, suivie d'une lente migration nocturne vers d'autres recoins d'une ville dépourvue de quiétude, qui était et n'était pas la mienne.

« Je veux tuer Maxi Batalla et Sara P., déclara Errol lorsque nous nous assîmes pour boire une bière dans un café sur l'esplanade. Ils ont tué ma mère.

— Tu as été devancé, l'avertis-je.

— Hein ? Par qui ? » Mon ami avait l'écume aux lèvres.

« Mon frère Miguel Aparecido.

— Qui ça ? Où ?

— À la prison de San Juan de Aragón.

— Comment ça ? Il les a tués ? »

Je ne sus que répondre. Je savais juste que le mariachi Maxi et la putain à l'abeille sur la fesse étaient « en lieu sûr » et que avec cela se clôturait sans doute l'histoire de mon époque et s'ouvrait la nouvelle histoire, celle des jeunes de cette place qui un jour, rappelai-je à Errol, grandiraient et seraient employés, commerçants, bureaucrates, pères de famille aussi rebelles que leurs propres pères, marlous et tarzans des faubourgs, hippies et blousons noirs, loubards de quartier et autres bandes urbaines, une génération après l'autre d'insurgés en fin de compte domptés par la société...

« Dis, Errol, tu comprends, toi, pourquoi, quand il y a cinq tigres ensemble dans une cage, quatre se liguent pour n'en tuer qu'un seul ?

— Non, mon pote, sûr que non. »

Nous convînmes de nous revoir.

« Il te faut des vacances, me dit Asunta Jordán lorsque je retournai au bureau à Santa Fe. Tu es ravagé. Il te faut un peu de repos. »

Je balayai, par hygiène mentale, l'idée d'un complot. Pourquoi voulaient-ils tous m'envoyer en vacances ? Je me regardai dans la glace. « Ravagé » : dégradé, abîmé. Démoli par les mauvaises fréquentations ? Dans ma tête défilèrent en un éclair tous les personnages de ma vie : María Egipciaca, Elvira Ríos, Lucha Zapata, Philopater, Max Monroy, Asunta elle-même, Jéricho... De mauvaises ou de bonnes fréquentations ? Responsables de mes « ravages » ? Il me restait assez d'honneur pour affirmer que j'étais, moi seul — et personne d'autre —, responsable de ces « dégâts ».

Je me regardai dans la glace. Je me voyais en bonne santé. Enfin, à peu près. Pourquoi cette insistance pour que je parte me reposer ?

« À Acapulco.

— Ah.

— Max Monroy y a une jolie maison. Du côté de La Quebrada. Tiens, voilà les clés. »

Elle les jeta, d'un geste dédaigneux quoique avec un sourire amical, sur la table.

C'était une maison du côté de La Quebrada, m'expliqua Asunta. Elle datait de la fin des années trente, quand Acapulco était encore un village de pêcheurs et qu'il n'y avait que deux hôtels : La Marina, en plein centre, et l'Hôtel de La Quebrada, installé à flanc de falaise sur une terrasse d'où l'on pouvait admirer les clavadistas, ces intrépides plongeurs qui attendaient la vague propice pour se jeter dans l'étroit bras de mer entre les parois rocheuses abruptes et acérées.

Depuis, Acapulco était devenue une ville qui comptait à présent des millions d'habitants, des centaines d'hôtels, de restaurants et de complexes résidentiels, des plages polluées par les égouts incontrôlés desdits hôtels, restaurants et complexes, et s'étendait de plus en plus au sud de la ville, de Puerto Marqués en passant par la plage du Revolcadero jusqu'à Barra Vieja, en quête de ce que Acapulco présentait autrefois comme son acte de baptême : des eaux limpides, des plages immaculées, des paradis perdus...

J'arrivai un lundi solitaire à la maison de Max Monroy à La Quebrada avec une seule valise et les livres que je voulais relire dans le but de présenter un jour ma thèse d'avocat, *Machiavel et l'État moderne.* Erskine Muir, qui explique le Florentin à travers son époque, les États italiens, Savonarole, les Borgia; ou Jacques Heers, qui voit en lui un historien peu rigoureux mais passionné, poète et auteur de pièces galantes et de chants de carnaval, dont il applique l'imagination littéraire à la raison d'État, en faisant croire aux différentes générations que le carnaval est sérieux et la curiosité la loi. Maurizio Piral, pour qui le fameux sourire de Nicolas est l'auteur du livre que Nicolas n'a pas écrit : le livre de la vie, son paradoxe, son incertitude. Un homme mal interprété, insiste Michael White, la lucidité de sa pensée ayant été oubliée, sa duplicité et son ambition consacrées. Sebastián de Grazia renvoie Nicolas à l'enfer incarné, bien sûr, par ses contemporains. Franco Fido analyse le paradoxe d'un écrivain qui écrit « la Bible de ses propres ennemis », en s'attaquant d'abord à la conversion, par les dramaturges élisabéthains, de Nicolas en « Old Nick », le Diable en personne, jusqu'à sa grossière invocation rhétorique du Duce. Les Jésuites, les ignorants, Fichte. Qui ne s'est penché sur « l'Italien le plus connu d'Europe », en particulier les Italiens eux-mêmes qui l'ont réduit à des limites municipales, confessionnelles et académiques... ?

Voilà tout ce que j'apportai avec moi dans mon sac. Les commentaires indispensables. En particulier ceux de l'homme d'État s'adressant à Machiavel d'un pouvoir à l'autre : Napoléon Bonaparte qui se pressent l'incarnation machiavélique du Nouveau Prince contre l'Héréditaire, mais

désireux de perdurer, à son tour, au pouvoir : être le Nouveau, et suivi par ses descendants, qui seront les Héritiers...
    Si je m'étends là-dessus c'est pour que le lecteur connaisse les bonnes — les magnifiques intentions — qui étaient les miennes lorsque je me retirai à Acapulco chargé de littérature machiavélique, avec un arrière-goût de mélancolie, solde inévitable de mon histoire personnelle récente, sans imaginer que le machiavélisme véritable ne se trouvait pas dans mes sacs mais qu'il m'attendait dans la maison de La Quebrada à laquelle on accédait en suivant les roches sinueuses et escarpées qui longeaient la baie jusqu'à atteindre un palier rocheux et pénétrer dans une superbe maison qui déroulait, sans distinction aucune de style au-delà d'un genre vaguement « californien » des années trente, ses cuisines, chambres, et salles de séjour débouchant sur une vaste terrasse qui donnait sur l'océan Pacifique et, plus en contrebas encore, sur une minuscule plage privée. Le tout était comme l'une de ces gamelles que ma gardienne María Egipciaca me préparait, avec cinq plats superposés, potage, soupe sèche, poulet, légumes, et le dessert... étouffe-chrétien.
    « Max Monroy l'a fait construire pour Sibila Sarmiento », me lança une Asunta Jordán surgie inopinément lorsque j'arrivai sur la terrasse et qui s'avança vers moi, un whisky-Coca à la main, nu-pieds, vêtue d'un palazzo pyjama que je connaissais déjà pour avoir fouillé dans sa penderie. Ample tunique. Pantalon large. Noir avec liseré et grecques dorés.
    Elle me tendit la boisson. J'affichai un air naturel. Elle ne me raconta pas grand-chose. Ce n'était pas la première surprise que cette femme me faisait. Elle regarda en direction de la mer.
    « Sauf que Sibila Sarmiento n'a jamais eu l'occasion de l'habiter. En fait, elle ne l'a même jamais vue... »
    Elle, elle me vit, moi. Elle ne me regarda pas. Elle me vit,

là, comme on voit une chose. Une chose nécessaire mais encombrante.

Asunta rit à sa manière : « Max avait l'espoir de pouvoir un jour amener ici, à Acapulco, la mère de ses trois fils et lui offrir une vie paisible au bord de la mer. Tu parles d'un rêve ! »

Le regard se fit cynique.

Encore un des rêves de Max. Il s'imaginait qu'un jour doña Concha le libérerait de la dictature maternelle dans laquelle elle le maintenait.

« Homme à la fois simple et compliqué, poursuivit-elle, Max Monroy a des digestions difficiles. Tout lui prend du temps. Il ne rote jamais, tu sais ? Il y a des choses qu'il ne veut pas savoir. Il ne veut pas... Et aussi : entre l'utilité et la vengeance, il choisit toujours ce qui est utile. »

Elle trinqua avec mon verre. Me fit presque un clin d'œil.

« Tout le contraire de moi... »

Elle rit. « Et ensuite, il frappe comme la foudre... »

Elle me fit signe de m'asseoir sur une chaise en rotin. Je restai debout. En cela au moins je pouvais me rebeller contre ce que je pressentais déjà comme la dictature implicite d'Asunta Jordán. Elle s'en ficha.

« Max Monroy ! s'exclama-t-elle, comme si elle invitait le soleil à se coucher. Un homme civilisé, pas vrai ? Un homme raisonnable, tu crois pas ? Il demande toujours qu'on lui fasse des suggestions. Il est ouvert aux suggestions. Mais pas à la critique, ça non. C'est une chose de suggérer. C'en est une autre de critiquer. Le critiquer, c'est croire qu'il ne peut pas penser par lui-même, qu'il a besoin d'être guidé, de l'opinion de quelqu'un d'autre... Faux ! La suggestion doit se tenir à mi-chemin entre deux extrêmes abominables, Josué, mon bon Josué : la flatterie et la critique. »

Elle me dit qu'elle pourrait critiquer par exemple cette

maison inutile, inhabitée... Une splendide demeure pour un fantôme, pour une folle. Ou pour une folle fantomatique.

Elle sourit. « Imagine Sibila Sarmiento déambulant ici, sans savoir où elle se trouve, sans même regarder vers la mer, étrangère à la lune et au soleil, prisonnière du néant ou d'un espoir aussi dingue qu'elle. Que Max revienne et la sauve de l'asile. Ou qu'au moins il lui fasse un autre fils. Un héritier de plus !

— Remercie-moi, Josué... Je me suis dépêchée de venir pour te préparer la maison et que tu sois à ton aise. Elle était fermée aussi hermétiquement que par un bouchon. Et avec cette chaleur ! Il a fallu tout aérer, épousseter les meubles, mettre des draps frais, des serviettes et des savons, regarde donc, tout ça pour te recevoir comme tu le mérites... »

Qui sait ce qu'elle crut voir dans mon regard qui l'obligea à dire : « Ne t'inquiète pas. Tous les domestiques sont partis. On est tout seuls. Archiseuls. »

Elle me caressa la joue. Je réussis à le supporter.

Tout n'était pas prêt, dit-elle.

« Regarde. La piscine est vide ; les feuilles et les cochonneries se sont accumulées. Il y a comme un air d'abandon malgré mes soins. Des herbes à couper. Les palmiers sont gris. Et Max qui a toujours dit des choses du genre "Je veux qu'on m'enterre ici". C'est bizarre, tu trouves pas ? Être enterré dans un endroit où il n'est jamais allé...

— Personne ne visite à l'avance le cimetière. » J'osai donner mon avis.

« Ça c'est bien vrai ! clama-t-elle d'une voix de fausset. Est-ce que je te l'ai pas toujours dit ? Tu es malin, mon vieux Josué, malin, mais alors malin ce qui s'appelle malin. »

Et elle me balança le contenu de son verre de whisky sur la poitrine.

« Fais juste gaffe de pas trop le faire, le malin. »

Je gardai mon calme. Je ne portai même pas la main à ma

poitrine. Je regardai, distrait, le soleil couchant. Elle reprit ses airs d'hôtesse tropicale.

« Je ne veux pas de voisins », avait dit Max.

Elle fit un geste panoramique.

« Et c'est ce qui s'est passé, Josué. Ici, il n'y a personne. Que des falaises et le grand large.

— Et une plage là en bas, ajoutai-je pour ne pas être en reste, et je sentis que cela l'agaçait.

— Inutile d'espérer que qui que ce soit y débarque », dit-elle d'un ton abject.

Je voulus être frivole. « Ta compagnie me suffit, Asunta. C'est l'aumône que je te prie de m'accorder. »

Ma chemise me collait à la peau.

« Tu peux prendre ton petit déjeuner au champagne, dit-elle sur un ton qui oscillait entre l'amusement et la menace. En tout cas... » Elle soupira, tournant le dos à la mer « profite du luxe. Et rappelle-toi une chose. Le luxe c'est acquérir ce dont on n'a pas besoin. Par contre, on a besoin de la vie..., non ? »

Elle ricana. Son âme peu à peu se mettait à nu. Pas tout d'un coup, car je l'observais depuis que je la connaissais, dédaigneuse et absente, déambulant dans les cocktails le portable vissé à l'oreille, imposant le silence, ne laissant une chance de conversation à personne. J'aurais dû la comprendre comme ce qu'elle était et pour ce qu'elle était. Une femme attentive et en cela dangereuse. Car l'attention extrême peut déclencher des réactions violentes et inespérées : c'est le prix à payer quand on se rend compte, quand on se rend trop compte.

Si un jour j'étais tombé amoureux comme un adolescent de cette femme et de ses attributs visibles s'il en fut, elle les avait perdus petit à petit jusqu'à ce point culminant, ce sale tour sinistre quand elle s'était présentée comme ma maîtresse devant Jéricho et avait rendu fou mon frère avec la première grande passion de son étrange vie d'austérité sans but, de luxure sans enthousiasme, de maîtresses sans amour. Je savais que la malveillance d'Asunta dépassait ma capacité à aimer et l'ambition glacée de Jéricho. Nous étions, en quelque sorte, les pions d'un grand jeu d'échecs qui débouchait sur la solution, apparemment rituelle, de « mettre en lieu sûr » les gens.

« Et Jéricho ? insistai-je. En lieu sûr, lui aussi ?

— Il ne faut pas parler de ça.

— En lieu sûr, hein ? Comment ? Est-ce que personne ne va me le dire ?

— Je peux te le montrer.

— Hein ? Pas en... ?

— Ça veut dire quoi être mis en lieu sûr... ? Attends un peu...

— Et ça veut dire quoi de coucher avec Max, comme tu le fais ?

— Qu'est-ce que tu en sais...

— Je vous ai entendus.

— Tu nous as vus ?

— Il faisait très sombre. Fais pas chier.

— Il faisait noir. Nuit noire, petit espion à la con...

— Allez, arrête de te la jouer, réponds-moi...

— Occupe-toi de tes affaires, je te dis. Ce gros pif, fallait que tu le fourres partout, hein ?

— Tout ça pour ne pas retourner dans ce trou perdu dans le désert, Asunta, ce village du Nord où tu n'étais rien et où tu supportais un mari macho, insolent et odieux ? Tout ça par gratitude envers l'homme qui t'a tirée de là et t'a menée à ce petit sommet qui est le tien des affaires et de l'influence... ?

— J'en serais sortie avec ou sans lui, affirma, le visage tout crispé, Asunta.

— Je n'en doute pas. Tu en as dans le ventre.

— J'ai une tête. Une caboche bien fichue. Mais Max a été une chance qui s'est présentée. Il y aurait eu d'autres opportunités.

— Comment peux-tu te fier au hasard?

— C'est la nécessité, pas la chance. J'aurais trouvé une manière de m'échapper. »

Maîtresse du jeu? Et même patronne du grand Max Monroy? Ces interrogations bouillonnaient dans mon esprit ce soir-là, devant le Pacifique mexicain.

Comme si elle lisait dans mes pensées, elle s'exclama : « Moi, personne ne m'a donné sa bénédiction. Personne ne m'a choisie. Je me suis faite toute seule, quoi...

— Tu es la création de Max Monroy, lui balançai-je.

— Personne ne m'a donné sa bénédiction. Je me suis faite toute seule. » Elle prit la mouche.

« Je te vois d'ici à Torreón sans Max Monroy, une foutue petite provinciale frustrée... »

J'ignore de quel recoin de mon âme me venait cette défense de mon père, mais je compris qu'Asunta se jetât sur mon visage toutes griffes dehors... Je la contins, lui bloquai les bras, la forçai à les garder serrés contre ses hanches. Je l'embrassai avec une certaine passion, un certain dédain; en tout cas un mélange incontrôlable de mes propres sentiments, qui n'étaient sûrement pas si différents de l'émotion que tout homme peut ressentir lorsqu'il tient dans ses bras une jolie femme, aussi ennemie soit-elle, aussi...

Un instant, je mis mes bonnes raisons en veilleuse et donnai libre cours à mes sens. Nous avons tous un cœur qui ne raisonne pas et je me fichai qu'Asunta ne réponde pas à mes baisers omnivores, que ses bras ne m'enlacent pas, de m'oublier moi-même avant de regretter mes actes, avant de penser que c'était elle la coupable et que dans ces circonstances — je le sentis tandis que je dévorais le rouge de ses lèvres — nous en étions tous à garder pour nous le secret le plus secret de notre âme...

Car une émotion personnelle, lâchée tel un animal, même si elle n'est pas payée de retour, peut abolir en un instant les hiérarchies habituelles de l'amour, du pouvoir et de la beauté. Pourquoi Asunta se laissait-elle toucher et embrasser sans me rendre mon baiser mais en me le permettant ?

Je l'écartai de moi en supposant qu'elle allait dire quelque chose. C'est ce qu'elle fit.

« J'ai la mauvaise habitude d'être admirée, m'informa-t-elle avec une suffisance cynique et même joyeuse. Mais bon...

— C'est sûr. Le problème c'est que ton apparence ne parvient pas à déguiser tes véritables désirs. Je crois que...

— Lesquels ? me freina-t-elle. Ce sont lesquels ?... Mes désirs ?...

— Servir Max Monroy et être indépendante de Max Monroy. Impossible. » J'affirmais ma propre intelligence de la situation, je la défendais comme si elle était poussée dans ses retranchements, acculée.

« Max me protège de moi-même, fut sa réponse. Il me sauve de la malchance. De ma malchance, tu as raison, de l'infortune de ma vie antérieure...

— Il y a des personnes qui sont comme des paravents pour d'autres gens. Toi, tu es le paravent de Max. Tu n'existes pas. » Je lui crachai ces mots dans une sorte d'acharnement frivole, comme si je voulais mettre un point final à cette scène et filer de là, considérer la farce comme terminée, ramasser ma valise et mes livres et ficher le camp pour toujours de cette toile d'araignée tissée par Asunta autour d'un homme, Max Monroy, qui se révélait être mon père et que je devais, pensai-je confusément, honorer, connaître et honorer, me rapprocher de lui au lieu de Machiavel, bordel, à quoi est-ce que je pensais ? Je fus reconnaissant à cette femme, Jordán, de m'avoir secoué, de m'avoir tiré de cette vaste illusion juvénile : penser que je pouvais continuer ma vie comme si de rien n'était, je vais écrire ma thèse, je vais obtenir mon diplôme... Et après ? et après ?

Je sortis de ce songe en me disant que le devoir est indépendant du désir. Pas de chance. Mais c'est ainsi.

Qui sait ce que lut Asunta dans mes yeux. Je vis chez elle, en filigrane, une folie soudaine.

« Tu es trop intelligente pour être aimée, lui dis-je, comme une conséquence logique de mes propres pensées. Qu'en pense Max Monroy ? »

Elle se mit à parler avec une nervosité inhabituelle, comme si la réponse à ma question avait été, tout à la fois, invocation au soleil pour qu'il disparaisse au plus vite et nous laisse tous deux dans la plus profonde obscurité, certes, mais aussi des phrases décousues, des mots déguisés que j'ai oubliés, car finalement Asunta revint à sa logique implacable, affirmative.

Sarmiento la fêlée était enfermée pour toujours à l'asile, dit-elle, et sa voix avait l'écho du jour qui déclinait.

Ton frère Jéricho a été mis en lieu sûr, dit-elle, et une armée de nuages sombres annonça la nuit proche.

Ton frère Miguel Aparecido languit dans une cellule d'Aragón et n'en sortira pas parce qu'il a peur de tuer son père Max Monroy.

« Et Max Monroy ? Et lui ?

— Je t'ai déjà dit qu'il y a des choses que Max Monroy ne veut pas savoir. Il ne veut pas savoir qu'il va mourir. Sanginés lui a préparé un testament dans lequel ses héritiers sont Sibila Sarmiento, Miguel Aparecido, Jéricho Monroy Sarmiento et Josué Monroy Sarmiento...

— Et toi, Asunta ? demandai-je sans trop réfléchir.

— Moi, en dernier », dit la pauvre gamine du Nord, la provinciale que je vis alors, sans son déguisement de grande femme d'affaires, sans palazzo pyjama, sans portable omniprésent, sans coupe de champagne à la main : je la vis dans une petite robe en percale, avec des chaussures plates, une mise en plis et un maquillage voyant, des petits anneaux en porcelaine et une dent en or.

C'est ainsi que je la vis et elle sut que je la voyais ainsi.

Que mon imagination la flanquait à poil et la renvoyait dans son désert.

« Et toi, Asunta ?

— N'essaie même pas de te moquer, dit-elle avec une rage glaciale. Moi, en tout dernier, comme toujours. Moi, je n'ai droit qu'à une misère.

— Et tu veux tout ?

— Parce que je mérite tout. Parce que personne n'a fait autant que moi pour Max Monroy.

— Et tu vas faire quoi ?

— Je veux hériter de tout.

— Tu vas faire quoi ?

— Tu le sais.

— Tu n'oseras pas. Maintenant je connais tes intentions. Je parlerai à Max. Je... »

Non, elle hocha une tête agitée, le regard froid, personne ne dira rien à Max, personne, parce qu'il n'y aura personne, personne d'autre que moi, disait cette femme dans l'entêtement fou de sa volonté, les yeux emplis du mal le plus redoutable, d'un égoïsme radical, de la certitude que le monde est là pour nous servir doublée de l'incertitude épouvantable de ce monde qui peut nous laisser à la merci des intempéries, poignée de poussière dans un désert calcaire au lieu du luxuriant paradis qu'était et avait été le visage d'Asunta, deux jardins en un ou une seule terre férocement désertique de sa jeune imagination... Le visage d'Asunta Jordán. Je ne sais plus si les lumières agonisantes du jour lui donnèrent cet air presque mythologique de grande vengeresse : une Médée devenue folle non par jalousie sexuelle mais par jalousie pécuniaire, la soif d'être, elle, l'héritière d'une grosse somme en ignorant que l'argent n'appartient à personne, qu'il circule, se consume, et finit dans l'immense tas des ordures. Peut-être parce qu'elle le savait, elle s'érigeait elle-même de Médée jalouse à Gorgone du pouvoir, accaparant tout, reine d'un empire qui lui filerait entre les doigts si elle ne se dotait pas elle-même d'yeux sanguinolents, de visages effroyables et d'une chevelure de serpents, dont la couronnaient en cette tombée du jour le soleil et l'océan. Aimée par Poséidon, possédée par Monroy notre père, fallait-il la tuer pour que de son sang naisse un poignard doré qui la tue elle avant qu'elle ne me tue moi, ainsi que Miguel Aparecido, Sibila Sarmiento ou Max Monroy lui-même, comme elle avait peut-être déjà tué Jéricho ? Dans les yeux de ténèbres fulgurantes d'Asunta Jordán je vis la simplicité de la fortune et la complexité de l'ambition. Asunta aurait-elle le temps de me regarder pour me changer en pierre ? Et n'était-ce pas vrai que...?

« Même si tu me tues, je continuerai à te regarder », me dit-elle, dans une haleine de whisky et de rouge à lèvres, lorsque je m'écartai d'elle l'attention attirée par le craquement des branches écrasées qui s'amplifiait dans mon dos, me retrouvant face à Jenaro Ruvalcaba, blond, menu, suivi d'une bande confuse d'individus à la peau sombre et en sueur, tous armés de machettes, et Ruvalcaba lui-même m'asséna sur la nuque le coup de machette qui envoya ma tête ensanglantée valser au fond de la piscine sans eau, au milieu des bouteilles vides et des herbes qui poussaient désordonnées entre les cicatrices du ciment...

Épilogue

MONTÉE AU CIEL

Voici ma tête coupée, perdue comme une noix de coco au bord de l'océan Pacifique sur la côte mexicaine du Guerrero.

Ma tête ne fait pas que regretter mon corps. Je ne sais où j'ai atterri de la nuque aux pieds. Peut-être mon cadavre acéphale a-t-il été lui aussi mis « en lieu sûr ». Peut-être le sacrifice de mon corps a-t-il néanmoins été la condition pour que mon âme se libère d'une existence purement végétative et assume une nouvelle vie relationnelle. Une vie relationnelle : n'est-ce pas là la vie propre à l'animal ? Est-ce que je me fais des illusions en pensant que, ayant perdu mon corps, mon esprit s'élève à une région où seule habite l'âme ? Et cette *anima*, n'est-elle pas déjà, au départ, animale ?

L'âme. Comme il est curieux, comme il est inespéré de constater que, si elles ne reviennent pas, les connaissances acquises des années plus tôt se pressent en tout cas dans la tête, ces lectures de jeunesse que j'ai si souvent mentionnées dans ce manuscrit fait de sel et d'écume ! Matière et forme. Puissance et acte. Seule la mort me confirme que je ne suis maintenant qu'un acte en puissance, une matière en quête de sa forme propre. Je sens à présent mon âme comme la promesse d'un sens restauré, mais sans contenu désormais et par conséquent prêt à les recevoir tous. Je suis quelque chose de possible, me dis-je en ce point de mon existence. Je ne suis pas encore. Bien que je sois, sans doute, immortel, du fait du paradoxe d'être mort, juste pour cette raison...

Âme *anima* animal : ma tête gît sur la plage, baignée par les vagues tièdes de cette mer du Sud. Je ne sais plus bien si je m'embrouille, si je parle de mon âme ou si je parle en même temps de mon animal. Mais si je suis redevenu *anima* d'animal, cela signifie que je suis retourné à l'embryon, à la formation de l'animal et de l'homme, à ce moment de similitude des espèces : leur gémellité.

Je m'arrête là parce que cette idée suffit à précipiter ma réflexion et à me renvoyer à une suite évolutive que je ne souhaite pas car je sens qu'elle m'éloigne d'une fraternité obscurément recouvrée, avec le monde, certes, mais avec mes frères aussi. Comment s'appelaient-ils ? Combien étions-nous ? Deux, trois... ? Le grand océan fait de ma tête coupée un escargot de mer et me ressasse d'anciennes histoires que seule la mer conserve et que les vagues murmurent... Deux frères... Leurs visages reviennent, leurs corps reviennent, leurs noms reviennent à chaque impulsion de la houle bienfaitrice et atroce qui entraîne vers l'avant et contraint vers l'arrière le mouvement tout entier de l'univers...

Une idée démente me traverse la tête. Castor et Pollux. Mon frère Jéricho et moi avons joui d'immortalité un jour sur deux seulement. Je suis saisi d'épouvante. Puis-je garder plus d'un jour l'immortalité et la refuser, de ce fait, à mon frère ? Peut-il, lui, faire de même, et me laisser à jamais abandonné, à la dérive, sans un jour de vie de plus ? J'exprime cette horrible pensée en regardant une horde de chevaux galoper sur les vagues, réclamant à cor et à cri de l'eau, de l'eau, alors que l'eau les entoure, tu ne boiras pas de cette eau, le long de cette eau tu courras véloce, tu sillonneras la mer et protégeras le marin par le feu de tes souvenirs, en enflammant le haut du mât, toi et ton frère nous nous donnerons l'un à l'autre l'émotion de la vie, l'amour, le combat, le pouvoir et la gloire, le rapt de femmes, nous agrippons le mât de feu et les destriers de la mer nous entraîneront vers une destination que je distingue sur cette même plage où je suis arrivé alors que j'y étais déjà...

Un pélican oscille non loin de la côte.

Sa voix arrive jusqu'à moi.

« Les vers sont une erreur », dit-il.

Et ces mots suffisent à me ramener à l'endroit où je me trouve et à cette terrible perte de la vie, à cet holocauste interminable qu'est la mort inexplicable de nous tous, les êtres humains... Et ni l'immortalité alternée, ni les chevaux de la mer, ni le mât de feu, ni la peur de tuer ou d'être tué quand je cesse d'être immortel, rien de tout ceci n'a de présence alors, sinon ce qui gît ici, une tête coupée à la machette, et ce qui n'est pas ici, un corps perdu, un tronc aux creuses cavités, divisé entre le diaphragme, réceptacle mortel du cœur, les poumons, la plèvre, antichambre de l'estomac, le foie, la vessie, les intestins, les reins. Que me reste-t-il ?

Mais baaah ! je m'estime heureux. Je suis maître de ma tête, toute coupée qu'elle soit. Splénius, trapèze, trachée. L'os hyoïde tient toujours ma langue. Ma tête possède une bouche. Mon crâne contient un encéphale. Mon cerveau, mon cerveau gisant ici, possède encore une couche de matière grise qui s'échappe par mes narines et n'enveloppe plus la substance blanche qui s'écoule par mes yeux. Où est passé le cervelet qui contrôlait les mouvements de ce que j'ai perdu : mon corps ? Dans quelle position, sans aucun équilibre ?

Respirer. Se déplacer. Dormir. Quelle douleur de tout perdre. Quelle illusion de croire que les nouvelles zones de la tête peuvent disparaître juste pour donner une vie active aux plus anciennes... Peau. Orifices. Tête. Tronc. Extrémités. C'était moi. Je me vois, au début, dans la glace de ma salle de bains. J'ai vingt-sept ans. Je me passe la main sur les joues. Je me rase le menton et la lèvre supérieure. Je me souviens que je dois préserver mon physique avant qu'il ne soit trop tard. Je ferme les yeux. J'imagine mon visage. Une tignasse noire d'Indien. Des yeux noirs incrustés dans les orbites d'un squelette facial presque transparent. Des sourcils invisibles. Une bouche aimable. Mince. Souriante. Des oreilles ni grandes ni petites. Un visage maigre. La peau sur les os. Des cheveux affleurant tels des arbustes nocturnes qui poussent au fond de la mer grâce à la faible lumière qui traverse les profondeurs.

La grande sargasse de la mort anticipée.

La mer qui monte en courtes vaguelettes, m'obligeant à l'avaler avant qu'elle n'atteigne les orifices de mon grand nez, gros pif, blaze, tarin...

Alors les immenses algues noires surgirent en même temps de la mer et du ciel, et le miracle arriva : dans l'air, ma tête et mon corps dispersés se rassemblèrent et une voix que je connaissais, que je reconnus, me dit le ciel s'ouvre, le temps de l'exil s'achève, les vents tempétueux nous emportent, tu te souviens de moi ? Je suis Ézéchiel, le prophète qui réunit les ailes du monde et sauve l'homme du feu et des flots, en te rendant, Josué, à l'éther qui t'appartient et où tu seras en nouvelle compagnie : quelle erreur, quelle grande erreur que de croire que les âmes vont au ciel ou en enfer, cloîtrées à nouveau entre les nuages ou les flammes ! Ni le ciel ni l'enfer, qui sont des espaces clos, n'ont suffisamment de place pour elles : les âmes occupent l'espace infini. Entends le bruit de mes ailes, entends les voix de tout ce qui a existé. Je te parlerai mais toi, tu verras, Josué. Tu verras les visages durs et les cœurs tenaces. Tu verras ta maison rebelle. Ton père. Tes frères. La putain de Babylone. Ils ne savent pas qu'il est une prophétesse qui les regarde et te protège. Ils sont assis sur des scorpions. Ils mangent du papier et croient que c'est de l'ambroisie. Ils ne t'écoutent pas car ils ne le veulent pas. Parle-

leur même s'ils ne t'écoutent pas. Tu es la grande rumeur, tu es le grand avertissement. La ville se meurt, les avertis-tu, Josué, sur les ailes du prophète Ézéchiel que je suis, la ville mettra des obstacles devant toi, la ville sera sur ses gardes parce que l'esprit t'a pénétré, toi, voilà pourquoi tu as désobéi, pourquoi tu ne t'es pas soumis à la maison de l'ordre, de l'ambition, de l'ascension sociale, du confort, du compromis, Josué, tu ne t'es pas enfermé chez toi, tu n'as pas scellé ta langue à ton palais, tu as jeûné, tu as vu le sanctuaire souillé par la peste et la guerre, la ruine et l'opprobre, le crime, la désolation des temples, les cadavres vivants prosternés devant les idoles, regarde, Josué, regarde là, tout en bas, la ville des douleurs, la ville des odeurs, tu crois que tu l'as quittée pour toujours ? tu crois que tu as abandonné ta maison sans avoir fini de la construire ? Ah, Josué, seule la mort nous permet de voir le futur ; si nous vivions à tout jamais nous serions l'avenir et nous ne le connaîtrions pas, si nous étions toujours sur terre, nous continuerions à croire en notre individualité et nous ne verrions pas la vérité qui nous accompagne : la vérité c'est une autre personne, peut-être d'autres personnes, mais sans nul doute il en existe une seule, mandatée par la Providence, désignée par les dieux, fabriquée par la Nature, la personne qui te garde, non comme un ange, mais comme le bon Démon, la présence qui t'accompagne, la petite diablesse que tu as vue sans la voir, que tu as connue sans la connaître, que tu as tenue dans tes bras et abandonnée, la femme qui s'est donnée tout entière à toi, t'a prouvé et éprouvé en tant qu'homme et t'a laissé quand il a été nécessaire que tu arrives seul, comme nous y arrivons tous, même les anges, surtout les prophètes comme moi, à destination...
Il s'écarta. Elle t'a menti pour que tu ne la regrettes pas. Elle a toujours deviné ce qui t'était nécessaire, Jéricho, tes raisons de livrer bataille sur les terres de Judée, des monts Nébo et Pisgah jusqu'au bord de la mer, ta bataille personnelle, Josué,

celle de ton individualité unique mais pas solitaire, tu as été accompagné, Josué, tu as eu l'assistance rapprochée de la seule personne que tu as vraiment aimée et qui t'a vraiment aimé, avec dévouement, avec rébellion, à contrecœur parfois, avec passion toujours et c'était cela, la passion qui est passage dans la vie, qui est souffrance, supporter des contrariétés, endurer des maladies, ébranler l'âme dans le plaisir et dans la peine, désirer, se passionner : qui a été le Démon de ta passion ?

Égaré dans le quotidien d'une vie qui passe, sans doute ne t'es-tu pas rendu compte, Josué, que quelqu'un t'avait rencontré et depuis lors accompagné, y compris dans l'absence, invisible mais toujours présente : ta femme-Démon, ta diablesse personnelle... Parce qu'en vivant, la violence et l'habitude, l'habitude interrompue par la violence, ou le contraire, Josué, t'ont empêché de distinguer, jusqu'à très tard, jusqu'à la dernière heure de ta vie, le bon du mauvais Démon. Ta cerbère María Egipciaca, ta fugace infirmière Elvira Ríos. Ton contradictoire, sage et accommodant professeur Antonio Sanginés. Ton frère obscur, reclus par lui-même et en lui-même, Miguel Aparecido. Ton autre frère Jéricho, que tu as tant aimé, tant haï et qui entre-temps t'a si bien servi à mesurer les infinies gradations de l'homme entre l'amour et la haine. Ta mère inconnue Sibila Sarmiento, à laquelle tu ne peux que dédier le requiem de ta pitié. Ton lointain père Max Monroy, si impénétrable parce qu'il est son propre parti, un parti unique, si sûr de ne jamais perdre, transformant le mensonge en vérité et la vérité en mensonge pour en faire un point de départ et affirmer le pouvoir des vieux qui redoutent que les jeunes soient pour eux une menace, bouleversant l'origine vérifiée de toutes les choses qu'ils ont créées : voilà ce que redoutait Max, il ne vous a pas mis à l'épreuve toi et ton frère pour voir si vous livreriez bataille alors que vous disposiez de tous les conforts sauf celui de savoir qui vous étiez, ou parce qu'il voulait vous éviter la destinée brutale et inhumaine qu'il avait imposée à Miguel Aparecido, non, mais à cause de la peur que vous lui inspiriez s'il vous laissait libres sans les entraves que, par un sophisme exécrable, il vous a finalement imposées : je vous donne tout pour que vous puissiez vivre sauf ce qui me menace moi. Asunta le savait, ça, tu sais?, que le vieux avait peur de vous et que, si elle vous liquidait pour vous empêcher d'hériter, Max le prendrait sûrement comme une preuve de plus de sa fidélité : pas pour vous empêcher d'hériter, juste pour vous empêcher de vous présenter comme ce que tu étais toi et ce que fut Jéricho : les fils de Monroy que Monroy n'avait pas jetés en prison, car toi et ton frère Jéricho devez voir dans la destinée de Miguel Aparecido non pas ce qui ne vous est pas arrivé mais ce qui aurait pu vous arriver : pères et fils se dévoreront entre eux, la maison rebelle s'assoira sur des scorpions, les foyers désolés s'éteindront, les cadavres s'inclineront devant les idoles et les maisons seront des torches...

« Et Lucha Zapata ? »

Nous volions au-dessus des montagnes du Mexique vers une destination inconnue. Les eaux se précipitaient des collines vers la mer, dévastant les hauts plateaux. Je contemplai salines et marais. Je vis les oiseaux s'enfuir et les manades de taureaux dans les vallées et les chèvres sur les rochers, nous survolâmes un talweg plein d'ossements, et Ezéchiel dit pour lui-même, prophétise sur ces ossements, tel est le commandement de Dieu, au milieu de terribles coups de tonnerre et d'éclairs, en survolant les montagnes : prophétise, Josué, prophétise que tous ces ossements seront ta maison, et je me rebellai, malgré le risque pour ma vie, car Ézéchiel pouvait me lâcher et je ne voulais pas, moi, mourir deux fois sans répéter :

« Lucha Zapata. »

Ce fut peut-être une réponse à ma prière — car Lucha Zapata était devenue mon ultime oraison : dans un amoncellement de nuages j'aperçus des gens que je connaissais ; m'en approchant en vol, je vis Alberto-Albertina rendue à sa condition de petite fille, nue, le délicat V de ses cuisses dévoilant le limpide ↓ de son sexe, elle me reconnut, me salua et se joignirent à elle les mains agitées des petits noyés de la piscine de San Juan de Aragón, la Chuchita toute nue, ravie de ne plus avoir à s'habiller, Merlin qui faisait partie de la bande des demeurés utilisés pour s'introduire dans les maisons des nantis, la boule à zéro, bel et bien demeuré mais heureux désormais, la bouche entrouverte et la morve au nez, Félix, à l'expression si triste, enfin débarrassé de cette culpabilité ancienne que j'avais vue sur son visage pendant mes allées et venues en prison, mais les dents toujours pleines de restes de tortilla et d'œufs : ils me saluèrent joyeusement, comme heureux que je me joigne à eux, à leur condition pour moi encore mystérieuse, bien que la rapide transformation des cumulus en cirrus lumineux et aussi moribonds qu'un soleil couchant et l'annonce de la dispersion des nuages en stratus m'indiquassent que la vision angélique ne serait pas visible ici, que ce ciel était trompeur, que les nuages ne sont finalement que glace en suspens, vapeur d'eau pressée de retourner à son origine et sa destination, cette immense étreinte de la mer, d'où je proviens, d'où je ne sais plus si je suis sorti ni si j'y retournerai.

Les enfants me saluent et je m'en réjouis. Je suis agacé de voir surgir d'une cahute à moitié en ruine à flanc de volcan, pliée en deux, toute de noir vêtue, une batte de base-ball à la main, comme intégrée dans le paysage volcanique de sable noir, mon ancienne Némésis, María Egipciaca, la geôlière de mon enfance, agitant la batte et criant, ou piaillant, ou sifflant, c'est pas à un vieux singe qu'on apprend à faire la grimace, c'est pas à un vieux singe...

Je rendis grâce. Ni Elvira Ríos ni Lucha Zapata ne se trouvaient dans le cimetière aérien.

Jéricho non plus.

Non plus qu'Asunta Jordán.

« Lucha Zapata ! »

Mais Ézéchiel ne m'écoutait pas. Nous survolions le plateau de l'Anáhuac lorsque, d'un endroit caché entre rocailles et toitures, luxuriants faux-poivriers et saules affligés, s'éleva une voix que je reconnus, aux accents désormais tantôt geignards, tantôt autoritaires, la voix de l'Ancienne Conception rescapée des désastres énumérés par Ézéchiel et en lutte ouverte avec le prophète, ne va pas le croire, Josué, mon garçon, toi qui m'as tenu compagnie, j'espère que maintenant plus rien ne nous séparera, ne va pas croire ce faux prophète qui te trimbale ballotté dans les airs, ce foutu baratineur, ne va rien croire de ce qu'il te dit, le pouvoir on l'exerce où on peut, dans la vie ou dans la mort, on l'exerce où on peut, pas où on veut, voilà ce qui m'oppose à ce baladeur de cadavre d'opérette, ce don Ézéchiel, avec sa grande gueule et ses ailes noires, demande-lui donc si politique rime avec éthique, vas-y demande-lui, demande-lui s'il existe quelque chose en dehors du palais de la politique et du temple de l'argent... demande-le-lui, Jéricho...

Ézéchiel battit des ailes, trop tard, dit-il, sans faire aucun cas de l'Ancienne Conception qui nous avait interpellés depuis sa tombe, ferme-la, l'Ancienne, il ne faut pas recruter ses troupes au coucher du soleil, mais elle lui rétorqua dans un immense éclat de rire, les droits d'un suppliant sont sacrés, depuis l'origine du monde, et moi je te supplie, rends-moi mon petit-fils, laisse-le tomber, saloperie d'oiseau de mauvais augure, devin de merde, lâche ta proie, c'est mon petit-fils, il est libre de tomber, oui ou non ?

Il est libre d'ouvrir la voie de la mort, soupira Ézéchiel sans que l'Ancienne Conception en soit impressionnée, libère mes fils, ils ne sont plus Abel et Caïn, ils ne se battent plus l'un contre l'autre, mais contre la nécessité à laquelle ils doivent se soumettre, tu m'entends, vieille aile mouillée noiraude, chaque homme n'est que l'écume d'une vague au cours de sa vie, la grandeur est un accident que la mort ne pardonne pas parce qu'elle est plus grande que tout, tu piges, museau à plumes ? Tu vas lui donner quoi, à Josué ? ni topo ni tortilla ni une bonne grosse de la Villa ? Espèce de sorcier à la manque, rends-moi mon petit-fils, aie pitié, sois juste ! Mais le prophète : c'est injuste de ne pas se savoir mortel et la mort est la justice de l'immortalité, il est à moi, nécessairement, crie l'Ancienne Conception, la nécessité te submerge, lui rétorque Ézéchiel. Rends-moi Abel et Caïn pour qu'ils se réconcilient en mon sein, gémit alors la perverse grand-mère, mais Ézéchiel : Ils ne sont pas en lutte l'un contre l'autre mais contre la volonté et la fortune à laquelle ils devront se soumettre.

« Ils sont somnambules, clama la vieille. Moi, je les réveillerai.

— Ils sont destinée », murmura Ézéchiel en s'élevant plus haut encore dans les airs et en laissant derrière lui le caveau où gisait l'Ancienne Conception, qui s'égosillait tout est perdu, ne mens pas à Josué, arrête de bluffer, pas la peine de te fatiguer, prends soin de ta maison et laisse celle du voisin, dit-on...

La voix s'éteignit peu à peu entre le smog et les moteurs.

J'insistai : « Et Lucha Zapata ? » comme pour dissiper les événements qui me faisaient suffoquer.

Alors Ézéchiel me saisit par la peau du cou et me dit c'est elle, c'est elle qui fut ton bon Démon, ta compagne, il me le dit alors que nous laissions derrière nous les montagnes, que nous atteignions les hauteurs du plateau et que la ville de Mexico s'étendait à l'infini, aussi brillante dans les lueurs du crépuscule que grise à la lumière du jour, et Ézéchiel murmurait les paroles de Dieu, jusqu'au sang je te poursuivrai, le sang te poursuivra, le sang ne te haïra pas, et Lucha Zapata sera l'ange de ta vengeance, Lucha Zapata est la seule personne qui ne t'a jamais trahi, et elle va maintenant te venger, regarde-la, tout en bas, regarde-la entrer dans l'immeuble de l'Utopie sans pousser aucuns cris, sans prononcer ton nom à chaque battement de son cœur ou à chaque pulsation de ses poumons, semant enfin la terreur dans tout l'immeuble, personne ne peut la retenir, pas même Ensenada de Ensenada, ça casse toutes les règles, ça, ça n'était pas prévu, Lucha arrive dans un coup de vent, personne ne sait la distinguer de l'air même si tous sentent le feu de l'ouragan, jusqu'à ce que Lucha Zapata entre, brisant les vitres et défonçant les portes, dans le sanctuaire d'Asunta Jordán et la surprenne le nez plongé dans son ordinateur et Asunta n'a pas le temps d'éviter un coup de couteau puis un autre, un autre et un autre encore, coup de glace coup de rêve coup d'éveil désespéré coup déchirant l'air pour se ficher dans la gorge le dos les seins les yeux d'Asunta Jordán qui cherche à se protéger en battant l'air de ses mains, en les plaquant sur sa jupe comme si les coups pouvaient atteindre son sexe, tente de se nettoyer et tombe tête la première sur son ordinateur qui retranscrit un énoncé sans aucun sens ni destinataire...

Ils s'abattent sur Lucha Zapata.

Ils s'emparent d'elle.

Cesse de regarder, Josué. Cesse de regarder. Ton destin sur la terre s'est accompli. Les flèches de l'extermination ont été tirées. Les noms des fantômes ont été donnés. Supporte les crimes de la ville. Prophétise contre la ville. Et maintenant, Josué, oublie la grande rumeur derrière toi et prends un rouleau de papier pour narrer un récit incomplet...

Voici les noms des tribus, donnés depuis la prison d'Aragón par ton frère Miguel Aparecido, qui vit toujours.

Prélude
TÊTE COUPÉE   9

Première partie
CASTOR ET POLLUX   15

Deuxième partie
MIGUEL APARECIDO   147

Troisième partie
MAX MONROY   297

Quatrième partie
ABEL ET CAÏN   361

Épilogue
MONTÉE AU CIEL   507

LE MONDE NARRATIF DE CARLOS FUENTES

L'âge du temps

I – LE MAL DU TEMPS
Aura
Anniversaire
Une certaine parenté

II – LE TEMPS DES FONDATIONS
Terra nostra
L'oranger

III – LE TEMPS ROMANTIQUE
La campagne d'Amérique
*La novia muerta**
*El baile del Centenario**

IV – LE TEMPS RÉVOLUTIONNAIRE
Le vieux gringo
*Emiliano en Chinameca**

V – LA PLUS LIMPIDE RÉGION
La plus limpide région

VI – LA MORT D'ARTEMIO CRUZ
La mort d'Artemio Cruz

VII – LES ANNÉES AVEC LAURA DÍAZ
Les années avec Laura Díaz

VIII – *LA VOLUNTAD Y LA FORTUNA*
La voluntad y la fortuna

IX – DEUX ÉDUCATIONS
Las buenas conciencias
Zona sagrada

X – LES JOURS MASQUÉS

Los dias enmascarados
Constancia et autres histoires pour vierges
L'instinct d'Inez
Carolina Grau

XI – FRONTIÈRES DU TEMPS

Chant des aveugles
La frontière de verre
Le bonheur des familles

XII – LE TEMPS POLITIQUE

La tête de l'hydre
Le siège de l'Aigle
*El camino de Texas**
Adán en Edén

XIII – PEAU NEUVE

XIV – CRISTÓBAL NONATO

XV – CHRONIQUES DE NOTRE TEMPS

Diane ou La chasseresse solitaire
*Áquiles o El Guerrillero y el asesino**
*Prometeo o El Precio de la libertad**

XVI – *FEDERICO EN SU BALCÓN*

Federico en su balcón

Ont également paru en traduction française

NOUVELLES

En inquiétante compagnie

THÉÂTRE

Le borgne est roi
Cérémonies de l'aube
Des orchidées au clair de lune

ESSAIS

Le sourire d'Érasme
Le miroir enterré
Géographie du roman
Un temps nouveau pour le Mexique
Contre Bush

ENTRETIENS

Territoires du temps

HORS SÉRIE

Portraits dans le temps (en collaboration avec Carlos Fuentes Lemus)

Aux éditions Bernard Grasset

CE QUE JE CROIS

Aux Cahiers de l'Herne

CERVANTÈS OU LA CRITIQUE DE LA LECTURE

les Cahiers de l'Herne ont par ailleurs publié un numéro consacré à Carlos Fuentes en 2006.

– *Les titres en caractère romain ont été publiés en traduction française aux Éditions Gallimard.* Aura *a été inséré dans le recueil intitulé* Chant des aveugles.
– *Les titres originaux en caractère italique n'ont pas encore été traduits ou, s'ils sont suivis d'un astérisque, n'ont pas été écrits par l'auteur.*

*Composition CMB Graphic.
Achevé d'imprimer
sur Roto-Page
par l'Imprimerie Floch
à Mayenne, le 22 mai 2013.
Dépôt légal : mai 2013.
Numéro d'imprimeur : 84926.*

ISBN 978-2-07-012684-2 / Imprimé en France.